After. Almas perdidas

Biografía

Anna Todd es una escritora primeriza que vive en Austin con su marido, con quien, batiendo todas las estadísticas, se casó un mes después de graduarse. Durante los tres despliegues que él hizo en Irak, ella realizó diversos y curiosos trabajos, desde vender maquillaje hasta atender en el mostrador de Hacienda. Anna siempre ha sido una ávida lectora amante de las boy bands y los romances, así que ahora que ha encontrado una forma de combinar todas sus aficiones es feliz viviendo en un sueño hecho realidad.

Anna Todd
After. Almas perdidas
(Serie After, 3)

Planeta

Obra editada en colaboración con Editorial Planeta – España

Título original: *After We Fell*

© 2014, Anna Todd
La autora está representada por Wattpad.
Publicado de acuerdo con el editor original, Gallery Books, una división de
Simon & Schuster, Inc.
© 2015, Traducción: Traducciones Imposibles

© 2015, Editorial Planeta S.A. – Barcelona, España

Derechos reservados

© 2018, Editorial Planeta Mexicana, S.A. de C.V.
Bajo el sello editorial BOOKET M.R.
Avenida Presidente Masarik núm. 111, Piso 2
Polanco V Sección, Miguel Hidalgo
C.P. 11560, Ciudad de México
www.planetadelibros.com.mx

Diseño de portada: Departamento de Arte y Diseño.
Área Editorial Grupo Planeta
Adaptación de portada: Caskara / design & packaging
Fotografía de portada: © Paul Simcock / Corbis / Cordon Press

Primera edición impresa en España: enero de 2015
ISBN: 978-84-08-13567-8

Primera edición impresa en México en Booket: marzo de 2018
Octava reimpresión en México en Booket: febrero de 2021
ISBN: 978-607-07-4737-3

Impreso en los talleres de Impregráfica Digital, S.A. de C.V.
Av. Coyoacán 100-D, Valle Norte, Benito Juárez
Ciudad De Mexico, C.P. 03103
Impreso en México –*Printed in Mexico*

A J,
por quererme como
mucha gente sólo puede soñar.
Y a los Hardin de este mundo,
que también merecen que sus historias sean contadas.

PRÓLOGO

Tessa

Contemplo el rostro familiar de este extraño y me invaden los recuerdos.

Yo solía sentarme aquí a cepillarle la melena a mi Barbie rubia. A menudo deseaba ser la muñeca: ella lo tenía todo. Era guapa, siempre iba arreglada, siempre era quien tenía que ser. «Sus padres deben de estar muy orgullosos de ella», pensaba yo. Allá donde estuviera, seguro que su padre era el presidente de una gran compañía y viajaba por todo el mundo mientras su madre cuidaba de sus hijos.

El padre de Barbie nunca llegaba a casa tambaleándose y gritando. No le alzaba la voz a la madre de Barbie tan alto que tenía que ir a esconderse al invernadero para escapar de los ruidos y de los platos que se hacían pedazos contra el suelo. Y si, por casualidad, los padres de Barbie reñían, ella siempre tenía a Ken, el novio rubio perfecto, para consolarla... hasta en el invernadero.

Barbie era perfecta, por eso tenía una vida perfecta y unos padres perfectos.

Tengo delante a mi padre, que me abandonó hace nueve años. Está sucio y demacrado, nada que ver con cómo debería ser. Nada que ver con mis recuerdos. Me mira, una sonrisa se dibuja en su cara y me asalta otro recuerdo.

La noche en que mi padre nos abandonó... La expresión pétrea de mi madre. No lloró. Se quedó allí pasmada, esperando a que él saliera por la puerta. Esa noche la cambió, después de aquello dejó de ser la madre cariñosa que era. Se volvió dura y distante, infeliz.

Pero ella se quedó y él no.

CAPÍTULO 1

Tessa

—¿Papá?

No es posible que el hombre que tengo delante sea quien es, por mucho que esos ojos cafés me resulten familiares.

—¿Tessie? —Su voz es más grave que en mis recuerdos lejanos.

Hardin me mira, con los ojos centelleantes, y luego mira a mi padre. Mi padre. Aquí, en este barrio de mala muerte, con la ropa sucia.

—¿Tessie? ¿De verdad eres tú? —pregunta.

Me quedo helada. No sé qué decirle a este borracho que tiene la cara de mi padre.

Hardin me pone una mano en el hombro para que reaccione.

—Tessa...

Doy un paso hacia el extraño y él sonríe. Su barba castaña está salpicada de canas, su sonrisa no es blanca y limpia como yo la recordaba... ¿Cómo ha acabado así? Todas mis esperanzas de que hubiera enderezado su vida igual que Ken se han esfumado. Me resulta más doloroso de lo que debería que este hombre sea mi padre.

—Lo sé —dice alguien, y pasado un instante me doy cuenta de que lo he dicho yo.

Recorre la distancia que nos separa y me rodea con los brazos.

—¡No lo creo! ¡Estás aquí de verdad! He intentado...

Hardin me aparta de él sin dejarlo terminar la frase. Retrocedo, no sé muy bien cómo comportarme.

El extraño, mi padre, nos mira alerta y asombrado. Pero, afortunadamente, pronto vuelve a adoptar la postura despreocupada de antes y a guardar las distancias.

—Llevo meses buscándote —dice pasándose la mano por la frente, extendiendo así una mancha de mugre por la piel.

Hardin se planta delante de mí, listo para lanzarse al ataque.

—No me he movido de aquí —le contesto con calma, mirando por encima del hombro de Hardin.

Le estoy agradecida por querer protegerme, y me paro a pensar que debe de estar de lo más confundido.

Mi padre lo mira de arriba abajo.

—Vaya —dice—. Noah ha cambiado mucho.

—No, es Hardin —replico.

Mi padre arrastra los pies un poco y se me acerca unos centímetros, aunque Hardin se pone tenso al verlo moverse. Está tan cerca que puedo olerlo.

O bien es el alcohol, o bien es el resultado de haber abusado tanto de él lo que ha hecho que los confunda: Hardin y Noah son polos opuestos y es imposible compararlos. Mi padre me rodea con un brazo y Hardin me lanza una de sus miradas, pero niego ligeramente con la cabeza para que no se meta.

—¿Quién? —Mi padre no me suelta durante una incómoda eternidad mientras Hardin se queda ahí parado, mirándonos como si estuviera a punto de explotar, no de enojo, sino porque no parece tener ni idea de qué hacer o decir.

Ya somos dos.

—Es mi... Hardin es mi...

—Novio. Soy su novio —dice terminando la frase.

Los iris cafés del hombre se hacen más grandes cuando por fin asimila el aspecto de Hardin.

—Un placer, Hardin. Yo soy Richard.

Extiende la mano sucia para estrechar la de Hardin.

—Igualmente... —Hardin está muy desconcertado.

—¿Qué hacen por aquí?

Aprovecho la ocasión para apartarme de él y colocarme junto a Hardin, que vuelve a ser el de siempre y me estrecha contra su costado.

—Hardin ha venido a hacerse un tatuaje —contesto como una autómata. Soy incapaz de procesar lo que está pasando.

—Ah... Qué bien. Yo también he sido cliente aquí alguna vez.

Imágenes de mi padre tomándose un café antes de salir de casa por las mañanas para ir a trabajar inundan mi mente. No se parecía en nada a lo que tengo delante, no hablaba así y, desde luego, por aquella época no se tatuaba. Entonces yo era una niña.

—Sí, los hace mi amigo Tom.

Se arremanga y nos enseña algo que semeja una calavera en su antebrazo.

No parece suyo, aunque a medida que lo observo con más detenimiento, empiezo a ver que le va.

—Ah... —Es todo cuanto consigo decir.

Esto es muy raro. Este hombre es mi padre, el hombre que nos dejó a mi madre y a mí solas. Y aquí lo tengo..., borracho. Y no sé qué pensar.

Una parte de mí está emocionada, una pequeña parte que, en este momento, no quiero reconocer que existe. En secreto, llevo esperando volver a verlo desde el día en que mi madre mencionó que había vuelto. Sé que es una tontería, una estupidez, pero en cierto sentido parece que está mejor que antes. Está borracho y es posible que ni siquiera tenga casa, pero lo he extrañado más de lo que creía y puede que simplemente haya tenido una mala racha. ¿Quién soy yo para juzgarlo si no sé nada de él?

Cuando lo miro, y miro luego la calle que nos rodea, se me hace raro que todo transcurra con normalidad. Juraría que el tiempo se ha detenido cuando mi padre se acercó tambaleándose hacia nosotros.

—¿Dónde vives? —le pregunto.

La mirada defensiva de Hardin está fija en él. Lo mira como si fuera un depredador peligroso.

—Ahora mismo no tengo un sitio fijo. —Se enjuga la frente con la manga.

—Ah.

—Estaba trabajando en Raymark, pero me despidieron —me dice.

He oído antes ese nombre, Raymark. Creo que es una fábrica. ¿Ha estado trabajando de obrero?

—¿Qué hay de tu vida? —añade—. ¿Cuánto tiempo hace...? ¿Cinco años?

Hardin se tensa a mi lado cuando digo:

—No. Nueve.

—¿Nueve años? Lo siento, Tessie.

Arrastra un poco las palabras. El apelativo cariñoso me duele en el alma: ese nombre pertenece a los buenos tiempos. A cuando me levantaba en el aire, me sentaba sobre sus hombros y corría conmigo a cuestas por nuestro pequeño jardín, antes de que se fuera. No sé qué pensar. Quiero llorar porque llevaba mucho tiempo sin verlo. Quiero reír porque es irónico encontrármelo aquí, y quiero gritarle por haberme abandonado. Me confunde verlo así. Lo recuerdo como a un borracho, pero entonces era un borracho furibundo, no un borracho sonriente que le estrecha la mano a mi novio y le enseña sus tatuajes. A lo mejor ha cambiado y ahora es un hombre más amable.

—Tenemos que irnos —dice Hardin mirando a mi padre.

—Lo siento mucho. No fue sólo culpa mía. Ya sabes cómo es tu madre... —Se defiende agitando las manos—. Por favor, Theresa, dame una oportunidad —me suplica.

—Tessa... —me dice Hardin, a mi lado, en tono de advertencia.

—Danos un minuto —le pido a mi padre.

Agarro a Hardin del brazo y me lo llevo aparte.

—¿Qué demonios estás haciendo? ¿No irás a...? —empieza a decir.

—Es mi padre, Hardin.

—Es un maldito borracho sin techo —me espeta molesto.

Los ojos se me llenan de lágrimas al oír las duras verdades que ha dicho Hardin.

—Llevo nueve años sin verlo.

—Exacto, porque te abandonó. Es perder el tiempo, Tessa. —Mira por encima de mi hombro, en dirección a mi padre.

—Me da igual. Quiero escuchar lo que tiene que decirme.

—Ya, me lo imagino. No es que vayas a invitarlo a quedarse con nosotros en el departamento. —Menea la cabeza.

—Lo haré si se me da la gana. Y, si quiere venir, vendrá. Para eso es también mi casa —salto.

Miro a mi padre. Está ahí de pie, con la ropa sucia y la cabeza gacha, mirando el asfalto. ¿Cuándo ha sido la última vez que durmió en una cama? ¿Y su última comida caliente? Se me parte el corazón sólo de pensarlo.

—¿De verdad estás pensando en invitarlo a que venga a casa con nosotros? —Se pasa la mano por el pelo, un gesto de frustración que me resulta muy familiar.

—No a que se quede a vivir, sólo a pasar la noche. Podríamos preparar una bonita cena —me ofrezco.

Mi padre entonces alza la vista y nuestras miradas se encuentran. Aparto la mía cuando veo que empieza a sonreír.

—¿Una cena? Tessa, es un maldito borracho al que no has visto en casi diez años. Y ¿te estás ofreciendo a prepararle la cena?

Me avergüenza su berrinche. Le jalo de la solapa para acercarlo más a mí y poder hablar más bajo.

—Hardin, es mi padre y ya no tengo ninguna relación con mi madre.

—Eso no significa que debas tenerla con ese tipo. No va a acabar bien, Tess. Eres demasiado buena con todo el mundo y no se lo merecen.

—Es importante para mí —le digo, y su mirada se suaviza antes de que pueda señalarle lo irónico de las trabas que me pone.

Suspira y se jala del pelo alborotado con frustración.

—Mierda, Tessa, esto va a acabar fatal.

—Eso no lo sabes, Hardin.

Suspiro y miro a mi padre, que se está pasando los dedos por la barba. Sé que puede que Hardin tenga razón, pero me debo a mí misma intentar conocer a ese hombre o, como mínimo, escuchar lo que tiene que decirme.

Vuelvo junto a él y balbuceo con un claro tono de recelo:

—¿Te gustaría venir a nuestra casa a cenar?

—¿De verdad? —exclama, y la esperanza le ilumina la cara.

—Sí.

—¡Claro! ¡Claro que sí! —Sonríe, y por un instante veo al hombre que recordaba, el de antes de que se tirara a la botella.

Hardin no dice ni una palabra mientras volvemos al coche. Sé que está molesto y lo entiendo. Pero también sé que su padre ha cambiado para bien (es el rector de nuestra universidad, ahí es nada). ¿Tan tonta soy por esperar que el mío también cambie a mejor?

Cuando llegamos al coche, mi padre pregunta:

—Caray... ¿Es tuyo? Es un Capri, ¿verdad? De finales de los setenta.

—Sí. —Hardin se sienta tras el volante.

Mi padre no dice nada al respecto de su respuesta cortante, y me alegro. El radio suena de fondo y, en cuanto Hardin arranca el motor, ambos nos lanzamos a subir el volumen con la esperanza de que la música ahogue el incómodo silencio.

Durante el trayecto me pregunto cómo se lo tomaría mi madre. Me estremezco al imaginarlo e intento pensar en mi traslado a Seattle.

No. Eso es casi peor. No sé cómo contárselo a Hardin. Cierro los ojos y apoyo la cabeza en la ventanilla. La mano cálida de Hardin cubre la mía y empiezo a calmarme.

—Vayaaa, ¿vives aquí? —Mi padre abre una boca de palmo desde el asiento de atrás cuando llegamos al edificio de departamentos.

Hardin me lanza una mirada sutil para indicarme que está listo, y yo respondo:

—Sí, hace unos meses que vivimos aquí.

En el elevador, la mirada protectora de Hardin me hace ruborizar, y le regalo una pequeña sonrisa a ver si se relaja un poco. Parece que funciona, pero estar en casa con un perfecto desconocido es tan raro que empiezo a arrepentirme de haberlo invitado. Aunque ahora ya es demasiado tarde.

Hardin abre la puerta del departamento, entra sin mirar atrás y se mete en la recámara sin mediar palabra.

—Enseguida vuelvo —le digo a mi padre, y lo dejo solo en la entrada.

—¿Te importa si voy al baño? —me pregunta.

—Todo tuyo. Está al final del pasillo —digo señalando la puerta del baño sin mirar.

En el cuarto, Hardin está en la cama, quitándose las botas. Mira hacia la puerta y me hace un gesto para que la cierre.

—Sé que estás enojado conmigo —puntualizo en voz baja caminando hacia él.

—Lo estoy.

Le tomo la cara entre las manos y con los pulgares le acaricio las mejillas.

—No te enojes.

Cierra los ojos para disfrutar mi suave caricia y me rodea la cintura con los brazos.

—Te hará daño, y yo sólo quiero evitarlo.

—No puede hacerme daño. ¿Qué iba a hacerme? ¿Cuánto hace que no lo veo?

—Seguro que ahora mismo se está llenando los bolsillos con nuestras pertenencias —resopla, y no puedo evitar reírme—. No tiene gracia, Tessa.

Suspiro e intento levantarle la cara para que me mire.

—¿Crees que puedes animarte un poco e intentar pensar de forma positiva? Todo esto ya me resulta bastante confuso, no necesito tenerte de malas y añadiendo más presión.

—No estoy de malas. Sólo intento protegerte.

—No hace falta. Es mi padre.

—No es tu padre...

—Por favor... —Le acaricio el labio con el pulgar y su expresión se suaviza.

Suspira de nuevo y al final contesta.

—De acuerdo, vamos a cenar con el tipo ese. Seguro que hace mucho que sólo come lo que encuentra en un contenedor.

Mi sonrisa desaparece y empieza a temblarme el labio. Hardin se da cuenta.

—Perdona. No llores. —Suspira.

No ha dejado de suspirar desde que nos encontramos con mi padre frente al local de tatuajes. El hecho de ver a Hardin preocupado (cosa que demuestra enojándose, como todo lo demás) hace que la situación me parezca aún más surrealista.

—Lo dije en serio pero intentaré no ser un cabrón. —Se levanta y me da un beso en la comisura del labio. Salimos del cuarto y masculla—: Vamos a alimentar al mendigo.

Eso no me ayuda a estar de mejor ánimo.

El hombre en la sala de estar parece un pez fuera del agua. Mira a un lado y a otro y se percata de que tenemos muchos libros.

—Voy a preparar la cena. ¿Se quedan viendo la tele? —sugiero.

—¿Me dejas que te ayude? —se ofrece.

—Bueno.

Medio sonrío y me sigue a la cocina. Hardin se queda en la sala, guardando las distancias, tal y como imaginaba.

—No puedo creer que estés hecha toda una mujer y que te hayas independizado —dice mi padre.

Abro el refrigerador para sacar un jitomate mientras intento ordenar las ideas.

—Estoy en la universidad, estudio en la WCU. Igual que Hardin —contesto. Omito su expulsión inminente por razones obvias.

—¿En serio? ¿La WCU? Caramba...

Se sienta a la mesa y veo que se ha lavado las manos a conciencia. La mugre de la frente también ha desaparecido, y el círculo húmedo que lleva en el hombro de la camisa me dice que ha intentado lavar una mancha. Él también está nervioso, y eso me hace sentir un poco mejor.

Estoy a punto de contarle lo de Seattle y el nuevo y emocionante giro que va a dar mi vida, pero tengo que decírselo primero a Hardin. La reaparición de mi padre es otro bache en mi camino. No sé con cuántos problemas voy a ser capaz de lidiar antes de derrumbarme.

—Me habría gustado estar más cerca para ver cómo te iba en la vida. Siempre he sabido que llegarías lejos.

—Pero no estabas —digo cortante.

La culpa me corroe en cuanto las palabras salen de mi boca, aunque no deseo retirarlas.

—Lo sé —admite—, pero ahora estoy aquí y espero poder compensártelo.

Y esas sencillas palabras, aunque algo crueles, me dan esperanzas de que es posible que no sea tan malo y que sólo necesite ayuda para dejar de beber.

—¿Sigues... sigues bebiendo? —pregunto.

—Sí. —Agacha la cabeza—. Aunque no tanto. Sé que parece lo contrario, pero es que he tenido unos meses muy duros, eso es todo.

Hardin aparece entonces en el umbral de la cocina e imagino que está luchando consigo mismo para mantener la boca cerrada. Espero que lo consiga.

—He visto a tu madre un par de veces —prosigue mi padre.

—¿Sí?

—Sí. Se negó a decirme dónde estabas. Se ve bien —comenta.

Esto es muy raro, él hablando de mi madre. La voz de ella resuena en mi cabeza, recordándome que este hombre nos abandonó. Este hombre es la razón de que ella sea como es.

—¿Qué pasó... entre ustedes? —inquiero.

Pongo las pechugas de pollo en la sartén, con el aceite saltando mientras aguardo una respuesta. No quiero darme la vuelta y verle la cara después de haberle hecho una pregunta tan directa, pero no puedo evitar que me interese.

—No éramos compatibles. Ella siempre quería más de lo que yo podía darle, y ya sabes cómo puede ponerse.

Claro que lo sé, pero que hable de ella de un modo tan despectivo no me sienta nada bien.

Dejo en paz a mi madre y vuelvo a culparlo a él. Me doy vuelta y pregunto rápidamente:

—¿Por qué nunca llamaste?

—Lo hice. Llamé muchas veces. Por tu cumpleaños siempre te enviaba un regalo. No te lo contó, ¿verdad?

—No.

—Pues es la verdad. Te he extrañado mucho todo este tiempo. No puedo creer que ahora estés aquí, conmigo. —Le brillan los ojos y le tiembla la voz. Se levanta y camina hacia mí.

No sé cómo reaccionar. Ni siquiera conozco a este hombre ni sé si lo conocí alguna vez.

Hardin entra entonces en la cocina y crea una barrera entre nosotros. De nuevo, agradezco su intromisión. No sé qué pensar de todo esto, necesito guardar las distancias físicas con este hombre.

—Sé que no puedes perdonarme —dice casi sollozando, y se me hace un nudo en el estómago.

—No es eso. Sólo necesito tiempo antes de volver a tenerte en mi vida. Ni siquiera te conozco —le digo.

Él asiente.

—Lo sé, lo sé.

Se sienta de nuevo a la mesa y me deja que termine de preparar la cena.

CAPÍTULO 2

Hardin

El pendejo que donó esperma para engendrar a Tessa se traga dos platos llenos antes de pararse siquiera a respirar. Estoy seguro de que estaba muerto de hambre, todo por vivir en la calle. No es que no sienta pena por la pobre gente que está pasando una mala racha... Es que este hombre en específico es un borracho que abandonó a su hija, así que no me da nada de lástima.

Después de beberse un vaso de agua de un trago, le sonríe radiante a mi chica:

—Eres una gran cocinera, Tessie.

Creo que voy a gritar como vuelva a llamarla así.

—Gracias —sonríe ella como la buena persona que es.

Se está tragando sus mamadas, que llenan las grietas emocionales que él creó cuando la abandonó siendo una niña.

—Lo digo de verdad. ¿Podrías enseñarme a preparar esta receta algún día?

«Y ¿dónde ibas a hacerla? ¿En tu cocina inexistente?»

—Claro —dice Tessa levantándose para recoger su plato y el mío.

—Será mejor que me vaya. Gracias por la cena —suelta el pendejo de Richard poniéndose de pie.

—No, puedes... puedes quedarte aquí esta noche, si quieres, y mañana te llevaremos de vuelta a... casa —repone ella lentamente, no muy segura de cómo describir la situación de su padre.

Yo sí que estoy seguro de que esto no me gusta nada.

—Sería estupendo —dice Richard frotándose los brazos.

Seguro que se muere por un trago, el muy cabrón.

Tessa sonríe.

—Genial. Voy al cuarto a buscar una almohada y unas sábanas.
—Nos mira a su padre y a mí; seguro que sabe lo que opino de esto porque le pregunta—: No te importa quedarte aquí un minuto, ¿verdad?

Su padre se echa a reír.

—Claro. Además, me interesa conocer mejor a Hardin.

«No, créeme, no te interesa.»

Ella frunce el ceño al ver mi expresión y sale de la cocina dejándonos a solas.

—Dime, Hardin, ¿dónde conociste a mi Tessa? —pregunta Richard. La oigo cerrar la puerta y espero un instante para asegurarme de que no nos oye—. ¿Hardin?

—Dejemos una cosa clara —le espeto apoyándome en la mesa, lo que le sorprende un poco—. No es *tu* Tessa... Es mía. Y sé qué estás tramando algo, así que no creas que me engañas ni por un segundo.

Levanta las manos a la defensiva.

—Yo no tramo nada, sólo...

—¿Qué quieres? ¿Dinero?

—¿Qué? No, no quiero dinero. Quiero tener una relación con mi hija.

—Has tenido nueve años para eso... Sin embargo, sólo estás aquí porque te la encontraste por casualidad en un estacionamiento. No es que hayas estado buscándola —le ladro, y en mi imaginación lo estoy estrangulando.

—Lo sé. —Menea la cabeza y mira al suelo—. Sé que he cometido muchos errores y quiero compensarla.

—Estás borracho... Aquí, sentado en mi cocina, estás borracho. Conozco a un borracho cuando lo veo. No siento la menor simpatía por un hombre que abandona a su familia y nueve años después ni siquiera se ha molestado en enderezar su vida.

—Sé que tienes buenas intenciones, y me alegra ver que intentas defender a mi hija, pero no voy a arruinarlo esta vez. Sólo quiero poder conocerla... a ella y a ti.

Me quedo en silencio, intentando calmar mis pensamientos iracundos.

—Eres mucho más agradable delante de ella —comenta con calma.

—Y tú eres peor actor cuando no la tienes delante —contraataco.

—Tienes todo el derecho del mundo a desconfiar de mí, pero dame una oportunidad. Hazlo por ella.

—Si le haces daño, date por muerto —replico.

Es posible que deba sentir algún remordimiento por amenazar al padre de Tessa, pero lo único que siento es enojo y desconfianza hacia un borracho patético. Mi instinto me dice que la proteja, que no simpatice con un tipo al que no conozco en absoluto.

—No le haré daño —promete.

Pongo los ojos en blanco y le doy un trago a mi vaso de agua.

Creyendo que su promesa lo arregla todo, intenta bromear.

—En esta conversación creo que tenemos los papeles invertidos.

No le hago ni caso y me voy a la recámara. No tengo más remedio, no quiero que Tessa entre en la cocina y me atrape estrangulando a su padre.

CAPÍTULO 3

Tessa

Llevo una almohada, una cobija y una toalla en las manos cuando Hardin aparece en el cuarto.

—¿Qué pasó? —pregunto esperando que explote, que se queje de que haya invitado a mi padre a quedarse con nosotros sin haberlo consultado antes con él.

Se acuesta en la cama y me mira.

—Nada. Nos hemos hecho amigos. Luego me pareció que ya había pasado bastante tiempo con nuestro invitado y decidí venir a verte.

—Por favor, dime que no has sido muy desagradable con él. —Apenas conozco a mi padre, lo último que necesito son más tensiones.

—Tranquila, mantuve las manos en los bolsillos —dice cerrando los ojos.

—Voy a llevarle la cobija y a pedirle disculpas por tu comportamiento, como siempre —replico molesta.

Mi padre está en la sala, sentado en el suelo, jalando los hilos de los agujeros de sus pantalones. Levanta la vista al oírme llegar.

—Puedes sentarte en el sillón —le digo, y coloco la ropa de cama en el reposabrazos.

—Es que... no quería mancharlo. —Se ruboriza avergonzado y se me parte el corazón.

—Descuida... Si quieres, puedes darte un baño. Seguro que Hardin puede prestarte algo de ropa para esta noche.

No me mira pero protesta débilmente:

—No me gustaría abusar.

—No pasa nada, de verdad. Voy por algo de ropa. Ve a bañarte, te traje una toalla.

Me regala una sonrisa demacrada.

—Gracias. Me alegro mucho de volver a verte. Te he extrañado mucho... Y aquí estás.

—Perdona si Hardin ha sido maleducado contigo, es muy...

—¿Protector? —acaba la frase por mí.

—Sí, supongo que lo es. A veces da la impresión de ser un maleducado.

—No pasa nada. Soy un hombre, puedo soportarlo. Quiere cuidar de ti y no lo culpo. No me conoce y tú tampoco. Me recuerda a alguien... —Sonríe y deja de hablar.

—¿A quién?

—A mí... Hace mucho tiempo. Yo era igual que él. No respetaba a quien no se lo ganaba y pasaba por encima de todo aquel que se interpusiera en mi camino. Me creía tanto como él; la única diferencia es que él lleva muchos más tatuajes que yo.

Se ríe, y el sonido me trae a la memoria recuerdos que hacía mucho que había olvidado.

Disfruto de esa sensación y me río con él hasta que se levanta y agarra la toalla.

—Voy a aceptar tu oferta y a darme un buen baño.

Le digo que iré a buscarle una muda y que se la dejaré en la puerta del baño.

De vuelta en el cuarto, Hardin sigue en la cama, con los ojos cerrados y las rodillas flexionadas.

—Se está bañando. Le dije que podía ponerse algo tuyo.

Se incorpora.

—¿Por qué le dijiste eso?

—Porque no tiene nada que ponerse. —Me acerco a la cama con los brazos abiertos para calmarlo.

—Genial, Tessa, adelante, dale mi ropa —dice en mal plan—. ¿Quieres que le ofrezca también mi lado de la cama?

—Para de una vez. Es mi padre, y quiero ver cómo evoluciona esto. Que tú no seas capaz de perdonar al tuyo no significa que tengas que sabotear mis intentos por tener algún tipo de relación con el mío —le contesto con el mismo tono pesado.

Hardin se me queda mirando. Entorna sus ojos verdes, sin duda por el esfuerzo que está haciendo para no gritar todas las cosas horribles que me está diciendo por dentro.

—No es eso —dice—, es que eres demasiado ingenua. ¿Cuántas veces tengo que repetírtelo? No todo el mundo se merece tu bondad, Tessa.

Salto:

—Sólo tú, ¿no, Hardin? ¿Tú eres el único a quien debo perdonar y dar el beneficio de la duda? Qué pendejada tan egoísta por tu parte. —Hurgo en su cajón en busca de unos pants—. ¿Sabes qué? Prefiero ser una ingenua capaz de ver lo bueno de la gente a portarme como un cretino con todo el mundo y creer que todos están contra mí.

Agarro una camiseta y unos calcetines y salgo de la recámara hecha una furia. Coloco la pila de ropa en la puerta del baño y oigo a mi padre canturrear bajo el agua de la regadera. Pego la oreja a la puerta y no puedo evitar sonreír, es un sonido maravilloso. Recuerdo a mi madre hablando de cómo cantaba mi padre y lo molesto que le resultaba, pero a mí me parece adorable.

Enciendo otra vez la televisión en la sala y dejo el control remoto en la mesita para animarlo a ver lo que quiera. ¿Verá normalmente la televisión?

Recojo la cocina y dejo parte de las sobras en la barra de la cocina, por si todavía tiene hambre. Me pregunto, una vez más, cuándo fue la última vez que comió caliente.

El agua sigue corriendo en el cuarto de baño. Debe de estar disfrutando con su baño, lo que me indica que es probable que sea el primero que se da en mucho tiempo.

Cuando vuelvo al cuarto, Hardin tiene la carpeta de cuero negra que le compré en las piernas. Paso junto a él sin mirarlo, pero noto que sus dedos se aferran a mi brazo para que me pare.

—¿Podemos hablar? —me pregunta, y me jala para colocarme entre sus piernas. Rápidamente, aparta la carpeta.

—Adelante, habla.

—Perdóname por haber sido un idiota, ¿sí? Es que no sé qué pensar de todo esto.

—¿De qué? Nada ha cambiado.

—Sí ha cambiado. Ese hombre que ninguno de los dos conoce de verdad está en mi casa y quiere volver a tener una relación contigo después de todos estos años. No me cuadra, y mi primera reacción es ponerme a la defensiva, ya lo sabes.

—Entiendo a lo que te refieres, pero no puedes ser tan odioso y decir ese tipo de cosas delante de mí, como lo de llamarlo mendigo. Eso me dolió de verdad.

Me abre las manos con las suyas y entrelaza los dedos con los míos para acercarme más a él.

—Perdona, nena. Lo siento de verdad.

Se lleva mis manos a la boca y me besa los nudillos despacio. Mi enojo desaparece con la caricia de sus suaves labios.

Levanto una ceja.

—¿Vas a dejar de hacer comentarios crueles?

—Sí. —Le da la vuelta a mi mano y sigue las líneas de mi palma.

—Gracias.

Observo cómo su dedo viaja por mi muñeca para acabar de nuevo en la punta de mis dedos.

—Pero ten cuidado, ¿está bien? Porque no dudaré en...

—Parece buena persona, ¿no crees? Quiero decir que es amable —digo en voz baja, interrumpiendo lo que seguro era una promesa de más violencia.

Sus dedos dejan de moverse.

—No lo sé. No está mal, supongo.

—Cuando yo era pequeña no era tan amable.

Hardin me mira con fuego en los ojos, aunque sus palabras tienen un tono dulce.

—No hables de eso mientras lo tenga cerca, por favor. Estoy esforzándome todo lo que puedo, no tientes la suerte.

Me encaramo a su regazo y se acuesta con mi cuerpo pegado al suyo.

—Mañana es el gran día —dice.

—Sí —suspiro contra su brazo, emborrachándome con su calor.

Mañana se reúne el comité de expulsiones para decidir la suerte de Hardin por haberle dado una golpiza a Zed. No fue nuestro mejor momento.

De repente me entra el pánico al recordar el mensaje de texto que me ha enviado Zed. Me había olvidado de él después de encontrarme a mi padre al salir de la tienda. Mi teléfono se puso a vibrar en la bolsa mientras esperábamos a que volvieran Steph y Tristan, y Hardin se me quedó mirando en silencio mientras lo leía. Por suerte, no me preguntó por el contenido.

Tengo que hablar contigo mañana por la mañana, a solas.

Eso me ha escrito Zed.

No sé qué pensar del mensaje. No sé si debería hablar con él, teniendo en cuenta que le dijo a Tristan que presentaría cargos contra Hardin. Espero que sólo lo dijera para impresionarlo, para salvaguardar su reputación. No sé qué haré si Hardin se mete en un problema, en uno de verdad. Debería responder al mensaje, pero no sé si es buena idea ver a Zed o hablar con él a solas. Hardin ya tiene bastantes problemas, no necesita que yo empeore la situación.

—¿Me estás escuchando? —Me da un codazo y levanto la cabeza, lejos de su reconfortante abrazo.

—No, perdona.

—¿En qué estás pensando?

—En todo: mañana, los cargos, la expulsión, Inglaterra, Seattle, mi padre... —Suspiro—. En todo.

—¿Vendrás conmigo? ¿A lo de la expulsión? —No le tiembla la voz, pero está nervioso.

—Si tú quieres... —digo.

—Te necesito.

—Allí estaré. —Necesito cambiar de tema, así que declaro—: No puedo creer que te lo hayas tatuado; ¿me dejas verlo?

Me aparta con cuidado para poder darse la vuelta.

—Levántame la camiseta.

Le levanto la camiseta negra hasta que descubro toda su espalda y luego jalo la venda blanca que cubre la tinta fresca.

—Hay un poco de sangre en la venda —le digo.

—Es normal —explica burlándose un poco de mi ignorancia en estos temas.

Rodeo la zona enrojecida con el dedo y admiro las palabras perfectas. El tatuaje que se ha hecho por mí es mi nuevo favorito. Las palabras perfectas, palabras que significan mucho para mí, y parece que también para él. Pero me las estropeó la noticia de que me voy a Seattle, esa que aún no le he dado. Se lo contaré mañana, en cuanto sepamos qué pasa con la expulsión. Me prometí mil veces que se lo contaré. Cuanto más espere, más se va a enojar.

—¿Te parece suficiente compromiso, *Tessie*?

Le lanzo una mirada asesina.

—No me llames así.

—Odio ese nombre —dice volviendo la cabeza para mirarme, acostado boca abajo.

—Yo también, pero no quiero decírselo. En fin, a mí con el tatuaje me basta.

—¿Segura? Porque puedo volver y tatuarme tu cara justo debajo.

—¡No, por favor! —Niego con la cabeza y él se dobla de la risa.

—¿Seguro que con esto te basta? —Se sienta en la cama y se baja la camiseta—. Nada de matrimonio —añade.

—¿De eso se trata? ¿Te has hecho un tatuaje como alternativa al matrimonio? —No sé qué pensar al respecto.

—No, no exactamente. Me hice el tatuaje porque quiero y porque tenía tiempo que no me hacía ninguno.

—Qué considerado.

—Y también por ti, para demostrarte que esto es lo que quiero. —Hace un gesto para explicar que se trata de nosotros y me toma la mano—. Sea lo que sea lo que hay entre nosotros, no quiero perderlo jamás. Lo he perdido antes, e incluso ahora no estoy seguro de tenerlo del todo, pero sé que vamos por buen camino.

Su mano está tibia y es perfecta para la mía.

—Por eso, de nuevo, escogí las palabras de un hombre mucho más romántico que yo para que captaras el mensaje. —Me dirige su mejor sonrisa, aunque veo el terror que se oculta tras ella.

—Creo que Darcy se quedaría horrorizado de ver lo que has hecho con sus palabras.

—Yo creo que me chocaría los cinco —presume.

Suelto la carcajada.

—¿Te chocaría los cinco? Fitzwilliam Darcy jamás haría nada parecido.

—¿Crees que es demasiado bueno como para chocar los cinco? Claro que no. Se sentaría conmigo a tomarse una chela. Nos haríamos amigos hablando de lo tercas que son las mujeres de nuestra vida.

—Son afortunados de tenernos en sus vidas, porque Dios sabe que nadie más los aguantaría.

—¿Eso crees? —me reta con una sonrisa rodeada de hoyuelos.

—Salta a la vista.

—Supongo que tienes razón. Pero yo te cambiaría por Elizabeth sin pensarlo.

Aprieto los labios, arqueo una ceja y espero una explicación.

—Porque ella comparte mi opinión sobre el matrimonio.

—Y, aun así, se casó —le recuerdo.

Con un gesto muy poco propio de él, me toma de las caderas y me recuesta otra vez en la cama. Mi cabeza aterriza en la montaña de cojines decorativos que él tanto detesta (cosa que no deja de recordarme).

—¡Se acabó! ¡Que Darcy las aguante a las dos! —Su risa inunda la habitación y la mía no se queda corta.

Estos pequeños dramas en los que peleamos por personajes de ficción y él se ríe tan a gusto como un niño son los momentos que hacen que todo el infierno por el que hemos pasado valga la pena. Son instantes como estos los que me resguardan de las duras realidades que hemos vivido a lo largo de nuestra relación y de todos los obstáculos que aún tenemos por delante.

—Parece que ya salió del baño —dice entonces Hardin en voz baja.

—Voy a darle las buenas noches. —Me revuelvo para que me suelte y le doy un beso furtivo en la frente.

Es raro ver a mi padre con la ropa de Hardin, pero al menos de talla le queda mejor de lo que esperaba.

—Gracias por la ropa. La dejaré aquí mañana antes de irme —me explica.

—No es necesario, puedes quedártela... si te hace falta.

Se sienta en el sillón con las manos en las piernas.

—Ya has hecho mucho por mí, más de lo que merezco.

—No es nada, de verdad.

—Eres mucho más comprensiva que tu madre. —Sonríe.

—En realidad creo que no comprendo nada, pero lo estoy intentando.

—No puedo pedirte más, sólo un poco de tiempo para conocer a mi pequeña... Bueno, a mi hija, que ya es una adulta.

Sonrío tensa.

—Eso estaría bien.

Sé que le queda un largo camino por recorrer y no lo voy a perdonar de la noche a la mañana, pero es mi padre y no tengo energía para odiarlo. Quiero creer que puede cambiar. Sé que es posible, no hay más que ver al padre de Hardin, que logró darle un giro a su vida, incluso a pesar de que su hijo es incapaz de olvidar el pasado. También he visto cambiar a Hardin. Es necio como pocos, así que creo que hay esperanza para mi padre, por muy mal que le haya ido.

—Hardin me odia —dice—. Creo que es la horma de mi zapato.

Su sentido del humor es contagioso, y me río.

—Sí. No te quepa duda.

Miro al final del pasillo. Mi chico, mal encarado y vestido de negro, nos observa con mirada recelosa.

CAPÍTULO 4

Tessa

—Apágala —gruñe Hardin cuando la alarma resuena por la habitación.

Agarro el celular con dedos torpes y, con el pulgar, toco la pantalla y el desagradable sonido cesa. Me pesan los hombros cuando me siento en la orilla de la cama. Las tensiones de hoy amenazan con tumbarme de espaldas: la decisión de la universidad acerca de la expulsión de Hardin; la posibilidad de que Zed presente cargos contra él y, por último, su posible reacción cuando le cuente que voy a seguir a la editorial Vance a Seattle, y que quiero que venga conmigo a pesar de que dijo que detesta la ciudad.

No sé cuál me da más miedo. Cuando enciendo la luz del baño y me lavo la cara con agua fría, me doy cuenta de que los cargos por agresión son lo que más me aterra. Si Hardin va a la cárcel, no sé qué voy a hacer, o qué hará él. Me pongo mal sólo de imaginarlo. De repente me acuerdo de que Zed quería verme hoy y no paro de pensar acerca de qué querrá hablar, sobre todo porque la última vez que lo vi me dio a entender que se había enamorado de mí.

Inspiro y exhalo en la suave toalla que cuelga de la pared. ¿Debería responder al mensaje de Zed y ver qué tiene que contarme? Puede que me explique por qué le dijo a Tristan una cosa y a mí otra sobre lo de presentar cargos. Me siento culpable por pedirle que no los presente, y más después de que Hardin lo enviara al hospital, pero amo a Hardin y, al principio, las intenciones de Zed eran idénticas a las suyas: ganar la apuesta. Ninguno de los dos es un angelito.

Antes de que le dé demasiadas vueltas o me ponga a pensar en las consecuencias, le escribo a Zed. Sólo estoy intentando ayudar a Hardin. Me lo repito una y otra vez después de enviar el mensaje y obsesionarme con mi pelo y el maquillaje.

Cuando veo que la cobija está doblada y colocada con esmero en el reposabrazos del sillón, se me cae el alma a los pies. ¿Se ha ido? ¿Cómo voy a contactarme con él?

El sonido de un mueble de la cocina al cerrarse me sube la moral. Entro en la oscura estancia, enciendo la luz y, del susto, a mi padre se le cae una cuchara al suelo de concreto.

—Perdona, he intentado no hacer ruido —dice mientras se apresura a recoger el cubierto.

—Tranquilo, ya estaba despierta. Podrías haber encendido la luz. —Me río suavemente.

—No era mi intención despertar a nadie. Sólo quería preparar cereal, espero que no te importe.

—Por supuesto que no. —Prendo la cafetera y miro el reloj. Tengo que despertar a Hardin dentro de quince minutos.

—¿Qué planes tienes para hoy? —me pregunta con la boca llena de los cereales favoritos de Hardin.

—Yo tengo clase, y Hardin tiene una reunión con la Dirección de Ordenación Académica de la universidad.

—¿La dirección de la universidad? Parece muy serio...

Miro a mi padre y me pregunto si debería contárselo. Pero tengo que empezar por alguna parte, así que le digo:

—Se metió en una pelea en el campus.

—Y ¿por eso va a tener que hablar ante la dirección? En mis tiempos, te daban un azote y nada más.

—Destrozó un montón de bienes, cosas caras, y le rompió la nariz al otro chico.

Suspiro y remuevo una cucharita de azúcar en mi café. Hoy necesito la energía extra.

—Muy bonito. Y ¿cuál fue el motivo de la pelea?

—Yo, más o menos. Era algo que venía de tiempo atrás, hasta que al final... explotó.

—Hoy ya me cae mejor que anoche. —Sonríe.

Me alegro de que le guste mi novio, pero no por esa razón. No quiero que se hagan amigos por su pasión por la violencia. Meneo la cabeza y bebo la mitad de mi café, dejando que el líquido caliente me calme los nervios desbocados.

—¿De dónde es? —Parece muy interesado en saber más sobre Hardin.

—Es inglés.

—Eso pensaba, por el acento. Aunque a veces no lo distingo del acento australiano. ¿Su familia sigue allí?

—Su madre, sí. Su padre vive aquí. Es el rector de la WCU.

Los ojos cafés le brillan de curiosidad.

—Qué ironía que vayan a expulsarlo.

—Tremenda —suspiro.

—¿Tu madre lo conoce? —pregunta llevándose a la boca una enorme cucharada de cereales.

—Sí, y lo odia —repongo frunciendo el ceño.

—*Odiar* es una palabra muy fuerte.

—Créeme, en este caso, se queda corta.

El dolor de haber perdido la relación con mi madre es mucho menos intenso que antes. No sé si eso es o no bueno.

Mi padre deja la cuchara en el tazón y asiente muchas veces.

—Puede ser muy testaruda, pero sólo se preocupa por ti.

—No tiene por qué preocuparse, estoy bien.

—Deja que se le pase. No deberías tener que elegir a uno o a otra. —Sonríe—. A tu abuela yo tampoco le gustaba, seguro que me está lanzando miradas asesinas desde la tumba.

Esto es muy raro. Después de todos estos años, estoy en la cocina con mi padre, platicando muy contentos con una taza de café y un plato de cereales.

—Es muy duro porque siempre hemos estado muy unidas... —digo—. Todo lo unidas que ella es capaz de estar, claro.

—Siempre ha querido que fueses como ella, se aseguró de que así fuera desde que naciste. No es mala persona, Tessie. Sólo está asustada.

Lo miro inquisitiva.

—¿De qué?

—De todo. La asusta perder el control. Estoy seguro de que le entró el pánico cuando te vio con Hardin y se dio cuenta de que había perdido el control sobre ti.

Miro mi taza vacía.

—¿Por eso te fuiste? ¿Porque quería controlarlo todo?

Mi padre suspira, es un sonido ambiguo.

—No. Me fui porque tengo mis problemas y no éramos buenos el uno para el otro. No te preocupes por nosotros. —Se ríe—. Preocúpate de ti y del peleonero de tu novio.

No me imagino al hombre que tengo delante y a mi madre manteniendo una conversación: parecen la noche y el día. Miro el reloj, son más de las ocho.

Me levanto y meto mi taza en el lavaplatos.

—Debo despertar a Hardin. Anoche metí tu ropa en la lavadora. Voy a vestirme y te la traigo.

Entro en el cuarto y veo que Hardin ya está despierto. Lo observo ponerse la camiseta negra y sugiero:

—Tal vez sea mejor que hoy te pongas algo más formal.

—¿Por?

—Porque van a decidir el futuro de tu educación, y una camiseta negra no demuestra que te interese lo más mínimo. Puedes cambiarte en cuanto termine, pero de verdad creo que deberías arreglarte un poco.

—Mieeeeeerda —dice exagerando la entonación y echando la cabeza atrás.

Paso junto a él y saco del ropero la camisa negra y los pantalones de vestir.

—No, el traje de los domingos, no, carajo.

Le paso los pantalones.

—Sólo será un ratito.

Agarra los pantalones como si fueran un desecho radiactivo, o un dispositivo extraterrestre.

—Si me pongo esta mierda y me corren, arderá el campus.

—Eres tan melodramático... —Pongo los ojos en blanco pero no parece que le haga gracia ponerse los pantalones negros de vestir.

—¿Seguimos teniendo un albergue para los sin techo en casa?

Dejo caer la camisa sobre la cama, con gancho y todo, y me voy dando grandes pasos hacia la puerta.

Se pasa los dedos frenético por el pelo.

—Carajo, Tess. Perdona. Me estoy poniendo nervioso, y ni siquiera puedo cogerte para tranquilizarme porque tu padre está en nuestro sillón.

Sus palabras vulgares me revuelven las hormonas, pero tiene razón: que mi padre esté en la habitación contigua es un gran impedimento. Me acerco a Hardin, que tiene problemas para abrocharse la camisa, y le aparto las manos.

—Lo hago yo —me ofrezco.

Su mirada se suaviza pero sé que le está entrando el pánico. Odio verlo así, es muy raro. Suele mantener las emociones bajo control, nada parece importarle gran cosa. Excepto yo, e incluso entonces sabe esconder muy bien sus sentimientos.

—Todo saldrá bien, nene. Se arreglará.

—¿*Nene*? —Su sonrisa es instantánea, igual que el rubor de mis mejillas.

—Sí..., nene. —Le arreglo el cuello de la camisa y me besa en la punta de la nariz.

—Tienes razón. En el peor de los casos, nos iremos a Inglaterra.

No hago comentarios y vuelvo al ropero por mi ropa del día.

—¿Crees que me dejarán entrar contigo? —le pregunto sin saber qué ponerme.

—¿Quieres entrar?

—Si me lo permiten... —Escojo el vestido morado que tenía pensado ponerme para ir a Vance mañana. Me desnudo y me visto lo más rápido posible. Me pongo unos zapatos negros de tacón y me aparto del ropero sujetándome el delantero del vestido—. ¿Me ayudas? —le pregunto volviéndome de espaldas.

—Me estás torturando a propósito.

Las puntas de sus dedos recorren mis hombros desnudos y bajan por mi espalda. Se me pone la piel chinita.

—Perdona. —Tiene la boca seca.

Me sube el cierre muy despacio y me estremezco cuando sus labios rozan la piel sensible de mi nuca.

—Tenemos que irnos ya —le digo.

Él gruñe y me clava los dedos en las caderas.

—Voy a llamar a mi padre por el camino. ¿Vamos a dejar al tuyo... en algún sitio?

—Ahora se lo pregunto. ¿Te importa tomar mi bolsa? —le digo, y él asiente.

—¿Tess? —me llama en cuanto sujeto la manija de la puerta—. Me gusta ese vestido. Y tú. Bueno, a ti te quiero... y a tu nuevo vestido —divaga—. Los quiero a ti y a tu ropa linda.

Hago una reverencia y me doy la vuelta para que me vea bien. Por mucho que deteste ver a Hardin tan nervioso, me resulta a la vez muy atractivo porque me recuerda que no es tan duro como parece.

En la sala, mi padre está dormido sentado en el sillón. No sé si debería despertarlo o simplemente dejarlo descansar hasta que volvamos del campus.

—Déjalo dormir. —Hardin me ha leído el pensamiento y responde por mí.

Le escribo una nota rápida para decirle a qué hora volveremos y añado nuestros números de teléfono. No creo que tenga celular, pero se los dejo por si acaso.

El trayecto a la universidad se hace corto, demasiado corto, y Hardin parece que va a empezar a gritar o a pegar puñetazos en cualquier momento. Cuando llegamos, busca con la mirada el coche de Ken en el estacionamiento.

—Dijo que lo esperara aquí —explica comprobando la pantalla de su celular por quinta vez en cinco minutos.

—Ahí está —digo señalando el coche plateado que acaba de entrar.

—Por fin. ¿Por qué chingados habrá tardado tanto?

—Sé amable con él, está haciendo esto por ti. Por favor, sé amable con él —le suplico, y suspira frustrado pero asiente.

Ken ha venido con su mujer, Karen, y con Landon, el hermanastro de Hardin. A él le sorprende, pero a mí me hace sonreír. Los adoro por ofrecerle su apoyo incluso cuando Hardin actúa como si no quisiera su ayuda.

—¿No tienes nada mejor que hacer? —le espeta Hardin a Landon.

—¿Y tú? —contraataca Landon.

Hardin se ríe.

Al oírlos, Karen sonríe con una felicidad que contrasta con la expresión que tenía al salir del coche de Ken.

—Espero que no se alargue mucho —dice Ken de camino al edificio de administración—. Llamé a todo el mundo y removí cielo y tierra. Rezo para que todo se resuelva. —Se detiene un momento y se vuelve hacia Hardin—: Deja que hable yo, lo digo en serio.

Aguarda la respuesta de su hijo, espera que esté de acuerdo.

—Bueno, está bien —contesta Hardin sin rechistar.

Ken asiente, abre las enormes puertas de madera y espera a que entremos todos. Luego, sin mirarme, dice en tono autoritario:

—Tessa, lo siento mucho, pero no puedes entrar con nosotros. No he querido insistir. Puedes esperarnos fuera si quieres. —Se vuelve y me mira comprensivo.

Pero Hardin enloquece al instante.

—¿Cómo que no puede entrar? ¡La necesito a mi lado!

—Lo sé, y lo siento, pero sólo puede acompañarte la familia —le explica su padre mientras nos guía por el largo pasillo—. A menos que hubiera sido testigo pero, aun así, supondría un enorme conflicto de intereses.

Ken se detiene entonces ante una sala de reuniones y susurra:

—Claro que no es como si para mí, que soy el rector, esto no fuera un conflicto de intereses. No obstante, eres mi hijo, y creo que hoy con un conflicto nos basta.

Me vuelvo hacia Hardin.

—Tiene razón, es lo mejor. No pasa nada —le aseguro.

Me suelta la mano y asiente. Mira a su padre y le lanza cuchillos con los ojos. Ken suspira y dice:

—Hardin, por favor, procura...

Él levanta una mano.

—Lo haré, lo haré —dice, y me besa en la frente.

Entran los cuatro en la sala. Quiero pedirle a Landon que espere conmigo, pero sé que Hardin lo necesita dentro, lo admita o no. Me siento una inútil, esperando aquí sentada mientras un grupo de arrogantes con traje y corbata deciden el futuro académico de mi chico. Aunque, a lo mejor, hay un modo de ayudarlo...

Saco el celular y le envío un mensaje a Zed:

> Estoy en el edificio de administración. ¿Puedes venir?

Me quedo mirando la pantalla, esperando una respuesta. Se enciende en menos de un minuto.

> Sí, voy para allá.

Echo un último vistazo a la puerta y salgo. Hace frío, demasiado para aguardar en la calle con un vestido que me llega por las rodillas, pero no tengo otra elección.

Después de esperar un buen rato, decido volver a entrar y justo en ese momento aparece la vieja camioneta de Zed en el estacionamiento. Sale vestido con una sudadera negra y *jeans* oscuros y desgastados. El moretón que le cubre la cara me deja petrificada, a pesar de que ya lo había visto.

Se mete las manos en el bolsillo de la sudadera.

—Hola.

—Hola. Gracias por venir.

—Fue idea mía, ¿recuerdas? —Me sonríe, y me siento un poco mejor. Le devuelvo la sonrisa.

—Tienes razón.

—Quiero hablar contigo de lo que me dijiste en el hospital —me dice. De eso precisamente era de lo que yo quería hablar.

—Yo también —contesto.

—Tú primero.

—Steph dice que le dijiste a Tristan que ibas a presentar cargos contra Hardin. —Intento no mirarlo a los ojos morados e inyectados en sangre.

—Es verdad.

—Pero a mí me dijiste que no ibas a hacerlo. ¿Por qué me mentiste?

—No te mentí. Esa era mi intención cuando te lo dije.

Doy un paso hacia él.

—¿Qué te hizo cambiar de opinión?

Se encoge de hombros.

—Muchas cosas. He pensado en todo lo que me hizo, y en todo lo que te ha hecho a ti. No se merece irse en blanco. —Se señala la cara—. Carajo, mira cómo me dejó, Tess.

No sé qué decirle. Tiene todo el derecho del mundo a estar furioso con Hardin, pero desearía que no tomara medidas legales contra él.

—Bastante bronca tiene ya con la Dirección de Ordenación Académica —digo con la esperanza de hacerle cambiar de opinión.

—No le pasará nada. Steph me ha dicho que su padre es el rector —resopla.

«Maldita seas, Steph; ¿por qué has tenido que contárselo?»

—Eso no significa que vaya a salir impune.

Sin embargo, mis palabras sólo consiguen exasperarlo.

—Tessa, ¿por qué siempre saltas en su defensa? Da igual lo que haga, ¡tú siempre estás ahí para recoger los platos rotos!

—No es verdad —miento.

—¡Lo es! —Levanta las manos al cielo impotente—. ¡Y lo sabes! Me dijiste que ibas a considerar la idea de dejarlo, y a los dos días te veo en una tienda de tatuajes con él. No tiene sentido.

—Sé que no lo entiendes, pero lo quiero.

—Si tanto lo quieres, ¿cómo es que vas a huir a Seattle?

Sus palabras me desconciertan. Me quedo muda un segundo, pero luego digo:

—No huyo a Seattle, me voy porque me ha surgido una buena oportunidad.

—Él no irá contigo. En nuestro grupo de amigos se habla, ¿sabes?

«¿Qué?»

—Estaba pensando en venirse —miento, aunque sé que no engaño a Zed.

Con mirada desafiante, mira a un lado y luego me mira a los ojos.

—Si me dices que no sientes nada por mí, nada en absoluto, retiraré los cargos.

En ese momento el aire se hace más frío y el viento sopla con más fuerza.

—¿Qué?

—Ya me has oído. Dime que te deje en paz y que no vuelva a hablar contigo y lo haré.

Su petición me recuerda a algo que Hardin me dijo hace mucho.

—Pero eso no es lo que quiero. No quiero que no vuelvas a hablarme —confieso.

—Entonces ¿qué quieres? —pregunta con la voz cargada de rabia y de tristeza—. ¡Porque pareces estar tan confusa como yo! Me envías mensajes para que nos veamos, me besas, duermes conmigo en la misma cama. ¡Siempre acudes a mí cuando te hace daño! ¿Qué quieres de mí?

Creía haber dejado mis intenciones claras en el hospital.

—No sé lo que quiero de ti, pero lo quiero a él y eso no cambiará nunca. Perdona que te haya dado una falsa impresión, pero...

—¡Dime por qué vas a mudarte a Seattle dentro de poco y aún no se lo has contado! —me grita agitando las manos.

—No lo sé... Se lo contaré cuando tenga la oportunidad de hacerlo.

—No vas a decírselo porque sabes que te dejará —me espeta mirando detrás de mí.

—Él..., bueno... —No sé qué decir. Porque me da miedo que Zed esté en lo cierto.

—Pues adivina qué, Tessa. Ya me darás las gracias.

—¿Por?

Sus labios se curvan en una sonrisa maliciosa. Levanta un brazo y señala detrás de mí. Un escalofrío me recorre de pies a cabeza.

—Por habérselo contado por ti.

Sé que cuando me dé vuelta me encontraré a Hardin detrás de mí. Juro que puedo oír su respiración entrecortada por encima del fuerte azote del viento.

CAPÍTULO 5

Hardin

Cuando salgo, el viento me azota la cara y trae consigo el sonido de la única voz que no esperaba oír en este momento. Acabo de tener que soportar a un montón de gente hablando mal de mí mientras yo tenía que morderme la lengua. Y, después de eso, lo único que quería oír era la voz de mi chica, de mi ángel.

Y ahí estaba su voz. Pero también estaba la de él. Doblo la esquina y lo veo. Ahí están. Tessa y Zed.

Mi primer pensamiento es: «¿Qué chingados hace él aquí? ¿Qué hace Tessa aquí fuera hablando con él? ¿Qué parte de "No te acerques a él" no ha entendido?».

Cuando ese cabrón le levanta la voz, camino hacia ellos. Nadie tiene derecho a gritarle así, nadie. Pero cuando menciona Seattle... Freno en seco.

«¿Tessa está planeando irse a Seattle? Y ¿cómo es que Zed lo sabía y yo no?...»

No puede estar pasando. Esto no puede estar pasando. Ella nunca planearía mudarse sin contármelo...

La mirada enloquecida de Zed y su sonrisa de comemierda se burlan de mí mientras intento ordenar mi revoltijo de ideas. Cuando Tessa se vuelve en mi dirección, es como si lo hiciera en cámara lenta. Tiene los ojos grises muy abiertos y las pupilas dilatadas por la sorpresa que se ha llevado al verme.

—Hardin... —Veo que sigue hablando pero su voz es demasiado débil y se pierde en el viento.

No sé qué decir y me quedo de pie con la boca abierta. La cierro. La vuelvo a abrir y sigo repitiendo los mismos gestos una y otra vez, hasta que al fin mis labios consiguen articular las palabras.

—¿Conque ese era tu plan? —consigo decir.

Se aparta el pelo de la cara, frunce los labios y se frota los antebrazos con las manos, que tiene cruzadas sobre el pecho.

—¡No! ¡No es lo que crees, Hardin, yo...!

—Vaya par de conspiradores. Tú... —digo señalando al maldito bastardo— te dedicas a maquinar y a intrigar a mis espaldas e intentas robarme a mi chica una y otra y otra vez. Da igual lo que haga o las veces que te parta la puta cara, vuelves arrastrándote como una maldita cucaracha.

Es sorprendente. Se atreve a hablar:

—Ella...

—Y tú... —Señalo a la chica rubia que tiene mi mundo bajo la suela de sus tacones negros—. Tú... no haces más que jugar conmigo. ¡Actúas como si te importara cuando en realidad has estado planeando dejarme todo el tiempo! Sabes que no voy a irme a Seattle, y aun así vas a mudarte ¡sin decirme nada!

Tiene los ojos llorosos, y me suplica:

—¡Por eso no te lo había contado todavía, Hardin, porque...!

—Cállate —le digo, y se lleva la mano al pecho, como si mis palabras la hubieran herido.

Puede que así sea. Puede que eso sea lo que quiero, para que se sienta como yo.

¿Cómo ha podido humillarme de este modo delante de Zed?

—¿Qué hace él aquí? —le pregunto.

No hay ni rastro de su sonrisa de satisfacción cuando ella se vuelve para mirarlo antes de mirarme a mí.

—Yo le pedí que viniera.

Doy un paso atrás fingiendo sorpresa. O puede que me haya sorprendido de verdad. No sé muy bien qué es lo que siento, porque paso demasiado rápido de un sentimiento a otro.

—¡Ahí lo tenemos! Está claro que lo de ustedes es muy especial.

—Sólo quería hablar con él sobre lo de presentar cargos. Estoy intentando ayudarte, Hardin. Escúchame, por favor. —Tessa da un paso hacia mí, apartándose de nuevo el pelo de la cara.

Niego con la cabeza.

—¡A la chingada! He escuchado toda la conversación. Si no lo quieres, díselo ahora mismo, delante de mí.

Sus ojos llorosos me ruegan en silencio que ceda y que no la obligue a humillarlo en mi presencia, pero no me conmueve.

—O se lo dices, o tú y yo hemos terminado. —Mis palabras me queman la lengua como si fueran ácido.

—No te quiero, Zed —dice mirándome a mí. Lo dice precipitadamente, asustada, y sé que le duele decirlo.

—¿Ni un poco? —pregunto copiándole a Zed su sonrisa de satisfacción de antes.

—Ni un poco. —Tessa frunce el ceño, y él se pasa la mano por el pelo.

—No quieres volver a verlo —la instruyo—. Date vuelta y díselo.

Pero es Zed el que habla.

—Hardin, déjalo. Ya está. Lo entiendo. No tengo por qué aguantar estos jueguecitos, Tess. Mensaje recibido —dice. Es patético, como un niño triste.

—Tessa... —empiezo a decir, pero cuando me mira, lo que veo en sus ojos casi me pone de rodillas. Asco. Le doy asco.

Da un paso hacia mí.

—No, Hardin. No pienso hacerlo. No porque quiera estar con él, porque no quiero, te quiero a ti y sólo a ti, sino porque nada más lo haces por molestar y está mal y es cruel y no pienso ayudarte. —Intenta contenerse para no llorar.

«¿Qué carajos estoy haciendo?»

Como una fiera, me dice:

—Me voy a casa. Cuando quieras hablar de Seattle, allí estaré.

Y con eso da media vuelta y se va.

—¡No tienes forma de llegar a casa! —le grito.

Zed levanta la mano y señala hacia Tessa.

—Yo la llevaré —dice.

Algo se rompe en mi interior.

—Si no fuera porque ya estoy de mierda hasta el cuello por tu culpa, te mataría ahora mismo. Y no me refiero a romperte un hueso, sino a partirte el cráneo contra el cemento y a quedarme mirando mientras te desangras vivo sobre él...

—¡Basta! —me grita Tessa, ocultando las lágrimas.

—Tessa, si... —dice Zed en voz baja.

—Zed, te agradezco todo lo que has hecho por mí, pero necesito que pares, por favor. —Trata de parecer serena, aunque fracasa miserablemente.

Con un último suspiro, da media vuelta y empieza a caminar.

Voy hacia el coche y, en cuanto lo tengo delante, aparecen Landon y mi padre. Lo que faltaba. Oigo el taconeo de Tessa detrás de mí.

—Nos vamos —les digo antes de que puedan abrir la boca.

—Ahora te llamo —le informa Tessa a Landon.

—¿Sigue en pie lo del miércoles? —le contesta Landon.

Ella le sonríe, una sonrisa falsa para enmascarar el pánico que brilla en sus ojos.

—Sí, por supuesto.

Landon me lanza una mirada asesina, ha notado la tensión que hay entre nosotros. «¿Estará al tanto de sus planes? Seguro, es probable que hasta la haya ayudado a organizarlos.»

Me meto en el coche sin intentar ocultar mi impaciencia.

—Luego te llamo —vuelve a decirle a Landon, y se despide con la mano de mi padre antes de subir al coche.

Apago la música en cuanto se abrocha el cinturón.

—Adelante —invita sin emoción.

—¿Qué?

—Adelante, grítame. Sé que vas a gritarme.

Su suposición me deja mudo. Pues sí, tenía pensado gritarle, pero que lo tuviera tan claro me ha sorprendido.

Aunque es normal que se lo espere, es lo que sucede siempre. Lo que hago siempre.

—¿Y bien? —Aprieta los labios en una fina línea.

—No voy a gritarte.

Me mira un instante antes de centrarse en un punto lejano más allá del parabrisas.

—No sé qué hacer, aparte de gritarte... Ese es el problema. —Suspiro derrotado con la frente contra el volante.

—No estaba haciendo planes a tus espaldas, Hardin, al menos, no a propósito.

—Pues es lo que parece.

—Yo nunca te haría eso. Te quiero. Lo entenderás cuando lo superemos.

Sus palabras me saltan en cuanto la ira se apodera de mí.

—Lo que entiendo es que vas a mudarte... y en poco tiempo. Ni siquiera sé cuándo..., y eso que vivimos juntos, Tessa. Compartimos la pinche cama, y ¿tú ibas a dejarme sin más? Siempre supe que lo harías.

La oigo desabrocharse el cinturón de seguridad. Me pone las manos en los hombros, me empuja hacia atrás y en cuestión de segundos está sentada a horcajadas encima de mí, rodeándome el cuello con los brazos fríos y su rostro bañado en lágrimas hundido contra mi pecho.

—Quítate —le digo intentando que me suelte.

—¿Por qué siempre piensas que voy a dejarte? —Me abraza con más fuerza.

—Porque lo harás.

—No me voy a Seattle para dejarte. Me voy por mí y por mi carrera. Siempre he planeado irme a vivir allí y es una oportunidad increíble. Se lo pedí al señor Vance mientras decidíamos qué íbamos a hacer, y estuve a punto de contártelo muchas veces, pero o bien me interrumpías o bien no querías hablar de nada serio en ese momento.

Sólo puedo pensar en ella haciendo las maletas y dejándome sin nada más que una pinche nota en la barra de la cocina.

—No te atrevas a intentar culparme a mí. —Mi voz no suena con la convicción que me gustaría.

—No te estoy echando la culpa, pero sabía que no ibas a apoyarme. Sabes que es muy importante para mí.

—Entonces ¿qué vas a hacer? Si te marchas, no podré estar contigo. Te quiero, Tessa, pero no voy a irme a vivir a Seattle.

—¿Por? Ni siquiera sabes si te va a gustar o no. Al menos podríamos intentarlo y, si lo odias, podríamos marcharnos a Inglaterra... tal vez —dice sollozando.

—Tú tampoco sabes si te va a gustar Seattle. —La miro impasible—. Lo siento, pero vas a tener que elegir: Seattle o yo.

Levanta la vista un instante, luego vuelve a sentarse en el asiento del acompañante sin decir una palabra.

—No tienes que decidir nada ahora mismo, pero el tiempo se acaba. —Pongo el coche en automático y salgo del estacionamiento.

—No puedo creer que me obligues a elegir —replica sin mirarme siquiera.

—Sabes lo que opino de Seattle. Tienes suerte de que haya mantenido la calma cuando te vi con Zed.

—¿Tengo suerte? —resopla.

—Ha sido un día de la chingada y sólo acaba de empezar. No discutamos sobre eso. Necesito una respuesta para el viernes, a menos que ya te hayas ido para entonces. —Sólo de pensarlo me dan escalofríos.

Sé que va a elegirme a mí, tiene que hacerlo. Podríamos irnos a Inglaterra, lejos de toda esta mierda. No ha dicho nada sobre las clases que va a perderse hoy. Me alegro, no necesito otra pelea.

—Estás siendo muy egoísta —me acusa.

No se lo discuto porque sé que tiene razón. Pero le digo:

—Bueno, pues algunos pensarían que también es muy egoísta no decirle a alguien en qué fecha tienes pensado abandonarlo. ¿Dónde vas a vivir? ¿Ya tienes departamento?

—No, pensaba buscar uno mañana. El miércoles nos vamos de viaje con tu familia.

Tardo un momento en darme cuenta de a quién se refiere.

—¿Nos vamos?

—Dijiste que irías...

—Estoy intentando recuperarme de la chingadera de Seattle, Tessa. —Sé que me estoy comportando como un mamón, pero esto es un asco—. Y no olvidemos que llamaste a Zed —recalco.

Tessa permanece en silencio mientras manejo. Tengo que mirarla un millar de veces para asegurarme de que no se ha dormido.

—¿Ahora no me hablas? —le pregunto cuando llegamos al estacionamiento de nuestro... de mi departamento.

—No sé qué decir —contesta en voz baja, derrotada.

Me estaciono y entonces me acuerdo.

«Mierda.»

—Tu padre sigue aquí, ¿no?

—No tiene otro sitio adonde ir... —responde sin mirarme.

Salimos del coche y le digo:

—Cuando lleguemos a casa le preguntaré dónde quiere que lo deje.

—No, lo llevo yo —musita.

Aunque mi chica camina a mi lado, parece estar a muchos kilómetros de mí.

CAPÍTULO 6

Tessa

Hardin me ha decepcionado tanto que ni siquiera tengo fuerzas para discutir, y está demasiado encabronado conmigo para hablar sin gritarme. Su reacción no ha sido tan mala como esperaba, pero ¿cómo puede obligarme a elegir? Sabe lo importante que es Seattle para mí, y no parece tener ningún problema en hacerme renunciar a algo por él; eso es lo que más me duele. Siempre dice que no puede vivir sin mí, que no puede estar sin mí; sin embargo, me ha dado un ultimátum, y no es justo.

—Como se haya largado con nuestras cosas... —empieza a decir cuando llegamos a la puerta.

—Basta. —Espero que note lo cansada que estoy y que no insista.

—Advertida estás.

Meto la llave en la cerradura y la hago girar. Por un momento me planteo la posibilidad de que Hardin esté en lo cierto. La verdad es que no conozco a ese hombre.

Cualquier paranoia desaparece en cuanto entramos. Mi padre está tirado sobre el reposabrazos del sillón, con la boca abierta y roncando a más no poder.

Sin decir una palabra, Hardin se mete en la recámara y yo voy a la cocina por un vaso de agua. Necesito un minuto para pensar en mi siguiente movimiento. Lo último que quiero es pelearme con Hardin, pero estoy harta de que sólo piense en sí mismo. Sé que cambió mucho, que se esforzó mucho, pero le he dado una oportunidad detrás de otra y el resultado ha sido un ciclo infinito de ruptura-reconciliación que pondría enferma incluso a la mismísima Catherine Earnshaw. No sé cuánto tiempo más podré mantenerme a flote mientras lucho contra este tsunami al que llamamos *relación*. Cada vez que siento que he aprendido a navegar las aguas, vuelve a engullirme otro conflicto más con Hardin.

Pasados unos instantes, me levanto y voy a ver a mi padre. Sigue roncando y me resultaría divertido si no estuviera tan preocupada. Decido un plan de acción y me meto en el cuarto.

Hardin está acostado en la cama boca arriba, con los brazos debajo de la cabeza, mirando al techo. Estoy a punto de hablar cuando él rompe el silencio:

—Me expulsaron, por si te interesa.

Me vuelvo hacia él a toda velocidad, con el corazón desbocado.

—¿Cómo?

—Sí. Eso hicieron. —Se encoge de hombros.

—Lo siento mucho. Debería habértelo preguntado antes. —Estaba segura de que Ken conseguiría sacar a su hijo de esta. Me da mucha lástima.

—No pasa nada. Estabas muy ocupada con Zed y tus planes para irte a Seattle, ¿no te acuerdas?

Me siento en la cama, lo más lejos posible de él, y hago un esfuerzo por morderme la lengua. En vano.

—Estaba intentando averiguar qué pensaba hacer con los cargos en tu contra. Dice que todavía...

Me interrumpe levantando las cejas con gesto de burla.

—Lo oí. Estaba presente, ¿recuerdas?

—Hardin, ya estoy harta de tu actitud. Sé que estás enojado, pero tienes que dejar de faltarme al respeto —digo muy despacio con la esperanza de hacerlo recapacitar.

Por un momento parece perplejo, pero no tarda en recuperarse.

—¿Perdona?

Intento mantener la expresión más neutra y serena que puedo.

—Ya me oíste. Deja de hablarme así.

—Lo siento, me corrieron de la facultad y a continuación te encuentro con él y descubro que vas a irte a vivir a Seattle. Creo que tengo derecho a estar un poco enojado.

—Cierto, pero no tienes derecho a comportarte como un cabrón. Esperaba que pudiéramos hablarlo y resolverlo como adultos... por una vez.

—¿Eso qué quiere decir? —Se incorpora pero yo me mantengo lejos.

—Significa que, después de cinco meses de estira y afloja, creía que éramos capaces de resolver un problema sin que ninguno de los dos se fuera o se pusiera a romper cosas.

—¿Cinco meses? —La mandíbula le llega al suelo.

—Sí, cinco meses. —Desvío la mirada incómoda—. Es el tiempo que hace que nos conocemos.

—No me había dado cuenta de que hiciera tanto.

—Pues sí. —Toda una vida, en mi opinión.

—Parece que fue ayer...

—¿Supone un problema? ¿Acaso crees que llevamos saliendo demasiado tiempo? —Por fin me atrevo a mirarlo a esos ojazos verdes.

—No, Tessa, sólo es que se me hace raro pensarlo, supongo. Nunca tuve una relación de verdad, cinco meses me parece mucho tiempo.

—Bueno, pero no hemos estado saliendo todo el tiempo. En realidad, hemos pasado la mayor parte peleándonos o evitándonos —le recuerdo.

—¿Cuánto estuviste con Noah?

La pregunta me toma por sorpresa. Hemos hablado alguna vez de mi relación con él, pero normalmente esas conversaciones duran menos de cinco minutos y terminan bruscamente por los celos de Hardin.

—Era mi mejor amigo desde que tengo uso de razón, pero empezamos a salir en la prepa. Creo que antes de eso ya estábamos saliendo, aunque ninguno de los dos lo sabía. —Lo observo con atención, esperando su reacción.

Hablar de Noah hace que lo extrañe, no en el sentido romántico, sino igual que uno extraña a un familiar cuando lleva mucho tiempo sin verlo.

—Ah. —Deja las manos sobre las piernas y me dan ganas de acercarme y agarrárselas—. ¿Se peleaban mucho?

—A veces. Nuestras peleas eran sobre qué película íbamos a ver o porque llegaba tarde a recogerme.

No levanta la vista.

—No eran como las nuestras, ¿no?

—No creo que nadie más tenga peleas como las nuestras. —Sonrío para intentar consolarlo.

—¿Qué más hacían? Quiero decir, juntos —dice, y juraría que en la cama tengo sentado a un niño pequeño, con los ojos verdes y brillantes y las manos temblorosas.

Me encojo de hombros.

—No gran cosa, aparte de estudiar y de ver cientos de películas. Supongo que más bien éramos los mejores amigos del mundo.

—Tú lo querías —me recuerda ese niño.

—No como te quiero a ti —le digo, igual que se lo he dicho ya millones de veces.

—¿Habrías renunciado a Seattle por él? —Se arranca los pellejitos de alrededor de las uñas. Cuando me mira, en sus ojos brilla la inseguridad.

Así que es por eso por lo que estamos hablando de Noah: la baja autoestima de Hardin ha vuelto a invadir sus pensamientos, a llevarlo a ese lugar en el que se compara con lo que cree, o con quien cree, que necesito.

—No.

—¿Por qué no?

Lo tomo de la mano para consolar al niño pequeño y preocupado.

—Porque no habría tenido que escoger. Él sabía que yo tenía planes y sueños y no me habría hecho elegir.

—Yo no tengo nada en Seattle —suspira.

—A mí..., me tienes a mí.

—No es suficiente.

Ah... Le doy la espalda.

—Sé que suena fatal, pero es la verdad. Allí no tengo nada y tú tendrás un nuevo trabajo y harás nuevos amigos...

—Tú también tendrás un nuevo empleo. Christian dijo que te daría trabajo... Y haremos nuevos amigos juntos.

—No quiero trabajar para él... Y los que tú escogerías para ser tus nuevos amigos seguro que no tienen nada que ver con la gente que me gustaría a mí. Todo sería muy distinto allí.

—Eso no lo sabes. Soy amiga de Steph.

—Sólo porque compartían habitación. No quiero irme a vivir allí, Tessa, y menos ahora que me expulsaron de la facultad. Para mí lo lógico sería volver a Inglaterra y terminar la universidad allí.

—La cuestión no es lo que tiene más lógica para ti.

—Teniendo en cuenta que has visto a Zed a mis espaldas otra vez, creo que no estás en posición de decidir nada.

—¿En serio? Porque tú y yo ni siquiera hemos establecido si volvemos a estar juntos o no. Yo accedí a mudarme aquí otra vez y tú accediste a tratarme mejor. —Me levanto de la cama y empiezo a dar zancadas por el suelo de concreto impreso—. Pero fuiste a darle a Zed una golpiza a mis espaldas, por eso te expulsaron. Así que el que no está en posición de decidir nada eres tú.

—¡Me estabas ocultando cosas! —replica levantando la voz—. ¡Planeabas dejarme y ni siquiera me lo habías dicho!

—¡Lo sé! Y lo siento, pero en vez de discutir acerca de quién está más equivocado de los dos, ¿por qué no intentamos arreglarlo o llegar a algún tipo de compromiso?

—Tú... —Deja de hablar y se levanta de la cama—. Tú no...

—¿Qué? —insisto.

—No lo sé, no puedo ni pensar de lo encabronado que me tienes.

—Siento que te hayas enterado así. Aparte de eso, no sé qué otra cosa decir.

—Dime que no vas a irte.

—No voy a tomar una decisión en este momento. No tengo por qué hacerlo.

—Entonces ¿cuándo? No voy a quedarme esperando...

—Y ¿qué vas a hacer?, ¿irte? ¿Qué ha sido de aquello de no querer pasar ni un solo día sin mí?

—¿Lo dices en serio? ¿Vas a restregármelo ahora? ¿No crees que podrías haberme contado que ibas a irte a vivir a Seattle antes de que me hiciera un pinche tatuaje por ti? Es que tiene tela... —Da un paso hacia mí, desafiante.

—¡Iba a decírtelo! —le aseguro.

—Pero no lo hiciste.

—¿Cuántas veces más vas a reprochármelo? Podemos pasarnos así todo el día, pero la verdad es que no tengo fuerzas. Paso.

—¿Pasas? ¿Pasas?... —Sonríe.

—Sí, yo paso.

Es la verdad. Paso de discutir con él por Seattle. Es agobiante y frustrante, y estoy hasta la madre.

Saca una sudadera negra del ropero y se la pone antes de calzarse las botas.

—¿Adónde vas? —exijo saber.

—A cualquier parte con tal de largarme de aquí —resopla.

—Hardin, no tienes por qué irte —le digo a su espalda cuando abre la puerta, pero no me hace caso.

Si mi padre no estuviera en la sala, saldría detrás de él y lo obligaría a quedarse.

Pero, para ser sincera, ya estoy harta de ir detrás de él.

CAPÍTULO 7

Hardin

El padre de Tessa está despierto, sentado en el sillón con los brazos cruzados y mirando por la ventana.

—¿Te llevo a alguna parte? —le pregunto.

No me apasiona la idea de llevarlo a ningún sitio, pero aún me hace menos gracia dejarlo a solas con ella.

Gira la cabeza, como si lo hubiera asustado.

—Sí, si no es molestia.

—No lo es —me apresuro a responder.

—Está bien. Iré a despedirme de Tessie. —Mira hacia nuestro cuarto.

Me dirijo a la puerta sin saber qué voy a hacer cuando haya soltado a este pobre diablo, pero no nos conviene a ninguno de los dos que me quede aquí. Sé que ella no tiene toda la culpa, aunque estoy acostumbrado a desquitarme con los demás y ella siempre está conmigo, así que es un blanco fácil. Lo que me convierte en un hijo de perra patético, soy consciente de ello. No aparto la vista de la entrada de nuestro departamento, esperando a Richard. Si no viene pronto, me iré solo. Sin embargo, suspiro porque no quiero dejarlo aquí con ella.

Por fin, el padre del año sale por la puerta bajándose las mangas de la camisa. Esperaba que se fuera con mi ropa, que Tessa le prestó, pero ha vuelto a ponerse la suya, sólo que ahora está limpia. Bendita Tessa, es demasiado buena.

Subo el volumen del radio cuando abre la puerta del acompañante con la esperanza de que la música le quite las ganas de hablar.

No hay suerte.

—Me ha pedido que te diga que tengas cuidado —dice en cuanto se mete en el coche. Se abrocha el cinturón de seguridad como si estuviera enseñándome cómo se hace. Como si fuera una auxiliar de vuelo.

Asiento y arranco.

—¿Qué tal la reunión? —pregunta a continuación.

—¿Es un chiste? —Arqueo una ceja en su dirección.

—Era por curiosidad. —Tamborilea con los dedos sobre su pierna—. Me alegro de que te acompañara.

—Ya.

—Se parece mucho a su madre.

Lo miro de reojo.

—Ni de lejos. No se parece en nada a esa mujer.

«¿Es que quiere que lo deje tirado en mitad de la autopista?»

Se echa a reír.

—Sólo en lo bueno, claro está. Es muy testaruda, como Carol. Quiere lo que quiere, pero Tessie es mucho más dulce y cariñosa.

Ya estamos otra vez con esa mierda de «Tessie».

—Los oí discutir. Me despertaron.

Pongo los ojos en blanco.

—Perdona que te hayamos despertado a mediodía mientras tomabas una siesta en nuestro sillón.

Vuelve a responderme con una carcajada.

—Ya entiendo, hombre, estás encabronado con el mundo. Yo también lo estaba. Qué carajos, aún lo estoy. Pero cuando encuentras a alguien que está dispuesto a aguantar tus chingaderas, ya no hace falta seguir enojado.

«Bueno, abuelo, y ¿qué me sugieres que haga cuando es tu hija la que me encabrona tantísimo?»

—Mira, confieso que no eres tan malo como pensaba —digo—, pero no te he pedido consejo, así que no pierdas el tiempo dándomelo.

—No te estoy dando consejos, te lo digo por experiencia. No me gustaría que terminaran.

«No vamos a romper, pendejo.» Sólo estoy intentando que entienda mi perspectiva. Quiero estar con ella, y lo estaré. Sólo tiene que dar su brazo a torcer y venirse conmigo. Aunque estoy que me lleva porque ha vuelto a meter a Zed de por medio a pesar de que me prometió lo contrario.

Apago el radio.

—No me conoces y a ella tampoco, la verdad. ¿Por qué te importa?

—Porque sé que le convienes.

—¿Ah, sí? —respondo con todo el sarcasmo del mundo. Menos mal que estamos cerca de su zona, estoy deseando que termine esta espantosa conversación.

—Sí, eres bueno para ella.

Entonces me doy cuenta, aunque jamás lo confesaré, de que es muy agradable que alguien diga que soy bueno para ella, aunque ese alguien sea el cabrón borracho de su padre. A mí me vale.

—¿Quieres volver a verla? —le pregunto y, rápidamente, añado—: Y ¿dónde quieres que te deje exactamente?

—Cerca del local donde nos vimos ayer. Ya se me ocurrirá algo cuando llegue. Y, sí, espero volver a verla. Tengo que compensarla por muchas cosas.

—Sí, eso es verdad.

El estacionamiento que hay junto a la tienda de tatuajes está vacío; normal, tan sólo es mediodía.

—¿Te importa llevarme hasta el final de la calle? —pregunta Richard entonces.

Asiento y dejamos la tienda atrás. Lo único que hay al final de la calle es un bar y una lavandería vieja

—Gracias por el viaje.

—Bien.

—¿Quieres entrar? —me pregunta señalando el pequeño bar.

Tomarme una copa con el padre borracho y sin techo de Tessa no parece lo más inteligente del mundo en este momento.

No obstante, soy famoso por tomar pésimas decisiones.

—A la chingada —mascullo, apago el motor y lo sigo al bar. Tampoco tengo otro sitio mejor en el que estar.

El local está oscuro y huele a humedad y a whisky. Lo sigo a la pequeña barra, me siento en un taburete y dejo uno vacío entre ambos. Una mujer de mediana edad, vestida con una ropa que espero que sea de su hija adolescente, se acerca a nosotros. Sin una palabra, le sirve a Richard un pequeño vaso de whisky con hielo.

—¿Y para ti? —me pregunta con una voz más ronca y grave que la mía.

—Lo mismo.

La voz de Tessa advirtiéndome que no lo haga resuena en mi mente clara como el repique de una campana. La hago callar, la aparto de mí.

Levanto el vaso y brindamos y nos echamos un trago.

—¿Cómo puedes permitirte beber si no tienes trabajo? —le pregunto.

—Limpio el bar de vez en cuando, así que bebo gratis —dice avergonzado.

—Entonces ¿por qué no dejas la bebida y que te paguen?

—No lo sé. Lo he intentado mil veces. —Mira su vaso con los párpados caídos y por un segundo se parecen a los míos. Puedo verme reflejado en ellos—. Espero que me resulte más fácil si puedo ver a mi hija de vez en cuando.

Asiento sin molestarme en hacer un comentario sarcástico. Rodeo el vaso frío con los dedos y doy las gracias por la quemazón familiar del whisky en mi garganta cuando empino el codo y me lo bebo de un trago. En cuanto lo deslizo por la superficie medio pulida de la barra, la mujer me mira a los ojos y se dispone a prepararme otro.

CAPÍTULO 8

Tessa

—¡¿Tu padre?! —dice Landon con incredulidad a través del teléfono.

Se me había olvidado que no he tenido ocasión de contarle lo del regreso de mi padre.

—Sí, nos lo encontramos ayer por casualidad.

—¿Cómo está? ¿Qué te ha dicho? ¿Cómo es?

—Es...

No sé por qué, pero me da vergüenza contarle a Landon que mi padre sigue bebiendo. Sé que no va a juzgarme, pero aun así me da pudor.

—¿Sigue...?

—Sí, sigue. Estaba borracho cuando lo vimos, pero nos lo trajimos a casa y se quedó a pasar la noche. —Retuerzo un mechón de pelo con el dedo índice.

—Y ¿Hardin lo consintió?

—No era decisión suya, también es mi departamento —salto. Pero me siento fatal al instante y me disculpo—: Perdóname, acabo de discutir con Hardin porque cree que puede controlarlo todo.

—Tessa, ¿quieres que me escape un rato de clase y vaya a verte? —Landon es tan amable..., se le nota hasta en la forma de hablar.

—No, estoy exagerando. —Suspiro y miro alrededor—. Creo que voy a acercarme al campus. Todavía llego a la última clase de hoy.

Me vendría de perlas hacer yoga y tomarme un café.

Escucho a Landon mientras me pongo la ropa deportiva. Parece una pérdida de tiempo manejar hasta el campus para ir sólo a una clase, pero no quiero quedarme sentada en el departamento esperando a que Hardin regrese de dondequiera que haya ido.

—El profesor Soto ha preguntado hoy por ti, y Ken me dijo que escribió una declaración jurada dando fe del carácter de Hardin. ¿Qué te parece? —pregunta.

—¿Eso ha hecho Soto? Ni idea... Se ofreció a ayudarlo, pero creía que no iba en serio. Supongo que le cae bien o algo así.

—¿Que le cae bien? ¿Hardin le cae bien? —Landon se muere de la risa y no puedo evitar que me contagie.

Se me cae el teléfono en el lavabo mientras me recojo el pelo. Me maldigo por ser tan torpe y vuelvo a colocármelo en la oreja a tiempo para oír a Landon diciéndome que se va un rato a la biblioteca antes de que empiece su siguiente clase. Nos despedimos, cuelgo y empiezo a escribirle un mensaje a Hardin para que sepa dónde estoy, pero cierro la aplicación al instante.

Entrará en razón acerca de Seattle, no le queda otra.

Para cuando llego a la facultad, el viento vuelve a soplar con fuerza y el cielo tiene un tono gris y feo. Voy por una taza de café y calculo que tengo media hora antes de que empiece la clase de yoga. La biblioteca está en la otra punta del campus, no me da tiempo a ir a ver a Landon. Decido esperar en la puerta del salón del profesor Soto.

Su clase está a punto de terminar y... Un río de estudiantes que salen del aula casi en estampida interrumpe el hilo de mis pensamientos. Agarro mi bolsa, me la cuelgo en el hombro y me abro paso entre ellos para poder entrar. El profesor está de espaldas a mí, poniéndose la chamarra de cuero.

Cuando voltea, me saluda con una sonrisa.

—Señorita Young.

—Hola, profesor Soto.

—¿Qué la trae por aquí? ¿Necesita el tema de la entrada del diario que se perdió hoy?

—No, ya me lo pasó Landon. Vine a darle las gracias. —Me revuelvo incómoda en mis tenis.

—¿Por?

—Por escribir la declaración jurada dando fe del carácter de Hardin. Sé que él no ha sido tan amable con usted, así que se lo agradezco de veras.

—No ha sido nada, la verdad. Todo el mundo merece una educación de calidad, incluso los gallos de pelea. —Se ríe.

—Supongo que sí. —Le sonrío y miro alrededor sin saber qué decir a continuación.

—Además, Zed se lo tenía merecido —añade repentinamente.

«¿Cómo?»

Lo miro.

—¿Qué quiere decir?

El profesor Soto parpadea un par de veces antes de recobrar la compostura.

—Nada, sólo es que... estoy seguro de que Hardin tenía un buen motivo para ir por él, eso es todo. Debo irme, tengo que asistir a una reunión, pero gracias por venir. La veré en clase el miércoles.

—No puedo venir el miércoles, me voy de viaje.

Se despide con la mano.

—Entonces, que la pase usted muy bien. La veré a su regreso.

Se marcha a toda prisa y me deja preguntándome qué habrá querido decir.

CAPÍTULO 9

Hardin

Richard, mi inesperado compañero de borrachera, ha ido al baño por cuarta vez desde que llegamos. Empiezo a pensar que a Betsy, la camarera, le gusta un poco el tipo, cosa que me incomoda bastante.

—¿Otra? —pregunta.

Asiento para que la mujer fornida se vaya. Son las dos de la tarde, me he tomado cuatro copas. No sería tan terrible si no se hubiera tratado de cuatro whiskys.

No puedo pensar con claridad y sigo furioso. No sé qué o quién estoy más encabronado, así que he dejado de pensar y he decidido entregarme a un estado general de «que chingue su madre todo el mundo».

—Aquí tienes. —La camarera desliza el vaso hacia mí y Richard se sienta en el taburete contiguo. Creía que había entendido la importancia que tenía el taburete vacío entre nosotros. Me equivocaba.

Se vuelve hacia mí y se acaricia el bigote. Es un sonido repulsivo.

—¿Me has pedido otra?

—Deberías afeitártelo —declaro ofreciéndole mi opinión de borracho.

—¿Te refieres a esto? —Vuelve a hacer la cosa esa con la mano.

—Sí, eso. No te queda bien —le digo.

—Me gusta, me mantiene abrigado. —Se suelta a reír y yo doy un trago para no reírme también.

—¡Betsy! —grita. Ella asiente y retira el vaso vacío de la barra. Luego Richard me mira—. ¿Vas a contarme por qué estás emborrachándote?

—No. —Le doy vueltas a mi vaso y el hielo tintinea contra el cristal.

—Muy bien, sin preguntas. Sólo bebida —dice con alegría.

Ya casi no lo odio. Al menos, hasta que me imagino a una niña rubia de diez años escondiéndose en el invernadero. Tiene los ojos azules

60

muy abiertos, casi aterrorizados... Y entonces aparece el niño rubio con la sudadera verde y se convierte en el héroe de la película.

—Una pregunta —insiste sacándome de mis ensoñaciones.

Respiro hondo y le doy un buen trago a mi bebida para no hacer una estupidez. Vamos, una estupidez aún más grande que emborracharme con el padre alcohólico de mi novia.

Esta familia y su manía de hacer preguntas.

—Una —le digo.

—¿De verdad te expulsaron hoy de la facultad?

Miro el letrero de neón de la cerveza Pabst y medito la pregunta, deseando no haberme tomado cuatro..., no, cinco copas.

—No, pero ella cree que sí —confieso.

—Y ¿por qué lo cree?

«Maldito entrometido.»

—Porque yo le dije eso. —Me vuelvo hacia él y añado con mirada inexpresiva—: Se acabaron las confesiones por hoy.

—Como quieras. —Sonríe y levanta la copa para brindar conmigo, pero yo aparto la mía y meneo la cabeza.

Por cómo se ríe, sé que no esperaba que brindara con él y que le parezco muy divertido. A mí él, en cambio, me resulta muy molesto.

Una mujer de su misma edad aparece entonces a su lado y se sienta en el taburete vacío que hay al lado. Le pasa un delgado brazo por los hombros y lo saluda efusivamente. No me parece una sin techo, pero está claro que conoce a Richard. Seguro que él se pasa el día en este bar de mala muerte. Aprovecho que está distraído para ver si tengo algún mensaje de Tessa. Nada.

Es un alivio, pero no me gusta que no haya intentado hablar conmigo. Es un alivio porque estoy borracho, pero no me gusta porque ya la extraño. Con cada copa de whisky que me echo al gaznate, la deseo más y más y el vacío de su ausencia se hace más grande.

«Mierda, pero ¿qué me ha hecho?»

Es de lo más insistente, siempre molestándome. Es como si se sentara a pensar en nuevas maneras de sacarme de quicio. De hecho, es probable que lo haga. Seguro que se sienta en la cama con las piernas cruzadas y su estúpida agenda en las piernas, una pluma entre los dientes, otra en la oreja, y anota cosas qué hacer o qué decir para volverme loco.

Llevamos cinco meses juntos, cinco meses. Es una eternidad, mucho más tiempo del que me creía capaz de estar con alguien. Es verdad que no estuvimos saliendo todo ese tiempo y que hemos pasado, más bien, malgastado meses por mi culpa por intentar mantenerme alejado de ella.

La voz de Richard interrumpe entonces mis pensamientos.

—Te presento a Nancy.

Saludo con la cabeza a la mujer y bajo la vista hacia la madera oscura de la barra.

—Nancy, este joven tan educado es Hardin. Es el novio de Tessie —dice muy orgulloso.

¿Cómo es que está orgulloso de que salga con su hija?

—¡Tessie tiene novio! ¿La has traído? Me encantaría conocerla al fin —exclama la mujer—. ¡Richard me ha hablado mucho de ella!

—No ha venido —masculo.

—Qué lástima. ¿Qué tal su fiesta de cumpleaños? Fue el fin de semana pasado, ¿verdad?

«¿Qué?»

Richard me suplica con la mirada que le siga la corriente, es evidente que la tiene engañada.

—Sí, estuvo bien —contesta por mí antes de terminarse la copa.

—Qué bien —dice Nancy señalando la entrada—. ¡Mira, ahí está!

Mis ojos vuelan hacia la puerta y por un instante creo que está hablando de Tessa, cosa que no tiene sentido. No la conoce. Una rubia delgaducha se acerca a nosotros desde la otra punta del bar. Este pinche cuchitril se está llenando demasiado.

Levanto el vaso vacío.

—Otra.

La mesera pone los ojos en blanco y susurra «Pendejo», pero me sirve otra.

—Te presento a mi hija, Shannon —dice Nancy.

Shannon me mira de arriba abajo. Lleva tanto rímel que parece que lleve arañas pegadas a los párpados.

—Shannon, te presento a Hardin —dice Richard, pero no muevo un dedo para saludarla.

Hace muchos meses es probable que le hubiera prestado un mínimo de atención a esta chica tan desesperada. Es posible que le hubiera permitido chupármela en el baño asqueroso de este bar. Pero ahora sólo quiero que deje de mirarme.

—A menos que te la quites, no creo que puedas enseñar más —le digo refiriéndome al modo ridículo en que acomoda su camiseta para lucir el escaso pecho que Dios le ha dado.

—¿Perdona? —resopla llevándose las manos a las estrechas caderas.

—Ya me oíste.

—Bueno, bueno. Tregua —dice Richard levantando las manos.

Y, con eso, Nancy y la ramera de su hija se van a buscar una mesa.

—De nada —le digo, pero él menea la cabeza.

—Eres un cabrón desagradable. —Y, sin darme tiempo a reaccionar, añade—: Como a mí me gustan.

Tres copas más tarde, apenas si me tengo en el taburete. Richard, que es un profesional de la bebida, parece tener el mismo problema y se inclina peligrosamente hacia mí.

—Así que cuando me soltaron al día siguiente... ¡tuve que caminar cinco kilómetros! Y encima bajo la lluvia...

Sigue y sigue contándome la última vez que lo arrestaron. Yo sigo bebiendo y fingiendo que no se dirige a mí.

—Si tengo que guardarte el secreto, al menos deberías contarme por qué le dijiste a Tessie que te expulsaron —dice al fin.

Ya sabía yo que iba a esperar a tenerme bien pedo antes de volver a sacar el tema.

—Así es más fácil —confieso.

—¿Cómo es eso?

—Porque quiero que se vaya conmigo a Inglaterra y no le entusiasma la idea.

—No lo entiendo. —Me pellizca la nariz.

—Tu hija quiere dejarme y no puedo consentirlo.

—Por eso le has dicho que te corrieron de la universidad, para que se vaya a Inglaterra contigo.

—Básicamente.

Mira su copa y luego a mí.

—Qué estupidez.

—Lo sé. —Y dicho en voz alta aún suena más ridículo pero, a veces, en mi cabeza demente, tiene sentido—. Además, ¿quién eres tú para darme consejos? —le suelto.

—Nadie. Sólo digo que, si sigues así, acabarás como yo.

Quiero decirle que cierre el hocico y se meta en sus asuntos, pero cuando levanto la vista vuelvo a ver ese parecido que noté cuando nos sentamos en la barra. Mierda.

—No se lo digas —le recuerdo.

—No lo haré. —Se vuelve hacia Betsy—. Otra ronda.

Ella le sonríe y nos prepara las bebidas. No creo que pueda tomarme otra.

—Yo ya me he tomado la última. Ahora mismo tienes tres ojos —le digo.

Se encoge de hombros.

—Más para mí.

«Soy un novio penoso», pienso para mis adentros mientras me pregunto qué estará haciendo Tessie, quiero decir Tessa, en este momento.

—Soy un padre penoso —dice Richard.

Estoy demasiado borracho para comprender la diferencia entre pensar y hablar, así que no sé si lo que dijo es pura coincidencia o si yo he pensado en voz alta...

—Levántate —dice una voz áspera a la izquierda de Richard.

Es un hombre bajito y arisco con una barba aún más tupida que la de mi compañero de borrachera.

—No hay más taburetes, amigo —le contesta Richard lentamente.

—Pues por eso, levántate —amenaza el hombre.

«Mierda, ahora, no. No, por favor.»

—No vamos a levantarnos —le digo al tipejo para que se vaya.

Entonces el hombre comete el error de agarrar a Richard del cuello de la camisa y jalarlo para ponerlo de pie.

CAPÍTULO 10

Tessa

El camino de vuelta al coche después de yoga se me hace más largo que de costumbre. La expulsión de Hardin y el traslado a Seattle se me han olvidado durante la meditación, pero ahora, lejos de la clase, vuelvo a cargar con ese peso en las espaldas, multiplicado por diez.

En cuanto salgo del lugar de estacionamiento el celular vibra en el asiento del acompañante. «Hardin.»

—¿Diga? —Cambio de velocidad.

Pero es una voz de mujer la que vocifera al otro lado, y se me para el corazón.

—¿Eres Tessa?

—¿Sí?

—Bueno. Tengo a tu padre y a...

—Su novio —gruñe Hardin de fondo.

—Sí, a tu novio —dice con socarronería—. Necesito que vengas a recogerlos antes de que alguien llame a la policía.

—¿A la policía? ¿Dónde están? —Vuelvo a cambiar de velocidad.

—En Dizzy's, en la avenida Lamar; ¿conoces el sitio?

—No, pero lo buscaré en Google.

—Sí, claro.

Ignoro su actitud. Cuelgo y busco la dirección del bar.

«¿Qué demonios hacen Hardin y mi padre en un bar a las tres de la tarde? Y ¿por qué están juntos?»

No tiene sentido. Y ¿qué pinta la policía en todo esto? ¿Qué han hecho? Debería habérselo preguntado a la mujer del teléfono. Sólo espero que no se hayan peleado el uno con el otro. Es lo último que necesitamos.

Para cuando me acerco al bar, pienso lo peor: llegué a la conclusión de que Hardin ha asesinado a mi padre o viceversa. No hay policías en la puerta del pequeño bar, buena señal. Supongo. Me estaciono justo delante del edificio y me apresuro a entrar. Desearía llevar una sudadera y no una mísera camiseta.

—¡Ahí está! —exclama mi padre visiblemente contento.

Se tambalea hacia mí. Está pedo.

—¡Deberías haberlo visto, Tessie! —Aplaude—. ¡Hardin sabe partir madres!

—¿Dónde está...? —empiezo a decir, pero entonces se abre la puerta del baño y sale Hardin, limpiándose las manos ensangrentadas en una toalla de papel manchada de rojo.

—¡¿Qué pasó?! —le grito desde la otra punta del bar.

—Nada... Tranquilízate.

Me quedo boquiabierta y me acerco a él.

—¿Estás borracho? —pregunto, y me aproximo más para mirarle bien a los ojos: los tiene rojos.

Desvía la mirada.

—Puede.

—¡Esto es increíble! —Cruzo los brazos cuando intenta tomarme de la mano.

—Oye, deberías darme las gracias por haber cuidado de tu padre. Ahora estaría rodando por el suelo de no haber sido por mí. —Señala a un hombre que está sentado en el suelo sujetándose una bolsa de hielo contra la mejilla.

—No tengo que agradecerte nada, ¡estás borracho a media tarde! Y te has emborrachado nada menos que con mi padre. Pero ¿a ti qué chingados te pasa?

Me aparto de él de dos pasos y vuelvo a la barra, donde mi padre espera sentado.

—No te enojes con él, Tessie, te quiere —lo defiende mi padre.

«Pero ¿qué demonios pasa aquí?»

Hardin se acerca, cierro los puños, bajo los brazos y grito:

—¡¿Qué pasa? ¿Se han puesto pedos juntos y ahora son amigos del alma?! ¡Ninguno de los dos debería beber!

—Nena... —me dice Hardin al oído intentando rodearme con el brazo.

—Oye —avisa la mujer que está detrás de la barra mientras la golpea para llamar mi atención—. Sácalos de aquí.

Asiento y les lanzo miradas asesinas a los dos borrachos idiotas que me han tocado en suerte. Mi padre tiene las mejillas sonrosadas, como si le hubieran pegado, y a Hardin ya se le están hinchando las manos.

—Puedes venir a casa hasta que se te pase la borrachera, pero este comportamiento es inaceptable. —Quiero regañarles a los dos por comportarse como unos niños—. Debería darles vergüenza.

Salgo del pequeño y pestilente lugar y estoy en el coche antes de que ellos hayan conseguido llegar a la puerta. Hardin mira mal a mi padre cuando el hombre intenta apoyarse en su hombro. Me meto en el coche asqueada.

La embriaguez de Hardin me pone nerviosa, sé cómo se pone cuando está borracho y no sé si lo he visto alguna vez tan bebido, ni siquiera el día que destrozó la porcelana de casa de su padre. Añoro los días en los que sólo bebía agua en las fiestas. Tenemos bastantes problemas entre manos, y que vuelva a beber no hace más que echar leña al fuego.

Por lo visto, mi padre ha pasado de ser un borracho pesado a ser uno de esos borrachos que cuentan chistes interminables de mal gusto y sin ninguna gracia. Se pasa el trayecto a casa riéndose a carcajadas de sus propias palabras, con Hardin uniéndose a la fiesta de vez en cuando. No me imaginaba que el día fuera a ser así. No sé cómo Hardin se ha encariñado con él, pero ahora que los veo a los dos borrachos a plena luz del día, su «amistad» no me gusta para nada.

Cuando llegamos a casa dejo a mi padre en la cocina, comiéndose el cereal de Hardin, y me voy a la recámara, donde parece que empiezan y acaban todas nuestras discusiones.

—Tessa —empieza a decir Hardin en cuanto cierro la puerta.

—No me hables —le digo con frialdad.

—No te enojes conmigo, sólo estábamos tomando un trago —dice en tono juguetón. No estoy de humor.

—¿Sólo un trago? ¿Con mi padre, un alcohólico con el que estoy intentando construir una relación, al que quería tratar de convencer de que dejara la bebida? ¿Es con ese hombre con el que sólo te estabas tomando un trago?

—Nena...

Niego con la cabeza.

—Nada de «nena». Me parece terrible.

—No pasó nada —me dice enroscando los dedos en mi brazo para atraerme hacia sí pero, cuando lo aparto, tropieza y cae sobre la cama.

—Hardin, ¡te metiste en una pelea otra vez!

—No ha sido gran cosa. ¿A quién le importa?

—A mí. Me importa a mí.

Me mira desde la orilla de la cama, con sus ojos verdes veteados de rojo, y dice:

—Si tanto te importo, ¿por qué vas a dejarme?

El alma se me cae un poquito más a los pies, ya toca el suelo.

—No voy a dejarte, te he pedido que vengas conmigo —suspiro.

—Pero no quiero —gimotea.

—Ya lo sé pero, sin contarte a ti, es lo único que me queda.

—Me casaré contigo. —Busca mi mano, pero retrocedo.

Se me corta la respiración. Estoy segura de que no lo he oído bien.

—¿Cómo dices?

Levanto las manos para que no se me acerque más.

—Dije que me casaré contigo si me eliges a mí. —Se pone en pie y se me acerca.

Sus palabras me excitan, aunque en el fondo sé que no significan nada por todo el alcohol que fluye por sus venas.

—Estás borracho —le digo.

Sólo se ofrece a casarse conmigo porque está borracho, lo que es mucho peor que no ofrecerse.

—¿Y qué? Aun así, es en serio.

—No, no es en serio. —Niego con la cabeza y lo esquivo otra vez.

—Sí, lo es. Ahora no, claro está... ¿Qué tal dentro de cinco o seis años? —Se rasca la frente con el pulgar, pensativo.

Pongo los ojos en blanco. A pesar de que se me acelera el pulso, este último detalle, que remate ofreciéndose a casarse conmigo dentro de «cinco o seis años», me demuestra que, a pesar de que intenta convencerme de lo contrario en su embriaguez, la realidad vuelve a asentarse en su cabeza.

—Mañana me lo repites —le digo a sabiendas de que no se acordará.

—¿Llevarás esos pantalones? —Sus labios dibujan una sonrisa traviesa.

—No, y no empieces a hablar de los pinches pantalones.

—Tú eres quien se los pone. Sabes muy bien lo que pienso de ellos. —Se mira la entrepierna, luego se la señala y me observa con las cejas levantadas.

Juguetón, tentador, borracho... Hardin es adorable, pero no lo bastante como para conseguir que dé mi brazo a torcer.

—Ven aquí —me suplica fingiendo hacer pucheros.

—No. Sigo enojada contigo.

—Venga, Tessie. No te enojes. —Se echa a reír y se frota los ojos con el dorso de la mano.

—Si cualquiera de los dos vuelve a llamarme así, te juro que...

—Tessie, ¿qué te pasa, Tessie? ¿No te gusta que te llamen Tessie, Tessie?

Sonríe de oreja a oreja y siento que, cuanto más lo miro, más me flaquean las fuerzas.

—¿No vas a dejar que te quite los pantalones?

—No. Tengo muchas cosas que hacer, y que me quites los pantalones no está entre ellas. Te diría que vinieras, pero has decidido emborracharte con mi padre, así que ahora tengo que ir sola.

—¿Vas a salir? —Su voz es aterciopelada pero ronca, grave por el alcohol.

—Sí.

—Pero no vas a ir vestida así.

—Sí, voy a ir así. Puedo vestirme como me dé la real gana. —Tomo una sudadera y las llaves de Hardin, por si intenta manejar—. Volveré luego, no hagas ninguna tontería porque no pienso sacarlos ni a ti ni a mi padre de la cárcel.

—Qué atrevida. Me gusta, pero se me ocurren otras cosas para hacer con esa boca tan insolente que tienes. —Cuando ignoro de su comentario soez, me suplica—: Quédate aquí conmigo.

Salgo rápidamente de la habitación antes de que me convenza para que me quede. Lo oigo llamarme «Tessie» cuando llego a la puerta de entrada y tengo que taparme la boca para disimular la carcajada que se me escapa. Ese es mi problema: cuando se trata de Hardin, mi cerebro no distingue el bien del mal.

CAPÍTULO 11

Tessa

Cuando llego al coche, desearía haberme quedado en la recámara con el Hardin juguetón.

Sin embargo, tengo demasiadas cosas que hacer. Tengo que devolverle la llamada a la mujer del departamento de Seattle, comprar un par de cosas para el viaje con la familia de Hardin y, lo más importante de todo, aclarar mis ideas sobre Seattle. Que Hardin se haya ofrecido a casarse conmigo me ha conmovido de verdad, pero sé que no quiere casarse mañana. Estoy intentando desesperadamente no darle más vueltas a lo que dijo para no dejar que me haga cambiar de opinión, pero me resulta mucho más duro de lo que imaginaba.

«Me casaré contigo si me eliges a mí.»

Me sorprendió. La verdad es que me dejó de piedra. Parecía muy tranquilo, con un tono de voz neutro, como si estuviera anunciando lo que íbamos a cenar. Aunque empiezo a conocerlo bien: sé que comienza a desesperarse. El alcohol y la desesperación por evitar que me mude a Seattle son las únicas razones por las que me ha pedido la mano. Aun así, no puedo dejar de repetírmelo mentalmente. Ya, ya sé que es patético pero, para ser sincera, esa mezcla de esperanza y de conocerlo bien es mucho mejor que lo que siento en este momento.

Cuando llego a Target, aún no he llamado a Sandra (creo que ése era su nombre) para hablar del departamento. Por las fotos que he visto en la web, parece un buen sitio. No es tan grande como nuestro departamento actual, pero está bastante bien y puedo pagarlo yo sola. No tiene libreros en lugar de paredes ni el ladrillo visto que tanto me gusta, pero servirá.

Estoy lista para esto, para Seattle. Estoy lista para dar un paso hacia mi futuro. Llevo esperando esto desde que tengo uso de razón.

Recorro la tienda mientras sueño despierta con Seattle y con mi situación, y de repente me doy cuenta de que tengo el carrito lleno de cosas que no necesito. Pastillas para el lavaplatos, pasta de dientes, un recogedor nuevo... ¿Para qué voy a comprar todo esto si estoy a punto de mudarme? Dejo el recogedor en su sitio, junto con unos calcetines de colores que no sé por qué he agarrado. Si Hardin no viene conmigo, tendré que empezar de cero y comprar platos nuevos y todo lo demás. Es un alivio que el departamento esté amueblado, porque eso elimina al menos doce cosas de mi lista de tareas.

Después de Target no sé muy bien qué hacer. No quiero volver al departamento con Hardin y mi padre, pero tampoco tengo otro sitio adonde ir. Voy a pasar tres días con Landon, Ken y Karen, así que no quiero ir a su casa a molestarlos. Necesito amigos con urgencia. Al menos, uno. Podría llamar a Kimberly, pero estará ocupada con su mudanza. Es una chica con suerte. Sé que es la empresa de Christian la que la lleva a Seattle pero, por el modo en que la mira, la seguiría al fin del mundo.

Mientras busco en el celular el número de Sandra, casi marco por accidente el de Steph.

Me pregunto qué estará haciendo. A Hardin le daría un ataque si la llamo para salir un rato. Claro que tampoco está en posición de decirme lo que debo hacer después de haberse emborrachado y haberse metido en una pelea en mitad del día.

Decido llamarla. Y contesta enseguida.

—¡Tessa! ¿Qué haces, chica? —dice muy alto, intentando que se la oiga entre el barullo.

—Nada, estoy sentada en el estacionamiento de Target.

—Muy divertido, ¿eh? —Se ríe.

—La verdad es que no. Y ¿tú qué haces?

—Nada, voy a comer con alguien.

—Ah, bueno. Oye, llámame cuando acabes —le digo.

—Puedes venir a comer con nosotros, hemos quedado en el Applebee's que hay a la salida del campus.

El Applebee's me recuerda a Zed, pero la comida es deliciosa y no he comido nada en todo el día.

—Está bien, ¿seguro que no te importa? —pregunto.

Oigo una puerta que se cierra de fondo.

—¡Seguro! Trae tu trasero aquí. Llegaremos en quince minutos.

Llamo a Sandra de vuelta al campus y le dejo un mensaje en el buzón de voz. No puedo ignorar el alivio que siento cuando, en vez de responderme una persona de carne y hueso, salta el buzón de voz, pero no sé muy bien por qué me siento así.

Para cuando llego, en el Applebee's no cabe un alfiler, y no veo el pelo rojo de Steph por ningún lado, así que le doy mi nombre a la mesera.

—¿Cuántos van a ser? —Me pregunta amablemente.

—Tres, creo. —Steph ha dicho que había quedado con alguien, supongo que se refería a una sola persona.

—Muy bien, tengo un reservado libre. Puede sentarse allí si quiere. —La chica sonríe y toma cuatro menús del estante que tiene detrás.

La sigo al reservado que está al fondo del restaurante y espero a que llegue Steph. Miro el celular por si hay noticias de Hardin, pero nada. Seguro que está durmiendo la borrachera. Cuando levanto la vista, la adrenalina se me dispara al ver una cabeza rosa chillón.

CAPÍTULO 12

Hardin

Abro un mueble de la cocina en busca de comida. Necesito algo que absorba el alcohol que corre por mis venas.

—Está furiosa con nosotros —dice Richard.

—Sí.

No puedo evitar sonreír al recordar sus mejillas encendidas, sus pequeños puños apretados. Estaba que echaba humo.

No tiene gracia. Bueno, sí que la tiene, sólo que no debería.

—¿Mi hija es rencorosa?

Me lo quedo mirando un instante. Es raro que un padre tenga que preguntarle al novio por las costumbres de su hija.

—Es evidente que no. Estás en nuestra cocina comiéndote mi cereal.

Agito la caja vacía y sonríe.

—Tienes razón —dice.

—Sí, suelo tenerla. —Nada más lejos de la realidad.

—Debe de ser un asco haber reaparecido cuando sólo faltan unos días para que se traslade —le digo metiendo un recipiente en el microondas.

No sé muy bien qué contiene, pero me muero de hambre, estoy demasiado borracho para cocinar y Tessa no está aquí para prepararme nada. «¿Qué carajos voy a hacer cuando me abandone?»

—Lo es —dice haciendo una mueca—. Aunque me alegro de que Seattle no esté muy lejos.

—Pero Inglaterra sí lo está.

Tras una larga pausa, dice:

—No va a irse a Inglaterra.

Lo miro como diciendo «Chinga tu madre».

—Y tú ¿qué chingados sabes? ¿Cuánto hace que la conoces?, ¿dos días? —Estoy a punto de explayarme cuando el molesto sonido del microondas nos interrumpe.

—Conozco bien a Carol, y ella no se iría a Inglaterra.

Ha vuelto a ser el borracho pesado de ayer.

—Tessa no es su madre, yo no soy tú.

—Bueno —dice, y se encoge de hombros.

CAPÍTULO 13

Tessa

Molly.

Rezo para que esté aquí por pura casualidad, pero cuando Steph aparece detrás de ella, me encojo en el reservado.

—¡Hola, Tessa! —saluda Steph sentándose en el sitio de enfrente y pegándose a la pared para que «alguien» pueda sentarse a su lado.

«¿Por qué me habrá invitado a comer con ella y con Molly?»

—Cuánto tiempo sin verte —me dice la zorra de Molly.

No sé qué decirles a ninguna de las dos. Quiero levantarme e irme, pero me limito a sonreír y a responder:

—Sí.

—¿Ya pediste? —me pregunta Steph haciendo caso omiso del hecho de que ha traído consigo a mi archienemiga, a mi única enemiga, en realidad.

—No. —Agarro la bolsa para buscar el celular.

—Oye, no hace falta que llames a tu papito, no muerdo —se burla Molly.

—No iba a llamar a Hardin —le digo. En realidad, iba a enviarle un mensaje. Son cosas muy distintas.

—Sí, claro —contesta, y se ríe.

—Basta —salta Steph—. Molly, dijiste que ibas a comportarte.

—¿Por qué has venido? —le pregunto a la chica a la que detesto más que a nadie en el mundo.

Se encoge de hombros.

—Tengo hambre —responde tan tranquila. Está claro que esta arpía se burla de mí.

Agarro la sudadera y me dispongo a levantarme.

—Será mejor que me vaya.

—¡No, quédate! Por favor... Estás a punto de mudarte y no volveré a verte —dice Steph haciendo pucheros.

—¿Qué?

—Te vas dentro de unos días, ¿no?

—¿Quién te lo contó?

Molly y Steph se miran la una a la otra.

—Zed, creo —dice Steph—. No importa. Creía que me lo ibas a contar tú.

—Iba a hacerlo, pero han pasado muchas cosas. Mi idea era contártelo hoy... —digo, y entonces miro a Molly como si quisiera explicar por qué no lo he hecho.

—Pues me habría gustado enterarme por ti. Yo fui tu primera amiga aquí. —Steph saca el labio inferior en un gesto que me hace sentir mal y que parece un poco cómico, así que doy las gracias cuando la mesera llega para preguntarnos qué queremos para beber.

Mientras Molly y Steph piden sus refrescos, le mando un mensaje a Hardin.

Imagino que estarás durmiendo la borrachera en el sillón, pero estoy comiendo con Steph y ha traído a Molly. ☹

Le doy «Enviar» y miro a las dos chicas.

—¿Estás emocionada? —me pregunta entonces Steph—. ¿Qué van a hacer Hardin y tú?

Me encojo de hombros y miro a un lado y a otro. No voy a hablar de mi relación delante de la hija de Satanás.

—Puedes hablar delante de mí. Créeme, tu vida de hueva no me interesa lo más mínimo —resopla Molly, y bebe un trago de agua.

—¿Quieres que te crea? —Me echo a reír y mi celular vibra.

Es Hardin.

Vuelve a casa.

No sé qué esperaba que me dijera, pero su consejo, o más bien que no me haya dado ninguno, me decepciona. Le contesto:

No, tengo hambre.

—Mira, Hardin y tú son muy lindos y todo eso, pero su relación me importa un rábano —me informa Molly—. Ahora tengo mi propia relación de la que preocuparme.

—Genial. Me alegro por ti.

Qué pena me da el pobre diablo que haya caído en sus garras.

—Hablando de tu relación, Molly, ¿cuándo vamos a conocer al chico misterioso? —le pregunta Steph.

Molly se la quita de encima con un gesto de la mano.

—No lo sé. Hoy, no.

La mesera vuelve con nuestras bebidas y nos toma la orden. En cuanto se va, Molly se vuelve hacia mí, su verdadera presa.

—¿Te molesta mucho que Zed esté planeando meter a Hardin entre rejas? —me pregunta, y casi me atraganto con el agua.

La idea de que Hardin vaya a la cárcel me hiela la sangre en las venas.

—Estoy intentando evitarlo.

—Te deseo buena suerte. A menos que tu plan consista en cogerte a Zed, no creo que haya nada que puedas hacer —vuelve a burlarse de mí y golpea la mesa con sus uñas verde fluorescente.

—Eso no es posible —rujo.

Aquí tengo algo que puedes comerte. De verdad, vuelve antes de que pase cualquier cosa y yo no pueda salvarte.

¿Salvarme de qué? ¿De Molly y de Steph? Steph es mi amiga, y ya he demostrado que soy capaz de comerme a Molly con papas, y no dudaré en volver a hacerlo si es necesario. Es odiosa y no la soporto, pero ya no me da ningún miedo.

Por el mensaje obsceno de Hardin, sé que sigue borracho. Al ver que no le contesto, me envía otro:

Sal de ahí, lo digo en serio.

Guardo mi celular en la bolsa y me concentro en las chicas.

—Ya lo has hecho una vez —insiste Molly—, ¿qué problema hay?

—¿Perdona? —le digo.

—Eh, que no te juzgo. Yo me tiré a Hardin y también a Zed —me recuerda.

Estoy tan frustrada que quiero gritar.

—No me acosté con Zed —mascullo.

—Sí, sí... —dice Molly, y Steph le lanza dagas por los ojos.

—¿Quién te dijo eso? ¿Quién les dijo que me acosté con Zed? —les pregunto.

—Nadie —contesta Steph antes de que Molly pueda abrir la boca—. Ya basta de hablar de Zed. Quiero que me hables de Seattle. ¿Hardin se va contigo?

—Sí —miento. No quiero admitir, y menos delante de Molly, que Hardin se niega a venir conmigo a Seattle.

—Así que que van a ir los dos. Será muy raro no tenerlos por aquí —dice Steph con el ceño fruncido.

Será raro empezar de cero en otra universidad después de todo lo que ha pasado en la WCU. Pero es justo lo que necesito, empezar de cero. Esta ciudad está viciada por los recuerdos de traiciones y falsos amigos.

—Deberíamos reunirnos todos este fin de semana, la última fiesta —dice Steph.

Gruño en protesta.

—No, nada de fiestas.

—No, no será una fiesta. Sólo la banda de siempre. —Me mira con algo similar a una súplica en sus ojos—. Seamos sinceras: lo más probable es que no volvamos a vernos, y Hardin debería volver a salir con sus amigos al menos una última vez.

Vacilo y tengo que desviar la mirada hacia la barra.

La voz de Molly pone fin al silencio:

—No sufras, yo no estaré.

Vuelvo a mirarlas y en ese preciso instante llega nuestra comida.

Pero el hambre se me fue. «¿De verdad va diciendo la gente por ahí que me acosté con Zed? ¿Habrá oído Hardin los rumores? ¿Será Zed capaz de meter realmente a Hardin en la cárcel?» Me duele la cabeza.

Steph se come unas papas fritas y, sin haber terminado de masticarlas, dice:

—Háblalo con Hardin y dime algo. Podríamos vernos en el departamento de alguien, incluso en el de Tristan y Nate. Así no aparecerá ningún pendejo inesperado.

—Se lo preguntaré... Pero no sé si querrá.

Bajo la vista a la pantalla del celular. Tres llamadas perdidas. Un mensaje:

Contesta cuando te llamo.

Volveré en cuanto acabe de comer, cálmate. Bebe agua.

Le respondo y me como un par de papas fritas.

Pero a Molly le puede la tensión y empieza a hablar.

—Seguro que le gusta la idea. Nosotros éramos sus amigos hasta que tú llegaste y lo arruinaste.

—Yo no lo arruiné.

—Sí, claro. Está muy cambiado, y ya ni siquiera nos llama.

—Sus amigos... —me burlo—. A él tampoco lo llama nadie. El único que habla con él de vez en cuando es Nate.

—Eso es porque sabemos... —empieza a decir Molly.

Pero Steph levanta las manos.

—Basta, carajo —protesta masajeándose las sienes.

—Voy a pedir que me lo envuelvan para llevar. Ha sido mala idea vernos —le digo.

No sé en qué estaba pensando al traer a Molly, al menos podría haberme avisado.

Steph me mira comprensiva.

—Lo siento, Tessa. Creía que se llevarían bien ahora que ya no le interesa tirarse a Hardin. —Mira a Molly, que se encoge de hombros.

—Nos llevamos mejor que antes.

Quiero partirle la cara de cretina que tiene, pero el celular de Steph interrumpe mis pensamientos violentos.

Una mirada de perplejidad le cruza la cara. Luego dice:

—Es Hardin, me está llamando. —Me acerca el teléfono para que lo vea.

—No he respondido a sus mensajes. Lo llamo enseguida —le digo.

Steph asiente e ignora la llamada.

—Es un acosador —dice Molly hincando los dientes en una papa.

Me muerdo la lengua y le pido a la mesera que me lo envuelva para llevar. Apenas he tocado la comida, pero no quiero hacer un escándalo en un restaurante.

—Piensa acerca de lo del sábado, por favor. Podríamos preparar una cena en vez de una fiesta —se ofrece Steph. Luego me dedica su mejor sonrisa—. Por favor...

—Veré qué puedo hacer, pero nos vamos de viaje y no volveremos hasta el viernes por la tarde.

Asiente de nuevo.

—Tú eliges día y hora.

—Gracias. Ya te aviso —le digo, y pago mi parte de la cuenta.

No me gusta la idea pero, en cierto sentido, tiene razón. No vamos a volver a vernos. Hardin va a irse, tal vez no a Seattle, pero ahora que lo han expulsado tampoco va a quedarse aquí, y debería ver a su grupo de amigos por última vez.

—Está llamando de nuevo —me dice Steph. No se molesta en ocultar que le parece muy divertido.

—Dile que estoy de camino.

Me levanto y me dirijo hacia la puerta.

Cuando me vuelvo, Molly y ella están hablando con el celular de Steph encima de la mesa.

CAPÍTULO 14

Hardin

—Tessa, si no me devuelves la llamada, iré a buscartc aunque esté borracho —amenazo.

Luego tiro el celular contra el sillón. Rebota y aterriza contra el suelo de concreto.

—Volverá —me asegura el pendejo de Dick, siempre de gran ayuda.

—¡Ya lo sé! —le grito, y recojo el celular.

Por suerte, la pantalla no se ha roto. Le lanzo una mirada asesina al viejo borracho y me voy a la recámara.

«¿Qué chingados hace otra vez en el departamento y por qué demonios Tessa no está aquí conmigo?» No puede salir nada bueno de juntar a Tessa y a Molly en la misma habitación.

Empiezo a maquinar cómo voy a localizarla si no tengo ni llaves, ni coche, y mi nivel del alcohol en sangre rebasa con creces el límite legal cuando oigo que se abre la puerta principal.

—Está... descansando —dice Richard muy alto, con una alegría desmesurada. Sospecho que está intentando avisarme de que Tessa ha vuelto.

Abro la puerta antes de que lo haga ella y extiendo el brazo para invitarla a entrar. No parece en absoluto intimidada ni preocupada por mi cara de enojo.

—¿Por qué no me contestaste el teléfono cuando te llamé? —exijo saber.

—Porque te dije que volvería pronto, y eso he hecho.

—Pero deberías haberme constestado. Estaba preocupado.

—¿Estabas preocupado? —Le sorprende mi elección de palabras.

—Sí, preocupado. ¿Qué chingados hacías tú con Molly?

Deja la bolsa en el respaldo de la silla.

—Ni idea. Steph me invitó a comer con ella y la trajo.

«Maldita Steph.»

—Y ¿por qué carajos hizo eso? ¿Se puso pesada?

—No más que de costumbre. —Levanta una ceja y me mira.

—Steph es una zorra por haber invitado también a Molly. ¿Qué se traen?

—Ni idea, pero creo que corren ciertos rumores sobre mí. —Frunce el ceño y se sienta en la silla para quitarse los zapatos.

—¿Qué clase de rumores?

«Lo que en realidad quiero decir es: ¿a quién tengo que matar?»

Puta madre, sigo borracho. ¿Cómo es posible? Han pasado por lo menos tres horas. Apenas recuerdo que hace mucho alguien me dijo que se necesita una hora por cada copa que uno se toma para que se te pase la borrachera. Voy a estar pedo por lo menos durante las próximas diez horas, según ese cálculo. Siempre y cuando fuera esa la estimación...

—¿Me oíste? —dice Tessa con calma, incluso un tanto preocupada.

—No, perdona —balbuceo.

Se ruboriza.

—Creo que la gente va diciendo por ahí que Zed y yo..., ya sabes.

—¿Ya sé qué?

—Que nos... hemos acostado. —Tiene los ojos cansados y la voz dulce.

—¿Quién lo dice? —intento mantener un tono de voz similar al de ella, a pesar de que la furia empieza a bullir en mi interior.

—Imagino que es un rumor. Steph y Molly lo estaban comentando.

No sé si consolarla o dar rienda suelta a mi encabronamiento. Estoy demasiado borracho para esta mierda.

Coloca las manos en las piernas y agacha la cabeza.

—No quiero que la gente piense eso de mí.

—No hagas ni caso, son unos imbéciles. Si de verdad corre ese rumor, me encargaré de desmentirlo. —La jalo para que se siente conmigo en la cama—. Tú no te preocupes.

—¿No estás enojado conmigo? —pregunta buscando con sus ojos gris azulado los míos.

—Sí —le digo—. Estoy enojado porque tú no me contestabas el celular y tampoco la dichosa Steph. Pero lo del rumor no me molesta lo más mínimo. Es probable que se lo hayan inventado porque les encanta ser unos hijos de su madre.

La idea de que Steph y Molly le hayan llenado a Tessa la cabeza de tonterías sólo para hacerle daño me pone mal.

—No entiendo para qué llevó a Molly, quien, para no variar, tuvo a bien recordarme que se acostó contigo. —Tuerce el gesto y yo también.

—Es una puta que no tiene otra cosa que hacer que recordar los tiempos en los que la reventaba metiéndosela.

—Hardin —protesta Tessa ante lo descriptivo de mi comentario.

Abre el cierre de su brazalete y lo deja sobre la mesita.

—¿Todavía estás borracho?

—Un poco.

—¿Un poco?

Sonrío.

—Un poco más que un poco.

—Estás muy raro. —Pone los ojos en blanco y saca su maldita agenda del cajón de la mesita.

—¿Por? —Me acerco para ponerme detrás de ella.

—Porque a pesar de que estás borracho te estás portando muy bien. Por ejemplo, estabas enojado porque no te contestaba el teléfono pero ahora estás siendo... —Me mira a la cara—. Creo que la palabra es *comprensivo*. Estás siendo muy comprensivo con lo de Molly.

—Y ¿qué esperabas?

—No lo sé... ¿Que me gritaras? No tienes un temperamento fácil cuando estás borracho —dice en voz baja.

Sé que está intentando no molestarme, pero quiere hacerme saber que no va a andarse con tonterías.

—No voy a gritarte, sólo es que no me gusta verte con ellas. Ya sabes cómo son, sobre todo Molly, y no quiero que nadie te haga daño. —Luego añado, enfatizando cada palabra—: De ninguna manera.

—No me lo hicieron pero, aunque sé que es ridículo, por una vez quería quedar a comer con una amiga, como hace la gente normal.

Quiero decirle que Steph no es precisamente la mejor elección a la hora de buscar amigas, pero sé que, exceptuando a Landon, a Noah y a mí, no tiene a nadie más.

Y a Zed.

Bueno, Zed está fuera. Eso se ha acabado y estoy seguro de que no volverá a aparecer en una buena temporada.

CAPÍTULO 15

Tessa

El hecho de que Hardin se esté comportando de un modo tan razonable me sorprende y consigo relajarme un poco. Cruza las piernas y se echa hacia atrás apoyándose en las palmas de las manos. No sé si debería sacar el tema de Seattle ahora mismo, porque lo veo de buen humor, o si será mejor esperar.

Pero si espero, no sé cuándo estará listo para hablar de ello.

Lo miro, él me observa con sus ojos verdes y decido lanzarme.

—Steph quiere celebrar una fiesta de despedida —le digo, y aguardo su reacción.

—¿Adónde va?

—No, es para mí —le explico, y omito el pequeño detalle de que les dije que Hardin va a irse conmigo a Seattle.

Me mira raro.

—¿Les dijiste que vas a mudarte?

—Sí, ¿por qué no iba a decírselo?

—Porque aún no lo has decidido, ¿no?

—Hardin, me voy a ir a Seattle.

Se encoge de hombros con despreocupación.

—Todavía tienes tiempo para pensarlo.

—De todos modos..., ¿qué te parece lo de la fiesta? Dice que podríamos hacer una cena para estar todos juntos en casa de Nate y de Tristan, no en la fraternidad —le explico, pero Hardin sigue borracho y no parece que me esté escuchando.

Miro las fechas de mi traslado la semana que viene. Espero que Sandra me llame pronto, de lo contrario, voy a llegar a Seattle y no tendré casa y deberé alojarme en un motel y vivir con lo que cabe en una maleta. Moteles..., qué asco.

—No, no vamos a ir a esa fiesta. —Esa respuesta no me la esperaba. Me vuelvo hacia él.

—¿Qué? ¿Por qué no? Si es una cena, no puede ser tan terrible, no habrá Verdad o Reto, ni Chupa y Pásalo, ¿sabes?

Se echa a reír y me mira. Se ve que le hace gracia.

—Chupa y Sopla, Tess.

—¡Ya sabes a qué me refiero! Será la última vez que veamos..., en fin, que yo los vea, y han sido mis amigos, bueno, unos amigos un poco raros. —No quiero pensar en el inicio de mi «amistad» con el grupo.

—¿Y si lo hablamos más tarde? Me está dando dolor de cabeza —protesta.

Suspiro vencida. Sé por su tono de voz que no va a continuar con la conversación.

—Ven aquí. —Se recuesta en el colchón y me espera con los brazos abiertos.

Cierro la agenda y me acuesto con él en la cama. Me coloco entre sus piernas y sus manos se cierran sobre mis caderas. Me mira con sonrisa pícara.

—¿No se supone que estás enojada conmigo o algo así?

—Estoy un poco desbordada, Hardin —le confieso.

—¿Por?

Levanto los brazos al cielo.

—Por todo. Seattle, el traslado a otra facultad, la marcha de Landon, tu expulsión...

—Te engañé —dice sin más, y hunde la nariz en mi vientre.

«Y ¿ahora qué...?»

—¿Cómo? —Enrosco los dedos en su pelo y le levanto la cabeza para que me mire.

Se encoge de hombros.

—Te engañé acerca de mi expulsión.

Me echo hacia atrás para alejarme de él. Intenta acercarse de nuevo, pero no lo dejo.

—¿Por qué?

—No lo sé, Tessa —dice, y se levanta—. Estaba enojado porque estabas fuera con Zed y por todo el desmadre de Seattle.

Abro mucho la boca.

—¿Me dijiste que te habían expulsado porque estabas enojado conmigo?

—Sí, bueno, y también por otro motivo.

—¿Qué otro motivo?

Suspira.

—Te vas a molestar más. —Todavía tiene los ojos rojos, pero parece que la borrachera se le está pasando rápido.

Cruzo los brazos.

—Sí, es más que probable, pero cuenta.

—Pensé que te entristecería tanto que te irías conmigo a Inglaterra.

No sé qué pensar de su confesión. Debería enojarme. Estoy furiosa. Estoy enojada. Qué cara tiene, intentar hacer que me sienta culpable para que me vaya a Inglaterra con él. Debería haber sido sincero desde el principio... Pero, aun así, no puedo evitar sentirme un poco mejor por haberme enterado a través de él, y no del modo en que normalmente descubro sus mentiras.

Me mira con ojos inquisitivos.

—¿Tessa...?

Lo miro y casi sonrío.

—La verdad es que me sorprende que me lo hayas contado, en vez de esperar a que me enterase por terceros.

—A mí también. —Acorta la distancia que nos separa y su mano me acaricia el cuello y la mandíbula—. Por favor, no te enojes conmigo. Soy un baboso.

Dejo escapar una tensa exhalación pero me encantan sus caricias.

—Es una defensa pésima.

—No me estoy defendiendo. Soy un cabrón, lo sé. Pero te quiero y estoy harto de tantas mamadas. Sabía que lo descubrirías tarde o temprano, y más con el dichoso viaje con la familia de mi padre a la vuelta de la esquina.

—¿Me lo contaste porque sabías que me iba a enterar de todos modos?

—Sí.

Echo atrás la cabeza y lo miro.

—¿Me lo habrías ocultado y me habrías obligado a irme a vivir a Inglaterra contigo por pura lástima?

—Básicamente...

«¿Cómo demonios se supone que debo tomarme eso?» Quiero decirle que está loco, que no es mi padre y que tiene que dejar de intentar manipularme, pero en vez de eso me quedo ahí con la boca abierta como una idiota.

—No puedes obligarme a hacer cosas a base de mentiras y manipulaciones.

—Sé que es muy retorcido —dice con preocupación en sus ojos verdes—. No sé por qué soy como soy. Sólo sé que no quiero perderte y que estoy desesperado.

Pero, por su expresión, sé que no entiende por qué se comporta así.

—No, no lo sabes. De lo contrario, no habrías mentido.

Lleva las manos a mis caderas.

—Tessa, lo siento, de verdad. Debes reconocer que se nos empieza a dar mejor esto de las relaciones.

Tiene razón. En cierto sentido, demencial, nos comunicamos mucho mejor que antes. Sigue distando mucho de una relación normal y funcional, pero la normalidad nunca ha sido lo nuestro.

¿Con lo del matrimonio tampoco voy a conseguir que te vayas conmigo?

El corazón se me va a salir del pecho y estoy segura de que puede oírlo. Pero me limito a decir:

—Ya hablaremos de eso cuando no estés borracho.

—Tampoco estoy tan borracho.

Sonrío y le doy una palmadita en la mejilla.

—Demasiado borracho para esa clase de conversación.

Sonríe y me atrae hacia sí.

—¿Cuándo vuelves de Sandpoint?

—¿No vas a venir?

—Aún no lo he decidido.

—Dijiste que vendrías. Nunca hemos viajado juntos.

—Seattle —dice, y me echo a reír.

—En realidad, apareciste sin que nadie te hubiera invitado y te fuiste a la mañana siguiente.

Me pasa la mano por el pelo.

—Detalles...

—Deseo mucho que vengas —insisto—. Landon se trasladará pronto. —Me duele sólo de pensarlo.

—¿Y? —me pregunta meneando la cabeza.

—Y a tu padre le encantaría que vinieras, estoy segura.

—Ah, él. Está enojado consigo mismo porque me han multado y me han puesto en el equivalente a la libertad condicional académica. Si la cago en lo más mínimo, se acabó la universidad.

—¿Por qué no te trasladas a la universidad de Seattle conmigo?

—No quiero volver a oír hablar de Seattle esta noche. He tenido un día muy largo y tengo un dolor de cabeza infernal... —Me besa en la frente.

Aparto la cabeza.

—Te emborrachaste con mi padre y me mentiste sobre tu expulsión: hablaremos de Seattle cuanto me dé la gana —replico tajante.

Hardin sonríe.

—Y aún traes esos pantalones después de haber estado provocándome con ellos y no respondiste a mis llamadas. —Me acaricia el labio inferior con el pulgar.

—No hace falta que me llames tanto. Es asfixiante. Molly ha dicho que eres un *acosador* —le suelto, pero sonrío bajo su caricia.

—¿En serio? —Continúa dibujando el contorno de mis labios y los abro sin querer.

—Sí —suspiro.

—Hum...

—Sé lo que estás tramando. —Le quito la otra mano de mis caderas, allí donde sus dedos estaban empezando a deslizarse por debajo del resorte de mis pantalones.

Sonríe.

—¿Qué estoy tramando?

—Estás intentando distraerme para que se me olvide que estoy molesta contigo.

—¿Y funciona?

—No del todo. Además, mi padre está aquí y no voy a acostarme contigo cuando lo tenemos en la habitación contigua. —Le doy un azote juguetón en el trasero.

Lo único que consigo es que me estreche más contra sí.

—Ah, ¿quieres decir como cuando te cogí aquí mismo —dice señalando la cama—, mientras mi madre dormía en el sillón?

Se me pega un poco más.

—¿O aquella vez que te la metí en el baño de la casa de mi padre? ¿O la infinidad de veces que lo hemos hecho mientras Karen, Landon y mi padre estaban al final del pasillo?

Me acaricia el muslo por encima de la tela.

—Ah, espera, te refieres a cuando te empiné en la mesa de tu oficina en horas de trabajo...

—¡Bien, bien! ¡Ya entendí! —Me ruborizo y se ríe.

—Vamos, Tessa, acuéstate.

—Estás enfermo. —Me echo a reír y me aparto de él.

—¿Adónde vas? —pregunta haciendo pucheros.

—A ver qué está haciendo mi padre.

—¿Por? ¿Para poder volver aquí conmigo y...?

—¡Anda ya!, acuéstate o algo —exclamo.

Me alegro de que esté tan bromista pero, a pesar de su confesión, sigo enojada porque me mintió y se está comportando como un terco al no estar dispuesto a hablar seriamente de Seattle.

Cuando volví después de la comida en Applebee's, creía que estaría furioso conmigo por no haber respondido a sus mensajes. Nunca pensé que llegaríamos a hablar las cosas y que me confesaría que me había mentido acerca de su expulsión. Puede que Steph le haya asegurado que estaba volviendo a casa y le haya dado tiempo a calmarse. Aunque el teléfono de Steph estaba encima de la mesa cuando me fui...

—¿No dijiste que Steph no te contestó el teléfono cuando la llamaste? —pregunto.

—No, ¿por? —Me mira confuso.

Me encojo de hombros sin saber qué decir.

—Curiosidad.

—¿Por? —dice en un tono raro.

—Porque le dije que te avisara de que venía en camino y me preguntaba por qué no lo hizo.

—Ah.

Desvía la mirada y agarra una taza de la cómoda. Esta conversación es muy rara: Steph no le dijo que yo estaba en camino, y ahora él desvía la mirada...

—Voy a ver qué hace mi padre, puedes venir con nosotros si quieres.

—Eso haré. Voy a cambiarme primero.

Asiento y abro la puerta.

—Y ¿qué hay de él? Acaba de reaparecer en tu vida y ¿vas a irte?

Freno en seco. No es que no lo haya pensado, pero que Hardin me dispare la pregunta por la espalda como si fuera un misil no me gusta nada.

Me tomo un momento para recuperarme antes de salir de la habitación. Cuando llego a la sala, mi padre está durmiendo. Beberse medio bar a mediodía debe de ser agotador. Apago la televisión y voy a la cocina por un vaso de agua. No dejo de pensar en Hardin preguntándome si voy a irme ahora que acabo de encontrar a mi padre. La cuestión es que no puedo hacer peligrar mi futuro por un padre al que no veo desde hace nueve años. Si las circunstancias fueran otras, lo pensaría dos veces, pero fue él quien me abandonó a mí.

Cuando me acerco al cuarto, oigo que Hardin está hablando.

—¿A qué chingados ha venido lo de hoy? —lo oigo decir en voz baja.

Pego la oreja a la puerta. Sé que debería irme y punto, pero tengo la sensación de que debo escuchar esta conversación. Lo que significa que me conviene escucharla.

—Me importa una mierda, no debería haber ocurrido. Ahora está molesta, cuando se supone que lo que tienes que hacer...

No consigo entender el resto de la frase.

—No lo arruines —añade.

¿Con quién habla? Y ¿qué se supone que tiene que hacer alguien? ¿Es Steph? O, peor, ¿será Molly?

Oigo unos pasos que se acercan a la puerta y rápidamente me meto en el baño y lo cierro.

Al poco rato llaman con los nudillos.

—¿Tessa?

Abro la puerta. Sé que tendría que aparentar que me ha sorprendido en mis cosas. El corazón se me va a salir del pecho y tengo un nudo en el estómago.

—Ah, hola. Estaba acabando —digo con un hilo de voz.

Hardin levanta una ceja.

—Bueno...

Mira al final del pasillo.

—¿Dónde está tu padre? ¿Está durmiendo?

—Sí —le digo, y sonríe de oreja a oreja.

—Volvamos al cuarto. —Me toma de la mano, me da vuelta y me empuja con suavidad.

Sigo a Hardin de vuelta a nuestra habitación y la paranoia se cuela entre mis pensamientos como si fuera una vieja amiga.

CAPÍTULO 16

Tessa

La parte microscópica de mi cerebro que alberga el sentido común está intentando enviar señales de alerta al resto de mi cerebro, que está ocupado por Hardin y todo lo relacionado con él. La parte sensata, o lo que queda de ella, me dice que necesito hacer preguntas, que no puedo pasar esto por alto. Ya hago la vista gorda bastante a menudo.

Esa es la parte microscópica. La parte más grande gana. Porque, ¿de verdad quiero discutir con él por lo que seguro que no es más que un malentendido? A lo mejor sólo estaba molesto con Steph por haber invitado a Molly. No he podido escuchar bien la conversación, es posible que me estuviera defendiendo. Ha sido muy sincero acerca de haberme mentido sobre su expulsión, ¿por qué iba a mentirme ahora?

Hardin se sienta en la cama, me toma ambas manos y me jala para que me siente en su pierna.

—Bueno, ya no nos quedan temas serios de conversación y tu padre está durmiendo. Tendremos que encontrar otra forma de pasar el rato... —Tiene una sonrisa ridícula pero contagiosa.

—¿No estarás pensando en sexo? —contesto, y lo empujo con picardía.

Se acuesta en la cama, con una mano en mi nuca y la otra en mi muslo, y me jala hasta que me tiene encima. Lo monto a horcajadas, con sus piernas entre mis muslos, y me atrae hasta que nuestras caras casi se rozan.

—No, tenía otras cosas en mente. Por ejemplo, piensa en esos labios rodeándome la...

Me acaricia la boca con la suya. Su aliento sabe a menta. La presión es lo bastante fuerte para enviar una oleada de electricidad por todo mi cuerpo pero lo bastante delicada como para dejarme con ganas de más.

—Piensa en mi cara entre tus muslos mientras te... —empieza a decir, pero le tapo la boca con la mano. El modo en que su lengua lame mi mano me obliga a retirarla rápidamente.

—Puaj —digo arrugando la nariz y limpiándome la mano en su camiseta negra.

—No haré ruido —asegura en voz baja mientras levanta las caderas del colchón para que lo note de cerca—. Aunque no sé si puedo decir lo mismo de ti.

—Mi padre... —le recuerdo con mucha menos convicción que antes.

—Y ¿a quién le importa? Es nuestra casa y, si no le gusta, que se vaya.

Lo miro medio en serio.

—No seas maleducado.

—No lo soy, pero te deseo y debería poder tenerte siempre que quiera —dice, y pongo los ojos en blanco.

—Yo también tengo voz y voto, estás hablando de mi cuerpo. —Finjo que no tengo el corazón desbocado y que no le tengo ganas.

—Evidentemente. Pero sé que si hago esto... —Mete la mano entre nuestros cuerpos y baja la cintura de mis pantalones y de mis pantaletas—. ¿Lo ves? Sabía que estarías lista en cuanto mencioné que te iba a comer...

Le tapo esa boca tan sucia que tiene con los labios. Traga saliva, gime y sus dedos rozan mi clítoris. Apenas me está tocando porque lo que quiere es torturarme.

—Por favor —siseo, y aplica un poco más de presión. Me mete un dedo húmedo.

—Ya lo sabía yo.

Me castiga y mete y saca el dedo muy despacio.

Deja de moverlo demasiado pronto y me acuesta a su lado. Antes de que pueda protestar, se incorpora y agarra la cintura de mis pantalones, esa parte que parece fascinarlo tanto, y me los baja por los muslos. Levanto las caderas para ayudarlo y aprovecha para bajarme también los calzones.

Sin decir nada, me indica que me coloque en lo alto de la cama. Me deslizo sobre los codos hasta que tengo la espalda apoyada en la cabecera. Se acuesta boca abajo, delante de mí, y sus manos se aferran a mis caderas. Me abre de piernas.

Sonríe burlón.

—Al menos intenta no hacer ruido.

Me dispongo a poner los ojos en blanco, pero entonces siento su aliento cálido. Suave primero y más fuerte poco a poco, a medida que se va acercando más y más. Sin avisar, su lengua me recorre de abajo arriba y agarro un cojín, uno amarillo al que Hardin le tiene especial manía. Me tapo la cara con él para amortiguar los gemidos involuntarios que manan de mi boca mientras su lengua se mueve cada vez más rápido.

De repente me quita el cojín de la cara.

—No, nena. Quiero que me veas —me ordena, y asiento muy despacio.

Se lleva el pulgar a la boca y su lengua se desliza sobre mí. Mueve la mano entre mis muslos y acaricia mi punto más sensible. Se me tensan las piernas, las caricias sobre mi clítoris son divinas. Con la punta de un dedo traza círculos lentos sin apenas aplicar presión. Es una tortura.

Lo obedezco y miro entre mis muslos. Tiene el pelo alborotado y hacia atrás, formando una onda sobre su frente, con un mechón rebelde que vuelve atrás cada vez que hunde la cabeza. Medio veo, medio imagino su boca contra mi piel y la sensación aumenta de manera exponencial y sé, sé, que no voy a poder estarme callada mientras la presión se acumula en mi vientre esperando poder estallar. Me tapo la boca con una mano y hundo la otra en sus chinos. Empiezo a mover las caderas para buscar su lengua. Esto es demasiado bueno.

Lo jalo del pelo y lo oigo gemir contra mí. Estoy cada vez más cerca...

—¿Más fuerte? —jadea.

«¿Qué?»

Toma la mano que tengo enredada en su pelo y coloca la suya encima para... ¿Quiere que le jale el pelo?

—Hazlo —me dice con mirada de deseo, y empieza a mover los dedos en círculos rápidos mientras baja la cabeza para que la lengua contribuya a la sensación.

Se lo jalo con fuerza, y me mira con los ojos entornados. Cuando vuelve a abrirlos los tiene brillantes, como jade ardiente. Me sostiene la mirada mientras se me nubla la vista y durante unos instantes no veo nada.

—Vamos, nena —susurra.

Se lleva la mano a su entrepierna y no puedo aguantarlo más. Lo veo acariciándose el pene duro para venirse conmigo. Nunca me acostumbraré al efecto que sus actos tienen en mí. El hecho de verlo tocándose, sentir las bocanadas de su aliento en mi piel mientras su respiración se torna más y más entrecortada...

—Sabes a gloria, nena —gime contra mí, moviendo rápidamente la mano que tiene en su entrepierna. Ni siquiera noto que me estoy mordiendo la mano mientras disfruto de mi excitación y lo jalo del pelo.

Parpadeo. Y luego parpadeo un poco más, con pereza.

Recobro la conciencia y noto que se recoloca y que apoya la cabeza en mi vientre. Abro los ojos y veo que él los tiene cerrados, su pecho sube y baja, su respiración sigue entrecortada.

Lo jalo del hombro para que se levante y poder moverme entre sus piernas.

Para y me mira.

—Yo... ya terminé —dice.

Me quedo mirándolo.

—Ya me vine... —Tiene la voz ronca de agotamiento.

—Ah.

Sonríe con pereza, una sonrisa medio borracha, y se levanta de la cama. Se acerca a la cómoda, abre un cajón y saca unos shorts blancos de deporte.

—Tengo que bañarme y cambiarme, como puedes ver. —Señala la bragueta de sus pantalones, donde, a pesar de que son oscuros, se ve claramente una mancha.

—¿Como en los viejos tiempos? —Le sonrío, me mira y me devuelve la sonrisa.

Se acerca y me besa en la frente, luego en los labios.

—Es bueno saber que no has perdido tu toque —dice yendo hacia la puerta.

—No ha sido mi toque —le recuerdo.

Menea la cabeza y sale de la habitación.

Busco mi ropa a los pies de la cama y rezo para que mi padre siga durmiendo en el sillón y para que si por casualidad se ha despertado, no pare a Hardin de camino al baño. A los pocos segundos, oigo que la puerta del baño se cierra y me levanto para vestirme.

Cuando termino, reviso mi celular para ver si tengo alguna llamada de Sandra, pero nada. Lo que sí hay es un pequeño sobre en la esquina de mi pantalla que me indica que tengo un nuevo mensaje de texto. A lo mejor está ocupada y ha preferido escribirme.

Abro el mensaje y leo:

Tengo que hablar contigo.

Suspiro al leer el nombre del remitente: Zed.

Borro el mensaje y dejo el teléfono sobre la mesita.

Irónicamente, la curiosidad se apodera de mí y busco el celular de Hardin. El corazón amenaza con salirse de mi pecho cuando recuerdo la última vez que le registré el teléfono. No acabó nada bien.

Pero esta vez sé que no me está ocultando nada. No es capaz. Estamos en un punto muy distinto de nuestra relación. Se ha hecho un tatuaje por mí... Aunque no está dispuesto a mudarse por mí. No tengo nada de que preocuparme, o eso creo...

Como no lo veo en el escritorio, lo busco en la cómoda. Deduzco que se lo ha llevado al baño. Es lo normal, ¿no?

«No tengo de qué preocuparme. Sólo estoy estresada y paranoica», me digo.

Antes de meterme en un agujero negro de preocupación, me recuerdo que no debo registrarle el celular porque, si él me lo hiciera a mí, me enojaría muchísimo.

Es probable que me lo registre, sólo que nunca lo he sorprendido in fraganti.

Se abre la puerta de la habitación y salto como si me hubieran descubierto haciendo algo que no debía. Hardin entra dando zancadas, sin camiseta, descalzo, con los shorts y el bóxer negro asomando por la cintura.

—¿Estás bien? —pregunta secándose el pelo con una toalla blanca. Me encanta que su pelo parezca negro cuando está mojado. El contraste con sus ojos verdes es de ensueño.

—Sí. Te has dado un baño muy corto. —Me siento en la silla—. Debería haberte ensuciado más —digo intentando distraerlo para que no note que me tiembla un poco la voz.

—Tenía prisa por verte —dice, pero no me convence.

Sonrío.

—Tienes hambre, ¿verdad?

—Sí —confiesa con una sonrisa divertida—. Ya me dio hambre.

—Eso me parecía.

—Tu padre sigue dormido; ¿va a quedarse cuando nos vayamos de viaje?

La emoción hace desaparecer todas mis preocupaciones.

—¿Vas a venir?

—Sí, eso creo. Si es tan aburrido como me parece que va a ser, sólo me quedaré una noche.

—Está bien —digo comprensiva. Pero por dentro estoy radiante y sé que se quedará hasta el final. Sólo es que tiene que guardar las apariencias y quejarse de ese tipo de cosas.

Se pasa la lengua por los labios y me acuerdo de cuando lo tenía entre las piernas.

—¿Puedo preguntarte una cosa?

Sus ojos encuentran los míos y asiente.

—¿Sí?

Se sienta en la cama.

—Cuando... cuando..., ya sabes, ¿ha sido porque te jalé del pelo?

—¿Qué? —Se ríe un poco.

—Cuando te jalé del pelo, ¿te gustó? —me ruborizo.

—Ah. —No me puedo ni imaginar el rojo que cubre mis mejillas.

—¿Te resulta raro que me guste?

—No, sólo es curiosidad. —Es la verdad.

—Todo el mundo tiene ciertas cosas que le gustan en la cama, esa es una de las que me gustan a mí. Aunque hasta ahora no lo sabía. —Sonríe sin inmutarse porque estemos hablando de sexo.

—¿Ah, sí? —Me emociono al pensar que ha descubierto algo nuevo estando conmigo.

—Sí —dice—. Quiero decir que otras chicas me jalaron el pelo, pero contigo es diferente.

—Ah —digo por enésima vez, pero esta vez no siento ni frío ni calor.

Sin percatarse de mi reacción, Hardin me mira con los ojos brillantes de curiosidad.

—¿Hay algo que no te haya hecho y que te guste?

—No. Me gusta todo lo que me haces —digo en voz baja.

—Sí, eso ya lo sé. Pero ¿hay algo que hayas pensado en hacer alguna vez y que no hayamos hecho?

Niego con la cabeza.

—Que no te dé vergüenza, nena, todo el mundo tiene fantasías.

—Yo no.

Al menos, creo que no. No tengo experiencia salvo con Hardin, y no sé gran cosa aparte de lo que hemos hecho.

—Seguro que sí —dice sonriente—. Sólo tenemos que descubrirlas.

Tengo mariposas en el estómago y no sé qué decir.

Pero entonces la voz de mi padre interrumpe nuestra conversación:

—¿Tessie?

Lo primero que pienso es que es un alivio que su voz provenga de la sala y no del pasillo.

Hardin y yo nos ponemos de pie.

—Voy al baño —digo.

Asiente con una sonrisa pícara y se dirige a la sala con mi padre.

Cuando entro en el baño, veo que el celular de Hardin está en la orilla del lavabo.

Sé que no debería hacerlo, pero no puedo contenerme. De inmediato, miro la lista de llamadas. Está vacía. Las ha borrado todas. No ha dejado ni una en la memoria. Lo intento de nuevo y paso a los mensajes de texto.

Nada. Lo ha borrado todo.

CAPÍTULO 17

Tessa

Hardin y mi padre están sentados junto a la mesa de la cocina cuando salgo del baño con el celular en la mano.

—Me están saliendo canas, nena —dice Hardin al verme.

Mi padre me mira con ojos de borrego.

—Yo también tengo hambre... —empieza a decir, no muy seguro.

Pongo las manos en el respaldo de la silla de Hardin y echa la cabeza hacia atrás. Su pelo húmedo me roza los dedos.

—Pues te sugiero que te prepares algo de comer —digo, y dejo su teléfono sobre la mesa.

Me mira con una expresión completamente neutra.

—Bueno... —dice, se levanta y va al refrigerador—. ¿Tienes hambre? —pregunta.

—Tengo las sobras de Applebee's.

—¿Estás enojada porque me lo llevé a beber conmigo? —me pregunta mi padre.

Lo miro y suavizo mi tono de voz. Ya sabía cómo era mi padre cuando lo invité a venir.

—No estoy enojada, pero no quiero que se convierta en una costumbre.

—Te prometo que no. Además, tú te vas a mudar —me recuerda, y miro al hombre al que sólo conozco de hace dos días.

No contesto, sino que me acerco a Hardin y al refrigerador y abro el congelador.

—¿Qué se te antoja comer? —le pregunto.

Me mira receloso, intentando descifrar mi estado de ánimo.

—Cualquier cosa... ¿Y si pedimos comida?

Suspiro.

—Pidamos comida.

No quiero ser grosera, pero mi mente es un torbellino de posibilidades, no dejo de darle vueltas a qué era lo que había en ese teléfono que ha tenido que borrarlo con tanta urgencia.

Hardin y mi padre empiezan a discutir sobre si pedimos pizza o comida china. Hardin quiere pizza, y gana la discusión al recordarle a mi padre quién va a pagar la comida. Por su parte, a mi padre no parecen ofenderle las tonterías de Hardin. Se ríe o les da la vuelta.

Es extraño, de verdad, verlos a los dos juntos. Después de que mi padre se fuera, con frecuencia soñaba despierta con él al ver a los padres de mis amigos. Me había creado una imagen de alguien que se parecía al hombre con el que me crie, sólo que más mayor y, desde luego, no era un borracho sin techo. Siempre me lo imaginaba con un maletín lleno de documentos importantes, caminando hacia su coche por la mañana con un café en la mano. No me imaginaba que seguiría bebiendo, que la bebida lo desfiguraría y que no tendría dónde vivir. No me imagino a mi madre capaz de mantener una conversación con este hombre, y mucho menos pasar años casada con él.

—¿Cómo conociste a mi madre? —digo pensando en voz alta.

—En la escuela —contesta.

Hardin toma el celular y sale de la cocina para llamar y pedir la pizza. O eso, o va a llamar a alguien para poder borrar después el número del registro de llamadas.

Me siento frente a mi padre.

—¿Cuánto tiempo estuvieron saliendo juntos antes de que se casaran?

—Sólo unos dos años. Nos casamos muy jóvenes.

Me resulta incómodo preguntarle estas cosas, pero sé que de mi madre no obtendría respuestas.

—¿Por qué?

—¿Tu madre y tú nunca hablaron de esto? —inquiere.

—No, nunca. Se lo he preguntado alguna vez, pero se limita a no contestarme —le digo, y su expresión pasa del interés a la vergüenza.

—Ah.

—Perdona —añado, aunque no sé por qué me estoy disculpando.

—No, si lo entiendo, y no la culpo. —Cierra los ojos un momento y los abre justo cuando Hardin entra en la cocina y se sienta a mi lado—. En respuesta a tu pregunta, nos casamos jóvenes porque se quedó embarazada de ti. Tus abuelos me odiaban e intentaron separarla de mí, así que nos casamos. —Sonríe disfrutando del recuerdo.

—¿Se casaron para molestar a mis abuelos? —pregunto sonriendo a mi vez.

Mis abuelos, que en paz descansen, eran un poco... pesados. Muy pesados, de hecho. Mis recuerdos de la infancia incluyen que me hicieran callar en la mesa por reírme, que me hicieran quitarme los zapatos al entrar en casa para no estropearles la alfombra. Por mi cumpleaños, me enviaban una tarjeta de felicitación de lo más impersonal y un bono de ahorro a diez años, lo que no es el regalo ideal para una niña de ocho.

Mi madre era básicamente un clon de mi abuela, sólo que menos serena. Se pasaba los días y las noches tratando de ser tan perfecta como lo era su madre.

O —y tiemblo sólo de pensarlo— tan perfecta como la imaginaba.

Mi padre se ríe.

—Sí, en cierto sentido fue para molestarlos. Pero tu madre siempre quiso casarse, prácticamente me arrastró al altar. —Se echa a reír de nuevo y Hardin me mira antes de reírse él también.

Le dirijo una mirada de reproche. Sé que está preparando algún comentario sarcástico relacionado con el hecho de que yo lo obligue a casarse.

Me vuelvo hacia mi padre.

—¿Qué tenías en contra del matrimonio? —le pregunto.

—Nada. La verdad es que ni me acuerdo. Lo único que sé es que me daba un miedo atroz tener un bebé a los diecinueve años.

—Y con razón. Mira cómo te ha ido —comenta Hardin.

Le lanzo una mirada asesina pero mi padre sólo pone los ojos en blanco.

—No se lo recomiendo a nadie, la verdad, aunque hay muchos padres que lo llevan muy bien. —Levanta las manos con resignación—. Sólo que yo no fui uno de ellos.

—Ah —digo.

No puedo imaginarme ser madre a mi edad.

Sonríe, dispuesto a darme todas las respuestas que pueda.

—¿Más preguntas, Tessie?

—No... Creo que eso es todo —digo.

No estoy cómoda con él, aunque, en cierto sentido, me encuentro más relajada con él que con mi madre, si fuera ella la que estuviera conmigo aquí sentada.

—Si se te ocurre alguna más, pregunta. Hasta entonces, ¿te importa si me baño antes de que llegue la cena?

—Por supuesto que no, adelante.

No parece que hayan pasado sólo dos días. Han sucedido tantas cosas desde que reapareció... el tatuaje de Hardin, su expulsión/no expulsión de la facultad, la visita de Zed en el estacionamiento, mi comida con Steph y con Molly, el registro de llamadas desaparecido. Es demasiado. Es muy estresante esto de tener una lista de problemas en mi vida que no hace más que crecer, sin perspectiva de que ninguno vaya a arreglarse por el momento.

—¿Qué pasa? —me pregunta Hardin cuando mi padre desaparece por el pasillo.

—Nada.

Me levanto y doy unos pasos antes de que me acaricie la cintura y me dé vuelta para mirarme a la cara.

—Te conozco bien. Dime qué te pasa —ordena con ternura mientras me sujeta por las caderas.

Lo miro a los ojos.

—Tú.

—¿Yo... qué? Habla —me exige.

—Estás muy raro y borraste todos tus mensajes y tus llamadas.

Tuerce el gesto molesto y se pellizca la nariz.

—Y ¿qué haces tú fisgando en mi celular?

—Lo hice porque has estado actuando de un modo muy sospechoso y...

—¿Y registraste mis cosas? ¿No te he dicho que no lo hagas?

Su mirada de indignación es tan descarada, tan falsa, que me hierve la sangre.

—Sé que no debería registrar tus cosas, pero no tendrías que darme motivos para hacerlo. Y ¿qué te importa si no tienes nada que esconder? A mí no me importaría que miraras mi celular porque yo no tengo nada que ocultar.

Saco mi teléfono y se lo ofrezco. Entonces recuerdo el mensaje de Zed y me entra el pánico, pero Hardin lo rechaza, como si mi confianza no importara nada.

—Excusas y más excusas para ocultar que estás psicótica —dice, y sus palabras me hieren.

No tengo nada que decir. En realidad, tengo mucho que decirle, pero no me salen las palabras. Lo obligo a que me suelte y me marcho. Dice que me conoce lo suficientemente bien para saber cuándo algo anda mal. Pues bien, yo lo conozco lo suficiente como para saber que estoy a punto de descubrirlo con las manos en la masa. No sé si será una mentirilla o una apuesta para robarme la virginidad, pero siempre pasa lo mismo: primero empieza a comportarse de un modo sospechoso, y luego, cuando saco a relucir el tema, se enoja y se pone a la defensiva, y al final me insulta o me regaña.

—No te vayas —aúlla a mis espaldas.

—No me sigas —le digo, y desaparezco en la recámara.

Pero lo tengo en la puerta al segundo

—No me gusta que registres mis cosas.

—No me gusta sentir que no tengo más remedio que hacerlo.

Cierra la puerta y se apoya en ella.

—No tienes que hacerlo. Borré los registros de mensajes y de llamadas porque... fue un accidente. No tienes por qué ponerte así.

—¿Así? ¿Quieres decir «psicótica»?

Suspira.

—No lo dije en serio.

—Pues deja de decir cosas que no son en serio porque al final no sé qué es lo que dices de corazón y qué no.

—Entonces deja de registrar mis cosas, porque ya no sé si puedo confiar o no en ti.

—Bien. —Me siento al escritorio.

—Bien —repite, y se sienta en la cama.

No sé si creerle o no. No me cuadra nada pero, en cierto modo, cuadra. Puede que lo borrara todo por accidente, y puede que estuviera hablando con Steph por teléfono. Los retazos de la conversación que oí alimentaron mi imaginación, pero no quiero preguntarle a Hardin por ella porque no sé si quiero que sepa que lo estaba escuchando. Tampoco va a contarme de qué estaban hablando.

—No quiero que haya secretos entre nosotros, eso ya deberíamos tenerlo superado —le recuerdo.

—Ya lo sé, carajo. No hay ningún secreto, estás comportándote como una loca.

—Deja de llamarme *loca*. Eres el menos adecuado para llamarme así. —Me arrepiento de lo que he dicho en cuanto las palabras salen de mi boca, pero no parece que le afecte.

—Perdona, ¿sí? No estás loca —repone, y luego me sonríe—. Sólo me registras el celular.

Me obligo a devolverle la sonrisa e intento convencerme de que tiene razón, de que estoy paranoica. En el peor de los casos, me está ocultando algo y lo descubriré tarde o temprano. No tiene sentido que me obsesione: siempre acabo descubriéndolo.

Me lo repito mentalmente una y otra vez hasta que termino de convencerme.

Mi padre grita algo desde la otra habitación y Hardin dice:

—Ya está aquí la pizza. No estás enojada conmigo, ¿verdad?

Pero sale de la habitación sin darme tiempo a responder.

Me revuelvo en mi sitio y miro el celular, que he dejado encima del escritorio. Por curiosidad, lo agarro y, por supuesto, tengo otro mensaje de Zed. Esta vez ni siquiera me molesto en leerlo.

El día siguiente es nuestro último día en las antiguas oficinas de Vance, y manejo al trabajo más despacio que de costumbre. Quiero memorizar cada calle, cada edificio del camino. Estas prácticas remuneradas han sido un sueño hecho realidad. Soy consciente de que trabajaré para Vance en Seattle, pero aquí es donde empecé, donde empezó mi carrera.

Kimberly está sentada en su sitio cuando salgo del elevador. Hay un montón de cajas cafés apiladas con pulcritud junto al mostrador.

—¡Buenos días! —me saluda alegremente.

—Buenos días. —No soy capaz de sonar tan alegre como ella. Más bien, nerviosa e incómoda.

—¿Lista para tu última semana aquí? —me pregunta mientras me lleno un pequeño vaso de poliestireno con café.

—Sí, en realidad, hoy es mi último día. Me voy de viaje lo que queda de la semana —le recuerdo.

—Ah, sí. Se me había olvidado. ¡Vaya! ¡Es tu último día! Tendría que haberte comprado una tarjeta o algo así. —Sonríe—. Aunque también puedo dártela la semana que viene en nuestras nuevas oficinas.

Me echo a reír.

—¿Ya estás lista para el viaje? ¿Cuándo se van?

—¡El viernes! Ya tenemos todas nuestras cosas en la casa nueva, esperando nuestra llegada.

Estoy segura de que la casa nueva de Christian y de Kimberly es encantadora, muy grande y muy moderna, más o menos como la casa que dejan aquí. El anillo de compromiso de Kimberly resplandece, y no puedo evitar quedarme embobada mirándolo cada vez que lo veo.

—Todavía estoy esperando a que me llame la mujer del departamento —le digo, y se vuelve a mirarme.

—¿Qué? ¿Aún no tienes departamento?

—Lo tengo, ya le envié todos los papeles. Sólo nos falta cerrar los detalles de la renta.

—Sólo te quedan seis días —dice Kimberly, preocupada por mí.

—Lo sé, pero está todo bajo control —le aseguro. Espero que sea verdad.

Si esto hubiera pasado hace unos meses, tendría planificado hasta el último detalle del traslado, pero últimamente he estado tan estresada que no he sido capaz de concentrarme en nada, ni siquiera en el traslado a Seattle.

—Bueno, si necesitas ayuda, avisa —se ofrece, y contesta el teléfono que está sonando en el mostrador.

Cuando voy a mi oficina veo que hay un par de cajas vacías en el suelo. No tengo muchos objetos personales, así que no tardaré en empacar mis cosas.

Veinte minutos más tarde estoy cerrando las cajas con cinta canela. Llaman a la puerta.

—Adelante —digo.

Por un momento me pregunto si será Hardin, pero cuando me vuelvo, Trevor está en la entrada, vestido con *jeans* claros y una camiseta blanca. No me acostumbro a verlo sin traje.

—¿Lista para el gran traslado? —me pregunta mientras intento levantar una caja que he llenado demasiado.

—Sí, casi. ¿Y tú?

Se acerca, levanta la caja por mí y la deja en mi mesa.

—Gracias. —Sonrío y me limpio las manos en los laterales de mi vestido verde.

—Todo preparado. En cuanto termine hoy aquí, me iré para allá.

—Es increíble. Sé que estás listo para mudarte a Seattle desde que estuvimos allí.

Noto que la vergüenza se expande por mis mejillas porque él también se ruboriza.

—Cuando estuvimos allí...

Trevor me invitó a cenar y fue genial, pero a continuación no dejé que me besara y Hardin le armó un escándalo y lo amenazó. No sé por qué lo he mencionado. Ni idea, la verdad.

Me mira inexpresivo.

—Fue un fin de semana muy interesante. Tú también debes de estar muy contenta. Siempre has querido vivir en Seattle.

—Sí, me muero de ganas.

Trevor examina mi oficina.

—Sé que no es asunto mío, pero ¿Hardin se traslada a Seattle contigo?

—No —responde mi boca antes de que mi mente pueda ponerse al día—. Bueno, aún no estoy muy segura. Dice que no quiere, pero espero que cambie de opinión... —Sigo hablando a borbotones, las palabras salen de mi boca a toda velocidad, demasiado rápido.

Trevor parece estar un tanto incómodo. Se mete las manos en los bolsillos y al final me interrumpe:

—¿Por qué no quiere irse contigo?

—La verdad es que no lo sé, pero espero que venga. —Suspiro y me siento en mi sillón de cuero.

La mirada de Trevor se encuentra con la mía.

—Si no va, es que está loco.

—Está loco y punto. —Me echo a reír, intentando aliviar la tensión que se acumula en la oficina.

Él también se echa a reír y menea la cabeza.

—Bueno, será mejor que termine y me vaya cuanto antes. Nos vemos en Seattle.

Me deja con una sonrisa y por alguna razón me siento un poco culpable. Busco mi celular y le envío un mensaje de texto a Hardin para decirle que Trevor ha pasado por mi oficina. Por una vez, sus celos me van a ser de utilidad. A lo mejor se pone tan celoso de Trevor que decide venirse a vivir a Seattle. No parece probable, pero no puedo evitar valerme de lo que sea con la esperanza de que cambie de parecer. El tiempo se acaba, en seis días no podrá organizar gran cosa. Tendrá que solicitar el traslado, aunque con el cargo de Ken, no creo que suponga ningún problema.

A mí, seis días también me quedan cortos, pero estoy preparada para Seattle. No me queda de otra. Es mi futuro y no puede girar en torno a Hardin, y más si él no quiere compromisos. Le ofrecí un plan justo: nos vamos a Seattle y, si no nos gusta, siempre podemos irnos a Inglaterra. Pero no quiso ni pensarlo, lo rechazó sin más. Espero que el viaje que hemos planeado con su familia, para ver ballenas, le haga comprender que igual que Landon, Ken, Karen y yo, está listo para probar cosas nuevas, divertidas y positivas. Tampoco es tan difícil.

Pero es Hardin, y con él nada es fácil.

Suena el teléfono y me distrae de todo el estrés de Seattle.

—Tienes visita —anuncia Kimberly, y el corazón me da un vuelco sólo de pensar en ver a Hardin.

Únicamente han pasado unas pocas horas, pero cuando no estamos juntos lo extraño mucho.

—Dile a Hardin que pase. Me sorprende que haya esperado a que me llamaras —digo.

Kimberly chasquea la lengua.

—No es Hardin.

¿Hardin ha traído a mi padre?

—¿Es un hombre mayor con barba?

—No... Un chico joven... Como Hardin —susurra.

—¿Tiene la cara amoratada? —pregunto a pesar de que ya sé la respuesta.

—Sí, ¿le pido que se vaya?

No quiero hacerle eso a Zed y tampoco ha hecho nada malo, excepto no obedecer a Hardin cuando le dijo que se alejara de mí.

—No, que pase. Es amigo mío.

¿A qué habrá venido? Estoy segura de que está relacionado con que haya ignorado sus mensajes, pero no entiendo qué es tan urgente como para que haya hecho un viaje de cuarenta minutos para venir a contármelo.

Cuelgo y me pregunto si debo escribirle a Hardin para explicarle que Zed se ha presentado en mi oficina. Meto el celular en un cajón del escritorio y lo cierro. Lo último que necesito es que él se plante aquí también, porque no podrá controlar su ira y armará una escena en mi último día en la oficina.

Y lo último que quiero es que lo arresten otra vez.

CAPÍTULO 18

Tessa

Cuando abro la puerta de mi oficina, Zed está de pie en el pasillo como el ángel de la muerte. Lleva puesta una sudadera de cuadros rojos y negros, pantalones de mezclilla oscuros y tenis. Los moretones de la cara no han mejorado mucho, pero los que enmarcan sus ojos y su nariz se han aclarado, de morado intenso a azul verdoso.

—Hola, perdona que me presente así —dice.

—¿Ocurrió algo? —pregunto volviendo a mi mesa.

Se queda en la entrada un instante, incómodo, antes de entrar en la oficina.

—No. Bueno, he estado intentando hablar contigo desde ayer, pero no contestas a mis mensajes.

—Lo sé. Es que Hardin y yo ya tenemos bastantes problemas, no necesito añadir otro, y no quiere que vuelva a hablar contigo.

—¿Ahora lo dejas decidir con quién puedes y no puedes hablar?

Zed se sienta en la silla que hay al otro lado de mi mesa y yo me siento en mi sillón. Le da un aire más serio y oficial a nuestra conversación. No es incómodo, sólo demasiado formal.

Miro por la ventana antes de contestar:

—No, no es eso. Sé que es un poco insoportable y que no hace las cosas como debe, pero entiendo que no quiera que tú y yo seamos amigos. Yo tampoco querría que tuviera amigas por las que sintiera algo.

—¿Qué has dicho? —exclama Zed abriendo mucho los ojos.

«Mierda.»

—Nada, sólo quería decir...

La tensión puede cortarse con un cuchillo, y juraría que las paredes se me están cayendo encima. ¿Por qué habré dicho eso? No es que no sea verdad, pero no va a ayudarme en nada.

—¿Sientes algo por mí? —pregunta, al tiempo que sus ojos se iluminan con cada sílaba.

111

—No... Bueno, lo sentía. No lo sé —balbuceo, deseando poder darme de cachetadas por hablar sin pensar.

—Lo entenderé si no sientes nada por mí, pero no deberías tener que mentir.

—No miento. Sentía algo por ti. Puede que aún lo sienta, la verdad, pero no lo sé. Es todo muy confuso. Tú siempre dices lo correcto y siempre estás ahí para mí. Es lógico que sienta algo por ti, ya te he dicho que me importas, pero ambos sabemos que es una causa perdida.

—Y ¿eso por qué? —pregunta, y no sé cuántas veces más voy a poder rechazarlo antes de que entienda lo que intento decirle.

—Porque no tiene sentido. Nunca podré estar contigo. O con nadie. Sólo con él.

—Eso lo dices porque te tiene atrapada.

Intento olvidar lo mucho que me molesta que Zed hable así de Hardin. Tiene derecho a guardarle rencor, pero no me gusta que insinúe que no tengo ni voz ni voto en lo que respecta a mi relación con él.

—No, lo que digo es que lo quiero y, por mucho que no desee proclamar mi amor por él a los cuatro vientos delante de ti, sé que no me queda otra. No es mi intención confundirte más de lo que ya lo he hecho. Sé que no entiendes cómo sigo con él después de todo lo que ha pasado, pero lo quiero muchísimo, más que a nada, y no me tiene atrapada. Soy yo a la que le gusta estar con él.

Es la verdad. Todo lo que le he dicho a Zed es la pura verdad. Tanto si Hardin se viene a Seattle como si no, podemos intentar que lo nuestro funcione. Siempre nos quedará Skype, y podemos vernos los fines de semana hasta que se vaya a Inglaterra. Con suerte, para entonces ya no querrá estar nunca lejos de mí.

Tal vez la distancia hará que me quiera aún más. Es posible que sea la clave para que acceda a acompañarme. Nuestra historia demuestra que no se nos da bien estar separados, a propósito o por accidente, y siempre acabamos juntos. Es difícil recordar un tiempo en el que mis días y mis noches no girasen a su alrededor. He intentado imaginarme la vida sin él, pero me resulta casi imposible.

—No creo que te dé la oportunidad de pensar en lo que quieres o en lo que de verdad te conviene —dice Zed con convicción, aunque le tiembla la voz—. Sólo se preocupa de sí mismo.

—En eso te equivocas. Sé que tienen sus diferencias...

—No, no sabes de lo que hablas —se apresura a decir—. Si lo supieras...

—Me quiere y yo lo quiero —lo interrumpo—. Siento haberte involucrado en esto. Lo siento muchísimo, nunca quise hacerte daño.

Frunce el ceño.

—Siempre dices lo mismo y siempre salgo perdiendo.

Odio la confrontación más que nada en el mundo, sobre todo cuando implica hacerle daño a alguien que me importa, pero Zed tiene que escuchar estas cosas para que podamos... Ni siquiera sé cómo llamarlo. ¿Poner fin a la situación? ¿Al malentendido? ¿No era nuestro momento?

Lo miro con la esperanza de que comprenda que estoy siendo sincera.

—No era mi intención y te pido perdón.

—No tienes que pedirme perdón. Lo sabía antes de decidir venir aquí. Me dejaste muy claro lo que sentías en el edificio de administración.

—Entonces ¿por qué has venido? —pregunto con ternura.

—Para hablar contigo. —Mira a un lado y a otro y luego a mí—. Olvídalo, la verdad es que no sé por qué vine. —Suspira.

—¿Seguro? Hace unos minutos parecías muy decidido.

—No, como tú dices, no tiene sentido. Perdona que haya venido.

—No pasa nada, no hace falta que te disculpes —le aseguro.

«No paramos de decir eso», pienso.

Señala las cajas del suelo.

—Entonces ¿te vas?

—Sí, estaba a punto de irme.

De verdad que la tensión se puede cortar con un cuchillo y parece que ninguno de los dos sabe qué decir. Zed mira por la ventana al cielo gris y yo miro la alfombra.

Al final, se levanta y habla, aunque con tanta tristeza que apenas entiendo lo que dice.

—Será mejor que me vaya. Perdóname por haber venido. Buena suerte en Seattle, Tessa.

Yo también me levanto.

—Perdóname, por todo. Ojalá las cosas hubieran sido de otra manera.

—Pues sí. No sabes cuánto me habría gustado —dice, y se aleja de la silla.

Me duele en el alma verlo así. Siempre se ha portado bien conmigo, y lo único que he hecho ha sido darle falsas esperanzas y rechazarlo.

—¿Ya decidiste si vas a presentar cargos?

Sé que no es el momento de preguntárselo, pero no creo que vuelva a verlo o a saber de él.

—No voy a presentarlos. Es parte del pasado. No tiene sentido prolongarlo. Además, te dije que si me decías que no querías volver a verme los retiraría, ¿no?

De repente siento que si Zed me mira de un modo concreto voy a ponerme a llorar.

—Sí —respondo en voz baja.

Me siento como Estella en *Grandes esperanzas*, jugando con los sentimientos de Pip. Tengo a mi Pip aquí mismo, con sus ojos de color caramelo fijos en los míos. Este papel no me gusta.

—De verdad que lo siento, por todo. Ojalá pudiéramos ser amigos —digo.

—Yo también, pero no te está permitido tener amigos.

Suspira, se pasa los dedos por el labio inferior y se pellizca en el centro.

Decido no hacer comentarios: no se trata de lo que me está permitido. Aunque tomo nota mental de que tengo que hablar con Hardin de cómo nos ven los demás y asegurarme de que entiende que me molesta mucho que su actitud haga que piensen así de mí.

Como si estuviera escrito, suena el teléfono de mi oficina y pone fin al silencio entre Zed y yo. Levanto un dedo en su dirección para indicarle que no se vaya y lo contesto.

—Tessa. —Es la voz de Hardin.

«Mierda.»

—¿Sí? —digo con voz temblorosa.

—¿Estás bien?

—Sí.

—No lo parece —dice.

«¿Cómo es que me conoce tan bien?»

—Estoy bien —le aseguro—. Sólo un tanto distraída.

—Ya. Oye, ¿qué quieres que haga con tu padre? Te escribí, pero no me respondes. Tengo cosas que hacer y no sé si dejarlo en el departamento o qué.

Miro a Zed. Está junto a la ventana, sin mirarme.

—No lo sé. ¿No puedes llevártelo contigo? —Tengo el corazón a mil.

—Ni de broma.

—Pues que se quede en casa —digo deseando poner fin a la conversación.

Voy a contarle a Hardin que Zed ha venido a verme, pero no puedo ni imaginarme lo mucho que se enojaría si supiera que lo tengo en mi oficina ahora mismo, y tampoco quiero que lo sepa.

—Bien. Ya te encargarás tú de él cuando vuelvas.

—De acuerdo. Te veo en casa...

Suena música en mi oficina y tardo un minuto en darme cuenta de que proviene del celular de Zed. Se mete la mano en el bolsillo y lo silencia. Tarde. Hardin ya lo ha oído.

—¿Qué es eso? ¿De quién es ese teléfono? —exige saber.

La sangre se me hiela en las venas y me tomo un momento para pensar. No debería asustarme tanto que Hardin sepa que Zed está aquí. No he hecho nada malo: ha venido y ya se va. Le molesta hasta que Trevor pase por mi oficina, y eso que Trevor es un compañero de trabajo y tiene derecho a venir siempre que quiera.

—¿Es el maldito Trevor?

—No, no es Trevor. Es Zed —le digo, y contengo la respiración.

Silencio. Miro la pantalla para asegurarme de que no ha colgado.

—¿Hardin?

—Sí —dice, y suspira.

—¿Me oíste?

—Sí, Tessa. Te oí.

«¿Y? ¿Cómo es que no está dando berridos por teléfono o amenazando con matarlo?»

—Lo hablamos luego. Dile que se vaya, por favor —me pide con calma.

—Bueno...

—Gracias. Te veo en casa —anuncia, y cuelga.

Cuelgo el auricular perpleja. Zed se vuelve entonces y dice:

—Perdona. Sé que se te va a armar en grande.

—Qué va. No dirá nada —contesto. Sé que no es verdad, pero suena bien.

La reacción de Hardin a la visita de Zed me ha sorprendido. No me esperaba que se lo tomara con tanta calma. Esperaba que me dijera que venía de camino. Ojalá no se le ocurra venir.

Zed se dirige de nuevo hacia la puerta.

—En fin, me parece que debo irme.

—Gracias por venir, Zed. No creo que vuelva a verte antes de irme.

Se vuelve y la emoción brilla en sus ojos, pero desaparece antes de que pueda pensar qué emoción era.

—No puedo decir que haberte conocido no me haya complicado la vida, pero no me arrepiento. Volvería a pasar por toda esta mierda: las peleas con Hardin, los amigos que he perdido, por todo. Volvería a pasar por todo por ti —dice—. Aunque creo que es mi sino. Me es imposible conocer a una chica que no esté ya enamorada de otro.

Sus palabras siempre me llegan al alma. Es siempre muy sincero, y eso es algo que admiro mucho de él.

—Adiós, Tessa —añade.

Es mucho más que un simple adiós entre amigos, pero no puedo darle importancia. Si me equivoco con mis palabras, o simplemente si le digo algo, volveré a darle falsas esperanzas.

—Adiós, Zed. —Medio sonrío y él da un paso hacia mí.

Por un momento me entra el pánico, creo que va a besarme, pero no lo hace. Me estrecha entre sus brazos y me da un fuerte pero breve abrazo antes de besarme en la frente. Se aparta al instante y sujeta la manija de la puerta, casi como si fuera una muleta.

—Ten cuidado, ¿sí? —dice abriendo la puerta.

—Lo tendré. Seattle no está tan mal. —Sonrío. Estoy decidida, como si por fin hubiera puesto el punto final que él necesitaba.

Frunce el ceño y se vuelve para salir. Cierra la puerta y lo oigo decir:

—No hablaba de Seattle.

CAPÍTULO 19

Tessa

En cuanto se cierra la puerta y Zed desaparece para siempre, cierro los ojos y echo la cabeza atrás. No sé lo que siento. Todas mis emociones están hechas un lío, un remolino que me envuelve en una nube de confusión. Una parte de mí se alegra de haberle puesto punto final al estira y afloja con Zed. Pero otra parte, mucho más pequeña, llora una gran pérdida. Zed es el único de los supuestos amigos de Hardin que ha estado siempre ahí para mí, y se me hace muy raro pensar que no volveré a verlo. Las lágrimas me arden en las mejillas. No son bienvenidas, lo que quiero es recobrar la calma. No debería llorar por esto. Debería alegrarme de poder cerrar el capítulo de Zed, archivarlo, dejar que se empolve y no abrirlo nunca más.

No es que quiera estar con él. No es que lo quiera. No es que vaya a cambiarlo por Hardin. Sólo es que me importa y me habría gustado que las cosas hubieran sido de otra manera. Me habría gustado ser sólo amigos, así tal vez no habría tenido que exiliarlo de mi vida.

No sé por qué ha venido hoy, pero me alegro de que se haya ido antes de que dijera algo que me confundiera más aún o de hacerle más daño a Hardin.

El teléfono de mi oficina suena de nuevo y me aclaro la garganta antes de contestar. Cuando saludo, sueno patética.

Es la voz de Hardin, alta y clara:

—¿Ya se fue?

—Sí.

—¿Estás llorando?

—Estaba a punto —respondo, y allá voy.

—¿Qué? —me implora.

—No lo sé. Me alegro de que todo haya terminado. —Me enjugo las lágrimas una vez más.

Suspira y me sorprende cuando sólo dice:

—Yo también.

Las lágrimas ya no corren por mis mejillas, pero tengo una voz horrible.

—Gracias —hago una pausa— por haber sido tan comprensivo.

Me fue mucho mejor de lo que esperaba, y no sé si debería preocuparme o sentirme aliviada. Me decido por lo último y por acabar mi último día en Vance en paz.

A eso de las tres, Kimberly pasa por mi oficina. Detrás de ella va una chica a la que creo que no he visto nunca.

—Tessa, mi sustituta, Amy —dice Kimberly presentándome a una chica callada pero preciosa.

Estoy leyendo, sin embargo me levanto e intento sonreírle a Amy con la mayor amabilidad posible.

—Hola, Amy. Soy Tessa. Te encantará trabajar aquí.

—¡Gracias! Ya me encanta —dice muy emocionada.

Kim se echa a reír.

—Sólo queríamos pasar a saludar mientras fingimos que le estoy enseñando el edificio.

—Ah, ya. Ya veo lo bien que la estás preparando para sustituirte —la molesto.

—¡Oye! Ser la prometida del jefe tiene sus ventajas —bromea Kimberly.

Amy se ríe a su lado y luego Kimberly la conduce por otro pasillo. Mi último día toca a su fin y desearía que no se me hubiera pasado tan rápido. Voy extrañar este lugar y me pone un poco nerviosa volver a casa y ver a Hardin.

Miro por última vez a mi primera oficina. Lo primero en lo que me fijo es en mi mesa. Me invaden los recuerdos del día que Hardin y yo lo hicimos aquí, en horario de trabajo, cuando cualquiera podía sorprendernos. Fue un poco radical. Me tenía tan enloquecida que no podía pensar en otra cosa... Parece ser el pan nuestro de cada día.

De camino a casa me detengo en Conner's a hacer las compras. Lo necesario para preparar la cena, ya que nos iremos por la mañana. El viaje me ilusiona mucho, pero estoy algo nerviosa. Espero que Hardin pueda controlar su mal carácter durante los días que vamos a pasar de vacaciones con su familia.

Como no parece probable, me conformo con que el barco sea lo bastante grande para que podamos convivir los cinco sin agobios.

De vuelta en el departamento, abro la puerta y la empujo con el pie. Recojo las bolsas de las compras del suelo al entrar. La sala está hecha un desastre. La mesita de café está cubierta por una montaña de botellas de agua vacías y envoltorios de comida. Hardin y mi padre están sentados cada uno en un extremo del sillón.

—¿Qué tal te ha ido en la oficina, Tessie? —pregunta mi padre levantando el cuello hacia mí.

—Bien. Ha sido mi último día —le digo, aunque eso ya lo sabe. Empiezo a recoger la basura de la mesita y del suelo.

—Me alegro de que hayas tenido un buen día —responde él.

Miro a Hardin, pero él no me mira a mí. Sólo tiene ojos para la televisión.

—Voy a preparar la cena y a bañarme —les digo, y mi padre me sigue a la cocina.

Saco las compras de las bolsas. Dejo la carne molida y una caja de tortillas para tacos en la barra de la cocina. Mi padre me observa con interés. Al final, dice:

—Uno de mis amigos puede venir a recogerme un poco más tarde, si te parece bien. Sé que mañana se van de viaje un par de días.

—Claro, no hay ningún problema. Podemos dejarte donde quieras por la mañana, si lo prefieres.

—No, ya han sido muy generosos conmigo. Prométeme que me avisarás cuando vuelvas del viaje.

—Bien... ¿Cómo puedo contactarte?

Se frota la nuca.

—Vayan a la avenida Lamar. Suelo estar por allí.

—Bueno.

—Llamaré a mi amigo para que venga por mí. —Desaparece de la cocina.

Hardin se burla de mi padre porque, como no tiene celular, debe aprenderse de memoria los números de teléfono, y pongo los ojos en blanco en el momento en que mi padre empieza con eso de que cuando él era pequeño no existían los celulares.

Los tacos con carne molida son fáciles de preparar y no dan mucho trabajo. Estaría bien que Hardin se acercara a la cocina a hablar conmigo, pero imagino que es mejor que espere a que mi padre se haya ido. Pongo la mesa y los llamo. Hardin entra primero, sin apenas mirarme a los ojos, seguido de mi padre.

Cuando se sienta, mi padre dice:

—Chad no tardará en llegar. Gracias por haber dejado que me quedara con ustedes. Han sido muy amables. —Nos mira a Hardin y a mí—. Muchas gracias, Tessie y Bomba H —añade.

El modo en que Hardin pone los ojos en blanco me indica que se lo dice de broma.

—No ha sido nada —aseguro.

—Me alegro de que nos hayamos reencontrado —dice, y empieza a devorar su plato.

—Yo también... —Sonrío, aunque todavía no sé cómo asimilar que este hombre es mi padre.

El hombre al que no había visto en nueve años. El hombre al que le guardaba tanto rencor está sentado en mi mesa, cenando con mi novio y conmigo.

Miro a Hardin, esperando que diga algo de mal gusto, pero come en silencio. Me vuelve loca. Ojalá dijera algo, cualquier cosa, la verdad.

A veces, sus silencios son peores que sus gritos.

CAPÍTULO 20

Hardin

Terminamos de cenar y Tessa se despide un poco incómoda de su padre y se mete para darse un baño. Yo quería bañarme con ella, pero el amigo de Richard se está tomando con calma lo de venir a recogerlo.

—¿Va a venir hoy o...? —empiezo a decir.

Richard asiente unas veinte veces, pero mira por la ventana con expresión preocupada.

—Sí, sí. Dijo que no tardaría. Se habrá perdido o algo así.

—Ajá —respondo.

Sonríe.

—¿No vas a extrañarme?

—Yo no diría tanto.

—Bueno, puede que encuentre trabajo y nos veamos en Seattle.

—No vamos a ir a Seattle.

Me lanza una sabia mirada.

—Ajá —repite; es la misma palabra que he usado yo hace un momento.

Llaman a la puerta y se acaba nuestra penosa conversación. Se dispone a abrir y me levanto, por si necesita un empujoncito para irse.

—Gracias por venir a recogerme, güey —le dice el padre de Tessa al hombre que hay en la entrada, que alarga un poco el cuello para poder ver el interior del departamento.

Es alto, con el pelo negro y largo peinado recogido en una cola repugnante y grasienta. Tiene las mejillas hundidas, la ropa andrajosa, las uñas negras y las manos sucias y huesudas.

«Pero ¿qué chingados...?»

La voz arcillosa del hombre encaja con su aspecto, y pregunta asombrado:

—¿Tu hija vive aquí?

—Sí. Es bonito, ¿verdad? Estoy muy orgulloso de ella.

Richard sonríe y el tipo le da una palmada en el hombro. Está de acuerdo.

—¿Y este quién es? —pregunta el tipo.

Los dos se me quedan mirando. Richard sonríe.

—¿Él? Es Hardin, el novio de Tessie.

—Chido. Yo soy Chad —dice como si fuera famoso y su nombre tuviera que resultarme conocido.

«No es un borracho. Es mucho peor.»

—Bueno —digo observando cómo inspecciona nuestra sala de estar con la mirada. Me alegro de que Tessa esté en la regadera y no tenga que conocer a este gusano.

Cuando oigo la puerta del baño, maldigo por lo bajo. Si antes lo digo... Chad se sube las mangas de la camisa para rascarse los antebrazos. Por un instante me siento como Tessa, porque me entran unas ganas tremendas de lavar el suelo.

—¿Hardin? —me llama desde el pasillo.

—Hora de irse —le informo a la pareja de viciosos que tengo delante en el tono más amenazador posible.

—Quiero conocerla —declara Chad con un brillo siniestro en la mirada, y tengo que concentrarme para no tirar a este par de sacos de huesos por la ventana.

—No va a poder ser —replico.

Richard me mira.

—Está bien, está bien. Ya nos vamos... —dice, y le hace un gesto a su amigo para que camine—. Hasta la vista, Hardin. Y gracias por todo. Procura no acabar entre rejas. —Y con esa última broma y una sonrisa de superioridad sale del departamento.

—¿Hardin? —Tessa me llama otra vez y entra en la sala.

—Acaban de irse.

—¿Qué pasó? —pregunta.

—¿Qué pasó? A ver... Zed se presentó en tu oficina y el borracho de tu padre acaba de traer a un tipo repugnante a nuestro departamento. —Tras una breve pausa, añado—: ¿Estás segura de que sólo le da a la botella?

—¿Qué? —El cuello de la camiseta (mi camiseta) le resbala por el hombro desnudo. Se lo sube y se sienta en el sillón—. ¿Qué quieres decir?

La miro y sé que no quiero sembrar en ella la duda de si su padre, además de ser un borracho sin techo, es también un drogadicto. No tiene tan mala facha como el pendejo que ha venido a recogerlo, pero me da muy mala espina. Sin embargo, no estoy seguro, así que le digo:

—No importa. Estaba pensando en voz alta.

—Bueno... —responde en voz baja.

La conozco lo suficientemente bien para saber que ni siquiera le ha pasado por la cabeza la posibilidad de que su padre sea un drogadicto, y sé que nunca se le ocurrirá pensarlo sólo por el comentario que he hecho.

—¿Estás enojado conmigo? —pregunta con voz dulce, demasiado tímida.

Estoy convencido de que espera que explote en cualquier momento. Por algo he estado evitando hablar con ella.

—No.

—¿Seguro? —Me mira con esos ojazos increíbles, suplicándome que diga cualquier cosa.

Funciona.

—No, no estoy seguro. No lo sé. Sí, estoy molesto, pero no quiero pelearme contigo. Estoy intentando cambiar, ¿sabes? Estoy intentando mantener la calma y no desquitarme siempre contigo por tonterías. —Suspiro y me froto la nuca—. Aunque esto no es ninguna tontería. Te he dicho una y mil veces que no sigas viendo a Zed, y nada.

La miro con frialdad. No por ser grosero, sino porque quiero ver qué dicen sus ojos cuando añado:

—¿Cómo te sentirías si yo te hiciera lo mismo?

Prácticamente se desmorona delante de mí.

—Me sentiría fatal. Sé que he hecho mal en seguir viéndolo —dice sin intentar justificarse.

Esa no me la esperaba. Esperaba que me gritara y que defendiera al imbécil de Zed, como hace siempre.

—Exacto —afirmo. Luego suspiro—. Pero si le dijiste que todo ha terminado, entonces todo ha terminado. He hecho todo lo posible por mantenerlo lejos de ti, pero no hay manera. Tendrás que ser tú la que le diga que no se te acerque.

—Ya está hecho. Lo juro. No volveré a verlo.

Me mira y me estremezco al recordar nuestra conversación telefónica, cuando estaba llorando después de haberse despedido de él.

—No vamos a ir a la fiesta del sábado —digo, y me pone mala cara.

—¿Por qué no?

—Porque no me parece buena idea.

En realidad, sé que es una idea pésima.

—Yo quiero ir —insiste apretando los labios.

—No vamos a ir —le repito.

Yergue un poco la espalda y vuelve a la carga.

—Si quiero ir, iré.

«Carajo, qué necia es.»

—¿Podemos hablarlo más tarde? Tenemos mucho que hacer si quieres que vaya a ese pinche crucero con mi maldita familia.

Tess sonríe juguetona.

—¿Crees que puedes meter alguna majadería más en esa frase?

Sonrío porque me la imagino en mis rodillas, lista para recibir unas nalgadas por ser tan respondona. Seguro que le gustaría lo de estar sobre mis piernas, con mi mano golpeando sus nalgas, no demasiado fuerte, lo justo para ponerle el trasero de color rosado...

—¿Hardin?

Interrumpe mis pensamientos perversos. Me los guardo... Por ahora. Se taparía la cara con las manos si le dijera lo que estaba imaginando.

CAPÍTULO 21

Tessa

Lo jalo del brazo otra vez, con más fuerza.

—¡Hardin! ¡Despierta! ¡Vamos a llegar tarde!

Yo ya estoy vestida y preparada, he metido el equipaje en el coche y lo he dejado dormir el mayor tiempo posible. Demonios, anoche tuve que hacer yo sola las maletas, porque él no tiene ni idea de cómo hacerlas...

—Yo... no... voy... —gruñe.

—¡Levántate, por favor! —gimoteo jalándolo del brazo.

Mierda, ¿por qué no puede ser tan madrugador como yo?

Se tapa la cara con la almohada, se la quito y la tiro al suelo.

—No, vete.

Decido enfocarlo de otra manera y le pongo la mano en el bóxer. Anoche se quedó dormido con los pantalones puestos y me las vi negras para quitárselos sin despertarlo. Pero ahora lo tengo a la vista, vulnerable y manipulable.

Le rozo con las uñas el tatuaje que queda por encima de la cintura del bóxer... Ni se inmuta.

Meto la mano en el bóxer y abre los ojos.

—Buenos días —saluda con una sonrisa lujuriosa.

Retiro la mano y me pongo de pie.

—¡Levántate!

Bosteza en plan exagerado, se mira la entrepierna y dice:

—Me parece que ya lo hice.

Cierra los ojos y se hace el dormido. No tarda en empezar a roncar como un dibujo animado. Es un desmadre, pero también es adorable y simpático. Espero que siga así toda la semana. De verdad, no pido nada más.

Le meto la mano en el bóxer otra vez y, cuando abre los ojos y me mira como un cachorrito, le digo:

—Ni hablar —y la saco de nuevo.

—No es justo —gimotea.

Pero se levanta y se pone los pantalones de ayer. Se dirige a la cómoda, agarra una camiseta negra, me mira, la guarda y saca una blanca. Se pasa los dedos por el pelo, primero se hace una cresta y luego la peina hacia abajo.

—¿Me da tiempo a lavarme los dientes? —pregunta en tono sarcástico y con la voz ronca de tanto dormir.

—Sí, pero date prisa. Cepíllate los dientes y nos vamos —le digo, y le doy un repaso rápido al departamento para asegurarme de que todo está en orden.

A los pocos minutos Hardin se reúne conmigo en la sala y salimos.

Ken, Karen y Landon nos están esperando en el sendero de grava de su casa cuando llegamos.

Bajo la ventanilla.

—Perdonen que lleguemos un poco tarde —me disculpo, y nos estacionamos junto a ellos.

—¡No pasa nada! Como es un viaje largo, pensábamos hacerlo todos juntos —exclama Karen con una sonrisa.

—Ni de broma —me susurra Hardin.

—Vengan —dice señalando un todoterreno negro que ocupa el resto del camino de grava—. Ken me lo regaló por mi cumpleaños pero nunca lo usamos.

—No, no y no —dice Hardin un poco más alto.

—Será divertido —le digo en voz baja.

—Tessa... —empieza.

—Hardin, por favor, no te pongas imposible —le suplico. Y puede, sólo puede, que haga una caída de ojos con la esperanza de convencerlo.

Me mira un momento y sus ojos se suavizan.

—Bien. Carajo, tienes suerte de que te quiera.

Le aprieto la mano.

—Gracias. —Luego me vuelvo hacia Karen—. Muy bien —le digo con una sonrisa, y apago el motor de mi coche.

Hardin mete nuestro equipaje en la cajuela del todoterreno de Karen. Tiene cara de pocos amigos.

—¡Será divertido! —afirma Landon entre risas mientras subo al vehículo.

Hardin se sienta a mi lado en el asiento de atrás después de comentar que no piensa sentarse al lado de Landon. Ken arranca, Karen pone el radio y empieza a cantar en voz baja.

—Parece una escena sacada de una comedia cursi y empalagosa —dice Hardin, me toma la mano y la lleva a su pierna.

CAPÍTULO 22

Tessa

—¡Wisconsin! —dice Karen en voz alta dando palmas y señalando una camioneta que nos rebasa.

No puedo evitar echarme a reír al ver la expresión horrorizada de Hardin.

—¡Carajo! —resopla echando la cabeza hacia atrás.

—¿Quieres calmarte? Se está divirtiendo —lo regaño.

—¡Texas! —exclama Landon.

—Abre la puerta, que quiero saltar —añade Hardin.

—Qué exagerado —me burlo y lo miro—. ¿Qué tiene de malo que le guste jugar a divisar matrículas? Deberías entenderlo, a ti y a tus amigos les encantan los juegos tontos, como Verdad o Reto.

Antes de que Hardin me suelte una de sus cosas, Karen exclama:

—¡Nos hace mucha ilusión enseñarles el barco y la cabaña!

La miro.

—¿La cabaña?

—Sí, tenemos una pequeña cabaña junto al agua. Creo que te gustará, Tessa —dice ella.

Qué alivio no tener que dormir en el barco, que era lo que temía.

—Espero que haga buen clima. Hace un tiempo fantástico para ser febrero. En verano es aún mejor. Tal vez podamos volver a ir todos juntos... —señala Ken mirando por el retrovisor.

Hardin pone los ojos en blanco. Por lo visto, va a comportarse como un niño maleducado durante todo el trayecto.

—¿Todo listo para Seattle, Tessa? —pregunta Ken—. Ayer hablé con Christian, está deseando que llegues a las nuevas oficinas.

Sé que Hardin me está mirando, pero eso no va a detenerme.

—Mi plan es hacer las maletas a nuestro regreso, pero ya me he inscrito en mi nueva universidad —le contesto.

—Esa universidad no es nada comparada con la mía —se burla Ken, y Karen se ríe—. No, ya en serio, es una buena universidad. Avísame si tienes cualquier problema.

Sonrío, contenta por contar con su apoyo.

—Gracias. Lo haré.

—Ahora que lo pienso —continúa—. La semana que viene se incorpora un nuevo profesor de Seattle. Va a sustituir a uno de nuestros profesores de religión.

—¿A cuál? —pregunta Landon mirándome con una ceja arqueada.

—A Soto, el profesor joven. —Ken vuelve a mirar por el retrovisor—. Les da clase, ¿no es así?

—Sí —contesta Landon.

—No recuerdo adónde se iba, pero pidió el traslado —dice Ken.

—Mejor —comenta Landon por lo bajo, pero lo oigo y le sonrío. Ni a él ni a mí nos gustan el estilo y la falta de rigor académico del profesor Soto, aunque estaba disfrutando con el diario que nos hacía escribir.

La voz de Karen es muy dulce y se desliza entre mis pensamientos cuando dice:

—¿Ya han encontrado departamento?

—No. Había encontrado uno, o eso creía, pero parece que la mujer ha desaparecido de la faz de la tierra. Era perfecto: entraba en mi presupuesto y estaba cerca de la oficina —le digo.

Hardin se tensa un poco a mi lado y quiero añadir que no va a mudarse conmigo a Seattle, pero espero que este viaje sirva para hacerle cambiar de opinión, así que no digo nada.

—Tessa, tengo algunos amigos en Seattle. Puedo preguntar y ver si te encuentro un departamento de aquí al lunes, si quieres —se ofrece Ken.

—No —contesta Hardin al instante.

Lo miro.

—Eso sería fantástico —digo yo, y observo a Ken a través del retrovisor—. De lo contrario, tendré que gastarme una fortuna en hoteles hasta que encuentre departamento.

Hardin hace un gesto con la mano para rechazar la oferta de su padre.

—No será necesario. Estoy seguro de que Sandra te llamará.

«Qué raro», pienso, y me quedo mirándolo.

—¿Cómo es que sabes su nombre? —le pregunto.

—¿Qué? —Parpadea un par de veces—. Porque sólo me lo has repetido unas mil veces.

—Ah —digo, y me da un apretón en el muslo con la mano.

—Bueno, si quieres que haga algunas llamadas, sólo tienes que decírmelo —Ken reitera su oferta.

Tras otros veinte minutos, más o menos, Karen se vuelve hacia nosotros con expresión radiante.

—¿Y si jugamos a Veo, Veo?

Landon sonríe de oreja a oreja.

—Eso, Hardin. ¿Y si jugamos a Veo, Veo?

Hardin se acurruca a mi lado, apoya la cabeza en mi hombro y me abraza.

—Parece la neta, pero es hora de la siesta —replica—. Seguro que a Landon y a Tessa se les antoja jugar.

A pesar de que se está burlando del juego, sus gestos de afecto en público me reconfortan y me hacen sonreír. Recuerdo cuando sólo me tomaba de la mano por debajo de la mesa mientras cenábamos en casa de su padre. Ahora no le da ningún reparo abrazarme delante de su familia.

—¡Muy bien! ¡Yo primero! —dice Karen—. Veo, veo... una cosa... ¡azul! —grita.

Hardin se ríe con la cara escondida en mi hombro.

—La camisa de Ken —susurra, y se acurruca un poco más.

—¿La pantalla del navegador? —pregunta Landon.

—No.

—¿La camisa de Ken? —me aventuro a decir.

—¡Sí! Te toca, Tessa.

Hardin me pellizca el brazo, pero yo sólo veo la sonrisa de Karen. Se la está pasando excesivamente bien con estos juegos tan tontos, pero es demasiado dulce como para no darle el gusto.

—Está bien. Veo, veo... una cosa... —miro a Hardin— negra.

—¡El alma de Hardin! —grita Landon, y me parto de risa.

Él abre un ojo y le enseña el dedo medio a su hermanastro.

—¡Has acertado! —exclamo muerta de risa.

No le hacemos ni caso y jugamos un poco más hasta que la respiración de Hardin se hace más profunda y empieza a roncar en mi cuello. Dice algo en sueños, se desliza hacia abajo y recuesta la cabeza en mis piernas sin soltarme la cintura. Landon sigue su ejemplo y se acuesta en el asiento; no tarda en dormirse. Incluso Karen se toma un descanso y acaba dando cabezadas.

Disfruto del silencio mientras miro el paisaje por la ventanilla.

—Ya estamos llegando, sólo nos faltan unos pocos kilómetros —dice Ken hablando solo.

Asiento y paso los dedos por el pelo suave de Hardin. Mueve los párpados al recibir mis caricias, pero no se despierta. Con los dedos, recorro su espalda muy despacio, disfrutando de poder verlo dormir en paz, abrazado a mí.

Giramos al llegar a una calle pequeña bordeada de grandes pinos. En silencio, miro por la ventanilla. Doblamos una esquina y de repente estamos ante la costa. Es preciosa.

Las aguas azules y resplandecientes bañan la orilla y crean un contraste espectacular. Aunque la hierba está café y seca debido al frío invierno de Washington. No puedo ni imaginar lo bonito que debe de ser esto en verano.

—Ya llegamos —dice Ken estacionándose en un largo camino de grava.

Miro por el parabrisas y veo una enorme cabaña de madera. Está claro que los Scott y yo tenemos una idea muy distinta de lo que es «una pequeña cabaña». La que estoy viendo tiene dos pisos, está construida con madera oscura de cerezo y un porche pintado de blanco rodea la planta baja.

—Despierta, Hardin. —Con el índice, le acaricio la mandíbula.

Parpadea, confuso por un instante. Luego se sienta y se frota los ojos con los nudillos.

—Cariño, ya estamos aquí —le dice Ken a su mujer, y ella levanta la cabeza, seguida de su hijo.

Hardin lleva nuestras maletas adentro, todavía un poco aturdido. Ken le enseña nuestra habitación. Yo sigo a Karen a la cocina mientras Landon lleva sus cosas a su cuarto.

El techo al estilo de las catedrales de la sala se repite, en pequeño, en la cocina. Tardo un momento en descubrir qué tiene de especial esta habitación, y entonces me doy cuenta de que es una versión en miniatura de la cocina de la casa de los Scott.

—Es preciosa —le digo a Karen—. Muchas gracias por habernos invitado.

—Gracias, cielo. Es muy agradable tener compañía. —Sonríe y abre el refrigerador—. Nos encanta que hayan venido. Nunca pensé que Hardin se apuntaría a un viaje en familia. Sé que sólo son unos días, pero significa mucho para Ken —dice en voz baja para que sólo yo pueda oírla.

—Yo también me alegro de haber venido. Creo que me la voy a pasar bien. —Lo digo con la esperanza de que, al pronunciarlo en voz alta, se haga realidad.

Karen se vuelve y me toma la mano con afecto.

—Te extrañaremos cuando te vayas a Seattle. No he pasado mucho tiempo con Hardin, pero también lo extrañaré a él.

—Vendré a visitarlos. Seattle sólo está a un par de horas —le aseguro, e intento convencerme a mí misma.

Yo también voy a echarlos de menos a ella y a Ken. Y ni siquiera puedo pensar en el traslado de Landon. Aunque yo me mudaré a Seattle antes de que él se vaya a vivir a Nueva York, no estoy lista para tenerlo tan lejos. Al menos, Seattle se encuentra en el mismo estado. Pero Nueva York está muy muy lejos.

—Eso espero. Ahora que Landon también se va, no sé qué será de mí. He sido madre durante casi veinte años... —Empieza a llorar—. Perdona, es que estoy muy orgullosa de él. —Se seca las lágrimas con los dedos y consigue no derramar más. Mira la cocina, a un lado y a otro, deseando encontrar una tarea con la que mantenerse ocupada y dejar de sentirse así—. ¿Y si van los tres a la tienda que hay al final de la calle mientras Ken prepara el barco?

—Hecho —digo mientras los tres hombres entran en la cocina.

Hardin se coloca detrás de mí.

—Dejé las maletas en la cama para que las deshagas. Sé que yo lo haría mal.

—Gracias —le digo agradeciendo de que ni siquiera lo haya intentado. Le gusta meter las cosas como sea en los cajones de la cómoda y me saca de quicio—. Le he dicho a Karen que iríamos a la tienda mientras tu padre prepara el barco.

—Está bien. —Se encoge de hombros.

—Tú vienes con nosotros —le digo a Landon, que asiente.

—Landon sabe dónde está. Es justo al final de la calle. Pueden ir caminando o en el coche, las llaves están colgadas junto a la puerta —nos dice Ken al salir.

Hace buen tiempo y, como brilla el sol, parece que hace más calor que de costumbre en esta época del año. El cielo está azul celeste. Puedo oír el sonido de las olas que rompen en la orilla y oler el salitre en el aire cada vez que inspiro. Decidimos ir a la pequeña tienda del final de la calle a pie. Voy cómoda con *jeans* y una camiseta de manga corta.

—Este sitio es increíble, es como si estuviéramos en nuestro propio mundo —les digo a Hardin y a Landon.

—Estamos en nuestro mundo. A nadie se le ocurre venir a la playa en febrero —comenta Hardin.

—A mí me encanta —digo ignorando su actitud.

Landon mira a Hardin, que va dando patadas a las piedras de la calle de grava.

—Dakota tiene una audición para una pequeña obra esta semana.

—¿En serio? —le digo—. ¡Es genial!

—Sí, está muy nerviosa. Espero que le den el papel.

—¿No acaba de empezar a estudiar? ¿Por qué iban a darle el papel a una aficionada? —dice Hardin tan tranquilo.

—Hardin...

—Le darían el papel porque, aunque sea una aficionada, es una bailarina de primera y lleva toda la vida estudiando ballet —contraataca Landon.

Hardin levanta las manos.

—No te enojes, sólo preguntaba.

Pero Landon defiende a su novia:

—Pues ahórratelo. Tiene mucho talento y le van a dar el papel.

Hardin pone los ojos en blanco.

—Lo que tú digas... Carajo...

—Es muy bonito que la apoyes al cien por ciento. —Le sonrío a Landon, intentando poner fin a la tensión que se palpa entre ellos.

—Siempre tendrá mi apoyo, haga lo que haga. Por eso me voy a vivir a Nueva York. —Mira a Hardin y él aprieta los dientes.

—¿Nos vamos a pasar así todo el viaje? ¿Se han confabulado para molestarme? Yo paso. Para empezar, ni siquiera quería venir —espeta.

Dejamos de caminar y Landon y yo lo miramos. Estoy pensando en cómo apaciguar a Hardin cuando, de repente, su hermanastro le dice:

—Pues no hubieras venido. La pasamos mucho mejor sin ti y tu actitud de amargado.

Abro unos ojos como platos al oírlo hablar así y siento la necesidad de defender a Hardin, pero me callo. Además, Landon tiene razón en casi todo. Hardin no debería tener como objetivo arruinarnos el viaje con su malhumor simplemente porque sí.

—¿Perdona? Eres tú quien se puso mamón cuando te dije que tu novia era una aficionada.

—No, llevas insoportable desde que subiste al coche —replica Landon.

—Sí, porque tu madre no paraba de cantar todas las canciones del radio y de gritar nombres de estados. —Hardin sube la voz todo lo que puede—. Cuando yo sólo quería disfrutar del paisaje.

Me interpongo entre ambos cuando veo que Hardin intenta abalanzarse sobre Landon. Landon respira hondo y lo mira fijamente, desafiante.

—¡Mi madre sólo estaba intentando que la pasáramos bien!

—Pues entonces debería haber...

—¡Chicos, paren ya! No pueden pasarse todo el viaje como el perro y el gato. Esto es insoportable. Deténganse, por favor —les suplico. No quiero tener que ponerme de parte de mi novio o de mi mejor amigo.

Se miran fijamente unos segundos más. Qué tensión. Casi me da risa al pensar que se comportan como hermanos, a pesar de que intentan no serlo con todas sus fuerzas.

—Está bien —dice Landon con un suspiro.

—Bien —bufa Hardin.

El resto del paseo transcurre en silencio. Lo único que se oye es la bota de Hardin al golpear las piedras y el suave tarareo de Landon. La calma después de la tormenta... O la de antes.

O puede que la de entre tormenta y tormenta.

—¿Qué vas a ponerte para subir al barco? —le pregunto a Landon cuando caminamos por el sendero que conduce a la cabaña.

—Unos shorts, creo. Ahora hace calor, pero puede que me ponga unos pants.

—Ah.

Ojalá hiciera más calor, así podría ponerme un traje de baño. Ni siquiera tengo uno, pero la idea de ir a comprarlo con Hardin me hace sonreír.

Ya me lo imagino, diciéndome obscenidades. Seguro que acabaría metido conmigo en el probador.

Y no creo que yo se lo impidiera.

Tengo que dejar de pensar en esas cosas, sobre todo cuando Landon me está hablando del tiempo y, como mínimo, tendría que fingir interés.

—El barco es increíble. Es enorme —dice.

—Vaya... —Tuerzo el gesto. Se acerca el paseo en barco y empiezo a ponerme nerviosa.

Landon y yo vamos a la cocina a guardar las compras y Hardin se mete en nuestra habitación sin decir ni una palabra.

Landon mira de reojo para ver si su hermanastro ha desaparecido.

—No le gusta nada hablar de Seattle. ¿Todavía no se ha decidido a irse contigo?

Miro a un lado y a otro para asegurarme de que no nos oye nadie.

—No, no exactamente —digo, y me muerdo el labio inferior avergonzada.

—No lo entiendo —añade él vaciando las bolsas—. ¿Qué tiene Seattle que sea tan horrible como para no irse contigo? ¿Forma parte de su oscuro pasado?

—No... Bueno, no que yo sepa... —empiezo a decir. Pero entonces me viene a la cabeza la carta de Hardin. No recuerdo que mencionara ninguna de las penalidades que pasó en Seattle. ¿Es posible que las omitiera?

No creo. Espero que no. No estoy preparada para más sorpresas.

—Debe de haber un motivo, porque ni siquiera es capaz de ir al baño sin ti, así que no me cabe en la cabeza que vaya a dejar que te vayas sola. Creía que haría cualquier cosa para retenerte, y quiero decir «cualquier cosa» —enfatiza Landon.

—Pues ya somos dos. —Suspiro; no entiendo por qué tiene que ser tan terco—. Y sí que es capaz de ir al baño sin mí. A veces —bromeo.

Landon se ríe conmigo.

—Casi nunca. Seguro que ha instalado una cámara oculta en tu camiseta para no perderte de vista.

—Las cámaras no son lo mío, me van más los dispositivos de rastreo.

Doy un brinco al oír la voz de Hardin y lo veo apoyado en la entrada de la puerta de la cocina.

—Gracias por darme la razón —dice Landon, pero él se echa a reír y menea la cabeza. Afortunadamente, parece que está de mejor humor.

—¿Dónde está el barco? Me aburre oírlos despotricar sobre mí.

—Era una broma —le digo, y me acerco a darle un abrazo.

—No pasa nada. Yo hago lo mismo a sus espaldas —replica en tono de burla, aunque detecto una pizca de seriedad tras sus palabras.

CAPÍTULO 23

Tessa

—El embarcadero se menea un poco, pero aguanta. Tengo que buscar a alguien que lo arregle... —musita Ken mientras lo seguimos hacia el lugar donde tiene amarrado el barco.

El jardín trasero da directamente al agua y la vista es increíble. Las olas chocan contra las rocas de la orilla e, instintivamente, me escondo detrás de Hardin.

—¿Qué te pasa? —me pregunta en voz baja.

—Nada. Estoy un poco nerviosa.

Se voltea para verme bien y mete las manos en los bolsillos traseros de mis pantalones.

—Sólo es agua, nena. No te pasará nada.

Sonríe, pero no sé si se está burlando de mí o si lo dice en serio. Sin embargo, cuando me roza la mejilla con los labios, disipa todas mis dudas.

—Se me había olvidado que no te gusta el agua —dice atrayéndome hacia sí.

—Me gusta el agua... de las piscinas.

—¿Y los arroyos? —pregunta socarrón.

Sonrío al recordarlo.

—Sólo un arroyo en específico.

Aquel día también estaba muy nerviosa. Hardin tuvo que sobornarme para que entrara en el agua. Me prometió que respondería a una de mis infinitas preguntas a cambio de que me metiera en el agua con él. Parece que fue hace mucho, siglos, en realidad, pero los secretos siguen siendo el tema central de nuestro presente.

Hardin me toma de la mano y seguimos a su familia por el muelle, hacia la imponente embarcación que nos espera al final del camino. No sé nada de barcos, pero creo que es un barco pontón gigante. Sé que no es un yate, pero es más grande que los pesqueros que he visto.

—Es enorme —le susurro a Hardin.

—Calla, no hables de mi verga delante de mi familia —se burla.

Me encanta cuando está gracioso pero gruñón. Su sonrisa es contagiosa. El embarcadero cruje bajo mis pies y me aprieto contra Hardin asustada.

—Caminen con cuidado —dice Ken trepando por una escalera que une el barco al muelle.

Hardin me pasa la mano por la espalda mientras me ayuda a subir. Intento obligarme a imaginar que sólo es una escalera de un parque infantil, que no está unida a un barco gigante. Las manos de Hardin me reconfortan y son lo único que impide que empiece a correr por el muelle destartalado, me meta en la cabaña y me esconda debajo de la cama.

Ken nos ayuda a subir a cubierta y, una vez a bordo, puedo apreciar lo bonito que es el barco. Está decorado con madera blanca y cuero de color caramelo. La zona para sentarse es muy grande y cómoda, cabemos todos muy bien.

A continuación, Ken intenta ayudar a Hardin a subir, pero su hijo lo rechaza. Cuando está en cubierta, observa y sólo dice:

—Qué bueno saber que tu barco es más grande y más bonito que la casa de mi madre.

A Ken se le borra la sonrisa de orgullo de la cara.

—Hardin —susurro jalándole la mano.

—Perdona —resopla.

Ken suspira, pero parece aceptar la disculpa de su hijo antes de dirigirse a la otra punta de la embarcación.

—¿Estás bien? —Se apoya en mí.

—Sí, pero pórtate bien, por favor. Ya tengo náuseas.

—Me portaré bien, y ya me disculpé. —Toma asiento en uno de los sillones y yo lo sigo.

Landon toma la bolsa de las compras y se agacha para sacar latas de refrescos y unos aperitivos. Miro más allá del barco, al mar. Es precioso y el sol baila en la superficie.

—Te quiero —me susurra Hardin al oído.

El motor del barco cobra vida con un zumbido y me apretujo contra él.

—Te quiero —le digo sin dejar de mirar el agua.

—Si nos adentramos lo suficiente es posible que veamos delfines y, si tenemos suerte, ¡incluso alguna ballena! —grita Ken.

—Una ballena volcaría este barco en un santiamén —comenta Hardin, y trago saliva sólo de pensarlo—. Mierda. Perdóname —se disculpa.

Cuanto más nos alejamos de la orilla, más me tranquilizo. Es raro. Pensé que pasaría justo lo contrario, pero estar tan lejos de tierra firme me hace sentir cierta serenidad.

—¿Se ven muchos delfines? —le pregunto a Karen, que se está bebiendo un refresco.

—No. Sólo los hemos visto una vez. ¡Pero no nos damos por vencidos!

—Hace un tiempo increíble. Es como si estuviéramos en junio —dice Landon quitándose la camiseta.

—¿Intentando conseguir el bronceado perfecto? —le pregunto al ver lo pálido que tiene el torso.

—¿O ensayando para representar el papel de un espectro? —añade Hardin.

Landon pone los ojos en blanco e ignora el comentario.

—Sí, aunque en la ciudad no creo que me haga falta.

—Si el agua no está helada, podríamos darnos un baño cerca de la orilla —dice Karen.

—Mejor en verano —le recuerdo, y ella asiente feliz.

—Al menos tenemos jacuzzi en la cabaña —señala Ken.

Disfruto del momento. Levanto la vista y observo a Hardin, que está muy callado, con la mirada perdida a lo lejos.

—¡Miren! ¡Ahí! —dice Ken señalando detrás de nosotros.

Ambos nos volvemos rápidamente y tardamos un momento en ver lo que nos indica. Es una manada de delfines que surca las aguas. No están cerca del barco, pero sí lo suficiente como para que podamos ver cómo se mueven en sincronía entre las olas.

—¡Es nuestro día de suerte! —ríe Karen.

El viento me echa el pelo sobre la cara y por un momento no veo nada. Hardin me lo quita y me lo coloca detrás de la oreja. Son ese tipo de pequeños detalles, cómo encuentra la manera de tocarme sin pensar, los que hacen que sienta mariposas en el estómago.

—Ha sido maravilloso —le digo cuando desaparecen los delfines.

—Sí, la verdad es que sí —responde sorprendido.

Después de dos horas hablando de barcos, de los veranos en este maravilloso punto de la costa, de deportes y de una breve mención a Seattle que Hardin ha censurado en el acto, Ken nos lleva de vuelta a la orilla.

—No ha sido tan terrible, ¿no crees? —preguntamos Hardin y yo a la vez.

—La verdad es que no. —Se ríe y me ayuda a bajar la escalera que lleva al muelle.

El sol le ha marcado las mejillas y el puente de la nariz y tiene el pelo enmarañado por el viento. Es tan adorable que me lo comería.

Caminamos todos juntos por el jardín trasero y sólo puedo pensar en lo mucho que quiero que dure la paz de estar en el agua.

Cuando entramos en la cabaña, Karen anuncia:

—Voy a preparar la comida. Imagino que todos tenemos hambre —y desaparece en la cocina.

Los demás nos quedamos de pie, contentos y en silencio.

Al poco rato, Hardin le pregunta a su padre:

—¿Qué más hay por aquí?

—Pues hay un restaurante en la ciudad, teníamos pensado ir a cenar todos allí mañana. Hay un cine antiguo, una biblioteca...

—Qué hueva, ¿no? —dice Hardin. Es un comentario grosero pero lo dice en tono de broma.

—Es un lugar muy agradable, dale una oportunidad —replica Ken, que no parece haberse ofendido lo más mínimo.

Los cuatro nos metemos en la cocina y esperamos a que Karen prepare una bandeja de bocadillos y fruta. Hardin, que hoy está muy cariñoso, deja la mano en mi cadera.

Creo que este sitio le sienta bien.

Después de comer ayudo a Karen a recoger la cocina y a preparar limonada mientras Landon y Hardin discuten sobre lo abominable que es la literatura contemporánea. No puedo evitar reírme cuando Landon menciona Harry Potter. Hardin se embarca en un soliloquio de cinco minutos para explicarle por qué jamás se leerá la saga, y Landon intenta convencerlo desesperadamente de que tiene que hacerlo.

La limonada desaparece en cuanto termino de prepararla y Ken nos dice:

—Karen y yo nos vamos un par de horas a la cabaña de un amigo que está a dos casas de aquí. Si quieren venir...

Hardin me mira desde la otra punta de la habitación y espera mi respuesta. Al final, dice:

—Yo no —sin quitarme la vista de encima.

Landon nos mira a Hardin y a mí.

—Yo los acompaño —dice sin más, aunque juraría que lo he visto mirar a Hardin con una sonrisa de satisfacción antes de levantarse para irse con Ken y su madre.

CAPÍTULO 24

Hardin

Creía que no iban a irse nunca pero, en cuanto salen por la puerta, agarro a Tessa y la acuesto en el sillón conmigo.

—¿No se te antojaba ir? —me pregunta.

—Claro que no, ¿para qué chingados iba a querer ir con ellos? Prefiero quedarme aquí contigo. A solas —digo, y le soplo en la nuca para apartarle el pelo. Se retuerce un poco por el pequeño escalofrío que le produce mi aliento en la piel—. ¿Querías ir a escuchar a un montón de gente aburrida a más no poder hablando de tonterías sin parar? —le pregunto con los labios rozándole la mandíbula.

—No. —Incluso su respiración ya ha cambiado.

—¿Seguro? —quiero saber acariciándole el cuello con la nariz para que ladee la cabeza.

—No lo sé, a lo mejor es más divertido que esto —dice.

Me río pegado a su cuello y la beso donde mi aliento le pone la piel de gallina.

—Ni por asomo. Tenemos un jacuzzi en la habitación. ¿Lo olvidaste?

—Sí, pero no me sirve para nada porque no tengo traje de baño... —empieza a decir.

Le chupo el cuello y me la imagino en el traje.

«Carajo.»

—Ni falta que te hace —susurro.

Gira la cabeza y me mira como si estuviera loco.

—¡Claro que me hace falta! No voy a meterme en un jacuzzi sin nada puesto.

—¿Por qué no? —A mí me parece de lo más divertido.

—Porque tu familia está aquí con nosotros.

142

—No sé por qué siempre me pones la misma excusa... —Llevo la mano a su entrepierna y aprieto contra las costuras de sus pantalones—. A veces, creo que te gusta.

—¿El qué? —pregunta casi jadeando.

—La posibilidad de que te atrapen.

—Y ¿por qué iba a gustarle eso a nadie?

—Le gusta a mucha gente, es la emoción de que puedan descubrirte, ¿entiendes?

Aplico más presión entre sus piernas e intenta cerrarlas. Se debate entre lo que quiere y lo que cree que no debe querer.

—No... No lo entiendo. Pero no me gusta —miente. Estoy casi seguro de que le gusta.

—Ay, ajá...

—¡Que no me gusta! —protesta, defendiéndose, con las mejillas sonrosadas y los ojos muy abiertos de la vergüenza.

—No me gusta.

«No te lo crees ni tú, Tessa.»

—Bueno, pues no te gusta.

Levanto las manos en señal de derrota y gimotea porque ya no puede disfrutar con la caricia. Sabía que no lo admitiría nunca, pero valía la pena intentarlo.

—¿Vas a meterte conmigo en el jacuzzi? —le pregunto quitándole las manos de encima.

—Subiré contigo..., pero no voy a meterme.

—Como quieras.

Sonrío y me levanto. Sé que acabará dentro. Sólo necesita que insista más que con otras chicas. Ahora que lo pienso, nunca me he bañado en un jacuzzi con una chica, vestida o desnuda.

Me agarra la muñeca con su mano diminuta y me sigue a la recámara que nos han asignado para los siguientes días.

El balcón comunica con lo que hizo que pidiera esta habitación para nosotros. En cuanto vi el jacuzzi, supe que la quería dentro.

La cama tampoco está mal. Es pequeña pero, para como dormimos nosotros, nos sobra.

—Me encanta este lugar, hay mucha paz —dice Tessa, y se sienta en la cama para descalzarse.

Abro las contraventanas y las ventanas del balcón.

—No está mal. —Si mi padre, su mujer y Landon no estuvieran aquí, estaría mucho mejor.

—No tengo nada que ponerme para ir mañana al restaurante del que hablaba antes tu padre.

Me encojo de hombros para abrir la llave del jacuzzi.

—Pues no vamos y punto.

—Pero yo quiero ir. Sólo es que, cuando hice la maleta, no sabía que íbamos a salir.

—Es culpa suya por no haberlo planeado mejor —digo, y estudio el manómetro para asegurarme de que funciona correctamente—. Podemos ir de mezclilla. No parece que nadie se arregle mucho aquí.

—No sé yo...

—Y si no quieres ir en *jeans*, podemos buscar una tienda en este pueblo de mala muerte en la que puedas comprarte otra cosa —le sugiero, y sonríe.

—¿Cómo es que estás de tan buen humor? —me pregunta con una ceja levantada.

Meto un dedo en el agua. Ya casi está. Este cacharro es rápido.

—No sé... Estoy de buen humor y punto.

—¿Debería preocuparme? —pregunta, y sale al balcón a reunirse conmigo.

—No. —«Sí.» Señalo el sillón de mimbre que hay junto al jacuzzi—. ¿Vas a sentarte aquí fuera mientras yo disfruto de un relajante baño de agua hirviendo?

Se echa a reír, dice que sí con la cabeza y se sienta. Observo esos ojos inocentes que me miran fijamente mientras me quito la camiseta y los pantalones. Me dejo el bóxer puesto, quiero que me lo quite ella.

—¿Seguro que no quieres entrar tú primero? —le pregunto metiendo una pierna.

«Mierda, esto quema.» A los pocos segundos la quemazón desaparece y me reclino contra la pared de plástico.

—Seguro —dice, y mira los bosques que nos rodean.

—Aquí no nos ve nadie. ¿De verdad crees que te diría que te metieras desnuda si alguien pudiera verte? —le pregunto—. Ya sabes, con lo celoso que soy y todo eso.

—¿Y si vuelven? —pregunta en voz baja como si alguien pudiera oírla.

—Dijeron que tardarían un par de horas.

—Sí, pero...

—Creía que ibas a aprender a disfrutar un poco de la vida —tiento a mi preciosa chica.

—Eso hago.

—Estás sentada, haciendo pucheros, en un sillón de mimbre, mientras yo disfruto de la vista —comento.

—No estoy haciendo pucheros —replica, y los hace.

Le sonrío satisfecho sabiendo que eso le va a sentar mal.

—Bueno —digo cerrando los ojos mientras ella aprieta los labios—. Estoy muy solo aquí dentro. Es posible que tenga que mimarme un poco.

—No tengo nada que ponerme.

—*Déjà vu* —puntualizo, recordando por segunda vez hoy nuestra excursión al arroyo.

—Yo...

—Métete de una vez —le ordeno sin abrir los ojos ni cambiar de tono. Lo digo como si fuera inevitable porque sé que lo es.

—Está bien. ¡Allá voy! —contesta intentando convencerse a sí misma de que está harta de mí y de que en realidad no quiere meterse a pesar de que lo está deseando.

Fue más fácil de lo que imaginaba. Cuando abro los ojos, casi me atraganto. Se está quitando la camiseta y, claro, lleva el brasier rojo.

—Quítate el brasier —le digo.

Mira a un lado y a otro y meneo la cabeza. Lo único que se ve desde este balcón es el mar y los árboles.

—Quítatelo, nena —insisto, y asiente. Se baja los tirantes por los brazos.

No me cansaré nunca de ella. Da igual la de veces que la acaricie, que me la tire, que la bese, que la abrace... Nunca serán suficientes y siempre querré más. Ni siquiera es por el sexo, del que disfrutamos muy seguido, es que soy el único que ha estado con ella y confía en mí lo suficiente para desnudarse en un maldito balcón.

¿Cómo es que soy tan cabrón? No quiero arruinarlo con esta chica.

Sus pantalones se reúnen con la camiseta y el brasier en la silla, perfectamente doblados, por supuesto.

—Los calzones también —le recuerdo.

—No, tú llevas el bóxer puesto —contraataca, y se mete en el agua—. ¡Ay! —grita sacando el pie y metiéndolo otra vez poco a poco. Una vez dentro, suspira. Su cuerpo se ha acostumbrado al agua caliente.

—Ven aquí. —Alargo el brazo para agarrarla y sentarla en mis piernas.

Supongo que los incómodos asientos de plástico tienen su utilidad al fin y al cabo. Su cuerpo contra el mío, sumado a los chorros de agua, hace que quiera arrancarle los calzones de un jalón.

—En Seattle podríamos estar así todo el tiempo —dice, y me rodea el cuello con los brazos.

—¿Así, cómo?

Lo último que quiero es hablar de la maldita Seattle. Si pudiera encontrar el modo de borrarla del mapa, lo haría.

—Como ahora. Solos tú y yo. Sin problemas con tus amigos, como Molly, sin desmadres. Tú, yo y una nueva ciudad. Podríamos empezar de nuevo, Hardin, juntos.

—No es tan sencillo —le digo.

—Sí que lo es. No más Zed.

—Creía que habías venido a cogerme, no a hablar de Zed —la provoco, y se tensa.

—Perdona, yo...

—Tranquila, era una broma. Bueno, la parte de Zed. —La acomodo para que se siente a horcajadas encima de mí, con su pecho desnudo contra el mío—. Lo eres todo para mí, lo sabes, ¿verdad? —Le repito la pregunta que le he hecho tantas veces.

No contesta. Apoya los codos en mis hombros, enrosca los dedos en mi pelo y me besa.

Me tiene ganas. Lo sabía.

CAPÍTULO 25

Hardin

Intento acercar su cuerpo casi desnudo aún más al mío mientras ella intensifica el beso. Me agarra los brazos y se lleva mi mano entre los muslos.

No tiene sentido perder el tiempo.

—Deberías habértelas quitado —le digo jalando sus pantaletas finas y empapadas.

Deja escapar una carcajada sin aliento antes de tomar aire cuando mis dedos la penetran. Mi boca entrecorta sus gemidos. Atrapa mi labio inferior con los suyos y casi pierdo la cabeza. Es tan sexi y seductora..., ni siquiera tiene que esforzarse.

Cuando empieza a mover las caderas y a restregarse contra mi mano, la sujeto de la muñeca, la levanto y la coloco a mi lado con las piernas abiertas, sin que mis dedos dejen de complacerla.

Los malditos calzones me están poniendo tenso.

Se sobresalta y hace una mueca cuando le saco los dedos y los engancho en las pantaletas. Se las quito de un jalón lo más rápido que puedo, ella termina de sacárselas de un puntapié y se hunden en el agua. Contemplo durante un segundo cómo los chorros de agua las arrastran al otro lado del jacuzzi. Es fascinante ver cómo esa última barrera flota suavemente lejos de nosotros.

Pero Tessa entonces me tome de la muñeca y me obliga a seguir acariciándola.

—¿Qué quieres? —le pregunto.

—A ti. —Sonríe con dulzura y se abre más de piernas, demostrándome lo guarra que es en realidad.

—Date vuelta —le digo.

Sin darle tiempo a contestar, le doy vuelta y grita. Me asusto un instante pero luego comprendo que uno de los chorros apunta directamente a su pequeña vagina. Por eso gime. En un minuto estará gritando a pleno pulmón.

Me arrodillo detrás de ella. Me encanta hacérselo así, la siento mejor. Puedo acariciarle la sedosa piel y prestarles atención a todos los músculos que se mueven bajo esta... Y ver cómo toma aire cada vez que se la meto.

Le aparto el pelo largo a un lado y me acerco, metiendo la verga más y más. Tessa arquea la espalda y le agarro un pecho con cada mano mientras empiezo a entrar y a salir muy despacio.

Carajo, esto es una maravilla, mejor que nunca. Debe de ser el agua caliente a presión a nuestro alrededor mientras se la meto y se la saco poco a poco. Gime y bajo la mano para asegurarme de que el chorro de agua sigue dándole directamente. Tiene los ojos cerrados y la boca abierta, los nudillos blancos de sujetarse con fuerza a la orilla de la bañera.

Quiero ir más rápido, jodérmela sin piedad, pero me obligo a adoptar un ritmo lento.

—Hardiiiin... —gime.

—Puta madre, es como si pudiera sentir cada centímetro de ti... —No he terminado de pronunciar la frase cuando me entra el pánico y se la saco.

«El condón.»

Ni siquiera se me ha ocurrido ponerme un maldito condón. ¿Qué me ha hecho?

—¿Qué pasa? —jadea; una fina capa de sudor le baña la cara.

—¡No llevo condón! —Me paso las manos por el pelo húmedo.

—Ah —dice tan tranquila.

—¿Ah? ¿Cómo que «ah»?

—Ve a ponerte uno —sugiere con mirada inocente.

—¡No es eso! —Me pongo de pie en el jacuzzi. No dice nada—. Si no me hubiera acordado, podría haberte embarazado.

Asiente. Lo ha entendido.

—Sí, pero te acordaste.

«¿Cómo es que está tan tranquila?» Tiene su superplán de mudarse a Seattle, un bebé lo mandaría al carajo. «Un momento...»

—¿Ese era tu plan? ¿Crees que si te dejo embarazada me iré contigo? —Parezco un fanático de las teorías conspiranoicas, pero tiene sentido.

Se voltea, riéndose.

—¡¿No lo dirás en serio?! —replica, y cuando intenta abrazarme me quito.

—Muy en serio.

—Es una locura. Cariño, ven aquí. —Intenta agarrarme otra vez, pero la esquivo y me voy al extremo opuesto del jacuzzi.

El dolor se le refleja en la cara como una señal fluorescente y se tapa los pechos con las manos.

—Es a ti a quien se le olvidó el condón y ahora me dices que intento cazarte quedándome embarazada. —Menea la cabeza sin poder creérselo—. Pero ¿tú te estás oyendo?

«No serías la primera chiflada en intentarlo.»

Trato de acercarme un poco pero se pone de rodillas en el asiento para apartarse. La miro impasible y no digo nada.

Me observa con los ojos llenos de lágrimas, se levanta y sale del jacuzzi.

—Voy a cuarto.

Desaparece en el dormitorio. Primero cierra de un portazo la ventana y luego da otro con la puerta del baño.

—¡Mierda! —grito, y le doy un manotazo al agua caliente deseando que me lo devuelva.

Tengo que empezar a escuchar lo que digo. No es una loca a la que no conozco de nada. Es Tessa. ¿Qué chingados me pasa? Estoy paranoico. Me siento tan culpable por todo el desmadre de Seattle que estoy perdiendo el juicio. El poco que me queda, vaya.

Tengo que arreglarlo, o al menos intentarlo. Se lo debo, y más después del modo en que acabo de acusarla de la tontería más grande del universo.

Irónicamente, y por retorcido que parezca, desearía no haberme acordado del condón...

No. No. No es verdad. Lo que sucede es que no quiero que me deje y no se me ocurre otra manera de hacer que se quede. Pero, desde luego, un bebé no es la solución. He hecho todo lo posible menos encerrarla a piedra y lodo en el departamento. Sí, me ha pasado por la cabeza un par de veces, pero no creo que le haga ninguna gracia. Además, probablemente tendría déficit de vitamina D. Y dejaría de hacer yoga... y de ponerse esos pantaloncitos.

Tengo que entrar y pedirle perdón por haberla avergonzado de ese modo y haberme comportado como un imbécil antes de que vuelva mi familia. A lo mejor tengo suerte y se pierden unas horas en el bosque.

Sin embargo, primero tengo que hacer una cosa. Salgo del jacuzzi y me meto en la habitación. Hace un frío que cala ahora que sólo llevo puesto el bóxer empapado. Miro mi celular y la puerta del baño. Oigo correr el agua de la regadera, así que tomo el teléfono y una cobija del respaldo de la silla y salgo otra vez al balcón.

Busco entre mis contactos el nombre de «Samuel». Lo encuentro rápido. No sé por qué guardé el número de esa mujer. Supongo que porque sabía que acabaría metido en un embrollo y tendría que volver a llamarla. Cambié el nombre por si Tessa volvía a registrar mis cosas, puesto que sabía que lo haría. Creía que me había descubierto cuando me preguntó por qué había borrado el registro de llamadas y me oyó gritándole a Molly por teléfono.

En cierto modo, estoy seguro de que preferiría ver a Molly antes que a esta persona en mi lista de llamadas.

CAPÍTULO 26

Tessa

No puedo creer que Hardin haya tenido la poca vergüenza de acusarme de intentar quedarme embarazada o de pensar siquiera que sería capaz de hacerle algo así..., a él y a mí misma. Es totalmente absurdo.

Todo iba muy bien —demasiado bien, la verdad—, hasta que ha mencionado lo del condón. Debería haber salido del agua y haber agarrado uno. Sé que tenía un montón en la parte superior de su maleta. Vi cómo los metía ahí después de que yo hiciera las maletas perfectamente ordenadas.

Debe de sentirse frustrado con todo este lío de Seattle y por eso ha reaccionado de manera tan exagerada, y puede que yo también. Después del enojo que he tenido tras los groseros comentarios de Hardin y de que haya echado a perder nuestro... momento en el jacuzzi, necesito un baño de agua caliente. Segundos más tarde, el agua empieza a surtir su efecto en mis tensos músculos, me relaja los nervios y me aclara las ideas. Ambos hemos reaccionado de manera exagerada, él más que yo, y la discusión era totalmente innecesaria. Alargo la mano para tomar el champú, y entonces me doy cuenta de que estaba tan centrada en alejarme de él que he olvidado traer mi estuche. Genial.

—¿Hardin? —lo llamo.

Dudo que me oiga con el ruido de la regadera y del jacuzzi, pero aparto la cortina de flores y espero a que aparezca por si acaso. Al cabo de unos segundos, al ver que no lo hace, tomo la toalla y me cubro con ella. Dejando un rastro de agua a mi paso, me dirijo al cuarto y me acerco hasta las maletas, que están sobre la cama. Entonces oigo la voz de Hardin.

No distingo lo que dice, pero sí su tono de fingida cortesía, lo que me lleva a la conclusión de que está intentando ser amable y ocultar su frustración. Y eso me lleva a la conclusión de que le importa lo suficiente esa conversación como para no ser él mismo.

Recorro a hurtadillas el suelo de madera y, como tiene puesto el altavoz, oigo que alguien dice:

—Porque soy agente inmobiliaria, y mi trabajo es llenar departamentos vacíos.

Hardin suspira.

—Está bien, y ¿tienes algún departamento más que llenar? —pregunta.

Un momento... ¿Hardin está intentando conseguirme un departamento? La idea me deja pasmada a la par que emocionada. Por fin empieza a ceder con lo de Seattle y está tratando de ayudarme en lugar de ponerme trabas. Ya era hora.

La mujer al otro lado del teléfono, cuya voz, por cierto, me resulta bastante familiar, responde:

—Cuando hablé contigo me diste la impresión de que no debía perder el tiempo buscándole un departamento a tu amiga Tessa.

«¿Qué? Espera... Entonces ¿él...?»

No sería capaz.

—En realidad..., no es tan horrible como te la pinté. No ha destrozado ningún departamento ni se ha ido sin pagar —dice, y se me cae el alma a los pies.

Sí ha sido capaz.

Cruzo las puertas del balcón hecha una furia.

—¡Eres un cerdo egoísta! —Grito lo primero que me viene a la cabeza.

Hardin se vuelve hacia mí, pálido y con la boca muy abierta. Se le cae el teléfono al suelo y me mira como si fuese una especie de horrible criatura que ha venido para acabar con él.

—¿Hola? —dice la voz de Sandra a través del altavoz, y él se agacha para recoger el teléfono y silenciarla.

La furia me invade.

—¿Cómo pudiste? ¿Cómo pudiste hacer algo así?

—Es que... —empieza.

—¡No! ¡Ni se te ocurra hacerme perder el tiempo con tus excusas! ¡¿En qué diablos estabas pensando?! —grito agitando frenéticamente un brazo en su dirección.

Corro echando humo de nuevo al cuarto y él me sigue, rogándome:

—Tessa, escúchame.

Me vuelvo herida, y fuerte, y dolida, y airada.

—¡No! Escúchame tú a mí, Hardin —digo con los dientes apretados intentando bajar la voz. Pero no puedo—: ¡Estoy harta de esto! ¡Estoy harta de que intentes sabotear todo aquello de mi vida que no tiene que ver contigo! —grito apretando los puños con fuerza a los costados.

—No es eso lo que...

—¡Cállate! ¡Cierra la maldita boca! Eres un egoísta y un arrogante..., eres... ¡Grrr!

No pienso con claridad. No paro de echar pestes por la boca y de agitar las manos en el aire delante de mí.

—No sé en qué estaba pensando. Pero justo estaba intentando solucionarlo.

Lo cierto es que no debería sorprenderme. Debería haber imaginado que Hardin estaba detrás de la repentina desaparición de Sandra. No es capaz de dejar de interferir en mi vida, en mi carrera, y ya estoy harta.

—Exacto; justo a eso me refería. Siempre haces algo. Siempre me ocultas algo. Siempre encuentras nuevas maneras de controlar todo lo que hago, ¡y ya no lo aguanto más! Esto es demasiado. —No puedo evitar pasearme de un lado a otro de la habitación, mientras Hardin me observa con cautela—. Puedo soportar que seas un poco sobreprotector y que te pelees de vez en cuando. Mierda, puedo soportar que seas un auténtico cabrón la mitad del tiempo porque en el fondo sé que sólo haces lo que crees que es mejor para mí. Pero estás intentando arruinar mi futuro, ¡y no pienso permitirlo, carajo!

—Lo siento —dice. Y sé que lo dice de verdad, pero...

—¡Siempre lo sientes! Siempre es la misma mierda: haces algo, me ocultas algo, dices algo, lloro, dices que lo sientes y, ¡listo!, todo olvidado —digo apuntándolo con un dedo—. Pero esta vez no va a ser así.

Siento una tremenda necesidad de darle una cachetada en toda la cara pero, en lugar de hacerlo, busco algo con lo que descargar mi ira.

Agarro un almohadón con volantes de la cama y lo lanzo contra el suelo. Tomo otro y hago lo mismo. No ayuda mucho a sofocar la furia que me quema por dentro, pero me sentiría aún peor si destrozara alguna de las cosas de Karen.

Esto es agotador, y no sé cuánto más voy a poder aguantar sin venirme abajo.

A la chingada. No pienso venirme abajo esta vez. Estoy harta de hacerlo, es lo que hago siempre. Necesito recoger mis propios pedazos, recomponerlos y apartarlos de Hardin para evitar que terminen de nuevo hechos añicos a sus pies.

—Estoy harta de este círculo vicioso. Te lo he dicho mil veces, pero no me escuchas. Siempre encuentras la manera de continuarlo, y no puedo más. ¡Se acabó!

Creo que jamás había estado tan enojada con él. Sí, ha hecho cosas peores, pero siempre las he superado. Nunca antes habíamos estado en esta situación, una situación en la que yo pensaba que él había dejado de ocultarme cosas, y en la que creía que había entendido que no puede interferir en mi carrera. Esta oportunidad es muy importante para mí. He sido testigo toda mi vida de lo que le pasa a una mujer que no tiene nada propio. Mi madre nunca tuvo nada que haya conseguido por sí misma, algo que fuera suyo, y yo necesito eso. Necesito hacer esto, necesito demostrar que, a pesar de ser joven, puedo labrarme un porvenir por mí misma, cosa que ella no fue capaz de hacer. No puedo permitir que nadie me arrebate esta oportunidad como le pasó a ella.

—¿Se acabó... lo nuestro? —pregunta con voz temblorosa y entrecortada—. Has dicho que se acabó...

No sé qué es lo que se ha acabado. Debería ser lo nuestro, pero sé que no debo decir eso ahora mismo. Normalmente, a estas alturas ya estaría llorando y perdonándolo con un beso..., pero hoy no.

—Carajo, estoy agotada y no lo soporto. ¡Las cosas no pueden seguir así! ¡Ibas a dejar que me fuese a Seattle sin un sitio donde vivir para forzarme a quedarme aquí!

Hardin se coloca delante de mí, en silencio. Respiro hondo esperando que mi ira disminuya, pero no lo hace. No deja de aumentar hasta que prácticamente empiezo a verlo todo rojo. Agarro el resto de los almohadones e imagino que son floreros de cristal que se estrellan contra el suelo formando destrozos para que otro los recoja. El problema es que acabaría siendo yo quien lo hiciera. Él no se arriesgaría a cortarse para evitar que me cortara yo.

—¡Lárgate! —le grito.

—No, lo siento, ¿sí? Yo...

—¡Que te largues! —escupo, y él me mira como si no me conociera en lo absoluto.

Y puede que así sea.

Deja caer los hombros y sale de la habitación. Cierro la puerta de golpe cuando lo hace y me dirijo al balcón. Me siento en la silla de mimbre y observo el mar para intentar relajarme.

No tengo lágrimas, sólo recuerdos. Recuerdos y arrepentimientos.

CAPÍTULO 27

Hardin

Sé que está agotada, lo veo en su cara cada vez que la cago. La pelea con Zed, la mentira sobre mi expulsión..., cada metedura de pata por mi parte le va pasando factura; ella cree que no me doy cuenta, pero sí lo hago.

¿Por qué habré puesto el altavoz? De no haberlo hecho, podría haber resuelto esta chingadera y haberle contado mi cagada después de haberlo solucionado todo. Así no se habría enojado tanto.

No pensé en cómo reaccionaría Tessa cuando lo descubriera, y desde luego no me planteé dónde viviría si no cambiaba de idea con respecto a lo de trasladarse. Supongo que estaba convencido de que, con lo obsesa del control que es, acabaría posponiendo su viaje si no tenía ningún sitio donde quedarse.

«Bien hecho, Hardin.»

Tenía buenas intenciones; es decir, en su momento no, pero ahora sí. Sé que no debería haber interferido en su búsqueda de departamento en Seattle, pero me estoy valiendo de lo que sea para que no me deje. Sé lo que pasará en Seattle, y que no va a acabar bien.

Fiel a mi naturaleza, golpeo con el puño la pared junto a la escalera.

—¡Carajo!

Fiel a mi suerte, esta no es de yeso laminado, sino de madera maciza, y duele un chingo. Me froto el puño con la otra mano y tengo que obligarme a no repetir mi estúpida reacción. Afortunadamente no me rompí nada. Me saldrán moretones, pero ya estoy más que acostumbrado.

«Estoy harta de este círculo vicioso. Te lo he dicho mil veces, pero no me escuchas.» Bajo la escalera dando fuertes pisadas y me tiro en el sillón como un niño enfurruñado. Eso es justo lo que soy, un pinche escuincle. Ella lo sabe, yo lo sé..., ¡carajo, todo el mundo lo sabe! Debería estampármelo en una pinche camiseta.

Debería volver arriba y tratar de explicarme de nuevo pero, sinceramente, me da un poco de miedo. Nunca la había visto tan encabronada.

Tengo que largarme de aquí. Si Tessa no me hubiese obligado a viajar fingiendo que somos una familia feliz, me iría ahora mismo y acabaría con esta maldita farsa. Yo no quería venir.

Lo del barco no estuvo mal del todo... Pero el viaje en general es una mamada, y ahora que está enojada conmigo no tiene ningún sentido que me quede. Miro al techo sin saber qué debo hacer. No puedo quedarme aquí sentado, y sé que si lo hago acabaré subiendo y tensando más las cosas con Tessa.

Iré a dar un paseo. Eso es lo que hace la gente normal cuando está enojada en lugar de golpear paredes y romper cosas.

Antes tendré que vestirme, pero si vuelvo a la habitación me asesinará.

Suspiro mientras subo la escalera. Si no estuviera tan confundido por el comportamiento de Tessa, me importaría más lo que estoy a punto de hacer.

Abro la puerta del cuarto de Landon y pongo los ojos en blanco al instante. Tiene toda su ropa perfectamente colocada encima de la cama; seguro que se disponía a guardarla en el ropero antes de que su madre y mi padre lo arrastraran consigo.

Me revuelvo al ver las espantosas prendas y busco desesperadamente algo que no lleve un maldito cuello. Por fin encuentro una camiseta azul lisa y un pants negro.

«Genial.» Ahora he tenido que recurrir a compartir ropa con Landon. Espero que la furia de Tessa no dure demasiado pero, por primera vez, no sé qué va a pasar. No esperaba que reaccionara tan mal, y no me refiero a las cosas que me ha dicho, sino a la manera en que me miraba todo el tiempo. Esa mirada expresaba mucho más de lo que podría expresar por la boca y, de hecho, me ha asustado mucho más que cualquier palabra que pudiera haberme dicho.

Miro hacia la puerta de lo que era nuestra habitación hasta hace veinte minutos, vuelvo a bajar la escalera y salgo a la calle.

Apenas he llegado al sendero cuando aparece mi hermanastro favorito. Al menos, viene solo.

—¿Y mi padre? —le pregunto.

—¿Llevas puesta mi ropa? —responde claramente confundido.

—Eh..., sí. No tenía elección, no te emociones. —Le quito importancia, sabiendo por la sonrisa que se ha dibujado en su rostro que estaba a punto de hacer justo eso.

—Bueno... ¿Qué hiciste esta vez?

«¡Pero ¿qué carajos...?!»

—¿Qué te hace pensar que hice algo?

Levanta una ceja.

—Está bien..., hice algo. Una estupidez enorme —farfullo—. Pero no quiero oír tus sermones, así que no te preocupes.

—Bueno. —Se encoge de hombros y empieza a alejarse de mí.

Esperaba algunas palabras por su parte, a veces no se le da mal dar consejos.

—¡Espera! —grito, y se vuelve—. ¿No vas a preguntarme qué hice?

—Acabas de decir que no quieres hablar de ello —responde.

—Sí, pero... Bueno... —No sé qué decir, y me está mirando como si me hubiesen salido dos cabezas.

—¿Quieres que te lo pregunte? —Parece satisfecho, pero por suerte no está siendo demasiado cabrón.

—Soy el responsable... —empiezo, pero justo entonces veo que Karen y mi padre vienen caminando por el sendero.

—¿El responsable de qué? —pregunta Landon volviéndose para mirarlos.

—De nada, olvídalo —suspiro, y me paso los dedos por el pelo húmedo con frustración.

—¡Hola, Hardin! ¿Dónde está Tessa? —dice Karen.

¿Por qué todo el mundo me pregunta eso como si fuera incapaz de alejarme más de metro y medio de ella?

El creciente dolor que siento en el pecho me recuerda precisamente eso: no puedo estarlo.

—Dentro, durmiendo —miento, y me dirijo a mi hermanastro—. Voy a dar un paseo. Asegúrate de que está bien.

Él asiente.

—¿Adónde vas? —me pregunta mi padre mientras paso a su lado.

—Por ahí —espeto, y acelero el paso.

Cuando llego a una señal de alto unas cuantas calles más allá, me doy cuenta de que no tengo idea de adónde voy ni de cómo volver al punto de partida. Sólo sé que llevo caminando un rato y que todas estas calles son engañosamente ventosas.

Oficialmente, detesto este lugar.

No me parecía tan mal mientras observaba cómo el viento mecía ligeramente el cabello de Tessa. Ella tenía la mirada fija en el agua brillante, con los labios curvados formando una pequeña sonrisa de satisfacción. Parecía muy relajada, como las mansas olas alejadas de la orilla, tranquilas y serenas, hasta que nuestro barco perturbó su paz. A nuestro paso, las aguas rugían y azotaban los costados de nuestra embarcación con furia. Pronto volverían a su estado de sosiego, hasta que otra llegara para molestarlas.

De repente, una voz femenina interrumpe la visión de la piel bronceada de Tessa:

¿Te perdiste o algo así?

Para mi sorpresa, cuando me doy vuelta me encuentro con una chica que parece de mi edad, más o menos. Tiene el pelo castaño, casi tan largo como Tessa. Está aquí sola de noche. Me volteo para mirar a nuestro alrededor. No hay nada, sólo una carretera de gravilla vacía y el bosque.

—¿Y tú? —respondo, no sin antes percatarme de que viste una falda larga.

Me sonríe y se aproxima. Debe de faltarle un tornillo o algo para estar aquí en medio de la nada preguntándole a un completo desconocido con un aspecto como el mío si se ha perdido.

—No. Estoy huyendo —contesta, y se coloca el pelo detrás de la oreja.

—¿Huyendo? ¿Con veinte años?

Pues más le vale mover el trasero. Lo último que necesito es toparme con un padre molesto en busca de su delicada hija.

—No. —Se echa a reír—. He vuelto de la universidad para visitar a mis padres, y me están matando de aburrimiento.

—Vaya, me alegro por ti. Espero que tu camino de libertad te conduzca hasta Shangri-la —respondo, y empiezo a alejarme de ella.

—Vas en la dirección equivocada —me advierte.

—Me da igual —replico.

Y gruño cuando oigo sus pasos crujiendo en la gravilla por detrás de mí.

CAPÍTULO 28

Tessa

Estoy más que harta de pelear con Hardin. No sé muy bien qué hacer ahora, qué medidas tomar. Lo he estado siguiendo por el camino que hemos recorrido durante meses, y me temo que no llegamos a ninguna parte. Ambos estamos tan perdidos como al principio.

—¿Tessa? —La voz de Landon cruza la habitación y sale hasta el balcón.

—Estoy aquí —respondo, y me siento aliviada de haberme puesto unos shorts y una sudadera encima.

Hardin siempre se burla de mí cuando lo hago, pero en momentos como este resulta cómodo, ya que no tienes ni demasiado frío ni demasiado calor.

—Hola —dice mientras sale y se sienta en la silla que tengo al lado.

—Hola. —Lo miro un instante antes de volver a fijar la vista en el agua.

—¿Estás bien?

Me tomo un momento para reflexionar sobre su pregunta: ¿estoy bien? No. ¿Lo estaré? Sí.

—Sí, esta vez creo que sí.

Me llevo las rodillas al pecho y las envuelvo con mis brazos.

—¿Quieres hablar de ello?

—No. No quiero arruinar el viaje con mis dramas. Estoy bien, de verdad.

—Está bien, pero que sepas que, si necesitas hablar, estoy aquí para escucharte.

—Lo sé.

Lo miro y él me sonríe para infundirme ánimos. No sé cómo voy a arreglármelas sin él.

De repente, abre unos ojos como platos y señala algo.

—¿Eso no es...?

Sigo la dirección de su mirada.

—¡Ay, madre!

Me levanto corriendo, recojo las pantaletas rojas que flotan en el jacuzzi y me las meto de inmediato en el bolsillo delantero de mi sudadera.

Landon se muerde el labio inferior para contener la risa, pero yo no puedo refrenar la mía. Ambos nos reímos a carcajadas: las suyas, auténticas; las mías, de humillación. Pero prefiero mil veces reírme con Landon a mis típicos lloriqueos tras pelearme con Hardin.

CAPÍTULO 29

Hardin

Estoy empezando a hartarme de no ver nada más que gravilla y árboles mientras deambulo por este pequeño pueblo. La desconocida todavía me sigue, y mi pelea con Tess aún me pesa.

—¿Vas a seguirme por todo el pueblo? —le pregunto a la muy pesada.

—No, voy a volver a la cabaña de mis padres.

—Muy bien, pues vuelve sola.

—No eres muy simpático que digamos —me suelta.

—¿En serio? —Pongo los ojos en blanco, aunque sé que no puede verme la cara—. Me han dicho que la cortesía es uno de mis puntos fuertes.

—Pues te mintieron —replica, y a continuación oigo una risita a mi espalda.

Le doy una patada a una piedra y por primera vez doy gracias por la obsesión por la limpieza de Tessa, ya que si no me hubiese obligado a dejar los zapatos en la puerta de la cabaña tendría que haberme puesto los tenis de Landon, que son espantosas, y además estoy seguro de que tiene los pies mucho más pequeños que los míos.

—¿De dónde eres? —me pregunta.

Finjo no oírla y sigo caminando. Creo que tengo que girar a la izquierda en el siguiente alto. Al menos, eso espero.

—¿De Inglaterra?

—Sí —contesto. Y, ya puestos, le pregunto—: ¿Por dónde es?

Me vuelvo y veo que señala hacia la derecha. Por supuesto, estaba equivocado.

Tiene los ojos azul claro, y su falda es tan larga que le arrastra por la gravilla. Me recuerda a Tessa..., bueno, a la Tessa que era cuando la conocí. Mi Tessa ya no viste ropa tan espantosa como ésa. Y también aprendió un vocabulario nuevo gracias a las innumerables veces que la he enfurecido y que la obligué a insultarme.

—¿Tú también viniste con tus padres? —Su voz es grave, casi dulce.

—No... Bueno, más o menos.

—¿Cómo que «más o menos»? —Sonríe. Su manera de expresarse también me recuerda a Tessa.

Miro a la chica de nuevo para comprobar que realmente está aquí y que no es ningún fantasma como los de *Cuento de Navidad* que vino para darme alguna especie de lección.

—Vine con mi familia y mi novia. Tengo novia, por cierto —le advierto.

No creo que esta chica pudiera interesarse por alguien como yo, pero eso mismo pensé de Tessa en su día.

—Bien... —asiente.

—Muy bien.

Acelero el paso con la esperanza de crear distancia entre nosotros. Giro a la derecha, y ella hace lo propio. Ambos nos quitamos el pasto cuando pasa un camión por delante, y pronto me alcanza de nuevo.

—Y ¿dónde está tu novia? —pregunta.

—Durmiendo. —Me parece lógico utilizar la misma mentira que les he contado a mi padre y a Karen.

—Hum...

—Hum, ¿qué? —La miro.

—Nada —responde con la vista al frente.

—Ya me has seguido la mitad del camino. Si tienes algo que decir, dilo —replico con irritación.

Retuerce algo que tiene entre las manos mientras mira hacia abajo.

—Estaba pensando que parece que estás intentando huir de algo o esconderte... No lo sé, no me hagas caso.

—No me estoy escondiendo; me dijo que me largara y eso he hecho.

¿Qué carajos sabrá esta imitación de Tessa?

Me mira.

—Y ¿por qué te corrió?

—¿Siempre eres tan chismosa?

Sonríe.

—La verdad es que sí —asiente.

—Odio a la gente chismosa.

Menos a Tessa, claro. Aunque, por mucho que la quiera, a veces me dan ganas de taparle la boca con cinta aislante cuando empieza con sus interrogatorios. Es el ser humano más entrometido que he conocido en la vida.

Estoy mintiendo. Adoro cuando me da lata. Antes lo detestaba, pero ahora lo entiendo. Yo también quiero saberlo todo de ella..., lo que piensa, lo que hace, lo que quiere. Y para mi horror, soy consciente de que ahora soy yo quien le hace más preguntas que ella a mí.

—¿Vas a decírmelo o no? —insiste.

—¿Cómo te llamas? —le pregunto, esquivando su pregunta.

—Lillian —responde, y deja caer lo que sea que llevara en la mano.

—Yo soy Hardin.

Se coloca el pelo detrás de la oreja.

—Háblame de tu novia.

—¿Por qué?

—Parece que estás disgustado, y ¿quién mejor para hablar que una extraña?

No quiero hablar con ella. Me recuerda demasiado a Tessa y me resulta un poco perturbador.

—No me parece buena idea.

El sol se ha puesto temprano aquí, y el cielo está prácticamente negro.

—Y ¿guardártelo dentro sí lo es? —pregunta con demasiada sensatez.

—Oye, pareces una chica... linda y tal, pero no te conozco, y tú no me conoces a mí, así que esta conversación no va a tener lugar.

Frunce el ceño y suspira.

—Bueno.

Por fin veo el techo inclinado de la cabaña de mi padre a lo lejos.

—Bueno, yo ya llegué —digo a modo de despedida.

—¿En serio? Un momento..., tu padre es Ken, ¿verdad? —Se golpea la frente con la mano.

—Sí —respondo sorprendido.

Ambos nos detenemos al inicio del sendero.

—¡Pues claro! ¡Qué tonta! El acento debería haberme dado la pista.
—Se ríe.

—No entiendo —digo mirándola.

—Tu padre y mi padre son amigos. Fueron juntos a la universidad o algo así. Acabo de pasarme la última hora oyendo batallitas de sus días de gloria.

—Vaya, qué casualidad —digo con una media sonrisa. Ya no me siento tan incómodo con la chica como hace unos minutos.

Ella sonríe abiertamente.

—Parece que no somos unos completos desconocidos después de todo.

CAPÍTULO 30

Tessa

—Galletas —respondemos Landon y yo al unísono.

—Muy bien, galletas, pues. —Karen sonríe y abre la alacena.

Esta mujer nunca para, siempre está cocinando, asando, tostando... Y no me quejo: la verdad es que todo lo que prepara está delicioso.

—Ya oscureció. Espero que no se pierda ahí afuera —dice Ken.

Landon se limita a encogerse de hombros como queriendo decir: «Hardin es así».

Lleva fuera casi tres horas, y estoy haciendo todo lo posible por no preocuparme. Sé que está bien; si algo le sucediera, lo sabría. No puedo explicarlo, pero algo dentro de mí me dice que lo sabría.

De modo que no estoy preocupada porque le haya sucedido nada malo. Lo que me preocupa es que su frustración se convierta en una excusa para ir a buscar algún bar. Por mucho que quisiera que se alejara de mí, me mataría verlo cruzar esa puerta tambaleándose y con el aliento apestando a alcohol. Necesitaba un poco de espacio; tiempo para pensar y calmarme. La parte de pensar todavía no la he llevado a cabo; la he estado evitando a toda costa.

—Oye, ¿por qué no nos bañamos todos juntos en el jacuzzi esta noche o mañana por la mañana? —sugiere Karen.

Landon escupe su refresco en el vaso y yo aparto la mirada rápidamente y me contengo. Landon ha visto mis calzones flotando en el agua, y el recuerdo está todavía tan fresco que siento que me arde la cara de la vergüenza.

—Karen, cariño, no creo que los chicos quieran meterse en el jacuzzi con nosotros.

Ken suelta una carcajada, y ella sonríe al darse cuenta de que tal vez sí que sería un poco incómodo.

—Supongo que tienes razón. —Se ríe y empieza a separar la masa de las galletas y a formar bolas pequeñas. Arruga la nariz—. Detesto esta masa preparada.

No me cabe duda de que, para Karen, la masa preparada para galletas debe de ser espantosa, pero para mí es una maravilla. Especialmente ahora que siento que podría desmoronarme en cualquier instante.

Landon y yo estábamos en plena conversación sobre Dakota y el que pronto será su departamento cuando su madre y Ken nos han interrumpido. Han comentado que se cruzaron con Hardin cuando se iba. Por lo visto, les dijo que yo estaba durmiendo, así que hice todo lo posible por seguirle la corriente y he dicho que acababa de despertarme justo cuando llegó Landon.

Me he estado preguntando dónde estará Hardin y cuándo volverá desde el momento en que se fue. Una parte de mí no quiere verlo ni en pintura, pero la otra, mucho más grande, necesita saber que no está haciendo nada que pueda poner en peligro nuestra ya de por sí frágil relación. Sigo furiosa de que haya interferido en mi traslado a Seattle, y no tengo ni idea de qué voy a hacer al respecto.

CAPÍTULO 31

Hardin

—¿Saboteaste su búsqueda de departamento? —pregunta Lillian boquiabierta.

—Ya te dije que la cagué —le recuerdo.

Otro par de faros iluminan el camino mientras paseamos hasta la cabaña de sus padres. Estaba decidido a volver a la de mi padre, pero a Lillian se le da muy bien escuchar, de modo que cuando me pidió que la acompañase a su casa para terminar nuestra plática, he aceptado. Mi ausencia le dará a Tessa un poco de tiempo para calmarse, y espero que esté dispuesta a hablar a mi regreso.

—No me habías dicho hasta qué punto. No me extraña que esté enojada contigo —dice Lillian, claro, poniéndose de parte de Tessa.

No me quiero ni imaginar lo que pensaría de mí si supiera todo lo que le he hecho pasar durante los últimos meses.

—Bueno, y ¿qué vas a hacer al respecto? —pregunta mientras abre la puerta principal de la cabaña de sus padres.

Me invita a entrar con un gesto, como si diera por hecho que voy a hacerlo.

Una vez dentro, veo que es muy lujosa. Aún más grande que la de mi padre. Esta gente tiene mucha lana.

—Estarán arriba —dice mientras entramos.

—¿Quiénes estarán arriba? —pregunta una voz femenina, y Lillian hace una mueca de dolor antes de volverse hacia la mujer que supongo que es su madre.

Es igual que ella, excepto por la edad.

—¿Quién es este? —pregunta.

En ese momento entra en la habitación un hombre de mediana edad vestido con una playera y unos pantalones caqui.

«Vale madre.» Debería haberme limitado a acompañarla hasta la casa. Me pregunto cómo se sentiría Tessa si supiera que estoy aquí. ¿Le molestaría? Está bastante enojada conmigo, y ha demostrado tener muchos celos de Molly. Aunque esta chica no es Molly, no tiene nada que ver con ella.

—Mamá, papá, este es Hardin, el hijo de Ken.

Una amplia sonrisa aparece en el rostro del hombre.

—¡Vaya! ¡No sabía si te reconocería! —exclama con un acento británico. Bueno, eso explica por qué conoce a mi padre de la universidad.

Se acerca y me da unas palmaditas en el hombro. Yo retrocedo y él frunce ligeramente el ceño con extrañeza ante mi gesto, aunque, por otro lado, parece que esperaba esta reacción por mi parte. Mi padre debe de haberle advertido sobre mi manera de ser. La idea casi me hace reír.

—Cielo —dice volviéndose hacia su mujer—. Este es el hijo de Trish.

—¿Conocen a mi madre? —le pregunto antes de volverme también hacia su esposa.

—Sí, conocí a tu madre mucho antes de que tú nacieras —responde la mujer sonriendo—. Éramos amigos los cinco —añade.

—¿Los cinco? —pregunto.

El padre de Lillian la mira.

—Cielo, no creo...

—¡Eres igualito que ella! Aunque tienes los ojos de tu padre. No la he visto desde que regresé a Estados Unidos. ¿Cómo está? —pregunta la mujer.

—Muy bien. Se va a casar dentro de poco.

—¿Sí? —exclama—. Felicítala de mi parte. Me alegra oír eso.

—Lo haré —respondo.

Esta gente sonríe demasiado. Es como estar en una maldita habitación con tres Karens, pero mucho más irritantes y mucho menos encantadoras.

—Bueno, yo me voy yendo —le digo a Lillian, porque creo que la situación ya ha sido bastante incómoda.

—No, no. No tienes por qué irte. Nosotros nos vamos arriba —dice el padre de Lillian.

Toma a su mujer de la cintura y se la lleva consigo.

Lillian observa cómo se van y después me mira a mí.

—Lo siento, son un poco...

—¿Falsos? —respondo por ella.

Veo la hipocresía que se esconde tras la perfecta sonrisa blanqueada de ese hombre.

—Sí, mucho. —Se ríe y se aleja para sentarse en el sillón.

Yo me quedo de pie, incómodo, junto a la puerta.

—¿Crees que a tu novia le molestará que estés aquí? —me pregunta.

—No lo sé. Seguramente —refunfuño, y me paso los dedos, exasperado, por el pelo.

—¿Y si ella hiciera lo mismo? ¿Cómo te sentirías si estuviera por ahí con un tipo al que acabara de conocer?

En cuanto las palabras salen de su boca, el pecho se me llena de furia.

—Estaría muy encabronado —bramo.

—Ya me lo imaginaba. —Sonríe con malicia y da unas palmaditas en el sillón al lado de ella.

No sé cómo interpretar sus gestos. Es muy pinche grosera, y un poco irritante.

—Entonces ¿eres celoso? —pregunta con los ojos abiertos como platos.

—Supongo —respondo encogiéndome de hombros.

—Seguro que a tu novia no le gustaría nada que me besaras.

Se acerca un poco y yo me levanto del sillón de un brinco. Estoy de camino a la puerta cuando oigo que empieza a partirse de risa.

—¿Qué chingados te pasa? —digo intentando no levantar la voz.

—Sólo te estaba tomando el pelo. Créeme, no me interesas. —Sonríe—. Y es un alivio saber que yo a ti tampoco. Vamos, siéntate.

Tiene muchas cosas en común con Tessa, pero no es tan dulce..., ni tan inocente. Me siento de nuevo, esta vez en el sillón que está frente al suyo. No conozco a esta chica lo suficiente como para confiar de ella, y la única razón por la que estoy aquí es porque no quiero enfrentarme a lo que me espera en la cabaña de mi padre. Y Lillian, a pesar de ser una desconocida, es neutral, no como Landon, que es el mejor amigo de Tessa. Es agradable hablar con alguien que no tiene motivos para juzgarme. Y, carajo, está un poco loca, así que es probable que incluso me entienda.

—¿Qué hay en Seattle que no estás dispuesto a enfrentarte a ello ni siquiera por ella?

—Nada en particular. Tengo malos recuerdos del pasado allí, pero no es sólo eso. Es el hecho de que allí prosperará —respondo, a sabiendas de que parezco un loco.

Sin embargo, me vale madres; esta chica me ha estado acosando durante una hora, así que si hay alguien que está mal de la cabeza aquí es ella.

—Y ¿eso es malo?

—No. Quiero que progrese, por supuesto. Pero quiero formar parte de ello. —Suspiro.

Extraño desesperadamente a Tessa, a pesar de que sólo han pasado unas pocas horas. Y el hecho de que esté tan enojada conmigo no hace sino que la añore más todavía.

—Entonces ¿te niegas a ir a Seattle con ella porque quieres formar parte de su vida? No tiene sentido —dice, declarando una obviedad.

—Sé que no lo entiendes, y ella tampoco, pero Tessa es lo único que tengo. Literalmente. Es lo único que me importa en mi vida, y no puedo perderla. Sin ella, no soy nada.

«¿Por qué estoy contándole toda esta mierda?»

—Sé que suena muy patético.

—No, no es verdad. —Me sonríe con condescendencia y yo aparto la mirada.

Lo último que quiero es que me compadezcan.

La luz de la escalera se apaga y miro de nuevo a Lillian.

—¿Debería irme? —pregunto.

—No, seguro que mi padre está encantadísimo de que te haya traído a casa —dice sin el más mínimo sarcasmo.

—Y ¿eso por qué?

—Porque desde que les presenté a Riley está deseando que rompamos.

—¿No le gusta tu novio?

—Novia.

—¿Qué?

—Riley es mi novia —dice, y casi le sonrío.

Me cae mal que su padre no acepte su relación, pero he de admitir que me siento tremendamente aliviado.

CAPÍTULO 32

Tessa

Landon nos ha estado explicando que, como el departamento está muy cerca del campus, podrán ir a la facultad caminando. No será necesario tomar el coche ni el metro todos los días.

—Me alegro de que no tengas que conducir en esa ciudad tan grande. ¡Menos mal! —dice Karen, apoyando una mano en el hombro de su hijo.

Él sacude la cabeza.

—Soy buen conductor, mamá, mejor que Tessa —bromea.

—Oye, a mí no se me da mal. Mejor que a Hardin —señalo.

—Como si eso fuera difícil —dice él para molestarme.

—No es tu manera de conducir lo que me preocupa. ¡Son esos malditos taxis! —explica Karen como una mamá gallina.

Agarro una galleta del plato que hay sobre la barra de la cocina y miro hacia la puerta de nuevo. No he parado de observarla y de esperar a que Hardin regrese. Mi ira se ha transformado poco a poco en preocupación conforme han ido pasando los minutos.

—Bien, gracias por avisar. Nos vemos mañana —dice Ken por teléfono mientras se reúne con nosotros en la cocina.

—¿Quién era?

—Max. Hardin está en su cabaña con Lillian —dice, y se me cae el alma a los pies.

—¿Lillian? —pregunto sin poder evitarlo.

—Es la hija de Max; tiene más o menos tu edad.

¿Por qué iba a estar Hardin en la cabaña de los vecinos con su hija? ¿La conoce? ¿Ha salido con ella?

—Seguro que regresa pronto.

Ken frunce el ceño y, cuando me mira, tengo la sensación de que no se había planteado mi reacción ante esa información antes de compartirla. El hecho de que parezca sentirse incómodo hace que yo me sienta más incómoda todavía.

—Bien —digo levantándome del taburete—. Creo que... me voy a ir a la cama —les anuncio, intentando mantener la compostura.

Siento cómo mi ira resurge, y necesito alejarme de ellos antes de que estalle.

—Te acompaño arriba —se ofrece Landon.

—No, estoy bien, de verdad. Madrugué mucho, igual que ustedes, y se está haciendo tarde —le aseguro, y él asiente aunque sé que no se la ha cernido.

Cuando llego a la escalera, oigo que dice:

—Es un idiota.

«Sí, Landon. Lo es.»

Cierro las puertas del balcón antes de acercarme al ropero para ponerme la pijama. No dejo de darle vueltas a la cabeza y no consigo concentrarme en la ropa. Nada me parece un buen sustituto de las camisetas de Hardin, y me niego a ponerme la blanca que descansa sobre el brazo de la silla. Tengo que ser capaz de dormir con mi propia ropa. Después de rebuscar en los cajones, me doy por vencida, decido quedarme con los shorts y la sudadera que llevo puestos y me acuesto en la cama.

¿Quién es esa chica misteriosa con la que está Hardin? Curiosamente, estoy más enojada por lo de mi departamento en Seattle que por ella. Si quiere hacer peligrar nuestra relación poniéndome los cuernos, es cosa suya. Sí, acabaría destrozando lo poco que queda intacto en mí, y no creo que pudiera recuperarme jamás, pero no voy a pensar en eso.

La verdad es que no me lo imagino. No me lo imagino engañándome. A pesar de todo lo que ha hecho en el pasado, no lo veo. No después de leer su carta y de cuánto ha suplicado que lo perdonara. Sí, es controlador, demasiado controlador, y no sabe cuándo dejar de interferir en mi vida, pero en el fondo sus intenciones son mantenerme a su lado, no escapar de mí, que es lo que haría al ponerle los cuernos.

Mi resentimiento hacia él no ha menguado. Ni siquiera después de pasarme una hora mirando al techo y contando las vigas de madera teñida que sostienen la inclinada superficie.

No sé si estoy preparada para hablar con él aún, pero sé que no podré dormirme hasta que lo oiga regresar. Cuanto más tiempo pasa fuera, más intensos se vuelven los celos en mi pecho. No puedo evitar pensar en su doble moral. Si fuese yo la que estuviera por ahí con un tipo, Hardin se volvería loco y seguramente intentaría quemar el bosque que rodea este lugar. Quiero reírme ante la absurda idea, pero no me sale. En lugar de hacerlo, cierro los ojos y rezo para quedarme dormida.

CAPÍTULO 33

Hardin

—¿Quieres una copa? —pregunta Lillian.

—Sale. —Me encojo de hombros y miro la hora.

Se levanta y se acerca un carrito auxiliar plateado. Observa el contenido de las botellas, selecciona una y me la muestra rápidamente como si fuese una edecán de televisión o algo así. Mientras le quita el tapón a una botella de brandy, que probablemente sea más cara que el inmenso televisor que hay instalado en la pared, me mira de nuevo con fingida compasión.

—No puedes ser un cobarde eternamente.

—Cállate.

—Te pareces mucho a ella —dice entre risitas.

—¿A Tessa? No, qué va. Además, ¿tú qué sabes?

—No, a Tessa, no. A Riley.

—¿En qué?

Lillian vierte el líquido oscuro en un vaso curvo y me lo pone en la mano antes de sentarse de nuevo en el sillón.

—¿Y tu bebida? —pregunto.

Ella niega con la cabeza con aire solemne.

—Yo no bebo.

Por supuesto. Y yo no debería beber, pero el aroma intenso y ligeramente dulce del brandy acalla la irritante voz de mi conciencia.

—¿Vas a decirme en qué me parezco a ella o no? —insisto.

—No lo sé, pero se parecen. Ella también tiene ese aire taciturno, como si estuviese enojada con el mundo —dice, y hace un gesto exagerado con la cara y cruza las piernas por debajo de ella.

—Bueno, a lo mejor tiene motivos para estar enojada —digo para defender a su novia a pesar de que ni siquiera la conozco.

Después me bebo la mitad del vaso de licor. Es fuerte, envejecido hasta la perfección, y siento cómo me quema hasta las suelas de las botas.

Lillian no contesta. Frunce los labios y mira la pared que tengo detrás sumida en sus pensamientos.

—Oye, no me cuadra ese desmadre psicológico de que tú hablas, yo hablo, y luego decimos un montón de tonterías —le digo, y ella asiente.

—No, tonterías no, pero sí creo que al menos deberías empezar a idear un plan para disculparte con Tamara.

—Se llama Tessa —aclaro molesto ante su error.

Ella sonríe y se coloca el pelo castaño sobre uno de sus hombros.

—Tessa, perdón. Tengo una prima que se llama Tamara y supongo que tenía el nombre en mente.

—¿Qué te hace pensar que voy a disculparme? —digo, y pego la lengua al velo del paladar mientras espero su respuesta.

—Estás bromeando, ¿no? ¡Le debes una disculpa! —exclama—. O al menos tienes que decirle que irás a Seattle con ella.

Gruño.

—No pienso ir a Seattle, carajo.

«¿Por qué chingados Tessa y su doble no paran de agobiarme con la mierda de Seattle?»

—Bueno, pues entonces espero que se vaya sin ti —dice secamente.

Me quedo mirando a esta chica que pensaba que podría llegar a entenderme.

—¿Qué dijiste?

Me apresuro a dejar el vaso de brandy sobre la mesa y el líquido café se derrama sobre la blanca superficie.

Lillian levanta una ceja.

—Dije que espero que vaya igualmente, porque has intentado chingarle su contrato de renta y aun así no estás dispuesto a trasladarte con ella.

—Afortunadamente, me vale madres lo que pienses.

Me levanto dispuesto a irme. Sé que tiene razón, pero estoy harto de esto.

—Claro que te importa, aunque no quieras admitirlo. Con el tiempo, he llegado a la conclusión de que los que dicen que no les importa nada son precisamente a los que más les importan las cosas.

Recojo el vaso y apuro su contenido antes de dirigirme a la puerta.

—No me conoces en absoluto —digo con los dientes apretados.

Lillian se levanta y se aproxima como si nada.

—Claro que sí. Ya te dije que eres como Riley.

—Pues lo siento por ella, porque tiene que aguantar lo suyo... —empiezo a atacarla, pero me refreno.

Esta chica no ha hecho nada malo. Está intentando ayudarme, y no merece que desquite mis rollos con ella.

Suspiro.

—Perdona, ¿sí?

Vuelvo a la sala y me desplomo sobre el sillón.

—¿Ves? Disculparse no es tan difícil, ¿verdad? —Lillian sonríe, se acerca al carrito de nuevo y trae la botella de brandy hasta donde me encuentro.

—Está claro que necesitas otro trago. —Sonríe y agarra mi vaso vacío.

—Tessa detesta que beba —digo tras mi tercera copa.

—¿Te pones desagradable cuando lo haces?

—No —respondo sin pensar. Pero, al ver que está verdaderamente interesada, medito la pregunta y reconsidero mi respuesta—. A veces.

—Hum...

—Y ¿tú por qué no bebes? —pregunto.

—No lo sé. Simplemente no bebo.

—Y ¿tu novio..., perdón, tu novia bebe?

Asiente.

—Sí, a veces. Aunque no tanto como antes.

—Vaya.

Es posible que la tal Riley y yo tengamos más en común de lo que pensaba.

—¡¿Lillian?! —grita entonces su padre, y oigo crujir la escalera.

Me incorporo y me aparto de ella por instinto, y ella centra la atención en él.

—¿Sí, papá?

—Es casi la una de la madrugada. Creo que ya va siendo hora de que se vaya tu compañía —dice.

«¿La una? ¡Carajo!»

—Bueno. —Asiente y me mira de nuevo—. A veces se le olvida que ya soy adulta —susurra claramente irritada.

—De todos modos tengo que irme ya. Tessa me va a matar —respondo.

Cuando me levanto, mi equilibrio no es tan estable como debería.

—Puedes volver mañana si quieres, Hardin —dice el amigo de mi padre cuando llego a la puerta.

—Pídele perdón y piensa acerca de lo de Seattle —me recuerda Lillian.

Pero estoy decidido a no hacerle caso y salgo por la puerta, desciendo los escalones y recorro el acceso pavimentado. Me encantaría saber a qué se dedica su padre; es evidente que está forrado de lana.

Todo está muy oscuro. Ni siquiera me veo la mano cuando la meneo como un idiota delante de mi cara. Cuando llego al inicio del camino, las luces exteriores de la cabaña de mi padre aparecen ante mis ojos y me guían hacia su acceso y por los escalones del porche.

La puerta mosquitera cruje cuando la abro y maldigo. Lo último que necesito en estos momentos es que mi padre se despierte y huela el brandy en mi aliento. Aunque, bueno, puede que él también quiera un poco.

Mi Tessa interior me reprende al instante por mi cínico pensamiento. Me pellizco el puente de la nariz y sacudo la cabeza para sacarla de mi mente.

Estoy a punto de tirar una lámpara al suelo mientras intento descalzarme. Me agarro a la esquina de la pared para sostenerme y por fin consigo colocar las botas junto a los zapatos de Tessa. Empiezan a sudarme las palmas de las manos mientras subo la escalera lo más despacio posible. No estoy borracho, pero sí bastante alegre, y sé que va a enojarse aún más que antes. Esta tarde estaba fuera de sus casillas, y ahora que he estado por ahí hasta tan tarde, y encima bebiendo, va a enloquecer. La verdad es que me siento bastante asustado. Estaba tan furiosa antes que me ha insultado y me ha ordenado que me largara.

La puerta de la habitación que compartimos se abre con un leve crujido e intento ser lo más silencioso posible y atravesar la oscuridad sin despertarla.

No tengo esa suerte.

La lámpara de la mesita de noche se enciende y Tessa fija su mirada impasible en mí.

—Perdona..., no quería despertarte —me disculpo.

Frunce sus labios carnosos.

—No estaba dormida —declara, y empiezo a sentir una tensión en el pecho.

—Sé que es muy tarde, lo siento —digo sin hacer pausas.

Ella me mira con recelo.

—¿Has estado bebiendo?

A pesar de su expresión, le brillan los ojos. El modo en que la tenue luz de la lámpara ilumina su rostro hace que me den ganas de alargar la mano y tocarla.

—Sí —digo aguardando su furia.

Suspira y se lleva las manos a la frente para apartarse los mechones rebeldes que se han soltado de su cola de caballo. No parece alarmada ni tampoco sorprendida por mi estado.

Treinta segundos después, sigo esperando su ira.

Pero nada.

Continúa ahí sentada en la cama, apoyada en las manos, mirándome con decepción mientras yo sigo de pie e incómodo en el centro de la habitación.

—¿Vas a decir algo? —pregunto por fin con la esperanza de interrumpir el desagradable silencio.

—No.

—¿Y eso?

—Estoy agotada, y tú, borracho. No tengo nada que decir —replica sin emoción alguna.

Me paso la vida nervioso, anticipando el momento en que ya no pueda más y diga que hasta aquí hemos llegado y que está harta de soportar mis chingaderas y, sinceramente, tengo miedo de que ese momento haya llegado.

—No estoy borracho, sólo he tomado tres copas. Sabes que para mí eso no es nada —digo, y me siento en la orilla de la cama.

Un escalofrío me recorre la espalda cuando veo que se desplaza más cerca de la cabecera para alejarse de mí.

—¿Dónde estabas? —pregunta con voz suave.

—En la cabaña de al lado.

Continúa mirándome, esperando más información.

—Estaba con una chica que se llama Lillian. Su padre fue a la universidad con el mío, y hemos estado hablando, una cosa ha llevado a la otra y...

—Carajo... —Tessa cierra los ojos con fuerza, se tapa los oídos con las manos y se lleva las rodillas al pecho.

Le tomo las dos muñecas con una mano y se las coloco sobre su regazo con suavidad.

—No, no, no es lo que piensas. Mierda. Estábamos hablando sobre ti —le digo, y espero a que ponga los ojos en blanco, como siempre, y sus gestos de incredulidad ante todo lo que le digo.

Abre los ojos y me mira.

¿Sobre mí?

—Sobre todo este desmadre de Seattle.

—¿Hablaste con ella sobre Seattle cuando conmigo no quieres hablar de ello?

Su tono no es de molestia, sino de curiosidad, y estoy hasta la madre de confundido. Yo no quería hablar con esa chica, prácticamente me obligó a hacerlo, pero supongo que en cierto modo me alegro de que lo haya hecho.

—No es así de simple. Además, tú me pediste que me fuera —le recuerdo a la chica con la cara de Tessa que tengo delante, pero sin su actitud de siempre.

—Y ¿estuviste con ella todo este tiempo?

Veo cómo le tiembla el labio inferior antes de apretar los dientes contra él.

—No. Fui a pasear y me encontré con ella.

Acerco la mano para apartarle un mechón rebelde de la mejilla y no me lo impide. Tiene la piel caliente y parece brillar bajo la tenue luz de la lámpara. Apoya el rostro contra mi palma y cierra los ojos mientras le acaricio el pómulo con el pulgar.

—Se parece mucho a ti.

No esperaba esa reacción. Sinceramente, esperaba que estallase la tercera guerra mundial.

—Entonces ¿te gusta? —pregunta entreabriendo ligeramente sus ojos grises para mirarme.

—Sí, es linda. —Me encojo de hombros y los cierra de nuevo.

Su calma me sorprende, y eso, junto con el brandy envejecido, da como resultado un Hardin tremendamente confundido.

—Estoy cansada —dice, y levanta la mano para apartar la mía de su rostro.

—¿No estás furiosa? —pregunto.

Algo no está bien, pero no sé qué es. Pinche alcohol.

—Sólo estoy cansada —responde, y se recuesta sobre las almohadas.

Bueno...

Campanas de alarma, no, más bien sirenas de alerta de tornado estallan en mi cabeza ante la falta de emoción que transmite su voz. Hay algo que no me está diciendo, y quiero que lo diga.

Pero mientras se queda dormida, o al menos finge hacerlo, me doy cuenta de que tengo que elegir pasar por alto su silencio esta noche. Es tarde. Si la agobio me obligará a irme de nuevo, y no puedo consentirlo. No puedo dormir sin ella, y tengo suerte de que me esté permitiendo estar cerca de ella después de toda la mierda con Sandra. También tengo suerte de que el alcohol me esté dando sueño, de modo que no me pasaré toda la noche despierto pensando qué se estará cocinando en la mente de Tessa.

CAPÍTULO 34

Tessa

La luz de la mañana inunda la habitación cuando el sol sale en la distancia. Desvío la mirada desde las puertas descubiertas del balcón hasta mi vientre. El brazo de Hardin envuelve mi cuerpo. Sus labios carnosos están entreabiertos y unos suaves ronroneos escapan de ellos. No sé si correrlo de la cama o quitarle el pelo castaño de la frente y pegar los labios contra la piel enrojecida.

Estoy muy enojada con él por todo lo que pasó anoche. Tuvo la osadía de volver a la cabaña a la una y media de la madrugada y, tal y como me había temido, para añadir más leña al fuego, su aliento apestaba a alcohol. Y luego está lo de esa chica, una chica como yo, con la que se pasó horas y horas. Me dijo que sólo habían estado hablando, y no es que no lo crea. Es el hecho de que Hardin se niegue a hablar sobre Seattle conmigo, pero no parece importarle hablar con ella al respecto.

No sé qué pensar, y estoy hasta la madre de tener que pensar todo el tiempo. Siempre hay algún problema que solucionar, alguna discusión que superar..., y ya estoy harta. Harta de todo esto. Quiero a Hardin más de lo que soy capaz de comprender, pero no sé cuánto tiempo más podré seguir así. No puedo estar siempre preocupándome de que llegue a casa borracho cada vez que tenemos un problema. Quería gritarle, lanzarle un almohadón a la cara y decirle que es un cabrón, pero estoy empezando a darme cuenta de que una sólo puede discutir con una misma persona sobre la misma cosa cierto número de veces antes de quemarse.

No sé qué hacer respecto al hecho de que no quiera venir a Seattle, pero sí sé que quedarme aquí acostada en la cama no me va a ayudar. Levanto el brazo de Hardin, me escabullo de debajo de su peso y coloco suavemente su extremidad sobre la almohada que tiene al lado. Gruñe un poco en sueños, pero afortunadamente sólo se estira sin despertarse.

Agarro mi teléfono de la mesita de noche y me acerco sigilosamente hasta las puertas del balcón. Apenas hacen ruido al abrirse, y dejo escapar un suspiro de alivio antes de cerrarlas detrás de mí. Fuera, el aire es mucho más fresco que ayer; aunque es normal, son sólo las siete de la mañana.

Con el teléfono en la mano, empiezo a pensar en mi residencia en Seattle, que en estos momentos es inexistente. Mi traslado a esa ciudad se está convirtiendo en un engorro mucho más grande de lo que había anticipado y, la verdad, a veces me da la sensación de que tantos problemas no merecen la pena. Me reprendo al instante por ese pensamiento. Eso es justo lo que Hardin pretende: ponerme las cosas difíciles con la esperanza de que acabe renunciando a lo que quiero hacer y me quede con él.

Bien, pues eso no va a pasar.

Abro el navegador de mi teléfono y espero con impaciencia a que Google se cargue. Me quedo mirando la pequeña pantalla y aguardando a que el molesto círculo deje de girar una y otra vez. Frustrada ante la lenta respuesta de mi teléfono prehistórico, vuelvo a la habitación, agarro el de Hardin de la silla y salgo de nuevo al balcón.

Si se despierta y me atrapa con su celular, se va a enojar. Pero no estoy husmeando sus llamadas ni sus mensajes. Sólo estoy usando su conexión a internet.

«Sí, es linda.» Sus palabras sobre la tal Lillian se repiten en mi cabeza mientras intento buscar departamentos en Seattle.

Sacudo la cabeza para borrar el recuerdo de mi mente y admiro un lujoso departamento que me gustaría poder permitirme. Paso al siguiente, uno pequeño de una recámara en un dúplex. No me siento cómoda en un dúplex; me gusta la idea de que alguien tenga que atravesar un vestíbulo para llegar a mi puerta, y más teniendo en cuenta que por lo visto voy a estar sola en Seattle. Deslizo el dedo por la pantalla unas cuantas veces más antes de encontrar, por fin, uno de una habitación en una torre de departamentos mediana. Se sale de mi presupuesto, pero no demasiado. Si tengo que pasar sin comprar comida hasta que me instale, lo haré.

Guardo el número de teléfono en mi celular y continúo ojeando los anuncios. El pensamiento imposible de buscar departamento con Hardin me persigue. Estamos los dos sentados en la cama, yo con las piernas cruzadas y él con sus largas piernas estiradas y con la espalda apoyada en la cabecera. Yo le enseño un montón de sitios, y él pone los ojos en blanco y se queja del proceso de búsqueda, pero lo atrapo sonriendo y con los ojos fijos en mis labios. Me dice que estoy muy guapa cuando me agobio, y después me quita la *laptop* de encima y me asegura que ya buscará él un lugar para los dos.

Pero eso sería demasiado sencillo. Demasiado fácil. Todo en mi vida era sencillo y fácil hasta hace pocos meses. Mi madre me ayudó con la residencia y lo tuve todo solucionado y preparado antes incluso de llegar a la WCU.

Mi madre... No puedo evitar extrañarla. No tiene ni idea de que me he reunido con mi padre. Sé que se enojaría mucho si lo supiera.

Sin darme cuenta, me encuentro marcando su número.

—¿Diga? —contesta con voz suave.

—¿Mamá?

—¿Quién iba a ser, si no?

Ya me estoy arrepintiendo de haberla llamado.

—¿Cómo estás? —pregunto en voz baja.

Suspira.

—Estoy bien. He estado un poco ocupada con todo lo que está pasando.

Oigo ruido de ollas y sartenes de fondo.

—Y ¿qué es lo que está pasando?

«¿Sabe lo de mi padre?» Decido al instante que, si no lo sabe, este no es el momento de contárselo.

—Pues nada en particular. He estado haciendo muchas horas extra y tenemos un nuevo pastor... Ah, y Ruth falleció.

—¿Ruth Porter?

—Sí, iba a llamarte —dice, y su tono frío se torna ligeramente cálido.

Ruth, la abuela de Noah, era una de las mujeres más dulces que he tenido el placer de conocer. Era siempre muy amable y, junto con Karen, hacía las mejores galletas con chispas de chocolate del mundo.

—Y ¿cómo está Noah? —me atrevo a preguntar.

Estaba muy unido a su abuela, y sé que debe de estar pasándola mal. Yo nunca tuve la oportunidad de tener una relación estrecha con mis abuelos; los padres de mi padre murieron antes de que yo fuese lo bastante mayor como para acordarme, y los padres de mi madre no eran la clase de gente que permitía que nadie se acercara a ellos.

—Pues lo lleva bastante mal. Deberías llamarlo, Tessa.

—No puedo... —Empiezo a decirle, pero me interrumpo. ¿Por qué no puedo? Puedo y lo haré—. Lo haré... Lo llamaré ahora mismo.

—¿De verdad? —dice claramente sorprendida—. Bueno, pero espera al menos hasta después de las nueve —me aconseja, y sonrío sin darme cuenta al oírla. Sé que ella también estará sonriendo al otro lado de la línea—. ¿Cómo van las clases?

—Me voy a Seattle el lunes —confieso, y oigo el repiqueteo de algo que ha caído al suelo.

—¿Qué?

—Te lo comenté, ¿recuerdas?

«¿No lo hice?»

—No, no lo hiciste. Me dijiste que tu empresa se trasladaba allí, pero no que tú fueses a irte seguro.

—Lo siento, he estado muy ocupada con lo de Seattle, y con Hardin.

—¿Va a irse contigo? —me pregunta con una voz tremendamente controlada.

—Pues... no lo sé —respondo con resignación.

—¿Estás bien? Pareces preocupada.

—Estoy bien —miento.

—Sé que no hemos estado muy de acuerdo últimamente, pero sigo siendo tu madre, Tessa. Si te pasa algo, puedes contármelo.

—Estoy bien, de verdad. Sólo estoy algo estresada con todo esto y lo del traslado al nuevo campus.

—No te preocupes. Te irá de maravilla. Destacarás en cualquier campus. Puedes destacar en cualquier parte —dice infundiéndome seguridad.

—Lo sé, pero ya me acostumbré a este, y ya conozco a algunos de los profesores y tengo amigos..., unos pocos amigos.

La verdad es que no tengo ningún amigo al que vaya a extrañar mucho, excepto a Landon. Y puede que a Steph..., pero sobre todo a Landon.

—Tessa, es para esto para lo que hemos estado trabajando tantos años, y mírate ahora. Mira lo que has conseguido en tan poco tiempo. Deberías sentirte orgullosa.

Sus palabras me sorprenden y mi mente se apresura a procesarlas.

—Gracias —consigo articular.

—Infórmame cuando te hayas instalado en Seattle para que vaya a verte, ya que no parece que tú vayas a venir a casa muy pronto —dice.

—Lo haré —respondo pasando por alto su tono áspero.

—Tengo que prepararme para irme a trabajar, ya hablaremos. Acuérdate de llamar a Noah.

—Sí, lo llamaré dentro de un par de horas.

Cuando cuelgo, un movimiento en el balcón llama mi atención y, al levantar la vista, veo a Hardin. Ya se ha vestido con sus *jeans* y su camiseta negros de siempre. Va descalzo y tiene la mirada fija en mí.

—¿Quién era? —pregunta.

Mi madre   contesto, y me llevo las rodillas al pecho sobre la silla.

—¿Para qué te llamó? —Agarra el respaldo de la silla vacía y la arrastra para acercarla a mí antes de sentarse.

—La llamé yo —aclaro sin mirarlo.

—¿Qué hace aquí fuera mi teléfono?

Lo agarra de mis piernas y lo revisa.

—Necesitaba internet.

—Ah —dice como si no me creyera.

«Si no tiene nada que ocultar, ¿qué más le da?»

—¿De quién hablabas cuando dijiste que ibas a llamarlo? —pregunta sentándose en la orilla del jacuzzi.

Lo miro a la cara.

—De Noah —respondo secamente.

Me observa con recelo.

—Y una chingada que lo vas a llamar.

—Sí que lo voy a hacer.

—¿Qué tienes que hablar con él? —Apoya las manos en las rodillas y se inclina hacia adelante—. Nada.

—¿Así que tú puedes pasarte horas con otra persona y volver borracho, pero...?

—Es tu exnovio —me interrumpe.

—Y ¿cómo sé que esa chica no es una de tus exnovias?

—Porque yo no tengo exnovias, ¿recuerdas?

Resoplo con frustración; mi determinación previa ha desaparecido y estoy enojándome de nuevo.

—Bueno, pues una de tantas chicas con las que te has acostado, entonces. De todos modos —continúo en voz baja y clara—, tú no vas a decirme a quién puedo y a quién no puedo llamar. Sea mi exnovio o no.

—Creía que no estabas molesta conmigo.

Suspiro apartando la mirada de sus penetrantes ojos verdes y dirigiéndola hacia el agua.

—Y no lo estoy. De verdad que no. Hiciste justo lo que esperaba que hicieras.

—¿Que es...?

—Huir durante horas y volver apestando a alcohol.

—Tú me dijiste que me fuera.

—Eso no es excusa para volver borracho.

—¡Ahí vamos! —gruñe—. Sabía que no te estarías calladita como hiciste anoche.

—¿Calladita? ¿Lo ves? Ese es tu problema: esperas que me quede calladita. Y estoy harta.

—¿De qué? —Se inclina hacia mí y acerca el rostro demasiado al mío.

—De esto... —Agito la mano frenéticamente y me pongo de pie—. Estoy harta de todo esto. Vete y haz lo que te dé la real gana, pero búscate a otra que se quede aquí sentada mientras haces de las tuyas y que luego se quede calladita, porque yo no pienso seguir haciéndolo. —Le doy la espalda.

Se pone de pie y rodea mi brazo con los dedos para volverme suavemente.

—Detente —ordena. Su enorme mano se extiende por mi cintura mientras la otra me sostiene del brazo. Pienso en irme, pero entonces me estrecha contra su pecho—. Deja de resistirte. No vas a ir a ninguna parte.

Aprieta los labios con firmeza y yo libero el brazo de un jalón.

—Suéltame y me sentaré —resoplo.

No quiero ceder, pero me niego a arruinarles el viaje a los demás. Si voy al piso de abajo, Hardin me seguirá y acabaremos armando la gorda delante de su familia.

Me suelta inmediatamente y yo me dejo caer en la silla de nuevo. Él se sienta delante de mí y me mira con expectación con los codos apoyados en los muslos.

—¿Qué? —espeto.

—¿Vas a dejarme? —susurra, y su pregunta suaviza ligeramente mi dura postura.

—Si te refieres a dejarte para irme a Seattle, sí.

—¿El lunes?

—Sí, el lunes. Ya hemos hablado de esto mil veces. Sé que estabas convencido de que tu sucia artimaña me disuadiría de hacerlo —declaro echando humo—, pero no es así, y nada de lo que hagas me lo impedirá.

—¿Nada? —Me mira a través de sus gruesas pestañas.

«Me casaré contigo», me dijo estando borracho. ¿Se refiere a eso ahora? Por mucho que quiera preguntárselo aquí y ahora, no puedo hacerlo. Creo que no estoy preparada para su sobria respuesta.

—Hardin, ¿qué hay en Seattle que quieres evitar a toda costa? —decido preguntarle en su lugar.

Aparta la mirada de la mía.

—Nada importante.

—Hardin, te lo juro, como me estés ocultando algo, jamás volveré a hablarte —le aviso muy en serio—. Ya he tenido suficiente, de verdad.

—No es nada, Tessa. Tengo algunos viejos amigos allí que no quiero ver porque forman parte de mi antigua vida.

—¿Tu antigua vida?

—Mi vida antes de conocerte: la bebida, las fiestas, coger con cualquier chica que se cruzara en mi camino —dice. Al ver mi gesto de dolor, balbucea—: Lo siento. —Pero continúa—: No hay ningún secreto, sólo malos recuerdos. Aunque esa no es la razón por la que no quiero ir.

Espero a que llegue al fondo del asunto, pero no dice nada más.

—Bueno, entonces dime cuál es, porque no lo entiendo.

Me mira a los ojos sin ninguna expresión en el rostro.

—¿Por qué necesitas una explicación? No quiero ir, y tampoco quiero que tú vayas sin mí.

—Esa explicación no me basta. Voy a ir —digo negando con la cabeza—. Y ¿sabes qué? Ya no quiero que vengas conmigo.

—¿Qué? —Su mirada se ensombrece.

—No quiero que vengas. —Me mantengo todo lo calmada que puedo y me levanto de la silla. Me siento orgullosa de ser capaz de estar manteniendo esta conversación sin gritar—. Has intentado arruinarme esto. Este ha sido mi sueño desde que tengo uso de razón, y tú has intentado arruinármelo. Has convertido algo que debería estar deseando hacer en algo que apenas puedo soportar. Debería estar emocionada y dispuesta a irme a cumplir mis sueños, pero has conseguido que no tenga ningún sitio dónde vivir y ningún sistema de apoyo en absoluto. Así que, no, no quiero que vengas.

Hardin abre y cierra la boca, se levanta y empieza a pasearse por el suelo entarimado.

—Tú... —comienza, pero se detiene como si estuviera reconsiderando sus pensamientos.

Pero con él las cosas nunca cambian, y decide ir por el camino más difícil.

—¿Sabes qué, Tessa? Nadie quiere ir a Seattle excepto alguien como tú. ¿Quién carajos sueña con mudarse a Seattle en el maldito Estado de Washington? Qué gran ambición —ruge. Inspira hondo con violencia—. Y, por si se te había olvidado, yo soy el único motivo por el que tienes esa oportunidad, para empezar. ¿Quién crees que consigue un contrato de prácticas en su primer año de universidad? ¡Nadie, carajo! La mayoría se chingan para conseguir uno incluso después de licenciarse.

—Eso no tiene nada que ver con el asunto que estamos discutiendo. —Pongo los ojos en blanco ante su desfachatez.

—Y ¿cuál es ese asunto, desagradecida de...?

Doy un paso hacia él y levanto la mano sin darme cuenta siquiera de lo que estoy haciendo.

Pero Hardin es demasiado rápido y me agarra de la muñeca, deteniéndome a unos centímetros de su mejilla.

—Ni se te ocurra —me advierte. Su voz es áspera, cargada de ira, y lamento que haya evitado que le dé una cachetada. Su aliento mentolado golpea mis mejillas mientras intenta controlar su temperamento.

«Adelante, Hardin», lo desafío mentalmente. No me intimida su respiración entrecortada ni sus insultos. Puedo devolvérselos con creces.

—No puedes hablarle así a la gente sin que haya consecuencias —digo en un tono grave que roza la amenaza.

—¿Consecuencias? —Me mira con ojos furiosos—. En mi vida no he conocido otra cosa.

Detesto que se atribuya el mérito de mis prácticas; detesto que estire cuando yo aflojo y estirar cuando afloja él; detesto que haga que me enfurezca tanto que quiera pegarle; y detesto sentir que pierdo el control de algo que no estoy segura de haber tenido. Lo miro. Su mano sigue sosteniendo mi muñeca con la presión justa como para evitar que intente golpearlo de nuevo, y parece herido, de un modo peligroso. Sus ojos reflejan desafío, y hace que se me caiga el alma a los pies.

Coloca mi mano sobre su pecho sin apartar los ojos de los míos y dice:

—Tú no sabes lo que son las consecuencias.

Luego se aleja de mí, aún con esa expresión en los ojos, y mi mano cae a mi costado.

CAPÍTULO 35

Hardin

«¿Quién chingados se cree que es?» ¿Acaso piensa que puede decirme esas cosas sólo porque no quiero ir a Seattle con ella? ¿Y ahora no quiere que vaya?

¿Me dice que no quiere que vaya a Seattle y encima intenta darme una cachetada? De eso, nada. Le dije esas cosas porque estaba furioso, pero me sorprendió que intentara pegarme... Mucho. La he dejado con los ojos fuera de las órbitas, llenos de rabia, pero tenía que alejarme todo lo posible de esa chingadera.

Estoy en la pequeña cafetería del pueblo. El café sabe a alquitrán, y la extraña magdalena que he pedido está más asquerosa todavía. Detesto este lugar y el hecho de que no haya nada de nada.

Abro tres sobres de azúcar a la vez, los vierto en el desagradable café y remuevo la mezcla con una cucharilla de plástico. Es demasiado temprano para toda esta mierda.

—Buenos días —me saluda una voz familiar. Aunque no es la que esperaba oír.

—¿Qué haces aquí? —le pregunto a Lillian poniendo los ojos en blanco cuando se acerca por detrás de mí.

—Vaya, es evidente que tienes un mal despertar —dice con voz empalagosa, y se sienta delante de mí.

—Lárgate —refunfuño, y observo la pequeña cafetería.

Hay una fila hasta la puerta, y casi todas las mesas están llenas. Debería hacerles un favor a los que guardan fila y decirles que se larguen a buscar un pinche Starbucks porque este lugar es un asco.

Lillian me mira.

—No te has disculpado, ¿verdad?

—Carajo, qué chismosa eres.

Me pellizco el puente de la nariz, y ella sonríe.

—¿Vas a terminarte eso? —pregunta haciendo un gesto hacia la madalena dura como una piedra que tengo delante.

La deslizo hacia ella y agarra un trozo.

—Yo que tú no me la comería —le advierto, pero ella lo hace de todos modos.

—No está tan mal —miente. Sé que está deseando escupirla, pero se la traga—. ¿Vas a explicarme por qué no te disculpaste con Tamara?

—Que se llama Tessa, carajo. Como vuelvas a llamarla...

—Oye, oye, cálmate, que era una broma. Sólo te estaba tomando el pelo. —Se echa a reír, orgullosa de ser tan impertinente.

—Ja, ja.

Me termino el resto del café.

—Bueno, dime, ¿por qué no lo hiciste?

—No lo sé.

—Claro que sí —insiste.

—¿A ti qué más te da? —Me inclino hacia ella y Lillian se apoya en el respaldo de su silla.

—No sé... Es que parece que la quieres, y eres mi amigo.

—¿Tu amigo? Ni siquiera te conozco, y desde luego tú no me conoces a mí —declaro.

Su expresión neutra desfallece un instante y empieza a parpadear lentamente. Como se ponga a llorar creo que voy a golpear a alguien. No puedo soportar tanto drama a estas horas de la mañana.

—Oye, eres chida y tal, pero esto... —hago un gesto con la mano entre su cuerpo y el mío— no es una amistad. Yo no tengo amigos.

Ladea la cabeza.

—¿No tienes ningún amigo? ¿Ni siquiera uno?

—No. Tengo a gente con la que salgo de fiesta y a Tessa.

—Deberías tener amigos; al menos, uno.

—¿Qué sentido tendría que fuésemos amigos tú y yo? Sólo estaremos aquí hasta mañana.

Se encoge de hombros.

—Podríamos ser amigos hasta entonces.

—Está claro que tú tampoco tienes amigos.

—No muchos. A Riley no le caen muy bien.

—¿Y? ¿Eso qué más da?

—Pues que no quiero pelearme con ella, así que ya no los veo seguido.

—Disculpa, pero la tal Riley parece una zorra.

—No hables así de ella. —Lillian se pone colorada, mostrando por primera vez una emoción distinta de la calma o la omnisciencia.

Jugueteo con mi taza, satisfecho de haber derribado su fachada.

—Sólo digo que yo no permitiría que nadie me dijera quiénes pueden o no pueden ser mis amigos.

—¿Me estás diciendo que Tessa sale con sus amigos? —Levanta una ceja y yo aparto la mirada para pensar en su pregunta.

Tiene amigos..., tiene a Landon.

—Sí.

—Tú no cuentas.

—No, yo no. Landon.

—Landon es tu hermanastro. Tampoco cuenta.

Steph es una especie de amiga de Tessa, pero no son amigas de verdad, y Zed... ya no es un problema.

—Me tiene a mí —digo.

Sonríe con petulancia.

—Ya me imaginaba.

—¿Eso qué más da? Cuando nos larguemos de aquí y empecemos de cero podrá hacer nuevos amigos. Podemos hacer amigos juntos.

—Claro. El problema es que no van a ir al mismo lugar —me recuerda.

—Vendrá conmigo. Sé que parece improbable, pero tú no la conoces. Yo sí, y sé que no puede vivir sin mí.

Lillian me mira con ojos pensativos.

—¿Sabes? Existe una gran diferencia entre no ser capaz de vivir sin alguien y amarlo.

Esta chica no tiene ni maldita idea de lo que dice. No tiene ningún sentido.

—No quiero seguir hablando de ella. Si vamos a ser amigos, tienes que hablarme sobre Regan y tú.

—Riley —replica ella con brusquedad.

Me río ligeramente.

—Molesta, ¿eh?

Lillian me fulmina con la mirada de broma, pero después me cuenta cómo conoció a su novia. Les tocó estar juntas durante la orientación del primer curso de Lillian. Al principio, Riley se mostró algo arisca, pero después le tiró la onda para sorpresa de ambas. Aparentemente, la tal Riley es celosa y tiene bastante mala vibra. Me recuerda a alguien.

—La mayoría de nuestras peleas son a causa de sus celos. Tiene miedo de que me aleje de ella. No sé por qué, porque siempre es ella la que llama la atención de todo el mundo, hombres y mujeres, y ha salido con ambos sexos. —Suspira—. Es como que todo el mundo le vale.

—¿Tú no lo has hecho?

—No, yo no he salido con ningún chico. —Arruga la nariz—. Bueno, una vez en octavo, porque me vi un poco obligada a hacerlo. Mis amigas no paraban de darme lata porque nunca había tenido novio.

—¿Por qué no se lo dijiste? —le pregunto.

—No es tan sencillo.

—Debería serlo.

Sonríe.

Sí, debería. Pero no lo es. En fin, que nunca he salido con nadie más que con Riley y otra chica. —Entonces su sonrisa desaparece—. Riley, en cambio, ha salido con mucha gente.

El resto de la mañana y también la tarde los paso así, escuchando los problemas de esta chica. Pero no me molesta tanto como pensaba. Es agradable saber que no soy el único que tiene esta clase de movidas. Lillian me recuerda mucho a Tessa y a Landon. Si los fundieran en una persona, sin duda sería ella. Odio admitirlo, pero no me agobia su compañía. Es una marginada, como yo, pero no me juzga porque apenas me conoce. Un montón de extraños entran y salen de la cafetería, y cada vez que veo entrar a una rubia no puedo evitar levantar la vista con la esperanza de que sea mi rubia extraña.

De repente empieza a sonar una melodía curiosa.

—Será mi padre... —dice Lillian, y revisa su teléfono—. Carajo, son casi las cinco —exclama entonces presa del pánico—. Debemos irnos.

Bueno, yo debo irme. Todavía no tengo nada que ponerme para esta noche.

—¿Para qué? —le pregunto cuando se levanta.

—Para la cena. Sabes que vamos a cenar con tus padres, ¿no?

—Karen no es mi... —empiezo a decir, pero decido dejarlo pasar. Ella ya lo sabe.

Me levanto y la sigo por el barrio hasta una pequeña tienda de ropa llena de vestidos coloridos y bisutería de mal gusto. Huele a naftalina y a salitre.

—No tienen nada decente —protesta sosteniendo en alto un vestido rosa intenso con volantes.

—Eso es horrible —le digo, y ella asiente y lo cuelga de nuevo en su sitio.

No puedo evitar pensar en qué estará haciendo Tessa en estos momentos. ¿Se estará preguntando dónde estoy? Seguro que da por hecho que estoy con Lillian, cosa que es verdad, pero no tiene de qué preocuparse. Ya lo sabe.

Un momento... No, no lo sabe. No le he hablado de que Lillian tiene novia.

—Tessa no sabe que eres lesbiana —espeto cuando me enseña un vestido negro con cuentas.

Ella me mira con diplomacia y se limita a pasar la mano por el vestido otra vez, como lo hizo con la botella de brandy anoche.

—No voy a darte consejos de moda, así que deja de intentarlo —gruño.

Pone los ojos en blanco.

—Y ¿por qué no se lo dijiste?

Toco un collar con plumas que tengo delante.

—No lo sé. No se me ocurrió.

—Vaya, me siento tan halagada de que mi orientación sexual te sea tan indiferente... —dice con fingida gratitud y con una mano extendida sobre su cuello—. Pero deberías decírselo. —Sonríe—. No me extraña que estuviera a punto de darte una cachetada.

Sabía que no debería haberle contado lo de la cachetada.

—Cállate. Se lo diré... —Aunque la verdad es que podría venirme bien no hacerlo—. A lo mejor —añado.

Lillian pone los ojos en blanco de nuevo. Pone los ojos en blanco casi tan seguido como Tessa.

—Es complicada, y sé lo que hago, ¿está bien?

O, al menos, eso creo. Sé exactamente cómo tensar las cosas hasta obtener lo que quiero.

—Tienes que arreglarte esta noche; el sitio al que vamos es repugnantemente sofisticado —me advierte mientras ojea el vestido girando el gancho.

—De eso, nada, ni hablar. De todas maneras, ¿qué te hace pensar que voy a ir?

—¿Por qué no? Te interesa que tu parienta deje de estar tan enojada, ¿no?

Sus palabras me descolocan por un instante.

—¿Mi parienta? No la llames así.

Me estampa una camisa blanca contra el pecho.

—Al menos ponte una camisa bonita; de lo contrario, mi padre no parará de fastidiarte toda la noche —dice metiéndose en el probador.

Unos minutos después aparece con el vestido negro puesto. Le queda bien —está buena y eso—, pero al instante empiezo a imaginarme a Tessa luciéndolo. Le quedaría mucho más ceñido: Tessa tiene los pechos mucho más grandes que Lillian, y las caderas un poco más anchas, de modo que llenaría el vestido mucho mejor.

—No es tan feo como el resto de las chingaderas que tienen aquí —digo a modo de cumplido.

Pone los ojos en blanco, me saca el dedo y cierra la cortina.

CAPÍTULO 36

Tessa

Me miro en el largo espejo y le pregunto a Landon:

—¿Seguro que estoy bien?

—Sí, tranquila —responde con una sonrisa—. Pero ¿podemos intentar recordar que soy un hombre?

Suspiro y me rió.

—Lo sé, perdona. No tengo la culpa de que seas mi único amigo.

El tacto del vestido oscuro y centelleante sobre mi piel no me resulta del todo cómodo. La tela es dura y las pequeñas cuentas me rascan un poco cuando me muevo. En la pequeña tienda de ropa del pueblo no había mucho qué elegir, y desde luego no iba a ponerme el vestido rosa intenso confeccionado exclusivamente con tul. Necesito algo que ponerme para la temible cena de esta noche, y no pienso seguir la sugerencia de Hardin de que vaya de mezclilla.

—¿Crees que se molestará en regresar antes de que llegue la hora de irnos? —le pregunto a Landon.

Hardin se ha largado, como siempre, después de nuestra pelea, y no ha vuelto desde entonces. Tampoco ha llamado ni me ha mandado ningún mensaje. Seguramente estará con esa chica misteriosa con la que tanto le gusta compartir nuestros problemas. Sí, esa chica con la que habla mucho más que con su novia. Con lo enojado que estaba, no me extrañaría que hiciese algo con ella con la única intención de hacerme daño.

No..., no lo haría.

—La verdad es que no lo sé —dice Landon—. Espero que sí. De lo contrario, mi madre se sentirá muy decepcionada.

—Lo sé. —Me pongo otro pasador en el chongo y tomo el rímel.

—Vendrá. Sólo está siendo terco.

—Lo que no sé es si iremos juntos. —Me paso el pequeño cepillo por las pestañas—. Siento que estoy llegando a mi límite. ¿Sabes qué sentí anoche cuando me dijo que había estado con otra chica?

—¿Qué? —me pregunta con curiosidad.

—Creo que ha llegado el final de nuestra turbulenta historia de amor... —Intentaba que fuera una broma, pero al parecer no ha tenido gracia.

—Se me hace muy raro oírte decir eso precisamente a ti —señala—. ¿Cómo te sientes?

—Un poco enojada, pero ya está. Es como si fuera inmune a ello ahora, a todo. No tengo ganas de pasar por lo mismo una y otra vez. Estoy empezando a pensar que es una causa perdida, y la verdad es que se me parte el alma —digo, prohibiéndome a mí misma llorar.

—Nadie es una causa perdida. Sólo creen que lo son, y por eso a veces no se molestan en intentar cambiar.

—¿Están listos, chicos? —pregunta Karen desde la sala, y Landon le asegura que bajaremos enseguida.

Me pongo mi nuevo par de tacones negros con correas en los tobillos. Por desgracia, son tan incómodos como aparentan. En ocasiones como esta es cuando extraño llevar Toms a diario.

Cuando nos metemos todos en el coche, Hardin aún no ha vuelto.

—No podemos esperarlo más —dice Ken con el ceño fruncido de decepción.

—No pasa nada, le traeremos algo a la vuelta —sugiere Karen con dulzura en un intento de disminuir la irritación de su marido, a pesar de que sabe que esa no es la solución.

Landon me mira y yo le sonrío para asegurarle que estoy bien. Intenta distraerme todo el trayecto hablándome sobre varios estudiantes que conocemos y bromeando sobre sus posturas en clase. Especialmente las de algunos de los que vienen con nosotros a religión.

Cuando Ken se estaciona en nuestro destino, veo que el restaurante es de un gusto exquisito. El edificio es una cabaña de troncos inmensa, y el interior contradice el aspecto silvestre del exterior. Es moderno y elegante, con decoración en blanco y negro por todas partes y detalles en gris en las paredes y el suelo. La iluminación está en el límite de ser demasiado oscura, pero crea un ambiente íntimo. Para mi sorpresa, mi vestido es lo que más brilla en la habitación. Cuando la luz se refleja en las cuentas, estas centellean como diamantes en la oscuridad, cosa que todo el mundo parece haber advertido.

—Scott —oigo que le dice Ken a la guapa mujer que se encuentra tras el atril.

—El resto de su cuadrilla ya está aquí. —Ella sonríe, y sus dientes perfectos son de un blanco cegador.

—¿Cuadrilla? —digo volviéndome hacia Landon, y él se encoge de hombros.

Seguimos a la mujer hasta una mesa en un rincón de la sala. Detesto que todo el mundo me mire a causa de este vestido. Debería haberme comprado aquella monstruosidad rosa, habría llamado menos la atención. Un hombre de mediana edad se derrama la copa encima y Landon me acerca a su costado cuando pasamos junto al muy pervertido. Tampoco es un vestido tan exagerado. Me llega justo por encima de la rodilla. El problema es que fue confeccionado para alguien con un busto mucho más pequeño que el mío, lo que hace que el brasier incorporado actúe como un *push-up* y me acentúe al máximo el escote.

—Ya era hora de que llegaran —dice una voz masculina desconocida, y miro hacia el lugar donde está Karen para ver de quién se trata.

Un hombre, imagino que el amigo de Ken, se levanta para estrecharle la mano. Desvío la vista hacia la derecha, donde su mujer sonríe y saluda a Karen. A su lado hay una chica joven —mi instinto me indica que es *la* chica—, y se me cae el alma a los pies. Es guapa, muy guapa.

Y lleva exactamente el mismo vestido que yo.

Tenía que ser.

Veo sus brillantes ojos azul claro desde aquí y, cuando me sonríe, me parece aún más guapa. Estoy tan distraída con mis crecientes celos que casi no me doy cuenta de que Hardin está sentado a su lado, vestido con una camisa blanca.

CAPÍTULO 37

Hardin

—Carajo... —murmura Lillian en voz alta, y me abstrae de mis pensamientos sobre mi pelea matutina con Tessa.

Levanto la vista, sigo la dirección de su mirada y veo qué es lo que la ha dejado boquiabierta.

Tessa.

Con el mismo vestido... el mismo pinche vestido con el que me la había imaginado. Y hace que su pecho ya de por sí generoso parezca... Puta madre... Parpadeo rápidamente en un intento de recobrar la compostura antes de que llegue a la mesa. Por un momento creo que se trata de una alucinación; está aún más sexi de lo que me había imaginado. Todos los hombres en sus mesas se vuelven para mirarla; uno incluso se derrama la bebida encima. Me agarro a la orilla de la mesa esperando a que el cerdo le diga algo. Como lo haga, juro que...

—¿Esa es Tessa? ¡Vaya! —Lillian está prácticamente jadeando.

El hombre que se ha derramado la bebida se aparta de su mujer y sus ojos siguen a mi chica.

—Relájate —dice Lillian tocándome las manos con suavidad.

Mis nudillos llenos de cicatrices están blancos de la fuerza con la que me aferro a la mesa.

Landon estrecha a Tessa y la aparta del cerdo. Ella le sonríe y él la estrecha más conforme avanzan. «¿Qué chingados está pasando aquí?»

Tessa se coloca detrás de Landon mientras los padres de Lillian y Karen y Ken proceden con sus malditas formalidades creyéndose que tienen mucha clase por estrecharse la mano a pesar de que se vieron anoche mismo. Pronto, la mirada de Tessa descubre a Lillian y sus ojos se abren como platos y se fijan en el suelo. Está celosa.

Bien. Eso era lo que esperaba.

CAPÍTULO 38

Tessa

El pánico me invade al ver a Hardin sentado al lado de esa chica. Ni siquiera parece percatarse de mi presencia cuando tomo asiento junto a Landon, al otro lado de la mesa, lo más lejos posible de él.

—Hola, y ¿tú quién eres? —me pregunta con una sonrisa el amigo de Ken.

Sé por su tono que es de la clase de hombres que se creen mejor que el resto de los presentes.

—Hola, soy Tessa —contesto, y sonrío secamente y lo saludo con un gesto de la cabeza—. Una amiga de Landon.

Miro a Hardin y veo que tiene los labios apretados. Bueno, es evidente que él está entreteniendo a la hija de este hombre, de modo que ¿por qué arruinarles la diversión?

—Encantado, Tessa. Yo soy Max, y ella es Denise —dice el hombre señalando a la mujer que tiene al lado.

—Es un placer conocerte —dice Denise—. Hacen una pareja encantadora.

Hardin empieza a toser. O a atragantarse. No quiero mirarlo para saber cuál de las dos..., pero no puedo evitarlo. Cuando lo hago, veo que me está fulminando con la mirada.

Landon se ríe.

—No, no somos pareja. —Mira a Hardin como esperando que diga algo.

Como era previsible, no lo hace. La chica parece algo desorientada y un poco incómoda. Me alegro. Hardin se acerca para decirle algo al oído y ella le sonríe y sacude la cabeza. «¿Qué diablos está pasando aquí?»

—Hola, soy Lillian, encantada de conocerte —se presenta con una sonrisa amistosa.

«Puta.»

—Lo mismo digo —consigo articular en respuesta.

Tengo el corazón acelerado y apenas puedo ver con claridad. Si no estuviésemos compartiendo mesa con la familia de Hardin y los amigos de Ken, le tiraría a Hardin una bebida a la cara y, con el escozor de ojos, esta vez no podría interceptar mi cachetada. Nos colocan un menú delante de cada uno de nosotros y espero a que me llenen una de las copas con agua antes de tomarlo. Ken y Max empiezan a hablar sobre lo extraño que resulta tener que escoger entre agua de la llave y agua embotellada.

—¿Ya sabes qué vas a pedir? —me pregunta Landon en voz baja momentos después.

Sé que está intentando distraerme de Hardin y su nueva amiga.

—Pues... no lo sé —susurro, y le echo un vistazo al sofisticado menú escrito a mano.

Ahora mismo no puedo pensar en comer; tengo el estómago revuelto y apenas puedo controlar mi respiración.

—¿Quieres que nos vayamos? —me pregunta al oído.

Miro a Hardin, al otro lado de la mesa. Sus ojos se encuentran con los míos un instante antes de volverse de nuevo hacia Lillian.

«Sí. Quiero largarme de aquí y decirle a Hardin que no vuelva a hablarme en la vida.»

—No, no pienso ir a ninguna parte —digo, y me siento muy erguida en mi silla.

—Bien hecho —me alaba Landon mientras un atractivo mesero llega a nuestra mesa.

—Tomaremos una botella del mejor vino blanco que tengan —le dice el amigo de Ken, y él asiente.

Justo cuando se dispone a irse, Max lo llama.

—No habíamos terminado —dice, y pide una lista de aperitivos.

No conozco ninguno de los platos que ha pedido, pero supongo que, de todos modos, tampoco voy a comer mucho.

Intento desesperadamente no mirar al otro lado de la mesa, pero es difícil, muy difícil. ¿Por qué ha venido con ella? Y encima se ha arreglado para la ocasión. Como no lleve *jeans* debajo de la mesa, el poco corazón que me queda intacto se me partirá en mil pedazos. Siempre tengo que estar una hora rogándole para que se ponga otra cosa que no sean unos pantalones de mezclilla y una camiseta y, en cambio ahora, aquí está, al lado de esa chica y con una camisa blanca.

—Les daré unos minutos para que vean el menú, y si tienen alguna consulta sobre los platillos, mi nombre es Robert —dice el mesero.

Su mirada se encuentra con la mía. Se queda ligeramente boquiabierto y aparta la vista al instante sólo para volver a posarla en mí. Es este vestido y el maldito escote. Le regalo una incómoda sonrisa. Él me la devuelve y su cuello y sus mejillas empiezan a ponerse rojos.

Espero que mire a Hardin, pero entonces caigo en que, debido a nuestra distribución, los que parecemos pareja somos Landon y yo, y Hardin está con Lillian. Se me cae el alma a los pies de nuevo.

—Eh, hombre. Tómanos nota o lárgate —dice Hardin interrumpiendo mis pensamientos.

—Lo... lo siento —tartamudea Robert, y se aleja de la mesa a toda prisa.

Todas las miradas se centran en Hardin, la mayoría reflejando desaprobación por su comportamiento. Karen parece avergonzada, y Ken también.

—Tranquilos, volverá. Es su trabajo —dice Max quitándole importancia. Seguro que el comportamiento de mi novio le parece aceptable a alguien como él.

Miro a Hardin con el ceño fruncido, pero no parece importarle lo más mínimo, está demasiado cegado con esos pinches ojos azules. Al verlo con ella tengo la sensación de que no lo conozco de nada, como si me estuviera entrometiendo en la privacidad de un par de tortolitos. Ese pensamiento hace que me suba la bilis por la garganta. Me la trago y doy gracias cuando Robert vuelve con el vino y unas cubiteras acompañado de otro mesero, probablemente como apoyo moral. O por protección.

Hardin no le quita ojo de encima, y levanto la vista al techo ante su osadía. ¿Cómo se atreve a mirar mal al pobre chico cuando él está actuando como si no me conociera de nada?

Nervioso, Robert me llena la copa hasta el borde y yo le doy las gracias en voz baja. Me sonríe, esta vez con menos timidez, y se dispone a llenarle la copa a Landon. Nunca lo he visto beber, excepto en la boda de Ken y Karen, e incluso entonces sólo se tomó una copa de champán. Si no estuviese tan desolada por el comportamiento de Hardin, rechazaría el vino y no bebería delante de sus padres, pero ha sido un día muy largo, y sin el vino no creo que pueda aguantar toda esta cena.

—No, gracias —dice Ken colocando la mano sobre su copa cuando Robert se dirige hacia él.

Levanto la mirada para asegurarme de que Hardin no está preparando ningún comentario grosero sobre su padre, pero lo sorprendo de nuevo platicando entre susurros con Lillian.

Estoy muy confundida. ¿Por qué está haciendo esto? Sí, nos hemos peleado, pero esto es demasiado.

Doy un largo trago y el vino me sabe fresco y deliciosamente dulce al paladar. Me dan ganas de bebérmelo todo de golpe, pero tengo que ir poco a poco. Lo último que necesito es emborracharme y ponerme sensible delante de todo el mundo. Hardin no rechaza el vino, pero Lillian sí. Él le pone los ojos en blanco para molestarla, y me obligo a apartar la vista de ellos antes de convertirme en un mar de lágrimas e inundar el precioso suelo de madera maciza teñida.

—¡... Max estaba escalando por la fachada, y estaba tan borracho que tuvo que venir el equipo de seguridad del campus a bajarlo! —dice Ken, y todos nos reímos.

Todos menos Hardin, claro.

Enrosco la pasta de mi plato en el tenedor y doy otro bocado. Me centro en lo deliciosos que están estos tallarines recién hechos y cómo parecen hacerse una maraña alrededor de los dientes del tenedor. De lo contrario, tendría que centrarme en Hardin.

—Me parece que tienes un admirador —me dice Denise.

Levanto la vista y sigo la dirección de su mirada hasta Robert, que está recogiendo los platos de la mesa de al lado con los ojos fijos en mí.

—No le hagas mucho caso; es sólo un mesero que quiere lo que no puede tener —declara Max con una sonrisa ladina, sorprendiéndome con su insensibilidad.

—¡Papá! —Lillian fulmina a su padre con la mirada.

Él le sonríe y procede a cortar su filete.

—Perdona, cariño, pero es la verdad... Una chica tan guapa como Tessa no debería fijarse en alguien que trabaje en hostelería.

Ojalá hubiera quedado ahí la cosa, pero ajeno, o inmune, a nuestra contrariedad, Max prosigue con sus denigrantes comentarios hasta que dejo caer el tenedor sobre mi plato formando un estrépito.

—Déjalo —me dice Hardin dirigiéndose a mí por primera vez desde que he llegado.

Asombrada, lo miro, miro a Max de nuevo y sopeso mis opciones. Se está comportando como un pendejo, y yo me he bebido casi una copa entera de vino. Será mejor que cierre la boca como me ha indicado Hardin.

—No puedes hablar de la gente de esa manera —le dice Lillian a su padre, y él se encoge de hombros.

—Bueno, bueno —balbucea meneando el cuchillo un poco y masticando su filete—. Dios me libre de ofender a nadie.

A su lado, su mujer parece avergonzada mientras se limpia las comisuras de la boca con una servilleta de tela.

—Voy a necesitar más vino —le digo a Landon, que sonríe y desliza hacia mí su copa medio vacía. Sonrío ante su amable gesto—. Esperaré a que Robert vuelva a la mesa, pero gracias.

Siento los ojos de Hardin clavados en mí mientras miro a mi alrededor por el restaurante. No veo al mesero rubio por ninguna parte, de modo que alargo el brazo, tomo la botella yo misma y me relleno la copa. Me quedo esperando a que Max haga algún comentario sobre mis modales, pero se contiene. Hardin tiene la mirada perdida en el restaurante y Lillian está hablando con su madre. Yo me encuentro en mi propio mundo, en una fantasía en la que mi novio está sentado a mi lado, con una mano sobre mi muslo, y se inclina para hacerme algún comentario descarado que me hace reír y ruborizarme.

Me siento algo mareada mientras apuro la comida que queda en mi plato y me termino mi segunda copa de vino. Landon está conversando con Max y Ken sobre deportes, para no variar. Me quedo mirando el mantel estampado intentando buscar caras o imágenes entre los remolinos blancos y negros. Encuentro un grupo que parece formar una «H», y empiezo a trazarla con el dedo varias veces. De repente me detengo y levanto la vista al instante, alarmada por si me ha visto dibujando la letra.

Pero Hardin no me está poniendo atención, sólo tiene ojos para ella.

—Necesito un poco de aire —le digo a Landon, y me levanto.

Mi silla chirría contra el suelo de madera y Hardin me mira un momento, pero entonces finge que sólo estaba buscando el agua antes de continuar su conversación con su nueva chica.

CAPÍTULO 39

Tessa

Mis tacones golpean el suelo de madera maciza con fuerza mientras me concentro en llegar a la puerta trasera del restaurante en mi estado de semiembriaguez. Si estuviésemos más cerca de casa, me iría ahora mismo, haría mis maletas, me mudaría a Seattle y me quedaría en un hotel hasta que encontrara un departamento.

Estoy harta de que Hardin me haga estas mamadas, es doloroso, y embarazoso, y está acabando conmigo. Hardin está destrozándome, y lo sabe. Por eso mismo lo hace. Ya me lo dijo: hace estas cosas porque sabe que así llega a mí.

Cuando cruzo la puerta —y espero que no salte ninguna alarma ni nada por el estilo—, el frío aire de la noche me envuelve. Es como un bálsamo que me abraza y me protege del incómodo ambiente de tensión y de las aburridas compañías.

Apoyo los codos en un saliente de roca y miro en dirección al bosque. Está oscuro, prácticamente negro. El restaurante está ubicado justo en medio de una zona boscosa que crea una atmósfera de aislamiento. Me gusta, y sería ideal si no me sintiera ya lo bastante atrapada.

—¿Estás bien? —pregunta una voz por detrás de mí.

Me vuelvo y veo a Robert en la puerta con una pila de platos en una mano.

—Este... Sí. Sólo necesitaba respirar un poco —contesto.

—Pues hace frío aquí fuera. —Sonríe.

Su sonrisa es amable y bastante encantadora.

Le devuelvo el gesto.

—Sí, un poco.

Ambos nos quedamos en silencio. Es algo incómodo, pero no me importa. Nada es tan incómodo como estar sentada a esa mesa.

Unos segundos después, añade:

—No te había visto nunca por aquí.

Deja los platos con suavidad sobre una mesa vacía y se aproxima a mí. También apoya los codos en el saliente, a tan sólo un metro de distancia.

—Estoy de visita. No había venido nunca.

—Deberías venir en verano. Febrero es el peor mes para venir. Bueno, noviembre y diciembre son peores..., y puede que enero también. —Se ruboriza y tartamudea—: Ya... ya sabes a qué me refiero —concluye, y hace un sonido parecido a una risita.

Intento no reírme de su nerviosismo y sus mejillas sonrojadas.

—Seguro que es precioso en verano —digo.

—Sí, lo eres. —Abre unos ojos como platos—. Digo..., lo es. Es precioso —se corrige, y se cubre la cara con la mano.

Me obligo a apretar los labios para no reírme, pero no lo consigo. Una risita escapa de mi boca y eso hace que se sienta aún más avergonzado.

—¿Tú vives aquí? —pregunto para romper el hielo.

Su compañía resulta refrescante. Es agradable estar cerca de alguien que no es tan intimidante. Hardin acapara cualquier habitación en la que se encuentre, su presencia resulta avasalladora la mitad del tiempo.

La pregunta lo relaja un poco.

—Sí, nací y crecí aquí. ¿Y tú?

—Yo voy a la WCU. Pero me traslado a Seattle la semana que viene.

Me siento como si hubiera esperado muchísimo tiempo para decir esas palabras.

—¡Vaya! A Seattle. ¡Qué fuerte!

Sonríe, y yo me río de nuevo.

—Perdona, el vino hace que me ría mucho —balbuceo, y él me mira con una sonrisa.

—Bueno, me alegro de saber que no te estás riendo de mí. —Se queda observando mi rostro, y yo aparto la mirada.

Se vuelve hacia el restaurante.

—Deberías volver adentro antes de que tu novio venga a buscarte.

Me volteo para mirar a través del cristal hacia el elegante espacio interior. Hardin sigue hablando con Lillian.

—Créeme, nadie va a salir a buscarme —suspiro, y mi labio inferior empieza a temblar mientras mi corazón me traiciona y amenaza con resquebrajarse.

—Parece bastante perdido sin ti —dice Robert en un intento de infundirme confianza.

Miro a Landon y veo que está mirando a todas partes, sin nadie con quien hablar.

—¡Ah! Ese no es mi novio. Mi novio es el que está al otro lado de la mesa; el de los tatuajes.

Robert mira a Hardin y a Lillian y sus suaves rasgos forman un gesto de confusión. Unos remolinos de tinta negra asoman por el cuello de la camisa de Hardin. Me encanta cómo le queda el blanco, y me encanta cómo la tinta se transparenta a través de la tela clara.

—Este..., ¿sabe él que es tu novio? —me pregunta con una ceja levantada.

Aparto la vista de Hardin al verlo sonreír con petulancia, la clase de sonrisa que hace que se le marquen los hoyuelos; la sonrisa que sólo me regalaba a mí.

—Yo también empiezo a preguntarme lo mismo.

Me cubro el rostro con las manos y sacudo la cabeza.

—Es complicado —gruño.

«Mantén la compostura, no caigas en su juego. Esta vez, no.»

Robert se encoge de hombros.

—En fin, ¿quién mejor para compartir tus problemas que un extraño?

Ambos miramos hacia la mesa. Nadie, excepto Landon, parece extrañarme.

—¿No tienes que trabajar? —pregunto esperando que su respuesta sea negativa.

Robert es joven, mayor que yo, pero no tendrá más de veintitrés años.

Parece muy seguro cuando sonríe y dice:

—Sí, pero me llevo bien con el propietario —como si estuviera contando un chiste que yo no entiendo.

—Ah.

—Bueno, y si ese es tu novio, ¿quién es la chica que está con él?

—Se llama Lillian —digo como si escupiera veneno—. No la conozco, él tampoco..., bueno, al menos antes no la conocía, parece que ahora ya la conoce muy bien.

Robert me mira a los ojos.

—Y ¿la trajo aquí para ponerte celosa?

—No lo sé, pero si ese era su plan, no está funcionando. Bueno, de hecho, sí estoy celosa..., sólo hay que mirarla. Lleva el mismo vestido que yo y le queda muchísimo mejor.

—No, no. Eso no es verdad —dice en voz baja, y yo sonrío a modo de agradecimiento.

—Todo iba muy bien hasta ayer. En fin, muy bien para tratarse de nosotros. Esta mañana hemos discutido, aunque nosotros discutimos mucho. Discutimos todo el tiempo, así que no sé por qué esta vez es tan diferente, pero lo cierto es que lo es. Es distinta; no es igual que las demás veces, y ahora ha decidido fingir que no le importa, como solía hacer cuando nos conocimos.

De repente me doy cuenta de que estaba hablando más para mí misma que para este desconocido con curiosos ojos azules.

—Sé que parezco una loca, lo sé. Es el vino.

Las comisuras de sus labios se transforman en una sonrisa y niega con la cabeza.

—No pareces ninguna loca. —Robert sonríe, y me hace reír. Señala la mesa con la cabeza y dice—: Te está mirando.

Levanto los ojos y, efectivamente, Hardin tiene la mirada fija en mí y en mi nuevo loquero, una mirada que me atraviesa, y su intensidad hace que me encoja.

—Deberías entrar —le advierto.

Espero que Hardin se levante de la mesa en cualquier momento para salir aquí y lanzar a Robert por los aires en dirección al bosque.

Pero no lo hace. Permanece sereno, con los dedos en el pie de una copa de vino, y me mira por última vez antes de levantar la mano libre y apoyarla en el respaldo de la silla de Lillian. «Carajo.» Siento que algo se me clava en el pecho ante ese gesto tan cruel.

—Lo siento mucho —dice Robert.

Casi había olvidado que estaba a mi lado.

—No te preocupes, de verdad. Ya debería estar acostumbrada. Llevo varios meses jugando a este juego con él. —Me encojo ante la verdad y me maldigo a mí misma por no haber aprendido la lección después de un mes, o de dos, o de tres... Y aquí estoy ahora, en compañía de un desconocido, observando cómo Hardin coquetea descaradamente con otra chica—. No sé por qué te cuento todo esto. Perdona.

—Oye, yo te pregunté —me recuerda amablemente—. Y tenemos mucho más vino, por si quieres. —Su sonrisa es amable y traviesa.

—Sí, creo que voy a necesitar más. —Asiento y me vuelvo para no mirar a través del cristal—. ¿Suelen venir muchas chicas medio borrachas lloriqueando por sus novios?

Se ríe.

—No, suelen ser viejos ricos que se quejan de que su filete no está cocinado al punto.

—Como el tipo de mi mesa, el de la corbata roja. —Señalo a Max con la cabeza—. Madre mía, qué imbécil.

Robert asiente.

—Sí, lo es. No pretendo ofender, pero cualquiera que devuelva una ensalada porque tiene «demasiadas aceitunas» es un verdadero imbécil.

Ambos nos reímos y me cubro la boca con el dorso de la mano. Entonces temo que mis risas hagan que se me escapen algunas lágrimas.

—¡Y que lo digas! Y después se ha puesto todo serio a darnos un discurso solemne sobre su razonamiento concienzudo acerca de las aceitunas. —Pongo la voz grave para intentar imitar al insufrible padre de la irritante chica—: «Demasiadas olivas eclipsan el delicado sabor a tierra de la rúcula».

Robert se inclina hacia adelante riéndose a carcajadas. Con las manos en las rodillas, levanta la vista y pregunta con una voz mucho más parecida a la de Max que la mía:

—«¿Podrían servirme cuatro? Tres no son suficientes, y cinco son demasiadas, desequilibran enormemente el sabor en el paladar».

Me parto de la risa hasta que me duele la barriga. No sé cuánto tiempo dura, pero de repente oigo que una puerta se abre, y tanto Robert como yo nos detenemos por instinto y nos volvemos. Hardin está en la entrada.

Me pongo derecha y me aliso el vestido. No puedo evitar sentir que estaba haciendo algo inapropiado, aunque sé que no es así.

—¿Interrumpo algo? —brama, acaparando toda nuestra atención.

—Sí —respondo con voz clara, tal y como pretendía.

Todavía respiro de manera agitada de tanto reírme, la cabeza me da vueltas por el vino y me duele el corazón.

Hardin mira a Robert.

—Eso parece.

Robert sigue sonriendo, con los ojos cargados de humor mientras Hardin se esfuerza por intimidarlo. Pero él no flaquea, ni siquiera pestañea. Hasta él está harto de sus tonterías, y eso que ha recibido formación para mostrarse siempre amable. Sin embargo, aquí, lejos de los oídos del resto de los comensales, no parece tener ningún problema en demostrar lo mucho que lo divierte la absurda actitud de Hardin.

—¿Qué quieres? —le pregunto, y cuando se vuelve hacia mí tiene los labios apretados.

—Entra —me ordena, pero niega con la cabeza—. Tessa, déjate de jueguecitos conmigo. Vámonos.

Me agarra del brazo, pero yo me suelto y me mantengo firme.

—Dije que no. Entra tú. Seguro que tu amiguita te extraña mucho digo.

—Tú... —Hardin mira de nuevo a Robert—. Tú sí que deberías entrar. Nuestras copas están vacías —dice, y chasquea los dedos de la manera más insultante posible.

—La verdad es que mi turno terminó. Pero seguro que puedes hechizar a otra persona para que se encargue de tus bebidas —responde Robert como si nada.

Hardin flaquea momentáneamente; no está acostumbrado a que nadie le conteste, y menos un desconocido.

—Muy bien, te lo diré con otras palabras... —Da un paso hacia Robert—. Aléjate de ella. Entra ahí y búscate algo que hacer antes de que te agarre del cuello de tu ridícula camisa y te reviente la cabeza contra ese saliente.

—¡Hardin! —lo reprendo mientras me interpongo entre ambos.

Sin embargo, Robert no parece impresionado.

—Adelante —dice tranquilo y seguro de sí mismo—. Pero deberías saber que este es un pueblo pequeño. Mi padre es el sheriff, mi abuelo es el juez, y a mi tío lo encerraron por asalto con agresión. De modo que, si quieres arriesgarte a reventarme la cabeza... —se encoge de hombros—, adelante.

Me quedo boquiabierta y soy incapaz de volver a cerrarla. Hardin lo fulmina con la mirada y parece sopesar sus opciones mientras su mirada oscila entre Robert, yo y el interior del restaurante.

—Vámonos —me dice de nuevo al final.

—No voy a irme —replico, retrocediendo. No obstante, me vuelvo hacia Robert y le digo—: ¿Puedes dejarnos solos un minuto, por favor?

Él asiente y le lanza a Hardin una última mirada asesina antes de regresar al comedor.

—¿Qué? ¿Ahora vas a cogerte al mesero? —Hardin hace una mueca y yo retrocedo más todavía, decidida a no desmoronarme bajo su fulminante mirada.

—¿Quieres dejarlo de una vez? Ambos sabemos lo que va a pasar. Tú me insultarás. Yo me iré. Tú vendrás detrás de mí y me dirás que ya no vas a volver a comportarte así. Regresaremos a la cabaña y nos acostaremos juntos. —Pongo los ojos en blanco y él parece totalmente perdido.

Pero, como de costumbre, se recupera rápidamente. Inclina la cabeza hacia atrás, riéndose, y dice simplemente:

—Te equivocas. —Y retrocede hacia la puerta—. No voy a hacer nada de eso. Parece que te has olvidado de cómo son las cosas en realidad: tú te emberrinchas por algo que yo digo, te vas, y yo sólo voy detrás de ti para poder cogerte. Y tú... —añade con una mirada siniestra—, tú siempre me dejas.

Me quedo boquiabierta del espanto y me llevo las manos al vientre para sostener mi cuerpo en pie tras sus palabras demoledoras.

—¿Por qué? —exhalo, y de repente el aire fresco parece haber desaparecido mientras trato de recuperar el aliento.

—No lo sé. Porque eres incapaz de mantenerte alejada de mí. Seguramente porque te cojo mejor de lo que nadie te lo hará jamás. —Su voz es entrecortada y cruel.

—¿Por qué... ahora? —Me corrijo—. Lo que quería decir es, ¿por qué estás haciendo esto ahora? ¿Es porque no voy a irme a Inglaterra contigo?

—Sí y no.

—Como no voy a renunciar a lo de Seattle, ¿me atacas? —Me arden los ojos, pero no pienso llorar—. ¿Apareces con ella —señalo hacia Lillian, sentada en la mesa— y tienes la cara de decirme todas esas cosas horribles? Creía que habíamos superado esa fase. ¿Qué pasó con aquello de que no puedes vivir sin mí? ¿Qué ha pasado con lo que me dijiste de que ibas a esforzarte por tratarme como me merezco?

Aparta los ojos y, por un brevísimo momento, veo una emoción más profunda bajo su mirada de odio.

—Existe una gran diferencia entre no ser capaz de vivir sin alguien y amarlo —replica.

Y, dicho eso, se va llevándose consigo el poco respeto que aún le tenía.

CAPÍTULO 40

Hardin

Quería herirla, quería que se sintiera como una mierda, como yo me sentí cuando levanté la vista de la mesa y la vi riéndose. Estaba pasándosela en grande cuando debería haber estado sentada delante de mí esforzándose por llamar mi atención. Actuaba como si no le importara en absoluto que me estuviera acercando a Lillian. Estaba demasiado concentrada en el pinche mesero y en las chingaderas que le estuviera diciendo.

Así que mi cabeza ha empezado a rebuscar pensamientos detestables con la intención de escoger alguno que acabase con ella. Me ha venido a la mente la frase que Lillian me dijo esta mañana y mi furia se ha avivado, así que la he soltado sin pensar: «Existe una gran diferencia entre no ser capaz de vivir sin alguien y amarlo».

Casi me dan ganas de retirar mis palabras... Casi. Se las merece. De verdad que se las merece. No debería haber dicho que no quería que fuera a Seattle con ella. Me ha dicho que la ataco, y eso no es cierto. Estoy aquí para ella, de su parte. Es ella la que intenta dejarme cada vez que tiene una maldita oportunidad.

—Me largo —anuncio cuando llego a la mesa.

Seis pares de ojos me miran, y Landon pone los suyos en blanco antes de volverse hacia la puerta.

—Está fuera —le digo con tono sarcástico.

Por mí puede salir ahí y tratarla con guantes de seda si quiere; desde luego, yo no voy a hacerlo.

—¿Qué le hiciste esta vez? —se atreve a preguntarme delante de todo el mundo.

Lo fulmino con la mirada.

—Métete en tus malditos asuntos.

—Hardin —me advierte mi padre. Él también, no... Parece ser que

216

todo el pinche mundo está en mi contra. Más le vale a mi padre no soltarme ningún sermón.

—Me voy contigo —dice Lillian poniéndose de pie.

—No —le espeto, pero no me hace caso y me sigue mientras recorro el restaurante y salgo por la puerta.

—¿Qué diablos pasó? —pregunta cuando salimos.

Sin aminorar el ritmo, grito por encima del hombro:

—¡Que estaba ahí fuera con ese pinche güey, eso es lo que ha pasado!

—¿Y bien? ¿Qué te dijo cuando le explicaste que no soy una amenaza?

Tropieza ligeramente con sus altos tacones, pero no me paro para ayudarla mientras intento decidir adónde chingados ir. Sabía que debería haber venido hasta aquí en mi propio coche, pero no, Tessa tenía que salirse con la suya. Como de costumbre.

—No se lo conté.

—¿Por qué no? ¿Sabes qué estará pensando en estos momentos?

—Me importa una mierda lo que piense. Espero que piense que estoy cogiendo contigo.

Se detiene.

—¿Por qué? Si la quieres, ¿por qué ibas a querer que pensara eso?

Genial. Ahora Lillian también está en mi contra. Me vuelvo hacia ella.

—Porque tiene que aprender que...

Levanta una mano.

—Basta. No sigas por ahí porque ella no tiene que «aprender» nada. Tengo la impresión de que eres tú el que tiene que aprender algo. ¿Qué le dijiste a la pobre chica?

—Le he dicho lo que me dijiste tú esta mañana sobre que hay una diferencia entre no ser capaz de vivir sin alguien y amarlo —le respondo.

Ella sacude la cabeza confundida.

—¿Le dijiste eso refiriéndote a que no puedes vivir sin ella pero que no la quieres?

—Sí, te lo acabo de decir.

Será mejor que Tessa Dos se largue porque me está poniendo nervioso, igual que la original.

—Vaya cagada —dice, y se echa a reír.

«Y ¿encima se ríe de mí?»

—¿Qué tiene tanta gracia? —digo prácticamente gritando.

—No tienes ni idea —se burla ella—. Cuando te dije eso esta mañana no me estaba refiriendo a ti. Estaba hablando de ella. Quería decir que sólo porque creas que ella no puede vivir sin ti no significa que te ame.

—¿Qué?

—Das por hecho que está tan loca por ti que no te va a dejar porque no puede vivir sin ti, cuando en realidad parece que lo que sucede es que la tienes atrapada y por eso no puede dejarte; no porque te quiera, sino porque has hecho que sienta que no puede estar sin ti.

—No..., ella me quiere. Sé que me quiere, y por eso sé que aparecerá buscándome de un momento a otro.

Lillian extiende los brazos.

—¿Ah, sí? ¿Por qué iba a quererte cuando haces cosas para herirla a propósito?

Ya he tenido suficiente.

—Tú no estás en posición de sermonear a nadie. —Extiendo los brazos en el aire con tanta furia como ella hace un momento—. ¡Probablemente tu novia se esté cogiendo a otra persona mientras tú estás aquí intentando mediar entre Tessa y yo como si fueras un consejero matrimonial! —bramo.

Lillian abre unos ojos como platos y empieza a retroceder... del mismo modo que Tessa lo ha hecho hace tan sólo unos minutos. Sus ojos azules comienzan a llenarse de lágrimas que brillan en la oscuridad. Sacude la cabeza y empieza a caminar hacia el estacionamiento del restaurante.

—¡¿Adónde vas?! —grito a través del viento.

—Adentro. Puede que Tessa sea tan idiota como para aguantarte, pero yo no.

Por un instante casi sigo a esta chica a la que consideraba mi... ¿amiga? No lo sé, pero sentía que podía confiar en ella a pesar de que la conocí ayer.

A la chingada: no pienso seguir a nadie. Ni a Tessa ni a Tessa Dos. Por mí pueden irse al infierno. No necesito a ninguna de ellas.

CAPÍTULO 41

Tessa

Me duele el pecho, tengo la garganta seca y la cabeza me da vueltas. Básicamente, Hardin acaba de decirme que no me quiere y que sólo viene detrás de mí para acostarse conmigo. Lo peor de todo es que estoy convencida de que no lo siente. Sé que me quiere, lo sé. A su manera, me quiere más que nada en el mundo. Me lo ha demostrado infinidad de veces durante los últimos meses. Pero también me ha demostrado que es capaz de cualquier cosa con tal de herirme, con tal de hacerme sentir débil, sólo porque tiene herido el orgullo. Si me quisiera como debería, no me haría daño a propósito.

No puede ser cierto que sólo me quiera por el sexo. No me ve como un juguete sexual, ¿o sí? Con él, las verdades y las mentiras varían tanto como su estado de ánimo. No puede haberlo dicho en serio. Pero lo ha expresado con tanta convicción... Ni siquiera ha pestañeado. La verdad es que ya no lo sé. A pesar de todas las peleas, las lágrimas y los agujeros en nuestra relación, siempre me he aferrado a la débil certeza de que me quiere.

Sin eso, no tengo nada. Y, sin él, no tengo nada. La mezcla de nuestros temperamentos irracionales y explosivos y de nuestra juventud está resultando ser demasiado.

«Existe una diferencia entre no ser capaz de vivir sin alguien y amarlo.» Sus palabras me destrozan de nuevo.

El aire de este lugar está demasiado cargado. Es demasiado denso y asfixiante, y las risas de los clientes se están volviendo siniestras. Busco una salida. Unas puertas de cristal que dan a un balcón están cerradas. Las abro y agradezco el aire fresco. Me siento ahí, mirando a la oscuridad, disfrutando de la paz de la noche y de mi propia mente, que se relaja.

No me doy cuenta de que la puerta se ha abierto hasta que Robert aparece a mi lado.

—Te traje algo —dice, y levanta la botella de vino y la menea de manera juguetona. Se encoge ligeramente de hombros y una enorme sonrisa se dibuja en su rostro atractivo.

Me sorprendo sonriendo de manera sincera a pesar del hecho de que por dentro estoy gritando y acurrucada en un rincón, llorando.

—¿Vino de autocompasión? —pregunto, alargando los brazos para agarrar la botella de etiqueta blanca.

Es el mismo que Max ha pedido antes; debe de haber costado una fortuna.

Sonríe y me coloca el vino en las manos.

—¿Es que acaso hay otro tipo de vino?

La botella está helada, pero tengo las manos casi entumecidas por el frío de febrero.

—Vasos. —Sonríe, y se mete las manos en las profundas bolsas de su mandil—. No me cabían copas de vino de verdad, así que agarré esto. —Me entrega un pequeño vaso de plástico y yo lo sostengo mientras él descorcha la botella.

—Gracias.

El vino llena el vaso y me lo llevo a los labios en cuanto termina de servirlo.

—Podemos ir adentro si quieres. Ya hemos cerrado algunas secciones, así que podemos sentarnos allí —dice Robert, y bebe un trago.

—No sé... —suspiro, y dirijo la mirada hacia la mesa.

—Se ha ido —dice con la voz llena de compasión—. Y ella también —añade—. ¿Quieres hablar de ello?

—La verdad es que no se me antoja. —Me encojo de hombros—. Háblame de este vino —digo por proponer un tema neutro y menos deprimente.

—¿De este amiguito? Pues..., a ver..., es... ¿viejo y madurado hasta la perfección? —Se ríe, y yo también—. Se me da bien bebérmelo, pero analizarlo, no tanto.

—Bueno, pues del vino no. Háblame de otra cosa —digo.

Levanto mi vaso y apuro el contenido lo más rápidamente posible.

—Pues... —dice mirando detrás de mí.

Se me hace un nudo en el estómago al ver su expresión nerviosa, y espero que Hardin no haya vuelto para escupirme más veneno. Cuando me vuelvo, veo que esta vez es Lillian quien está en la puerta, y parece no estar segura de si debería salir o no.

—¿Qué quieres? —le pregunto.

Estoy intentando controlar los celos, pero el vino que inunda mi organismo no actúa en beneficio de mis modales. Robert recoge mi vaso vacío justo cuando el viento lo vuelca y empieza a rellenarlo. Tengo la sensación de que está tratando de mantenerse ocupado para evitar la dramática o incómoda situación que se avecina.

—¿Puedo hablar contigo? —pregunta ella.

—¿De qué tenemos que hablar? A mí me parece que está todo bastante claro.

Doy un sorbo al vino y dejo que el frío líquido inunde mi boca.

Para mi sorpresa, la chica no responde a mi mala actitud. Simplemente se aproxima a nosotros y dice:

—Soy lesbiana.

«¿Qué?» De no ser porque los ojos azul claro de Robert estaban fijos en mí, habría escupido el vino en el vaso. Desvío la mirada de él hacia ella y trago despacio.

—Es verdad. Tengo novia. Hardin y yo sólo somos amigos. —Frunce el ceño—. Si es que se nos puede llamar así.

Conozco esa mirada. Debe de haberle hecho alguna cosa.

—Entonces ¿por qué...? —empiezo. ¿Está siendo sincera?—. Antes estaban muy pegaditos.

—No. Él estaba algo... supongo que podría llamarse *sobón*, como cuando puso el brazo sobre el respaldo de mi silla. Pero sólo lo hizo para darte celos.

—Y ¿por qué iba a hacer eso? ¿A propósito? —pregunto. Sin embargo, conozco la respuesta: para hacerme daño, claro.

—Le dije que te lo contara. Siento que hayas pensado que había algo entre nosotros. No lo hay. Estoy saliendo con una chica.

Pongo los ojos en blanco y levanto la copa para que Robert me sirva más vino.

—Te veías bastante cómoda siguiéndole la corriente —le digo con crudeza.

—No era mi intención. No estaba pendiente de lo que hacía. Siento mucho que todo esto te haya hecho daño —dice con ojos sinceros y suplicantes.

Estoy buscando razones para discutir con esta chica, pero no se me ocurre ninguna. El hecho de que Lillian sea lesbiana es un gran alivio para mí, ojalá lo hubiera sabido antes, pero no cambia las cosas con Hardin. En todo caso, hace que su comportamiento sea aún peor, porque estaba intentando darme celos a propósito y, por si no fuera suficiente, me ha dicho las cosas más espantosas que se le han ocurrido. Verlo coquetear con ella no me ha hecho ni la mitad de daño que oírlo decir que no me quiere.

Robert me llena el vaso y yo bebo un pequeño sorbo mientras observo a Lillian.

—Y ¿qué te hizo cambiar de idea y decírmelo? Se desquitó, ¿verdad?

Ella sonríe ligeramente y se sienta a la mesa con nosotros.

—Sí, así es.

—Eso se le da muy bien —digo, y ella asiente.

Salta a la vista que está algo nerviosa, y yo no dejo de recordarme que ella no es el problema, sino Hardin.

—¿Tienes más vasos? —le pregunto a Robert, y él asiente sonriéndome con orgullo.

Siento unas ligeras mariposas en el estómago. Seguro que es por el vino.

—En la bolsa, no, pero puedo ir adentro por uno —se ofrece amablemente—. De todas maneras, deberíamos entrar ya. Se te están poniendo los labios morados.

Lo miro y a continuación desvío la mirada hacia los suyos. Son carnosos y rosados, y parecen muy suaves... ¿Por qué le estoy mirando los labios? Esto es lo que me pasa cuando bebo vino. Los labios que quiero mirar son los de Hardin, pero últimamente él sólo los usa para gritarme.

—¿Está dentro? —le pregunto a Lillian, y ella niega con la cabeza—. De acuerdo, entremos entonces. De todos modos, tengo que rescatar a Landon de esa mesa, especialmente de ese tal Max —digo sin pensar, y entonces miro a Lillian—. Mierda, perdona.

Ella me sorprende echándose a reír.

—No te preocupes. Sé que mi padre es un pendejo, créeme.

No respondo. Puede que no sea una amenaza para mi relación con Hardin, pero eso no significa que me caiga bien, aunque en realidad parece bastante linda.

—¿Vamos a entrar o...? —Robert se vuelve sobre los talones de sus zapatos negros.

—Sí. —Bebo el resto de mi vino y me dirijo al interior—. Voy a buscar a Landon. ¿Estás seguro de que podemos tomar aquí? Llevas tu uniforme —le pregunto a mi nuevo amigo.

No quiero que tenga problemas. Estoy algo alegre, y la idea de que su padre lo arreste me hace reír.

—¿Qué pasa? —pregunta mirándome con curiosidad.

—Nada —miento.

Entramos en el comedor y Lillian y yo nos dirigimos a nuestra mesa. Apoyo las manos en el respaldo de la silla de Landon y él se vuelve para mirarme.

—¿Estás bien? —pregunta en voz baja mientras Lillian habla con sus padres.

Me encojo de hombros.

—Sí, supongo. —No lo estaría si no estuviera casi borracha después de tantas copas de vino como me he bebido—. ¿Quieres venir con nosotros? Vamos a quedarnos aquí a tomar un poco de vino..., un poco más de vino. —Sonrío.

—¿Quiénes? ¿Ella también? —Landon mira a Lillian, al otro lado de la mesa.

—Sí, es... es linda. —No quiero ventilar la vida personal de esta chica delante de todo el mundo.

—Le dije a Ken que iría a ver el partido con ellos a la cabaña de Max, pero si quieres que me quede lo haré.

—No... —Quiero que se quede, pero no me parece bien que cambie de planes por mí—. Tranquilo. Es sólo que pensaba que igual se te antoja alejarte de ellos —susurro, y él sonríe.

—Claro, pero a Ken le ilusiona que vaya porque Max es del equipo contrario. Creo que piensa que será divertido ver cómo nos insultamos o algo. —Se inclina más hacia mí para que nadie nos oiga—. ¿Estás segura de que quieres quedarte a pasar el rato con ese chico? Parece simpático, pero seguramente Hardin intentará asesinarlo.

—Creo que sabe defenderse —le aseguro—. Que te diviertas viendo el partido.

Me agacho y pego los labios contra la mejilla de Landon.

Me quito al instante y me cubro la boca.

—Perdona, no tengo ni idea de por qué...

—No te preocupes. —Se ríe.

Miro hacia la mesa y siento un alivio tremendo al ver que todo el mundo está en lo suyo. Afortunadamente, mi embarazosa muestra de afecto ha pasado desapercibida.

—Ten cuidado, ¿sí, Tessa? Y llámame si me necesitas.

—Lo haré. Y tú vuelve aquí si te aburres.

—Descuida. —Sonríe.

Sé que no se aburrirá viendo el partido con Ken. Le encanta pasar el rato con la única figura paterna que ha tenido. Hardin, en cambio, no comparte su entusiasmo.

—Papá, ya soy mayorcita —oigo protestar a Lillian desde el otro lado de la mesa.

Max sacude la cabeza una vez con autoridad.

—No hay ninguna necesidad de que estés vagando por la calle. Te vienes a la cabaña con nosotros y punto.

No hay duda de que es uno de esos hombres a los que les encanta tener el control absoluto sobre todo el mundo. La desagradable sonrisa de superioridad que se dibuja en su rostro lo confirma.

—Bueno —responde su hija, frustrada.

Mira a su madre, pero la mujer se queda callada. Si me hubiera tomado otra copa más de vino, le diría algo al muy cabrón, pero no quiero ofender a Ken y a Karen.

—Tessa, ¿tú vienes con nosotros? —pregunta Karen.

—No. Me quedaré aquí un rato si les parece bien. —Espero que no le importe.

Veo que mira a Lillian y después mira detrás de mí, donde Robert me espera en la distancia. Tengo la sensación de que no tiene ni idea de la orientación sexual de Lillian y está enojada por cómo Hardin se estaba comportando con ella. Adoro a Karen.

—Por supuesto. Diviértete —dice sonriendo con aprobación.

—Eso haré. —Le devuelvo la sonrisa y me alejo de la mesa sin despedirme de Max y de su mujer.

—Cuando quieras. A ella no la dejan quedarse —le digo a Robert en cuanto llego a su lado.

—¿Que no la dejan?

—Su padre es un cabrón. En realidad me alegro, porque no estoy segura de qué siento hacia ella. Me recuerda a alguien, pero no consigo saber a quién... —Dejo la frase a medias mientras sigo a Robert hacia una sección desocupada del restaurante.

En esta área cerrada del restaurante hay algunas mesas vacías, excepto por unas cuantas velas apagadas y los saleros y pimenteros.

Mientras nos sentamos me viene a la mente el rostro golpeado de Zed.

—¿Estás seguro de que no te importa pasar el rato conmigo? —le pregunto a Robert—. Hardin podría regresar, y tiene tendencia a agredir a la gente...

Él retira mi silla para que me siente y se ríe.

—Estoy seguro —responde.

Toma asiento enfrente de mí, rellena nuestros vasos de plástico con vino blanco y brindamos. El blando material de los recipientes se dobla ligeramente y carece del chinchín de las copas de cristal. Resulta agradable, a diferencia del resto de este restaurante tan hosco.

CAPÍTULO 42

Hardin

He llamado a todas las pinches compañías de taxis que hay entre este lugar y la universidad para que alguien me lleve de vuelta a casa. A causa de la distancia, ninguna ha aceptado, claro. Podría tomar el autobús, pero el transporte público no me gusta. Recuerdo lo mal que me ponía cada vez que Steph me comentaba que Tessa había tomado el autobús para ir al centro comercial o a Target. Incluso cuando no me gustaba —o eso pensaba yo—, me horrorizaba imaginármela sentada sola en el autobús con un montón de pervertidos.

Todo ha cambiado desde entonces, desde aquellos días en los que atormentaba sin cesar a Tessa con la única intención de obtener una reacción por su parte. Su rostro cuando la he dejado en el balcón del restaurante..., puede que las cosas no hayan cambiado tanto. Yo tampoco he cambiado.

Estoy torturando a la chica a la que amo. Eso es justo lo que estoy haciendo y, por lo visto, soy incapaz de detenerme. Pero no es culpa mía exclusivamente. También es culpa suya. No deja de atosigarme con que vaya a Seattle, y le he dejado bien claro que no pienso ceder en eso. En lugar de enfrentarse a mí, debería hacer las maletas y venirse conmigo a Inglaterra. No pienso quedarme aquí, independientemente de que me hayan expulsado o no. Estoy harto de Estados Unidos. Aquí todo me ha ido mal. Estoy harto de ver a mi padre constantemente, harto de todo lo que hay aquí.

—Vigila tus pasos, pendejo —me sobresalta una voz femenina en la oscuridad.

Esquivo a la figura antes de chocar contra ella.

—Vigila tú los tuyos —le contesto sin detenerme.

«¿Qué chingados hace esta tipa delante de la cabaña de Max?»

—¿Perdona? —dice, y yo me vuelvo para mirarla justo cuando la luz con sensor de movimiento del porche de la cabaña se enciende.

La observo detenidamente: piel morena, pelo rizado, pantalones rasgados, botas de motociclista...

—Déjame adivinar: Riley, ¿verdad? —Pongo los ojos en blanco y la miro de nuevo.

Apoya una mano en su cadera.

—Y ¿quién chingados eres tú?

—Sí, Riley. Si estás buscando a Lillian, no está aquí.

—¿Dónde está? Y ¿cómo sabes que la estoy buscando a ella? —me increpa con mala vibra.

—Porque acabo de cogérmela.

Se pone tensa y baja la cabeza de manera que la oscuridad inunda sus rasgos.

—¿Qué acabas de decir? —replica, y viene hacia mí.

Ladeo la cabeza y la miro.

—Carajo, te estaba tomando el pelo. Está con sus padres en el restaurante que hay al final de la carretera.

Ella levanta la cabeza y se detiene.

—Bien, y ¿por qué la conoces?

—La conocí ayer. Su padre y el mío estudiaron juntos, creo. ¿Sabe ella que viniste?

—No. Intenté llamarla —dice, y hace un gesto en dirección al bosque que nos rodea—. Pero como está en medio de ninguna parte, no me contestó. Probablemente el puto de su padre no la deja hablar conmigo.

Suspiro.

—Sí, no me extrañaría. ¿Crees que dejará que te vea?

Me mira con el ceño fruncido.

—¿No crees que eres demasiado chismoso? —Pero después sonríe con orgullo—. Sí, la dejará. Es un cabrón, pero es aún más gallina, y me tiene miedo.

Unos faros iluminan entonces la oscuridad y me aparto sobre la hierba.

—Deben de ser ellos —le digo.

Al momento, el coche se detiene en el acceso.

Lillian prácticamente salta desde la puerta a los brazos de Riley.

—¿Cómo llegaste aquí? —dice casi gritando.

—En coche —responde su novia secamente.

—¿Cómo me encontraste? Llevo toda la semana sin cobertura.

Entierra el rostro en el cuello de su novia y veo cómo la fachada de chica dura de Riley empieza a resquebrajarse mientras acaricia la espalda de Lillian con cariño.

—Es un sitio pequeño, nena, no fue tan difícil. —Se aparta un poco para observar el rostro de Lillian—. ¿Me dirá algo tu padre por haber venido?

—No. Bueno, puede. Pero sabes que no te obligará a irte.

Me siento algo incómodo observando su encuentro, y carraspeo.

—Bueno, yo me largo —digo, y empiezo a alejarme.

—Adiós —dice Riley.

Lillian no dice nada.

Al cabo de unos minutos, llego a la cabaña de mi padre y recorro el camino. Tessa llegará en cualquier momento, y quiero estar dentro antes de que llegue el todoterreno. Seguro que está llorando, y tendré que disculparme para que pare y me escuche.

Apenas llego al porche cuando Karen y la madre de Lillian salen del coche.

—¿Dónde están los demás? —le pregunto buscando a Tess con la mirada.

—Tu padre y Landon fueron a casa de Max para ver un partido en la tele.

—¿Y Tessa? —El pánico me invade.

—Se quedó en el restaurante.

—¿Qué? —«Pero ¿qué carajos...?» Esto no me lo esperaba—. Está con él, ¿verdad? —pregunto a las dos mujeres, aunque ya sé la respuesta. Está con el pendejo rubio que tiene al sheriff de padre.

—Sí —responde Karen, y si no estuviera atrapado con ella en medio de la nada le diría de todo por la sonrisita que está intentando ocultar.

CAPÍTULO 43

Tessa

—Y ésa es básicamente la historia de mi vida —concluye Robert con una sonrisa.

Su sonrisa es cálida y sincera, casi infantil, pero de una manera encantadora.

—Eso ha sido... interesante. —Tomo la botella de vino de la mesa y la levanto para rellenar mi vaso. No sale nada.

—Mentirosa —bromea él, y me entra la risita de borracha.

La historia de su vida ha sido corta y dulce. Ni aburrida ni emocionante, simplemente normal. Creció con sus padres: su madre, la maestra de la escuela, y su padre, el sheriff. Después de graduarse en la prepa que hay a dos pueblos de aquí, decidió ir a la Facultad de Medicina. Sólo está trabajando aquí porque está en la lista de espera para entrar en el programa de medicina de la Universidad de Washington. Bueno, por eso y porque se saca bastante dinero trabajando en el restaurante más caro de la zona.

—Deberías haber ido a la WCU —le digo, y él niega con la cabeza.

Se levanta de la mesa y con el dedo índice me indica que va a hacer una pausa en la conversación. Me incorporo en mi silla mientras espero a que regrese. Apoyo la cabeza contra el respaldo de madera y miro hacia arriba. El techo de esta pequeña sección está pintado con nubes, castillos y querubines. La figura que tengo justo encima está dormida, con las mejillas sonrosadas y unos preciosos chinos rubios. Parece una niña. Sus pequeñas alas blancas están casi planas mientras descansa. A su lado, un chico —o, al menos, eso creo— la está mirando. La observa con sus alas negras extendidas a su espalda.

«Hardin.»

—De eso, nada —dice Robert de repente, interrumpiendo mis pensamientos—. Aunque quisieran, no ofrecen el plan de estudios que

229

yo me propongo hacer. Además, el programa de medicina forma parte del campus principal de Seattle. En la WCU, tu campus de Seattle es mucho más pequeño. —Cuando levanto la cabeza, veo que tiene otra botella de vino en las manos.

—¿Has estado en el campus? —le pregunto, ansiosa por saber más cosas acerca de mi nuevo destino, y más ansiosa todavía por dejar de mirar las inquietantes imágenes de los angelitos del techo.

—Sí, una vez. Es pequeño, pero bonito.

—Se supone que tengo que estar allí el lunes, y aún no tengo ningún sitio donde vivir. —Me río.

Sé que mi mala planificación no debería ser cosa de risa, pero ahora mismo es lo que me inspira.

—¿Este lunes? ¿Sabes que estamos a jueves y que el lunes está a la vuelta de la esquina?

—Sí —asiento.

—¿Por qué no miras una residencia? —pregunta mientras descorcha la botella.

Buscar habitación en una residencia ni siquiera se me había pasado por la cabeza. Pensaba..., bueno, esperaba que Hardin viniera conmigo, así que no las tenía en mente.

—No quiero vivir en el campus, y menos ahora que he conocido la independencia.

Asiente y empieza a servir el vino.

—Cierto, cuando pruebas la libertad, ya no hay vuelta atrás.

—Y que lo digas. Si Hardin viniera a Seattle... —Me detengo—. Olvídalo.

—¿Se habían planteado continuar la relación a distancia?

—No, eso no funcionaría —le digo, y siento un dolor en el pecho—. Apenas funciona estando juntos. —Tengo que cambiar de tema antes de ponerme a gimotear—. Gimotear... —Qué palabra tan rara—. Gimotear —repito atrapándome los labios con el índice y el pulgar.

—¿Te diviertes? —Robert sonríe y deja un vaso lleno de vino delante de mí. Asiento, todavía riéndome—. Debo admitir que hacía tiempo que no me la pasaba tan bien en el trabajo.

—Yo tampoco —coincido—. Quiero decir, si trabajase aquí... —Nada de lo que digo tiene sentido—. No bebo con frecuencia... Bueno, ahora bebo más que nunca, pero no lo suficiente como para haber desarrollado tolerancia al alcohol, así que me emborracho bastante deprisa —canturreo, y levanto el vaso delante de mi cara.

—A mí me pasa lo mismo. No bebo mucho, pero cuando una chica guapa tiene una mala noche, hago una excepción —se aventura a decir, aunque se pone rojo como un jitomate al instante—. Quería decir que..., eeehhh... —Se cubre la cara con las manos—. Parece que no soy capaz de controlar lo que digo contigo.

Alargo el brazo y le aparto las manos del rostro. Él se encoge un poco y, cuando me mira, sus ojos azules son tremendamente claros.

—Es como si pudiera leerte la mente —digo en voz alta sin pensar.

—A lo mejor puedes —susurra en respuesta, y su lengua se apresura a humedecer sus labios.

Sé que quiere besarme, lo leo en su rostro. Lo veo en sus ojos sinceros. Los ojos de Hardin son siempre tan cautelosos que tengo que esforzarme para interpretar su mirada, e incluso entonces nunca logro leerlos como me gustaría, como necesito hacerlo. Me inclino un poco más hacia Robert y la pequeña mesa sigue separándonos cuando él también se inclina hacia adelante.

—Si no lo quisiera tanto, te besaría —digo en voz baja, sin apartarme, pero sin acercarme más.

Por muy borracha que esté y por muy enojada que esté con Hardin, no puedo hacerlo. No puedo besar a este otro chico. Quiero hacerlo, pero no puedo.

La comisura izquierda de su boca se eleva formando una sonrisa torcida.

—Y si yo no supiera cuánto lo quieres, te dejaría hacerlo.

—Muy bien...

No sé qué más decir. Estoy muy borracha e incómoda, y no sé cómo comportarme delante de nadie que no sea Hardin, o Zed, aunque en cierto modo los dos se parecen bastante. Robert no se parece a nadie que haya conocido. Puede que a Landon. Landon es dulce y afable, y mi mente no para de evadirse del hecho de que casi me beso con alguien que no es Hardin.

—Lo siento. —Me incorporo en la silla y él hace lo propio.

—No te disculpes. Prefiero que no me beses a que lo hagas y luego te arrepientas.

—Eres raro —le digo. Ojalá hubiera escogido otra palabra, pero ya es demasiado tarde—. En el buen sentido —me corrijo.

—Tú también. —Se ríe—. Cuando te vi con ese vestido pensé que eras la típica niña rica y esnob sin personalidad alguna.

—Pues lo siento. Te aseguro que no soy rica. —Me río.

—Ni esnob —añade.

—Mi personalidad no está tan mal. —Me encojo de hombros.

—Bueno... —bromea con una sonrisa.

—Eres muy agradable.

—Y ¿por qué no iba a serlo?

—No lo sé. —Empiezo a tocar mi vaso con el dedo—. Lo siento, sé que parezco una idiota.

Se queda extrañado por un instante y dice:

—No pareces ninguna idiota. Y no tienes por qué estar disculpándote todo el tiempo.

—¿A qué te refieres? —pregunto.

Apenas soy consciente de que he empezado a arrancar trocitos de la orilla del vaso de plástico y de que la mesa está llena de un montón de trocitos blancos.

—No dejas de disculparte por todo lo que dices —replica—. Has dicho que lo sientes al menos diez veces durante la última hora. No has hecho nada malo, así que deja de disculparte.

Sus palabras me avergüenzan, pero su mirada es amable y su voz no contiene el más mínimo tinte de enojo o de reproche.

—Lo siento... —digo de nuevo, recapacitando—. ¿Lo ves? No sé por qué lo hago.

Me coloco un mechón de pelo rebelde detrás de la oreja.

—Yo me lo puedo imaginar, pero prefiero callármelo. Sólo quiero que sepas que no deberías tener que hacerlo —se limita a decir.

Inspiro hondo y luego suelto el aire. Es relajante poder hablar con alguien sin preocuparme de molestarlo todo el tiempo.

—Pero bueno, cuéntame más sobre tu nuevo trabajo en Seattle —dice, y le agradezco que cambie de tema.

CAPÍTULO 44

Hardin

—¡¿Adónde crees que voy a ir?! —le grito a Karen por el camino elevando las manos en el aire con frustración.

Ella desciende a medias los escalones del porche.

—No quiero entrometerme, Hardin —dice—, pero ¿no crees que deberías dejarla tranquila... por una vez? No quiero que te enojes, pero no me parece que vayas a conseguir nada bueno yendo allí y haciendo una escena. Sé que quieres verla, pero...

—¡Tú no sabes nada! —le espeto, y la mujer de mi padre inclina la cabeza un poco hacia atrás.

—Lo siento, Hardin, pero opino que esta noche deberías dejarla en paz —insiste, como si fuera mi madre.

—¿Para qué? ¿Para que pueda ponerme los pinches cuernos?

Me jalo de las raíces del pelo totalmente frustrado. Tessa ya se había tomado una copa —copa y media, para ser exactos— durante la cena, y ella no tolera bien el alcohol.

—Si eso es lo que piensas de ella... —empieza Karen, pero se detiene—. Olvídalo. Adelante, ve, como siempre. —Mira a la mujer de Max una vez y se alisa su vestido hasta las rodillas—. Pero ten cuidado, cariño —dice con una sonrisa forzada, y sube de nuevo la escalera junto a su amiga.

Superado ese dolor de cabeza, prosigo con mi plan original y voy en dirección al restaurante. Pienso sacar a Tessa a rastras de allí, no literalmente, claro, pero vendrá conmigo. Esto es una mierda, y todo porque se me olvidó ponerme un pinche condón. Así es como empezó este torbellino en el que estamos metidos. Podría haber llamado a Sandra antes y haber solucionado lo del departamento, o podría haberle buscado a Tessa otro sitio donde vivir... Bueno, eso tampoco habría funcionado. Lo de Seattle no puede ser. Me está costando más de lo que pensaba convencer a Tessa, y ahora todo es mucho más complicado.

Todavía no puedo creer que no haya bajado del coche con Karen y con como chingados se llame la madre de Lillian. Estaba convencido de que estaría dispuesta a hablar conmigo. Es ese mesero... ¿Qué clase de influencia logró ejercer en ella para hacer que se quede en el restaurante en lugar de venir conmigo? ¿Qué vio en él?

Necesito pararme a ordenar mis pensamientos un momento, de modo que me detengo y me siento en una de las grandes rocas que decoran un extremo del jardín de Max. Puede que irrumpir en el restaurante no sea muy buena idea. Quizá debería pedirle a Landon que vaya por ella. A él lo escucha mucho más que a mí. Pero entonces maldigo mi estúpida idea, porque sé que no lo haría, se pondría del lado de su madre, me haría parecer débil y me diría que la dejara en paz.

No, no puedo hacerlo. Sentarme en esta roca tan fría durante veinte minutos ha empeorado las cosas en lugar de mejorarlas. No dejo de pensar en cómo se apartaba de mí en el balcón y cómo se reía alegremente con él.

¿Qué voy a decirle? Ese tipo parece la clase de cabrón que intentaría evitar que me la llevara. No tendré que golpearlo. Si grito lo suficiente, Tessa vendrá conmigo para evitar una pelea. O eso espero. Aunque en toda la noche no ha hecho nada de lo que había esperado.

Esto es tan infantil..., mi comportamiento, mi manera de manipular sus sentimientos... Soy consciente, pero no sé qué hacer al respecto. La quiero, carajo, la quiero muchísimo. Pero ya no sé qué más hacer para mantenerla a mi lado.

«En realidad parece que lo que sucede es que la tienes atrapada y por eso no puede dejarte; no porque te quiera, sino porque has hecho que sienta que no puede estar sin ti.»

Las palabras de Lillian se repiten en mi mente como un disco rayado mientras me levanto y sobrepaso el final del acceso. Hace un frío de la chingada aquí afuera, y esta ridícula camisa es demasiado fina. Tessa ha venido sin chamarra, y ese vestido —*ese* vestido— es muy corto. Seguro que tendrá frío. Debería ir a traerle una...

¿Y si él le ofrece la suya? Los celos me invaden y mi mano forma un puño al pensarlo.

«... la tienes atrapada y por eso no puede dejarte; no porque te quiera...»

Al diablo con Tessa Dos y su psicoterapia de mierda. No tiene ninguna pinche idea de lo que está hablando. Tessa me quiere. Lo veo en sus ojos grises cada vez que me mira. Lo siento en las puntas de sus dedos cuando recorre la tinta que tiñe mi piel, cuando sus labios rozan los míos. Sé distinguir entre amar y estar atrapado, entre amar y ser adicto.

Me trago el ligero pánico que amenaza con apoderarse de mí de nuevo. Ella me quiere. Me quiere. Tessa me quiere. De lo contrario, no sabría cómo asimilarlo. No podría. No podría vivir sin ella, no porque no la quiera, sino porque la necesito. Necesito que me quiera y que esté ahí para mí. Nunca había permitido que nadie se acercara a mí tanto como ella; es la única persona que sé que siempre me querrá incondicionalmente. Incluso mi madre se harta de mis pendejadas a veces, pero Tessa siempre me perdona. Da igual lo que haga, ella siempre está ahí para mí cuando la necesito. Esa chica tan necia, odiosa e intransigente lo es todo para mí.

—¿Qué haces aquí, acosador? —oigo en la oscuridad.

—Vamos, no me chingues —gruño.

Al volverme, me encuentro a Riley caminando por el sendero de la cabaña de Max. Necesito estar más atento. Ni siquiera me había dado cuenta de que venía hacia mí.

—Hombre, estás aquí fuera solo y a oscuras —me espeta.

—¿Dónde está Lillian?

—No es asunto tuyo. ¿Dónde está Tessa? —responde con una sonrisa de petulancia.

Lillian debe de haberle contado nuestra pelea. Genial.

—No es asunto tuyo. ¿Qué haces aquí fuera?

—¿Y tú? —Es obvio que Riley tiene problemas de actitud.

—¿Es necesario que seas tan pesada?

Asiente de manera exagerada varias veces.

—Sí. La verdad es que sí. —Pensaba que me iba a arrancar la cabeza de un bocado por haberla llamado *pesada*, pero no parece haberle importado. Seguro que es consciente de que lo es—. Y estoy aquí porque Lillian se acaba de quedar dormida. Y entre su padre y el tuyo, y el fastidioso de tu hermanastro, estoy a punto de vomitar.

—Y ¿no se te ocurre nada mejor que salir a pasear a oscuras en el mes de febrero?

—Llevo un abrigo. —Se jala del extremo inferior de la prenda para demostrarlo—. Voy a buscar el bar que pasé cuando venía para acá.

—Y ¿por qué no vas en coche?

—Porque quiero beber. ¿Te parezco la clase de persona que quiera pasarse el fin de semana en la cárcel? —resopla, y pasa por mi lado. Se vuelve sin detenerse—. ¿Adónde vas tú?

—Por Tessa. Está con un... Olvídalo. —Estoy harto de contarle a todo el mundo mis pinches problemas.

Entonces, Riley se detiene.

—Eres un pendejo por no haberle dicho que Lil es lesbiana.

—Veo que te lo contó —digo.

—Me lo cuenta todo. Ha sido una verdadera pendejada por tu parte.

—Es una historia muy larga.

—No te quieres mudar a Seattle con Tessa, y ahora —se coloca el pelo por encima del hombro— probablemente ella esté haciéndole una mamada a ese chico en los baños del...

La sangre me arde y avanzo hacia ella.

—Cierra la pinche boca. No te atrevas a decirme esa mierda. —He de recordar que, aunque se expresa con el mismo vocabulario que yo, es una chica, y yo jamás caería tan bajo.

—Molesta, ¿verdad? —me suelta tranquilamente, sin inmutarse ante mi arrebato—. Pues a ver si te acuerdas de esto la próxima vez antes de hacer algún comentario mordaz sobre cogerte a mi novia.

Mi respiración se ha vuelto agitada y descontrolada. No puedo parar de imaginarme los carnosos labios de Tessa sobre ese tipo. Me jalo del pelo de nuevo y empiezo a caminar en círculos.

—Te está volviendo loco pensar que está con él, ¿verdad?

—Será mejor que dejes de provocarme —le advierto, y ella se encoge de hombros.

—Es obvio. Oye, tal vez no debería haber dicho eso, pero esto lo empezaste tú, ¿recuerdas? —Al ver que no contesto, continúa—: Hagamos una tregua. Yo te invito a una copa, y tú puedes llorar por Tessa todo lo que quieras mientras yo alardeo de lo buena que es Lillian con la lengua.

Se acerca a mí, me jala de la manga e intenta arrastrarme por la calle. Veo los faroles chafas de colores encima del techo de chapa del pequeño bar desde aquí.

Me suelto el brazo de un jalón.

—Tengo que ir a buscar a Tessa.

—Una copa, y después te acompañaré como refuerzo. —Las palabras de Riley expresan mis pensamientos de hace unos minutos.

—¿Por qué? ¿Por qué quieres tomar algo conmigo? —La miro a los ojos y ella se encoge de hombros de nuevo.

—En realidad, no quiero. Pero estoy aburrida, y tú estás aquí fuera. Además, por algún motivo que no entiendo, parece que a Lil le importas. —Me mira de arriba abajo—. La verdad es que no lo comprendo, pero le gustas, como amigo —dice Riley subrayando la palabra *amigo*—. Así que, sí, quiero impresionarla fingiendo que me importa tu relación condenada al fracaso.

—¿Condenada al fracaso? —Empiezo a seguirla por la calle.

—De todo el discurso que te di, ¿eliges precisamente ese comentario? —Sacude la cabeza—. Eres peor que yo.

Se ríe y yo me quedo callado. La muy latosa me agarra de la camisa de nuevo y me dirige por el camino. Estoy demasiado ocupado pensando como para molestarme en soltarme.

¿Cómo puede pensar que estamos condenados al fracaso si ni siquiera nos conoce ni a mí ni a ella?

Nuestra relación no está condenada.

Sé que no es así. Yo estoy condenado, pero ella no. Ella me salvará. Siempre lo hace.

CAPÍTULO 45

Tessa

—Uf, la temperatura ha bajado por lo menos diez grados —dice Robert cuando salimos por la puerta.

El aire es gélido y me envuelvo con los brazos para intentar mantenerme caliente. Me mira con el ceño ligeramente fruncido.

—Siento no tener una chamarra que ofrecerte... Y también siento no poder llevarte a casa en coche, pero he estado bebiendo. —Con una mirada de horror juguetona, añade—: Me temo que no estoy siendo muy caballeroso esta noche.

—No pasa nada, de verdad —digo con una sonrisa—. Estoy bastante borracha, así que tengo calor... Eso no tiene sentido. —Me río y lo sigo por la banqueta delante del restaurante—. Aunque debería haberme puesto otros zapatos.

—¿Nos los cambiamos? —bromea.

Le golpeo suavemente el hombro y él sonríe por enésima vez en lo que llevamos de noche.

—Tus zapatos parecen más cómodos que los de Hardin; sus botas son muy pesadas, y siempre las deja junto a la puerta, de modo que..., olvídalo. —Avergonzada por mi último comentario, sacudo la cabeza para detenerme.

—Yo soy más un chico de tenis —contesta para indicarme que no pasa nada.

—Yo también. Bueno, no soy un chico. —Me río de nuevo. El vino se me ha subido a la cabeza y no paro de decir todo lo que se me ocurre, tenga o no sentido—. ¿Sabes hacia dónde están las cabañas?

Alarga el brazo para detenerme cuando estoy a punto de entrar en el estacionamiento.

—¿Qué cabañas? Este pueblo está plagado de ellas.

—Pues... Hay una calle con un cartel pequeño y luego hay unas tres o cuatro cabañas más, y luego... ¿otra calle? —Intento recordar el camino al restaurante desde la casa de Ken y Karen, pero nada parece tener sentido.

—Eso no me da muchas pistas. —Se ríe—. Aunque podemos caminar hasta que la encontremos.

—De acuerdo, pero si dentro de veinte minutos no la hemos encontrado, me voy a un hotel —refunfuño, temiendo el paseo y la discusión que sin duda tendremos Hardin y yo cuando llegue. Y por discusión me refiero a una batalla verbal intensa, violenta y eterna. Especialmente cuando descubra que he estado bebiendo con Robert.

De repente, me vuelvo para mirarlo mientras caminamos en la oscuridad.

—¿Alguna vez te cansas de que la gente te diga lo que tienes que hacer todo el tiempo?

—Nadie lo hace pero, si lo hicieran, sí, me cansaría.

—Qué suerte. Yo tengo la sensación de que alguien siempre me está diciendo lo que tengo que hacer, adónde tengo que ir, con quién tengo que hablar, dónde tengo que vivir... —Dejo escapar el aliento y veo cómo se transforma en vaho en el aire frío—. Estoy empezando a hartarme.

—No me extraña.

Miro las estrellas por un instante.

—Quiero hacer algo al respecto, pero no sé qué.

—Puede que irte a Seattle te ayude.

—Puede... Pero quiero hacer algo ahora mismo, como huir o insultar a alguien.

—¿Insultar a alguien? —Se ríe y se detiene para atarse un zapato.

Yo dejo de caminar a unos cuantos metros por delante de él y miro a mi alrededor. Ahora barajeo en mi mente todas las posibilidades de comportamientos imprudentes y no puedo detenerme.

—Sí, insultar a alguien en particular.

—Pero tómatelo con calma. Sé que insultar a alguien es algo bastante agresivo y tal, pero quizá deberías empezar con algo más *light* —dice.

Me lleva un momento darme cuenta de que me está tomando el pelo, pero cuando lo hago, le veo la gracia.

—Hablo en serio. Ahorita tengo ganas de hacer alguna... ¿locura?
—Me muerdo el labio superior mientras medito el qué.

—Es el vino..., es bastante fuerte y has bebido mucho en poco tiempo.

Ambos reímos de nuevo y ya no podemos parar. Lo único que me devuelve a la normalidad son los pequeños faroles tipo cantina que cuelgan de un pequeño edificio cercano.

—Ese es el bar del pueblo —me informa Robert tras señalarlo con la cabeza.

—¡Qué pequeño! —exclamo.

—Bueno, no tiene que ser enorme cuando es el único de la ciudad. Es bastante divertido. Las meseras bailan sobre la barra y todo eso.

—¿Como en *El bar Coyote*?

Su sonrisa se intensifica.

—Sí, sólo que estas mujeres tienen todas más de cuarenta años y van más vestidas.

Su sonrisa es contagiosa, y ya sé qué vamos a hacer ahora.

CAPÍTULO 46

Hardin

—No, te dije que una copa, y lo decía en serio. —Pongo los ojos en blanco y hago girar el hielo dentro de la copa vacía con el dedo.

—Lo que tú digas. —Riley le hace un gesto a la mesera y pide dos bebidas más.

—Dije que no...

—Nadie dijo que fueran para ti —replica mirándome con condescendencia—. A veces una chica necesita un respaldo.

—Bien, pues que te diviertas. Yo me voy por Tessa ahora mismo. —Me levanto del taburete, pero ella me agarra de la camisa otra vez—. Deja de tocarme.

—Güey, deja ya de ser tan mamón. Te dije que iré contigo; pero espera a que me termine estas copas. ¿Has pensado ya en qué vas a decirle, o tu intención es simplemente entrar ahí en plan cavernícola?

—No. —Me siento de nuevo.

La verdad es que no he pensado qué voy a decirle. No necesito decir nada más que «Vámonos de una pinche vez».

—¿Tú qué dirías? —me atrevo a preguntar.

—Pues, para empezar —se detiene para darle a la mesera dos billetes de cinco dólares cuando ella le acerca los vasos—, Lillian nunca estaría en un restaurante con otra chica... o chico, sin mí. —Da un buen trago a uno de los vasos y me mira—. Yo ya habría convertido en cenizas el lugar.

No me gusta mucho su tono.

—Y ¿me dices a mí que venga a tomarme una copa antes de ir?

Se encoge de hombros.

—No he dicho que mi reacción fuese la más correcta. Pero es lo que haría.

241

—No dices más que pendejadas, y tú eres una pendeja. Me largo.

Doy un par de pasos hacia la puerta, y la música country que me da dolor de cabeza empieza a aumentar de volumen y sé lo que va a pasar a continuación. No debería haber venido a este pinche bar. Debería haber ido directamente a buscar a Tessa. Los clientes habituales comienzan a animarse. Me vuelvo y veo que dos de las meseras de mediana edad se están subiendo a la barra.

Carajo, qué incómodo. Entretenido, pero muy pinche.

—¡Vas a perderte el espectáculo! —se ríe Riley.

Estoy a punto de decir algo, pero entonces oigo un sonido detrás de mí y, una vez más, intuyo lo que está a punto de pasar. Cuando me vuelvo, la boca se me seca y la sangre me hierve al instante. Porque, al hacerlo, veo cómo Tessa entra tambaleándose por la puerta del pequeño bar de carretera. Con él.

En lugar de ir corriendo sobre él como me gustaría, regreso a la barra y le digo a Riley a su espalda:

—Tessa está aquí. Con él. Es esa.

Ella aparta la vista de las viejas de la barra y se da vuelta. Se queda boquiabierta.

—Puta madre, qué buena está.

La fulmino con la mirada.

—Basta. No la mires así.

—Lillian me dijo que era guapa, pero, carajo, qué tet...

—No termines esa frase.

Miro a Tessa. Carajo, ya sé que está buenísima, pero lo más importante es que está borracha y se está riendo mientras avanza junto a las mesas altas. Escoge una vacía que está cerca del aseo y se sienta.

—Voy para allá —le digo a Riley.

No tengo idea de por qué le digo nada, pero una parte de mí quiere saber qué haría ella si estuviera en mi lugar. Sé que Tessa está enojada conmigo por un montón de motivos, y la verdad es que no quiero añadir más leña al fuego. De todos modos, no tiene ningún derecho a estar molesta. Es ella la que está ahí con ese como se llame del restaurante, y ahora ha llegado aquí tambaleándose, borracha y riéndose. Con él.

—¿Por qué no esperas un poco? Ya sabes, para observarla un rato —sugiere Riley.

—Qué idea tan absurda. ¿Por qué iba a quedarme aquí a ver lo bien que se la pasa con ese pendejo? Ella es mía y...

Riley me mira con ojos curiosos.

—¿Se enoja cuando le dices que es tuya?

—No. Le gusta. Creo... —Al menos, una vez me dijo que le gustaba: «Soy tuya, Hardin, tuya», gimió contra mi cuello mientras yo meneaba las caderas y me hundía más en ella.

—Lil se molesta mucho cuando digo eso. Piensa que la estoy reclamando como si fuera una propiedad o algo —me dice Riley, pero yo sólo puedo concentrarme en Tessa, en cómo se recoge el pelo largo con una mano y se lo coloca sobre uno de los hombros.

Mi furia aumenta, cada vez estoy más encabronado y se me está nublando el juicio. ¿Cómo es posible que no se haya dado cuenta de que estoy aquí? Yo siempre noto cuando ella entra en una habitación, es como si el aire cambiara, y mi cuerpo puede sentir, literalmente, cómo el suyo se acerca. Pero ella está demasiado ocupada prestándole atención a él; el muy cabrón debe de estar explicándole la manera correcta de servir el agua en un pinche vaso o algo así.

Con la mirada aún fija en mi chica, digo:

—Bueno, Tessa es mía, así que me vale que piense que la estoy reclamando.

—Hablas como un verdadero cabrón —dice Riley, y mira hacia Tessa—. Pero tienes que comprometerte. Si se parece en algo a Lillian, se acabará hartando y te dará un ultimátum.

—¿Qué? —Aparto los ojos de Tessa por un instante, y es una tortura.

—Lillian se hartó de mis movidas y me dejó. Ella —levanta la copa hacia Tessa— hará lo mismo si no escuchas lo que quiere de vez en cuando.

Es increíble lo diferentes que son Riley y su novia. Lillian es mucho más simpática.

—Mira, tú no sabes nada de nuestra relación, así que no tienes ni idea de lo que estás diciendo.

Observo de nuevo a Tessa, que ahora está sentada sola, jugueteando con un mechón de pelo suelto y meneando los hombros al ritmo de la música. Al cabo de un segundo, localizo a su amigo el mesero al final de la barra, y la distancia que hay entre ellos calma ligeramente mis nervios.

—Mira, güey —dice Riley—, no necesito conocer todos los detalles. Me he pasado la última... casi una hora contigo. Sé que eres un imbécil, y que ella es una dependiente de... —Cuando abro la boca para insultarla, continúa—: Lillian también lo es, así que no te pongas mamón. Es dependiente, y lo sabes. Pero ¿sabes qué es lo mejor de tener una novia dependiente? —Sonríe con malicia—. Aparte del sexo frecuente, claro...

—Ve al grano. —Pongo los ojos en blanco y miro de nuevo a Tessa.

Tiene las mejillas rojas y los ojos abiertos como platos, divertida ante el espectáculo de las mujeres que concluyen su baile en la barra. Me verá aquí de pie de un momento a otro.

—Lo mejor es que nos necesitan, aunque no de la manera en que esperas que te necesiten. También necesitan que estemos ahí para ellas de vez en cuando. Lillian siempre estaba tan centrada en intentar salvarme... o la chingadera que estuviera haciendo... que sus necesidades no estaban siendo cubiertas. Ni siquiera sabía cuándo era su cumpleaños y no hacía nada por ella. Creía que sí, porque siempre estaba a su alrededor y le decía que la quería de vez en cuando, pero eso no era suficiente.

Un escalofrío desagradable recorre mi espalda. Observo cómo Riley apura el resto de su primera bebida.

—Pero ahora está contigo, ¿no?

—Sí, pero sólo porque le demostré que puede contar conmigo y que no soy la zorra que era cuando me conoció. —Mira a Tessa y después a mí de nuevo—. ¿Sabes eso que publican todas las niñas tontas en internet? Creo que es algo así como... «Mientras tú haces...», «Si tú no...». Mierda, no me acuerdo, pero básicamente quiere decir que si tú no tratas bien a tu chica, otra persona lo hará.

—Yo no la trato mal.

«Al menos, no todo el tiempo.»

Empieza a reírse con incredulidad.

—Güey, admítelo. Oye, yo no soy ninguna santa. Aún no trato a Lillian tan bien como debería, pero al menos soy consciente de ello. Tú estás en una especie de estado de negación si de verdad crees que no la tratas como una mierda. Si fuese así, ella no estaría ahora sentada con ese pendejo, que resulta ser completamente opuesto a ti, además está bastante bueno.

No puedo negárselo. Tiene razón, en casi todo. Pero no trato a Tessa como una mierda todo el tiempo, sólo cuando hace algo para encabronarme. Como ahora.

Y antes.

—Te está mirando —me dice Riley, y se me hiela la sangre.

Giro la cabeza lentamente en su dirección.

Me está mirando fijamente, con furia, y juraría que incluso veo una pequeña llama roja en sus ojos cuando mira a Riley y después a mí otra vez. No se mueve. Ni siquiera parpadea. Su expresión de sorpresa se torna salvaje al instante, y su mirada asesina me deja de piedra.

—Está muy peda. —Riley se ríe a mi lado y tengo que hacer un gran esfuerzo para no echarle su bebida encima.

En lugar de hacerlo, digo de prisa:

—Cállate.

Agarro el vaso y me aproximo a Tessa.

El cabrón del mesero sigue en la barra cuando llego hasta ella.

—Vaya, jamás habría imaginado que estarías aquí, en un bar, bebiendo con otra chica. Qué sorpresa —me suelta con una sonrisa sarcástica.

—¿Qué haces aquí? —pregunto acercándome a ella.

Ella se aparta.

—¿Qué haces tú aquí?

—Tessa... —le advierto, y pone los ojos en blanco.

—Esta noche, no, Hardin. No va a pasar. —Se baja de la silla alta y se jala del bajo del vestido.

—No te alejes de mí. —Mis palabras suenan como una orden, pero sé que en realidad es una súplica. La agarro del brazo, pero ella se suelta.

—¿Por qué no? Es lo que tú haces siempre. —Mira a Riley con odio de nuevo—. Ambos vinimos con otras personas.

Niego con la cabeza.

—Carajo, no. Esa es la novia de Lillian.

Sus hombros se relajan al instante.

—Ah. —Me mira a los ojos y se muerde el labio inferior.

—Tenemos que irnos de aquí ya.

—Pues váyanse.

—Me refería a ti y a mí —le aclaro.

—Yo sólo pienso ir a un sitio divertido. Más divertido que este lugar, ya que tú estás aquí y siempre estás obstaculizando mi diversión. Eres como la policía de la diversión. —Sonríe ante su propia broma estúpida y continúa—: ¡Eso es justo lo que eres! La policía de la diversión. Debería pedir que te hicieran una placa para que la lleves todo el tiempo, así podrás evitar que todo el mundo se divierta —me suelta, y empieza a partirse de risa.

«Carajo, está borracha hasta la madre.»

—¡¿Cuánto has bebido?! —grito por encima de la música.

Pensaba que bajarían el volumen, pero parece ser que el público ha pedido que repitan las bailarinas mayores.

Se encoge de hombros.

—No lo sé. Unas cuantas, y esta también.

Me quita el vaso de la mano y, antes de que pueda detenerla, lo pone sobre la mesa y se sube de nuevo a la silla.

—No te tomes eso. Es obvio que estás bien peda.

—¿Qué es ese sonido? —Se lleva la mano a la oreja—. ¿Es la sirena del coche de la policía de la diversión? Nino, nino, nino... —Hace pucheros como un niño durante un segundo y después se ríe—. Lárgate si vas a joderme la fiesta.

Entonces se lleva el vaso a la boca y bebe tres grandes tragos. Se ha tomado media copa en cuestión de segundos.

—Vas a acabar vomitando —digo.

—Bla, bla, bla... —se burla, meneando la cabeza hacia adelante y hacia atrás con cada palabra. Mira detrás de mí y una sonrisilla de superioridad se dibuja en sus labios—. Ya conoces a Robert, ¿verdad?

Miro a un lado y me encuentro al pendejo con una bebida en cada mano.

—Me alegro de verte otra vez —dice, y pone una media sonrisa. Tiene los ojos inyectados en sangre. Él también está borracho.

«¿Se habrá aprovechado de ella? ¿La habrá besado?»

Inspiro hondo.

«Su padre es el sheriff. Su padre es el sheriff. Su padre es el sheriff...

»Su padre es el maldito sheriff de este pinche pueblo.»

Miro a Tessa de nuevo y digo por encima del hombro:

—Lárgate.

Ella pone los ojos en blanco. Había olvidado lo audaz que se vuelve cuando el alcohol inunda su organismo.

—No te vayas —le dice desafiándome, y él se sienta a la mesa—. ¿No tienes compañía a la que entretener? —me provoca.

—No, no la tengo. Vámonos a casa.

Me está costando mucho controlar mi temperamento. Si esta fuese cualquier otra noche, ya le habría estampado la cara a Robert contra la mesa.

—La cabaña no es nuestra casa; estamos a horas de casa. —Se termina la bebida que me ha robado y después me mira con una mezcla de odio, ligereza ebria e indiferencia—. En realidad, a partir del lunes yo ya no tengo casa, gracias a ti.

CAPÍTULO 47

Tessa

Las aletas nasales de Hardin se agitan mientras intenta controlarse. Miro a Robert y veo que parece sentirse algo incómodo, pero Hardin no lo intimida en absoluto.

—Si estás tratando de encabronarme a propósito, está funcionando —me dice Hardin.

—Pues no. Simplemente no quiero irme. —Y, justo cuando la música se calla, digo prácticamente gritando—: ¡Quiero beber y ser joven y divertirme!

Todo el mundo se vuelve hacia mí. No sé qué hacer con tanta atención, así que saludo agitando la mano en el aire, bastante incómoda. Alguien grita su aprobación y medio bar levanta sus copas a modo de brindis y vuelven a sus conversaciones. La música continúa, Robert se ríe y Hardin está rojo de ira.

—Está claro que ya bebiste suficiente —dice mirando el vaso medio vacío que Robert me ha traído.

—Noticias de última hora, Hardin: ya soy mayorcita —le recuerdo con tono infantil.

—Maldita sea, Tessa.

—Creo que será mejor que me vaya... —dice Robert poniéndose en pie.

—Evidentemente —responde Hardin al tiempo que yo le pido que no lo haga.

Pero después miro a nuestro alrededor y suspiro con resignación. Por muy bien que me la esté pasando con Robert, sé que Hardin no parará de hacer comentarios groseros, de lanzarle amenazas y lo que sea con tal de que se vaya. Es mejor que lo haga ya.

—Lo siento mucho. Me voy yo y tú puedes quedarte —le sugiero.

Él niega con la cabeza, comprensivo.

—No, no, no te preocupes. De todos modos ha sido un día muy largo. —Es tan tranquilo y despreocupado... Resulta tremendamente refrescante.

—Te acompaño afuera —le digo. No sé si volveré a verlo alguna vez, y se ha portado muy bien conmigo esta noche.

—No, de eso, nada —interviene Hardin, pero hago como que no lo oigo y sigo a Robert hacia la puerta del pequeño bar.

Cuando me vuelvo en dirección a la mesa, veo que Hardin está apoyado contra ella con los ojos cerrados. Espero que esté respirando hondo, porque no estoy de humor para aguantar sus escenitas esta noche.

Una vez fuera, me vuelvo hacia Robert.

—Lo siento muchísimo. No sabía que iba a estar aquí. Sólo quería pasarla bien.

Él sonríe y se inclina un poco hacia adelante para mirarme mejor a los ojos.

—¿Te acuerdas de lo que te dije sobre lo de dejar de disculparte por todo? —Se lleva la mano al bolsillo y saca una libretita y una pluma—. No espero nada, pero si algún día estás aburrida o te sientes sola en Seattle, llámame. O no. Depende de ti.

Anota algo y me lo entrega.

—De acuerdo.

No quiero hacer ninguna promesa que no pueda cumplir, así que me limito a sonreír y me guardo el pequeño trozo de papel en la parte superior del vestido.

—¡Lo siento! —grito cuando me doy cuenta de que acabo de toquetearme delante de él.

—¡Deja de disculparte! —Se ríe—. ¡Y menos por eso! —Mira hacia la entrada del bar, y después hacia la noche oscura—. Bueno, será mejor que me vaya. Ha sido un placer conocerte. A ver si nos vemos de nuevo.

Asiento y sonrío mientras él se aleja por la banqueta.

—Hace frío —dice Hardin detrás de mí, dándome un susto de muerte.

Resoplo, paso de largo por su lado y entro en el bar. La mesa a la que estaba sentada está ahora ocupada por un calvo y su enorme jarra de cerveza. Agarro mi bolsa de la silla que hay a su lado y me mira con ojos inexpresivos. Bueno, más bien me mira los pechos.

Hardin está detrás de mí. Otra vez.

—Vámonos, por favor.

Me dirijo a la barra.

—¿Te importaría darme medio metro de espacio? No quiero ni tenerte cerca en estos momentos. Me dijiste cosas espantosas —le recuerdo.

—Sabes que no las decía en serio —responde a la defensiva e intentando establecer contacto visual conmigo, pero no pienso ceder.

—Eso no significa que puedas decirlas. —Miro hacia la chica, la novia de Lillian, que nos observa a Hardin y a mí desde la barra—. No quiero hablar de eso ahora. Me la estaba pasando bien y lo has arruinado.

Hardin se interpone entre nosotras.

—Entonces ¿no me quieres aquí?

Veo un reflejo de dolor en sus ojos, y algo en sus pozos verdes me hace ceder.

—No dije eso, pero si vas a volver a decirme que no me quieres o que sólo me usas para el sexo, será mejor que te largues. O me iré yo.

—Estoy haciendo todo lo posible por mantener mi actitud alegre y risueña en lugar de hundirme en la miseria y dejar que el dolor y la frustración se apoderen de mí.

—Eres tú la que empezó toda esta mierda viniendo aquí con él, borracha, por cierto... —replica.

Suspiro.

—Ahí vamos. —Hardin es el rey de la doble moral. Y la última prueba de ello se dirige hacia nosotros en estos momentos.

—Carajo, ¿quieren callarse de una vez? Estamos en un sitio público —nos interrumpe la guapa chica con la que Hardin estaba sentado.

—Ahora, no —le espeta.

—Vamos, obsesión de Hardin, sentémonos a la barra —dice ella ignorándolo.

Sentarme a una mesa al fondo del bar y tomarme una copa que me han traído es una cosa, pero sentarme a la barra y pedir una copa yo misma es otra muy distinta.

—No tengo edad suficiente —la informo.

—Ay, vamos. Con ese vestido te pondrán una copa. —Me mira el pecho y yo lo saco ligeramente.

—Como me corran, será culpa tuya —le digo, y ella inclina la cabeza hacia atrás, riéndose.

—Yo pagaré tu fianza. —Me guiña un ojo y Hardin se pone tenso a mi lado.

La observa lanzándole miradas de advertencia, y yo no puedo evitar reírme. Se ha pasado la noche intentando darme celos con Lillian, y ahora está celoso porque su novia me guiña el ojo.

Todo este toma y daca tan infantil —él está celoso, yo estoy celosa, la vieja de la barra está celosa, todo el mundo está celoso— resulta fastidioso. Algo entretenido, sobre todo ahora, pero fastidioso.

—Por cierto, me llamo Riley. —Se sienta al final de la barra—. Imagino que el grosero de tu novio no piensa presentarnos.

Miro a Hardin esperando que la insulte, pero él se limita a poner los ojos en blanco, lo cual es bastante contenido por su parte. Hace ademán de sentarse en el taburete que hay entre nosotras, pero yo lo tomo del respaldo y apoyo la mano en su brazo para ayudarme a subirme a él. Sé que no debería estar tocándolo, pero quiero sentarme aquí a disfrutar de la última noche de estas minivacaciones, que han acabado siendo un desastre. Hardin ha espantado a mi nuevo amigo, y Landon probablemente ya esté durmiendo. Mi otra alternativa es sentarme sola en la habitación de la cabaña, así que esta me parece mejor.

—¿Qué les sirvo? —me pregunta una mesera de pelo cobrizo que viste una chamarra de mezclilla.

—Tres tragos de Jack Daniel's, fríos —responde Riley por mí.

La mujer analiza mi rostro durante unos segundos y el corazón se me acelera.

—En un momento —anuncia por fin, y saca tres vasos tequileros de debajo de la barra y los coloca delante de nosotros.

—Yo no iba a beber, sólo me tomé una copa antes de que tú llegaras —me dice Hardin al oído.

—Bebe lo que quieras. Yo pienso hacerlo —replico sin mirarlo siquiera, aunque en el fondo espero que no se emborrache demasiado. Nunca sé cómo va a reaccionar.

—Ya veo —dice a modo de regaño.

Lo miro con el ceño fruncido, pero acabo embelesada mirándole la boca. A veces me quedo así, observando los lentos movimientos de sus labios cuando habla; es una de mis aficiones favoritas.

Al advertir que he bajado un poco la guardia, me pregunta:

—¿Todavía estás enojada conmigo?

—Sí, mucho.

—Entonces ¿por qué actúas como si no lo estuvieras? —Sus labios se mueven todavía más despacio. Tengo que averiguar el nombre de ese vino. Era muy bueno.

—Ya te lo dije. Quiero divertirme —repito—. ¿Y tú? ¿Estás enojado conmigo?

—Siempre lo estoy —responde.

Me río ligeramente.

—Cierto.

—¿Qué dijiste?

—Nada. —Sonrío inocentemente y observo cómo se frota el cuello con la mano y se masajea los hombros con el pulgar y el índice.

Segundos más tarde tengo un vasito de licor café delante de mí, y Riley levanta el suyo en nuestra dirección:

—Por las relaciones disfuncionales que rozan lo psicótico. —Sonríe con malicia y echa la cabeza atrás para tomarse el trago.

Hardin la imita.

Yo respiro hondo antes de verter el fresco ardor del whisky por mi garganta.

—¡Uno más! —grita Riley mientras desliza otro tequilero de whisky delante de mí.

—No sé si puedo —balbuceo—. No había *eshtado* tan *borrrracha* en mi *vidda*. Nunca jamás.

El whisky se ha instalado oficialmente en mi cabeza y no parece tener intenciones de desaparecer en un plazo corto de tiempo. Hardin lleva cinco tragos. Yo he perdido la cuenta de los míos después del tercero, y estoy convencida de que Riley debería estar tirada en el suelo con un coma etílico.

—Este whisky está buenísimo —digo antes de meter la lengua en el pequeño vaso.

A mi lado, Hardin se ríe, y yo me apoyo en su hombro y coloco la mano sobre su muslo. Sus ojos siguen inmediatamente mi mano y yo la aparto al instante. No debería actuar como si nada hubiera pasado, sé que no debería, pero es más fácil decirlo que hacerlo. Especialmente ahora que apenas puedo pensar con claridad, y Hardin está tan guapo con esa camisa blanca. Ya me enfrentaré a nuestros problemas mañana.

—¿Lo ven? Sólo necesitaban un poco de whisky para relajarse —dice Riley, y golpea su tequilero contra la barra y yo me echo a reír como una tonta—. ¿Qué? —brama.

—Hardin y tú son iguales. —Me tapo la boca para ocultar mis insolentes risitas.

—De eso, nada —dice Hardin hablando con ese ritmo lento al que recurre cuando está ebrio. Riley también lo hace.

—¡Claro que sí! Son como dos gotas de agua. —Me río—. ¿Sabe Lillian que estás aquí? —digo volviéndome hacia ella bruscamente.

—No. Está dormida. —Se lame los labios—. Pero pienso despertarla en cuanto regrese.

Suben el volumen de la música de nuevo y veo que la mujer de pelo cobrizo se trepa a la barra por cuarta vez, creo.

—¿Más? —Hardin arruga la nariz, y yo me echo a reír.

—A mí me parece divertido. —En estos momentos, todo me lo parece.

—Pues a mí me parece vulgar, y me interrumpe cada treinta minutos —refunfuña.

—Deberías subir —me anima Riley.

—¿Adónde?

—A la barra. Deberías bailar en la barra.

Niego con la cabeza y me río. Y me sonrojo.

—¡No, no, no!

—Ándale, no has parado de decir que eres joven y que quieres divertirte o lo que sea que estuvieses diciendo. Aquí tienes tu oportunidad. Baila en la barra.

—No sé bailar. —Es verdad. Sólo bailé, excluyendo los bailes lentos, una vez, en aquella discoteca de Seattle.

—Nadie se dará cuenta, están todos más borrachos que tú. —Levanta una ceja, desafiándome.

—De eso, nada —interviene Hardin.

A pesar de mi estado de embriaguez, una cosa sí que recuerdo: estoy harta de que me diga lo que puedo o no puedo hacer.

Sin mediar palabra, me agacho y me desabrocho las incómodas correas que rodean mis tobillos y dejo caer mis tacones altos al suelo.

Hardin abre unos ojos como platos mientras me subo al taburete y del taburete a la barra.

—¿Qué estás haciendo? —Se levanta y se vuelve cuando unos cuantos clientes detrás de nosotros empiezan a vitorear—. Tess...

Suben más el volumen, y la mujer que nos ha estado sirviendo las bebidas me sonríe con picardía y me da la mano.

—¡¡Sabes bailar en línea, cielo?! —grita.

Niego con la cabeza, y de repente me siento insegura.

—¡Yo te enseño! —grita.

¿En qué diablos estaba pensando? Sólo quería demostrarle a Hardin que puedo hacer lo que me da la gana, y mira adónde me ha llevado eso: a subirme en una barra a punto de intentar bailar... un baile raro. Ni siquiera sé qué es bailar en línea exactamente. De haber sabido que iba a acabar aquí arriba, lo habría planeado todo mejor y habría prestado más atención a las mujeres cuando estaban bailando antes.

CAPÍTULO 48

Hardin

Riley mira a Tessa, que está de pie sobre la barra delante de ella..

—No manches, ¡pensaba que no se atrevería a hacerlo! —grita.

Yo también lo pensaba, pero está claro que está decidida a encabronarme esta noche.

Riley me mira con cara de fascinación.

—Es muy salvaje.

—No, no lo es —digo en voz baja. Tessa parece estar pasándola mal. Supongo que se estará arrepintiendo de su impulsiva decisión—. Voy a ayudarla a bajar de ahí. —Empiezo a levantar la mano, pero Riley me la quita de un manotazo.

—Déjala en paz, güey.

Miro a Tessa de nuevo. La mujer que nos ha servido las bebidas está hablando con ella, pero no oigo lo que le está diciendo. Esto es una estupidez, ponerse a bailar en una barra con ese vestido tan corto. Si me inclino un poco seguro que se lo veo todo, como el resto de los presentes. Supongo que Riley ya se lo estará viendo. Me vuelvo hacia todas partes y veo que ninguno de los hombres grasientos que hay al otro lado han advertido su presencia. Todavía.

Tessa observa a la mujer que tiene al lado con la frente arrugada con aire de concentración; todo lo contrario de su repentina necesidad de mostrarse «salvaje». Sigue los movimientos de la mujer y levanta una pierna, después la otra y a continuación mueve las caderas.

—Siéntate y disfruta del espectáculo —me dice Riley a mi lado pasándome una de sus bebidas.

Estoy borracho, demasiado, pero tengo la mente muy clara mientras observo cómo Tessa comienza a moverse. A moverse de verdad. Se coloca las manos sobre las caderas y empieza a sonreír. Ya no le importa que todo el mundo la esté contemplando. Me mira a los ojos y sus movimientos de baile se vuelven torpes por un instante, antes de que recobre la compostura y dirija la mirada al fondo de la sala.

—Excitante, ¿eh? —Riley sonríe a mi lado mientras se lleva la copa a los labios.

Sí, evidentemente, ver a Tessa sobre una barra me pone muy cachondo, pero también me enfurece y no me lo esperaba. El primer pensamiento que me ha venido a la cabeza ha sido: «Carajo, cómo me calienta esto». Y el segundo es que no debería estar disfrutándolo tanto y debería sentirme irritado por su constante necesidad de desafiarme. Sin embargo, no puedo pensar con claridad por culpa del primer pensamiento, y por el hecho de que está bailando justo delante de mí. El modo en que el vestido se le sube por los muslos y la manera en que se sujeta el pelo con una mano y se ríe mientras trata de seguir los pasos de la mujer que tiene al lado... Me encanta verla así, tan despreocupada. No suelo verla reír de este modo con frecuencia. Una ligera capa de sudor cubre ahora su cuerpo y la hace brillar bajo la luz de los focos. Me revuelvo algo incómodo y jalo la parte delantera de la ridícula camisa que llevo puesta.

—Oh, oh... —dice la novia de Lillian.

—¿Qué pasa?

Salgo de mi trance y sigo la dirección de su mirada por la barra. Dos hombres que hay al otro extremo están embobados mirando a Tessa, y por embobados quiero decir que tienen los ojos más salidos que mi maldita verga en estos momentos.

Levanto la vista y veo que la falda de Tessa muestra demasiado sus muslos. Cada vez que da un paso se le sube un poco más.

Ya es suficiente.

—Tranquilo, hombre —dice Riley—. La canción está a punto de acabar... —Y entonces levanta la mano y la menea justo cuando la música termina.

CAPÍTULO 49

Tessa

Hardin levanta la mano para ayudarme a bajar, cosa que me sorprende bastante.

Por su manera de mirarme con el ceño fruncido y con aire suplicante durante todo el rato que he estado bailando, pensaba que iba a gritarme. O algo peor. En realidad esperaba que se subiera y me arrastrara fuera de la barra y que después empezara a golpearse con todos los clientes.

—¿Lo ves? ¡Nadie se ha dado cuenta de que bailas de la chingada! —Riley se ríe y yo me siento en la fría barra.

¡Ha sido divertidísimo! —exclamo y, una vez más, la música se detiene.

Me río y salto de la barra. Hardin me envuelve con su brazo de manera protectora hasta que estoy lo bastante estable de pie como para que se aparte.

—¡Deberías subir a la próxima! —le digo a Hardin al oído, y él niega con la cabeza.

—No —dice con rotundidad.

—No hagas pucheros, estás muy feo. —Alargo la mano y le toco los labios.

No está feo; de hecho, es bastante lindo el modo en que sobresale su labio inferior. Sus ojos brillan al sentir mi contacto y mi pulso se acelera. Estoy empezando a notar el subidón de adrenalina después de haber bailado en la barra, algo que jamás en mi vida pensé que haría. Por muy divertido que haya sido, sé que jamás volveré a hacerlo. Hardin se sienta en el taburete y yo me quedo de pie entre él y Riley, al lado de mi asiento vacío.

—Te encanta. —Sonríe, todavía con mis dedos en sus labios.

—¿Tu boca? —digo con una sonrisa pícara.

Niega con la cabeza. Está de buen humor, pero muy serio al mismo tiempo, y resulta embriagador. Él es embriagador, y yo ya estoy bastante embriagada de por sí. Esto va a ser interesante.

—No, enojarme. Te encanta enojarme —dice con tono seco.

—No. Es que tú te enojas con demasiada facilidad.

—Estabas bailando en una barra delante de una sala llena de gente. —Su cara está a escasos centímetros de la mía, y su aliento es una estimulante mezcla de menta y whisky—. Sabías perfectamente que eso me iba a encabronar, Tessa. Tienes suerte de que no te haya bajado a la fuerza, te haya cargado sobre mi hombro y te haya sacado de este lugar.

—¿Sobre tu hombro, no sobre tus rodillas? —bromeo, y lo miro directamente a los ojos, lo que lo desarma.

—¿Qu... qué? —tartamudea.

Me echo a reír antes de volverme hacia Riley.

—No dejes que te engañe. Le encantó —me susurra ella, y asiento.

Siento una tensión en el estómago ante la idea de Hardin observándome, pero mi mente intenta controlar mis sucios pensamientos. Debería estar furiosa. Debería fingir que no está, o gritarle otra vez por sabotear lo de Seattle, o por las dolorosas palabras que me ha dicho, pero es casi imposible enojada estando así de borracha.

Me permito fingir que nada de eso ha sucedido, al menos por ahora, y me imagino que Hardin y yo somos una pareja normal que ha salido con una amiga a tomar una copa. Sin mentiras, sin peleas dramáticas, sólo diversión y baile.

—¡Todavía no puedo creer que haya hecho eso! —les digo a ambos.

—Yo tampoco —refunfuña Hardin.

—No voy a volver a hacerlo, se los aseguro. —Me paso la mano por la frente. Estoy sudando y hace calor en este pequeño bar. El aire está cargado y necesito respirar.

—¿Qué te pasa? —pregunta.

—Nada. Hace calor. —Me abanico con la mano y él asiente una vez.

—Pues vámonos antes de que te desmayes.

—No, quiero quedarme más rato. *La bien pasando estoy...* Digo..., la estoy pasando bien.

—Ni siquiera puedes formar una frase coherente.

—¿Y qué? Igual no es necesario que lo haga. Relájate o lárgate.

—Estás... —empieza, pero le tapo la boca con la mano.

—Shhh..., cállate por una vez. Divirtámonos. —Uso la otra mano para tocarle el muslo de nuevo, y esta vez le doy un apretón.

—Bueno —dice contra mi palma.

Le suelto la boca, pero mantengo la mano a unos centímetros de distancia para tapársela de nuevo si es necesario.

—Pero nada de bailar en la barra otra vez —dice, negociando tranquilamente.

—Está bien. Y nada de hacer pucheros ni de fruncir el ceño —le espeto.

Sonríe.

—Bueno.

—Deja de decir «bueno» —le digo con una sonrisa.

Asiente.

—Bueno.

—Eres *exasperador*.

—¿*Exasperador*? ¿Qué diría tu profesor de literatura ante esa clase de vocabulario? Los ojos de Hardin son de un verde jade intenso y están cargados de humor y enrojecidos por el alcohol.

—A veces eres muy gracioso. —Me apoyo contra él.

Me rodea la cintura con el brazo y me coloca entre sus piernas.

—¿A veces? —Me besa el pelo y yo me relajo en sus brazos.

—Sí, sólo a veces.

Se ríe y no me suelta. Y creo que no quiero que lo haga. Sé que debería, pero no quiero. Está borracho, y travieso, y el alcohol en mi organismo hace que pierda el sentido común... como siempre.

—Miren qué bien se están llevando. —Riley nos señala con ambas manos como si nos estuviese mostrando a alguien.

—Esta chica es exasperante —resopla Hardin.

—Parecen gemelos. —Me río, y él sacude la cabeza.

—¡Últimos pedidos! —grita mi nueva amiga desde detrás de la barra.

Durante la última hora me he enterado de que se llama Cami, de que tiene casi cincuenta años y de que su primer nieto acaba de nacer en diciembre. Me mostró algunas fotos que tiene impresas, como cualquier abuela orgullosa, y yo las he alabado y le dije que es un niño precioso. Hardin apenas las miró y se ha dedicado a balbucear algo sobre un trol, así que me he apresurado a quitárselas de las manos antes de que la mujer lo oyera.

Me balanceo de un lado a otro.

—Una copa más y me desmayo.

—¡No sé cómo no has perdido ya el conocimiento! —exclama Riley con evidente admiración.

Yo sí: Hardin me ha estado robando las copas cuando las tenía a la mitad para acabárselas él.

—Tú has bebido más que ninguno, *probabbblemente másh* que él —digo arrastrando las palabras y señalando al hombre que está inconsciente al otro extremo de la barra—. Ojalá Lillian hubiese podido venir con nosotros —digo, y Hardin arruga la nariz.

—Creía que la odiabas —responde, y Riley me mira al instante.

—No la odio —lo corrijo—. No me gustaba porque estabas intentando darme celos saliendo con ella.

Riley se pone tensa y mira a Hardin.

—¿Qué?

«Carajo.»

—Continúa, querida —insiste ella.

Estoy atrapada y borracha, y no tengo ni idea de qué diablos decir. No quiero que se enoje, eso seguro.

—No es nada —le dice Hardin, y levanta la mano—. Fui un imbécil y no le dije a Tessa que era lesbiana. Eso ya lo sabes.

Riley relaja los hombros.

—Ah, bueno.

«Rayos, es igualita que él.»

—No ha pasado nada, así que relájate —le dice.

—Estoy relajada, créeme —contesta ella tranquilamente, y acerca su taburete ligeramente al mío—. Unos pocos celos no tienen nada de malo, ¿verdad? —Riley me mira con un brillo en su ebria mirada—. ¿Alguna vez has besado a una chica, Tessa?

—¿Qué? —exclamo dramáticamente con los pelos de punta.

—Riley, ¿qué chingados...? —empieza Hardin, pero se detiene.

—Es sólo una pregunta. ¿Has besado a alguna chica?

—No.

—¿Alguna vez te lo has planteado?

Borracha o no, siento la vergüenza que sube por mis mejillas.

—Pues...

—Estar con una chica es mucho mejor, la verdad. Son más suaves. —Acaricia mi brazo—. Y saben qué es lo que quieres exactamente... y dónde lo quieres.

Hardin le aparta la mano de mi piel.

—Ya basta —gruñe, y yo retiro el brazo.

Riley se pone a reír de manera descontrolada.

—¡Lo siento, lo siento! No he podido evitarlo. Él empezó. —Señala a Hardin con la cabeza entre carcajada y carcajada, y entonces deja de reírse y lo mira con una amplia sonrisa—. Ya te advertí antes que tengas cuidadito conmigo.

Exhalo, tremendamente aliviada de que sólo estuviera intentando provocar a Hardin. Una risita escapa de mi boca y él parece avergonzado, enojado y... ¿tal vez un poco cachondo?

—Paga tú, ya que te crees tan graciosa —dice, y le coloca la larga cuenta de papel delante.

Riley pone los ojos en blanco, se lleva la mano al bolsillo trasero, saca una tarjeta y la deja encima de la barra. Cami cobra rápidamente y se dirige a atender al hombre inconsciente del otro extremo.

Cuando llegamos a la puerta, Riley anuncia:

—Bueno, hemos cerrado el bar. Lil se va a enojar.

Hardin me sujeta la puerta para que pase. Casi se la cierra en la cara a Riley, pero yo la detengo y le lanzo una mirada asesina. Él se ríe y se encoge de hombros como si no hubiese hecho nada malo, y yo no puedo evitar sonreír. Es un patán, pero es mi patán.

«¿No?»

No tengo nada por seguro, pero lo que sí sé es que no quiero pensar en eso mientras regresamos a la cabaña a las dos de la mañana.

—¿Seguirá dormida? —le pregunto a Riley.

—Eso espero.

Yo también espero que todos en nuestra cabaña estén dormidos. Lo último que quiero es que Ken o Karen estén despiertos cuando entremos tambaleándonos por la puerta.

—¿Qué pasa? ¿Tienes miedo de que te haga un desmadre o algo? —la provoca Hardin.

—No..., bueno, sí. No quiero que se enoje. Bastante delicadas están ya las cosas.

—¿Por qué? —pregunto con curiosidad.

—No importa —dice Hardin quitándole importancia y dejando a Riley sumida en sus pensamientos.

Recorremos el resto del trayecto en silencio. Cuento los pasos y me río de vez en cuando al recordar mi baile sobre la barra.

Cuando llegamos a la cabaña de Max, Riley vacila antes de despedirse.

—Ha sido... un placer conocerlos —afirma.

No puedo evitar echarme a reír al ver la manera tan graciosa que tiene de arrugar la cara, como si las palabras le supiesen agrias.

Sonrío.

—Lo mismo digo; la hemos pasado genial. —Me planteo abrazarla por un instante, pero eso sería incómodo, y tengo la sensación de que a Hardin no le haría ninguna gracia.

—Adiós —se limita a decir él sin detenerse.

Cuando casi hemos llegado a nuestra cabaña, de repente me doy cuenta de lo cansada que estoy y me alegro tremendamente de estar ya cerca. Me duelen los pies, y la tela dura de este incómodo vestido seguro que me ha arañado la piel.

—Me duelen los pies —protesto.

—Ven aquí, yo te llevo —se ofrece Hardin.

«¿Qué?» Me entra la risita.

Él sonríe inseguro.

—¿Por qué me miras así?

—Acabas de ofrecerte a llevarme en brazos.

—¿Y?

—No es típico de ti, eso es todo. —Me encojo de hombros y él se acerca, me agarra del brazo y de la pierna y me eleva en el aire.

—Haría cualquier cosa por ti, Tessa. No debería sorprenderte que te lleve a cuestas por un maldito sendero.

No digo nada, sólo me río. Muy alto. Es una risa histérica que hace que me convulsione. Me tapo la boca para detenerla, pero no ayuda.

—¿De qué te ríes? —pregunta con gesto serio e intimidante.

—No lo sé..., me hizo gracia —repongo.

Llegamos al porche y él me mueve un poco para poder girar la manecilla de la puerta.

—¿Te hace gracia que diga que haría cualquier cosa por ti?

—Harías cualquier cosa... excepto ir a Seattle, casarte conmigo, o tener hijos conmigo. —Incluso en mi estado de embriaguez, lo irónico del comentario no me ha pasado desapercibido.

—No empieces. Estamos demasiado borrachos como para mantener esta conversación ahora.

—Vaaaya —digo en tono infantil, sabiendo que tiene razón.

Hardin sacude la cabeza y sube por la escalera. Me aferro a su cuello, y él me sonríe a pesar de su seco comportamiento.

—No me sueltes —susurro, y él me suelta sólo lo suficiente como para que me deslice por su torso. Me vuelvo, rodeo su cintura con las piernas y dejo escapar un pequeño aullido mientras me aferro a su cuerpo.

—Shhh. Si quisiera soltarte, lo haría desde lo alto —me amenaza.

Hago todo lo posible por parecer asustada. Una sonrisa malévola se dibuja en su rostro y yo me inclino hacia arriba, saco la lengua y le toco la punta de la nariz con ella.

Culpo al whisky.

Una luz se enciende entonces al final del pasillo y Hardin corre hacia la habitación que compartimos.

—Los despertaste —dice dejándome sobre la cama.

Me agacho para quitarme los zapatos, me froto los adoloridos tobillos y dejo caer el terrible calzado al suelo.

—Es culpa tuya —replico, y paso por su lado para abrir el cajón de la cómoda y buscar algo que ponerme para dormir—. Este vestido me está matando —protesto mientras me llevo la mano atrás para bajarme el cierre. Era mucho más fácil hacerlo cuando estaba sobria.

—Espera. —Hardin se coloca detrás de mí y me quita la mano—. Pero ¿qué chingados...?

—¿Qué ocurre?

Me pasa los dedos por la piel y se me eriza el vello.

—Tienes la piel roja, como si el vestido te hubiese dejado marcas. —Toca un punto debajo de mi omóplato y desciende la tela por mi espalda hasta que cae al suelo.

—Era muy incómodo —refunfuño.

—Ya lo veo. —Me mira con ojos hambrientos—. Nada debería marcarte, excepto yo.

Trago saliva. Está borracho, y juguetón, y sus ojos oscuros delatan exactamente lo que está pensando.

—Ven aquí.

Recorre el pequeño espacio que nos separa y se coloca delante de mí. Está totalmente vestido, y yo me he quedado en ropa interior.

Niego con la cabeza.

—No... —Sé que tengo que decirle algo, pero no recuerdo qué. Apenas recuerdo mi nombre cuando me mira de esa manera.

—Sí —responde él, y retrocedo.

—No voy a hacerlo contigo.

Me toma del brazo y me agarra del pelo con la otra mano, jalándolo con suavidad para obligarme a mirarlo a la cara. Su aliento me golpea el rostro y sus labios están sólo a unos milímetros de los míos.

—Y ¿eso por qué? —pregunta.

—Porque... —Mi mente busca una respuesta mientras mi subconsciente suplica que me arranque el resto de mi ropa—. Estoy enojada contigo.

—¿Y? Yo también estoy enojado contigo. —Sus labios acarician mi piel y recorren mi mandíbula. Me tiemblan las piernas y no puedo pensar con claridad.

Arqueo una ceja y digo:

—Y ¿eso por qué? Yo no hice nada. —Tenso el estómago cuando sus manos se desplazan a mi trasero, masajeándolo y apretándolo lentamente.

—El espectáculo que diste en el bar era suficiente como para mandarme a un hospital, por no hablar del hecho de que te has paseado por todo el pueblo con ese pinche mesero; me faltaste al respeto delante de todos al quedarte con él. —Su tono es amenazador, pero sus labios son suaves mientras recorren mi cuello—. Me muero por tenerte desde que estábamos en ese pinche bar. Después de verte bailar así quería llevarte al baño y cogerte contra la pared. —Se pega contra mí para que sienta lo dura que la tiene.

Por mucho que lo deseo, no puedo permitir que me culpe de todo.

—Tú... —Cierro los ojos y disfruto de la sensación de sus manos y sus labios sobre mi cuerpo—. Fuiste tú el que... —No soy capaz de pensar, y mucho menos de formar una frase—. Detente.

Lo agarro de las manos para que deje de tocarme.

Su mirada se llena de decepción y deja caer las manos a los costados.

—¿No me deseas?

—Claro que sí. Siempre te deseo. Pero... se supone que estoy enojada.

—Puedes seguir estándolo mañana —dice con una sonrisa malévola.

—Eso es lo que hago siempre, y tengo que...

—Shhh...

Me tapa la boca con sus labios y me besa con fuerza. Abro los míos y, aprovechando mi momento de flaqueza, me agarra de nuevo del pelo, hunde la lengua en mi boca y pega mi cuerpo al suyo todo lo posible.

—Tócame —me ruega intentando tomarme las manos.

No hace falta que me lo diga dos veces; quiero tocarlo, y él necesita que le infunda seguridad. Así es como solucionamos las cosas, y por muy enfermo que sea, no es la sensación que tengo cuando me besa de esta manera y me ruega que le ponga las manos encima.

Me peleo con los botones de su camisa y él gruñe de impaciencia. Agarra los dos lados, jala y arranca todos los botones.

—Me gustaba esa camisa —digo pegada a su boca, y él sonríe con los labios contra los míos.

—Yo la odiaba.

Deslizo la tela por sus hombros y dejo que la prenda caiga al suelo. Acaricia mi lengua con la suya lentamente, y el beso, intenso pero increíblemente dulce, hace que me derrita en sus brazos. Siento la ira y la frustración que se esconde tras sus labios, pero está haciendo un gran esfuerzo por ocultarlas. Siempre está ocultando cosas.

—Sé que vas a dejarme pronto —dice deslizando los labios por mi cuello de nuevo.

—¿Qué? —Me aparto un poco, sorprendida y confundida ante sus palabras.

Me duele el corazón al oírlo. El alcohol me hace más sensible a sus sentimientos. Lo quiero. Lo quiero muchísimo. Pero hace que me sienta tan débil y vulnerable... En cuanto me permito pensar que está preocupado, o triste, o afligido de alguna manera, es como si todos mis sentimientos desaparecieran y me concentrara en él, y no en mí o en cómo me siento.

—Te quiero mucho —susurra, y acaricia suavemente mis labios con el pulgar.

Su pecho y su torso sobresaliendo de sus pantalones negros son una imagen divina, y sé que estoy completamente a su merced.

—Hardin, ¿qué...?

—Ya hablaremos después. Ahora quiero sentirte.

Me guía hasta la cama e intento acallar a mi mente, que me grita que lo detenga y que no ceda. Pero no soy capaz. No soy lo bastante fuerte como para controlarme cuando sus manos callosas acarician mis muslos, los separan ligeramente y me tienta metiendo el dedo índice por el elástico de mis pantaletas.

—Ponte un condón —jadeo, y me mira con sus ojos inyectados en sangre.

—¿Y si no lo usamos? ¿Y si me vengo dentro de ti? ¿Tú no te...?

Pero se detiene, y me alegro por ello. Creo que no estoy preparada para oír lo que sea que fuese a decir. Se aparta de mí, se levanta y se dirige a la maleta, que está en el suelo. Yo me acuesto mirando al techo, intentando ordenar mis ebrios pensamientos. «¿De verdad necesito ir a Seattle? ¿Es Seattle lo bastante importante para mí como para perder a Hardin?» El fuerte dolor que me atraviesa al pensarlo me resulta casi insoportable.

—No lo puedo creer —dice desde el otro lado de la habitación.

Cuando me incorporo, veo que está mirando un trozo de papel que tiene en la mano.

—¿Qué chingadera es esta? —inquiere mirándome a los ojos.

—¿Qué?

Miro abajo y veo que mi vestido se encuentra sobre el suelo de madera, junto a mis zapatos. Al principio estoy un poco confundida, pero entonces veo que mi brasier también está ahí tirado. «Mierda.» Me levanto rápidamente e intento quitarle el papel de las manos.

—No te hagas la tonta. ¿Te guardaste su número? —dice con la boca abierta mientras sostiene el papel por encima de su cabeza para que no pueda recuperarlo.

—No es lo que piensas. Estaba enojada y él...

—¡Me vale madres! —grita.

Ahí vamos. Conozco esa mirada. Todavía recuerdo la primera vez que la vi. Estaba empujando la vitrina de casa de su padre con el rostro retorcido de esa manera por la ira.

—Hardin...

—Adelante, llámalo. Deja que te coja él, porque desde luego yo no quiero hacerlo.

—No saques las cosas de quicio —le ruego. Estoy demasiado borracha como para empezar una guerra a gritos con él.

—¿Que no saque las cosas de quicio? Acabo de encontrar el número de otro güey en tu vestido —silba con los dientes y la mandíbula apretados con furia.

—No te hagas el inocente ahora —le digo mientras él se pasea de un lado a otro—. Si piensas gritarme, ahórrate la saliva. Estoy harta de pelearme contigo todos los días —añado, y suspiro con frustración.

Me señala con furia.

—¡Es por tu culpa! Tú eres la que no deja de encabronarme. Es culpa tuya que me ponga de esta manera, ¡y lo sabes!

—¡No! No es verdad. —Me esfuerzo por hablar en voz baja—. No puedes culparme de todo. Ambos cometemos errores.

—No, tú cometes errores. Un montón de errores. Y ya estoy harto. —Se jala el pelo—. ¿Crees que quiero ser así? Carajo, no, no quiero. ¡Es culpa tuya!

Me quedo callada.

—Adelante, llora —dice burlándose de mí.

—No pensaba llorar.

Abre unos ojos como platos.

—Vaya, qué sorpresa. —Me aplaude de la manera más denigrante posible.

Me río y se detiene.

—¿De qué te ríes? —Me mira por un segundo—. Contéstame.

Sacudo la cabeza.

—Eres un cabrón. Un cabrón hecho y derecho.

—Y tú eres una puta egoísta. ¿Alguna cosa más? —me espeta, y dejo de reírme bruscamente.

Me levanto de la cama sin decir ni una palabra ni derramar ni una lágrima. Saco una camiseta y unos shorts del cajón y me los pongo rápidamente mientras él me observa.

—¿Adónde crees que vas? —pregunta.

—Déjame en paz.

—No. Ven aquí. —Intenta agarrarme y siento unas ganas tremendas de darle una cachetada, pero sé que me detendrá.

—¡Quítate! —Me suelto el brazo de un jalón—. Estoy harta. Estoy harta de estas peleas. Estoy harta y agotada, y no quiero seguir así. No me quieres. Sólo quieres poseerme, y no te lo voy a permitir. —Lo miro directamente a sus ojos brillantes y le digo—: Estás roto, Hardin, y yo no puedo arreglarte.

De repente se da cuenta de lo que me ha hecho, a mí y a sí mismo, y se para delante de mí sin emoción alguna. Con los hombros hundidos, y con los ojos ahora sin brillo, me mira, y al hacerlo por fin ve un reflejo tan carente de expresión como él. No tengo nada que decirle. Ya no le queda nada que romper dentro de mí, o de él, y por la palidez de su rostro, veo que finalmente se ha dado cuenta.

CAPÍTULO 50

Tessa

Landon abre la puerta mientras se frota los ojos. Sólo lleva puestos unos pantalones de cuadros, sin camiseta ni calcetines.

—¿Puedo dormir aquí? —le pregunto, y él asiente, adormilado y sin hacer preguntas—. Lamento haberte despertado —le susurro.

—No te preocupes —balbucea, y vuelve junto a la cama—. Toma, quédate ésta, la otra es muy plana. —Empuja una almohada blanca y blanda contra mi pecho.

Sonrío, me abrazo a la almohada y me siento en la cama.

—Esta es la razón por la que te quiero tanto. Bueno, no la única, pero una de ellas.

—¿Porque te cedo la mejor almohada? —Su sonrisa es aún más adorable cuando está medio dormido.

—No, porque siempre estás ahí para mí... y porque tienes almohadas esponjositas. —Mi voz es tan grave cuando estoy borracha que suena rara.

Landon se acuesta de nuevo en la cama y se aparta para dejarme mucho espacio al otro lado.

—¿Crees que vendrá aquí a buscarte? —pregunta en voz baja.

—No. —El momento de humor provocado por Landon y sus almohadas esponjosas ha sido reemplazado por el dolor por Hardin y por las palabras que hemos intercambiado hace unos momentos.

Me acuesto y miro a Landon, a mi lado.

—¿Te acuerdas de eso que me dijiste antes de que no es una causa perdida? —susurro.

—Sí.

—¿De verdad lo piensas?

—Sí. —Hace una pausa—. A no ser que haya hecho algo más.

—No. Bueno..., nada nuevo, en realidad. Pero es que... no sé si puedo seguir con esto. No dejamos de dar pasos atrás, y eso no debería ser así. Cada vez que pienso que hemos avanzado, se convierte en el mismo Hardin que conocí hace unos meses. Me dice que soy una puta egoísta o simplemente me dice que no me quiere, y sé que no lo dice de verdad, pero cada sílaba me aplasta un poco más que la anterior, y creo que estoy empezando a entender que él es así. No puede evitarlo, y tampoco puede cambiarlo.

Landon me observa con ojos pensativos antes de fruncir los labios.

—¿Te llamó puta? ¿Cuándo? ¿Esta noche?

Asiento y él suspira sonoramente y se pasa la mano por la cara.

—Yo también le dije cosas hirientes. —Me entra hipo.

La explosiva combinación de vino y whisky me va a pasar factura mañana, lo sé.

—No debería llamarte de ninguna manera que no sea tu nombre. Es un hombre, y tú una mujer. No está bien, Tessa, deja de excusarlo.

—No lo hago..., pero... —Bueno, eso es justo lo que estoy haciendo ahora. Suspiro—. Creo que es por lo de Seattle. Ha pasado de hacerse un tatuaje por mí y de asegurarme que no puede vivir sin mí a decirme que sólo me persigue porque cojo con él. ¡Ya ves! ¡Lo siento, Landon! —Me tapo la cara con las manos. No puedo creer que acabe de decir eso delante de él.

—No te preocupes. Te vi pescando tu ropa interior del jacuzzi, ¿recuerdas? —Sonríe, quitándole peso a la conversación, y espero que la relativa oscuridad del cuarto al menos oculte mi rubor.

—Este viaje ha sido un desastre. —Sacudo la cabeza y la entierro en la almohada.

—A lo mejor no. Igual esto es justo lo que los dos necesitaban.

—¿Romper?

—No... ¿Es eso lo que pasó? —Coloca otra almohada a mi lado.

—No lo sé. —Entierro el rostro más todavía.

—¿Es eso lo que tú quieres? —me pregunta con tiento.

—No, pero es lo que debería querer. No es justo para ninguno de los dos que sigamos haciendo esto día tras día. Aunque yo tengo mi parte de culpa; siempre espero demasiado de él.

He heredado los defectos de mi madre. Ella también espera siempre demasiado de todo el mundo.

Landon se revuelve un poco.

—No tiene nada de malo esperar cosas de él, y menos si las cosas que esperas son razonables —responde—. Tiene que darse cuenta de lo que tiene. Eres lo mejor que le ha pasado en la vida, y debería recordarlo.

—Me dijo que es culpa mía..., que esa es su forma de ser. Lo único que quiero es que sea amable conmigo al menos la mitad del tiempo, y también seguridad en nuestra relación, eso es todo. Es patético. —Gruño, mi voz se quiebra, y todavía siento el whisky mezclado con el fresco sabor de Hardin en mi lengua—. Si fueses yo, ¿te irías a Seattle? No dejo de pensar que debería cancelarlo y quedarme aquí, o irme a Inglaterra con él. Si actúa de esa manera es porque voy a irme a Seattle; tal vez debería...

—Tienes que ir —me interrumpe Landon—. Has querido ir a Seattle desde el día que te conocí. Si Hardin se niega a ir contigo, él se lo pierde. Además, le doy una semana desde que te vayas para que se presente en tu puerta. No puedes ceder en esto. Tiene que saber que esta vez vas en serio. Debes dejar que te extrañe.

Sonrío al imaginarme a Hardin apareciendo una semana después de que me haya mudado, desesperado y rogándome que lo perdone con un ramo de flores en las manos.

—Ni siquiera tengo una puerta ante la que pueda presentarse.

—Fue cosa suya, ¿verdad? Fue culpa suya que aquella mujer no te devolviera la llamada.

—Sí.

—Lo sabía. Los agentes inmobiliarios siempre llaman. Tienes que irte. Ken te ayudará a buscar un lugar en el que hospedarte hasta que encuentres un sitio permanente.

—Pero ¿y si no viene? Y, lo que es peor, ¿y si viene pero está aún más enojado porque odia estar allí?

—Tessa, voy a decirte esto porque me importas, ¿está bien? —Espera mi respuesta y yo asiento—. Tendrías que estar loca para renunciar a irte a Seattle por alguien que te quiere más que a nada, pero que está dispuesto a demostrártelo sólo la mitad del tiempo.

Pienso en Hardin diciéndome que soy yo la que comete todos los errores y que si actúa como lo hace es por culpa mía.

—¿Crees que estaría mejor sin mí? —le pregunto a Landon.

Se incorpora un poco y dice:

—¡Ni de chiste! Pero sé que no me cuentas ni la mitad de las cosas que te hace, así que es posible que de verdad no vaya a funcionar. —Su brazo atraviesa el espacio que nos separa y me acaricia el mío con la mano.

Uso el alcohol que corre por mis venas como excusa para permitirme pasar por alto el hecho de que Landon, una de las únicas personas que creía en mi relación con Hardin, acaba de tirar la toalla.

—Mañana me voy a encontrar fatal —digo para cambiar de tema antes de romper la promesa que me había hecho a mí misma de no llorar.

—Sí, sin duda —bromea—. Hueles a destilería.

—Conocí a la novia de Lillian, no dejaba de pedirme tragos. Ah, y bailé sobre una barra.

Sofoca un grito de regocijo.

—Ay, ajá.

—En serio. Qué vergüenza. Fue idea de Riley.

—Parece una chica... interesante. —Sonríe, y entonces parece darse cuenta de que las puntas de sus dedos continúan acariciando mi piel. Las quita de inmediato y coloca el brazo debajo de su cabeza.

—Es la versión femenina de Hardin. —Me río.

—¡Claro! ¡Por eso suena tan irritante! —bromea, y, en un momento de locura etílica, miro hacia la puerta, esperando ver a Hardin ahí, con el ceño fruncido después de oír la broma insultante de Landon.

—Consigues que me olvide de todo. —Mi boca libera esas palabras sin que me dé tiempo de pensarlas.

—Me alegro. —Mi mejor amigo sonríe y agarra la cobija que hay a los pies de la cama. La extiende sobre nuestros cuerpos y cierro los ojos.

Tras unos minutos de silencio, mi mente se resiste mientras el sueño lucha por llevarme consigo. La respiración de Landon se ralentiza y tengo que obligarme a mantener los ojos cerrados e imaginarme que es la de Hardin o mi mente no se rendirá jamás.

La expresión furiosa de Hardin y sus duras palabras se reproducen incesantemente en mis pensamientos mientras por fin me quedo dormida: «Eres una puta egoísta».

—¡No!

La voz de Hardin me despierta de un sobresalto. Tardo un momento en recordar que estoy en el cuarto de Landon, y que Hardin está en el que se encuentra al final del pasillo, solo.

—¡No la toques! —lo oigo gritar unos segundos después.

Salto de la cama y llego hasta la puerta antes incluso de que termine la frase.

«Tiene que darse cuenta de lo que tiene. Tiene que saber que esta vez vas en serio. Debes dejar que te extrañe.»

Si voy corriendo a esa habitación, sé que se lo perdonaré todo. Lo veré vulnerable y asustado y le diré lo que necesite oír para reconfortarlo.

Recojo mi corazón del suelo y vuelvo a la cama. Me tapo la cabeza con la almohada justo cuando otro «¡No!» resuena por la cabaña.

—Tessa..., ¿oíste...? —susurra Landon.

—No —respondo con voz temblorosa.

Muerdo la almohada y rompo a llorar. No por mí, sino por Hardin. Por el chico que no sabe cómo tratar a la gente que le importa, el chico que tiene pesadillas cuando no duermo con él, pero que me dice que no me quiere. El chico que necesita que le recuerde lo que siente estando solo.

CAPÍTULO 51

Hardin

No la dejan. No la dejan de tocar. Sus manos sucias y arrugadas ascienden por sus muslos y ella llora mientras el otro hombre la agarra de la cola de caballo y la jala de su cabeza hacia atrás con fuerza.

—¡Aléjense de ella! —*intento gritarles, aunque no me oyen.*

Trato de moverme, pero estoy paralizado en la escalera de mi infancia. Sus ojos grises me miran abiertos como platos, asustados y sin vida mientras un oscuro moretón empieza a formarse en su mejilla.

—No me quieres —*susurra.*

Sus ojos se clavan en los míos mientras la mano de uno de los hombres repta por su espalda y la agarra del cuello.

«¿Qué?»

—Sí; ¡claro que sí! ¡Te quiero, Tess! —*grito, sin embargo ella no me escucha.*

Sacude la cabeza mientras el hombre aprieta su cuello con más fuerza y su amigo la toca entre las piernas.

—¡No! —*grito por última vez antes de que su imagen empiece a desintegrarse ante mis ojos.*

—No me quieres...

Sus ojos están enrojecidos por la agresión, y no puedo hacer nada por ayudarla.

—¡Tess!

Sacudo los brazos en la cama para llegar hasta ella. En cuanto la toque, el pánico desaparecerá y se llevará consigo las horribles imágenes de esas manos alrededor de su cuello.

Ella no está aquí.

Tessa no ha vuelto. Me siento, enciendo la lámpara de la mesita de noche y observo la habitación. Mi corazón golpea contra mi caja torácica y mi cuerpo está empapado de sudor.

«Ella no está aquí.»

Oigo unos golpecitos en la puerta y contengo el aliento cuando esta se abre. Por favor, que sea...

—¿Hardin? —pregunta la voz de Karen.

«Mierda.»

—Estoy bien —le espeto, y ella abre más la puerta.

—Si necesitas algo, no dudes en...

—¡Carajo, dije que estoy bien! —Paso la mano por la mesita de noche y tiro la lámpara al suelo formando un terrible estrépito.

Sin mediar palabra, Karen sale de la habitación, cierra la puerta y me deja aquí solo en la oscuridad.

Tessa tiene la cabeza apoyada en sus brazos cruzados sobre la barra de la cocina. Aún lleva puesta la pijama y el pelo recogido en un chongo alto.

—Sólo necesito paracetamol y un poco de agua —gruñe.

Landon está sentado a su lado, comiendo cereal.

—Te traeré uno. Cuando tengamos las maletas en el coche podemos irnos. Aunque Ken aún está en la cama; anoche le costó conciliar el sueño —explica Karen.

Tessa la mira pero no dice nada. Sé que está pensando: «¿Me oirían gritar anoche como una puta patética?».

Karen abre un cajón y saca un par de envoltorios de aluminio. Los observo a los tres y espero a que alguno advierta mi presencia. Ninguno lo hace.

—Voy a hacer la maleta; gracias por el paracetamol —dice Tessa con voz suave mientras se levanta de su silla. Se toma el medicamento rápidamente y, cuando deja el vaso de agua de nuevo sobre la barra, su mirada se encuentra con la mía, pero desvía la vista al instante.

Sólo he pasado una noche sin ella y ya la he extrañado mucho. No puedo quitarme las horribles imágenes de la pesadilla de la cabeza, sobre todo cuando pasa por mi lado sin mostrar emoción alguna. Nada que me haga saber que estaré bien.

El sueño parecía muy real, y ella se comporta de un modo tan frío.

Me quedo aquí parado un momento, meditando si debo seguirla o no, pero mis pies deciden por mí y suben la escalera. Cuando entro en la habitación, la encuentro arrodillada, abriendo el cierre de la maleta.

—Voy a guardarlo todo, luego podremos irnos —dice sin volverse.

Asiento, y entonces me doy cuenta de que no me ve.

—Sí, de acuerdo —murmuro.

No sé qué piensa, qué siente ni sé qué decir. No tengo ni idea, como de costumbre.

—Lo siento —digo en voz demasiado alta.

—Lo sé —se apresura a responder, pero sigue sin mirarme y empieza a doblar mi ropa de la cómoda y del suelo.

—En serio. No quería decir lo que dije.

Necesito que me mire para saber que mi sueño ha sido sólo eso.

—Lo sé. No te preocupes. —Suspira, y veo que sus hombros están más decaídos que de costumbre.

—¿Estás segura? Te dije cosas muy fuertes...

«Estás roto, Hardin, y yo no puedo arreglarte.» Eso es lo peor que podría haberme dicho. Por fin se ha dado cuenta de lo jodido que estoy y, lo que es más importante, sabe que lo mío no tiene cura. Si ella no puede arreglarme, nadie lo hará.

—Yo también. Tranquilo. Me duele mucho la cabeza, ¿podemos hablar de otra cosa?

—Claro.

Le doy una patada a un trozo de la lámpara que rompí anoche. Ya les debo a mi padre y a Karen al menos cinco pinches lámparas.

Me siento un poco culpable por haberle hablado así a Karen anoche, pero no quiero ser el primero en mencionarlo, y probablemente ella sea demasiado amable y comprensiva como para hacerlo.

—¿Puedes traer lo que hay en el baño, por favor? —pide Tessa.

El resto de mi tiempo en esa maldita cabaña transcurre de esta manera: viendo cómo ella guarda nuestras cosas y limpia la lámpara rota sin decirme ni una palabra y sin mirarme.

CAPÍTULO 52

Tessa

—Cuánto me alegro de haber visto a Max y a Denise otra vez. ¡Hacía años! —exclama Karen mientras Ken arranca el todoterreno.

Nuestras maletas están bien aseguradas en la parte trasera, y Landon me ha prestado sus auriculares para que me distraiga durante el viaje.

—Sí, estuvo bien. Lillian está muy mayor —dice Ken al tiempo que le regala una sonrisa a su mujer.

—Mucho. Es una chica muy guapa.

No puedo evitar poner los ojos en blanco. Lillian era linda y todo eso, pero después de pasarme horas pensando que estaba interesada en Hardin, creo que jamás podrá caerme bien. Menos mal que las probabilidades de que vuelva a verla son escasas, si no es que inexistentes.

—Max no ha cambiado nada —señala Ken con voz grave y de desaprobación. Al menos, no soy la única a la que no le gusta su actitud arrogante y altiva.

—¿Te encuentras mejor? —me pregunta Landon.

—No mucho —suspiro.

Asiente.

—¿Por qué no duermes un rato? ¿Quieres un poco de agua?

—Yo se la daré —interviene Hardin.

Landon lo ignora y toma un recipiente con agua del pequeño refrigerador del suelo delante de su asiento. Le doy las gracias en silencio y me pongo los auriculares en las orejas. Mi teléfono no deja de bloquearse, así que lo apago y lo vuelvo a encender para ver si así funciona mejor. Este trayecto va a ser insoportable si no puedo calmar mi tensión con música. No sé por qué nunca había hecho esto antes de la «Gran Depresión», cuando Landon tuvo que enseñarme a descargar música.

Sonrío ligeramente al recordar el estúpido nombre con el que he bautizado a esos largos días sin Hardin. No sé por qué sonrío, teniendo en cuenta que fueron los peores días de mi vida. Ahora siento algo parecido. Sé que se avecina algo similar.

—¿Qué pasa? —Hardin se inclina para hablarme al oído y yo me quito por acto reflejo. Frunce el ceño y no intenta tocarme otra vez.

—Nada, que mi teléfono es una... una basura. —Levanto el dispositivo en el aire.

—¿Qué quieres hacer exactamente?

—Escuchar música y, de ser posible, dormir —susurro.

Me quita el teléfono de las manos y se pone a toquetear la configuración.

—Si me hubieses hecho caso y te hubieses conseguido uno nuevo, no te pasaría esto —me reprocha.

Me muerdo la lengua y miro por la ventana mientras él intenta arreglar mi celular. No quiero uno nuevo y, además, ahora no tengo dinero para comprármelo. Tengo que buscar un departamento, comprar muebles nuevos y pagar facturas. Lo último que se me ocurre es pagar cientos de dólares por algo por lo que ya he pagado recientemente.

—Creo que ya funciona. Si no, puedes usar el mío —dice.

«¿Usar el suyo?» ¿Hardin me está ofreciendo que use su teléfono de manera voluntaria? Esto es nuevo.

—Gracias —mascullo, y recorro mi lista de reproducción antes de escoger una canción. Pronto, la música inunda mis oídos, penetra en mis pensamientos y apacigua mi torbellino interior.

Hardin apoya la cabeza contra la ventanilla y cierra los ojos. Sus oscuras ojeras delatan su falta de sueño.

Me siento un poco culpable, pero decido no pensar en ello. Al cabo de unos minutos, la música consigue relajarme lo suficiente como para que me quede dormida.

—Tessa. —Me despierta la voz de Hardin—. ¿Tienes hambre?

—No —refunfuño negándome a abrir los ojos.

—Tienes cruda, deberías comer —dice.

De repente me doy cuenta de que tengo la necesidad de comer algo que absorba la acidez de mi estómago.

—Bueno —cedo por fin. No tengo energías para discutir.

Minutos más tarde, me coloca un sándwich y unas papas fritas sobre las piernas y abro los ojos. Picoteo la comida y apoyo la cabeza sobre el asiento después de comerme la mitad. Pero mi teléfono se ha bloqueado otra vez.

Al verme pelear con él de nuevo, Hardin quita los auriculares de mi celular y los conecta al suyo.

—Listo.

—Gracias.

Ya me ha abierto la aplicación de música. Una larga lista aparece en la pantalla y navego por ella hasta encontrar algo que me resulte familiar. Estoy a punto de tirar la toalla cuando veo una carpeta llamada «T». Miro a Hardin y, para mi sorpresa, tiene los ojos cerrados y no me está mirando. Cuando abro la carpeta veo que contiene toda mi música favorita, incluso canciones que jamás le he mencionado. Debe de haberlas visto en mi teléfono.

Detalles como este hacen que me cuestione nuestra relación. Los pequeños gestos que intenta ocultarme son lo que más me gusta en este mundo. Ojalá dejara de esconderlos.

Con un suave golpecito, esta vez es Karen quien me despierta.

—Despierta, cariño.

Levanto la vista y veo que Hardin está dormido; tiene la mano en el asiento entre nosotros, y sus dedos me rozan ligeramente la pierna. Incluso dormido gravita hacia mí.

—Hardin, despierta —susurro, y sus ojos se abren de golpe, alertas. Se los frota, se rasca la cabeza, me mira y analiza mi expresión.

—¿Estás bien? —pregunta en voz baja, y yo asiento.

Estoy intentando evitar los enfrentamientos con él, pero me pone nerviosa su conducta calmada: porque suele preceder a un estallido.

Nos reunimos fuera del coche y Hardin se acerca a la parte trasera para sacar nuestras maletas.

Karen me rodea con los brazos y me abraza con fuerza.

—Tessa, querida, gracias otra vez por venir. La pasamos muy bien. Por favor, vuelve a visitarnos pronto, pero mientras, espero que te vaya de maravilla en Seattle. —Cuando se aparta, tiene los ojos llenos de lágrimas.

—Volveré pronto para verlos, lo prometo. —La abrazo de nuevo. Siempre se ha mostrado muy amable y cariñosa conmigo, casi como la madre que nunca tuve.

—Buena suerte, Tessa, y si necesitas algo, dímelo. Tengo muchos contactos en Seattle. —Ken sonríe y, con aire incómodo, me rodea los hombros con el brazo.

—Yo volveré a verte antes de irme a Nueva York, así que no voy a abrazarte todavía —dice Landon, y ambos nos ponernos a reír.

—Te espero en el coche —balbucea Hardin, y se va sin despedirse siquiera de su familia.

Al verlo irse, Ken me dice:

—Entrará en razón si sabe lo que le conviene.

Miro a Hardin, que ahora está sentado en su coche.

—Eso espero.

—Volver a Inglaterra no le hará ningún bien. Tiene demasiados recuerdos, demasiados enemigos, y cometió demasiados errores allí. Tú eres lo que más le conviene, tú y Seattle —me asegura Ken, y yo asiento. Ojalá Hardin lo viese de esa manera.

—Gracias de nuevo. —Les sonrío antes de reunirme con él en el vehículo.

Cuando entro, no dice nada; se limita a encender el radio y a subir el volumen para indicarme que no tiene ganas de hablar. Ojalá supiera lo que le pasa por la cabeza en ocasiones como esta, cuando es tan inescrutable.

Mis dedos juguetean con la pulsera que me regaló por Navidad y me quedo mirando por la ventanilla mientras conduce. Cuando llegamos al departamento, la tensión que siento entre nosotros ha alcanzado niveles insoportables. Me está volviendo loca, pero a él no parece afectarlo.

Me dispongo a salir del coche, pero la larga mano de Hardin me detiene. Me toma con la otra de la barbilla y me gira la cabeza para que lo mire a la cara.

—Lo siento. Por favor, no estés enojada conmigo —dice en voz baja, con la boca tan sólo a unos centímetros de la mía.

—Bueno —respondo, e inhalo su fresco aliento.

—Bueno, pero no estás bien. Lo sé. Te estás callando cosas, y lo detesto.

Es verdad, siempre sabe exactamente qué estoy pensando, pero al mismo tiempo no tiene ni idea. Es una contradicción.

—No quiero volver a discutir contigo.

—Pues no lo hagas —dice, como si fuese tan fácil.

—Eso intento. Pero pasaron muchas cosas durante este viaje. Todavía estoy intentando procesarlo todo —admito.

Todo empezó cuando descubrí que Hardin había saboteado lo de mi departamento y terminó cuando me llamó *puta egoísta*.

—Sé que arruiné el viaje.

—No es sólo culpa tuya. Yo no debería haberme quedado con...

—No termines —me interrumpe, y aparta la mano de mi barbilla—. No quiero ni oírlo.

—Bien. —Desvío la vista de su intensa mirada y él apoya la mano sobre la mía y me la aprieta con suavidad.

—A veces yo... bueno, a veces me..., carajo. —Suspira y empieza de nuevo—: A veces, cuando pienso en nosotros, me pongo paranoico, ¿sabes? En ocasiones no sé por qué estás conmigo, de modo que me comporto mal y mi mente comienza a hacerme creer que no va a funcionar o que te estoy perdiendo, y entonces es cuando digo estupideces. Si te olvidases de lo de Seattle, por fin podríamos ser felices, sin más distracciones.

—Seattle no es una distracción, Hardin —replico con suavidad.

—Lo es. Estás insistiendo tanto en ello por terquedad.

Es increíble lo rápido que cambia su tono de cálido a gélido en cuestión de segundos.

Miro por la ventana.

—¿Podemos dejar de hablar de Seattle? Nada va a cambiar: tú no quieres ir, pero yo sí. Estoy harta de darle vueltas y más vueltas.

Aparta la mano y me vuelvo hacia él.

—Está bien —prosigue—, ¿y qué sugieres que hagamos? ¿Quieres irte a Seattle sin mí? ¿Cuánto crees que durará lo nuestro así? ¿Una semana? ¿Un mes? —Sus ojos me miran con frialdad, y me entran escalofríos.

—Si de verdad queremos, funcionará. Al menos el tiempo suficiente como para que pruebe cómo me va allí y vea si es lo que quiero. Si no me gusta, podemos irnos a Inglaterra.

—No, no, no —dice encogiéndose de hombros—. Si te vas a Seattle, dejaremos de estar juntos. Se habrá acabado.

—¿Qué? ¿Por qué? —balbuceo, y preparo mi siguiente respuesta.

—Porque no me van las relaciones a distancia.

—Tampoco te iban las relaciones, ¿no? —le recuerdo.

Me indigna el hecho de estar básicamente rogándole que siga conmigo cuando soy yo la que debería estar planteándose dejarlo por el modo en que me trata.

—Y mira cómo está saliendo —responde con cinismo.

—Hace dos minutos te estabas disculpando por atacarme de esa manera, y ¿ahora me estás amenazando con terminar nuestra relación si me voy a Seattle sin ti? —Me quedo boquiabierta y él asiente—. A ver si entendí: ¿me dijiste que te casarías conmigo si no me iba pero, si me voy, romperás conmigo? —No estaba preparada para sacar a relucir su propuesta, pero no he podido contener las palabras.

—¿Casarme contigo? —Se queda boquiabierto y me mira con recelo. Sabía que no debería haberlo mencionado—. ¿Qué...?

—Dijiste que si te elegía a ti, te casarías conmigo. Estabas borracho, pero pensaba que a lo mejor...

—¿Qué pensabas? ¿Que me casaría contigo? —Mientras pronuncia esas palabras, todo el aire desaparece del coche, y respirar se vuelve cada vez más difícil conforme pasan los segundos en silencio.

No pienso llorar delante de él.

—No, sabía que no lo harías, pero...

—Y ¿por qué lo mencionas? Sabes que estaba muy borracho y desesperado porque te quedaras. Habría dicho lo que fuera.

Se me cae el alma a los pies al oír sus palabras y el desprecio en su voz. Como si me estuviera culpando por creer las mentiras que salen de su boca. Sabía que reaccionaría insultándome, pero una pequeña parte de mí, la parte que todavía cree en su amor por mí, me llevó a pensar que a lo mejor lo de su propuesta iba en serio.

Esto ya lo he vivido antes. Yo estaba sentada aquí, en este asiento del coche, mientras él se burlaba de mí por pensar que íbamos a empezar una relación. El hecho de que me duela igual ahora, bueno, en realidad mucho más que entonces, hace que me den ganas de gritar.

Pero no grito. Me quedo aquí sentada, callada y avergonzada, como todas las veces que Hardin hace lo que hace siempre.

—Te quiero. Te quiero más que a nada, Tessa, y no quiero herir tus sentimientos, ¿sí?

—Vaya, pues lo estás haciendo de maravilla —le espeto, y me contengo—. Voy adentro.

Suspira y abre la puerta de su lado al mismo tiempo que yo abro la mía. Luego se dirige a la cajuela. Me ofrecería a ayudarlo a llevar las maletas, pero no quiero interactuar con él, y de todos modos sé que insistiría en llevarlas él solo. Porque Hardin quiere ser una isla más que nada en este mundo.

Recorremos el edificio en silencio, y el único sonido que se oye en el elevador es el del zumbido del mecanismo que nos sube hasta nuestro departamento.

Cuando llegamos a casa, Hardin introduce la llave en la cerradura y me pregunta:

—¿Se te olvidó cerrar con llave?

Al principio no sé por qué me lo ha preguntado, pero entonces me recupero y le contesto:

—No, la cerraste tú. Me acuerdo. —Vi cómo cerraba la puerta antes de irnos; recuerdo que puso los ojos en blanco y bromeó acerca de que tardaba demasiado en estar lista.

—Qué raro —dice, y entra en el departamento.

Peina la habitación con la mirada como si estuviera buscando algo.

—¿Crees que...? —empiezo.

—Aquí estuvo alguien —contesta, y se pone alerta al instante y aprieta los labios.

Empiezo a asustarme.

—¿Estás seguro? No parece que falte nada. —Me dirijo al pasillo pero él me jala inmediatamente.

—No vayas ahí hasta que haya revisado —me ordena.

Quiero decirle que se quede él, que iré yo a mirar, pero la idea de que yo lo proteja a él es absurda. Asiento y un escalofrío desciende por mi espalda. «¿Y si hay alguien dentro? ¿Quién entraría en nuestro departamento sin estar nosotros aquí y no robaría el televisor de plasma gigante que todavía cuelga de la pared de la sala?»

Hardin desaparece en el cuarto, y yo contengo el aliento hasta que de nuevo oigo su voz.

—Está despejado. —Reaparece desde la habitación y yo exhalo profundamente de alivio.

—¿Estás seguro de que alguien estuvo aquí?

—Sí, pero no sé por qué no se llevaron nada...

—Yo tampoco.

Inspecciono la habitación con la mirada y advierto la diferencia. La pequeña pila de libros de la mesita de noche del lado de Hardin no está como estaba. Recuerdo perfectamente que el libro con las frases subrayadas que le regalé estaba arriba del todo, porque me hizo sonreír saber que lo leía una y otra vez.

—¡Fue tu pinche padre! —exclama de repente.

—¿Qué? —Para ser sincera, la idea ya me había pasado por la cabeza, pero no quería ser yo quien lo dijera.

—¡Tuvo que ser él! ¿Quién más iba a saber que no estábamos e iba a venir a nuestra casa y no robar nada? Sólo él. ¡Ese estúpido cabrón borracho!

—¡Hardin!

—Llámalo ahora mismo —me exige.

Saco mi celular de mi bolsillo trasero, pero me detengo.

—No tiene teléfono.

Hardin lanza las manos al aire como si lo que acabo de decir fuera lo peor que ha oído en su vida.

—¡Claro! ¡Cómo no! Es un maldito vagabundo.

—Ya basta —digo fulminándolo con la mirada—. ¡Que creas que fue él no te da derecho a decir esas cosas delante de mí!

—Bueno. —Baja los brazos y hace un gesto para indicarme que salgamos—. Pues vamos a buscarlo.

Me dirijo a nuestro teléfono fijo.

—¡No! Deberíamos llamar a la policía y denunciarlo, no ir a la caza de mi padre.

—Muy bien, llamamos a la policía, y ¿qué decimos? ¿Que el drogadicto de tu padre se metió en nuestro departamento pero no se llevó nada?

Me detengo en el acto y me vuelvo hacia él. Siento cómo la ira se me escapa por los ojos.

—¿Drogadicto?

Parpadea rápidamente y avanza un paso hacia mí.

—Quería decir borracho... —No me mira. Está mintiendo.

—¿Por qué dijiste drogadicto? —le exijo.

Sacude la cabeza y se pasa las manos por el pelo. Me mira y luego baja la vista al suelo.

—Sólo es una suposición, ¿sí?

—Y ¿por qué ibas a presuponer eso? —Me arden los ojos y me duele la garganta de imaginármelo. Hardin y sus brillantes suposiciones.

—No lo sé, puede que porque el tipo que vino a recogerlo parecía el típico adicto a la metadona. —Me observa y veo que su mirada es suave—. ¿Le viste los brazos?

Recuerdo haberlo visto rascándose los antebrazos, pero llevaba manga larga.

—Mi padre no es ningún drogadicto... —digo despacio, sin saber si creo las palabras que están saliendo de mi boca. Lo que sí sé es que no estoy preparada para enfrentarme a esa posibilidad.

—Ni siquiera lo conoces, y no pensaba decirte nada. —Avanza otro paso hacia mí, pero retrocedo.

Mi labio inferior empieza a temblar y no puedo seguir mirándolo.

—Tú tampoco lo conoces. Y, si no pensabas decirme nada, ¿por qué lo hiciste?

—No lo sé. —Se encoge de hombros.

Mi jaqueca se ha intensificado y estoy tan agotada que siento que voy a desmayarme de un momento a otro.

—¿Qué ganabas diciéndome eso?

—Lo dije porque se me escapó, y porque entró en nuestro pinche departamento.

—Eso no lo sabes. —Mi padre no haría algo así. O eso creo.

—Está bien, Tessa, finge que tu padre, que, por cierto, es un borracho, es totalmente inocente.

Es un desvengonzado, como siempre. ¿Se mete con mi padre por beber? ¿Hardin Scott se está metiendo con alguien porque bebe cuando él se emborracha tanto que no es capaz de recordar nada al día siguiente?

—¡Tú también lo eres! —replico, y me tapo la boca al instante.

—¿Qué dijiste? —Cualquier rastro de compasión desaparece de su rostro. Sus ojos me observan como un depredador y empieza a rodearme.

Me siento mal, pero sé que sólo está intentando intimidarme para que me quede quieta. Es tan poco consciente de sí mismo y de cómo se comporta...

—Piénsalo. Sólo bebes cuando estás angustiado o enojado; no sabes parar, y te pones desagradable. Rompes cosas y te peleas con la gente...

—No soy un pinche borracho. Había dejado de beber por completo hasta que apareciste tú.

—No puedes echarme la culpa de todo, Hardin.

Decido pasar por alto el hecho de que yo también he estado recurriendo al vino cuando me he sentido angustiada o enojada.

—No te estoy culpando por la bebida, Tessa —repone levantando la voz.

—¡Dentro de dos días ninguno de los dos tendremos que preocuparnos por nada de esto! —Salgo en dirección de la sala y él me sigue.

—¿Quieres detenerte y escucharme? —dice en tono tenso, pero al menos no me está gritando—. Sabes que no quiero que me dejes.

—Sí, bueno, pues te esfuerzas mucho en demostrarme lo contrario.

—¿Y eso qué significa? ¡Te digo constantemente lo mucho que te quiero!

Por un instante, veo la duda en su rostro mientras me grita esas palabras; sabe que no me demuestra su amor por mí lo suficiente.

—Eso no te lo crees ni tú. Lo sé.

—Bueno, contéstame a esto, entonces: ¿crees que encontrarás a otro que aguante tus tonterías? ¿Tus constantes lloriqueos y tus críticas, tu enervante necesidad de que todo esté ordenado y tu actitud? —Sacude las manos en el aire delante de él.

Me empiezo a reír. Me río en su cara, y no puedo parar ni cubriéndome la boca.

—¿Mi actitud? ¿*Mi* actitud? Eres tú quien no deja de faltarme al respeto, tu actitud roza el maltrato emocional: eres obsesivo, asfixiante y grosero. Llegaste a mi vida y la pusiste patas arriba, y ahora esperas que me incline porque tienes una idea de ti mismo que no existe. Actúas como si fueses un tipo duro al que no le importa nadie más que sí mismo, ¡pero no puedes ni dormir sin mí! Paso por alto todos y cada uno de tus defectos, pero no pienso permitir que me hables así.

Me paseo de un lado a otro del suelo de concreto y él observa mis movimientos. Me siento un poco culpable por gritarle de esta manera, pero basta con pensar en las palabras que acaba de decirme para realimentar mi ira hacia él.

—Y, por cierto, puede que a veces sea difícil de tratar, pero es porque estoy tan ocupada preocupándome por ti y por todos los que me rodean e intentando que no te enojes que me olvido de mí misma. ¡Así que, perdona si te molesto, o si te critico cuando estás constantemente atacándome sin ningún pinche motivo!

Hardin está muy serio. Sus manos forman puños a sus costados, y tiene las mejillas completamente rojas.

—No sé qué otra cosa hacer, ¿sí? Sabes que nunca he hecho esto, y sabías que hacerlo iba a suponer un reto, así que ahora no tienes ningún derecho a quejarte.

—¿Que no tengo derecho a quejarme? —exclamo—. Esta también es mi vida, ¡y puedo quejarme si me da la gana!

No puede estar hablando en serio. Por un segundo, la expresión de su rostro me ha llevado a pensar que iba a disculparse por su forma de tratarme, pero debería haberme imaginado que no lo haría. El problema con Hardin es que, cuando es bueno, es tan encantador, tan dulce y tan sincero, que lo adoro; pero cuando es malo se convierte en la persona más horrible que he conocido y que conoceré jamás.

Vuelvo al cuarto, abro la maleta y meto en ella toda mi ropa amontonada.

—¿Adónde vas? —me pregunta.

—No lo sé —le respondo con sinceridad.

«Lejos de ti, eso sí lo sé.»

—¿Sabes cuál es tu problema, Theresa? Tu problema es que lees demasiadas novelas y te olvidas de que no son más que una pinche ficción. No existen los Darcy, sólo los Wickham y los Alec d'Urberville, así que espabílate y deja de esperar que sea una especie de héroe literario, ¡porque eso no va a pasar, carajo!

Sus palabras me envuelven y penetran por todos los poros de mi cuerpo.

Se acabó.

—Esa es precisamente la razón por la que nunca va a funcionar. Lo he intentado contigo una y otra vez hasta el cansancio, y te he perdonado por todas las cosas desagradables que me has hecho, a mí y a otros, pero tú sigues haciéndome esto. En realidad, me lo estoy haciendo yo misma. No soy ninguna víctima. Sólo soy una idiota que te quiere demasiado, pero yo no significo nada para ti. Cuando me vaya el lunes, tu vida volverá a la normalidad. Seguirás siendo el mismo Hardin al que todos le valen madres, y yo seré la que se quede destrozada, pero me lo habré hecho a mí misma. Me dejé atrapar por ti, permití que hicieras lo que te daba la gana conmigo sabiendo que las cosas acabarían de esta manera. Pensaba que, cuando nos separamos la otra vez, te darías cuenta de que estás mejor conmigo que sin mí, pero ese es el problema, Hardin. No estás mejor conmigo. Estás mejor solo. Siempre estarás solo. Incluso si encuentras a otra ingenua dispuesta a renunciar a todo por ti, incluso ella, también se cansará de todo esto, y te dejará del mismo modo que yo te...

Me mira. Sus ojos están inyectados en sangre y le tiemblan las manos. Sé que está a punto de perder el control.

—¡Adelante, Tessa! Dime que vas a dejarme. O, mejor aún, no lo hagas. Recoge tus chingaderas y lárgate.

—Deja de intentar contenerte —replico enojada, pero también rogando por dentro—. Estás tratando de no desmoronarte, pero sabes que quieres hacerlo. Si te permitieses mostrarme lo que sientes de verdad...

—No tienes idea de lo que siento. ¡Lárgate! —Su voz flaquea al final y sólo quiero envolverlo con los brazos y decirle que no lo dejaré jamás. Pero no puedo.

—Sólo tienes que decírmelo. Por favor, Hardin. Dime que lo intentarás, que lo intentarás de verdad esta vez. —Se lo estoy suplicando. No sé qué otra cosa hacer. No quiero dejarlo, aunque sé que debo hacerlo.

Se queda ahí de pie, a tan sólo unos centímetros de distancia, y veo que se está apagando. Cada destello de luz de mi Hardin desaparece lentamente, se sume en la oscuridad y aleja al hombre que amo de mí cada vez más. Cuando por fin aparta los ojos y se cruza de brazos, veo que ya no está. Lo he perdido.

—No quiero seguir intentándolo. Soy como soy y, si eso no te basta, ya sabes dónde está la puerta.

—¿De verdad es eso lo que quieres? ¿Ni siquiera estás dispuesto a intentarlo? Si me voy, esta vez será para siempre. Sé que no me crees porque siempre digo lo mismo, pero hablo en serio. Dime que sólo estás actuando así porque tienes miedo de que me vaya a Seattle.

Mirando a la pared que tengo detrás, dice simplemente:

—Seguro que encuentras algún sitio donde quedarte hasta el lunes.

Al ver que no contesto, da media vuelta y sale de la habitación. Me quedo aquí plantada, sorprendida de que no haya vuelto para seguir discutiendo. Tardo varios minutos en recoger mis pedazos rotos y hago mi maleta por última vez.

CAPÍTULO 53

Hardin

Mi boca no para de decir pendejadas que mi mente no quiere que diga, pero es como si no tuviera ningún control sobre ella. No quiero que se vaya. Quiero estrecharla entre mis brazos y besarle el pelo. Quiero decirle que haré lo que sea por ella, que cambiaré por ella y que la amaré hasta que me muera. Y, sin embargo, salgo de la habitación y la dejo ahí plantada.

Oigo cómo hace la maleta. Sé que debería entrar y detenerla, pero ¿para qué? De todos modos, se va el lunes; es mejor que se vaya ya. Sigo sin creer que haya propuesto lo de la relación a distancia. Tenerla a horas en coche, hablar una o dos veces al día por teléfono y no dormir en la misma cama no funcionaría jamás. No podría hacerlo.

Al menos, si nuestra relación se termina, no me sentiré tan culpable por beber o por hacer lo que me dé mi pinche gana... Pero ¿a quién pretendo engañar? No quiero hacer nada más. Preferiría quedarme sentado en el sillón y dejarla que me obligue a ver «Friends» una y otra vez a pasar un solo instante haciendo algo sin ella.

Al cabo de unos minutos, Tessa aparece por el pasillo arrastrando dos maletas. Lleva la bolsa colgada del hombro y tiene la cara pálida.

—Creo que no dejo nada más que unos libros, pero ya me compraré otros —dice con voz grave y temblorosa.

Ya ha llegado. Este es el momento que tanto había temido desde el día en que conocí a esta chica. Me está dejando, y aquí estoy yo sin hacer nada por evitarlo. Siempre he sabido que merecía estar con alguien mucho mejor que yo. Lo he sabido desde el principio. Pero esperaba equivocarme, como siempre.

En lugar de actuar, me limito a decir:

—Bien.

—Bueno. —Traga saliva y endereza los hombros.

Cuando llega a la puerta, levanta el brazo hacia el portallaves y la bolsa se le cae del hombro. No sé qué me pasa; debería detenerla, o ayudarla, pero no puedo.

Entonces se vuelve hacia mí.

—Bueno, pues ya está. Todas las peleas, los lloriqueos, el sexo, las risas..., todo ha sido para nada —dice suavemente, sin ningún tinte de ira en la voz. Sólo una absoluta neutralidad.

Incapaz de hablar, asiento. Si pudiese hablar, haría que las cosas fuesen cien veces más difíciles para los dos. Lo sé.

Sacude la cabeza, abre la puerta y la sostiene con el pie para poder arrastrar las maletas a su espalda.

Cuando atraviesa el umbral, se vuelve y dice en un tono tan bajo que apenas logro oírla:

—Siempre te querré, espero que lo sepas.

«Deja de hablar, Tessa, por favor.»

—Y alguien más también lo hará, espero que tanto como yo.

—Shhh —chisto con suavidad. No puedo oír eso.

—No estarás siempre solo. Sé que lo dije, pero si buscas ayuda o algo y aprendes a controlar tu ira, encontrarás a alguien...

Me trago la bilis que asciende por mi garganta y me acerco a la puerta.

—Vete —digo, y le cierro la puerta en la cara.

Aunque es de madera maciza, oigo cómo inspira súbitamente.

Acabo de cerrarle la puerta en las narices. Pero ¿qué chingados me pasa?

Empiezo a asustarme y dejo que el dolor me invada. Lo he estado conteniendo mucho tiempo, sin apenas poder controlarlo, hasta que se ha ido. Me llevo los dedos al pelo, mis rodillas golpean el suelo de concreto y simplemente no sé qué hacer. Soy, oficialmente, el patán más grande del mundo y no puedo hacer nada al respecto. Suena muy sencillo: vete a Seattle con ella y sé feliz por siempre jamás, pero no es tan fácil, carajo. Allí todo será distinto: las nuevas clases y las prácticas la absorberán; hará amigos nuevos, experimentará cosas nuevas —y mejores—, y se olvidará de mí. Ya no me necesitará. Me seco las lágrimas que se acumulan en mis ojos.

«¿Qué?» Por primera vez soy consciente de lo egoísta que soy. ¿Que hará amigos nuevos? Y ¿qué tiene de malo que los haga y que experimente cosas nuevas? Yo estaría allí, a su lado, experimentándolas también. ¿Por qué he llegado a estos extremos para evitar que se vaya a Seattle en lugar de aceptar esta gran oportunidad para ella? Esta oportunidad para que vea que puedo formar parte de algo que ella quiere. Eso es lo único que ella me estaba pidiendo, y yo me he negado a dárselo.

Si la llamo ahora mismo, dará media vuelta con el coche y yo podría hacer las maletas y encontrarme con ella en alguna parte, donde sea, para irnos a vivir a Seattle...

No. No lo hará. No dará la vuelta. Me ha dado la oportunidad de detenerla y ni siquiera lo he intentado. Incluso ha tratado de que me sintiera mejor mientras yo veía que toda su fe en mí moría delante de mis propios ojos. Debería haberla reconfortado, y en lugar de hacerlo le he cerrado la puerta en las narices.

«No estarás siempre solo», me ha dicho. Se equivoca: sí lo estaré, pero ella no. Ella encontrará a alguien que la quiera del modo en que yo no he podido quererla. Nadie amará a esa chica más que yo, pero quizá esa persona sepa demostrarle lo que se siente ser amada, lo que se siente tener a alguien que te ama a pesar de todo lo que le haces pasar, del mismo modo que ella siempre estaba ahí para mí. Siempre.

Y se merece tener eso. Pensar en el hecho de que obtener lo que se merece significa que esté con otra persona hace que apenas pueda respirar. Pero así es como debe de ser. Debería haberla dejado irse hace mucho tiempo en lugar de hundirle cada vez más mis garras y hacerla perder su tiempo conmigo.

Tengo sentimientos encontrados. Una parte de mí sabe que volverá a mi lado esta noche, o tal vez mañana, y me perdonará. Pero la otra parte sabe que ya se ha hartado de intentar arreglarme.

Un rato después, me levanto del suelo y me arrastro hasta el cuarto. Cuando llego allí, casi me desmorono de nuevo. La pulsera que le regalé está encima de un trozo de papel, junto a su libro electrónico y una copia de *Cumbres borrascosas*. Agarro la pulsera, giro el dije del símbolo del infinito con los extremos en forma de corazón y observo el mismo símbolo tatuado en mi muñeca.

«¿Por qué ha dejado esto aquí?» Era un regalo que le hice en un momento en el que estaba desesperado por demostrarle mi amor por ella. Necesitaba su amor y su perdón, y ella me lo concedió. Para mi espanto, el trozo de papel que hay debajo de la pulsera es la carta que le escribí. Cuando la despliego y la leo, se me parte el corazón y su contenido se derrama sobre el duro suelo de concreto. Me vienen a la cabeza un montón de pinches recuerdos: la primera vez que le dije que la quería, y después me desdije; la cita con aquella rubia con la que intenté sustituirla; cómo me sentí cuando la vi en la puerta después de haber leído la carta. Continúo leyendo:

> Me quieres a pesar de que no deberías, y te necesito. Siempre te he necesitado y siempre lo haré. Cuando me dejaste la semana pasada creía que me iba a morir. Estaba muy perdido. Estaba completamente perdido sin ti. Salí con una chica la semana pasada. No iba a contártelo, pero no quiero arriesgarme a volver a perderte.

Me tiemblan los dedos y casi rompo el frágil papel intentando sostenerlo lo bastante quieto como para poder leerlo.

> Sé que puedes encontrar a alguien mejor que yo. Yo no soy romántico; nunca te escribiré un poema ni te cantaré una canción.
> Ni siquiera soy simpático.
> No puedo prometerte que no volveré a hacerte daño, pero sí puedo jurarte que te amaré hasta el día que me muera. Soy una persona horrible y no te merezco, pero espero que me des la oportunidad de hacer que recuperes la fe en mí. Siento todo el dolor que te he causado, y entenderé que no puedas perdonarme.

Sin embargo, me perdonó. Siempre me está perdonando mis errores, pero esta vez no. Se suponía que tenía que hacerla recuperar la fe en mí, pero en lugar de hacerlo me he limitado a seguir torturándola. Rápidamente, rompo mi patética confesión en mil pedazos. Al caer, se arremolinan a mi alrededor formando un patrón de fragmentos sobre el suelo de concreto.

«¿Lo ves? ¡Lo destruyo todo!» Sé cuánto significaba esa carta para ella, y la he convertido en un montón de añicos.

—¡No! ¡No, no, no!

Me tiro al suelo y empiezo a recoger los papeles como un loco para pegarlos, pero hay demasiados pedacitos, ninguno encaja, y además no paran de caérseme al suelo de nuevo y a volar aquí y allá. Imagino que así es como debe de haberse sentido ella intentando arreglarme a mí. Me levanto y le doy una patada al montón de fragmentos que he reunido para volver a agacharme, recogerlos de nuevo y volver a amontonarlos sobre la mesa. Les pongo un libro encima para que no vuelen, y veo que el que he tomado es el maldito *Orgullo y prejuicio*, por supuesto.

Me acuesto en la cama y espero a oír el ruido de la puerta al abrirse que me indique su regreso.

Espero horas y horas, pero el ruido nunca llega.

CAPÍTULO 54

Tessa

Le miento a Steph. No quiero contarle a todo el mundo mis problemas amorosos, y menos ahora que aún no he tenido tiempo de asimilar lo que acaba de pasar. Precisamente por eso he llamado a Steph. No quiero poner a Landon en un compromiso y tampoco quiero molestarlo otra vez con esto. Y no me quedan más opciones, que es lo que suele pasar cuando sólo tienes un amigo y resulta que es el hermanastro de tu novio.

Bueno, ahora ya es exnovio...

De modo que cuando oigo que Steph parece preocupada por teléfono, le digo:

—No, no. Estoy bien. Es sólo que... Hardin está... fuera, con su padre. Me dejó sin llaves, así que necesito un sitio dónde quedarme hasta que vuelva el lunes.

—Típico de él —dice, y me siento aliviada al ver que mi mentira ha funcionado—. Bueno, ven cuando quieras. Es la misma habitación de siempre, ¡será como en los viejos tiempos! —exclama alegremente, y yo intento reír.

«Genial. Como en los viejos tiempos.»

—Iba a ir al centro comercial con Tristan más tarde, pero puedes quedarte aquí si quieres, o venirte. Lo que prefieras.

—Tengo muchas cosas que organizar antes de irme a Seattle, así que me quedaré en la habitación, si te parece bien.

—Claro, claro. —Y añade—: ¡Espero que estés preparada para tu fiesta mañana por la noche!

—¿Qué fiesta? —pregunto.

«Ah, sí...», la fiesta. He estado tan preocupada con todo que había olvidado por completo la fiesta de despedida que Steph pensaba organizarme. Como en la «fiesta de cumpleaños» de Hardin, estoy segura de que su banda se reunirá allí y beberá tanto si aparezco como si no, pero por lo visto le ilusiona mucho que vaya, y ya que le estoy pidiendo este gran favor, quiero ser amable.

—¡Ándale! Una última vez. Sé que Hardin dirá que no, pero...

—Hardin no es quién para decidir por mí —le recuerdo, y ella se ríe.

—¡Ya lo sé! Sólo digo que ya no volveremos a vernos. Yo me voy, y tú también —gimotea.

—Bueno, deja que lo piense. Voy para allá —digo.

Pero en lugar de ir directamente a la residencia, voy a dar una vuelta con el coche. Tengo que estar segura de que seré capaz de contenerme delante de ella. No quiero llorar. «Nada de llorar. Nada de llorar...» Me esfuerzo de nuevo para evitar ceder ante las lágrimas.

Afortunadamente, me he acostumbrado tanto al dolor que ya casi no lo siento.

Cuando por fin llego a la habitación de Steph, me la encuentro en el proceso de vestirse. Se está poniendo un vestido rojo por encima de unas medias de rejilla negras cuando abre la puerta con una sonrisa.

—¡Cuánto te he extrañado! —exclama, y me jala para darme un abrazo.

Casi me desmorono, pero me mantengo firme.

—Yo a ti también, aunque tampoco ha pasado tanto tiempo. —Sonrío y ella asiente. La verdad es que parece que hace siglos desde que Hardin y yo estuvimos con ella en el estudio de tatuajes, no sólo una semana.

—Supongo que no, pero se me ha hecho muy largo. —Saca un par de botas de caña hasta la rodilla del ropero y se sienta en la cama—. No creo que tarde mucho. Tú, como si estuvieras en tu casa..., ¡pero no limpies nada! —dice al ver cómo inspecciono la desastrosa habitación con la mirada.

—¡No pensaba hacerlo! —miento.

—¡Sí lo ibas a hacer! Y seguro que lo haces de todos modos. —Se ríe y yo intento obligarme a hacer lo mismo.

No me sale y acabo emitiendo un sonido a medio camino entre una risotada y una tos, aunque por suerte parece que le pasa desapercibido.

—Por cierto, ya le dije a todo el mundo que vas a ir. ¡Les ilusiona mucho! —añade mientras sale de la habitación, y cierra la puerta.

Abro la boca para protestar, pero ya se ha ido.

Esta habitación me trae demasiados recuerdos. La odio, pero me encanta al mismo tiempo. Mi antiguo lado del cuarto sigue vacío, aunque Steph ha cubierto la cama de ropa y de bolsas de las compras. Paso los dedos por el pie de cama y recuerdo la primera vez que Hardin durmió en la pequeña cama conmigo.

Estoy deseando alejarme de este campus..., de toda esta ciudad y de toda la gente que habita en ella. No he tenido nada más que disgustos desde el día en que llegué a la WCU, y ojalá no hubiera venido nunca.

Incluso la pared me recuerda a Hardin y a aquella vez que lanzó mis apuntes al aire, lo que hizo que me dieran ganas de cachetearlo, hasta que me besó. Me llevo los dedos a los labios, empiezo a trazar su forma y me tiemblan cuando pienso que no volveré a besarlo nunca más.

No creo que pueda quedarme a dormir aquí esta noche. No pararé de darle vueltas a la cabeza y los recuerdos no dejarán de torturarme, reproduciéndose en mi mente cada vez que cierre los ojos.

Necesito distraerme, de modo que saco mi *laptop* e intento buscar un sitio en el que vivir en Seattle. Tal y como imaginaba, es una causa perdida. El único departamento que encuentro está a media hora en coche de la oficina nueva de Vance, y se sale ligeramente de mi presupuesto. De todos modos, guardo el número de teléfono en mi celular por si acaso.

Después de otra hora de búsqueda, acabo tragándome mi orgullo y llamo a Kimberly. No quería pedirle si puedo quedarme con ella y con Christian, pero Hardin no me ha dejado otra opción. Kimberly, como era de esperar, accede alegremente e insiste en que estarán encantados de tenerme como invitada en su nueva casa en Seattle, y presume un poco de que es incluso un poco más grande que la anterior.

Le prometo que no me quedaré allí más que un par de semanas con la esperanza de que ese tiempo sea suficiente para encontrar un departamento asequible que no tenga barrotes en las ventanas. De repente me doy cuenta de que con todo el drama con Hardin casi me había olvidado del tema del departamento y del hecho de que alguien entró en él mientras no estábamos. Me gustaría pensar que no fue mi padre, pero no sé si puedo. Si fue él, no robó nada; a lo mejor sólo necesitaba un sitio en el que pasar la noche y no tenía ninguna otra parte adonde ir. Espero que Hardin no vaya a buscarlo para acusarlo de allanamiento. ¿Para qué iba a hacerlo? Aun así, creo que debería intentar dar con él primero, pero se está haciendo tarde y, sinceramente, me da un poco de miedo vagar sola por esa parte de la ciudad.

Me despierto cuando Steph llega tambaleándose a la habitación alrededor de la medianoche. Tropieza con sus propios pies y cae sobre la cama. No recuerdo haberme quedado dormida en la mesa, y el cuello me duele cuando levanto la cabeza. Me lo froto con las manos y me duele más que antes.

—No te olvides de la fiesta de mañana —balbucea, y se queda jetona casi al instante.

Me acerco a su cama y le quito las botas justo cuando empieza a roncar. Le doy las gracias en silencio por ser una buena amiga y dejar que me quede en su cuarto a pesar de que la he avisado sólo con una hora de antelación.

Gruñe, dice algo incoherente, se da vuelta y empieza a roncar otra vez.

Me he pasado todo el día acostada en mi vieja cama leyendo. No quiero ir a ninguna parte ni hablar con nadie y, sobre todo, no quiero encontrarme con Hardin, aunque no creo que lo hiciera. No tiene ningún motivo para acercarse por aquí, pero estoy paranoica y destrozada, y no quiero arriesgarme.

Steph no se despierta hasta después de las cuatro de la tarde.

—Voy a pedir una pizza, ¿se te antoja? —pregunta mientras se quita la gruesa raya del ojo que se pintó anoche con un pequeño pañuelo que ha sacado de la bolsa.

—Sí, por favor. —Me rugen las tripas, lo que me recuerda que no he comido nada en todo el día.

Steph y yo nos pasamos las dos horas siguientes comiendo y platicando sobre su próximo traslado a Luisiana y sobre el hecho de que los padres de Tristan no están nada contentos de que se cambie de universidad por ella.

—Seguro que al final ceden. Les caes bien, ¿no? —la animo.

—Sí, más o menos. Aunque su familia está obsesionada con la WCU y con la tradición académica, bla, bla, bla.

Pone los ojos en blanco y me río. No quiero explicarle lo importante que es para las familias la tradición académica.

—Bueno, hablemos de la fiesta. ¿Ya sabes qué te vas a poner? —me pregunta sonriendo con malicia—. ¿O quieres que te preste algo mío, como en los viejos tiempos?

Niego con la cabeza.

—No puedo creer que haya accedido a esto después de... —casi menciono a Hardin, pero cambio el rumbo de la frase— después de todas las veces que me has obligado a ir a esas fiestas en el pasado.

—Pero es la última. Además, sabes que en el campus de Seattle no encontrarás a gente tan desmadrosa como nosotros. —Steph agita sus largas pestañas postizas y gruño.

—Me acuerdo de la primera vez que te vi. Abrí la puerta de la habitación y casi me da un ataque al corazón. No te ofendas. —Sonrío, y ella me devuelve el gesto—. Dijiste que las fiestas eran geniales, y mi madre estuvo a punto de desmayarse. Quería que me cambiara de habitación, pero yo no...

—Menos mal que no lo hiciste. De lo contrario, ahora no estarías con Hardin —dice con una sonrisilla pícara, y después aparta la vista de mí.

Por un instante me imagino cómo habrían sido las cosas si me hubiera cambiado de habitación y no lo hubiese visto más. A pesar de todo lo que hemos pasado, jamás me arrepentiré de nada.

—Basta de nostalgias, ¡vamos a arreglarnos! —exclama, y da unas palmaditas delante de mi cara antes de agarrarme de los brazos y sacarme de la cama.

—Ahora recuerdo por qué odiaba los baños comunitarios —gruño mientras me seco el pelo con la toalla.

—No están tan mal. —Steph se ríe y pongo los ojos en blanco al pensar en el baño del departamento.

Todo, absolutamente todo, me recuerda a Hardin, y estoy haciendo lo posible para mantener esta sonrisa falsa, aunque me estoy muriendo por dentro.

Una vez que me he maquillado y enchinado el pelo, Steph me ayuda a ponerme el vestido amarillo y negro que me compré hace poco. Lo único que me mantiene en pie en estos momentos es la esperanza de que la fiesta sea divertida de verdad, y de poder tener al menos un par de horas de paz sin este dolor.

Tristan nos recoge un poco después de las ocho; Steph se niega a dejarme conducir porque quiere que beba hasta ponerme ciega. No me parece mala idea. Si voy ciega, no podré ver los hoyuelos de la sonrisa de Hardin, ni su gesto con el ceño fruncido cada vez que abro los ojos. Aunque eso no impedirá que siga imaginándomelo cada vez que los cierre.

—¿Dónde está Hardin esta noche? —pregunta Nate desde el asiento del acompañante, y por un momento me invade el pánico.

—Se fue. Está fuera de la ciudad con su padre —miento.

—¿No se iban el lunes a Seattle?

—Sí, ese era el plan. —Noto que me empiezan a sudar las manos. Detesto mentir, y además no lo hago bien.

Nate se vuelve y me ofrece una dulce sonrisa.

—Bueno, pues espero que les vaya bien allí. Me habría gustado verlo antes de que se fuera.

El dolor aumenta.

—Gracias, Nate. Se lo diré de tu parte.

En cuanto nos estacionamos frente a la casa de la fraternidad, me arrepiento al instante de haber venido. Sabía que no era buena idea, pero no pensaba con claridad y necesitaba distraerme. Sin embargo, esto no es una distracción. Esto es un gran recordatorio de todo por lo que he pasado y de todo lo que perdí después.

Me hace gracia el hecho de que siempre me arrepiento de venir aquí, pero siempre acabo volviendo a esta maldita casa.

—¡Que empiece la fiesta! —dice Steph, y entrelaza el brazo con el mío con una amplia sonrisa.

Durante un instante, sus ojos se iluminan y no puedo evitar sentir que su elección de palabras encierra un doble sentido.

CAPÍTULO 55

Hardin

Cuando llamo a la puerta de la oficina de mi padre, siento náuseas. No puedo creer que haya llegado a esto, a acudir a él en busca de consejo. Sólo necesito a alguien que me escuche, alguien que sepa cómo me siento, o que al menos pueda imaginarlo.

Su voz me llega desde el interior de la estancia:

—Entra, cariño.

Dudo antes de hacerlo, sabiendo que esto es incómodo, aunque necesario. Me siento en la silla frente a su gran escritorio y veo cómo pasa de mostrarse expectante a estar sorprendido.

Una leve risa escapa de su boca.

—Lo siento, creí que eras Karen —dice, pero viendo mi humor se interrumpe y me observa con detenimiento.

Asiento y miro hacia otro lado.

—No sé por qué vine, pero es que no sabía adónde ir.

Escondo el rostro entre las manos y mi padre se sienta en la orilla de su escritorio de caoba.

—Me alegro de que hayas recurrido a mí —me dice en voz baja, calibrando mi reacción.

—Yo no diría exactamente que recurrí a ti —replico.

Sí lo he hecho, pero no quiero que crea que esto es un gran paso en nuestra relación o alguna chingadera por el estilo, aunque puede que sí lo sea. Lo observo tragar saliva y asentir lentamente; sus ojos se fijan en cualquier punto de la sala excepto en mí.

—No hace falta que te pongas nervioso, no me va a dar un patatús ni voy a romper nada —le digo mirando la hilera de placas decorativas a su espalda—. No tengo energía para eso.

Cuando no responde, dejo escapar un suspiro.

Por supuesto, *eso* sí que lo hace reaccionar, esa señal de mi derrota, así que dice:

—¿Quieres contarme qué pasó?

—No, no quiero —contesto mirando los libros alineados en su pared.

—De acuerdo...

Suspiro, sintiendo la inevitabilidad del momento.

—No quiero, pero supongo que tendré que hacerlo.

Mi padre me mira, perplejo durante un segundo, y sus ojos castaños se agrandan al estudiarme detenidamente, sin duda esperando una trampa.

—Créeme —le aseguro—, si tuviera alguien más a quien acudir no estaría aquí, pero Landon es un pinche traidor y siempre se pone de su parte.

Sé que eso es una verdad a medias, pero en estos momentos no quiero los consejos de Landon. Es más, no quiero admitir ante él lo patán que he sido y las chingaderas que le he dicho a Tessa durante los últimos días. No es que su opinión me importe mucho, pero por alguna razón me importa más que la de ningún otro, excepto la de Tessa, claro.

Mi padre me dedica una dolorosa sonrisa.

—Lo sé, hijo.

—Bien.

No sé por dónde empezar y, honestamente, aún no estoy seguro de por qué he venido aquí. Tenía la intención de ir a un bar y tomarme algo, pero de algún modo he acabado estacionarme frente a la casa de mi padre..., no, de papá. La manía de Tessa de llamarlos sólo *madre* y *padre* en vez de *mamá* o *papá* solía volverme loco, pero ahora se me escapa a mí también. Aunque tiene suerte de que me refiera a él como *padre* o *papá* en vez de *Ken* o *cabrón*, como he estado llamándolo la mayor parte de mi vida.

—Bueno, como probablemente habrás deducido, al final Tessa me dejó —admito alzando los ojos hacia él. Mi padre se esfuerza por mantener una expresión neutra mientras espera a que yo continúe, pero todo cuanto añado es—: Y no la he detenido.

—¿Estás seguro de que no volverá? —pregunta.

—Sí, estoy seguro. Me dio multitud de oportunidades para que la detuviera, y no ha intentado llamarme ni enviarme un mensaje en... —miro el reloj de la pared— casi veintiocho horas; además, no tengo ni la menor idea de dónde está.

Había esperado encontrar su coche en la entrada cuando llegué a casa de Ken y Karen. Estoy seguro de que esa es una de las razones por las que he venido aquí. ¿Adónde más podría haber ido? Espero que no haya conducido todo el camino hasta casa de su madre.

—Pero ya han pasado por esto antes —empieza a decir mi padre—. Y siempre encuentran la manera de...

—¿Me estás escuchando? Te he dicho que no va a volver —resoplo interrumpiéndolo.

—Te estoy escuchando, sí. Sólo siento curiosidad por saber por qué esta vez es diferente.

Cuando lo miro fijamente, él me devuelve la mirada impasible, y resisto la necesidad de levantarme y abandonar su exuberante oficina.

—Es así y punto. No sé cómo estoy tan seguro de ello, y probablemente pensarás que soy un idiota por haber venido aquí, pero estoy cansado, papá, estoy terriblemente cansado de ser así, y no sé qué hacer al respecto.

«Carajo. Parezco desesperado y patético hasta la madre.»

Él abre la boca para hablar, pero se detiene y no dice nada.

—La culpa es tuya —continúo—. De verdad que *es tuya*. Porque si hubieras estado ahí para mí, quizá podrías haberme enseñado a..., no sé..., a no tratar a la gente como una mierda. Si hubiese tenido una figura masculina en casa mientras crecía, quizá ahora no sería un cabrón. Si no encuentro alguna solución para Tessa y para mí, acabaré siendo como tú. Bueno, como tú antes de convertirte en esto. —Señalo su chaleco tejido y sus pantalones de vestir perfectamente planchados—. Si no puedo encontrar una forma de dejar de odiarte, nunca seré capaz de...

No quiero acabar la frase delante de él. Lo que quiero decir es que, si no puedo dejar de odiarlo, nunca seré capaz de mostrarle a ella lo mucho que la quiero y tratarla como debo, como ella se merece.

Mis palabras no mencionadas flotan en el sofocante estudio de paneles de madera como un espíritu torturado que ninguno de nosotros sabe cómo exorcizar.

—Tienes razón —me sorprende al final.

—¿La tengo?

—Sí, la tienes. Si hubieras tenido un padre para guiarte y enseñarte a ser un hombre, estarías más preparado para hacer frente a estas situaciones, y para la vida en general. Yo me culpo a mí mismo por tu... —lo veo buscar las palabras apropiadas y me descubro a mí mismo inclinándome un poco hacia él— comportamiento. Tu forma de ser es culpa mía. Todo es parte de mí y de los errores que cometí. Cargaré con la culpa por mis pecados durante el resto de mi vida, y por todo ello lo siento mucho, hijo, muchísimo.

La voz se le quiebra al final y de pronto siento... siento... que estoy a punto de vomitar.

—Bueno, esto es genial, tú puedes ser perdonado, ¡pero el resultado de tus acciones es cómo soy yo ahora! ¿Qué se supone que voy a hacer al respecto?

Comienzo a arrancarme los pellejitos de alrededor de las uñas y me doy cuenta de que, sorprendentemente, tengo los nudillos sin marcas para variar. De algún modo, eso aplaca parte de mi ira.

—Tiene que haber algo que pueda hacer —digo en voz baja.

—Creo que deberías hablar con alguien —sugiere mi padre.

Pero su respuesta me resulta insuficiente, y la furia vuelve a aflorar.

«¿En serio que tengo que hablar con alguien?, ¿quién chingados lo iba a decir?»

Sacudo la mano en el aire, entre los dos.

—Y ¿qué estamos haciendo ahora? Estamos hablando.

—Me refiero a un profesional —replica con calma—. Tienes mucha ira acumulada desde la infancia, y a no ser que encuentres la forma de liberarla, o al menos de gestionarla de una forma sana, me temo que no conseguirás ningún progreso. Yo no puedo darte las herramientas para ello; yo soy el responsable de tu dolor, y dudarías de todo lo que te dijera en tus momentos de mayor irritación, incluso si lo dijera por tu bien.

—Entonces ¿venir aquí fue una pérdida de tiempo? ¿No hay nada que puedas hacer?

Sabía que debería haberme ido de parranda. Ahora ya podría ir por mi segundo whisky con cola.

—No fue una pérdida de tiempo. Se trata de un gran paso en tu esfuerzo por convertirte en mejor persona. —Me sostiene la mirada de nuevo y literalmente puedo paladear el whisky que debería estar bebiendo en lugar de estar teniendo esta conversación—. Ella estaría muy orgullosa de ti —añade.

¿Orgullosa? ¿Por qué diablos iba a estar nadie orgulloso de mí? Asombrada de verme aquí, quizá, pero orgullosa..., no.

—Me llamó borracho —confieso sin pensar.

—Y ¿tiene razón? —pregunta, la preocupación es evidente en su cara.

—No lo sé. No creo que lo sea, pero no lo sé.

—Si no sabes si eres un alcohólico, tal vez deberías descubrirlo antes de que sea demasiado tarde.

Estudio la cara de mi padre y puedo ver auténtico miedo por mí tras sus ojos. Siente el miedo que tal vez yo debería tener.

—¿Por qué empezaste tú a beber? —pregunto. Siempre quise saber la respuesta a esa pregunta, pero nunca me había sentido con derecho a preguntar.

Él suspira, y sus manos se elevan para alisar su corto cabello

—Bueno, tu madre y yo no estábamos en nuestro mejor momento, y la espiral descendente empezó cuando me fui una noche y me emborraché. Por «emborracharme» quiero decir que no podía ni caminar hasta casa, pero descubrí que me gustaba cómo me sentía, inmóvil o no. Me dejaba insensible a todo el dolor que sentía, y después de aquel día se convirtió en un hábito. Pasaba más tiempo en el maldito bar al otro lado de la calle del que pasaba contigo y con ella. Llegué a un punto en el que no podía funcionar sin licor, aunque realmente tampoco estaba funcionando con él. Era una batalla perdida.

No recuerdo nada de antes de que mi padre se convirtiera en un borracho; siempre había creído que ya era así desde antes de que yo naciera.

—¿Qué era tan doloroso para que intentaras escapar de ello?

—Eso no importa. Lo que importa es que un día por fin desperté y me rehabilité.

—Después de dejarnos —le recordé.

—Sí, hijo, después de que los dejé a los dos. Estaban mejor sin mí. No podía ser un buen padre ni un buen marido. Tu madre hizo un trabajo excelente criándote, desearía que no hubiera tenido que hacerlo sola, pero al final resultó mejor así que conmigo cerca.

La furia arde en mi interior y clavo los dedos en los brazos del asiento.

—Pero sí que puedes ser un marido para Karen y un padre para Landon.

Ya está, ya lo he dicho. Siento tanto pinche resentimiento hacia este hombre que fue un cabrón borracho durante toda mi vida, que me chingó la existencia, pero que consiguió volver a casarse y adoptar un nuevo hijo y una nueva vida... Por no mencionar que ahora es rico y que nosotros no teníamos una mierda mientras crecía. Karen y Landon tienen todo lo que mi madre y yo deberíamos haber tenido.

—Sé que eso es lo que parece, Hardin, pero no es verdad. Conocí a Karen dos años después de dejar de beber. Landon ya tenía dieciséis, y yo no intentaba ser una figura paterna para él. Él tampoco creció con un padre en casa, así que me aceptó enseguida. No era mi intención tener una nueva familia y reemplazarte..., nunca podría reemplazarte. Nunca quisiste saber nada de mí, y no te culpo por ello..., pero, hijo, había pasado la mitad de mi vida en la oscuridad..., en una cegadora y desoladora oscuridad. Y Karen fue mi luz, como Tessa lo es para ti.

Casi se me para el corazón cuando menciona a Tessa. Estaba tan perdido reviviendo mi pinche infancia que por un momento dejé de pensar en ella.

—No pude sino sentirme feliz y agradecido cuando Karen llegó a mi vida, Landon incluido —continúa Ken—. Daría lo que fuera por tener contigo la misma relación que tengo con él; quizá algún día pueda ser así.

Puedo ver que mi padre está sin aliento después de una confesión como esa, y yo me siento sin palabras. Nunca antes había tenido una conversación de este tipo con él, o con nadie excepto con Tessa. Ella siempre parece ser la excepción.

No sé qué decirle. No puedo perdonarlo por joder mi vida y escoger la bebida por encima de mi madre, pero decía en serio lo de intentar perdonarlo. Si no lo hago, nunca podré ser normal. En serio, ni siquiera estoy seguro de si alguna vez podré ser «normal», pero me gustaría ser capaz de pasar una semana entera sin romper algo o a alguien.

La humillación en la cara de Tessa cuando le dije que abandonara el departamento está grabada en mi mente. Pero en vez de tratar de borrarla como siempre hago, la acepto. Necesito recordar lo que le hice, se acabó ocultarme de las consecuencias de mis acciones.

—No has dicho nada —me dice mi padre interrumpiendo mis pensamientos.

La imagen del rostro de Tessa comienza a desaparecer y, aunque intento aferrarme a ella, se esfuma. El único consuelo que me queda es saber que volverá a perseguirme pronto.

—No sé qué demonios decir. Esto ha sido demasiado para mí; no sé qué pensar —admito.

La honestidad de mis palabras me aterroriza, y aguardo a que él aproveche para hacerlo todo más incómodo.

Pero no lo hace. Simplemente asiente y se pone en pie.

—Karen está preparando la cena, por si quieres quedarte.

—No, paso —gruño.

Quiero ir a casa. El único problema de mi casa es que Tessa no está allí. Y todo es por mi maldita culpa.

Me crucé con Landon en la entrada cuando salía, pero lo ignoré y me largué antes de que intentara darme algún consejo no solicitado. Debería haberle preguntado dónde estaba Tessa; estoy desesperado por saberlo, pero también me conozco y sé que me presentaría allá donde estuviera e intentaría convencerla de que volviera conmigo. Necesito estar con ella sea donde sea. Escuchar cómo mi padre me contaba por qué fue un padre de la chingada ha sido un paso en la dirección correcta, pero no voy a dejar de ser un bastardo controlador de golpe. ¿Y si Tessa está en algún lugar donde no quiero que esté...? como con Zed, por ejemplo...

«¿Está con Zed? Puta madre, ¿podría estar con él?»

No lo creo, pero tampoco es que yo le haya dado facilidades para tener muchos amigos. Y si no está con Landon...

No, no está con Zed. No puede estarlo.

Sigo convenciéndome a mí mismo de ello mientras subo a nuestro departamento en el elevador. Parte de mí desea que el cabrón que entró en casa haya vuelto; me iría a toda madre un escape para mi creciente ira.

Un escalofrío me recorre la espalda y todo el cuerpo. ¿Y si Tessa hubiese estado sola en casa cuando se metió el intruso? La imagen de su rostro enrojecido y empapado en lágrimas de mis pesadillas aparece ante mí y me pongo rígido. Si alguien intenta herirla alguna vez, será lo último que haga en su maldita vida.

¡Soy un maldito hipócrita! Aquí estoy, amenazando con matar a alguien por herirla cuando parece que eso es lo único que soy capaz de hacer.

Después de agarrar una botella de agua y de recorrer el departamento vacío durante unos minutos, empiezo a sentir ansiedad. Para mantenerme ocupado le echo un vistazo a la colección de libros de Tessa. Ha dejado un montón, y sé que eso la estará matando. Una prueba más de lo tóxico que soy.

Un cuaderno de tapas de cuero escondido entre dos ediciones distintas de *Emma* llama mi atención, y paso los dedos por el cierre. Lo abro y de un rápido vistazo descubro que la letra de Tessa llena cada página. ¿Es algún tipo de diario que no sabía que tenía?

Escrito pulcramente en la primera página aparece el título: «Introducción a la asignatura de religión internacional». Me siento en la cama con el libro en las manos y comienzo a leer.

CAPÍTULO 56

Tessa

Logan me llama desde el otro lado de la cocina, pero cuando le queda claro que no puedo oírle, se me acerca.

—Es genial que hayas venido. ¡No sabía si lo harías! —dice con una gran sonrisa.

—No podía perderme mi propia fiesta de despedida —contesto alzando el vaso rojo que tengo entre las manos a modo de brindis.

—Te he extrañado por aquí; hace tiempo que nadie estrangula a Molly.

Se ríe y echa la cabeza hacia atrás para verter un licor claro directamente de la botella a su boca. Se lo traga, parpadea y se aclara la garganta, sacudiendo la cabeza de una forma que me hace estremecer al pensar en lo mucho que debe de arderle.

—Siempre serás mi heroína por eso —bromea, y me ofrece la botella.

Niego con la cabeza y le muestro mi vaso medio vacío.

—Estoy segura de que no pasará mucho antes de que alguien más venga y vuelva a hacerlo —replico, y me tomo un momento para sonreír al imaginarlo.

—¡Oh, oh...! Hablando del rey de Roma... —dice Logan con la vista clavada en un punto a mi espalda.

No quiero voltear.

—¡¿Por qué?! —gimo en voz baja apoyando un codo en la barra de la cocina.

Cuando Logan, juguetón, vuelve a ofrecerme la botella, la acepto.

—Bebe. —Sonríe y se aleja, dejándome con la botella.

Molly aparece entonces en mi línea de visión y alza su vaso rojo a modo de saludo.

—Por mucho que me entristezca tu partida —dice, con la voz engañosamente suave y dulce—, me alegro de no tener que volver a verte. Aunque extrañaré a Hardin…, las cosas que ese chico puede hacer con la lengua…

Pongo los ojos en blanco mientras trato de pensar en una réplica, pero no lo consigo. Los celos me corren por las venas como el hielo y considero la idea de volver a estrangularla aquí mismo, ahora mismo.

—Oh, lárgate —digo por fin, y ella se echa a reír. Es un ruido insoportable, en serio.

—Oh, vamos, Tessa. Fui tu primera enemiga en la facultad, eso debería contar para algo, ¿no? —Me guiña un ojo y hace chocar su cadera contra la mía al pasar por mi lado.

Esta fiesta ha sido una idea horrible; debería haberlo pensado mejor antes de venir a este sitio, especialmente sin Hardin. Steph ha desaparecido, y aunque Logan ha sido lo suficientemente atento como para hacerme compañía durante un minuto, ya ha encontrado a una chica más disponible que lo mantenga ocupado. Cuando veo a la chica por primera vez, está de perfil y parece guapa y muy normal, pero cuando se vuelve y la veo de frente me quedo de piedra al comprobar que tiene la otra mitad de la cara llena de tatuajes. «Ayyy.» Empiezo a preguntarme si serán permanentes mientras me sirvo otro trago. Planeo acunar este vaso toda la noche y darle sorbitos muy lentamente. De otro modo, la imagen que he estado esforzándome por mantener se hará añicos y se derrumbará y acabaré siendo la pesada borracha que llora cada vez que alguien la mira.

Me obligo a dar una vuelta lenta alrededor de la casa en busca del cabello rojo de Steph, pero no aparece por ningún lado. Cuando por fin localizo la cara familiar de Nate, veo que él también se está ligando a una chica y no quiero interrumpirlo. Me siento tan fuera de lugar… No sólo porque no acabo de encajar con esta gente, sino porque tengo la sensación de que, aunque esta fiesta haya sido bautizada como nuestra «fiesta de despedida», no creo que a nadie de los de aquí le importe si Hardin y yo desaparecemos. Quizá habrían mostrado más interés si él hubiera venido conmigo; después de todo, Hardin es su amigo.

Tras permanecer sentada junto a la barra de la cocina durante casi una hora, por fin oigo la voz de Steph, que exclama:

—¡Estabas aquí!

A estas alturas ya me he comido todo un plato de galletas tipo *pretzels* y llevo dos copas. Me he estado debatiendo entre llamar o no a un taxi, pero ahora que Steph finalmente ha vuelto a aparecer, intentaré aguantar un poco más. Tristan, Molly y Dan están con ella, y me esfuerzo en mantener una expresión neutra.

Extraño a Hardin.

—¡Pensé que te habías ido o algo! —grito por encima de la música, intentando apartar de mi cabeza lo mal que me siento por estar aquí sin él.

Durante la última hora he estado luchando por mantenerme alejada de su recámara del primer piso; tengo tantas ganas de ir allí, de esconderme de la incómoda multitud, de recordar..., no sé. Mi mirada sigue gravitando hacia la escalera, y eso me está matando poco a poco.

—¡Nada de eso! Te traje una copa. —Steph sonríe y me quita el vaso que tengo en la mano. Lo reemplaza por otro idéntico lleno de un líquido rosa—. Vodka sour de cereza, ¡tantán! —grita ante mi confusión.

Acto seguido, fuerza una risa incómoda mientras me llevo la copa a los labios.

—¡Por tu última fiesta con nosotros! —brinda, y multitud de extraños alzan sus copas al aire.

Molly mira hacia otro lado mientras yo echo la cabeza hacia atrás y permito que el dulce sabor de la cereza inunde mi boca.

—Justo a tiempo —le dice Molly a Steph, y me doy vuelta rápidamente. No sé si quiero que la persona que acaba de llegar sea Hardin o no, pero mi dilema queda resuelto cuando Zed entra en la cocina vestido todo de negro.

Me quedo con la boca un poco abierta y me vuelvo hacia Steph.

—Me dijiste que no estaría aquí.

Lo último que necesito en este momento es otro recordatorio del desastre en el que he convertido mi vida. Ya me despedí de Zed y no estoy preparada para reabrir las heridas causadas por ser su amiga.

—Lo siento —dice ella encogiéndose de hombros—. Se acaba de presentar. No lo sabía. —Se inclina hacia Tristan.

Le dedico una mirada alentada por el alcohol.

—¿Estás segura de que esta fiesta es para mí?

Sé que sueno desagradecida, pero el hecho de que Steph haya invitado a Zed y a Molly realmente me molesta. Si Hardin hubiese venido, habría perdido la cabeza al ver aparecer a Zed en la cocina.

—¡Pues claro que lo es! Mira, siento mucho que esté aquí. Le diré que se mantenga alejado de ti —me asegura, y empieza a caminar hacia Zed, pero la tomo del brazo.

—No, déjalo. No quiero ser grosera. Está bien.

Zed está hablando con una chica rubia que lo sigue hasta la parte más alejada de la cocina. Le sonríe y ella se ríe, pero cuando alza la vista y nota mi presencia, su sonrisa se desvanece. Sus ojos van de Steph a Tristan, pero ambos evitan su mirada y abandonan la sala con Molly y Dan detrás. De nuevo, vuelvo a sentirme sola.

Observo mientras Zed se inclina y susurra algo en el oído de la chica rubia, tras lo cual ella sonríe y se aleja de él.

—Eh. —Zed sonríe con cierta torpeza y se balancea sobre los pies cuando llega a mi lado.

—Eh —contesto, y le doy otro sorbo a mi copa.

—No sabía que estarías aquí —decimos al mismo tiempo, y entonces nos ponemos a reír incómodos.

Él sonríe y dice:

—Tú primero.

Me siento aliviada de que no parezca guardarme rencor.

—Decía que no tenía ni idea de que fueras a venir.

—Y yo no tenía ni idea de que fueras a venir tú.

—Eso pensaba. Steph no deja de decir que esto es una especie de fiesta de despedida para mí, pero ahora estoy más que segura de que lo dice para quedar bien.

Doy otro sorbo. El vodka sour de cereza es mucho más fuerte que las otras dos copas que ya he tomado.

—Tú... ¿has venido con Steph? —pregunta acercándose.

—Sí. Hardin no está aquí, si es eso lo que te estás preguntando.

—No, yo... —Sus ojos descienden hasta mi mano cuando dejo el vaso en la barra—. ¿Qué estás tomando?

—Vodka sour de cereza, ¿no es irónico? —contesto, pero él no se ríe. Eso me sorprende, puesto que es su bebida favorita.

Su rostro se retuerce en un gesto de confusión mientras mira alternativamente mi cara y el vaso.

—¿Steph te dio eso? —Su tono es serio..., demasiado serio..., y mi mente va lenta, demasiado lenta.

—Sí..., ¿por?

—Carajo.

Agarra el vaso de la barra.

—Quédate aquí —me ordena, y yo asiento lentamente.

Cada vez noto la cabeza más espesa. Intento concentrarme en Zed mientras desaparece de la cocina, pero me distraigo por la forma en que las luces giran y giran sobre mi cabeza. Las luces son tan bonitas, tan hipnóticas por la manera en que bailotean sobre las cabezas de la gente...

¿Las luces bailotean? Lo hacen..., y yo debo bailar.

«No, debo sentarme.»

Me apoyo en la barra y me concentro en la pared encorvada, en la forma en que se tuerce y se retuerce, doblándose bajo las luces que brillan sobre las cabezas de la gente... ¿o brillan sobre la gente que baila? Sea como sea, es bonito... y también desorienta..., y la verdad es que no estoy segura de lo que está pasando.

CAPÍTULO 57

Hardin

Al ojear las páginas de la pequeña libreta, me cuesta decidir por dónde empezar a leer. Es un diario de la clase de religión de Tessa; tardo un minuto en comprender qué es porque, a pesar del título de la portada, cada entrada está encabezada con una palabra y una fecha, la mayoría de las cuales no tienen nada que ver con religión. También está menos estructurado que los ensayos que le he visto escribir a Tessa, un poco más tipo monólogo interior.

«Dolor.» La palabra llama mi atención y comienzo a leer.

¿El dolor aleja a la gente de su dios? Si es así, ¿cómo?

El dolor puede alejar a cualquiera de casi todo. El dolor es capaz de obligarte a hacer cosas que nunca pensarías hacer, como culpar a Dios de tu infelicidad.

Dolor..., una simple palabra pero tan llena de significado. He llegado a comprender que el dolor es la emoción más fuerte que alguien puede llegar a sentir. Al contrario que cualquier otra emoción, es la única que todo ser humano tiene garantizado sentir en algún momento de su vida, y no hay ventaja en el dolor, no hay aspectos positivos que puedan hacerte verlo desde una perspectiva diferente..., sólo existe la abrumadora sensación del propio dolor. Recientemente he conocido el dolor de primera mano..., hasta convertirse en algo casi insoportable. A veces, cuando estoy sola, cosa que ocurre más de lo que desearía últimamente, me veo a mí misma tratando de decidir qué tipo de dolor es peor. La respuesta no es tan simple como pensé que sería. El dolor lento y constante, del tipo que sobreviene cuando has sido herido repetidamente por la misma persona, y aun así aquí estás, aquí estoy, permitiendo que el dolor continúe..., y nunca acaba.

Sólo en esos raros momentos cuando me estrecha contra su pecho y hace promesas que nunca parece ser capaz de mantener, el dolor desaparece. Justo cuando me acostumbro a la libertad, a vivir libre del dolor autoinfligido, retorna con otra oleada.

Esto no tiene nada que ver con la religión. Esto es sobre mí.

He decidido que el dolor ardiente, abrasivo e inevitable es el peor. Ese dolor llega cuando por fin comienzas a relajarte, cuando por fin respiras, pensando que algunos problemas son cosa del ayer, cuando en realidad son parte de hoy, de mañana y de todos los días después de mañana. Ese dolor llega cuando has puesto todas tus esperanzas en algo, en alguien, y este te traiciona tan completa e inesperadamente que el dolor te machaca y te sientes como si casi no pudieras respirar, apenas aferrada a esa pequeña fracción de lo que sea que quede en tu interior y que te suplica que sigas adelante, que no te rindas.

Carajo.

A veces la gente se aferra a la fe. A veces, si eres lo suficientemente afortunado, puedes apoyarte en alguien y confiar en que te apartará del dolor antes de que te instales en él demasiado tiempo. El dolor es uno de esos lugares horribles que, una vez que los visitas, debes luchar para abandonarlos, e incluso cuando crees que has escapado, descubres que te han marcado de forma permanente. Si eres como yo, no tienes a nadie en quien apoyarte, nadie que te tome de la mano y te asegure que conseguirás salir de ese infierno. Por el contrario, tienes que atar tus propias botas, sujetar tu propia mano y sacarte de ahí tú misma.

Mis ojos buscan la fecha al inicio de la página. Escribió esto mientras yo estaba en Inglaterra. No debería seguir leyendo. Debería dejar el maldito diario y no volver a abrirlo jamás, pero no puedo. Tengo que saber qué más fue escrito en este libro de secretos. Me temo que esto es lo más cerca que volveré a estar de ella.

Me detengo en otra página titulada «Fe».

¿Qué significa la fe para ti? ¿Tienes fe en algo superior? ¿Crees que la fe puede aportar algo bueno a la vida de la gente?

Esto debería ser mejor. Esta entrada no debería retorcer el cuchillo y empeorar el dolor de mi pecho. Esto no debería tener nada que ver conmigo.

Para mí, la fe significa creer en algo más aparte de en ti mismo. No creo que haya dos personas que puedan tener la misma opinión sobre la fe, ya esté esta basada o no en la religión. Yo creo en algo superior, me criaron así. Mi madre y yo íbamos a la iglesia cada domingo, y muchos miércoles también. Ya no voy a la iglesia, cosa que probablemente debería hacer, pero aún estoy decidiendo cómo me siento con mi fe religiosa ahora que soy adulta y no estoy obligada a hacer lo que mi madre espera que haga.

Cuando pienso en la fe, mi mente no se dirige automáticamente a la religión. Probablemente debería, pero no es así. Pienso en él; todo gira en torno a él. Está en todos mis pensamientos. No estoy totalmente segura de si esto es o no bueno, pero así están las cosas y tengo fe en que, al final, lo nuestro funcionará. Sí, es difícil y sobreprotector, a veces incluso controlador... Bueno, muy seguido es controlador, pero tengo fe en él, en que piensa en mi bien por muy frustrantes que sean sus acciones. Mi relación con él me pone a prueba de formas que nunca creí imaginables, pero cada segundo vale la pena. Creo de verdad que un día su profundo temor a perderme desaparecerá y podremos emprender un futuro juntos; eso es todo cuanto quiero. Sé que él también lo desea, aunque nunca lo diría. Tengo tanta fe en ese hombre que aceptaré cada lágrima, cada discusión sin sentido..., lo aceptaré todo para poder estar cerca el día en que sea capaz de tener fe en sí mismo.

Mientras tanto, tengo fe en que un día Hardin dirá lo que siente abierta y honestamente, poniendo fin a su exilio autoimpuesto. Ese día finalmente verá que no es un villano. Se esfuerza mucho en serlo, pero en el fondo realmente es un héroe. Me salvó de mí misma. He pasado mi vida entera fingiendo ser alguien que no era, y Hardin me ha mostrado que está bien ser yo misma. Ya no me ajusto a la idea que tenía mi madre de lo que debo llegar a ser, y le doy gracias desde lo más profundo de mi corazón por ayudarme a llegar a este punto. Creo que un día verá lo realmente increíble que es. Es tan increíble y perfectamente imperfecto que lo quiero aún más por eso.

Puede que no muestre el heroísmo en su interior de forma convencional, pero lo intenta, y eso es todo cuanto puedo pedirle. Tengo fe en que, si continúa intentándolo, finalmente se permitirá a sí mismo ser feliz. Yo seguiré teniendo fe en él hasta que él la tenga en sí mismo.

Cierro la libreta y me pellizco el puente de la nariz en un intento por controlar mis emociones. Tessa cree en mí por alguna maldita razón. Para empezar nunca entenderé por qué perdió su tiempo conmigo, pero leer sus pensamientos de esta forma tan cruda retuerce el cuchillo en mi pecho, y lo saca para luego volver a empalarme con su hoja una vez más.

Comprender que Tessa es como yo me asusta y me emociona al mismo tiempo. Saber que todo en su mundo gira... alrededor de mí me hace feliz, incluso me marea un poco, pero cuando recuerdo que lo he echado a perder, la felicidad desaparece tan rápido como ha llegado. Le debo a ella, y a mí mismo, el ser mejor. Le debo a ella intentar acabar con mi furia.

Es raro, pero siento como si me hubiesen quitado un gran peso de encima desde la conversación con mi padre. No iría tan lejos como para decir que todos esos feos y dolorosos recuerdos quedan perdonados, o que de pronto seremos amigos, nos reuniremos para ver deportes juntos en la tele y todas esas chingaderas, pero lo odio menos de lo que lo odiaba antes. Soy más como mi padre de lo que querría admitir. He intentado dejar a Tessa por su propio bien, pero aún tengo que ser lo suficientemente fuerte como para hacerlo. Así que, de alguna forma, él es más fuerte que yo. Él se largó de verdad y no volvió. Si tuviera un hijo con Tessa y supiera que iba a joderles la vida, yo también me largaría.

«Al carajo.»

La idea de tener un hijo me da náuseas. Sería el peor padre posible, y Tessa realmente estaría mejor sin mí. Ni siquiera soy capaz de demostrarle a ella mi amor, así que, ¿cómo iba a demostrárselo a un niño?

—Ya basta —me digo en voz alta, y suspiro poniéndome en pie.

Camino hasta la cocina y abro un mueble. La botella medio vacía de vodka me llama desde el estante, suplicándome que la abra.

Soy un verdadero borracho. Planeo sobre la barra de la cocina con una botella de vodka en las manos. Desenrosco el tapón y me la llevo directamente a los labios. Sólo un trago conseguirá ahuyentar la culpabilidad. Con un trago puedo obligarme a creer que Tessa volverá pronto a casa. Ya antes ha adormecido el dolor, y lo haré de nuevo. Un trago.

Justo cuando cierro los párpados y echo la cabeza hacia atrás, puedo ver el rostro bañado en lágrimas de Tessa ante mí. Abro los ojos, me vuelvo hacia la tarja y echo el vodka por el desagüe.

CAPÍTULO 58

Tessa

Las bocas están abiertas. Los labios se mueven sin emitir sonido alguno. Y la música rebota contra las paredes, taladrando mi mente.

«¿Cuánto tiempo llevo aquí de pie? ¿Cuándo entré en la cocina?»

No lo recuerdo.

—Eh. —Dan se desliza ante mí y me estremezco un poco apoyada contra la barra. Su cara está algo descentrada; lo miro más fijamente intentando enfocarlo.

—Eh... —Mi respuesta sale taaaan lentamente...

Él sonríe.

—¿Estás bien?

Asiento. O creo que lo hago.

—Me siento un poco rara —admito, y busco por la habitación a Zed. Espero que vuelva pronto.

—¿Qué quieres decir?

—No sé..., me siento como... rara. Como borracha, pero más lenta, aunque al mismo tiempo tengo mucha energía.

Sacudo la mano frente a mi cara..., tengo tres manos.

Dan se ríe.

—Debes de haber bebido un montón.

Asiento de nuevo. Miro al suelo. Veo a una chica cruzar frente a mí a la velocidad de un caracol.

—¿Zed va a volver? —le pregunto.

Dan mira alrededor.

—¿Adónde fue?

—A buscar a Steph por mi bebida. —Me recuesto en la barra. Probablemente a estas alturas tengo la mitad del cuerpo encima. No podría asegurarlo.

—¿Ah, sí? Hum..., puedo ayudarte a buscarlo —dice encogiéndose de hombros—. Creo que lo he visto subir la escalera.

—Buenpo —digo.

Creo que no me gusta Dan, pero necesito encontrar a Zed porque siento la cabeza cada vez más y más pesada.

Lo sigo lentamente mientras se abre paso entre la multitud y se encamina hacia la escalera. La música está increíblemente alta ahora, y me doy cuenta de que estoy moviendo la cabeza adelante y atrás, adelante y atrás mientras subo la escalera.

—¿Está ahí arriba? —le pregunto a Dan.

—Sí. Creo que justo acaba de entrar ahí. —Señala con la cabeza hacia la puerta al final del pasillo.

—Esa es la habitación de Hardin —lo informo, y él se encoge de hombros nuevamente—. ¿Puedo sentarme un minuto? Creo que ya no puedo seguir caminando.

Me pesan los pies, pero es como si mi mente se volviera cada vez más aguda, y esto no tiene sentido para mí.

—Sí, claro, puedes sentarte aquí. —Dan me toma del brazo y me lleva a la antigua habitación de Hardin.

Tropiezo hasta llegar a la orilla de la cama y los recuerdos parecen tomar forma y girar en el aire a mi alrededor: Hardin y yo sentados en la cama, en el mismo lugar en el que estoy ahora. Lo besé aquí por primera vez. Me sentía tan abrumada y confusa por mi creciente necesidad de estar cerca de él..., mi chico oscuro. Esa fue la primera vez que pude entrever a ese Hardin más suave y amable. No se quedó durante mucho tiempo, pero fue bonito conocerlo.

—¿Dónde está Hardin? —pregunto mirando a Dan.

Una expresión atraviesa su cara y desaparece al reír.

—Oh, Hardin no está aquí. Dijiste que estabas segura de que no vendría, ¿recuerdas?

Cierra la puerta a su espalda y echa la llave.

«¿Qué está pasando?»

Mi mente bulle con las posibilidades, pero mi cuerpo se siente demasiado pesado como para moverse. Quiero acostarme, aunque una alarma suena en mi cabeza empujándome a luchar.

«¡No te acuestes! ¡Mantén los ojos abiertos!»

—A... abre la puerta —digo mientras intento levantarme, pero la habitación comienza a dar vueltas.

Casi como si estuviera preparado, alguien llama entonces a la puerta. El alivio me inunda cuando Dan gira la llave y abre para dejar entrar a Steph.

—¡Steph! —gimoteo—. Él... está haciendo algo...

No sé cómo explicarlo, pero sé que estaba a punto de hacer algo.

Ella mira a Dan, que le dedica una siniestra sonrisa. Vuelve a mirarme a mí y simplemente pregunta:

—¿Haciendo qué?

—Steph... —la llamo de nuevo. Necesito su ayuda para abandonar esta habitación poseída por fantasmas.

—¡Deja de lloriquear! —estalla de pronto, y pierdo el aliento.

—¿Qué? —consigo articular.

Pero Steph simplemente le sonríe a Dan mientras mete la mano en la bolsa que ha traído. Cuando vuelvo a gemir, se detiene y me fulmina con la mirada.

—Carajo, ¿es que no te callas nunca? ¡Estoy harta de oír cómo te quejas todo el tiempo, puta!

Mi cerebro no funciona bien. Steph no puede estar diciéndome todas esas cosas.

Pone los ojos en blanco.

—Buf, y esos estúpidos pucheritos inocentes... Güey, dame un pinche respiro ya.

Unos segundos más rebuscando en la bolsa y por fin dice:

—Lo encontré..., toma. —Le pasa un objeto pequeño a Dan.

Casi me desmayo, pero un leve pitido me devuelve la conciencia... al menos durante unos pocos segundos más.

Veo una pequeña luz roja, como una pequeña, pequeñísima cereza.

Como el vodka sour de cereza. Steph, Dan, Molly, Zed. La fiesta. Oh, no.

—¿Qué hiciste? —le pregunto, y ella vuelve a reír.

—¿No te dije que dejes de gimotear? Estarás bien —gruñe, y se acerca a la cama.

Hay una cámara en las manos de Dan. La luz roja indica que está encendida.

—A... apártate de mí —intento gritar, pero me sale como un susurro.

Trato de ponerme en pie, pero vuelvo a caer sobre la cama. Es muy blanda..., como arenas movedizas.

—Creía que tú... —comienzo a decir.

Pero Steph me pone las manos en los hombros y me empuja contra el colchón. No puedo volver a levantarme.

—¿Qué creías? ¿Que era tu amiga? —replica arrodillándose en la cama y cerniéndose sobre mí. Sus dedos agarran entonces el bajo de mi vestido y comienza a levantármelo hasta los muslos—. Estabas demasiado ocupada siendo una puta y yendo de Zed a Hardin para comprender que en realidad siempre te he despreciado. ¿No crees que si me importaras un poco te habría dicho que Hardin salía contigo sólo para ganar una apuesta? ¿No crees que una amiga te habría avisado?

Tiene razón, y una vez más mi idiotez resulta totalmente obvia. Mi cerebro embotado multiplica la punzada de la traición... y, cuando ahora miro a Steph, el diablo pelirrojo, su cara está retorcida, distorsionada de la forma más diabólica imaginable, y el brillo de sus ojos oscuros hace que me recorran escalofríos.

—Oh, por cierto —se ríe—, confío en que te la pasaras bien esperando a que Hardin apareciera el día de su cumpleaños. Es increíble lo que se puede hacer con un mensaje y una cámara de video; aún puede ser peor, ¿verdad?

Trato de luchar contra Steph, pero es imposible. Quita con facilidad mis dedos de donde los he clavado en sus brazos y continúa subiéndome el vestido. Cierro los ojos e imagino que Hardin entra a la fuerza en la habitación y me rescata, mi caballero de la negra armadura.

—Hardin lo... descubrirá... —la amenazo débilmente.

—Ja, ja, sí..., esa es la idea. Y ahora, basta de pláticas.

Otro golpe en la puerta y de nuevo intento apartarla de mí, sin éxito.

—Cierra, deprisa —dice Dan, y cuando giro el cuello en dirección a la puerta no me sorprende ver que Molly se ha unido a nosotros.

—Ayúdame a quitarle el vestido —le ordena Steph.

Parpadeo y trato de sacudir la cabeza, pero no funciona. Nada funciona. Dan va a violarme, lo sé. Ese era el plan de Steph para esta fiesta. No era una fiesta de despedida en mi honor, sino una forma de destruirme. No tengo ni idea de cómo pude llegar a pensar que era mi amiga.

El cabello de Molly me cae en la cara cuando trepa a la cama a mi lado, y Steph me empuja y me hace rodar para tener mejor acceso a la espalda de mi vestido.

—¿Porrr quéee? —Se me quiebra la voz y soy vagamente consciente de las lágrimas en mis mejillas, que ahora empapan las sábanas de la cama.

—¿Por qué? —me imita Dan, acercando la cara a la mía—. ¿Por qué? El cabrón de tu novio se grabó mientras se cogía a mi hermana, ese es el por qué. —Su aliento caliente en mi cara parece barro.

—¡Vayaaa! —dice Molly en voz alta—. ¡Creía que habías dicho que sólo le sacarías unas cuantas fotos!

—Y eso haremos..., y quizá también un pequeño video —responde Steph.

—¡Ni hablar! Carajo, no, güey, ¡no puedes hacer que la viole! —grita Molly.

—No va a hacerlo... No te pases. No soy una psicópata ni nada de eso. Sólo va a tocarla y a fingir que están cogiendo para que cuando Hardin vea la cinta pierda la cabeza. Sólo imagina su cara cuando vea a la inocente putita de su novia cogiendo con Dan. —Steph se ríe—. Creí que estabas de acuerdo con esto —le sisea a Molly—. Dijiste que lo estabas.

—Estoy de acuerdo con encabronarlo, pero no puedes grabar esa chingadera. —Aunque Molly está susurrando, puedo oírla claramente.

—Suenas como ella. —Steph me da la vuelta después de quitarme el vestido.

—Detente —gimo.

Steph pone los ojos en blanco y Molly parece a punto de vomitar en cualquier momento.

—Ya no estoy segura de esto —dice Molly presa del pánico.

Steph la agarra entonces del hombro con violencia y señala:

—Bueno, pues ahí está la puerta. Si vas a comportarte como una mariquita floja, ve abajo y nos reuniremos contigo dentro de un rato.

Otro golpe en la puerta y oigo la voz de Tristan.

—Steph, ¿estás ahí? —pregunta desde el pasillo.

«Él también, no.»

—Mierda —murmura Steph—. Sí..., hum..., estoy hablando con Molly. ¡Salgo dentro de un minuto!

Abro la boca para gritar, pero su mano cae sobre mi cara para silenciarme. Es pegajosa y huele como a alcohol.

Intento mirar a Molly en busca de ayuda, pero ella me da la espalda. Cobarde.

—Ve abajo, cariño, enseguida estaré contigo. Molly está... disgustada. Cosas de chicas, ¿sabes? —miente Steph y, a pesar de todo este desmadre, no puedo evitar sentirme aliviada de que Tristan no sepa nada de las crueles intenciones de su novia.

—¡Bueno! —grita.

—Ven aquí —le ordena a Dan en voz baja. Entonces me toca la mejilla—. Abre los ojos.

Los abro apenas y siento las manos de Dan subiendo por mi muslo. El miedo me atraviesa y vuelvo a cerrarlos.

—Me voy abajo —dice Molly finalmente cuando Dan alza la pequeña cámara a la altura de su cara.

—Bien. Cierra la puerta —le suelta Steph.

—Muévete —dice Dan, y el colchón se hunde debajo de mí cuando Steph baja de la cama para cederle el sitio—. Sostén la cámara.

Intento con todas mis fuerzas reemplazar las manos de Dan por las de Hardin en mi mente, pero es imposible. Las manos de Dan son suaves, demasiado, e intento sustituirlas por algo, cualquier cosa. Imagino la más suave de las cobijas que tenía en mi niñez rozando mi piel... La puerta se cierra señalando la salida de Molly y yo vuelvo a gemir.

—Hardin te hará daño —digo con la voz estrangulada, y mantengo los ojos fuertemente cerrados.

—No, qué va —replica Dan—. Querrá asegurarse de que nadie más vea esto, así que no hará ni madres. —Sus dedos pasan por encima de mis calzones y me susurra—: Así es como funciona el mundo.

Hago acopio de todas mis fuerzas e intento quitármelo de mí, pero sólo consigo agitar un poco la cama.

Steph se ríe de forma diabólica.

—¡Hardin es un imbécil, ¿sí?! —grita poniéndome la cámara en la cara—. Y siempre está cogiéndose a la gente: se tiró a la hermana de Dan, me cogió a mí, ligó con un montón de chicas, se las echó y luego las dejó de lado. Hasta que llegaste tú, claro. Por qué le gustas tanto es algo que nunca entenderé. —Su tono está lleno de disgusto.

—¡Tessa! —La voz de Zed estalla entonces desde algún lugar, y Steph me tapa la boca de nuevo cuando oigo golpear la puerta con fuerza.

—Estate calladita —me ordena.

Intento morderle la mano. Ella me da una cachetada, pero por suerte casi ni lo siento.

—¡Abre la pinche puerta, Steph! ¡Déjame entrar! —grita Zed.

«¿También está metido en esto? ¿Tenía Hardin razón sobre él? ¿Es que todo el mundo a mi alrededor intenta hacerme daño?»

La idea no resulta imposible: casi todo el mundo en quien he confiado desde que llegué a la universidad me ha traicionado. Los nombres siguen amontonándose.

—¡Voy a tirar la puerta jugando..., no estoy de jugando! ¡Ve a buscar a Tristan! —lo oigo gritar, y Steph de inmediato quita la mano de mi boca.

—¡Espera! —grita yendo hacia la puerta.

Sin embargo, es demasiado tarde. La puerta se abre violentamente con un sonoro crujido y la mano de Dan ya no está sobre mí. Cuando abro los ojos lo veo apartándose a toda prisa mientras Zed entra en la habitación; su presencia lo llena todo.

—¡Pero ¿qué carajos...?! —grita corriendo hacia mí.

Alguien me cubre el cuerpo con una sábana mientras intento alcanzarlo.

—Ayúdame —le suplico, y rezo para que él no esté metido en esta pesadilla. Para que de verdad pueda oírme.

Avanza hacia Steph y le arranca la pequeña cámara de las manos.

—Pero ¿qué chingados te pasa? —La deja caer al suelo y la pisa repetidamente.

—Tranqui, güey, sólo era una broma —dice ella, y se cruza de brazos justo en el momento en que Tristan entra en la habitación.

—¿Una broma? ¡Primero metes algo en su bebida y ahora estás aquí arriba, con una videocámara mientras Dan intenta violarla! ¡Eso no es ninguna pinche broma!

Tristan se queda con la boca abierta.

—¿Qué?

Siempre tan manipuladora, Steph señala con un dedo acusador a Zed y rompe a llorar.

—¡No le escuches!

Zed niega con la cabeza.

—No, güey, es verdad. Ve y pregúntale a Jace. Steph le pidió una benzo... ¡y ahora mira a Tessa! La cámara que estaban usando está justo aquí —explica señalando al suelo.

Sostengo la sábana contra mi cuerpo e intento volver a sentarme, pero no soy capaz.

—Era una broma. ¡Nadie iba a hacerle daño! —dice Steph con una carcajada falsa que parece destinada a ocultar su maldad.

Pero Tristan mira a su novia horrorizado.

—¿Cómo pudiste hacerle algo así? ¡Creía que era tu amiga!

—No, no, cariño, no es tan malo como parece... ¡Fue idea de Dan!

Dan levanta las manos, intentando evitar la culpa.

—¡Pero ¿qué carajo...?! ¡No, no fue idea mía! Fue cosa tuya. —Señala a Steph y mira a Tristan—. Tiene una obsesión malsana con Hardin..., fue idea suya.

Tristan sacude la cabeza y se da la vuelta para abandonar la habitación, pero parece cambiar de idea y sus puños atraviesan el aire hasta chocar con la mandíbula de Dan. Este se desploma en el suelo, y Tristan vuelve a dirigirse a la puerta. Steph sale tras él.

—¡Aléjate de mí! ¡Hemos terminado! —grita él, y desaparece.

Dándose la vuelta y mirándonos a todos, Steph grita:

—¡Muchas pinches gracias a todos!

Quiero reírme por la ironía que supone que ella planeara este espectáculo del horror y culpe a todos los demás cuando le explota en la cara. Y si no estuviera aquí acostada, recuperando el aliento, de verdad que me reiría.

La cara de Zed aparece sobre mí.

—Tessa..., ¿estás bien?

—No... —admito, sintiéndome más mareada que nunca.

Al principio era sólo mi cuerpo el que iba lento; mi mente estaba ligeramente nublada, pero ahora puedo sentir que estoy cada vez más y más afectada por la droga.

—Siento haberte dejado sola. Debería haberlo sabido.

Después de que Zed ajuste la sábana alrededor de mi cuerpo, me pasa un brazo bajo las piernas, coloca otro en mi espalda y me levanta de la cama.

Empieza a sacarme de la habitación, pero se detiene enfrente de Dan, que está tratando de levantarse del suelo.

—Espero que, cuando Hardin descubra lo que hiciste, te mate. Lo mereces.

Soy ligeramente consciente de las exclamaciones y los susurros que despertamos a nuestro paso mientras Zed me lleva a través de la casa abarrotada de gente. Aunque no me importa. Sólo quiero escapar de este lugar y no volver jamás.

—Pero ¿qué demonios...? —Reconozco la voz de Logan.

—¿Puedes ir arriba y recuperar su vestido y su bolsa? —le pide Zed en voz baja.

—Sí, claro, güey —responde Logan.

Zed sale entonces por la puerta principal y el aire frío me golpea, haciéndome temblar. Al menos creo que estoy temblando, pero no podría decirlo realmente. Zed intenta ajustar aún más la sábana alrededor de mi cuerpo, pero esta no para de caerse. Yo no le soy de ninguna ayuda, ya que apenas puedo mover los brazos.

—Llamaré a Hardin tan pronto como te meta en mi camioneta, ¿sí? —me dice Zed.

—No, no lo hagas —gimoteo.

Hardin estará muy enojado conmigo... Lo último que quiero es que me grite cuando apenas puedo mantener los ojos abiertos.

—Tessa, en serio, creo que debería llamarlo.

—No, por favor. —Empiezo a llorar de nuevo.

Hardin es la única persona a la que quiero ver ahora mismo, pero no quiero saber cómo reaccionará al descubrir lo ocurrido. De haber sido él quien hubiera aparecido en vez de Zed, ¿qué les habría hecho a Dan y a Steph? Algo que lo habría llevado directo a la cárcel, seguro.

—No se lo digas —repito—. Nada de esto..., shhh...

—Lo descubrirá de todos modos. Incluso con el video destruido, demasiada gente sabe lo que sucedió.

—No, por favor...

Oigo el suspiro frustrado de Zed mientras sostiene mi peso con un brazo para poder abrir la puerta del acompañante de su camioneta.

Logan regresa cuando Zed me coloca sobre el frío asiento.

—Aquí están sus cosas. ¿Está bien? —pregunta con evidente preocupación.

—Sí, creo que sí. Va hasta la madre de benzos.

—Pero ¿qué chingados..?

—Es una larga historia. ¿Has tomado alguna vez? —pregunta Zed.

—Sí, una vez, pero sólo la mitad, y me desmayé después de una hora. Mejor reza para que no se ponga a alucinar. Algunas personas tienen reacciones muy locas a esa cosa.

—Mierda —gruñe Zed, y puedo imaginarlo retorciendo el aro de su labio entre los dedos.

—¿Lo sabe Hardin? —pregunta Logan.

—Aún no...

Los dos continúan hablando sobre mí como si yo no estuviera allí, pero me siento aliviada cuando la calefacción de la camioneta por fin deja de expulsar aire frío y comienza a generar calor.

—Necesito llevarla a casa —dice Zed por fin, y al cabo de pocos segundos está en la camioneta a mi lado.

Me mira con expresión preocupada y dice:

—Si no quieres que se lo diga, ¿adónde quieres ir? Puedes venir a mi casa, pero ya sabes lo mucho que se enojará cuando lo averigüe.

Si pudiera articular una frase le contaría nuestra ruptura, pero como no puedo, emito un sonido que es algo entre un sollozo y una tos.

—Madre —consigo decir.

—¿Estás segura?

—Sí..., no Hardin. Por favor. —Respiro.

Él asiente y el vehículo comienza a moverse calle abajo. Trato de concentrarme en la voz de Zed mientras habla por teléfono, pero en mi intento por permanecer sentada erguida pierdo la pista de lo que dice y al cabo de pocos minutos estoy acostada en el asiento.

Me rindo y simplemente cierro los ojos.

CAPÍTULO 59

Hardin

El amor es la emoción más importante que uno puede sentir. Ya sea amor por Dios o tu amor por otro, es la experiencia más poderosa, abrumadora e increíble. El momento en que comprendes que eres capaz de amar a alguien más aparte de a ti mismo es posiblemente el más importante de tu vida. Al menos, lo fue para mí. Amo a Hardin más que a mí misma, más que a nada en el mundo.

Mi teléfono vibra sobre la mesita de café por quinta vez en los últimos dos minutos. Finalmente decido contestar para poder mandarla a la mierda.

—¿Qué chingados quieres? —bramo contra el auricular.

—Es que...

—Suéltalo, Molly, no tengo tiempo para esta mamada.

—Es sobre Tessa.

Me pongo en pie y el diario cae al suelo. Se me hiela la sangre.

—¿De qué diablos estás hablando?

—Ella está... Mira, no te vuelvas loco, pero Steph le puso algo en la bebida y Dan...

—¿Dónde estás?

—En la casa de la fraternidad.

En cuanto termina de pronunciar esas palabras, cuelgo el teléfono, agarro mis llaves y salgo corriendo del departamento.

El corazón se me sale del pecho durante todo el trayecto. ¿Por qué chingados tuve que buscarme un departamento tan lejos del campus? Este es, sin duda, el viaje de treinta kilómetros más largo de mi vida.

Steph le ha dado algo a Tessa... Pero ¿qué carajos le pasa a esa idiota? Y Dan..., el pinche Dan es hombre muerto si le ha puesto un maldito dedo encima.

Me salto cada semáforo en rojo que veo e ignoro los flashes que indican que este mes me encontraré al menos cuatro multas en el buzón.

«Es Tessa...»

La voz de Molly se repite en mi mente una y otra vez hasta que finalmente llego a la vieja casa de la fraternidad. Ni siquiera me molesto en apagar el motor. Mi coche es la última de mis preocupaciones ahora mismo. Multitud de idiotas hasta la madre de alcohol pululan por la sala y los pasillos y me abro paso a empujones hasta el piso superior en busca de Tessa.

Mis manos se cierran alrededor de la pechera de la camisa de Nate en el momento en que lo veo y lo estampo contra la pared sin pensarlo siquiera.

—¿Dónde está?

—¡No lo sé! ¡No la he visto! —grita, y aflojo la presa.

—¿Dónde chingados está Steph? —exijo saber.

—Está en el patio trasero..., creo... Hace rato que no la veo.

Lo suelto de un empujón y él tropieza hacia atrás mientras me fulmina con la mirada.

Corro hacia el patio trasero presa del pánico. Si Tessa está ahí fuera, en el frío, con Steph y Dan...

El rojo cabello de Steph brilla en la oscuridad, y no dudo en agarrarla por el cuello y la espalda de su abrigo de cuero y levantarla del suelo.

Ella empieza a agitar los brazos frenéticamente.

—¡Pero ¿qué carajo...?!

—¡¿Dónde está?! —rujo con los puños llenos de cuero.

—No lo sé..., dímelo tú —escupe ella, y le doy la vuelta para mirarla a la cara.

—¿Dónde chingados está?

—No vas a hacerme ni madres.

—Yo no estaría tan segura si fuese tú. Dime dónde carajos está Tessa... ¡ahora! —le grito a la cara.

Steph se encoge de miedo y su bravuconería se esfuma por un momento antes de que sacuda la cabeza.

—No sé dónde demonios está, pero probablemente a estas alturas ya se habrá desmayado.

—Eres una asquerosa puta enferma. Si yo fuera tú, me largaría de aquí antes de que encuentre a Tessa. ¡En cuanto sepa que está bien, no habrá nada que me impida venir por ti!

Durante un momento considero la posibilidad de hacerle daño a Steph, pero sé que no podría. No puedo ni imaginar la reacción de Tessa si golpeara a una mujer, incluso a una pinche puta como Steph.

Giro sobre mis talones y vuelvo adentro. No tengo tiempo para juegos.

—¿Dónde está Dan Heard? —le pregunto a una chica rubia que veo sentada sola al pie de la escalera.

—¿Él? —pregunta ella, señalando con una uña pintada hacia el piso de arriba.

En vez de responder, subo corriendo los escalones de dos en dos. Dan no se da cuenta de mi presencia hasta que lo derribo, llevándome también a un par de personas por delante en el proceso. Le doy la vuelta en el suelo y luego lo inmovilizo, rodeándole el cuello con las manos.

«Jodido *déjà vu*.»

—¿Dónde chingados está Tessa? —Mis manos aprietan aún más.

La cara de Dan ya se está volviendo de un precioso tono rosado, y emite unos patéticos ruidos de ahogo en vez de contestar. Le clavo todavía más los dedos.

—Si le haces el más mínimo daño, te sacaré hasta el último aliento a golpes —lo amenazo.

Patalea y alzo la vista para mirar al tipo que estaba a su lado.

—¿Dónde está Tessa Young? —le pregunto al chico, que levanta las manos en señal de rendición.

—Yo no... no la conozco, güey, ¡lo juro! —grita el muy marica, echándose atrás mientras continúo estrangulando a su amigo.

La cara de Dan ha pasado de rosa a morado.

—¿Estás listo para decírmelo? —le pregunto.

Asiente frenéticamente.

—¡Pues habla de una maldita vez! —grito soltándolo.

—Ella está... Zed —consigue articular junto con una tos profunda y asfixiada en el momento en que retiro las manos de su cuello.

—¿Zed? —Se me nubla la visión en el momento en que todos mis temores se materializan—. Él te metió en todo esto, ¿verdad?

—No. Zed no tuvo nada que ver —interviene Molly, saliendo de una de las habitaciones del pasillo—. Nada de nada. O sea, él oyó a Steph hablando de hacer algo, pero nunca creyó que fuera en serio.

Miro a Molly con ojos de loco.

—¿Dónde está? ¿Dónde está Tessa? —pregunto por enésima vez.

Cada segundo que paso sin verla es un segundo más en el que no sé si está a salvo, es otro golpe a mi cada vez más frágil cordura.

—No lo sé. Creo que se ha ido con Zed.

—¿Qué le hicieron? Cuéntamelo todo... ahora.

Me pongo en pie y dejo a Dan en el suelo pasándose las manos por el cuello mientras intenta recuperar el aliento.

Molly niega con la cabeza.

—No le hicieron nada; él los detuvo antes de que pudieran hacerlo.

—¿Él?

—Zed. Fui corriendo a buscarlos, a él y a Tristan, antes de que pudiera pasar algo. Steph estaba como loca, como si hubiera convencido a Dan para que violara a Tessa o algo. Dijo que sólo iba a hacer que lo pareciera, pero no sé, estaba actuando como una psicópata.

—¿Violar a Tessa? —Me atraganto. No—. Él... ¿la tocó?

—Un poco —contesta Molly con tristeza, y mira al suelo.

Vuelvo a mirar a Dan, que ahora está sentado. Mi bota colisiona con su cara e inmediatamente se desploma de nuevo en el suelo.

—¡Puta madre! ¡Vas a matarlo! —grita Molly.

—¡Como si te importara un carajo! —le suelto mientras trato de calibrar la fuerza con la que debería patearlo para provocarle un derrame cerebral permanente.

Tiene sangre saliéndole de la comisura de la boca y rodándole por la mejilla. Bien.

—Yo no..., en realidad me vale madres todo esto.

—Entonces ¿por qué me llamaste? Pensé que odiabas a Tessa.

—Y la odio, créeme. Pero no podría quedarme sentada y dejar que alguien la violara.

—Bueno... —Estoy a punto de darle las gracias, pero enseguida recuerdo lo puta que es, así que simplemente asiento y me largo en busca de Tessa.

¿Qué hacía Zed aquí, para empezar? Ese hijo de puta siempre aparece en el mejor momento..., en el momento exacto para hacerme parecer a mí un pendejo, y ahora, una vez más, él ha sido su salvador.

A pesar de mis celos extremos, me siento aliviado de saber que Tessa está lejos de Steph y de Dan y de sus enfermizos planes para vengarse de mí. Todo este desmadre es sólo un recordatorio de que cada cosa mala en la vida de Tessa es por mi culpa. Si no hubiera grabado a la hermana de Dan, esto nunca habría ocurrido. Ahora Tessa anda por ahí drogada y con Zed. Quién sabe qué intentará hacerle él.

Esto es..., así es como debe de sentirse uno en el infierno. Sabiendo que está metida en todo este lío por mi culpa. Podrían haberla violado por mi culpa...

Justo como en mi sueño..., y yo no estaba ahí para impedirlo, igual que no fui capaz de impedir que le ocurriera a mi madre.

Odio esto. Me odio tantísimo a mí mismo... Lo arruino todo y a todo el mundo que entra en contacto conmigo. Soy veneno, y ella es el ángel lentamente erosionado por mi maldad, aferrándose a lo poco de sí misma que aún no he destruido.

—¡Hardin! —Logan me alcanza al pie de la escalera.

—¿Sabes dónde están Tessa y Zed? —Las palabras saben a ácido en mi lengua.

—Se se fueron hace como unos quince minutos. Pensé que irían directamente a tu casa —contesta.

Así que Tessa no le ha contado a nadie que hemos roto.

—Ella estaba... ¿estaba bien? —le pregunto, y contengo la respiración hasta que responde.

—No lo sé, estaba bastante ida. Le han dado benzodiacepinas.

—Carajo. —Me jalo el cabello mientras me dirijo a la puerta principal—. Si tienes noticias de Zed antes de que lo encuentre, llámame —le pido.

Logan asiente y corro hasta el coche. Por suerte, nadie me lo ha robado. Sin embargo, alguien ha aprovechado la oportunidad de comportarse como un pendejo, derramar una cerveza sobre el parabrisas y dejar el vaso vacío encima del cofre. Malditos cabrones.

Llamo a Tessa para al final simplemente murmurar en su buzón de voz:

—Contesta el teléfono, por favor..., por favor, contesta, sólo una vez...

Sé que probablemente no puede contestarme, pero Zed podría contestar el pinche teléfono por ella. La idea de que Tess esté inconsciente sin que yo me encuentre cerca para protegerla me pone enfermo. Golpeo las manos contra el volante mientras salgo a la calle quemando rueda. Esto es un jodido desastre, y Tessa está con Zed. No me fío de él más de lo que me fío de Dan o de Steph.

Bueno, eso no es del todo cierto, pero de todos modos no me fío. Para cuando por fin llego al departamento de Zed, estoy hecho un mar de lágrimas. Literalmente me corren lágrimas por las mejillas, recordándome lo absolutamente jodido que estoy. Yo permití que esto ocurra, dejé que la droguen y que casi la violen y la humillen. Debería haber estado ahí. Nadie se habría atrevido a intentar ni madres de haber estado yo allí. Seguro que debía estar muerta de miedo...

Me seco mis ojos traidores con el dobladillo de la camiseta y me estaciono frente al departamento de Zed. Su camioneta no está en su sitio...

«¿Dónde carajos está? Y ¿dónde está ella?»

Intento contactar con Tessa, luego con Zed, de nuevo con Tessa, pero nadie contesta al teléfono. Como le haga algo estando ella desmayada, yo le haré algo aún peor de lo que jamás pueda imaginar.

«¿Adónde más podría ir Tessa? ¿Con Landon?»

—¿Hardin? —La voz medio dormida de Landon llega a través del teléfono y conecto el altavoz.

—¿Tessa está ahí?

Él bosteza.

—No..., ¿tendría que estar?

—No, pero no la encuentro.

—¿Estás...? —Hace una pausa—. ¿Estás bien?

—Sí..., no. No lo estoy. No puedo encontrar a Tessa y no sé dónde más mirar.

—¿Ella quiere que la encuentres? —pregunta en voz baja.

¿Quiere? Probablemente no, pero a estas alturas lo más seguro es que no pueda formar un pensamiento coherente. Esto son circunstancias excepcionales, por decirlo delicadamente.

—Tomaré tu silencio como un no, Hardin. Apostaría a que, si ella no quiere que la encuentres, irá al único sitio donde sabe que nunca la buscarás.

—A casa de su madre —gimo, dándome un golpe en el muslo por no haberlo pensado antes.

—Oh, y ahora que lo sabes..., ¿vas a ir?

—Sí.

«Pero ¿de verdad iba Zed a conducir dos horas para llevarla a casa de su madre?»

—¿Sabes cómo llegar?

—No exactamente, pero puedo acercarme a mi departamento y buscar la dirección.

—Espera, me parece que la tengo anotada en alguna parte... Tessa dejó algo del papeleo del traslado hace un tiempo. Deja que lo mire y vuelvo a llamarte.

—Gracias.

Espero con impaciencia y me estaciono en el primer sitio libre que encuentro. Miro a través de la ventanilla, con la vista fija en la oscuridad, luchando para que no me atrape. Tengo que concentrarme en encontrar a Tess y asegurarme de que está bien.

—¿Vas a contarme lo que está pasando? —pregunta Landon poco después al llamarme.

—Steph..., ¿te suena la pelirroja? Drogó a Tessa.

Oigo a Landon reprimir un jadeo.

—Espera, ¿qué?

—Sí, es una situación de la chingada y yo no estaba allí para ayudarla, así que está con Zed —le explico.

—¿Está bien? —Landon suena al borde del pánico.

—No tengo idea.

Me limpio la nariz con la camiseta y Landon me da instrucciones para llegar a la casa de la madre de Tessa.

A su mamá le dará algo cuando aparezca por allí, especialmente dadas las circunstancias, aunque no me importa. No tengo ni idea de qué demonios voy a hacer cuando llegue, pero tengo que verla y asegurarme de que está bien.

CAPÍTULO 60

Tessa

—¿Qué pasó? ¡Cuéntame toda la historia! —grita mi madre cuando Zed me saca de su camioneta.

Sus brazos rodeándome me devuelven la conciencia y un creciente sentimiento de vergüenza.

—La antigua compañera de habitación de Tessa le puso algo en la bebida, así que su hija me pidió que la trajera aquí. —Zed le cuenta medias verdades. Me alivia que le oculte algunos detalles.

—¡Oh, Dios mío! Pero ¿por qué haría algo así esa chica?

—No lo sé, señora Young... Tessa se lo podrá explicar cuando despierte.

«¡Estoy despierta!», quiero gritar, pero no puedo. Es un sentimiento muy raro, oír todo lo que está pasando alrededor pero no ser capaz de participar en la conversación. No puedo moverme ni hablar, mi mente está nublada y mis pensamientos se entremezclan..., pero soy plenamente consciente de todo lo que ocurre. Aunque lo que está pasando cambia cada cinco minutos: a veces la voz de Zed se transforma en la de Hardin, y juro que oigo a Hardin reír y veo su rostro cuando intento abrir los ojos. Me estoy perdiendo. La droga me está volviendo loca y quiero que pare.

Pasa cierto tiempo, ni idea de cuánto, y me colocan en lo que creo que es el sillón. Lentamente, puede que incluso a desgana, los brazos de Zed me dejan ir.

—Bueno, gracias por haberla traído —dice mi madre—. Esto es terrible. ¿Cuándo despertará? —Su voz es como una taladradora y la cabeza me da vueltas lentamente.

—No lo sé, creo que los efectos suelen durar un máximo de doce horas. Y ya lleva unas tres.

—¿Cómo ha podido ser tan estúpida? —le suelta mi madre a Zed, y la palabra *estúpida* resuena en mi cabeza hasta desaparecer.

—¿Quién?, ¿Steph? —pregunta él.

—No, Theresa. ¿Cómo ha podido ser tan estúpida como para juntarse con esa gente?

—No fue culpa suya —me defiende Zed—. Se supone que era una fiesta de despedida. Tessa creía que esa chica era su amiga.

—¿Amiga? ¡Por favor! Tessa debería saber que no le conviene ser amiga de esa chica, o de cualquiera de ustedes, están en esto.

—No es por faltarle al respeto ni nada, pero usted no me conoce. Acabo de conducir durante dos horas para traer a su hija hasta aquí —replica Zed educadamente.

Mi madre suspira y yo me concentro en el sonido de sus tacones repiqueteando sobre el suelo de baldosas de la cocina.

—¿Necesita algo más? —pregunta él.

Noto que el sillón es más blando que los brazos de Zed. Los de Hardin son blandos pero duros al mismo tiempo; la forma en que sus músculos se tensan bajo la piel es algo que siempre me ha gustado contemplar. Mis pensamientos vuelven a ser un caos. Odio este constante ir y venir entre la claridad y la confusión.

Oigo cómo la voz de mi madre en la distancia contesta:

—No. Gracias por traerla. He sido algo brusca hace un momento y me disculpo por ello.

—Traeré su ropa y sus cosas del coche enseguida y me iré inmediatamente.

—De acuerdo. —El repiquetear de los tacones de aguja suena al otro lado de la sala.

Espero a oír el rugido de la camioneta de Zed. No lo oigo, o tal vez ya se ha ido, pero no lo oí. Estoy confundida. Mi cabeza está muy espesa y no sé cuánto tiempo llevo aquí acostada, pero tengo sed. ¿Zed ya se ha ido?

—¡¿Qué demonios haces tú aquí?! —grita mi madre, devolviéndome al afilado borde de la conciencia. Aunque aún no sé qué está ocurriendo.

—¿Está bien? —pregunta una voz jadeante y rasposa. Hardin.

Está aquí. Hardin...

A no ser que vuelva a ser la voz de Zed confundiéndome de nuevo. No, sé que es Hardin, de algún modo soy capaz de sentirlo.

—¡No vas a entrar en esta casa! —grita mi madre—. ¡¡Es que no me has oído?! ¡No pases por mi lado como si no me hubieses oído!

Oigo la puerta mosquitera cerrarse con un golpe mientras mi madre continúa gritando.

Y después creo que noto su mano en mi mejilla.

CAPÍTULO 61

Hardin

No pueden haber llegado hace mucho, he conducido treinta kilómetros por encima de lo permitido durante todo el trayecto. Casi vomito cuando por fin veo la furgoneta de Zed en la entrada de la pequeña casa de ladrillo. Cuando sale al porche, mi visión se vuelve roja.

Zed camina lentamente hasta su furgoneta y yo me estaciono en la calle para no bloquearle el paso y que pueda largarse en chinga.

«¿Qué le diré? ¿Y qué voy a decirle a ella? ¿Será capaz de escucharme siquiera?»

—Sabía que aparecerías —me dice Zed en voz baja cuando me paro ante él.

—¿Por qué no iba a hacerlo? —gruño conteniendo mi creciente furia.

—Tal vez porque es culpa tuya.

—¿Lo dices en serio? ¿Es culpa mía que Steph sea una puta psicópata?

«Sí, sí lo es.»

—No, es culpa tuya no haber ido con Tessa a la fiesta. Deberías haber visto su cara cuando entré a la fuerza en esa habitación.

Sacude la cabeza como para librarse de ese recuerdo. Se me tensa el pecho. Tessa no debe de haberle dicho que ya no estamos juntos.

«¿Significa eso que aún le importo, pese a mi forma de ser?»

—Yo... Ni siquiera sabía que ella iba a ir, así que no me chingues. ¿Dónde está?

—Dentro. —Señala lo evidente con una mirada asesina.

—Ni se te ocurra mirarme así..., para empezar no tendrías ni que estar aquí —le recuerdo.

—De no haber sido por mí, la habrían violado, así que mira...

Mis manos encuentran las solapas de su chamarra de cuero y lo empujo contra el lateral de su camioneta.

—No importa las veces que lo intentes, ni las veces que la «salves», ella nunca te querrá. No lo olvides.

Le doy un último empujón y me aparto. Quiero golpearlo, reventarle la pinche nariz por ser un hijo de puta engreído, pero Tessa está dentro de esa casa, y verla es mucho más importante. Al pasar junto a la ventanilla de la camioneta veo en su asiento la bolsa de Tessa... y su vestido.

«¿Es que está desnuda?»

—¿Por qué no lleva el vestido puesto? —me atrevo a preguntar.

Jalo de la manija para abrir la puerta y recojo sus cosas. Como no me contesta, le lanzo una mirada fulminante, esperando una explicación.

—Se lo quitaron —dice simplemente con expresión triste.

—Carajo —murmuro, y doy media vuelta para recorrer el sendero hasta la casa de la madre de Tessa.

Cuando llego al porche, Carol sale para bloquear la puerta principal.

—¿Qué demonios haces tú aquí?

Su hija está herida y en lo único que piensa es en gritarme a mí. Muy bonito, sí señor.

—Necesito verla.

Agarro la manija de la puerta mosquitera. Ella niega con la cabeza, pero se aparta. Tengo el presentimiento de que sabe que la empujaría para pasar.

—¡No vas a entrar en esta casa! —grita.

La ignoro y la rodeo.

—¡¿Es que no me has oído?! ¡No pases por mi lado como si no me hubieses oído!

La mosquitera golpea contra el marco a mi espalda mientras escaneo la sala para encontrar a mi chica.

Y entonces me quedo helado al verla. Está acostada en el sillón con las rodillas ligeramente flexionadas, el cabello como un halo rubio alrededor de su cabeza y los ojos cerrados. Carol continúa gritándome, amenazando con llamar a la policía, pero me vale madres. Me acerco a Tessa y me arrodillo para quedar a la altura de su cara. Sin pensarlo

apenas, le acaricio el pómulo con el pulgar y acuno su mejilla ruborizada en la palma de la mano.

—Mierda —maldigo, y la estudio atentamente mientras su pecho
sube y baja despacio—. Carajo, Tess, lo siento mucho. Todo esto es
culpa mía —le susurro, esperando que pueda oírme.

Es tan hermosa también cuando está quieta y en calma, con los labios ligeramente separados... la inocencia evidente en un rostro que
quita el aliento.

Por supuesto, Carol irrumpe en ese momento vertiendo su furia
sobre mí.

—¡En eso tienes toda la razón! Esto es culpa tuya. ¡Y ahora lárgate
de mi casa antes de que la policía te saque a rastras!

—¿Por qué no se tranquiliza? —replico sin volverme—. No voy a ir
a ningún sitio. Vaya a llamar a la policía si quiere. Si se presentaran a
estas horas de la noche, usted sería la comidilla de la ciudad, y todos
sabemos que no es eso lo que quiere.

Soy consciente de que me está fulminando con la mirada, lanzándome dagas con la mente, pero no puedo apartar la vista de la chica que
tengo frente a mí.

—Bien —resopla por fin su madre—. Tienes cinco minutos.

Sus zapatos raspan la alfombra de la forma más espantosa posible.

«Pero ¿qué hace tan bien vestida a estas horas de la noche?»

—Espero que puedas oírme, Tessa —comienzo. Mis palabras son
precipitadas, pero la acaricio con cuidado, tocando la suave piel de sus
mejillas. Las lágrimas acuden a mis ojos para caer sobre su piel clara—.
Lo siento tanto... Carajo, siento tanto todo esto... No debería haberte
dejado ir, para empezar. Pero ¿en qué estaba pensando?

»Habrías estado orgullosa de mí, al menos un poco, creo. No maté a
Dan cuando di con él, sólo le pateé la cara... Oh, y también lo estrangu-
lé un poco, pero aún respira. —Hago una pausa antes de admitir—: Y
estuve a punto de beber esta noche, pero no lo hice. No podría haber
empeorado más las cosas entre nosotros. Sé que crees que no me importas, pero sí que me importas, es sólo que no sé cómo demostrártelo».

Me detengo para examinar la forma en que sus párpados tiemblan
ante el sonido de mi voz.

—Tessa, ¿puedes oírme? —pregunto, lleno de esperanza.

—¿Zed? —apenas suspira ella, y durante un segundo juro que el diablo me juega una mala pasada.

—No, cariño, soy Hardin. Soy Hardin, no Zed. —No puedo evitar la ira que se apodera de mí al oírla susurrar su nombre tan suavemente.

—Hardin no. —Frunce el ceño confusa, pero sus ojos permanecen cerrados—. ¿Zed? —repite, y retiro la mano de su mejilla.

Cuando me pongo en pie no veo a su madre por ningún lado. Me sorprende que no haya estado mirando por encima de mi hombro mientras trataba de hablar con su hija.

Y entonces, como si mis pensamientos la hubiesen conjurado, reaparece en la sala.

—¿Acabaste? —exige saber.

Alzo la palma de la mano para detenerla.

—No, aún no —aunque lo desearía. Al fin y al cabo, Tessa ha preguntado por Zed.

Y de pronto, amablemente, como si admitiera que no puede controlar el mundo entero, su madre pregunta:

—¿Podrías llevarla a su habitación antes de irte? No puede quedarse tirada en el sillón...

—Así que no se me permite entrar, pero... —Me detengo, sabiendo que no conseguiré nada discutiendo con esta mujer por enésima vez desde que la conozco, por lo que me limito a asentir—. Claro; ¿dónde está su cuarto?

—La última puerta a la izquierda —replica secamente, y desaparece de nuevo.

No sé de dónde ha sacado Tessa su amabilidad, pero seguro que no le viene de esta mujer.

Suspirando, paso un brazo bajo las piernas de Tessa y otro bajo su cuello y la alzo hasta mi pecho. Mantengo la cabeza un poco baja mientras recorro el pasillo con ella. Esta casa es pequeña, mucho más de lo que había imaginado.

La última puerta a la izquierda está casi cerrada, y cuando la abro con el pie me sorprende el sentimiento de nostalgia que me asalta al entrar en una recámara en la que nunca había estado. Una cama pequeña reposa contra la pared más alejada, ocupando casi la mitad del

341

diminuto cuarto. El escritorio del rincón tiene casi el mismo tamaño que la cama. Una Tessa adolescente acude a mi imaginación, la de horas que debe de haber pasado sentada a ese gran escritorio trabajando en interminables tareas para clase. El ceño fruncido, la boca apretada en una línea de concentración, el cabello cayéndole sobre los ojos y su mano echándolo hacia atrás ligeramente antes de ponerse el lápiz tras la oreja.

Conociéndola como la conozco ahora, nunca habría imaginado que estas sábanas rosa y el cubrecama púrpura fueran suyos. Deben de ser herencia de la fase de muñeca Barbie por la que pasó y que una vez describió como «la mejor y la peor época de su vida». Recuerdo cómo me contaba que se pasaba el día entero preguntándole a su madre cosas como dónde trabajaba Barbie, a qué universidad había ido, si algún día tendría hijos...

Miro a la Tessa adulta que tengo entre los brazos y reprimo una carcajada al pensar en su curiosidad constante, una de las cosas que más y que menos me gustan de ella ahora. Echo las sábanas hacia atrás y la deposito suavemente sobre la cama, asegurándome de que sólo tenga una almohada bajo la cabeza, tal y como duerme en casa.

En casa..., aquélla ya no es su casa. Igual que esta casita, nuestro departamento fue una simple parada para ella de camino a su sueño: Seattle.

La pequeña cómoda cruje cuando abro el cajón superior en busca de ropa para cubrir su cuerpo medio desnudo. Pensar en Dan desnudándola me hace apretar los puños alrededor de la tela de una camiseta de su ropero. Incorporo a Tessa tan delicadamente como puedo y se la meto por la cabeza. Tiene el cabello enredado, y cuando trato de peinárselo sólo consigo dejárselo peor. Ella gime de nuevo y sus dedos tiemblan. Intenta moverse pero no puede. Odio esto. Me trago la bilis que me sube por la garganta y parpadeo para alejar los pensamientos de toda la chingadera que ha tenido que soportar.

Por respeto, miro hacia otro lado mientras mis manos le meten los brazos por las mangas hasta que finalmente consigo vestirla. Carol está de pie en la puerta. Su expresión es tensa pero no deja de estar enojada, y me pregunto cuánto tiempo llevará ahí observando.

CAPÍTULO 62

Tessa

«¡Deténganse!», tengo ganas de gritarles a los dos. No puedo soportar que se peleen de esa forma. No puedo; el tiempo no tiene sentido en este estado en el que me encuentro. Todo es un caos absoluto. Oigo portazos y también a mi madre y a Hardin discutiendo, y todo es tan difícil de escuchar... Pero sobre todo hay una oscuridad arrastrándome, jalándome con fuerza...

En algún momento le pregunto a Hardin:

—Y ¿qué hay de Zed? ¿Le hiciste daño?

O al menos eso es lo que pienso, y me estoy esforzando por decirlo. No estoy segura de si ha abandonado mis labios o no, si mi boca está coordinada con mi mente.

—No, soy Hardin. Soy Hardin, no Zed.

Hardin está aquí, no Zed. Espera, Zed también está aquí, ¿no?

—No, Hardin, digo si le hiciste daño a Zed.

La oscuridad me jala en dirección contraria a la de su voz. La de mi madre entra en la sala y la llena con aire autoritario, pero no puedo entender ni una palabra de lo que dice. Lo único claro para mí es la voz de Hardin. Ni siquiera sus palabras, sino cómo suena, cómo se mete en mi interior.

En algún momento siento que algo mueve mi cuerpo. ¿Los brazos de Hardin? No estoy totalmente segura, pero me levantan del sillón y esa familiar esencia a menta llena mis sentidos. ¿Qué hace él aquí y cómo me ha encontrado?

Apenas unos segundos más tarde me depositan con cuidado en la cama, y de nuevo me incorporan. No quiero moverme. Las temblorosas manos de Hardin me pasan una camiseta por la cabeza y quiero gritar para que deje de tocarme. Lo último que quiero es que me to-

343

quen, pero en el momento en que sus dedos me rozan la piel, el repugnante recuerdo de Dan se desvanece.

—Tócame otra vez, por favor. Haz que desaparezca —le suplico.

No me contesta. Sus manos siguen tocándome la cabeza, el cuello, el cabello, e intento alzar la mano hacia la suya, pero me pesa demasiado.

—Te quiero y lo siento mucho —oigo antes de que mi cabeza vuelva a reposar sobre la almohada—. Quiero llevarla a casa.

«No, déjame aquí. Por favor —pienso para mí—. Pero quédate conmigo...»

CAPÍTULO 63

Hardin

Carol cruza los brazos sobre el pecho.

—No voy a permitirlo.

—Lo sé.

Estoy que echo humo, y me pregunto cuánto se enojaría Tessa conmigo si insultara a su madre. Abandonar su habitación, su cuarto infantil, ya es bastante malo sin tener además que oír el gimoteo estrangulado que sale de sus labios cuando cruzo la puerta de vuelta al pasillo.

—¿Dónde estabas mientras todo esto ocurría? —pregunta su madre.

—En casa.

—¿Por qué no estabas allí para impedirlo?

—¿Cómo está tan segura de que yo no formaba parte de todo eso? Por lo general, no pierde el tiempo en echarme la culpa de todo lo malo que pasa en el mundo.

—Porque sé que, a pesar de tus pésimas decisiones y de tu actitud, nunca dejarías que algo así le ocurriera a Tessa si pudieses impedirlo.

¿Es eso un cumplido de su parte? Un cumplido un tanto ambiguo... pero, diablos, lo aceptaré, especialmente teniendo en cuenta las circunstancias.

—Bueno... —empiezo a decir.

Ella levanta la mano para hacerme callar.

—No he acabado. No te culpo de todo lo malo que pasa en el mundo. —Señala hacia la chica que duerme medio inconsciente acostada en la pequeña cama—. Sólo de lo que pasa en su mundo.

—No le discutiré eso —suspiro derrotado.

Sé que tiene razón; no se puede negar que he arruinado prácticamente todo en la vida de Tessa.

«Él ha sido mi héroe, a veces mi torturador, pero sobre todo mi héroe», escribió Tessa en su diario. ¿Un héroe? Estoy lejos de ser un maldito héroe. Daría cualquier cosa por serlo para ella, pero es que no sé cómo conseguirlo.

—Bueno, al menos estamos de acuerdo en algo. —Sus labios carnosos se elevan en una sonrisa, pero la borra enseguida y baja la vista a sus pies—. Bueno, si eso era todo cuanto necesitabas, ya puedes irte.

—De acuerdo...

Miro por última vez a Tessa y me vuelvo de nuevo hacia su madre, que me mira fijamente otra vez.

—¿Cuáles son tus intenciones con respecto a mi hija? —me pregunta con cierta autoridad, pero también con un poco de miedo—. Tengo que saber cuáles son tus intenciones a largo plazo porque, cada vez que me doy vuelta, le pasa algo, y no suele ser bueno. ¿Qué piensas hacer con ella en Seattle?

—No me voy a Seattle con ella. —Las palabras me pesan en la lengua.

—¿Qué? —empieza a caminar pasillo abajo y la sigo.

—No voy. Se va sin mí.

—Por muy feliz que eso me haga, ¿puedo preguntar por qué? —Eleva una ceja perfectamente delineada y yo miro hacia otro lado.

—Porque no voy, eso es todo. De todos modos, es mejor para ella que no vaya.

—Hablas igual que mi exmarido. —Carol traga saliva—. A veces me culpo por el hecho de que Tessa se haya enamorado de ti. Temo que sea culpa de cómo era su padre antes de dejarnos.

Su mano, de manicura perfecta, se eleva para alisarse el cabello mientras trata de aparentar indiferencia ante la mención de Richard.

—Él no tiene nada que ver en su relación conmigo —replico—; Tessa apenas lo conoció. Los pocos días que han pasado juntos últimamente demuestran eso, que no lo recuerda lo suficiente como para que afecte a su elección de hombres.

—¿Últimamente? —Los ojos de Carol se abren con sorpresa, y observo con horror cómo el color abandona su cara. Y ese pequeño momento de entendimiento que habíamos creado parece desaparecer.

«Mierda. Carajo. Puta madre...»

—Ella..., hum..., bueno, nos lo encontramos hace poco más de una semana.

—¿Richard? ¿La encontró? —Su voz se quiebra y se lleva la mano al cuello.

—No, ella se tropezó con él.

Empieza a pasar los dedos de forma nerviosa por las perlas de su collar.

—¿Dónde?

—No sé si debería contarle esto.

—¿Perdona? —Baja los brazos y se queda ahí de pie, mirándome con la boca abierta por el asombro.

—Si Tessa hubiese querido que supiera que había visto a su padre, se lo habría dicho ella misma.

—Esto es más importante que tu odio hacia mí, Hardin. ¿Ha estado viéndolo con frecuencia? —Sus ojos grises brillan ahora, amenazando con derramar lágrimas en cualquier momento, pero conociendo a esta mujer, nunca, ni en un millón de años, soltaría una lágrima frente a nadie, y mucho menos frente a mí.

Suspiro, no quiero traicionar a Tessa, pero tampoco quiero crearme más problemas con su madre.

—Se quedó con nosotros unos días —explico.

—No pensaba decírmelo, ¿verdad? —Su voz es baja y ronca mientras se muerde sus uñas rojas.

—Probablemente no. Hablar con usted no resulta precisamente sencillo —le recuerdo. Me pregunto si este es el mejor momento para sacar a relucir mi sospecha de que fue él quien se metió en el departamento.

—Y ¿contigo sí? —Alza la voz y yo me acerco a ella—. Al menos yo me preocupo por su bienestar; ¡eso es más de lo que se puede decir de ti!

Sabía que una conversación civilizada entre nosotros no podía durar mucho.

—¡Me preocupo por ella más que nadie, incluso más que usted! —replico.

—Soy su madre, nadie la quiere más que yo. ¡El hecho de que creas que podrías hacerlo demuestra lo loco que estás!

Sus zapatos repiquetean contra el suelo mientras recorre el pasillo arriba y abajo.

—¿Sabe lo que creo? Creo que me odia porque le recuerdo a él. Odia el constante recuerdo de lo que echó a perder, y me odia para no tener que odiarse a sí misma... Pero ¿quiere saber algo? —Espero su sarcástico asentimiento antes de continuar—. Que usted y yo también nos parecemos mucho. Más de lo que nos parecemos Richard y yo: los dos rechazamos cualquier responsabilidad por nuestros errores. En vez de eso, culpamos a todos los demás. Apartamos a aquellos a quienes amamos y los obligamos a...

—¡No! ¡Te equivocas! —grita.

Sus lágrimas y sus gestos histriónicos impiden que acabe de decir lo que pienso: que acabará sus días sola.

—No me equivoco. Pero voy a irme. El coche de Tessa sigue en alguna parte del campus, así que lo traeré mañana a no ser que quiera conducirlo usted misma.

Carol se seca los ojos.

—Bien, trae el coche. Mañana a las cinco. —Me mira con los ojos enrojecidos y el rímel corrido—. Esto no cambia nada. Nunca me gustarás.

—Y a mí eso no me importará jamás.

Me dirijo hacia la puerta principal, planteándome por un momento volver a la habitación del fondo, tomar a Tessa y llevármela conmigo.

—Hardin, a pesar de lo que sientas por mí, sé que quieres a mi hija. Sólo deseo recordarte que, si la quieres, que si de verdad la amas, dejarás de interferir en su vida. Ella ya no es la misma chica que dejé en esa diabólica escuela hace apenas medio año.

—Lo sé. —Por mucho que odie a esta mujer, me da pena porque, al igual que yo, probablemente pasará sola el resto de su miserable vida—. ¿Puede hacerme un favor? —le pido.

Me mira con sospecha.

—¿De qué se trata?

—No le diga que vine. Si no lo recuerda, no se lo diga.

Tessa está tan drogada que probablemente no se acordará de nada. No creo que sepa siquiera que estoy aquí ahora.

Carol me mira, reflexiona y por fin asiente.

—Eso puedo hacerlo.

CAPÍTULO 64

Tessa

La cabeza me pesa mucho, muchísimo, y la luz que se cuela a través de las cortinas amarillas es brillante, muy brillante.

¿Cortinas amarillas? Vuelvo a abrir los ojos para encontrar las familiares cortinas amarillas de mi viejo cuarto cubriendo las ventanas. Esas cortinas siempre nos habían vuelto locas, pero mi madre no podía permitirse comprar otro juego, así que aprendimos a vivir con ellas. Y, así, las últimas doce horas regresan a mi mente en pedazos, recuerdos rotos y desordenados que tienen poco sentido para mí.

Nada tiene sentido. Me lleva unos segundos, minutos tal vez, conseguir que mi mente trate de comprender lo que sucedió.

La traición de Steph es el recuerdo más fuerte que tengo de la noche anterior, uno de los recuerdos más dolorosos que jamás he experimentado. ¿Cómo pudo hacerme eso a mí? ¿A cualquiera? Todo fue tan perverso, tan retorcido... y en ningún momento lo vi venir. Recuerdo el fuerte sentimiento de alivio que experimenté cuando entró en la habitación, sólo para volver a caer presa del pánico cuando admitió que nunca había sido mi amiga. Oí su voz de forma muy clara pese al estado en el que me encontraba... Me puso algo en la bebida para atontarme, o peor, para conseguir que me desmayara..., y todo para obtener algún tipo de venganza sin garantías sobre Hardin y sobre mí. Anoche tuve tanto miedo..., y ella pasó de ser mi salvadora a ser mi depredadora tan rápido que casi no pude asimilar el cambio.

Estaba drogada, en una fiesta, y la responsable era alguien que yo creía que era mi amiga. La realidad de todo ello me golpeó con fuerza, y me sequé con coraje las lágrimas que me empapaban las mejillas.

La humillación reemplaza la punzada de traición al recordar a Dan y su grabación. Me desnudaron..., la pequeña luz roja de la cámara brillando en la oscuridad de la habitación es algo que no creo que pueda olvidar jamás. Querían violarme, grabarlo y enseñárselo a todo el mundo. Me agarro el estómago, esperando no vomitar de nuevo.

Cada vez que creo que tendré un respiro de la batalla constante en que se ha convertido mi vida, algo peor ocurre. Y sigo poniéndome en estas situaciones. ¿Steph? Aún no puedo creerlo. Si su razonamiento era correcto, si lo hizo sólo porque no le gusto y siente algo por Hardin, ¿por qué no me lo dijo desde el principio? ¿Por qué ha fingido ser mi amiga durante todo este tiempo sólo para tenderme una trampa? ¿Cómo pudo sonreírme a la cara e ir de compras conmigo, escuchar mis secretos y compartir mis preocupaciones sólo para planear algo como esto a mis espaldas?

Me siento lentamente, pero aun así resulta demasiado rápido. El pulso me ruge en los oídos y quiero correr al baño y obligarme a vomitar por si aún me queda algo de droga en el estómago. Pero no lo hago y, en lugar de eso, cierro los ojos de nuevo.

Cuando vuelvo a despertar tengo la cabeza algo más despejada y consigo levantarme de mi cama de la infancia. No llevo pantalones, sólo una camiseta que no recuerdo haberme puesto. Mi madre debe de haberme vestido…, aunque eso no es muy de su estilo.

Los únicos pantalones de pijama que quedan en mi cómoda son demasiado estrechos y cortos. He engordado desde que me fui a la universidad, pero me siento más cómoda y segura con mi cuerpo, mucho más de lo que me sentía antes.

Salgo dando tumbos del cuarto, pasillo abajo hasta la cocina, donde encuentro a mi madre apoyada en la barra de la cocina, leyendo una revista. Su vestido negro es suave y no tiene ni una pelusa, lleva tacones de aguja a juego y su cabello está peinado en perfectas ondas clásicas. Cuando miro al reloj del horno, veo que ya pasan pocos minutos de las cuatro de la tarde.

—¿Cómo te sientes? —me pregunta tímidamente mientras se vuelve para mirarme.

—Fatal —gimo, incapaz de poner una cara amistosa, y mucho menos de hacerme la valiente.

—Lo imagino, después de la noche que tuviste.

«Allá vamos…»

—Tómate un café y una aspirina. Te sentirás mejor.

Asiento lentamente y me acerco a la alacena para agarrar una taza para el café.

—Tengo que ir a la iglesia esta tarde. Supongo que no vas a acompañarme, ¿verdad? Te has perdido el servicio de la mañana —dice con voz neutra.

—No, ahora no tengo cuerpo para ir a la iglesia.

Sólo mi madre podría pedirme que la acompañe a la iglesia cuando acabo de recuperarme de los efectos de la droga tras un intento de violación.

Recoge su bolsa de la mesa de la cocina y se vuelve hacia mí.

—De acuerdo, saludaré a Noah y al señor y a la señora Porter de tu parte. Llegaré a casa alrededor de las ocho, quizá un poco antes.

Una punzada de culpabilidad me atraviesa al oír el nombre de Noah. Aún no lo he llamado desde que supe de la muerte de su abuela. Sé que debería haberlo hecho, y lo haré después del servicio..., si puedo encontrar mi teléfono, claro.

—¿Cómo llegué hasta aquí anoche? —pregunto, tratando de encajar todas las piezas del rompecabezas. Recuerdo a Zed entrando de golpe en la antigua recámara de Hardin y rompiendo la cámara.

—Creo que el joven caballero que te trajo se llamaba Zed —dice ella. Luego vuelve a concentrarse en su revista y se aclara la garganta en silencio.

—Oh.

Odio esto, odio no saber. Me gusta controlarlo todo, y anoche no tenía el control de mi cuerpo.

Mi madre aparta la revista con lo que suena como una cachetada. Me mira sin expresión en la cara y dice:

—Llámame si necesitas algo —y se dirige a la puerta principal.

—Oh...

Con una última mirada de desaprobación hacia mis estrechos pantalones de pijama, abandona la casa.

—Ah, y puedes buscar en mi ropero algo que ponerte.

En el momento en que la puerta mosquitera se cierra, la voz de Hardin resuena en mi cabeza.

«Todo esto es culpa mía», dijo. Aunque podría no haber sido Hardin: mi mente me juega malas pasadas. Necesito llamar a Zed y darle las gracias por todo. Le debo mucho por haber acudido en mi ayuda, por salvarme. Le estoy tan agradecida que sé que jamás podré darle las gracias lo suficiente por ayudarme y sacarme de allí. No puedo ni imaginar lo que podría haber pasado frente a esa cámara si él no hubiera aparecido.

Durante la siguiente media hora, las lágrimas saladas se mezclan con el café negro. Por fin me obligo a alejarme de la mesa y a meterme en el cuarto de baño para borrar de mi cuerpo todos los repugnantes recuerdos de la noche anterior. Cuando por fin me pongo a buscar en el ropero de mi madre algo que no lleve un brasier con relleno incorporado, me siento muchísimo mejor.

—¿Es que no tienes ropa normal? —gimoteo, pasando gancho tras gancho de vestidos de coctel.

Cuando estoy a punto de decidir que mejor me quedo en cueros, por fin encuentro un suéter de color crema y unos pantalones de mezclilla oscuros. Los pantalones encajan perfectamente y el suéter me queda justo de pecho, pero doy las gracias por haber encontrado algo más o menos informal, así que no voy a quejarme.

Al buscar por la casa mi teléfono y mi bolsa, me doy cuenta de que no tengo ni un solo recuerdo que me ayude a localizar su lugar oculto. ¿Por qué no puede mi mente aclarar el caos de anoche lo suficiente como para encontrarle sentido a todo? Supongo que mi coche sigue estacionado delante del cuarto de Steph; con suerte, no me habrá rajado las llantas.

Regreso a mi antigua habitación y abro el cajón de mi escritorio. Ahí está mi celular, encima de mi bolsa. Aprieto el botón de encendido y espero a que aparezca la pantalla de inicio. Casi vuelvo a apagarlo cuando se disparan las alertas por vibración. Mensaje tras mensaje y avisos del buzón de voz aparecen en la pequeña pantalla.

Hardin... Hardin... Zed... Hardin... Desconocido... Hardin... Hardin...

El estómago me da un vuelco de la peor de las maneras cuando leo su nombre en la pantalla. Lo sabe, tiene que saberlo. Alguien le contó lo sucedido y por eso me estuvo llamando y enviando mensajes sin parar. Debería llamarlo al menos hacerle saber que estoy bien antes de que se vuelva loco de preocupación. Sea cual sea el estado de nuestra relación, probablemente estará preocupado después de oír lo sucedido..., siendo «preocupado» el eufemismo del siglo.

Cuelgo el teléfono al sexto tono justo cuando salta su buzón de voz, y vuelvo al cuarto de mi madre para intentar domar mi cabello. Ahora lo último que me preocupa es mi aspecto, pero tampoco me entusiasma la idea de oír los insultos de mi madre si no consigo parecer medio decente. Encargarme de mi apariencia también me ayuda a ignorar los flashes que acuden ocasionalmente a mi mente sobre lo que ocurrió anoche. Cubro los profundos círculos bajo mis ojos, me aplico un poco de rímel y me cepillo el cabello. Ya está casi seco, lo que juega en mi favor al pasar los dedos por mis ondas naturales. No se ve ni remotamente tan bien como me gustaría, pero no tengo la energía necesaria para enfrentarme a mis desastrosos chinos más allá de lo que ya he hecho.

El apagado sonido de alguien llamando a la puerta principal me saca de mi ensueño. ¿Quién puede venir a semejante hora? Y de pronto el estómago me da un vuelco al pensar que Hardin podría estar al otro lado.

—¿Tessa? —me llama una voz familiar mientras oigo abrirse la puerta.

Noah entra en la casa y lo veo en la salita. El alivio y la culpabilidad me asaltan al reparar en su sonrisa temblorosa.

—Hola... —Asiente con la cabeza, cambiando el peso de su cuerpo de un pie al otro.

Prácticamente me echo sobre él sin pensar, rodeándole el cuello con los brazos. Entierro la cara en su pecho y comienzo a llorar.

Sus fuertes brazos me rodean, sosteniéndome e impidiendo que nos caigamos.

—¿Estás bien?

—Sí, es sólo que... No, no estoy bien.

Aparto la cara de su pecho para no restregarle todo el rímel por su abrigo tostado.

—Tu madre me dijo que estabas en la ciudad. —Continúa abrazándome mientras yo sigo deleitándome con su familiaridad—. Así que me escabullí antes de que acabara el servicio para poder decirte hola sin nadie alrededor. ¿Qué te pasó?

—Tantas cosas..., demasiadas para contarlas. Bueno, estoy siendo muy dramática —gruño alejándome un paso de él.

—¿La universidad continúa sin tratarte como esperabas? —pregunta con una pequeña sonrisa de simpatía.

Niego con la cabeza y le indico con un gesto que me siga hasta la cocina, donde preparo otra cafetera.

—No, para nada. Me mudo a Seattle.

—Eso me dijo tu madre —explica sentándose a la mesa.

—¿Aún quieres ir a la WCU en primavera? —digo, y suelto una pequeña carcajada—. No te recomendaría esa escuela.

Pero intentar hacer una broma sobre mí misma deja de funcionar en el momento en que se me saltan las lágrimas.

—Sí, ese es el plan. Pero la chica... esta chica a la que estoy viendo... estamos planteando ir a San Francisco. Ya sabes lo que me gusta California.

No estaba preparada para oír eso: Noah sale con una chica. Supongo que debería estarlo, pero se me hace tan raro que lo único que se me ocurre decir es:

—¿Ah, sí?

Los ojos azules de Noah brillan con los fluorescentes de la cocina.

—Sí, nos va bastante bien. Aunque estoy intentando tomármelo con calma, ¿sabes?... Por todo.

Como no quiero que termine esa frase y me haga sentir más culpable aún por la forma en que rompimos, pregunto:

—Y ¿cómo se conocieron?

—Pues ella trabaja en Zooms, o algo parecido, una tienda del centro comercial que hay cerca de tu casa, y...

—¿Estuviste ahí? —lo interrumpo. Me extraña que no me lo contara, que no se pasara a verme... pero lo entiendo.

—Sí, para ver a Becca. Tendría que haberte llamado o algo, pero las cosas estaban tan raras entre nosotros...

—Lo sé, no importa —le aseguro, y lo dejo terminar.

—Bueno, da igual, el caso es que supongo que a partir de ese momento nos unimos mucho. Tuvimos algunos problemillas y durante un tiempo pensé que no podía fiarme de ella, pero ahora lo llevamos muy bien.

Sus problemas me traen a la memoria los míos, y suspiro.

—Es como si ya no pudiera confiar en nadie —suspiro, y Noah frunce el ceño y me apresuro a añadir—: Excepto en ti. No me refería a ti. Todas las personas que conocí desde que llegué a esa universidad me han mentido de una forma u otra.

Incluso Hardin. Especialmente él.

—¿Eso es lo que ocurrió anoche?

—Más o menos... —Me pregunto qué le habrá contado mi madre.

—Sabía que tenía que ser algo importante para que hayas vuelto a casa. —Asiento y él se inclina por encima de la mesa para tomar mis manos entre las suyas—. Te extrañé —murmura; la tristeza es evidente en su voz.

Lo miro con los ojos muy abiertos; creo que estoy a punto de llorar de nuevo.

—Siento mucho no haberte llamado cuando lo de tu abuela.

—Está bien, sé que estás ocupada —dice recostándose contra la silla con ojos dulces.

—Eso no es excusa. Me he comportado de forma terrible contigo.

—Claro que no —miente negando con la cabeza lentamente.

—Sabes que tengo razón. Te he tratado fatal desde que me fui de casa, y lo siento muchísimo. No te mereces nada de esto.

—Deja de flagelarte a ti misma, ahora estoy bien —me asegura con una cálida sonrisa, pero la culpabilidad no cesa.

—Aun así, no debería haberlo hecho.

Entonces me sorprende preguntándome algo que jamás habría esperado de él:

—Si pudieras empezar de nuevo, ¿qué cambiarías?

—La forma en que he manejado ciertas cosas. No debería haberte engañado y haber actuado a tus espaldas. Nos conocemos desde hace mucho, y estuvo muy mal por mi parte abandonarte tan de repente.

—Sí —confirma—, pero ya lo superé. No éramos buenos el uno para el otro... Quiero decir, éramos perfectos juntos —añade con una carcajada—, pero creo que ese era el problema.

La pequeña cocina parece más espaciosa ahora que mi culpabilidad comienza a disiparse.

—¿Lo crees de verdad?

—Sí, lo creo. Te quiero, y siempre te querré. Pero no te quiero de la forma que siempre creí que te quería, y tú nunca podrías quererme como lo quieres a él.

Me quedo sin aliento ante la alusión a Hardin. Tiene razón, mucha razón, pero no puedo hablar de Hardin con Noah. Ahora no.

Necesito cambiar de tema.

—Entonces, Becca te hace feliz, ¿no?

—Sí, puede que no sea como esperas, pero tampoco esperaba yo que me fueras a dejar por un tipo como Hardin.

Sus oscuras facciones son totalmente opuestas a las mías y tiene tatuajes. No muchos, pero aun así no puedo imaginarlos a ella y a Noah como pareja.

Su sonrisa no es dura y sonríe suavemente.

—Supongo que ambos necesitábamos algo diferente.

De nuevo tiene razón.

—Supongo que sí.

Me río con él y continuamos hablando hasta que otro golpe en la puerta nos interrumpe.

—Voy yo —se ofrece, levantándose y abandonando la pequeña cocina antes de que pueda detenerlo.

CAPÍTULO 65

Hardin

Contemplar cómo el reloj avanza minuto a minuto me está matando lentamente. Casi preferiría arrancarme los cabellos uno a uno a seguir sentado aquí esperando en este maldito sendero hasta las cinco. No veo el coche de la madre de Tessa, no hay ningún coche en la entrada excepto el de Tessa, en el que estoy sentado. Landon se ha estacionado en la calle después de seguirme hasta aquí para poder llevarme de vuelta. Por suerte, se preocupa por el bienestar de Tessa más que nadie, aparte de mí, así que no necesité convencerlo.

—Ve y toca la puerta o lo haré yo —me amenaza a través del teléfono.

—¡Que ya voy! Carajo, dame un segundo. No sé si habrá alguien.

—Pues si no hay nadie, deja las llaves en el buzón y nos largamos.

Precisamente por eso no he hecho nada aún, porque quiero que ella esté dentro. Tengo que saber que está bien.

—Ahora voy —digo, y le cuelgo a mi molesto hermanastro.

Los diecisiete escalones hasta la puerta de la casa de su madre son los más difíciles de subir de mi vida. Llamo contra la puerta mosquitera pero no estoy seguro de si he golpeado lo suficientemente fuerte. A la mierda, vuelvo a llamar, esta vez mucho más fuerte. Demasiado fuerte, de hecho. Bajo la mano cuando el débil aluminio se vence y saltan un par de alambres de la mosquitera. Mierda.

La puerta cruje al abrirse y, en vez de Tessa, su madre o cualquier otra persona del jodido planeta a quien no me importaría ver, aparece Noah.

—Tiene que ser una pinche broma —digo.

Cuando intenta cerrarme la puerta en la cara, la detengo con mi bota.

—No seas imbécil. —Abro y él se echa atrás.

—¿Qué haces aquí? —pregunta con el rostro marcado por un profundo ceño fruncido.

¡Tendría que preguntar yo qué hace él aquí! Tessa y yo no llevamos separados ni tres días y ya está aquí este cabrón, reptando de vuelta a su vida.

—Traje su coche. —Miro a su espalda pero no puedo ver ni madres—. ¿Está ella aquí?

Durante todo el viaje me he estado diciendo que no quiero que me vea o que recuerde que estuve anoche en su casa, pero sé que he estado engañándome a mí mismo.

—Puede. ¿Sabe que ibas a venir? —Noah se cruza de brazos y necesito hacer acopio de todo mi autocontrol para no derribarlo de un madrazo, pasarle de largo, o por encima, y encontrarla.

—No, sólo quiero asegurarme de que está bien. ¿Qué te contó? —le pregunto alejándome del porche.

—Nada. Pero no hace falta. No tenía que contarme nada, sé que no habría venido hasta aquí si no le hubieras hecho algo.

Frunzo el ceño.

—De hecho, te equivocas, no fui yo... esta vez. —Parece sorprendido por mi pequeña admisión, así que continúo, por ahora con calma—: Mira, sé que me odias y tienes toda la razón del mundo para hacerlo, pero voy a verla, te guste o no, así que puedes hacerte a un lado o...

—¿Hardin? —La voz de Tessa es apenas un susurro casi perdido en un suspiro cuando aparece detrás de Noah.

—Eh... —Mis pies me llevan al interior de la casa y Noah, inteligentemente, se aparta de mi camino—. ¿Estás bien? —pregunto tomando sus mejillas entre las manos.

Tessa aparta la cabeza porque tengo las manos frías, me digo, y se aleja de mí.

—Sí, estoy bien —miente.

Las preguntas se agolpan en mi boca.

—¿Estás segura? ¿Cómo te sientes? ¿Has dormido? ¿Te duele la cabeza?

—Sí, bien, un poco, sí —responde asintiendo, pero yo ya he olvidado lo que le he preguntado.

—¿Quién te lo contó? —me pregunta ruborizada.

—Molly.

—¿Molly?

—Sí, me llamó cuando estabas..., hum..., en mi antigua habitación. —No puedo eliminar el pánico de mi voz.

—Oh... —Tess mira más allá de mí, concentrándose en algún punto en la distancia, con las cejas fruncidas en un rictus de concentración.

¿Se acuerda de que estuve aquí? ¿Quiero que lo recuerde?

Sí, claro que sí.

—Pero ¿estás bien?

—Sí.

Noah se acerca a nosotros y la alarma es evidente en su voz cuando pregunta:

—Tessa, ¿qué pasó?

Al mirar a Tessa me doy cuenta de que ella no quiere que él sepa todo lo ocurrido. Eso me gusta más de lo que debería.

—Nada, no te preocupes —le contesto para que ella no tenga que hacerlo.

—¿Fue algo serio? —presiona.

—Ya te dije que no te preocupes —gruño, y él traga saliva. Me vuelvo hacia Tessa—. Traje tu coche —le digo.

—¿En serio? —pregunta—. Gracias, pensé que Steph le habría reventado el parabrisas o algo —suspira; sus hombros se hunden más a cada palabra que pronuncia. Su intento de broma no funciona con nadie, ni siquiera consigo misma.

—¿Por qué, de entre toda la gente, recurriste a ella? —le pregunto.

Tessa mira a Noah y de nuevo a mí.

—Noah, ¿nos dejas un minuto? —pregunta con dulzura.

Él asiente y me lanza lo que supongo debe de ser algún tipo de mirada de advertencia antes de dejarnos solos en la pequeña salita.

—¿Por qué a ella? Dímelo, por favor —repito.

—No lo sé. No tenía ningún otro sitio adonde ir, Hardin.

—Podrías haber recurrido a Landon, prácticamente tienes tu propio cuarto en esa casa —señalo.

—No quiero seguir metiendo a tu familia en esto. Ya lo he hecho demasiadas veces y no es justo para ellos.

—Y sabías que iría allí, ¿verdad? —Cuando baja la vista a sus manos, añado—: No habría ido.

—Bien —dice con tristeza.

Carajo, eso no era lo que quería decir.

—No quería decir eso. Quería decir que iba a darte espacio.

—Oh —susurra mordiéndose una uña.

—Estás muy callada.

—Es sólo que..., no sé..., han sido una noche y una mañana muy largas.

Frunce el ceño y quiero ir hasta ella y alisar la línea entre sus cejas y besarla hasta alejar el dolor.

«No Hardin, Zed», dijo cuando estaba medio inconsciente.

—Lo sé. ¿Recuerdas lo ocurrido? —le pregunto, no muy seguro de si soportaré oír su respuesta.

Casi espero que me diga que me largue, o que incluso me insulte, pero no lo hace. En lugar de eso, dice que sí con la cabeza, se sienta en el sillón y me indica que me siente en el otro lado.

CAPÍTULO 66

Hardin

Quiero acercarme más a ella, tomar su mano temblorosa y encontrar una forma de borrar sus recuerdos. Odio que haya pasado por todo este sufrimiento, y de nuevo me impresiona su fuerza. Está sentada con la espalda recta como una tabla y lista para hablar conmigo.

—¿Por qué viniste? —me pregunta en voz baja.

En respuesta, le pregunto:

—¿Por qué vino él? —y señalo con la cabeza hacia la cocina.

Sé que Noah estará apoyado contra la pared, escuchando nuestra conversación. De verdad que no lo aguanto pero, dadas las circunstancias, probablemente debería callarme.

Ella contesta jugueteando con las manos:

—Está aquí para asegurarse de que estoy bien.

No necesita asegurarse de que estés bien —Para eso estoy yo aquí.

—Hardin... —Frunce el ceño—. Hoy no, por favor.

—Lo siento. —Retrocedo un poco, sintiéndome incluso más cabrón que hace unos segundos.

—¿Por qué viniste? —pregunta de nuevo.

—Para traerte el coche. No me quieres aquí, ¿verdad?

Hasta ahora no había considerado esa posibilidad, ni una vez. Y me quema como el ácido. Que yo esté aquí seguro que sólo empeora las cosas para ella. Los días en los que encontraba su refugio en mí se han acabado.

—No es eso..., sólo estoy confundida.

—¿Sobre qué?

Sus ojos brillan bajo la tenue luz de la sala de su madre.

—Tú, anoche, Steph..., todo. ¿Sabías que todo fue un juego para ella? Realmente me ha odiado durante todo este tiempo...

—No, claro que no lo sabía —le digo.

—¿No tenías ni idea de que tuviera esos sentimientos hacia mí?

«Maldita sea.» Pero quiero ser honesto, así que respondo:

—Quizá un poco, supongo. Molly lo mencionó un par de veces, pero no se explicó mucho, y nunca creí que fuera algo tan fuerte... o que Molly supiera de qué estaba hablando siquiera.

—¿Molly? ¿Desde cuándo se preocupa Molly por mí?

Así que blanco o negro. Tessa siempre quiere que las cosas sean o blancas o negras, y eso me hace sacudir la cabeza, un poco triste porque las cosas nunca pueden ser tan simples.

—No lo hace, aún te odia —le digo, y miro hacia abajo—. Pero me llamó después de aquella mierda de Applebee's, y me enfurecí. No quería que ella o Steph echaran a perder las cosas entre nosotros. Pensé que Steph simplemente se estaba entrometiendo y comportándose como una puta. No creía que también fuera una pinche psicópata.

Cuando vuelvo a mirar a Tess, se está secando las lágrimas de los ojos. Recorro la distancia que nos separa en el sillón y ella retrocede.

—Eh, está bien —le digo, y la tomo de la mano y la estrecho contra mi pecho—. Shhh...

Mi mano reposa sobre su cabello, y después de unos segundos tratando de apartarme, se rinde.

—Sólo quiero empezar de nuevo, olvidar todo lo ocurrido en los últimos meses —solloza.

Se me tensa el pecho mientras asiento, de acuerdo con ella aunque no lo quiera. No quiero que desee olvidarme.

—Odio la universidad. Siempre quise ir, pero ha sido un error tras otro para mí.

Me jala de la camiseta, acercándome aún más a ella. Permanezco en silencio porque no quiero que ella se sienta peor de lo que ya se siente. No tenía idea de en lo que iba a meterme cuando he llamado a la puerta, pero estoy más que seguro de que no esperaba acabar con Tessa llorando entre mis brazos.

—Estoy siendo tan dramática... —Se aparta demasiado pronto, y por un momento considero la posibilidad de volver a abrazarla.

—No, para nada. Estás muy calmada teniendo en cuenta lo ocurrido. Dime qué recuerdas, no me hagas volver a preguntártelo. Por favor.

—Es todo muy confuso, de verdad. Fue todo muy... extraño. Era consciente de todo, pero nada tenía sentido. No sé cómo explicarlo. No podía moverme, pero podía sentir cosas. —Se estremece.

—¿Sentir cosas? ¿Dónde te tocó? —No quiero saberlo.

—En las piernas... Me desnudaron.

—¿Sólo en las piernas?

«Por favor, di que sí.»

—Sí, eso creo. Podría haber sido muchísimo peor, pero Zed... —Se detiene. Toma aliento—. De todos modos, las pastillas me volvieron el cuerpo muy pesado..., no sé cómo explicarlo.

Asiento.

—Sé lo que quieres decir.

—¿Qué?

Recuerdos rotos de desmayos en bares y de mí dando tumbos por las calles de Londres acuden a mi mente. La idea de diversión que una vez tuve es completamente opuesta a lo que ahora considero pasarlo bien.

—Solía tomar esas malditas pastillas por aquel entonces, por diversión.

—¿En serio? —Se le abre la boca, y no me gusta la forma en que su mirada me hace sentir.

—Supongo que *diversión* no es la palabra más adecuada —replico—. Ya no

Ella asiente y me dedica una dulce sonrisa de alivio. Se acomoda el cuello de su suéter, que ahora veo que le queda muy ajustado.

—¿De dónde sacaste eso? —pregunto.

—¿El suéter? —Sonríe tensa—. Es de mi madre..., ¿no se nota? —Sus dedos jalan la gruesa tela.

—No sé, Noah estaba en la puerta y tú vas vestida así... Creí que había viajado en la máquina del tiempo o algo —bromeo.

Sus ojos se iluminan con humor, toda la tristeza ha sido momentáneamente queda olvidada, y se muerde el labio inferior para no reír.

Luego sorbe por la nariz y extiende una mano hacia la mesita para sacar un pañuelo de papel de la caja con flores.

—No. No hay máquinas del tiempo. —Tessa asiente con la cabeza mientras se suena la nariz.

«Carajo, incluso cuando llora está preciosa.»

—Estaba preocupado por ti —le confieso.

Su sonrisa desaparece. Mierda.

—Eso es lo que me confunde —replica—. Dijiste que no querías seguir intentándolo, pero ahora me dices que estabas preocupado por mí. —Me mira con una expresión vacía y el labio tembloroso.

Tiene razón. No siempre lo digo, pero es cierto. He pasado días preocupado por ella. Emoción..., eso es lo que necesito de ella. Necesito el consuelo.

—Está bien, no estoy enojada contigo. —Se ha tomado mi silencio de forma equivocada—. Agradezco que vinieras hasta aquí a traerme el coche. Significa mucho para mí que lo hayas hecho.

Permanezco en silencio en el sillón, incapaz de hablar durante unos minutos.

—No fue nada —consigo decir encogiéndome de hombros. Pero necesito decir algo real, cualquier cosa.

Tras contemplar mi doloroso silencio durante un momento, Tessa se pone en modo amable anfitriona.

—¿Cómo volverás a casa? Espera..., para empezar, ¿cómo supiste llegar hasta aquí?

Mierda.

—Landon. Él me lo dijo.

Sus ojos vuelven a iluminarse.

—Oh. ¿Está aquí?

—Sí, está fuera.

—¡Oh! Vaya, te estoy retrasando, lo siento. —Se ruboriza y se pone en pie.

—No, tranquila. Está bien ahí fuera, esperando —tartamudeo.

«No quiero irme. A no ser que te vengas conmigo.»

—Debería haber entrado contigo. —Tessa mira entonces hacia la puerta.

—Él está bien.

—Gracias de nuevo por haberme traído el coche... —Está tratando de despedirme educadamente. La conozco.

—¿Quieres que meta tus cosas? —me ofrezco.

—No, me iré por la mañana, es mejor dejarlas donde están.

¿Por qué me sorprendo cada vez que me recuerda que se va a ir a Seattle? Sigo esperando que cambie de idea, pero eso nunca ocurrirá.

CAPÍTULO 67

Tessa

Cuando Hardin alcanza la puerta, le pregunto:

—¿Qué hiciste con Dan?

Quiero saber más sobre anoche, incluso si Noah puede oírnos hablar. Cuando pasamos junto a él en el pasillo, Hardin apenas se fija en él. Noah lo fulmina con la mirada, sin saber qué más hacer, supongo.

—Dan. Dijiste que Molly te lo había contado. ¿Qué hiciste?

Conozco a Hardin lo suficiente como para saber que fue por él. Aún estoy sorprendida por la ayuda de Molly, no la esperaba ni de lejos cuando la vi entrar en el cuarto anoche. Me estremezco ante el recuerdo.

Hardin medio sonríe.

—Nada demasiado malo.

«No matado a Dan cuando di con él, sólo le pateé la cara...»

—Le pateaste la cara... —digo intentando excavar en el caos que es mi cabeza.

Alza una ceja.

—Sí... ¿Te lo contó Zed?

—Yo..., no lo sé... —Recuerdo oír las palabras, pero no puedo recordar quién las dijo.

«Soy Hardin, no Zed», dijo Hardin, y su voz parece muy real en mi mente.

—Estuviste aquí, ¿verdad? ¿Anoche? —Doy un paso hacia él y Hardin retrocede contra la pared—. Sí que estuviste, lo recuerdo. Dijiste que estuviste a punto de beber pero no lo hiciste...

—No creí que lo recordarías —murmura.

—¿Por qué no me lo has dicho?

Me duele la cabeza mientras trato de separar los sueños inducidos por la droga de la realidad.

—No lo sé. Iba a hacerlo, pero entonces todo se volvió tan familiar..., y tú estabas sonriendo y no quería estropearlo. —Alza un hombro y sus ojos se concentran en el gran cuadro de las puertas del cielo que cuelga en la pared de mi madre.

—¿Cómo iba a estropearlo el hecho de que me dijeras que me habías traído a casa?

—Yo no te traje a casa. Fue Zed.

Eso lo recordé antes, más o menos. Es tan frustrante...

—Y ¿tú viniste luego? ¿Qué estaba haciendo yo?

Quiero que Hardin me ayude a ordenar la secuencia de acontecimientos. Parece que no soy capaz de hacerlo sola.

—Estabas acostada en el sillón, casi no podías hablar.

—Oh...

—Estabas llamándolo —añade en voz baja, el veneno es evidente a través de su voz profunda.

—¿A quién?

—A Zed. —Su respuesta es simple, pero puedo sentir la emoción tras sus palabras.

—No, no lo llamaba —replico. Eso no tiene sentido—. Esto es tan frustrante...

Vadeo por el barro mental y finalmente encuentro un nódulo de sentido... Hardin hablando sobre Dan, Hardin preguntándome si podía oírlo, preguntándome sobre Zed...

—Quería saber cómo estaba, si le habías hecho daño. Creo.

El recuerdo es borroso, pero ahí está.

—Dijiste su nombre más de una vez; no importa. Estabas tan ida... —Sus ojos se dirigen a la alfombra y se quedan ahí—. De todas formas no esperaba que me quisieras aquí.

—No lo quería a él. Puede que no recuerde mucho, pero estaba asustada. Me conozco lo suficiente como para saber que sólo te llamaría a ti —admito sin pensar.

¿Por qué habré dicho eso? Hardin y yo acabamos de romper, otra vez. Esta es, de hecho, nuestra segunda ruptura, pero parece como si lo hubiéramos hecho más seguido. Quizá porque esta vez no he saltado a sus brazos a la menor muestra de afecto de su parte. Esta vez abandoné la casa y sus regalos, esta vez me voy a Seattle antes de veinticuatro horas.

—Ven aquí —dice abriendo los brazos para mí.

—No puedo —contesto pasándome los dedos por el pelo.

—Sí que puedes.

Cuando Hardin está cerca de mí, sea cual sea la situación, su esencia siempre penetra en cada fibra de mi ser. Podemos estar gritándonos el uno al otro o sonriendo y bromeando. Nunca existe la distancia, no hay espacio entre nosotros. Es algo tan natural para mí ahora..., realmente algo tan instintivo el sentirme cómoda en sus brazos, reírme de su actitud, ignorar los problemas que ha causado cualquier situación en la que estemos metidos...

—Ya no estamos juntos —digo en voz baja, más para recordármelo a mí misma que otra cosa.

—Lo sé.

—No puedo fingir que lo seguimos estando. —Me muerdo el labio inferior e intento no fijarme en la forma en que sus ojos se oscurecen al recordar nuestro estado.

—No te estoy pidiendo que lo hagas. Sólo te estoy pidiendo que vengas. —Sus brazos siguen abiertos, aún invitándome, llamándome, acercándome más y más.

—Si lo hago, volveremos a caer en ese círculo que ambos hemos decidido romper.

—Tessa...

—Hardin, por favor... —Me aparto. Esta salita es demasiado pequeña para evitarlo, y mi autocontrol comienza a fallar.

—Bien —suspira finalmente y sus manos se enredan en su cabello, su habitual gesto de frustración.

—Necesitamos esto, sabes que lo necesitamos. Tenemos que pasar tiempo separados.

—¿Tiempo separados?

Parece herido, enojado, y tengo miedo de lo que pueda salir por su boca. No quiero pelearme con él, y hoy no es el día para que me provoque.

—Sí, pasar tiempo a solas. No podemos estar juntos y todo parece ponerse en nuestra contra. Tú mismo lo dijiste el otro día, que estabas cansado de esto. Me corriste del departamento. —Cruzo los brazos a la altura del pecho.

—Tessa..., no puedes estar... —Me mira a los ojos y se detiene a media frase—. ¿Cuánto tiempo?

—¿Qué?

—¿Cuánto tiempo separados?

—Yo... —No esperaba que lo aceptara—. No lo sé.

—¿Una semana? ¿Un mes? —presiona para que le dé detalles.

—No lo sé, Hardin. Ambos necesitamos encontrar nuestro lugar.

—Tú eres mi lugar, Tess.

Sus palabras se extienden por mi pecho y me obligo a apartar los ojos de su cara antes de perder la poquísima resistencia que aún me queda.

—Y tú eres el mío, ya lo sabes —admito—, pero estás tan enojado que siempre estoy al límite contigo. Tienes que hacer algo con esa ira y yo necesito tiempo para mí misma.

—Entonces, ¿esto vuelve a ser culpa mía? —pregunta.

—No, también es culpa mía. Dependo demasiado de ti. Necesito ser más independiente.

—Y ¿desde cuándo importa eso? —El tono de su voz me dice que ni siquiera ha considerado jamás que mi dependencia de él sea un problema.

—Desde que tuvimos esa pelea explosiva en el departamento hace unas noches. De hecho, empezó hace tiempo; Seattle y la discusión de la otra noche fueron sólo la cereza del pastel.

Cuando por fin reúno el valor para mirar a Hardin, veo que su expresión ha cambiado.

—Está bien, lo entiendo —dice—. Lo siento, sé que la he cagado, y mucho. Siempre estamos peleando a muerte por lo de Seattle y quizá ya sea hora de que te escuche más. —Busca mi mano y dejo que me la agarre, momentáneamente confundida por su recién descubierta aceptación—. Te daré espacio, ¿de acuerdo? Ya has soportado bastantes chingaderas sólo en las últimas veinticuatro horas. Por una vez, no quiero ser otro problema.

—Gracias —respondo simplemente.

—¿Me avisarás cuando llegues a Seattle? Y come algo y descansa, por favor —dice. Sus ojos verdes son suaves, cálidos y reconfortantes.

Quiero pedirle que se quede, pero sé que no es buena idea.

—Lo haré. Gracias..., de verdad.

—No tienes que darme las gracias. —Se mete las manos en los bolsillos de sus *jeans* negros y estudia mi cara—. Le daré saludos a Landon de tu parte —añade, y sale por la puerta.

No puedo evitar sonreír ante el modo en que se entretiene alrededor del coche de su hermanastro, mirando hacia la casa de mi madre durante un buen rato antes de subir al asiento del acompañante.

CAPÍTULO 68

Tessa

En el momento en que pierdo de vista el coche de Landon, el vacío se asienta pesadamente en mi pecho y me alejo de la entrada dejando que la puerta se cierre sola.

Noah está apoyado en el marco de la puerta de la cocina.

—¿Se fue? —pregunta suavemente.

—Sí, se fue. —Mi voz suena distante, desconocida incluso para mí.

—No sabía que ya no estaban juntos.

—Nosotros..., bueno..., estamos tratando de arreglarlo.

—¿Puedes decirme sólo una cosa antes de que cambies de tema? —Sus ojos estudian mi cara—. Conozco esa expresión, y sé que estás a punto de hacerlo.

Incluso después de los meses que llevamos separados, Noah es capaz de leerme a la perfección.

—¿Qué quieres saber? —pregunto.

Sus ojos azules se clavan en los míos. Me sostiene la mirada durante lo que me parece una eternidad.

—Si pudieras volver atrás, ¿lo harías, Tessa? Te he oído decir que desearías borrar los últimos meses... pero, si pudieras, ¿de verdad lo harías?

«¿Lo haría?»

Me siento en el sillón para analizar la pregunta. ¿Lo olvidaría todo? ¿Borraría todo lo que me ha ocurrido en los últimos meses? La apuesta, las interminables peleas con Hardin, la espiral descendente en mi relación con mi madre, la traición de Steph, todas las humillaciones, todo.

—Sí. Sin pensarlo.

La mano de Hardin en la mía, la forma en que sus brazos tatuados me rodeaban atrayéndome contra su pecho. El modo en que a veces se reía tan fuerte que apretaba los ojos y el sonido llenaba mis oídos, mi corazón y todo el departamento con una felicidad tan extraordinaria que me sentía más viva de lo que me había sentido jamás.

—No, no lo haría. No podría —digo cambiando de opinión.

Noah sacude la cabeza.

—Entonces, ¿con cuál te quedas? —Se ríe y se sienta en el asiento reclinable frente al sillón—. No sabía que fueras tan indecisa.

Niego firmemente con la cabeza.

—No lo borraría.

—¿Estás segura? Ha sido un mal año para ti..., y yo ni siquiera sé la mitad de lo ocurrido.

—Estoy segura. —Asiento un par de veces y me deslizo hasta la orilla del sillón—. Aunque haría algunas cosas de forma diferente, sobre todo contigo.

Noah me dedica una leve sonrisa.

—Sí, yo también —acepta en voz baja.

—Theresa. —Una mano me agarra del hombro y me sacude— Theresa, despierta.

—Estoy despierta —gimo, y abro los ojos.

La salita. Estoy en la sala de mi madre.

Aparto de una patada la cobija que me cubre las piernas..., una cobija con la que Noah me ha tapado después de que me acostara tras hablar un poco más y de ponernos a ver la tele juntos. Como en los viejos tiempos.

Me libero de la mano de mi madre.

—¿Qué hora es?

—Las nueve de la noche. Iba a despertarte antes. —Frunce los labios.

Debe de haberse vuelto loca viéndome dormir durante todo el día. Curiosamente, la idea me divierte.

—Lo siento, ni siquiera recuerdo haberme dormido. —Me desperezo y me pongo de pie—. ¿Noah se ha ido? —Miro hacia la cocina y no lo veo.

—Sí, la señora Porter tenía muchísimas ganas de verte, pero le dije que no era buen momento —me informa, y entra en la cocina.

La sigo, oliendo algo que está cocinando.

—Gracias.

Me gustaría haberme despedido de Noah como es debido, sobre todo porque sé que volveré a verlo.

Mi madre se acerca al horno y dice por encima del hombro:

—Veo que Hardin trajo tu coche. —La desaprobación tiñe su voz.

Un segundo más tarde, vuelve del horno y me tiende un plato con lechuga y tomates asados.

No he extrañado su idea de una buena comida, pero de todos modos acepto el plato.

—¿Por qué no me dijiste que Hardin estuvo aquí anoche? Ahora lo recuerdo.

Ella se encoge de hombros.

—Él me pidió que no lo hiciera.

Me siento a la mesa y pincho la «comida» con indecisión.

—Y ¿desde cuándo te importa lo que él quiera? —la provoco, nerviosa por su reacción.

—No me importa —dice, y se prepara un plato para ella—. No lo mencioné porque era mejor para ti no recordar nada.

El tenedor resbala de mis dedos y golpea el plato con un tintineo agudo.

—Ocultarme cosas no es lo mejor para mí —replico. Estoy haciendo todo lo posible para mantener mi voz fría y calmada, de verdad.

Para enfatizarlo, limpio las comisuras de mi boca con una servilleta perfectamente doblada.

—Theresa, no desquites tus frustraciones conmigo —dice mi madre, uniéndose a mí en la mesa—. Sea lo que sea que haya hecho ese chico para que te hayas vuelto así, es culpa tuya. No mía.

En el momento en que sus rojos labios se curvan en una sonrisa confiada me pongo en pie, arrojo la servilleta sobre el plato y salgo a toda prisa de la cocina.

—¿Adónde crees que vas, jovencita? —me llama.

—A la cama. ¡Mañana debo levantarme a las cuatro de la mañana y tengo un largo viaje por delante! —grito desde el pasillo, y cierro la puerta de mi cuarto.

Me siento en la cama de mi niñez... e inmediatamente esas paredes gris pálido parecen cernirse sobre mí. Odio esta casa. No debería, pero la odio. Odio la forma en que me siento cuando estoy en ella, como si no pudiera respirar sin que me regañen o me corrijan. Nunca me había dado cuenta de lo enjaulada y controlada que había estado toda mi vida hasta que probé por primera vez la libertad junto a Hardin. Me encanta cenar pizza y pasar todo el día desnuda en la cama con él. Nada de servilletas dobladas. Nada de ondas en el cabello. Nada de horribles cortinas amarillas.

Antes de poder detenerme lo estoy llamando y me contesta al segundo tono.

—¿Tess? —dice sin aliento.

—Hum..., hola —susurro.

—¿Hay algún problema? — jadea recuperando el aliento.

—No. ¿Estás bien?

—¡Vamos, Scott, vuelve aquí! —grita una voz femenina al fondo.

El corazón empieza a martillearme contra las costillas mientras las posibilidades inundan mi mente.

—Oh, estás.., No te molesto más.

—No, no pasa nada. Ella puede esperar.

Los ruidos de fondo se van acallando segundo a segundo. Debe de haberse alejado de donde sea que esté la mujer.

—De verdad que no importa —digo—. Te dejo, no quería... interrumpir. —Al mirar la pared gris junto a mi cama, juraría que se está acercando a mí, como si estuviera a punto de golpearme.

—De acuerdo —jadea él.

«¿Qué?»

—Bueno, pues adiós —digo rápidamente, y cuelgo, tapándome la boca con una mano para no vomitar sobre la alfombra de mi madre.

Tiene que haber algún motivo lógico para...

Mi celular vibra entonces junto a mi muslo, el nombre de Hardin es claramente visible en la pantalla. Contesto a pesar de mí misma.

—No estoy haciendo lo que crees..., ni siquiera me había dado cuenta de cómo sonó eso —me asegura de inmediato. Puedo oír el viento soplando a su alrededor y ahogando su voz.

—No pasa nada, en serio.

—No, Tess, sí que pasa —me interrumpe—. Si estuviera con alguien en este instante no estaría bien, así que deja de actuar como si no importara.

Me acuesto en la cama, admitiendo para mí misma que tiene razón.

—No pensé que estuvieras haciendo algo —miento. De alguna forma sabía que no lo estaba haciendo, pero mi imaginación... me ha traicionado.

—Bien, tal vez por fin confíes en mí.

—Quizá.

—Lo que sería mucho más relevante si no me hubieses abandonado —replica en tono cortante.

—Hardin...

Suspira.

—¿Para qué llamabas? ¿Tu madre se está comportando como una pendeja?

—No digas eso. —Pongo los ojos en blanco—. Bueno..., cierto, se está comportando un poco como si lo fuera, pero nada importante. Es sólo que... en realidad no sé por qué te llamé.

—Bueno... —Hace una pausa y oigo cerrarse la puerta de un coche—. ¿Quieres hablar o algo?

—¿No te importa? ¿Podemos? —le pregunto.

Apenas unas horas antes le estaba diciendo que necesitaba ser más independiente, y aquí estoy llamándolo al más mínimo problema.

—Claro.

—Por cierto, ¿dónde estás? —Necesito mantener la conversación lo más neutra posible..., aunque no es que sea fácil mantener las cosas entre Hardin y yo en territorio neutral.

—En un gimnasio.

Casi me echo a reír.

—¿Un gimnasio? Tú no vas al gimnasio.

Hardin es una de esas pocas personas bendecidas con un cuerpo increíble sin necesidad de trabajárselo. Su constitución es perfecta, alto y de hombros anchos; él asegura que de adolescente era desgarbado y flaco. Sus músculos son duros pero no están demasiado definidos, su cuerpo es una mezcla perfecta entre blando y duro.

—Lo sé. Esa tipa me estaba madreando. Estaba realmente abochornado.

—¿Quién? —digo tal vez con demasiada fuerza.

«Cálmate, Tessa, obviamente habla de la mujer que has oído.»

—Oh, la entrenadora. He decidido usar la chingadera esa del kickboxing que me regalaste por mi cumpleaños.

—¿De verdad?

La idea de Hardin haciendo kickboxing me hace imaginar cosas que no debería. Como él sudando...

—Sí —contesta con cierta timidez.

Sacudo la cabeza para intentar borrar la imagen de Hardin sin camiseta.

—Y ¿qué tal te fue?

—Bien, supongo. Aunque prefiero otro tipo de ejercicio. Pero, por otro lado, ya no estoy tan nervioso como lo estaba hace unas horas.

Entorno los ojos ante su respuesta aunque él no pueda verme.

Mis dedos siguen el estampado floral del cubrecama.

—¿Crees que seguirás yendo?

Por fin puedo respirar ahora que Hardin empieza a explicarme lo rara que ha sido la primera media hora de entrenamiento, cómo no hacía más que insultar a la mujer hasta que ella ha comenzado a golpearlo en la nuca repetidamente, que esto le ha hecho respetarla y dejar de comportarse como un imbécil con ella.

—Espera —digo por fin—. ¿Aún estás ahí?

—No, ahora estoy en casa.

—Entonces... ¿te has ido? ¿Le avisaste?

—No, ¿por qué tendría que hacerlo? —pregunta, como si toda la gente actuara como él constantemente.

Me gusta la idea de que deje todo lo que está haciendo para hablar conmigo por teléfono. No debería, pero me gusta. Me reconforta, aunque también me hace suspirar y añadir:

—No estamos manejando bien esto de darnos espacio.

—Nunca lo hacemos. —Puedo imaginarlo sonriendo, aunque esté hablando a más de ciento cincuenta kilómetros de distancia.

—Lo sé, pero...

—Esta es nuestra versión del espacio. No te metiste en el coche y viniste hasta aquí. Sólo llamaste.

—Supongo...

Me permito aceptar su lógica retorcida, aunque de alguna forma tiene razón. Todavía no sé si eso es bueno o malo.

—¿Noah sigue por ahí? —pregunta entonces.

—No, se fue hace horas.

—Bien.

Estoy contemplando la oscuridad más allá de las horrorosas cortinas de mi habitación cuando Hardin se empieza a reír y dice:

—Hablar por teléfono es tan raro...

—¿Por qué? —pregunto.

—No sé... Llevamos hablando más de una hora.

Aparto el teléfono de mi oreja para comprobar la hora y, sí, tiene razón.

—No me parecía que lleváramos tanto —digo.

—Lo sé, nunca he hablado tanto tiempo con nadie por teléfono. Excepto cuando me llamas para fastidiarme con que vas a traer a alguien a cenar o alguna llamada de mis amigos, aunque ellos nunca hablan más de un par de minutos.

—¿En serio?

—Sí, ¿por qué no? Nunca se me dio bien lo de las citas adolescentes; todos mis amigos solían pasar horas al teléfono escuchando a sus novias hablar sobre barniz de uñas o de lo que sea que hablen las chicas durante horas sin parar. —Se ríe y yo frunzo un poco el ceño al recordar que Hardin nunca tuvo la oportunidad de ser un adolescente normal.

—No te has perdido mucho —le aseguro.

—¿Con quién hablabas tú durante horas? ¿Con Noah? —El desprecio está claro en su pregunta.

—No, yo tampoco hice lo de hablar durante horas. Estaba demasiado ocupada leyendo novelas. —Puede que yo tampoco fuese una adolescente normal.

—Bueno, entonces me alegro de que fueras una ñoña —dice, haciendo que el estómago me dé un vuelco.

—¡Theresa! ¡Theresa! —la repetida llamada de mi madre me devuelve a la realidad.

—¡Oh! ¿Se te pasó la hora de dormir? —se burla Hardin. Nuestra relación, no relación, darnos-espacio-pero-hablar-por-teléfono se ha vuelto más confusa en la última hora.

—Cállate —respondo, y cubro el auricular lo suficiente como para gritarle a mi madre que ahora voy—. Tengo que ver qué quiere.

—¿De verdad te irás mañana?

—Sí.

Después de un momento de silencio, añade:

—De acuerdo, está bien, pues ten cuidado... y esas cosas.

—¿Puedo llamarte por la mañana? —Mi voz tiembla al preguntar.

—No, probablemente no deberíamos volver a hacer esto —contesta, y mi pecho se contrae—. Al menos no muy seguido. No tiene sentido que hablemos a todas horas si no vamos a estar juntos.

—Bueno. —Mi respuesta suena baja, derrotada.

—Buenas noches, Tessa —dice, y la línea se corta.

Tiene razón y lo sé, pero saberlo no hace que duela menos. En primer lugar, no debería haberlo llamado.

CAPÍTULO 69

Tessa

Son las cinco menos cuarto de la madrugada y, por una vez, mi madre no está vestida para salir. Lleva una pijama de seda de dos piezas, la bata ajustada alrededor del cuerpo y unas zapatillas a juego en los pies. Aún tengo el cabello mojado por el baño, pero me he tomado mi tiempo para aplicarme un poco de maquillaje y ponerme ropa decente.

Mi madre me estudia con detenimiento.

—Tienes todo lo que necesitas, ¿verdad?

—Sí, todo lo que tengo está en mi coche —contesto.

—De acuerdo, asegúrate de echar gasolina antes de abandonar la ciudad.

—Estaré bien, madre.

—Lo sé. Sólo intento ayudarte.

—Sé que lo intentas.

Abro los brazos para darle un abrazo de despedida y, cuando todo lo que recibo es un pequeño abrazo rígido, me echo hacia atrás y decido servirme una taza de café para el camino. Esa leve y tonta esperanza aún se aferra a mí, la estúpida parte de mí que desea tan desesperadamente ver la luz de unos faros en la oscuridad, Hardin saliendo de su coche, con bolsas en la mano y diciéndome que está listo para viajar conmigo a Seattle.

Pero esa estúpida parte de mí es sólo eso: una estupidez.

Pasan diez minutos de las cinco, le doy un último abrazo a mi madre y subo al coche, que por suerte he tenido la precaución de calentar previamente con la calefacción. La dirección de Kimberly y Christian está programada en el GPS de mi celular. No hace más que apagarse y recalcular, y eso que ni siquiera he arrancado todavía. En serio que necesito un teléfono nuevo. Si Hardin estuviera aquí, no haría más que recordarme insistentemente que esa es otra buena razón para comprarme un iPhone.

Pero Hardin no está aquí.

El viaje es largo. Estoy sólo al principio de mi aventura y ya se ha formado una gruesa nube de inseguridad en mi interior. Cada pequeña ciudad que dejo atrás me hace sentir más y más fuera de lugar, y me pregunto si en Seattle me sentiré incluso peor. ¿Conseguiré adaptarme o correré de vuelta al campus de la WCU, o incluso de vuelta a casa de mi madre?

Compruebo el reloj del tablero y veo que sólo ha pasado una hora. Aunque, si pienso en ello, la hora transcurrió bastante rápido, lo que, por alguna extraña razón, hace que me sienta mejor.

En el momento en que vuelvo a mirar han pasado veinte minutos en un suspiro. Cuanto más me alejo de todo, mejor me siento. No me dominan los pensamientos de pánico mientras voy conduciendo a través de las oscuras y desconocidas carreteras. Me concentro en mi futuro. El futuro que nadie puede quitarme, al que nadie me puede obligar a renunciar. Me detengo con frecuencia a buscar un café, para comer algo o simplemente para respirar el fresco aire de la mañana. Cuando el sol sale a mitad de mi camino, me concentro en los brillantes rayos amarillo y naranja que proyecta y en la forma en que los colores se mezclan entre sí, consiguiendo un nuevo día hermoso y radiante. Mi humor mejora a medida que va aclarándose el cielo, y me descubro cantando con Taylor Swift y tamborileando con los dedos en el volante mientras ella dice «supe que me traerías problemas en cuanto entraste», y me río de la ironía de la letra de su canción.

Al dejar atrás el cartel de Bienvenidos a la ciudad de Seattle, mi estómago se llena de mariposas. Lo estoy consiguiendo. Theresa Young ya está oficialmente en Seattle, organizando su propia vida a la edad en que la mayoría de sus amigos aún tratan de decidir qué quieren hacer con las suyas.

Lo he logrado. No repetí los errores de mi madre ni esperé que otras personas forjen mi destino por mí. Tuve ayuda, por supuesto, y me siento muy agradecida por ello, pero ahora depende de mí pasar al siguiente nivel. Tengo un programa de prácticas increíble, una amiga descarada y su amado prometido, y un coche lleno con mis pertenencias.

No tengo un departamento..., no tengo nada excepto mis libros, unas cuantas cajas en el asiento trasero y mi trabajo.

Pero funcionará.

Lo sé. Tiene que funcionar.

Seré feliz en Seattle... Será como siempre imaginé que sería, seguro.

Cada kilómetro se hace eterno..., cada segundo está lleno de recuerdos, de despedidas y de dudas.

La casa de Kimberly y Christian es incluso más grande de lo que había imaginado por la descripción de mi amiga. Tan sólo la entrada me pone nerviosa y me intimida. Hileras de árboles delimitan la propiedad, los setos alrededor de la casa están bien podados y el aire huele a flores que no sé reconocer. Me estaciono detrás del coche de Kimberly e inspiro hondo antes de salir. Las enormes puertas de madera están coronadas con una gran «V», y me estoy riendo de la arrogancia de semejante decoración cuando Kimberly abre la puerta.

Alza una ceja al verme reír y sigue mi mirada hasta la puerta que acaba de abrir.

—¡Nosotros no lo pusimos ahí! Lo juro: ¡la última familia que vivió aquí fueron los Vermon!

—Yo no dije nada —la informo al tiempo que me encojo de hombros.

—Sé exactamente lo que estás pensando. Es horrible. Christian es un hombre orgulloso, pero ni siquiera él haría una cosa así. —Golpetea la letra con una uña carmesí y me río de nuevo mientras me hace entrar a toda prisa en la casa—. ¿Qué tal el viaje? Vamos, pasa, aquí fuera hace frío.

La sigo hasta el vestíbulo y agradezco el aire cálido y el dulce aroma de la chimenea.

—Ha ido bien..., largo —contesto.

—Espero no tener que volver a hacer ese viaje nunca más. —Se frota la nariz—. Christian está en la oficina. Yo me tomé el día libre para asegurarme de que te instalas bien. Smith volverá del colegio dentro de unas horas.

—Gracias de nuevo por dejar que me quede. Prometo que no estaré más de un par de semanas.

—No te estreses; por fin estás en Seattle.

Ella sonríe y por fin caigo en la cuenta: «¡ESTOY en Seattle!».

CAPÍTULO 70

Hardin

—¿Cómo te fue en el kickboxing ayer? —pregunta Landon con voz cansada y la cara contorsionada en una estúpida expresión de esfuerzo físico mientras levanta otro saco de abono. Cuando lo deja caer en su sitio, se lleva las manos a las caderas y añade poniendo los ojos dramáticamente en blanco—: Podrías ayudar, ¿sabes?

—Lo sé —respondo desde la silla en la que estoy sentado, y levanto los pies para reposarlos en una de las estanterías de madera del invernadero de Karen—. El kickboxing estuvo bien. La entrenadora era una mujer, así que fue bastante patético.

—¿Por qué? ¿Porque te pateó el trasero?

—¿Qué quieres decir? No, no lo hizo.

—Y a todo esto, ¿por qué fuiste? Le dije a Tess que no te comprara ese bono para el gimnasio, que no lo usarías.

El fastidio se instala en mi pecho por la forma en que la llama *Tess*. No me gusta nada.

«Sólo es Landon», me recuerdo a mí mismo.

De todas las chingaderas de las que tengo que preocuparme ahora mismo, Landon es la menor de todas ellas.

—Porque estaba enojado y sentí que iba a romper todo lo que había en el maldito departamento, así que cuando vi el bono al sacar todos los cajones de la cómoda, lo agarré, me puse los tenis y me fui para allá.

—¿Sacaste todos los cajones? Tessa te va a matar... —Sacude la cabeza y por fin se sienta sobre la pila de sacos de abono. Ni siquiera sé por qué se ha ofrecido a ayudar a su madre a mover todo eso.

—De todos modos, no lo verá... Ya no es su departamento —le recuerdo, intentando mantener el tono cortante en mi voz.

Me mira con culpabilidad.

—Lo siento.

—Pues sí... —suspiro; ni siquiera tengo una réplica aguda para eso.

—Es duro para mí sentirme mal por ti cuando podrías estar allí con ella —suelta Landon después de unos segundos en silencio.

—Chinga tu madre. —Reclino la cabeza contra la pared y puedo notar cómo me mira.

—No tiene sentido —añade.

—No para ti.

—Ni para ella. Ni para nadie.

—No tengo que darle explicaciones a nadie —salto.

—Entonces, ¿qué haces aquí?

En vez de contestarle, miro a mi alrededor, no muy seguro de qué hago en este lugar.

—No tengo ningún otro sitio a donde ir.

«¿Acaso se cree que no la extraño cada pinche segundo que pasa? ¿Que no preferiría estar con ella en vez de seguir aquí hablando con él?»

Me mira de reojo.

Y ¿qué hay de tus amigos?

—¿Te refieres a los que drogaron a Tessa? ¿O al que me tendió una trampa para soltarle lo de la apuesta? —replico contándolos con los dedos de la mano para añadir un efecto dramático—. O tal vez te refieras al que constantemente intenta cogérsela. ¿Quieres que continúe?

—Supongo que no. Aunque yo podría haberte dicho que tus amigos dan asco —dice con un molesto retintín—. ¿Qué vas a hacer entonces?

Decido que mantener la paz es preferible a matarlo y me encojo de hombros.

—Exactamente lo que estoy haciendo ahora.

—¿Así que vas a quedarte conmigo lloriqueando por los rincones?

—No estoy lloriqueando. Estoy haciendo lo que me dijiste que hiciera: mejorarme a mí mismo. —Me burlo dibujando comillas con los dedos—. ¿Has hablado con ella desde que se fue? —pregunto.

—Sí, me envió un mensaje esta mañana para decirme que había llegado.

—Está en casa de Vance, ¿verdad?

—¿Por qué no lo averiguas por ti mismo?

«Carajo, mira que Landon puede ser pesado.»

—Sé que está ahí. ¿Dónde, si no, iba a estar?

—Con ese tal Trevor —sugiere Landon rápidamente, y su sonrisita me hace reconsiderar retirar la suspensión de la pena de muerte que le acabo de otorgar.

Si ahora le hiciera un placaje, o una llave... no le haría mucho daño. Total, no está ni a un metro del suelo. Probablemente ni siquiera le dejaría marcas...

—Me había olvidado del maldito Trevor —gruño masajeándome las sienes con fuerza.

Trevor es casi tan irritante como Zed. Pero creo que Trevor en realidad tiene buenas intenciones respecto a Tessa, lo que aún me enoja más. Lo hace aún más peligroso.

—Y entonces, ¿cuál es el siguiente paso en el Proyecto de Automejora? —Landon sonríe, pero la sonrisa desaparece rápidamente y su expresión se vuelve seria—. Estoy realmente orgulloso de ti por hacer esto, ¿sabes? Es genial verte intentarlo en serio, en vez de esforzarte durante una hora para volver a ser como eras en el momento en que ella te perdona. También significará mucho para Tessa ver que realmente estás trabajando para cambiar.

Dejo caer los pies y me balanceo ligeramente en la silla. Hablar de esto despierta algo en mi interior.

—No intentes sermonearme, aún no he hecho ni madres; sólo ha pasado un día. —Un largo, miserable y solitario día.

Landon abre mucho los ojos en señal de simpatía.

—No, lo digo en serio. No has recurrido al alcohol ni te has metido en peleas, no te han arrestado y, además, sé que viniste a hablar con tu padre.

Me quedo con la boca abierta.

—¿Te lo contó? Qué cabrón.

—No, él no me ha dicho nada. Pero vivo aquí y vi tu coche.

—Ah...

—Creo que el hecho de que hables con él significará mucho para Tessa —continúa.

—¿Quieres parar? —le imploro con una rápida caída de hombros—. Carajo, que no eres mi loquero. Deja de actuar como si fueses mejor que yo y yo no fuera más que alguna clase de animal herido al que tienes que...

—¿Por qué no puedes simplemente aceptar un cumplido? —me interrumpe él—. Nunca he dicho que sea mejor que tú. Lo único que intento es estar ahí para ti, como un amigo. No tienes a nadie, tú mismo lo has dicho, y ahora que has permitido que Tessa se mude a Seattle, no tienes ni a una sola persona para darte apoyo moral. —Me mira fijamente pero yo aparto los ojos—. Debes dejar de alejar a la gente de ti, Hardin. Sé que no te caigo bien; me odias porque crees que de algún modo soy el responsable de algunos de los problemas que tienes con tu padre, pero Tessa y tú me importan muchísimo, lo quieras oír o no.

—No quiero oírlo —le suelto.

¿Por qué siempre tiene que decir mamadas como ésa? Había venido a..., no sé, a hablar con él, no a que me dijera lo mucho que le importo.

Además, ¿por qué tendría que importarle? No he sido más que un cabrón desde el día que lo conocí, pero no lo odio. ¿De verdad cree que lo odio?

—Bueno, esa es una de las cosas en las que necesitas trabajar. —Se pone en pie y sale del invernadero, dejándome a solas.

—Carajo.

Balanceo un pie delante de mí y golpeo sin querer una de las estanterías de madera. Un crujido resuena por toda la sala y me pongo en pie de un salto.

—¡No, no, no!

Intento cazar al vuelo las cajas de flores, las macetas y todo lo que puedo antes de que caiga al suelo. En segundos, todo, absolutamente todo está por los suelos. Esto no está ocurriendo, yo no quería romper esta chingadera, y aquí estoy, con un montón de tierra, flores y macetas rotas a mis pies.

Tal vez pueda limpiarlo antes de que Karen...

—Oh, Dios mío... —La oigo contener el aliento y me vuelvo hacia la puerta para verla allí de pie, con una pequeña pala de jardinero en la mano.

«Mieeeeeerda.»

—No quería tirarlo, lo juro. Le he dado con el pie sin querer, la estantería se ha roto y... y todas estas chingaderas empezaron a caer... ¡He intentado agarrarlas! —trato de explicarle desesperado mientras ella corre hacia la pila de cerámica rota.

Sus manos se mueven entre los pedazos, tratando de volver a juntar una maceta azul que no podrá volver a estar de una pieza. Karen no dice nada, pero la oigo sorber por la nariz y trata de secarse las mejillas con sus manos llenas de tierra.

Tras unos segundos, murmura:

—He tenido esta maceta desde que era una niña. Fue la primera maceta que usé para trasplantar un esqueje.

—Yo... —No sé qué decirle. He roto muchísimas cosas, pero esta vez sí que ha sido un accidente. Me siento como una auténtica mierda.

—Esto y la porcelana eran lo único que me quedaba de mi abuela —llora.

La porcelana. La porcelana que he roto en un millón de pedazos.

—Karen, lo siento. Yo...

—Está bien, Hardin —suspira y arroja los trozos de la maceta sobre el montón de suciedad.

Pero no está bien, puedo verlo en sus ojos castaños. Percibo lo herida que siente, y me sorprendo ante el peso de la culpa que se instala en mi pecho a la vista de la tristeza en sus ojos. Contempla la maceta rota durante unos segundos más y yo la observo en silencio. Trato de imaginar a Karen de niña, con unos grandes ojos castaños y un alma amable incluso entonces. Apuesto a que era una de esas niñas cariñosas con todo el mundo, hasta con los cabrones como yo. Pienso en su abuela, que probablemente era tan buena como ella, entregándole algo que Karen consideró lo suficientemente importante como para conservarlo durante todos estos años. Yo nunca he tenido nada en mi vida que no haya acabado destruido.

—Voy a terminar de preparar la cena. Pronto estará lista —dice al final.

Y entonces, secándose los ojos, abandona el invernadero igual que su hijo lo ha hecho hace apenas unos minutos.

CAPÍTULO 71

Tessa

Es imposible ignorar a Smith y su adorable forma de andar a tu alrededor, mirándolo todo, saludándote con un apretón de manos formal y moliéndote después a preguntas mientras tú intentas hacer tus tareas. Así que cuando entra en la habitación en el momento en que estoy colgando mi ropa y me pregunta en voz baja «¿Dónde está tu Hardin?», no puedo molestarme con él.

Me pone un poco triste tener que explicarle que lo he dejado en la WCU, pero este pequeñín es tan rico que atenúa el terrible dolor que siento.

Y ¿dónde está la WCU? —pregunta

Pongo la mejor de mis sonrisas.

—Lejos, muy muy lejos.

Smith entorna sus preciosos ojos verdes.

—¿Va a venir?

—No lo creo. Este..., a ti te cae bien Hardin, ¿verdad, Smith? —Me río, paso las mangas de mi viejo vestido café por un gancho y lo cuelgo en el ropero.

—Más o menos. Es gracioso.

—¡Oye, que yo también soy graciosa! —bromeo, pero él simplemente me dedica una sonrisa tímida.

—No mucho —suelta con sinceridad.

Y eso me hace reír aún más fuerte.

—Hardin cree que soy graciosa —miento.

—¿En serio? —Smith se fija en lo que hago y empieza a ayudarme a desempaquetar y a volver a doblar mi ropa.

—Sí, aunque nunca lo admitiría.

—¿Por qué?

—No lo sé —digo encogiéndome de hombros. Probablemente porque no soy muy graciosa, y cuando intento serlo es aún peor.

—Bueno, dile a tu Hardin que venga a vivir aquí, como tú —dice con toda tranquilidad, como un pequeño rey emitiendo un edicto.

Mi pecho se contrae ante las palabras de este dulce niño.

—Se lo diré. No hace falta que dobles eso —le advierto, intentando agarrar la camisa azul que tiene entre las manitas.

—Me gusta doblar —replica, y esconde la camisa a su espalda.

¿Qué puedo hacer excepto asentir?

—Un día de estos serás un buen marido —le digo, y sonrío.

Sus hoyuelos aparecen cuando me devuelve la sonrisa. Al menos parece que le caigo un poco mejor que antes.

—No quiero ser un marido —dice arrugando la nariz, y pongo los ojos en blanco ante este niño de cinco años que habla exactamente igual que un adulto.

—Algún día cambiarás de idea —lo molesto.

—No. —Y con eso acaba la conversación y terminamos de colocar mi ropa en silencio.

Mi primer día en Seattle se está acabando y mañana será mi primer día en la nueva oficina. Estoy extremadamente nerviosa y ansiosa por ello. No me gustan las cosas nuevas; de hecho, me aterrorizan. Me gusta controlar cada situación y entrar en un nuevo entorno con un plan sólido. Pero no he tenido tiempo de planear mucho todo esto, aparte de apuntarme a mis nuevas clases, que, para ser sincera, tampoco es que me hagan especial ilusión. En algún momento durante mi autoflagelación, Smith ha desaparecido, dejando sobre la cama una pila de ropa perfectamente doblada.

Necesito salir y ver Seattle mañana después del trabajo. Necesito que me recuerden lo mucho me gusta de esta ciudad, porque ahora, en este cuarto ajeno, a horas de distancia de todo lo que siempre he conocido me siento... sola.

CAPÍTULO 72

Hardin

Observo a Logan beber medio litro de cerveza de un solo trago, espuma incluida. Deja la jarra en la mesa y se seca la boca.

—Steph es una psicópata. Nadie imaginaba que le haría algo así a Tessa —dice, y después eructa.

—Dan lo sabía. Y si descubro que alguien más lo sabía también... —le advierto.

Él me mira con solemnidad y asiente.

—Nadie más lo sabía. Bueno..., al menos que yo sepa. Pero ya sabes que, total, a mí nadie me cuenta ni madres.

Una morena alta aparece a su lado y él la rodea con un brazo.

—Nate y Chelsea estarán aquí pronto —le dice.

—Noche de parejas —gimo—. Será mejor que me largue.

Trato de ponerme en pie, pero Logan me detiene.

—No es una noche de parejas. Tristan también está soltero ahora, y Nate no está saliendo en serio con Chelsea: sólo cogen.

No sé ni por qué he venido, pero Landon apenas me habla y Karen parecía tan triste durante la cena que no podía permanecer sentado a la mesa por más tiempo.

—Déjame adivinar: ¿Zed también viene?

Logan niega con la cabeza.

—No lo creo, me parece que está incluso más encabronado que tú por toda esta chingadera, porque no nos ha vuelto a hablar a ninguno desde que pasó.

—Nadie está más encabronado que yo —le digo con los dientes apretados.

Quedar con mis antiguos amigos no me está ayudando a ser «mejor persona». Sólo me está enfureciendo. ¿Cómo se atreve a decir que Zed se preocupa más por Tessa que yo?

Logan agita la mano en el aire.

—No quería decir eso..., culpa mía. Tómate una chela y relájate —dice buscando al mesero con la mirada.

Alzo la vista y veo que Nate, la que debe de ser la tal Chelsea y Tristan atraviesan el pequeño bar en nuestra dirección.

—No quiero una pinche cerveza —repongo en voz baja intentando controlar mi actitud. Logan sólo trata de ayudarme, pero me está molestando. Todo el mundo me molesta. Todo me molesta.

Tristan me da una palmada en el hombro.

—Cuánto tiempo sin verte —se esfuerza por bromear, pero queda raro y ninguno de nosotros dedica al tema ni una sonrisa—. Siento toda la mierda que hizo Steph..., no tenía ni idea de lo que planeaba, en serio —dice por fin, haciendo el momento mucho más incómodo.

—No quiero hablar de eso —afirmo con énfasis, poniendo fin a la conversación.

Mientras mi pequeño grupo de amigos bebe y habla sobre pendejadas que me valen madres, me encuentro pensando en Tessa.

«¿Qué estará haciendo ahora? ¿Le gustará Seattle? ¿Se sentirá tan incómoda en casa de Vance, como sospecho? ¿Estarán siendo amables con ella Christian y Kimberly?»

Pues claro que sí; Kimberly y Christian siempre son amables. Así que en realidad estoy evitando la gran pregunta: ¿Tessa me extraña tanto como yo a ella?

—¿Vas a tomarte uno? —Nate interrumpe mis pensamientos y agita un vaso tequileros ante mi cara.

—No, estoy bien. —Señalo mi refresco sobre la mesa y él se encoge de hombros, echa la cabeza hacia atrás y se lo toma de un trago.

Esto es lo último que quiero hacer ahora mismo. Ese juego adolescente de beber-hasta-vomitar-o-hasta-desmayarse puede que sea lo suficientemente bueno para ellos, pero no lo es para mí. Ellos no disfrutan del lujo de tener una voz taladrándolos desde el fondo de la mente, diciéndoles que deben mejorar y hacer algo con sus vidas. Nunca han tenido a nadie que los quiera lo suficiente como para desear ser mejores.

«Quiero ser mejor por ti, Tess», le dije una vez. Y no es que haya hecho un gran trabajo hasta ahora.

—Me largo —anuncio, pero nadie nota cuando me levanto y me voy.

He decidido que no voy a seguir perdiendo el tiempo en los bares con gente a la que realmente le valgo madres. No tengo nada contra la mayoría de ellos, pero ninguno me conoce de verdad o se preocupa por mí. Sólo les gusta el yo borracho, rudo y que se coge a cualquier chica. Yo no era más que otro güey en sus grandes fiestas. No saben una mierda de mí, ni siquiera saben que mi padre es el pinche rector de nuestra universidad. Estoy seguro de que ni siquiera saben lo que hace un rector.

Nadie me conoce como me conoce ella, nadie nunca se ha preocupado por conocerme como lo hace Tess. Ella siempre me hace las preguntas más intrusivas y aleatorias: «Qué estás pensando?», «¿Por qué te gusta esta serie?», «¿Qué crees que está pensando ese hombre de ahí?», «¿Cuál es tu primer recuerdo?».

Yo siempre reaccionaba como si su necesidad de saberlo todo fuese molesta, pero en realidad me hacía sentir... especial..., como si alguien se preocupara lo suficiente por mí como para querer conocer las respuestas a esas ridículas preguntas. No sé por qué mi mente no es capaz de ponerse de acuerdo: una mitad me dice que lo supere y lleve mi patético trasero hasta Seattle, derribe la puerta de Vance y le prometa no volver a dejarla jamás. Pero no es tan fácil. Hay otra parte mayor y más fuerte en mí, la mitad que siempre gana, que me recuerda lo jodido que estoy. Muy jodido, y lo destruyo todo en mi vida y en la de los demás, así que le estaré haciendo un favor a Tessa dejándola en paz. Y esta es la única parte a la que puedo creer, especialmente sin ella aquí para decirme que estoy equivocado. Especialmente porque al final eso es lo que siempre ha resultado ser verdad en el pasado.

El plan de Landon para convertirme en una persona mejor suena bien sobre el papel, pero ¿y después qué? ¿Se supone que debo creer que puedo seguir así por siempre? ¿Se supone que debo creer que seré lo bastante bueno para ella sólo porque he decidido no recurrir al vodka cada vez que me pongo furioso?

Esto sería mucho más sencillo si no estuviera dispuesto a admitir lo jodido que estoy. No sé qué voy a hacer, pero no voy a encontrar la respuesta aquí y ahora. Esta noche me iré a mi departamento y veré las series favoritas de Tessa, las peores series, llenas de guiones ridículos y actores terribles. Probablemente hasta fingiré que ella está allí conmigo, explicándome cada escena aunque yo las esté viendo justo a su lado y entendiendo todo lo que está pasando. Me vuelve loco cuando hace eso. Es muy molesto, pero me encanta lo apasionada que se muestra por los pequeños detalles. Como quién lleva un abrigo rojo y está acosando a esas insoportables pequeñas mentirosas.

Sigo planeando mi noche cuando salgo del elevador. Acabaré viendo esa chingadera, después cenaré, me daré un baño y probablemente me la pelaré imaginando la boca de Tessa alrededor de mi verga, y haré todo lo posible por no hacer nada estúpido. Puede que incluso limpie el desastre que organicé ayer.

Me detengo frente a la puerta de mi departamento y miro arriba y abajo del pasillo. ¿Qué chingados hace la puerta medio abierta? ¿Ha vuelto Tessa o es que alguien se ha metido de nuevo? No estoy seguro de qué respuesta podría enojarme más.

—¿Tessa?

Empujo la puerta con el pie y se me cae el alma a los pies al ver a su padre medio desplomado y cubierto de sangre.

—Pero ¡¿qué chingados...?! —grito cerrando la puerta de un golpe.

—Cuidado... —gime Richard, y mis ojos siguen los suyos hasta el pasillo, donde, por encima de su hombro, capto un movimiento.

Hay un hombre ahí, inclinándose sobre él. Cuadro los hombros, dispuesto a lanzarme contra el sujeto si es necesario.

Pero entonces me doy cuenta de que es el amigo de Richard... Chad, creo que se llama.

—Pero ¿qué carajos le pasó y qué carajos están haciendo aquí? —le pregunto.

—Esperaba encontrar a la chica, pero tú me servirás —se burla.

Me hierve la sangre por el tono en que este tipo habla de Tessa.

—¡Lárgate de aquí y llévatelo contigo! —Señalo al trozo de mierda que ha traído a este sujeto a mi departamento. Su sangre me está estropeando el suelo.

Chad endereza los hombros y mueve la cabeza de un lado a otro. Me doy cuenta de que intenta mantener la calma pero que, aun así, está muy alterado.

—El problema es que me debe un montón de lana y no tiene forma de pagarme —explica, con las uñas sucias rascando los pequeños puntos rojos de sus brazos.

«Maldito yonqui.»

Alzo la palma de la mano.

—No es mi problema. No volveré a decirte que te largues, y puedes estar seguro de que no voy a darte dinero.

Pero Chad se limita a sonreír.

—¡No sabes con quién estás hablando, chavo!

Y le da una patada a Richard justo debajo de las costillas. Un gemido patético escapa de sus labios mientras se desliza hasta el suelo y ya no se levanta.

No estoy de humor para tratar con malditos drogadictos asaltadores de departamentos.

—Me valen madres tanto él como tú. Estás muy equivocado si crees que te tengo miedo —gruño.

«¿Qué más podría ocurrir en esta maldita semana?»

No, espera. No quiero saber la respuesta a eso.

Avanzo hacia Chad y él retrocede, justo como sabía que haría.

—Sólo por ser amable te lo repetiré una vez más: lárguense o llamaré a la policía. Y mientras esperamos a que aparezcan para salvarte, te daré una paliza con el bate de beisbol que tengo siempre a mano por si algún pinche imbécil intenta alguna pendejada como ésta.

Voy hasta el mueble del vestíbulo, saco el arma de donde la tengo siempre apoyada contra la pared y la agito lentamente para probar mi decisión.

—Si me voy sin el dinero que me debe, cualquier cosa que le haga será culpa tuya. Su sangre estará en tus manos.

—Me vale madres lo que le hagas —digo. Pero de pronto no estoy seguro de si lo digo en serio.

—Claro —dice él, y observa a la sala.

—¿Cuánta lana? —pregunto.

—Quinientos.

—No pienso darte quinientos dólares.

Sé cómo se va a sentir Tessa cuando descubra que mis sospechas sobre el hecho de que su padre es un drogadicto son ciertas, y me dan ganas de tirarle la cartera a Chad a la cara y darle todo lo que tengo sólo para librarme de él. Odio saber que tenía razón sobre su padre; ahora ella sólo me cree a medias, pero pronto va a comprender toda la verdad. Ojalá todo desapareciera, incluido el cabrón de Richard.

—No tengo tanto dinero —añadо.

—¿Doscientos? —pregunta. Casi puedo ver su adicción suplicándome a través de sus ojos.

—Está bien.

No puedo creer que de verdad vaya a darle dinero a este yonqui que se ha metido en mi casa y le ha dado una madriza de muerte al padre de Tessa. Ni siquiera tengo doscientos dólares en efectivo. ¿Qué se supone que voy a hacer?, ¿llevarme al güey este a un cajero? Esto es una chingadera.

Pero ¿quién vuelve a su casa para encontrarse con algo así?

Yo.

Por ella, sólo por ella.

Me saco la cartera del bolsillo, le lanzo los ochenta dólares que acabo de sacar del banco y entro en mi cuarto con el bate aún en la mano. Agarro el reloj que mi padre y Karen me regalaron por Navidad y también se lo lanzo. Para ser un tipo tan esquelético y hecho polvo, Chad lo caza al vuelo con bastante agilidad. Debe de ansiarlo mucho..., o más bien lo que le darán a cambio.

—El reloj vale más de quinientos varos. ¡Y ahora lárgate de aquí! —le grito, pero en realidad no quiero que se vaya, quiero que intente atacarme para poder abrirle la cabeza.

Chad se ríe, después tose y vuelve a reír.

—Hasta la próxima, Rick —amenaza antes de cruzar la puerta.

Lo sigo y lo señalo con el bate, diciendo:

—Eh, Chad... Si vuelvo a verte, te mataré.

Y le cierro la puerta en las narices.

CAPÍTULO 73

Hardin

Empujo el muslo de Richard con mi bota. Estoy más que encabronado y todo este desmadre es por mi maldita culpa.

—Lo siento —gimotea mientras intenta incorporarse; a los pocos segundos hace un gesto de dolor y vuelve a deslizarse sobre el suelo de concreto.

Lo último que quiero es tener que levantar su patético trasero del piso, pero llegados a este punto ya no sé qué más hacer con él.

—Te voy a sentar en la silla, pero ni te acerques al sillón, no hasta que te des un baño.

—Está bien —murmura, y cierra los ojos mientras me inclino para levantarlo. No pesa tanto como esperaba, especialmente para alguien de su estatura.

Lo arrastro hasta una silla de la cocina y, en cuanto lo siento, se dobla por la mitad rodeándose el torso con un brazo.

—Y ¿ahora qué? ¿Qué se supone que voy a hacer contigo ahora? —le pregunto en voz baja.

¿Qué haría Tessa si estuviese aquí? Conociéndola, le prepararía un baño caliente y algo de comer. Yo no voy a hacer ninguna de las dos cosas.

—Llévame de vuelta —sugiere.

Sus dedos temblorosos levantan el cuello de su andrajosa camiseta, una mía que Tessa le dio. ¿La ha estado llevando desde que se fue de aquí? Se seca la sangre de la boca, restregándosela perezosamente por la mejilla y por el pelo grueso e hirsuto que le crece ahí.

—¿De vuelta adónde? —pregunto.

Quizá debería haber llamado a la policía nada más entrar en el departamento, quizá no tendría que haberle dado el reloj a Chad... No pensaba con claridad en ese momento, todo lo que podía pensar era en mantener a Tessa fuera de todo esto.

Pero, claro, ella ya está completamente fuera de esto..., y muy lejos.

—¿Por qué lo trajiste aquí? Si llega a estar Tessa... —Mi voz se pierde.

—Se ha mudado, sabía que no estaría aquí —se esfuerza en decir.

Sé que le cuesta hablar, pero necesito respuestas y se me está acabando la paciencia.

—¿También te metiste en casa hace unos días?

—Sí. Sólo vine a comer y a ba... bañarme —jadea Richard.

—¿Viniste hasta aquí sólo para comer y bañarte?

—Sí, la primera vez tomé un autobús. Hoy Chad... —toma aliento y aúlla de dolor antes de cambiar el peso de lado— se ofreció a traerme, pero en cuanto entramos me atacó.

—¿Cómo chingados entraste?

—Tomé la llave de repuesto de Tessie.

«¿La agarró... o ella se la dio?», me pregunto.

Richard cabecea hacia la tarja.

—Del cajón.

—A ver si lo he entendido bien: ¿robaste una llave de mi departamento aunque podías venir cuando quisieras a darte un baño y luego trajiste a Chad *el Yonqui Encantador* a mi casa para que te moliera a palos en mi sala porque le debes dinero?

¿Cómo he acabado en mitad de un capítulo de «Intervention»?

—No había nadie en casa. No pensé que importara.

—No pensaste..., ¡ese es el problema! ¿Y si hubiese sido Tessa la que hubiera venido? ¿Acaso te importa cómo pueda sentirse si te ve así?

Estoy completamente confundido. Mi primer instinto es sacarlo a rastras de nuestro... de mi departamento y dejar que se desangre en el pasillo. Pero no puedo hacer eso porque resulta que estoy desesperadamente enamorado de su hija, y si lo hiciera todo cuanto conseguiría sería herirla aún más de lo que ya lo he hecho. ¿Verdad que el amor es jodidamente increíble?

—Bueno, y ¿qué vamos a hacer ahora? —Me rasco la barbilla—. ¿Te llevo al hospital?

—No necesito un hospital, sólo un vendaje o dos. ¿Puedes llamar a Tessie por mí y decirle que lo siento?

Rechazo su sugerencia con una sacudida del brazo.

—No, no lo haré. Nadie le va a contar nada de esto. No quiero que se preocupe por esta chingadera.

—Está bien —accede, y vuelve a resbalar de la silla.

—¿Desde cuándo te drogas? —le pregunto.

Él traga saliva.

—No lo sé —dice dócilmente.

—No me mientas, no soy idiota. Sólo dímelo.

Parece perdido en sus pensamientos, distraído.

—Hará un año, pero he estado intentando dejarlo desde el día que me encontré con Tessie.

—Se le va a romper el corazón..., lo sabes, ¿verdad?

Espero que lo sepa. Y si no, no tendré problema alguno en recordárselo miles de veces si en alguna ocasión lo olvida.

—Lo sé, me voy a poner mejor, por ella —me asegura.

«Como hacemos todos...»

—Bueno, querrás acelerar tu rehabilitación, porque si te ve ahora... —No acabo la frase.

Considero la idea de llamarla y preguntarle qué diablos se supone que debo hacer con su padre, pero sé que esa no es la respuesta. No necesita que la moleste con esto, ahora no. No cuando está intentando hacer realidad sus sueños.

—Me voy a mi habitación —digo finalmente—. Puedes bañarte, comer o lo que sea que planearas hacer antes de que llegara a casa y los interrumpiera.

Salgo de la cocina para ir a mi cuarto. Cierro la puerta tras de mí y me apoyo en ella. Estas han sido las veinticuatro horas más largas de mi vida.

CAPÍTULO 74

Tessa

No puedo borrar esta ridícula sonrisa de mi cara mientras Kimberly y Christian me enseñan mi nueva oficina. Las paredes son de un blanco nítido, las molduras y la puerta son gris oscuro y el escritorio y los libreros son negros, elegantes y modernos. El tamaño de la sala es el mismo que el de mi primera oficina, pero la vista es increíble, de hecho quita el aliento. La nueva oficina de Vance se encuentra en el centro de Seattle; la ciudad a sus pies es próspera, en constante movimiento y desarrollo, y yo me hallo justo en el meollo de todo.

—Esto es increíble... ¡Muchísimas gracias! —les digo, probablemente con más entusiasmo de lo que muchas personas podrían considerar profesional.

—Todo lo que necesitas está a un paso de distancia, café y cualquier tipo de cocina que se te pueda antojar, todo está aquí. —Christian contempla la ciudad con orgullo y rodea con un brazo la cintura de su prometida.

—Deja de alardear, ¿quieres? —bromea Kimberly, y le planta un suave beso en la frente.

—Bueno, ya nos vamos. Y ahora, ponte a trabajar. —Christian me regaña de broma. Kimberly lo agarra por la corbata y prácticamente lo saca a rastras de la oficina.

Ordeno las cosas sobre mi escritorio tal y como me gustan y leo un poco, para la hora de comer ya le he enviado al menos diez fotos de mi nueva oficina a Landon... y a Hardin. Sabía que Hardin no me contestaría, pero no pude contenerme. Quería que apreciara la vista, tal vez eso lo haría cambiar de opinión respecto a mudarse aquí, ¿no? Sólo estoy buscando excusas para mi breve lapsus de juicio al enviarle las fotos. Pero es que lo extraño... Ya está, ya lo he dicho. Lo extraño terriblemente, y esperaba una respuesta por su parte, aunque sólo fuera un mensajito. Algo. Pero no me ha enviado nada.

Landon sí me manda una animada respuesta a cada foto, incluso cuando le envío una muy tonta en la que salgo con una taza de café con el logo de la editorial impreso en un lado.

Cuanto más pienso en mi impulsiva decisión de enviarle esas fotos a Hardin, más me arrepiento. ¿Y si se lo toma como no es? Tiene tendencia a hacerlo. Podría considerarlo como un recordatorio del hecho de que sigo adelante, incluso puede llegar a pensar que se lo estoy restregando por la cara. De verdad que esa no era mi intención y sólo espero que no se lo tome así.

Quizá debería mandarle otro mensaje explicándoselo. O decirle que le he enviado las fotos por accidente. No sé qué resultaría más creíble.

Ninguna de las dos opciones, seguro. Estoy dándole demasiadas vueltas a esto; después de todo, son sólo fotos. Y no puedo ser responsable de cómo decida interpretarlas. No puedo responsabilizarme así de sus emociones.

Cuando entro en la sala de descanso de mi planta me encuentro a Trevor sentado a una de las mesas cuadradas con una tableta frente a él.

—Bienvenida a Seattle —me dice con sus ojos azules brillando.

—Hola. —Le devuelvo el saludo con una sonrisa.

A continuación inserto mi tarjeta de débito en la rendija de la enorme máquina expendedora. Presiono unos cuantos botoncillos numerados y soy recompensada con un paquete de galletas saladas con mantequilla de cacahuete. Estoy demasiado nerviosa para tener hambre, así que ya saldré mañana a comer, después de que haya tenido la oportunidad de explorar la zona.

—¿Te gusta Seattle de momento? —me pregunta Trevor.

Lo miro pidiendo permiso y, cuando asiente, me deslizo en la silla frente a él.

—Aún no he podido ver mucho. Justo llegué ayer, pero me encanta este nuevo edificio.

Dos chicas entran en la sala y le sonríen a Trevor; una de ellas se vuelve para sonreírme a mí también y yo la saludo con la mano. Empiezan a hablar entre sí, y entonces la más bajita de ellas, que tiene el cabello negro, abre el refrigerador y saca un plato preparado para microondas mientras su amiga se muerde las uñas.

—Entonces deberías explorar un poco. Hay demasiadas cosas que hacer aquí. Es una ciudad preciosa —declara Trevor al tiempo que yo mordisqueo una galleta, pensativa—. La Aguja Espacial, el Centro de Ciencias del Pacífico, museos de arte..., lo que quieras.

—Me gustaría ver la Aguja Espacial y el mercado de Pike Place —le digo. Pero empiezo a sentirme un poco incómoda porque, cada vez que miro a las dos chicas, me doy cuenta de que me están observando y hablando en voz baja.

Hoy estoy un poco paranoica.

—Deberías hacerlo. ¿Ya has decidido dónde te quedarás? —pregunta deslizando el dedo índice por la pantalla para cerrar la ventana de su tableta y dedicarme toda su atención.

—De momento estoy en casa de Kimberly y Christian... Sólo será durante una o dos semanas, hasta que pueda encontrar un lugar donde vivir.

La urgencia en mi voz resulta embarazosa. Odio tener que quedarme con ellos después de que Hardin arruinara mi oportunidad de rentar el único departamento que pude encontrar. Quiero vivir sola y no estar preocupada por si soy una molestia para nadie.

—Podría preguntar por ahí y ver si hay algún departamento libre en mi edificio —se ofrece Trevor. Se ajusta la corbata y se alisa la tela plateada antes de pasarse las manos por las solapas de su traje.

—Gracias, pero no creo que tu edificio entre dentro de mi presupuesto —le recuerdo en voz baja.

Él es el jefe de finanzas, y yo soy una becaria... con un sueldo decente. Ni siquiera estoy segura de que pudiera rentar el contenedor de basura de detrás de su edificio.

Trevor se sonroja.

—Bueno —dice al darse cuenta de la gran diferencia entre nuestros sueldos—. Pero de todos modos puedo preguntar por ahí, por si alguien sabe de algún otro sitio.

—Gracias. —Sonrío convencida—. Seguro que Seattle me parecerá más acogedora en cuanto encuentre mi propio hogar.

—Estoy de acuerdo; te llevará algo de tiempo, pero sé que te encantará estar aquí. —Su media sonrisa es cálida y agradable.

—¿Tienes planes para después del trabajo? —le pregunto antes de poder evitarlo.

—Pues sí —dice, con voz suave y titubeante—. Pero puedo cancelarlos.

—No, no importa, sólo pensaba que, como tú conoces la ciudad, me podrías llevar por ahí, pero si ya tienes planes no te preocupes. —Espero poder hacer amigos en Seattle.

—Me encantaría enseñarte la ciudad. Sólo iba a salir a trotar, eso es todo.

—¿Trotar? —Arrugo la nariz—. ¿Por qué?

—Por diversión.

—A mí no me suena muy divertido. —Me río, y él sacude la cabeza con fingido disgusto.

—Normalmente voy todos los días después del trabajo. Yo también estoy conociendo la ciudad aún, y es una buena forma de explorar los alrededores. Deberías acompañarme algún día.

—No lo sé... —La idea no acaba de entusiasmarme.

—O podríamos caminar. —Se ríe—. Yo vivo en Ballard, es un barrio bastante bueno.

—De hecho, he oído hablar de Ballard —comento, recordando haber pasado por páginas y más páginas web donde se mostraban los barrios de Seattle—. De acuerdo, sí. Entonces pasearemos por Ballard. —Cierro las manos frente a mí y las dejo sobre mis piernas.

No puedo evitar pensar cómo Hardin se tomaría esto. Desprecia a Trevor y ya está pasándola mal con nuestro acuerdo de «darnos espacio». No es que él lo haya dicho, pero me gusta pensar que es así. No importa cuánto espacio haya entre Hardin y yo, literal o metafóricamente, yo sólo veo a Trevor como a un amigo. Lo último que tengo en este momento en mente es un romance con nadie, especialmente con alguien que no sea Hardin.

—Entonces de acuerdo. —Sonríe, claramente sorprendido de que haya accedido—. Mi hora de la comida terminó, así que tengo que volver a mi oficina, pero te enviaré un mensaje con mi dirección, o podemos ir directamente después del trabajo si quieres.

—Mejor vamos directamente desde el trabajo. Llevo zapatos cómodos —y señalo mis balerinas, dándome palmaditas mentales en la espalda por no llevar hoy tacones.

—Me parece bien. ¿Quedamos en tu oficina a las cinco? —propone él poniéndose en pie.

—Sí, genial.

Yo también me levanto y tiro la envoltura de las galletas a la basura.

—Pues ya sabemos cómo consiguió el trabajo —oigo que dice una de las chicas a mi espalda.

Cuando, por curiosidad, miro hacia el lugar donde están sentadas, las dos se callan de golpe y bajan la vista a la mesa. No puedo evitar presentir que estaban hablando sobre mí.

Adiós a mi idea de hacer amigos en Seattle.

—Esas dos no hacen otra cosa más que chismear, ignóralas —me dice Trevor, poniéndome una mano en la espalda y guiándome fuera de la sala de descanso.

Cuando regreso a mi oficina, rebusco en el cajón de mi escritorio para sacar mi celular. Dos llamadas perdidas, ambas de Hardin.

¿Debería devolvérselas ahora mismo?

«Me ha llamado dos veces, puede que haya pasado algo malo. Debería llamar», pienso discutiendo conmigo misma.

Él contesta al tercer tono y dice a toda prisa:

—¿Por qué no contestaste cuando te llamé?

—¿Pasó algo? —Me levanto de mi sillón, presa del pánico.

—No, no pasa nada. —Respira, y puedo imaginar la forma exacta en que sus labios rosados se mueven mientras pronuncia esas simples palabras—. ¿Por qué me enviaste esas fotos?

Miro alrededor de mi oficina, preocupada por si lo disgusto.

—Es que estaba emocionada con mi nueva oficina y quería que la vieras. Espero que no creyeras que estaba fanfarroneando. Siento que...

—No, es que estaba confundido —interviene con tranquilidad, y después se queda en silencio.

Después de unos segundos, digo:

—No te enviaré ninguna más, no debería haberte mandado esas. —Apoyo la frente contra el cristal de la ventana y miro hacia abajo, a las calles de la ciudad.

—No te preocupes, está bien... ¿Qué tal es aquello? ¿Te gusta el sitio? —La voz de Hardin es sombría, y quiero suavizar el ceño que sé que acaba de aparecer en su cara.

—Es precioso.

Acto seguido me llama la atención, sabía que lo haría:

—No has contestado a mi pregunta.

—Me gusta el lugar —digo en voz baja.

—Pareces absolutamente eufórica.

—No, de verdad que me gusta, sólo estoy... adaptándome, nada más. ¿Qué está pasando por ahí? —pregunto para continuar con la conversación. Aún no estoy preparada para dejar de hablar con él.

—Nada —se apresura a contestar.

—¿Esto te resulta incómodo? Sé que dijiste que no querías hablar por teléfono, pero llamaste tú, así que...

—No, no es incómodo —me interrumpe—. Nunca me siento incómodo contigo, y lo que quise decir en su momento fue que no creía que debiéramos hablar durante horas cada día si no vamos a estar juntos, porque no tiene sentido y sólo serviría para torturarme.

—Entonces, ¿quieres hablar conmigo? —pregunto porque soy patética y necesito oír cómo lo dice.

—Sí, claro que sí.

Se oye el claxon de un coche de fondo e imagino que debe de estar conduciendo.

—Y entonces, ¿qué? ¿Vamos a hablar por teléfono como amigos? —pregunta él sin enojo en la voz, sólo curiosidad.

—No lo sé... ¿No podríamos intentarlo?

Esta separación es diferente de la última; esta vez nos hemos separado en buen plan y no ha sido una ruptura total. No estoy lista para decidir si una ruptura total con Hardin es lo que realmente necesito, así que aparto ese pensamiento, lo archivo y prometo volver a él más tarde.

—No funcionará —replica.

—No quiero que nos ignoremos el uno al otro y no volvamos a hablar, pero no he cambiado de idea respecto a lo de darnos espacio —contesto.

—Bueno, entonces háblame de Seattle —dice finalmente contra el auricular.

CAPÍTULO 75

Tessa

Después de pasar media tarde al teléfono con Hardin y de no haber trabajado nada, mi primer día en la nueva oficina acaba y espero pacientemente a Trevor en la puerta de mi oficina.

Hardin estaba tan tranquilo, parecía tan seguro de sí mismo... como si estuviera concentrado en algo. De pie en el pasillo, no puedo contener la alegría por seguir en contacto; es mucho mejor ahora que no nos estamos evitando el uno al otro. En el fondo sé que no será siempre tan fácil, hablando así, engañándome a mí misma con pequeñas dosis de Hardin cuando en realidad lo quiero a él, todo él, todo el tiempo. Quiero que esté aquí conmigo, abrazándome, besándome, haciéndome reír.

Así es como debe de funcionar la negación.

Por ahora me conformo con esto. Está bastante bien comparado con mi otra opción: la tristeza.

Suspiro y recuesto la cabeza contra la pared mientras continúo esperando. Estoy empezando a desear no haberle preguntado a Trevor si estaba libre después del trabajo. Preferiría estar en casa de Kimberly hablando con Hardin. Ojalá me hubiera acompañado, así sería él quien vendría a recogerme. Podría tener una oficina cerca de la mía, podría pasarse por aquí varias veces al día y, entre visitas, yo buscaría excusas para ir a la suya. Estoy segura de que Christian le daría un trabajo a Hardin si se lo pidiera. Un par de veces dejó bastante claro que quería que Hardin volviera a trabajar para él.

Podríamos comer juntos, tal vez incluso recrear algunos de los recuerdos que compartimos en la antigua oficina. Empiezo a imaginar a Hardin a mi espalda, yo doblada sobre la superficie de mi escritorio, mi cabello fuertemente atrapado en su puño...

—Siento llegar un poco tarde, la reunión se alargó. —Trevor interrumpe mi ensueño y doy un salto por la sorpresa y la vergüenza.

—Oh, hum..., no pasa nada, sólo estaba... —me acomodo un mechón de cabello tras la oreja y trago saliva— esperando.

Si supiera lo que estaba pensando... Menos mal que no tiene ni idea. Ni siquiera sé de dónde han salido esos pensamientos.

Trevor inclina la cabeza a un lado, echando un vistazo hacia el pasillo vacío.

—¿Lista para irnos?

—Sí.

Conversamos de banalidades mientras recorremos el edificio. Casi todo el mundo ha acabado su jornada, dejando la oficina en silencio. Trevor me habla del nuevo empleo de su hermano en Ohio y también me cuenta que ha ido a comprarse un traje para la boda de una compañera de trabajo, Krystal, que se casa el próximo mes. No sé por qué me pregunto cuántos trajes debe de tener Trevor.

Cuando llegamos a nuestros coches, sigo el BMW de Trevor mientras conduce a través de la congestionada ciudad hasta finalmente llegar al pequeño barrio de Ballard. Según los blogs que había leído antes de mudarme, es uno de los barrios más hippies de Seattle. Cafeterías, restaurantes vegetarianos y bares *hipsters* flanquean las estrechas calles. Entro con mi coche en el garaje que hay bajo el edificio de departamentos de Trevor y me río al recordar que se ofreció a buscarme uno en este sitio tan caro.

Él sonríe y señala su traje.

—Obviamente necesito cambiarme.

Una vez en su departamento, él desaparece y yo curioseo por su carísima sala. Fotografías de familia y artículos recortados de periódicos y revistas llenan la repisa de su chimenea; una intrincada pieza hecha de botellas de vino fundidas y moldeadas ocupa toda la mesita de café. No hay ninguna esquina donde se permita la acumulación de polvo. Estoy impresionada.

—¡Listo! —anuncia Trevor saliendo de su cuarto al tiempo que se sube el cierre de una sudadera roja.

Siempre me sorprendo cuando lo veo vestido de manera tan informal. Es tan diferente de como lo hace normalmente...

Tras recorrer tan sólo dos calles desde su edificio, ya estamos tiritando de frío.

—¿Tienes hambre, Tessa? Podríamos comer algo —dice. Nubes blancas de aire frío acompañan cada una de sus palabras.

Asiento ansiosa. Mi estómago ruge de hambre, recordándome lo insuficiente que resulta un paquete de galletas saladas de mantequilla de cacahuete como comida.

Le pido a Trevor que escoja el restaurante que prefiera y acabamos en un italiano a sólo unos metros de donde estamos paseando. El dulce aroma del ajo llena mis sentidos y se me hace la boca agua mientras nos escoltan hasta un pequeño reservado al fondo del local.

CAPÍTULO 76

Hardin

—Pareces mucho más... higiénico ahora —le digo a Richard cuando sale del baño secándose su cara recién afeitada con una toalla blanca.

—Llevaba meses sin afeitarme —contesta frotando la suave piel de su mejilla.

—No me digas. —Pongo los ojos en blanco y él me dedica media sonrisa.

—Gracias por dejar que me quede... —Su voz profunda se pierde.

—No es algo permanente, así que no me des las gracias. Estoy más que encabronado con toda esta situación —replico, y le doy otra mordida a la pizza que he encargado para mí solo... y que acabo compartiendo con Richard.

Tengo que encontrar alguna forma de quitarle cierta presión a Tessa. Ya tiene demasiado entre manos, y si puedo ayudarla de algún modo ocupándome del problema de su padre, lo haré.

—Lo sé. Me sorprende que no me hayas corrido —dice él con una carcajada. Como si esto fuera algo sobre lo que bromear.

Lo miro fijamente. Sus ojos parecen demasiado grandes para su cara, con unos círculos oscuros transparentándose bajo su blanca piel.

Suspiro.

—Yo también estoy sorprendido —admito molesto.

Richard tiembla mientras lo miro, y no de miedo, sino por la abstinencia de cualquier mierda que se meta.

Quiero saber si trajo drogas a nuestro departamento mientras se quedó la semana pasada. Sin embargo, si le pregunto y dice que sí, perderé el control y estará fuera del departamento en cuestión de segundos. Por Tessa, y por mí, me pongo en pie y dejo la sala con mi plato vacío en la mano. La pila de platos en la tarja ha doblado su tamaño, y cargar el lavaplatos es lo último que quiero hacer.

—¡Lava los platos como pago! —le grito a Richard.

Oigo su risa profunda desde el pasillo, y entra en la cocina justo cuando yo llego hasta el cuarto, me meto en él y cierro la puerta.

Quiero llamar a Tessa de nuevo sólo para oír su voz. Quiero saber cómo le ha ido el resto del día..., ¿qué planea hacer después del trabajo? ¿Se quedó contemplando su teléfono con una estúpida sonrisa en la cara después de colgar hace un rato, como me pasó a mí?

Probablemente no.

Ahora sé que todos mis pecados anteriores por fin están pasándome factura, por eso llegó Tessa a mi vida. Un inmisericorde castigo disfrazado de hermosa recompensa. Tenerla a mi lado durante meses sólo para que ahora me la arrebaten, pero aún apareciéndose frente a mi cara en forma de ocasionales llamadas telefónicas. No sé cuánto aguantaré hasta sucumbir a mi destino y permitirme ponerle fin a esta fase de negación.

Porque eso es precisamente lo que es, la fase de negación.

Aunque no tiene por qué serlo. Puedo cambiar el resultado de todo esto. Puedo ser quien ella necesita que sea sin arrastrarla de nuevo al infierno. Tengo una visión de su cara flotando ante mis ojos, y es como si me estuviera mirando a través de los barrotes de una prisión que yo mismo he creado. Su imagen me levanta del suelo y me hace buscar una salida.

A la chingada todo, voy a llamarla.

Su teléfono suena y suena, pero no lo contesta. Son casi las seis de la tarde. A esta hora debería de haber acabado de trabajar y estar de vuelta en casa. ¿Adónde más podría ir? Mientras me debato entre llamar o no a Christian, meto los tenis, las ato con pereza y paso los brazos por mi chamarra.

Sé que estaría molesta, más que enojada, de hecho, si la llamara, pero ya la he llamado seis veces y no ha contestado ni una. Gruño y me paso los dedos por mi cabello sucio. Esta chingadera de darnos espacio me está fastidiando de verdad.

—Voy a salir —le anuncio a mi indeseado invitado.

Él asiente, incapaz de hablar debido al puñado de papas chips que está masticando. Al menos, la tarja ya está libre de platos sucios.

Pero ¿adónde chingados se supone que voy?

Al cabo de unos minutos estaciono el coche en el solar detrás del pequeño gimnasio. No sé qué mejorará o cómo podría ayudarme estar aquí, pero me estoy enojando cada vez más con Tessa y en lo único que puedo pensar es en insultarla o en conducir hasta Seattle para encontrarla. Sin embargo, no necesito hacer ninguna de esas cosas... Sólo empeorarían la situación.

CAPÍTULO 77

Tessa

Cuando mi plato está vacío, estoy prácticamente saltando en mi asiento. En el momento en que pedimos la cena me di cuenta de que había olvidado el celular en el coche, y eso me está volviendo más loca de lo que debería. Total, nadie me llama tanto. Sin embargo, no puedo evitar pensar que Hardin lo ha hecho, o que al menos me envió un mensaje. Intento con todas mis fuerzas escuchar a Trevor mientras me habla de un artículo que leyó en el *Times*, tratando de no pensar en Hardin y en la posibilidad de que me haya llamado, pero no puedo evitarlo. Estoy distraída durante toda la cena y estoy segura de que Trevor lo notó, pero es demasiado amable para comentarlo.

—¿No estás de acuerdo? —La voz de Trevor me saca de mi ensueño.

Repaso los últimos segundos de la conversación intentando recordar de qué podría estar hablando. El artículo sobre cuidados clínicos... creo.

—Sí, por supuesto —miento. No tengo ni idea de si estoy de acuerdo o no, pero ojalá el mesero se dé prisa en traernos la cuenta.

Como si me hubiese oído, el joven coloca una pequeña carpeta en nuestra mesa y Trevor saca su cartera rápidamente.

—Yo puedo... —comienzo a decir.

Sin embargo, él desliza varios billetes dentro y el mesero desaparece en la cocina del restaurante.

—Yo invito —responde.

Le doy las gracias en voz baja y miro el gran gran reloj de piedra que cuelga sobre la puerta. Pasan de las siete; llevamos una hora en este restaurante. Dejo escapar un suspiro de alivio cuando Trevor exclama:

—Bueno... —Da una palmada y se levanta.

De camino a su casa pasamos por delante de una pequeña cafetería y Trevor alza una ceja a modo de silenciosa invitación.

—¿Quizá otra noche de esta semana? —sugiero con una sonrisa.

—Parece un buen plan —dice, y eleva la comisura de la boca formando su famosa media sonrisa mientras continuamos el camino a su edificio.

Con un rápido adiós y un abrazo amistoso, subo a mi coche e inmediatamente tomo el teléfono. Me siento exhausta por culpa de la ansiedad y la desesperación, pero empujo todos esos sentimientos hacia la oscuridad. Nueve llamadas perdidas, todas de Hardin.

Lo llamo de inmediato, pero salta el buzón de voz. El trayecto desde el departamento de Trevor hasta casa de Kimberly es largo y fastidioso. El tráfico de Seattle es horrible, lento y ruidoso. Cláxones sonando, coches pequeños zigzagueando de carril a carril... Resulta bastante agobiante y, cuando me estaciono en la entrada de la casa, tengo un dolor de cabeza terrible.

Entro por la puerta principal y veo a Kimberly sentada en el sillón de cuero blanco con una copa de vino en la mano.

—¿Qué tal el día? —pregunta, y se inclina para dejar la bebida en la mesita de cristal a su lado.

—Bien, pero el tráfico de esta ciudad es surrealista —gimoteo, y me dejo caer en el asiento carmesí junto a la ventana—. La cabeza me está matando.

—Sí, así es. Toma algo de vino. Te sentará bien —dice levantándose y cruzando la sala.

Antes de que pueda protestar, sirve un burbujeante vino blanco en una copa de tallo largo y me la acerca. Tras el primer sorbo descubro que es fresco y vigoroso, dulce al paladar.

—Gracias —digo con una sonrisa, y doy otro sorbo.

—Así que... estabas con Trevor, ¿no? —Kimberly es tan entrometida..., de la forma más dulce posible, eso sí.

—Sí, tuvimos para cenar. Como amigos —contesto con inocencia.

—Tal vez deberías tratar de responder de nuevo y usando un poco más la palabra *amigos* —bromea, y no puedo evitar reírme.

—Sólo intento dejar claro que no somos más que..., este..., amigos.

Sus ojos castaños brillan con curiosidad.

—¿Hardin sabe que eres «amiga» de Trevor?

—No, pero pienso decírselo en cuanto consiga hablar con él. Por alguna razón, Trevor no le cae muy bien.

Kimberly asiente.

—No puedo culparlo. Trevor podría ser modelo si no fuera tan tímido. ¿Te has fijado en esos ojazos azules que tiene? —Mi amiga se abanica la cara con la mano para enfatizar sus palabras y las dos nos reímos como colegialas.

—¿No querrías decir «ojazos verdes», mi amor? —interviene Christian apareciendo de repente en el vestíbulo y haciendo que casi se me caiga la copa de vino sobre el suelo de madera.

Kim le sonríe.

—Por supuesto.

Pero él simplemente sacude la cabeza y nos dedica una sonrisa ladina.

—Supongo que yo también podría ser modelo —comenta con un guiño.

Por mi parte, me alegro de que no esté molesto. Hardin ya habría volcado la mesa si me hubiera oído hablar de Trevor de la forma en que lo ha hecho Kimberly.

Christian se sienta en el sillón junto a ella y Kim trepa a sus piernas.

—Y ¿cómo le va a Hardin? Supongo que hablas con él, ¿no? —pregunta.

Aparto la mirada.

—Sí, un poco. Está bien.

—Es un terco. Aún sigo ofendido por que no haya aceptado mi oferta, dada su situación.

Christian sonríe contra el cuello de Kim y la besa suavemente bajo la oreja. Está claro que estos dos no tienen problemas para mostrar su afecto en público. Intento desviar la vista, pero no puedo.

Un momento...

—¿Qué oferta? —pregunto. Mi sorpresa es evidente.

—Pues la de trabajo que le hice. Te lo conté, ¿verdad? Ojalá hubiese venido contigo. Quiero decir que sólo le queda un trimestre, y se graduará antes de tiempo, ¿no?

«¿Qué? ¿Por qué no sabía nada de eso?» Esta es la primera vez que oigo que Hardin vaya a graduarse antes, pero igualmente contesto:

—Este..., sí..., creo que sí.

Christian rodea a Kimberly con los brazos y la mece un poco.

—Ese chico es prácticamente un genio. Si se aplicara un poco más, sacaría diez en todo.

—Sí, es muy listo... —afirmo, y es verdad. La mente de Hardin nunca deja de sorprenderme y de intrigarme. Es una de las cosas que más me gustan de él.

—Y también es bueno escribiendo —continúa Christian, sorbiendo del vino de Kimberly—. No sé por qué dejó de hacerlo. Estaba deseando leer más de sus trabajos.

Christian suspira mientras Kimberly le afloja el nudo de la corbata.

Estoy abrumada por toda esta información. Hardin... ¿escribiendo? Recuerdo que una vez mencionó de pasada que hizo sus pininos durante su primer año en la universidad, pero nunca entró en detalles. Cada vez que yo sacaba la conversación, él cambiaba de tema o desechaba la idea, dándome la impresión de que no era muy importante para él.

—Sí. —Me acabo el vino y me levanto, señalando la botella—. ¿Puedo?

Kimberly asiente.

—Por supuesto, sírvete más si gustas. Tenemos una bodega entera —dice con una dulce sonrisa.

Tres copas de vino blanco más tarde, mi dolor de cabeza se ha evaporado y mi curiosidad ha crecido exponencialmente. Espero a que Christian saque de nuevo el tema de los escritos de Hardin o de la oferta de trabajo, pero no lo hace. Se lanza a explicar con pelos y señales sus negociaciones con un grupo de comunicación con el fin de expandir el departamento de cine y televisión de Vance. Por muy interesante que sea, quiero ir a mi habitación e intentar localizar a Hardin de nuevo. Así pues, en cuanto se presenta la ocasión, les deseo a ambos buenas noches y me retiro a toda prisa a mi recámara provisional.

—¡Llévate la botella! —me sugiere Kimberly cuando paso junto a la mesa donde descansa la botella de vino medio llena.

Le doy las gracias con un cabeceo y hago lo que me dice.

CAPÍTULO 78

Hardin

Entro en el departamento con las piernas aún temblorosas después de patear el saco de arena del gimnasio como un loco. Agarro una botella de agua del refrigerador e intento ignorar al hombre que duerme en mi sillón. Es por ella, me recuerdo. Todo por ella. Me bebo media botella de un trago, busco el celular en la bolsa del gimnasio y lo enciendo. Justo cuando intento llamarla, su nombre aparece en la pantalla.

—¿Hola? —contesto mientras me quito la camiseta empapada en sudor por encima de la cabeza y la tiro al suelo.

—Hola —es todo cuanto dice.

Su respuesta es corta. Demasiado corta. Quiero hablar con ella, necesito que quiera hablar conmigo.

Le doy una patada a la camiseta pero la acabo recogiendo, sabiendo que si Tessa pudiera verme pelearía conmigo por ser tan sucio.

—¿Qué has estado haciendo? —pregunto.

—Estuve explorando la ciudad —responde en voz baja—. Intenté devolverte las llamadas, pero saltó el buzón. —El sonido de su voz aplaca mi temperamento.

—Volví a ese gimnasio —digo, y me acuesto en la cama deseando que estuviera a mi lado, con su cabeza sobre mi pecho, en vez de estar en Seattle.

—¿En serio? ¡Eso es genial! —exclama, para luego añadir—: Me estoy quitando los zapatos.

—Bueno...

Se ríe.

—No sé por qué te dije eso.

—¿Estás borracha? —Me incorporo apoyando mi peso sobre un codo.

—He tomado un poco de vino —admite. Tendría que haberlo notado enseguida.

—¿Con quién?

—Con Kimberly y el señor Vance..., quiero decir, Christian.

—Oh. —No sé cómo me sentaría que saliera a tomar en una ciudad extraña, pero sé que no es el momento de sacar ese tema.

—Dice que eres un escritor increíble —continúa con un tono acusador en la voz.

«Mierda.»

—Y ¿por qué habrá dicho algo así? —replico con el corazón latiéndome a toda prisa.

—No lo sé. ¿Por qué ya no escribes? —Su voz está llena de vino y curiosidad.

—No lo sé. Pero no quiero hablar sobre mí. Quiero hablar sobre ti y Seattle y sobre por qué has estado evitándome.

—También me dijo que te graduarás el próximo trimestre —continúa ella, ignorando mis palabras.

Es evidente que Christian no sabe meterse en sus propios asuntos.

Sí, ¿y?

—No lo sabía —dice. La oigo moverse y gruñir, claramente irritada.

—No te lo estaba ocultando, simplemente no surgió el tema. A ti aún te falta mucho para graduarte, así que no importa. No es como si me fuera a ir a alguna parte.

—Espera —dice al teléfono. ¿Qué diablos está haciendo? ¿Cuánto vino habrá bebido?

Tras oírle murmurar palabras incomprensibles y perder el tiempo haciendo vete a saber qué, por fin pregunto:

—¿Qué haces?

—¿Qué? Oh, es que se me enganchó el pelo en los botones de la blusa. Lo siento, estaba escuchando, te lo juro.

—Y ¿por qué estabas interrogando a tu jefe sobre mí?

—Él sacó el tema. Ya sabes, como te ofreció trabajo un par de veces y lo rechazaste, eras el tema de conversación ideal —dice con énfasis.

—Eso es historia antigua. —No recuerdo haberle mencionado la oferta de trabajo, pero tampoco se lo estaba ocultando a propósito—. Mis intenciones respecto a Seattle siempre han sido bien claras.

—No hace falta que lo jures... —resopla ella, y casi puedo verla poniendo los ojos en blanco... otra vez.

Cambio de tema rápidamente:

—No contestaste el teléfono. Te llamé un montón de veces.

—Lo sé, dejé el celular en el coche cuando me estacioné en casa de Trevor... —Se detiene a media frase.

Me levanto de la cama y comienzo a recorrer la habitación. Carajo, lo sabía.

—Sólo me estaba enseñando la ciudad, como un amigo, eso es todo —se apresura a defenderse.

—¿No contestaste el teléfono porque estabas con el pinche Trevor? —gruño; el pulso se me acelera con cada segundo de silencio que sigue a mi pregunta.

Y, de pronto, ella estalla:

—Ni se te ocurra discutir conmigo por Trevor. Es sólo un amigo y tú eres el que no está aquí. No tienes derecho a elegir a mis amigos, ¿entiendes?

—Tessa... —le advierto.

—¡Hardin Allen Scott! —exclama, y de repente suelta una carcajada.

—Pero ¿por qué te ríes ahora? —pregunto, aunque no puedo evitar que una sonrisa aparezca en mi cara. Mierda, soy patético.

—Yo... ¡no lo sé!

El sonido de su risa resuena en mis oídos y va directo a mi corazón, templando mi pecho.

—Deberías dejar el vino —bromeo con ella; desearía poder ver cómo pone los ojos en blanco por mi pequeña bronca.

—Oblígame —me reta, con voz es profunda y juguetona.

—Si estuviera ahí lo haría, puedes estar segura de ello.

—¿Qué más me harías si estuvieras aquí? —inquiere.

Me dejo caer de nuevo en la cama. ¿Pretende hacer lo que imagino? Con ella nunca se sabe, especialmente cuando ha bebido.

—Theresa Lynn Young..., ¿estás tratando de tener sexo telefónico conmigo? —la provoco.

De pronto se pone a toser violentamente, atragantándose con un sorbo de vino, deduzco.

—¡¿Qué?! ¡No! Yo... ¡sólo preguntaba! —grita.

—Claro, intenta negarlo ahora —bromeo riendo ante su tono de horror.

—A no ser... que tú quieras hacerlo —susurra.

—¿Lo dices en serio? —Sólo de pensar en ello, me palpita el pito.

—Puede..., no lo sé. ¿Estás enojado por lo de Trevor? —El tono de su voz es más embriagador que cualquier vino que pudiera consumir.

Carajo, sí, me molesta que haya estado con él, pero no es de eso de lo que quiero hablar precisamente ahora. La oigo tragar ruidosamente y después oigo el tintineo de una copa.

—Ahora mismo me vale madres el maldito Trevor —miento. Entonces le ordeno—: No bebas el vino tan deprisa. —La conozco demasiado bien—. Te pondrás mal.

Oigo un par de tragos sonoros a través del teléfono.

—No puedes darme órdenes desde la distancia. —Está bebiendo vino de nuevo, para infundirse valor, seguro.

—Puedo darte órdenes desde cualquier distancia, nena. —Sonrío pasándome los dedos sobre los labios.

—¿Puedo decirte algo? —pregunta en voz baja.

—Por favor.

—Hoy estaba pensando en ti, recordando cuando viniste a mi oficina aquel primer día...

—¿Pensabas en cómo te cogía mientras estabas con él? —pregunto, rezando para que diga que sí.

—En ese momento lo estaba esperando.

—Cuéntame más sobre eso, dime qué pensabas —la presiono.

Esto es tan confuso... Cada vez que hablo con ella siento que no nos estamos tomando un respiro, que todo sigue igual que antes. La única diferencia es que no puedo verla en persona, o tocarla. Carajo, quiero tocarla, pasar la lengua por su suave piel...

—Estaba recordando cómo... —comienza, pero entonces toma otro trago.

—No tengas vergüenza —la animo a continuar.

—... cómo me gustó, y me hizo desear hacerlo otra vez.

—¿Con quién? —pregunto sólo por el placer de oírselo decir.

—Contigo, sólo contigo.

—Bien —digo con una sonrisa suave—. Sigues siendo mía; aunque me hayas obligado a darte espacio, aún eres sólo para mí. Lo sabes, ¿verdad? —le pregunto de la forma más amable posible.

—Lo sé —contesta.

Se me infla el pecho y doy la bienvenida a la corriente de alivio que me recorre al oír sus palabras.

—Y ¿tú eres mío? —pregunta con una confianza en la voz que antes no tenía.

—Sí, siempre.

«No tengo otra opción. No la he tenido desde el día que te conocí», quiero añadir, pero permanezco en silencio, esperando nervioso su respuesta.

—Bien —dice Tessa con autoridad—. Y ahora dime qué me harías si estuvieras aquí, y no olvides ni un solo detalle.

CAPÍTULO 79

Tessa

Mis pensamientos están borrosos y siento la cabeza llena y pesada, pero en el buen sentido. Sonrío de oreja a oreja, borracha por el vino y por la voz profunda de Hardin. Me encanta este lado juguetón que tiene y, si quiere jugar, jugaremos.

—Oh, no —dice con ese tono frío suyo—. Primero tendrás que decirme tú lo que quieres.

Tomo un trago directamente de la botella.

—Ya lo hice —le digo.

—Bebe más vino. Al parecer, sólo eres capaz de decirme lo que quieres cuando has bebido.

—Bueno. —Deslizo el dedo índice por el frío armazón de madera de la cama—. Quiero que me acuestes sobre esta cama y... y me tomes como lo hiciste sobre aquel escritorio.

En vez de vergüenza sólo siento una cálida oleada de calor subiéndome por el cuello y hasta las mejillas.

Hardin maldice sin aliento; sé que no esperaba una respuesta tan gráfica.

—¿Y después? —pregunta en voz baja.

—Bueno... —empiezo, haciendo una pausa para tomar otro largo trago y ganar confianza.

Hardin y yo nunca hemos hecho algo así. Él me ha mandado unos cuantos mensajes cachondos, pero esto... esto es diferente.

—Simplemente dilo, no seas tímida ahora —apremia.

—Me agarrarías por las caderas como me agarras siempre, y yo me sujetaría a las sábanas intentando mantenerme estable. Tus dedos se clavarían en mí, dejando marcas a su paso... —Junto los muslos con fuerza cuando lo oigo contener el aliento a través de la línea.

—Tócate —me dice, y rápidamente miro alrededor de la habitación, olvidando por un momento que nadie puede oír nuestra conversación privada.

—¿Qué? No —susurro con aspereza, sosteniendo el teléfono.

—Sí.

—No voy a hacerlo... aquí. Me oirán... —Si estuviera hablando así con otra persona que no fuera Hardin, estaría completamente horrorizada, borracha o no.

—No, no te oirán. Hazlo. Quieres hacerlo, lo noto.

«¿Cómo puede...?

»¿Quiero hacerlo?»

—Acuéstate en la cama, cierra los ojos, abre las piernas y te diré lo que debes hacer —indica suavemente. Sus palabras son como seda, pero llegan como una orden.

—Pero yo...

—Hazlo.

La autoridad de su voz hace que me retuerza mientras mi mente y mis hormonas batallan entre sí. No puedo negar que la idea de Hardin animándome a todo esto por teléfono, diciéndome todas las cosas sucias que me haría, elevan la temperatura de la habitación al menos diez grados.

—Bien, y ahora que te has entregado —comienza sin que yo haya dicho nada—, avísame cuando te quedes en calzoncitos.

«Oh...»

Sin embargo, me acerco silenciosamente a la puerta y pongo el segudo. La habitación de Kimberly y de Christian, así como la de Smith, están en el piso superior de la casa, pero, por lo que sé, aún podrían estar en la planta baja, cerca de aquí. Escucho atentamente por si oigo movimiento y, cuando una puerta se cierra en el piso de arriba, me siento mejor.

A toda prisa agarro la botella de vino y me la acabo. El calor de mi interior ha pasado de ser una chispa a un infierno abrasador, y trato de no pensar mucho en el hecho de que me estoy quitando los pantalones y subiendo a la cama con tan sólo una camiseta de algodón puesta y unas pantaletas.

—¿Sigues ahí? —pregunta Hardin, seguramente sonriendo con maldad.

—Sí, estoy... preparada. —No puedo creer que de verdad esté haciendo esto.

—Deja de pensar tanto. Luego me lo agradecerás.

—Y tú deja de saber todo lo que pienso —me burlo, deseando que tenga razón.

—Recuerdas lo que te enseñé, ¿verdad?

Asiento, olvidando que no puede verme.

—Tomaré ese nervioso silencio como un sí. Bien. Presiona con los dedos donde te dije la última vez...

CAPÍTULO 80

Hardin

Oigo a Tessa jadear y sé que está siguiendo mis instrucciones. La puedo imaginar perfectamente, acostada en la cama con las piernas abiertas.

«Puta madre.»

—Carajo, ojalá estuviera ahí ahora mismo para verte —gruño, intentando ignorar la sangre que me baja de golpe hasta la verga.

—Eso te gusta, ¿verdad? Mirarme... —jadea a través de la línea.

—Sí, carajo, sí, me gusta. Y a ti te gusta que te miren, lo sé.

—Sí, tanto como a ti te gusta cuando te jalo del pelo.

Mi mano se mueve sin pensar entre mis piernas. Imágenes de ella retorciéndose bajo mi lengua, con sus dedos jalándome del pelo mientras gime mi nombre llenan mi mente y aprieto la mano contra mí mismo. Sólo Tessa es capaz de ponerme duro tan rápido.

Sus gemidos son silenciosos, demasiado silenciosos. Necesita más estímulo.

—Más rápido, Tess, mueve los dedos en círculos, más rápido. Imagina que estoy ahí, que soy yo y que son mis dedos los que te tocan, haciéndote sentir tan jodidamente bien, haciendo que te vengas —le digo manteniendo el tono de voz bajo por si mi molesto invitado está en el pasillo.

—Oh, Dios... —jadea ella, y vuelve a gemir.

—Mi lengua también, nena, moviéndose contra tu piel, mis pecaminosos labios presionando los tuyos, chupando, mordiendo, jugueteando...

Me quito los pantalones de deporte y empiezo a acariciarme lentamente. Cierro los ojos y me concentro en sus suaves jadeos, en sus súplicas y sus gemidos.

—Haz lo que yo estoy haciendo..., tócate —susurra, y en mi mente puedo ver la imagen de su espalda arqueada sobre el colchón mientras se da placer a sí misma.

—Ya lo estoy haciendo —murmuro, y ella gime.

«Carajo, quiero verla.»

—Sigue hablando —me suplica Tessa. Adoro la forma en que su inocencia desaparece en estos momentos... Le encanta que le hable utilizando este lenguaje obsceno.

—Quiero cogerte. No..., quiero tumbarte de espaldas en la cama y hacerte el amor, rápido y duro, con tanta fuerza que gritarás mi nombre mientras empujo una y otra vez...

—Me... —gime desde lo más profundo de su garganta. Se le corta el aliento.

—Vamos, nena, suéltalo. Quiero oírte...

Dejo de hablar cuando la oigo venirse, jadea y gime mientras muerde la almohada, o el colchón. No tengo maldita idea, pero la imagen me lleva al límite y termino en los bóxer gimiendo su nombre de forma estrangulada.

Nuestros jadeos acompasados son el único sonido en la línea durante segundos, o minutos, no podría calcularlo.

—Ha sido... —empieza a decir jadeando sin aliento.

Abro los ojos y apoyo los codos en el escritorio frente a mí. Mi pecho sube y baja mientras trato de recuperar mi propio aliento.

—Sí...

—Necesito un momento. —Tessa se ríe. Una lenta sonrisa tira de las comisuras de mi boca y entonces ella añade—: Y yo que pensaba que ya lo habíamos hecho todo.

—Oh, hay un montón de cosas más que quiero hacerte. Sin embargo, y por desgracia, tendríamos que estar en la misma ciudad para practicarlas.

—Entonces, ven —se apresura a replicar.

Conecto el altavoz del teléfono y me examino la mano, la palma y el reverso.

—Dijiste que no querías que fuera a Seattle. Necesitamos espacio, ¿recuerdas, nena?

—Lo sé —contesta un poco triste—. Sí necesitamos espacio..., y creo que nos está funcionando, ¿no te parece?

—No —miento.

Sin embargo, sé que tiene razón: he estado intentando ser mejor para ella, y me temo que, si volviera a perdonarme demasiado pronto, perdería la motivación y lo dejaría. Sí..., cuando encontremos la forma de volver a estar juntos, quiero que sea diferente para ella. Quiero que sea algo permanente para que pueda demostrarle que el patrón, el *ciclo interminable*, como ella lo llama, terminará.

—Te extraño mucho... —confiesa.

Sé que me quiere, pero cada vez que me ofrece una brizna de seguridad como esta es como si me quitaran un peso de encima.

—Yo también te extraño —digo. Más que a nada en el mundo.

—No digas «también». Suena como si me dieras la razón o algo —repone con sarcasmo, y mi pequeña sonrisa crece, alcanzando todo mi ser.

—No puedes usar mis ideas. Vaya forma de ser original —la regaño en broma, y ella se ríe.

—Sí puedo —replica de forma infantil. Si estuviera aquí seguro que me habría sacado la lengua con un desafío burlón.

—Carajo, esta noche estás guerrera —digo rodando fuera de la cama. Necesito un baño.

—Esa soy yo.

—E increíblemente osada. ¿Quién iba a imaginar que te convencería para masturbarte al teléfono? —Me río y salgo al pasillo.

—¡Hardin! —grita con horror, como sabía que haría—. Y, por cierto, a estas alturas ya deberías saber que puedes conseguir que haga casi de todo.

—Si eso fuera verdad... —murmuro.

Si lo fuera, ahora ella estaría aquí.

El suelo del pasillo está frío bajo mis pies desnudos y hago una mueca. Pero cuando oigo una voz que empieza a hablar, se me cae el teléfono al suelo.

—Lo siento, hombre —dice Richard cerca de mí—. Esto se estaba calentando y...

Se detiene cuando me ve recoger el celular a toda prisa, pero ya es demasiado tarde.

—¿Quién es? —oigo exclamar a Tessa a través del auricular de mi celular. La chica medio dormida y relajada que era hasta hace unos segundos ha desaparecido y ahora está en alerta—. Hardin, ¿quién era? —pregunta con más fuerza.

Mierda. Boqueo un rápido «La has cagado» a su padre y agarro el teléfono, desconecto el altavoz y me encierro a toda prisa en el baño.

—Es... —empiezo.

—¿Es mi padre?

Quiero mentirle, pero eso sería una estupidez y estoy intentando no ser tan estúpido.

—Sí, es él —confieso, y espero a que grite contra el auricular.

—¿Qué hace ahí? —pregunta.

—Yo..., bueno...

—¿Has dejado que se quede contigo?

Su pregunta me libera del pánico que me supone tener que buscar las palabras correctas para explicar esta jodida situación.

—Algo así.

—Estoy confundida.

—Yo también —admito.

—¿Durante cuánto tiempo? Y ¿por qué no me lo habías dicho?

—Lo siento... Sólo lleva aquí un par de días.

Lo siguiente que oigo es el sonido del agua cayendo en la bañera, así que debe de estar bien si se ha puesto a hacer eso. Pero aun así, pregunta:

—Y ¿cómo es que se ha presentado ahí?

No soy capaz de contarle toda la verdad, al menos no ahora.

—Supongo que no tenía ningún otro sitio al que ir. —Abro el agua de la regadera cuando ella suspira.

—Bueno...

—¿Estás enojada? —pregunto.

—No, no estoy enojada, estoy confundida... —dice, con la voz llena de sorpresa—. No puedo creer que hayas dejado que se quede en tu departamento.

—Yo tampoco.

El pequeño baño se llena de una espesa nube de vapor y limpio el espejo con la mano. Parezco un pinche fantasma, apenas un cascarón vacío. Bajo mis ojos han aparecido círculos oscuros por la falta de sueño. Lo único que me da la vida es la voz de Tessa, que llega a través de la línea.

—Significa mucho para mí, Hardin —dice por fin.

Esto está yendo muchísimo mejor de lo que esperaba.

—¿En serio?

—Sí, por supuesto que sí.

De pronto me noto aturdido, como un cachorrito al que su dueño ha recompensado con una galleta... y, sorprendentemente, me siento perfectamente bien por ello.

—Bien.

No sé qué más decirle, me siento un poco culpable por no contarle lo de los... hábitos de su padre, pero de todos modos tampoco es cuestión de hacerlo por teléfono.

—Espera..., entonces mi padre estaba ahí mientras tú estabas..., ya sabes... —susurra, y oigo un pequeño rugido al otro lado de la línea. Debe de haber encendido el extractor del baño para amortiguar su voz.

—Bueno, no estaba en la habitación, no es mi estilo —bromeo para quitarle importancia, y ella se ríe.

—Seguro que sí es tu estilo —se burla.

—Qué va, me creas o no, esa es una de las pocas cosas que no me cuadran —digo con una sonrisa—. Nunca te compartiría con nadie, nena. Ni siquiera con tu padre.

No puedo evitar reír cuando ella emite un sonido de asco.

—¡Estás enfermo!

—Mucho —replico, y ella se ríe.

El vino la ha vuelto atrevida y ha elevado su sentido del humor. ¿Y yo? Bueno, yo no tengo excusa alguna para esta ridícula sonrisa que me cruza la cara.

—Necesito darme un baño. Estoy aquí de pie con todo el semen encima —informo mientras me quito los calcetines.

—Sí, yo también —dice ella—. No la parte de tener encima..., ya sabes, pero yo también estoy hecha un asco y necesitaría un baño.

—Bueno..., supongo que deberíamos acabar...

—Ya lo hemos hecho —se ríe, orgullosa de su penoso intento de broma.

—Ja, ja —me burlo. Pero enseguida añado—: Buenas noches, Tessa.

—Buenas noches —responde, alargando el momento, y cuelgo antes de que ella pueda hacerlo.

El agua caliente cae sobre mi cuerpo. Aún no me he recuperado del todo de la idea de Tessa tocándose mientras estábamos al teléfono. No es sólo que me caliente un montón, es... más que eso. Demuestra que aún confía en mí, aún confía lo suficiente como para exponerse ante mí. Perdido en mis pensamientos, me paso la dura pastilla de jabón por mi piel tatuada. Es difícil imaginar que hace sólo dos semanas estábamos juntos bajo esta regadera...

—Creo que este es mi favorito —me dijo mientras tocaba uno de mis tatuajes y me observaba a través de sus pestañas mojadas.

—¿Por qué? Yo lo odio —repuse mirando hacia abajo, hacia los pequeños dedos que seguían la gran flor tatuada cerca de mi codo.

—No sé, resulta hermoso que tengas una flor rodeada de toda esta oscuridad —dijo, mientras su dedo se movía sobre el maldito diseño de una calavera marchita justo debajo.

—Nunca lo había visto de esa manera. —Puse un pulgar bajo su barbilla para hacerle alzar los ojos hacia mí—. Tú siempre ves la luz en mí... ¿Cómo es posible, si no hay ninguna?

—Hay muchas. Y tú también las verás, algún día.

Me sonrió y se puso de puntillas para posar la boca sobre la comisura de la mía. El agua caía sobre nuestros labios y ella sonrió de nuevo antes de apartarse.

—Espero que tengas razón —susurré bajo la cascada de agua, en voz tan baja que ella ni siquiera me oyó.

El recuerdo me persigue, repitiéndose mientras intento alejarlo de mí. No es que no quiera recordarla a ella, eso quiero hacerlo. Tessa es mi único pensamiento, siempre lo es. Sólo quiero olvidar los recuerdos y las veces en las que me ha elogiado demasiado, cuando ha intentado convencerme de que soy mejor de lo que soy, eso es lo que me vuelve loco.

Ojalá pudiera verme a mí mismo como ella me ve. Ojalá pudiera creerle cuando me dice que soy bueno para ella. Pero ¿cómo puede ser cierto cuando estoy tan jodido?

«Significa mucho para mí, Hardin», me ha dicho hace apenas unos minutos.

Quizá, si sigo haciendo lo que estoy haciendo ahora y me mantengo alejado de la mierda que podría meterme en problemas, pueda continuar haciendo cosas que signifiquen mucho para ella. Tal vez pueda hacerla feliz en vez de desgraciada, y quizá, sólo quizá, podría ver algo de esa luz en mí que ella afirma ver.

Tal vez aún haya esperanza para nosotros.

CAPÍTULO 81

Tessa

No puedo evitar que me invada la ansiedad mientras conduzco a través del campus. El campus de la WCU de Seattle no es tan pequeño como Ken había sugerido, y todas las carreteras parecen estar llenas de curvas o colinas que subir y bajar.

Me preparé lo mejor que pude para asegurarme de que hoy todo salga como lo he planeado. Salí dos horas antes para estar segura de llegar puntual a la primera clase. La mitad del tiempo lo he pasado sentada entre el tráfico escuchando un programa de radio matinal. Nunca había entendido esa nueva moda hasta esta mañana, cuando una mujer desesperada llamó para la historia de cómo su mejor amiga la traicionó acostándose con su marido. Los dos se fugaron juntos llevándose al gato, *Mazzy*, consigo. Entre lágrimas, aún ha sido capaz de conservar cierta dignidad..., bueno, toda la dignidad que alguien que llama a una emisora de radio para contar su propia versión del infierno podría tener. Me he mantenido enganchada a su dramática historia, y al final tuve la sensación de que incluso ella sabía que estaría mejor sin ese tipo.

Cuando me estacioné ante el edificio de administración y recogí mi identificación de estudiante y el pase para el estacionamiento, sólo quedaban treinta minutos antes de clase. Tengo los nervios a flor de piel y no puedo calmar la ansiedad ante la posibilidad de llegar tarde mi primer día. Por suerte, encuentro el estacionamiento de estudiantes fácilmente y está cerca de donde tengo la clase, así que llego con quince minutos de margen.

Al sentarme en primera fila no puedo evitar sentirme un poco sola. No ha habido reunión con Landon en la cafetería antes de clase, y no está sentado junto a mí en este salón, mientras recuerdo mi primer medio año de facultad.

La sala se llena de estudiantes y empiezo a arrepentirme de mi decisión cuando me doy cuenta de que, aparte de mí y de otra chica, el resto de la clase son sólo chicos. Pensé en meter esta materia, que realmente no quería hacer, entre algunas otras del trimestre, pero ahora desearía no haberme apuntado jamás a ciencias políticas.

Un chico atractivo de tez morena se sienta en la silla junto a mí y yo intento no mirarlo fijamente. Su camisa blanca de vestir está impecable, con las costuras perfectamente planchadas, y hasta lleva una corbata. Parece un político, sonrisa deslumbrante incluida.

Nota que lo estoy mirando y me sonríe.

—¿Puedo ayudarte en algo? —pregunta, con una voz llena de encanto y autoridad a partes iguales.

Sí, decididamente llegará a ser un político algún día.

—No, lo si... siento —tartamudeo, sin atreverme a mirarlo a los ojos.

Cuando la clase empieza evito mirarlo y, en lugar de eso, me concentro en tomar apuntes, consultar el programa repetidamente y estudiar el mapa del campus hasta que la clase acaba.

Mi siguiente materia, historia del arte, es mucho mejor. Me siento cómoda rodeada de una multitud de estudiantes comunes y corrientes. Un chico con el pelo azul se sienta cerca de mí y se presenta diciéndome que su nombre es Michael. Cuando el profesor nos pide que nos presentemos uno a uno, descubro que soy la única estudiante de Filología Inglesa del salón. Sin embargo, todo el mundo se muestra amistoso, y Michael tiene un gran sentido del humor, se pasa el rato haciendo bromas y entreteniendo a la gente, incluso al profesor.

Mi última clase es la de escritura creativa, y sin duda es la que más disfruto. Me zambullo en el proceso de volcar mis pensamientos sobre el papel y es liberador, entretenido y me encanta. Cuando el profesor nos deja ir, tengo la sensación de que apenas han pasado diez minutos.

El resto de la semana transcurre más o menos igual. Paso de sentir que ya me muevo mejor en este nuevo mundo a creer que estoy tan confundida como siempre. Pero, sobre todo, me siento como a la espera de algo que nunca llega.

Cuando llega el viernes, estoy exhausta y tengo todo el cuerpo tenso. Esta semana ha sido todo un reto, tanto de forma positiva como negativa. Extraño la familiaridad del viejo campus y tener a Landon a mi lado. Extraño ver a Hardin entre clases, e incluso extraño a Zed y las radiantes flores que llenan el edificio de Ciencias Medioambientales.

Zed. No he vuelto a hablar con él desde que me rescató de Steph y Dan en la fiesta y me llevó hasta casa de mi madre. Me salvó de ser violada y humillada, y ni siquiera le he dado las gracias. Cierro mi libro de texto de ciencias políticas y tomo mi celular.

—¿Diga? —La voz de Zed suena extraña a pesar del hecho de que no ha pasado más de una semana desde que la oí.

—¿Zed? Soy Tessa. —Aprieto los dientes y espero su respuesta.

—Eh, hola.

Tomo aire y sé que tengo que decir lo que se supone que debo decir.

—Oye, siento no haberte llamado antes para darte las gracias. Todo ha pasado tan rápido esta semana , y creo que una parte de mí intentaba no pensar en lo ocurrido. Sé que no es excusa suficiente... Mira, soy una idiota y lo siento y... —Las palabras acuden como un torrente a mi boca, tan rápido que apenas puedo procesar lo que estoy diciendo, pero él me interrumpe antes de acabar.

—Está bien, sé que estabas muy ocupada.

—Aun así, debería haberte llamado, sobre todo después de lo que hiciste por mí. No sé cómo expresar lo agradecida que estoy de que fueras a esa fiesta —digo, desesperada por hacerle entender lo mucho que le debo. Me estremezco al recordar los dedos de Dan recorriendo mi muslo—. Si no hubieses aparecido, quién sabe lo que me habrían hecho...

—Oye —interviene para silenciarme con amabilidad—. Los detuve antes de que pasara nada, Tessa. Intenta no pensar en ello. Y no tienes que agradecerme nada.

—¡Claro que sí! Y no sabes lo mucho que me duele que Steph hiciera lo que hizo. Yo nunca le he hecho daño, ni a ella ni a ninguno de ustedes...

—Por favor, no me metas en el mismo saco —dice Zed, sintiéndose claramente insultado.

—No, no, lo siento... No quería decir que tú tuvieras nada que ver. Me refería a tu grupo de amigos. —Me disculpo por la forma en que mi boca se ha estado moviendo antes de que mi mente haya aprobado las palabras.

—Está bien —murmura—. De todos modos, ya no somos precisamente un grupo. Tristan va a ir a Nueva Orleans, en unos días, de hecho, y no he visto a Steph por el campus en toda la semana.

—Oh... —Hago una pausa y echo un vistazo a esta habitación en la que me hospedo, en esta casa enorme y de algún modo extraña—. Zed, también siento haberte acusado de enviarme mensajes desde el teléfono de Hardin. Steph admitió que fue ella durante el incidente de Dan. —Sonrío para intentar contrarrestar el escalofrío que este hombre me provoca.

Él deja escapar el aire, o tal vez sea una risa.

—Debo admitir que yo parecía el mejor candidato a haberlo hecho —replica dulcemente—. ¿Y bien? ¿Cómo va todo?

—Seattle es... diferente —digo.

—¿Estás ahí? Pensé que como Hardin había ido a casa de tu madre...

—No, estoy aquí —lo interrumpo antes de que pueda comentar que él también esperaba que me quedaría con Hardin.

—¿Has hecho nuevos amigos?

—¿Tú qué crees? —Sonrío y alcanzo el vaso medio vacío de agua que hay al otro lado de la cama.

—Pronto los harás —dice riendo, y me uno a él.

—Lo dudo. —Pienso en las dos chicas que chismeaban el otro día en la sala de descanso de la editorial. Cada vez que las he visto esta semana parecían estar riéndose entre sí, y no puedo evitar pensar que se reían de mí—. De verdad que siento haber tardado tanto en llamarte.

—Tessa, está bien, deja de disculparte. Lo haces demasiado.

—Lo siento —digo, y me golpeo la frente con la palma de la mano.

Tanto el camarero, Robert, como Zed me han dicho que me disculpo demasiado. Quizá tengan razón.

—¿Crees que vendrás a visitarnos pronto? ¿O aún no se nos permite ser... amigos? —pregunta en voz baja.

—Podemos ser amigos —remarco—. Pero no tengo ni idea de cuándo podré ir de visita.

En realidad esperaba volver a casa este fin de semana. Extraño a Hardin y las calles casi sin tráfico del este.

Pero espera..., ¿acabo de considerarla «mi casa»? Si sólo he vivido ahí durante unos pocos meses...

Y entonces me doy cuenta: Hardin. Es por Hardin. Cualquier lugar donde él esté siempre será mi hogar.

—Vaya, es una pena. Tal vez haga yo una escapada a Seattle pronto. Tengo algunos amigos por allí —dice Zed—. ¿Te parecería bien? —pregunta segundos después.

—¡Oh, sí! Por supuesto.

—Genial. —Se echa a reír—. Este fin de semana vuelo hasta Florida para ver a mis padres. De hecho, llego tarde a mi vuelo, pero tal vez podría intentar ir el fin de semana que viene o algo así.

—Sí, claro. Tú avísame. Diviértete en Florida —le digo antes de colgar.

Pongo el celular sobre una pila de notas y apenas unos segundos más tarde comienza a vibrar.

El nombre de Hardin aparece en la pantalla y, tras tomar aire, ignoro el palpitar de mi pecho y contesto.

—¿Qué estás haciendo? —pregunta de inmediato.

—Eh..., nada.

—¿Dónde estás?

—En casa de Kim y Christian. ¿Dónde estás tú? —replico con sarcasmo.

—En casa —dice con tranquilidad—. ¿Dónde iba a estar, si no?

—Pues no sé..., ¿en el gimnasio?

Hardin ha estado yendo regularmente al gimnasio, cada día de la semana.

—Acabo de volver. Ahora estoy en casa.

—Y ¿cómo te fue, capitán Brevedad?

—Como siempre —responde cortante.

—¿Pasa algo? —le pregunto.

—No, estoy bien. ¿Cómo te fue en el día? —Se apresura a cambiar de tema y me pregunto por qué, pero no quiero presionarlo, no con la llamada de Zed ya sobre mi conciencia.

—Estuvo bien. Largo, supongo. Sigue sin gustarme la clase de ciencias políticas —gimo.

—Ya te dije que la dejaras. Puedes tomar otra materia entre tus optativas de ciencias sociales —me recuerda.

Me acuesto en la cama.

—Lo sé..., pero estaré bien.

—¿No sales esta noche? —pregunta; su tono es de alerta.

—No, ya estoy en pijama.

—Bien —dice, cosa que me hace poner los ojos en blanco.

—Llamé a Zed hace unos minutos —suelto de golpe. Mejor sacármelo de encima cuanto antes.

Se hace el silencio en la línea y espero pacientemente a que la respiración de Hardin se calme.

—¿Que hiciste qué? —dice cortante.

—Lo llamé para darle las gracias... por lo del fin de semana pasado.

—Pero ¿por qué? Pensé que estábamos... —Su fuerte respiración sobre el auricular me dice que apenas es capaz de controlar la ira—. Tessa, creía que estábamos solucionando nuestros problemas.

—Y lo estamos haciendo, pero se lo debía. Si no hubiese aparecido cuando lo hizo...

—¡Lo sé! —salta Hardin, como si tratara de contenerse.

No quiero discutir con él, pero no puedo esperar que las cosas cambien si le oculto información.

—Dijo que había pensado venir de visita —lo informo.

—Él no va a ir. Fin de la discusión.

—Hardin...

—No va a ir. Estoy esforzándome al máximo, ¿sí? Estoy intentando con todas mis malditas fuerzas no perder el control, así que lo mínimo que puedes hacer es ayudarme a conseguirlo.

Suspiro derrotada.

—Bien.

Pasar tiempo con Zed no podría ser bueno para nadie, Zed incluido. No puedo volver a darle esperanzas, no es justo para él, y tampoco creo que podamos mantener una relación estrictamente platónica, al menos no a ojos de Hardin, o a los del propio Zed.

—Gracias. Si siempre fuera tan fácil hacerte obedecer...

«¿Qué?»

—Hardin, yo no tengo que obedecerte en nada, eso es...

—Tranquila, tranquila, sólo te tomaba el pelo. No hace falta que te molestes —se apresura a replicar—. ¿Hay algo más que necesite saber, ya que estamos en esto?

—No.

—Bien. Y ahora cuéntame qué ha estado pasando en esa pinche emisora de radio que te tiene tan obsesionada.

Mientras le cuento la historia de una mujer que buscaba a su largamente perdido amor de instituto mientras ya estaba embarazada de su vecino, todos los sórdidos detalles y el escándalo resultante me mantienen animada y riendo. Al mencionar el gato, *Mazzy*, me pongo a reír como una histérica. Le digo que debe de ser difícil enamorarse de un hombre cuando se está esperando el hijo de otro, pero Hardin no está de acuerdo. Por supuesto, él cree que el hombre y la mujer se buscaron el escándalo ellos mismos, y se burla de mí por obsesionarme con un programa radiofónico de entrevistas. Se ríe con mi historia, y yo cierro los ojos e imagino que está acostado junto a mí.

CAPÍTULO 82

Hardin

—¡Lo siento! —dice Richard con la respiración entrecortada.

Una capa de sudor le cubre todo el cuerpo mientras se limpia el vómito de la barbilla. Me apoyo en el marco de la puerta debatiéndome si entrar o largarme y dejarlo solo con su propia miseria.

Lleva todo el día así, vomitando, temblando, sudando y lloriqueando.

—Pronto estará fuera de mi sistema, así que...

Vuelve a inclinarse sobre la taza del baño y vomita más, como si fuese un géiser. De puta madre. Al menos esta vez ha conseguido llegar al lavabo.

—Eso espero —le digo, y salgo al pasillo.

Abro la ventana de la cocina para que entre la brisa fría y tomo un vaso limpio de la alacena. La tarja cruje cuando abro la llave para llenar el vaso y sacudo la cabeza.

«¿Qué demonios se supone que voy a hacer con él?» Se está desintoxicando por todo mi baño. Tras un último suspiro, agarro el vaso de agua y un paquete de galletas saladas, me los llevo al lavabo y los coloco en la orilla del lavamanos.

Le doy golpecitos en el hombro.

—Come esto.

Asiente en señal de reconocimiento, o por el delírium trémens y/o el síndrome de abstinencia. Su piel está tan pálida y sudada que me recuerda a una nutria. En realidad no creo que comer galletitas saladas lo ayude, pero la posibilidad está ahí.

—Gracias —gime por fin, y lo dejo a solas para que vomite por todas partes.

Este cuarto, mi cuarto, no es el mismo sin Tessa. La cama nunca está bien hecha cuando me meto en ella por la noche. He intentado una y otra vez remeter las esquinas de la sábana bajo el colchón tal y como lo hace Tessa, pero no hay manera. Mi ropa, tanto la limpia como la sucia, está desperdigada por el suelo, botellas de agua vacías y latas de refresco abarrotan las mesitas de noche, y siempre hace frío. La calefacción está encendida, pero la habitación está... fría.

Le envío un último mensaje para desearle buenas noches y cierro los ojos, rezando por disfrutar de un reposo sin sueños... por una vez.

—¿Tessa? —llamo desde el pasillo, anunciando que estoy en casa.

El departamento está en silencio, sólo pequeños sonidos llenan el aire. ¿Está Tessa al teléfono con alguien?

—¡Tessa! —la llamo de nuevo mientras abro la puerta del cuarto.

La escena que captan mis ojos me detiene en seco. Tessa está tendida sobre el cubrecama blanco, con el rubio cabello pegado a la frente por el sudor; con los dedos de una mano se agarra a la cabecera de la cama y con los de la otra jala de unos cabellos negros. Mientras gira las caderas puedo sentir cómo el hielo reemplaza la ardiente sangre que corre por mis venas.

La cabeza de Zed está enterrada entre sus suaves muslos. Sus manos recorren el cuerpo de Tessa.

Intento moverme hacia ellos para sujetarlo de la garganta y arrojarlo contra la pared, pero mis pies están pegados al suelo. Intento gritarles, pero mi boca se niega a abrirse.

—Oh, Zed —gime Tessa.

Me tapo los oídos con las manos, pero no funciona. Su voz llega hasta mi cerebro; no hay forma de escapar de ella.

—Eres tan hermosa —murmura él con admiración mientras ella vuelve a gemir. Una de sus manos se mueve hasta los pechos de Tessa y los acaricia con las yemas de los dedos mientras su boca sigue enterrada en ella.

Estoy paralizado.

No me ven, ni siquiera han notado que estoy en la habitación. Tessa grita su nombre una vez más y, cuando él alza la cabeza de entre sus muslos, por fin me ve. Mantiene contacto visual conmigo mientras sus labios recorren el cuerpo de ella hasta llegar a su mandíbula, mordisqueando su piel. Mis ojos no se apartan de sus cuerpos desnudos, y mis entrañas me han sido arrancadas del cuerpo y lanzadas sobre el frío suelo. No puedo soportar ver esto, pero estoy forzado a hacerlo.

—Te quiero —le dice él mientras me sonríe a mí.

—Yo también te quiero —gimotea Tessa.

Clava las uñas en su espalda tatuada cuando él la penetra. Por fin recupero la voz y grito, silenciando sus gemidos.

—¡Carajo! —grito.

Agarro el vaso de encima de la mesita de noche y, con un estallido, se hace añicos contra la pared.

CAPÍTULO 83

Hardin

Empiezo a caminar arriba y abajo del cuarto, jalándome con furia de mis cabellos empapados en sudor, y toda la ropa y los libros que pisoteo a mi paso van dejando marcas en mis pies descalzos.

—¿Hardin? ¿Estás bien? —La voz de Tessa suena profunda con el sueño.

Me alegro tanto de que haya contestado cuando la he llamado... Necesito tenerla aquí, junto a mí, aunque sólo sea a través de un hilo telefónico.

—Yo... no lo sé —grazno al teléfono.

—¿Qué pasa?

—¿Estás en la cama? —le pregunto.

—Sí, son las tres de la madrugada, ¿dónde, si no, iba a estar? ¿Qué pasa, Hardin?

—Es que no puedo dormir, eso es todo —admito con la vista fija en la oscuridad de nuestra... mi recámara.

—Oh... —Deja escapar un largo suspiro de alivio—. Por un segundo me habías asustado.

—¿Has vuelto a hablar con Zed? —le pregunto.

—¿Qué? No, no he hablado con él desde que te conté que pensaba venir a Seattle.

—Llámalo y dile que no puede ir. —Sé que parezco un lunático, pero me vale madres.

—No pienso llamarlo a estas horas, pero ¿se puede saber qué te pasa?

Está tan a la defensiva..., aunque supongo que no puedo culparla de ello.

—Nada, Theresa. No importa —suspiro.

—¿Qué es lo que pasa, Hardin?

—Nada, es... nada.

Cuelgo la llamada y presiono el botón de apagado hasta que la pantalla se torna negra.

CAPÍTULO 84

Tessa

—No irás a pasarte todo el día en pijama, ¿verdad? —me pregunta Kimberly a la mañana siguiente cuando me ve sentada a la barra de la cocina.

Me meto una cucharada de avena con fruta en la boca para no tener que contestarle. Porque eso es justo lo que planeo hacer hoy. No dormí bien después de la llamada telefónica de Hardin. Desde entonces me ha enviado unos pocos mensajes de texto, pero en ninguno de ellos menciona su extraño comportamiento de anoche. Quiero llamarlo, pero la forma en que me colgó tan rápidamente hace que lo piense mejor. Además, no he estado mucho con Kimberly desde que llegué. Paso la mayor parte de mi tiempo libre hablando por teléfono con Hardin o realizando mi primera tanda de trabajos para mis clases. Lo mínimo que puedo hacer es platicar con ella durante el desayuno.

—Nunca llevas ropa —interviene Smith, y casi escupo la avena sobre la mesa.

—Claro que sí —replico, aún con la boca llena.

—Tienes razón, Smith, nunca lleva. —Kimberly suelta una carcajada y yo pongo los ojos en blanco.

En ese momento Christian entra en la cocina y le da un beso en la sien. Smith sonríe a su padre y a su futura madrastra antes de volver a mirarme.

—Las pijamas son más cómodas —le explico, y él asiente dándome la razón. Sus ojos verdes recorren su propia pijama de Spider-Man—. ¿Te gusta Spider-Man? —le pregunto, esperando generar una conversación que no sea sobre mí.

Sus deditos toman una rebanada de pan tostado.

—No.

—¿No? Pero si llevas puesto eso —replico señalando su ropa.

—Ella me lo compró. —Señala a Kim con la cabeza y me susurra—: No le digas que lo odio; se pondría a llorar.

Me río. Smith tiene cinco años camino de veinte.

—No lo haré —le prometo, y acabamos nuestro desayuno en agradable silencio.

CAPÍTULO 85

Hardin

Landon sacude el agua de su sombrero sobre el suelo y apoya el paraguas contra la pared con un exagerado gesto teatral. Quiere que vea el gran «esfuerzo» que está haciendo para ayudarme.

—¿Y bien? ¿Qué es tan urgente como para que me hagas venir con este tiempo de perros? —pregunta medio molesto, medio preocupado. Al fijarse en mi torso desnudo, añade—: ¿Sabes? Yo tuve que ponerme ropa encima para venir a ayudarte. ¿Cuál es el problema?

Señalo a Richard, que está despatarrado en el sillón, dormido.

—Él.

Landon se inclina hacia un lado para mirar detrás de mí.

—¿Quién es ése? —pregunta. De pronto se endereza y me mira con la boca abierta—. Espera..., ¿no es el padre de Tessa?

Pongo los ojos en blanco ante su pregunta.

—No, es otro sin techo que escogí al maldito azar para dejarlo dormir en mi sillón. Es lo que todos los *hipsters* estamos haciendo últimamente.

Él ignora mi sarcasmo.

—¿Qué hace aquí? ¿Lo sabe Tessa?

—Sí, lo sabe. Lo que no le he contado es que lleva cinco días rehabilitándose y vomitando de todo por mi maldito departamento.

Richard gruñe en sueños y yo tomo a Landon por la manga de su camisa de cuadros escoceses y lo jalo en dirección al pasillo.

Está claro que esto queda un poco lejos de la liga de mi hermanastro.

—¿Rehabilitación? —repite—. ¿Como de las drogas?

—Sí, y del alcohol.

Parece reflexionar durante un segundo.

—¿Aún no ha encontrado tu contrabando de licor? —me pregunta, y entonces alza una ceja—. ¿O ya se lo tomó entero?

—Ya no tengo nada de licor aquí, cabrón.

Vuelve a espiar desde la esquina al hombre que duerme tirado en el sillón.

—Aún no sé qué pinto yo en todo esto.

—Vas a hacerla de niñera —lo informo, y de inmediato retrocede.

—¡Ni hablar! —trata de susurrar, pero su voz suena más como un grito apagado.

—Relájate. —Le doy unas palmaditas en el hombro—. Sólo será por una noche.

—Que no. No voy a quedarme con él. ¡Pero si ni siquiera lo conozco!

—Yo tampoco.

—Tú lo conoces mejor que yo, algún día podría llegar a ser tu suegro si no fueses tan idiota.

Las palabras de Landon me golpean con más fuerza de la que deberían. «¿Suegro?» El título suena raro cuando lo repito en mi mente... mientras contemplo a ese montón de mierda humana en mi sillón.

—Quiero verla —confieso.

—¿A quién?... ¿A Tess?

—Sí, a Tes-sa —lo corrijo—. ¿A quién, si no?

Landon comienza a juguetear con sus propios dedos como un niño nervioso.

—Bueno, y ¿por qué no puede ella venir aquí? No creo que sea una buena idea que me quede con él.

—No seas marica, no es peligroso ni nada de eso —le digo—. Sólo asegúrate de que no abandone el departamento. Tengo montones de comida y agua.

—Ni que estuvieras hablando de un perro —remarca Landon.

Me froto las sienes cansado.

—Güey, tampoco es que se diferencien tanto. ¿Me vas a ayudar o qué?

Él me mira fijamente y yo añado:

—¿Por Tessa?

Es un golpe bajo, pero sé que funcionará.

Después de un segundo se rinde y asiente.

—Sólo una noche —accede, y se vuelve para ocultar una sonrisa.

No sé cómo reaccionará Tessa cuando ignore nuestro acuerdo de «espacio», pero será sólo por esta noche. Una simple noche con ella es lo que necesito. La necesito a ella. Las llamadas telefónicas son suficientes durante la semana pero, tras la pesadilla que tuve, necesito verla más que nada en el mundo. Necesito confirmar que no hay ninguna marca en su cuerpo aparte de las que yo le dejé.

—Y ¿ya sabe que vas a ir? —me pregunta Landon mientras me sigue de vuelta al cuarto, donde busco por el suelo una camiseta con la que cubrir mi torso desnudo.

—Lo sabrá en cuanto llegue, ¿no?

—Me contó lo suyo con el teléfono.

«¿En serio? Eso es muy poco habitual en ella.»

—¿Por qué iba a contarte que nos venimos hablando por teléfono?... —le pregunto.

Los ojos de Landon se abren como platos.

—¡¿Eh?! ¡¿Qué?! ¡¿Qué?! No me refería... Oh, Dios —gime.

Intenta cubrirse los oídos con las manos pero es demasiado tarde. Sus mejillas se vuelven de un rojo intenso y mi risa llena el cuarto.

—Tienes que ser más específico cuando hables de Tessa y de mí, ¿es que aún no lo sabes? —Sonrío, deleitándome en los recuerdos de sus gemidos a través de la línea.

—Parece ser que no. —Frunce el ceño y se recompone—. Quería decir que han estado hablando un montón por teléfono.

—¿Y?

—¿Ella te parece feliz?

Mi sonrisa desaparece.

—¿Por qué lo dices?

La inquietud aparece en su rostro.

—Sólo me lo preguntaba. Estoy algo preocupado por ella. No parece estar tan emocionada y feliz por lo de Seattle como creí que estaría.

—No sé... —Me froto la nuca con la palma de la mano—. Tienes razón, no parece feliz, pero no sé si es porque yo soy un imbécil o porque no le gusta Seattle tanto como creía que le gustaría —contesto con honestidad.

—Espero que sea por lo primero. Quiero que sea feliz allí —dice Landon.

—Yo también, más o menos —convengo.

Landon patea unos pantalones oscuros sucios que hay en el suelo para apartarlos de su pie.

—Oye, que me los iba a poner —salto, y me inclino para recogerlos.

—¿Es que no tienes ropa limpia?

—En este momento, no.

—¿Has puesto alguna lavadora desde que se fue?

—Sí... —miento.

—Ajá... —Señala la mancha en mi camiseta negra. ¿Mostaza, tal vez?

—Mierda... —Me quito la camiseta y la lanzo de vuelta al suelo—. ¡No tengo una mierda que ponerme!

Abro de golpe el último cajón de la cómoda y dejo escapar un suspiro de alivio cuando localizo una pila de camisetas negras planchadas.

—¿Qué te parecen éstos? —Landon señala unos pantalones de mezclilla azul oscuro colgados en el ropero.

—No.

—¿Por qué no? Nunca llevas nada que no sean *jeans* negros.

—Pues por eso —replico.

—Bueno, el único par de pantalones que parece que tienes para ponerte están sucios, así que...

—Tengo cinco pares —lo corrijo—. Lo que pasa es que son todos del mismo estilo.

Con un resoplido paso por su lado para descolgar los pantalones azules de su gancho. Odio esta chingadera. Mi madre me los compró por Navidad y juré no llevarlos jamás. Y, sin embargo, aquí estoy. Por el amor verdadero o algo así. Probablemente Tessa se desmayará, seguro.

—Son un poco... ajustados —comenta Landon, y se muerde el labio inferior para no reír.

—Chinga tu madre —digo, y le enseño el dedo medio.

Después acabo metiendo más mierda en mi bolsa.

Veinte minutos más tarde estamos de vuelta en la sala. Richard sigue dormido, Landon continúa haciendo comentarios sobre mis malditos pantalones ajustados y estoy listo para ir a ver a Tessa a Seattle.

—¿Qué crees que debería decirle cuando se despierte? —me pregunta Landon.

—Lo que quieras. Sería bastante divertido si le tomaras el pelo un rato. Podrías fingir que eres yo o que no sabes cómo ha llegado él hasta aquí. —Me río—. Estaría más confundido...

Landon no ve el humor en mi idea y prácticamente me empuja por la puerta.

—Conduce con cuidado, las carreteras están mojadas —me avisa.

—Lo haré.

Me cuelgo la bolsa del hombro y me largo antes de que haga algún otro comentario de sabihondo.

Durante el trayecto no puedo evitar recordar mi pesadilla. Era tan nítida, tan jodidamente vívida... Podía oír a Tessa gimiendo el nombre de ese cabrón; incluso podía oír cómo sus uñas le recorrían la piel.

Pongo el radio para ahogar mis pensamientos, pero no funciona. Decido pensar en ella, en recuerdos de los dos juntos, para detener las imágenes que me acechan. De otro modo, este será el viaje más largo de toda mi vida.

¡Mira qué bebés tan lindos! —*Tessa gritando mientras señalaba un pelotón de pequeños seres inquietos. Bueno, en realidad sólo había dos bebés, pero aun así...*

—*Sí, sí, lindísimos* —*repliqué poniendo los ojos en blanco y la arrastré a través de la tienda.*

—*Incluso los lazos que llevan en el pelo combinan.* —*Estaba sonriendo tanto que su voz adquirió ese tono agudo que usan las mujeres cuando se encuentran alrededor de un niño pequeño y alguna hormona u otra las golpea.*

—*Que sí* —*repuse, y continué recorriendo los estrechos pasillos de Conner's.*

Tessa estaba buscando un queso en particular que necesitaba para nuestra cena de esa noche. Pero los bebés cortocircuitaron su cerebro.

—*Admite que eran lindos.* —*Me sonrió, y yo sacudí la cabeza para desafiarla—. Vamos, Hardin..., sabes que eran lindos. Sólo dilo.*

—*Eran lindos...* —*contesté inexpresivo, y ella apretó la boca mientras cruzaba los brazos frente a su pecho como una niña caprichosa.*

—*Quizá resulta que eres una de esas personas que sólo encuentran lindos a sus propios hijos* —dijo, y pude observar cómo de pronto una sospecha le robaba rápidamente la sonrisa—. *Eso si es que alguna vez quieres tener hijos* —añadió sombría, haciendo que quisiera borrar el ceño de su hermosa cara a base de besos.

—*Claro, tal vez. Aunque es una pena que no quiera tenerlos* —dije intentando grabar la noción permanentemente en su corazón.

—*Lo sé...* —contestó ella suavemente.

Poco después encontró lo que había estado buscando y lo dejó caer en el cesto con un golpe sordo.

Su sonrisa aún no había regresado cuando llegamos a la fila para la caja. La miré desde arriba y le di un suave codazo.

—*Oye...*

Cuando me miró, sus ojos estaban empañados, y era obvio que esperaba que yo hablara.

—*Acordamos no seguir hablando de hijos...* —comencé mientras ella clavaba la vista en el suelo, cerca de mi bota—. *Mírame.*

Cubrí sus mejillas con mis manos y apoyé la frente en la suya.

—*Está bien, no estaba pensando cuando dije eso* —admitió encogiéndose de hombros.

La observé mientras miraba alrededor del pequeño mercado, fijándose en cuanto nos rodeaba, y casi podía verla preguntarse por qué la estaba tocando así en público.

—*Mira, volvamos a acordar no sacar el tema de los niños. No hace más que causar problemas entre nosotros* —le dije, y le di un rápido beso en los labios, seguido de otros. Mis labios se entretuvieron sobre los suyos y sus pequeñas manos se colaron en las bolsas de mi chamarra.

—*Te quiero, Hardin* —dijo cuando Gloria la Gruñona, *la cajera de la que nos habíamos reído tantas veces,* se aclaró la garganta.

—*Te quiero, Tess. Y te querré tanto que ni siquiera necesitarás hijos* —le prometí.

Volvió la cabeza para esconder el ceño de preocupación, lo sé. Pero por aquel entonces no me importó porque imaginé que la cuestión estaba resuelta y me había salido con la mía.

Mientras sigo conduciendo me pregunto si ha habido algún momento de mi vida en el que no me haya comportado como un cabrón egoísta.

CAPÍTULO 86

Tessa

Mientras voy de mi cuarto al sillón con una copia de *Cumbres borrascosas* en la mano, Kimberly dice con una hermosa y amplia sonrisa:

—Estás depre, Tessa, y como tu amiga y mentora, es mi responsabilidad sacarte de ahí.

Su cabello rubio es liso y brillante y su maquillaje demasiado perfecto. Es una de esas mujeres a las que el resto de las mujeres adoran odiar.

—¿Mentora? ¿En serio? —Me río y ella pone en blanco sus ojos sombreados.

Bueno, tal vez no una mentora, pero sí una amiga —se corrige.

—No estoy depre. Simplemente tengo un montón de trabajos que hacer, y no quiero salir esta noche —alego.

—Tienes diecinueve años, chica, ¡actúa como tal! Cuando yo tenía diecinueve pasaba todo el tiempo fuera. Apenas aparecía por clase. Y tenía citas con chicos, con muchos muchos chicos —dice, mientras sus tacones repiquetean sobre el suelo de madera.

—Así que eso hacías, ¿eh? —interviene Christian al entrar en la sala. Está desenrollando algún tipo de cinta de alrededor de sus manos.

—Ninguno tan maravilloso como tú, por supuesto. —Kim le guiña un ojo y él se ríe.

—Esto es lo que me pasa por salir con una mujer tan joven —dice él—. Tengo que competir con el recuerdo aún fresco de hombres en edad universitaria. —Sus ojos verdes brillan con humor.

—Oye, que yo no soy mucho más joven que tú —dice Kimberly dándole un golpecito en el pecho.

—Doce años —señala él.

Ella pone los ojos en blanco.

—Sí, pero tu alma es joven. No como la de Tessa, que se comporta como si tuviese cuarenta.

—Claro, cielo. —Tira la cinta usada a una papelera—. Ahora ve e ilumina a la chica sobre cómo no comportarse en la universidad. —Le dedica una última sonrisa, le da una palmada en el trasero y desaparece, dejándola sonriendo de oreja a oreja.

—Quiero tantísimo a ese hombre... —me dice Kimberly, y yo asiento porque sé que es cierto—. De verdad que quería que salieses con nosotros esta noche. Christian y sus socios acaban de abrir un nuevo club de jazz en el centro. Es precioso y estoy segura de que la pasarás muy bien.

—¿Christian tiene un club de jazz? —pregunto.

—Sólo ha invertido en él, así que en realidad no ha hecho ningún esfuerzo —susurra con una sonrisa ladina—. Tienen músicos invitados los sábados, una especie de noche de micrófono abierto o algo así con muchas actuaciones en directo.

Me encojo de hombros.

—¿Tal vez el fin que viene?

Lo último que quiero ahora mismo es vestirme de nuevo y salir a un club.

—Bueno, el fin de semana que viene. Te tomo la palabra. Smith tampoco quiere venir. Intenté convencerlo, pero ya sabes cómo es. Me ha dado un sermón sobre cómo el jazz no puede compararse con la música clásica. —Se echa a reír—. Así que su niñera llegará dentro de unas horas.

—Puedo vigilarlo yo —me ofrezco—. Al fin y al cabo, estaré aquí.

—No, cielo, no tienes que hacerlo.

—Lo sé, pero quiero.

—Bueno, eso sería genial y mucho más sencillo. Por alguna razón, no le gusta su niñera.

—Yo tampoco le gusto mucho. —Me río.

—Cierto, pero él habla más contigo que con la mayor parte de la gente. —Se mira el anillo de compromiso en el dedo y después alza la vista hacia la foto de clase de Smith que cuelga sobre la repisa de la chimenea—. Es un niño muy dulce, pero tan reservado... —dice en voz baja, casi como una reflexión.

El timbre de la puerta suena entonces, rompiendo el momento.

Kimberly me mira con extrañeza.

—Vaya, ¿quién demonios vendrá en mitad de la tarde? —pregunta, como si yo pudiera conocer la respuesta.

Me quedo aquí de pie, mirando la preciosa foto de Smith que cuelga de la pared. Es un niño tan serio..., como un pequeño ingeniero, o un matemático.

—Bueno, bueno, bueno... ¡Mira quién ha venido! —exclama Kimberly desde la puerta.

Cuando me doy la vuelta para ver de qué está hablando, me quedo con la boca abierta.

—¡Hardin! —Su nombre cae de mis labios sin pensarlo siquiera, y un inmediato subidón de adrenalina me hace cruzar la habitación. Mis calcetines hacen que me deslice sobre el piso de madera, casi consiguiendo que me caiga de bruces. En cuanto recupero el equilibrio salto sobre él y lo abrazo más fuerte de lo que lo he abrazado jamás.

CAPÍTULO 87

Hardin

Casi me da un ataque cuando Tessa tropieza y está a punto de caerse, pero se recupera rápidamente y se lanza a mis brazos.

Esta no es, ni de lejos, la reacción que esperaba.

Pensé que me recibiría con un incómodo «hola» y una sonrisa que no le llegaría a los ojos. Pero, carajo, qué equivocado estaba. Muy equivocado. Tessa aprieta los brazos alrededor de mi cuello y yo entierro la cabeza en su pelo. La dulce esencia de su champú me embota los sentidos y me siento momentáneamente abrumado por su presencia, cálida y receptiva entre mis brazos.

—Hola —digo por fin cuando ella alza la vista hacia mí.

—Estás helado —comenta. Sus manos se mueven hasta mis mejillas, calentándolas de inmediato.

—Es que está lloviendo hielo ahí fuera... y en casa es aún peor. En mi casa, quiero decir —me corrijo.

Sus ojos se clavan en el suelo antes de volver a mirarme.

—¿Qué estás haciendo aquí? —prácticamente susurra, intentando ocultar la pregunta al resto de los presentes.

—Llamé a Christian de camino aquí —informo a Kimberly, que continúa mirándome con aire enigmático y una sonrisa jugando en sus labios pintados.

«No podías mantenerte alejado, ¿verdad?», articula en silencio a espaldas de Tessa. Esta mujer es la mayor chingaquedito que conozco, no sé cómo Christian la aguanta, y voluntariamente.

—Puedes quedarte en la habitación frente a la de Tessa, ella te la enseñará —anuncia Kimberly, y después desaparece.

Me separo de Tessa y le dedico una pequeña sonrisa.

—Lo... ¡lo siento! —tartamudea ella, mirando alrededor y ruborizándose—. No sé por qué hice eso. Es... es que es tan agradable ver una cara familiar...

—Yo también me alegro de verte —le digo intentando librarla de su bochorno.

No es que me haya apartado porque no quiera abrazarla. Su falta de confianza siempre hace que interprete las cosas de manera negativa.

—Resbalé en el suelo —suelta, entonces vuelve a ruborizarse y yo intento contenerme para no reírme de ella.

—Sí, lo vi —digo. No puedo evitar la risita que se me escapa, y ella sacude la cabeza riéndose de sí misma.

—¿De verdad que te quedas? —pregunta.

—Sí. ¿Te parece bien?

Sus ojos brillan y tienen un tono de gris más claro del habitual. Lleva el pelo suelto, ligeramente ondulado y sin estilo. Ni un rastro de maquillaje estropea su rostro, y está absolutamente perfecta. La cantidad de horas que he pasado imaginando su cara frente a mí no me habían preparado para el momento en que finalmente volvería a verla. Mi mente no puede captar todos los detalles; las pecas justo sobre su escote, la curva de sus labios, el brillo de sus ojos..., es jodidamente imposible.

La camiseta le queda suelta y esos horribles pantalones de felpa con nubes cubren sus piernas. No para de ajustarse la camiseta jalándola hacia abajo, jugueteando con el cuello; es la única chica que he conocido que puede ponerse esa ropa horrorosa para dormir y aun así parecer sexi. A través de la camiseta blanca puedo verle el brasier. Lleva ese de encaje que tanto me gusta. Me pregunto si es consciente de que puedo verlo a través de la tela...

—¿Por qué cambiaste de idea? Y ¿dónde están el resto de tus cosas? —pregunta Tessa mientras me guía pasillo abajo—. Las habitaciones de todos los demás están arriba —me explica sin sospechar mis pervertidos pensamientos. O quizá sí...

—Esto es todo cuanto he traído. Será sólo una noche —le aseguro, y se detiene frente a mí.

—¿Sólo te quedas una noche? —repite; sus ojos buscan mi cara.

—Sí, ¿qué creías? ¿Que me mudaba aquí?

Claro que lo creía, ella siempre tiene demasiada fe en mí.

—No. —Desvía la mirada—. No lo sé. Supongo que esperaba que te quedaras más que eso —dice, y ahora es cuando la cosa se pone incómoda. Sabía que ocurriría—. Aquí está la habitación. —Abre la puerta para mí, pero no entro.

—¿Tu habitación está justo cruzando el pasillo? —La voz se me rompe y sueno como un auténtico idiota.

—Sí —murmura ella mirándose los dedos.

—Genial —señalo tontamente—. Estás segura de que está bien que haya venido, ¿verdad?

—Sí, por supuesto. Sabes que te he extrañado.

La excitación en su cara parece desvanecerse cuando el recuerdo de mis acciones previas —ser un pendejo en general y negarme a venir a Seattle sobre todo— se cierne sobre nuestras cabezas. Nunca olvidaré la forma en que ha venido corriendo hacia mí, literalmente, cuando me ha visto en la puerta; había tanta emoción en su rostro, tanta añoranza... y yo también lo he sentido, más incluso que Tess. Creía que me volvería loco sin ella.

—Sí, pero la última vez que estuvimos juntos en ese departamento yo te corrí a patadas. —Veo cómo su expresión cambia cuando mis palabras le recuerdan lo ocurrido. Es como si pudiera ver el maldito muro levantándose entre nosotros mientras ella me dedica una sonrisa falsa—. No sé por qué dije eso —confieso, y me paso la muñeca por la frente.

Sus ojos se mueven hacia otra habitación: la suya. Entonces, señalando la puerta frente a la que estamos, dice:

—Puedes dejar ahí tus cosas.

Me quita la bolsa de la mano, entra en el cuarto y la abre sobre la cama. La observo mientras saca de la bolsa camisetas enrolladas y calzoncillos y arruga la nariz.

—¿Están limpios? —pregunta.

Niego con la cabeza.

—Los calzoncillos, sí.

Sostiene la bolsa a un brazo de distancia.

—Ni siquiera quiero saber cómo está el departamento.

Las comisuras de sus labios se elevan en una sonrisa petulante.

—Entonces, menos mal que no vas a volver a verlo —bromeo.

Su sonrisa se desvanece en el acto. Qué pinche broma tan pendeja... Pero ¿qué chingados me pasa?

—No me refería a eso —me apresuro a añadir, desesperado por recuperarme de mi pésima elección de palabras.

—Está bien. Relájate, ¿sí? —Su voz es amable—. Soy yo, Hardin.

—Lo sé. —Tomo aire y continúo—: Es sólo que parece que ha pasado mucho tiempo, y estamos en este extraño punto muerto, una media relación de la chingada que encima no podemos manejar. Y no nos hemos visto, y te he extrañado, y espero que tú también me hayas extrañado a mí.

«Vaya, lo he soltado todo demasiado rápido.»

Ella sonríe.

—Sí.

—¿Sí, qué? —La presiono en busca de las palabras exactas.

—Que te he extrañado. Te lo he dicho todos los días que hemos hablado.

—Lo sé. —Me acerco aún más a ella—. Sólo quería oírtelo decir otra vez.

Me inclino para colocarle el cabello tras las orejas usando ambas manos, y ella se apoya en mí.

—¿Cuándo llegaste? —interviene de pronto una pequeña voz, y Tessa se separa de un salto.

Genial, simplemente genial.

Y ahí está Smith, de pie frente al nuevo cuarto de Tessa.

—Justo ahora —contesto, esperando que se vaya de la habitación para que podamos continuar lo que hemos empezado hace unos momentos.

—¿Por qué viniste? —pregunta, y entra en la habitación.

Señalo a Tessa, que ahora está como a dos metros de mí, sacando mi ropa de la bolsa y recogiéndola entre los brazos.

—Vine a verla a ella.

—Oh —replica en voz baja mirándose los pies.

—¿No me quieres aquí? —pregunto.

—No me importa —dice encogiéndose de hombros, y le sonrío.

—Bien, porque no me habría ido aunque fuese así.

—Lo sé. —Smith me devuelve la sonrisa y nos deja a Tessa y a mí a solas.

Menos mal.

—Le gustas —dice ella.

—El niño está bien —replico encogiéndome de hombros, y ella se ríe.

—A ti también te gusta —me acusa.

—No, para nada. Sólo dije que está bien.

Tessa pone los ojos en blanco.

—Claaaaro.

Tiene razón, el chico me gusta. Más de lo que me ha gustado ningún otro niño de cinco años.

—Esta noche me toca cuidar de él mientras Kim y Christian van a la inauguración de un club —me explica.

—Y ¿tú por qué no vas con ellos?

—No sé, simplemente no se me antojaba.

—Mmm... —Me pellizco el labio para esconderle mi sonrisa.

Me emociona que no quiera salir por ahí, y me descubro a mí mismo esperando que haya planeado pasar la tarde hablando conmigo por teléfono.

Ella me dedica entonces una extraña mirada.

—Tú puedes ir si quieres, no tienes que quedarte aquí conmigo.

Le lanzo una mirada indignada.

—¿Qué? No he conducido hasta aquí para ir a un pinche club sin ti. ¿Es que no quieres que me quede contigo?

Sus ojos se encuentran con los míos y aprieta mi ropa contra mi pecho.

—Sí, por supuesto que quiero que te quedes.

—Bien, porque no me habría ido aunque hubiese sido así.

Ella no sonríe como Smith, pero pone los ojos en blanco, un gesto igual de adorable.

—¿Adónde vas? —le pregunto al ver que se dirige hacia la puerta con mis cosas.

Me lanza una mirada que es, al mismo tiempo, divertida y sensual.

—A lavar tu ropa —contesta, y desaparece en el vestíbulo.

CAPÍTULO 88

Tessa

Mis pensamientos vuelan mientras enciendo la lavadora. Hardin ha venido, a Seattle, y ni siquiera tuve que pedírselo o suplicar. Ha venido por su propia voluntad. Aunque sólo sea por una noche, significa muchísimo para mí, y espero que sea un paso en la dirección correcta para nosotros. Aún me siento muy insegura en lo que respecta a nuestra relación..., tenemos siempre tantos problemas, tantas peleas sin sentido... Somos dos personas muy diferentes. Y ahora estoy en un punto en el que no sé si esto va a funcionar.

Pero ya que está aquí conmigo, no quiero nada más que probar a ver si funciona esta media relación/media amistad a distancia, y ver adónde nos lleva.

—Sabía que aparecería —dice Kimberly a mi espalda.

Cuando me vuelvo veo que está apoyada contra el marco de la puerta del cuarto de lavar.

—Pues yo no —confieso.

Ella me lanza una mirada tipo «¡Ay, ajá!».

—Tenías que saber que lo haría. Nunca he visto una pareja como ustedes.

Suspiro.

—No somos exactamente una pareja...

—Te lanzaste a sus brazos como en una película. Él lleva aquí menos de quince minutos y ya le estás lavando la ropa —replica mientras cabecea hacia la lavadora.

—Bueno, es que su ropa olía fatal... —explico, ignorando la primera parte de su discurso.

—No pueden estar separados el uno del otro, realmente es algo digno de ver. Me encantaría que salieras con nosotros esta noche para que pudieras arreglarte y enseñarle todo lo que se está perdiendo por no venir a vivir contigo a Seattle —añade, me guiña un ojo y se va, dejándome sola en el cuarto de lavado.

Tiene razón sobre Hardin y sobre mí, no somos capaces de permanecer separados el uno del otro. Siempre ha sido así, desde el día que lo conocí. Incluso cuando trato de convencerme a mí misma de que no lo quiero, no puedo ignorar el cosquilleo que siento en mi interior cada vez que nos encontramos.

Antes, Hardin siempre aparecía dondequiera que yo estuviera. Por supuesto, yo pasaba por la casa de su fraternidad cada vez que surgía la oportunidad. Odiaba aquel sitio, pero algo en mi interior me arrastraba hasta allí, sabiendo que si iba lo vería. No lo admití en ese momento, ni siquiera para mí misma, pero deseaba su compañía, incluso cuando era cruel conmigo. Parece que ha pasado mucho tiempo de eso..., es casi como parte de un sueño, y recuerdo la forma en que solía mirarme fijamente durante las clases para después poner los ojos en blanco cuando lo saludaba.

La lavadora emite un breve pitido, devolviéndome a la realidad, y me apresuro pasillo abajo hacia el cuarto de invitados que le asignaron a Hardin para pasar la noche. La habitación está vacía; su bolsa sigue sobre la cama, pero a él no lo veo por ningún lado. Cruzo el pasillo y lo encuentro de pie delante del escritorio de mi habitación. Sus dedos acarician las tapas de uno de mis cuadernos de notas.

—¿Qué estás haciendo aquí? —pregunto.

—Sólo quería ver dónde estás viviendo... ahora. Quería ver tu habitación.

—Oh. —Noto la forma en que sus cejas se juntan cuando la llama *tu habitación*.

—¿Esto es para alguna clase? —pregunta sosteniendo el cuaderno de cuero negro.

—Es para escritura creativa —asiento—. ¿Lo leíste?

No puedo evitar sentirme un poco nerviosa ante la idea de que lo haya hecho. Hasta ahora sólo he conseguido escribir uno de los trabajos, pero como todo lo demás en mi vida, al final acabé relacionándolo con él.

—Un poco.

—Es sólo un trabajo —digo tratando de explicarme—. Nos pidieron que escribiéramos una redacción de tema libre como primer trabajo del curso y...

—Es bueno, realmente bueno —me halaga, y coloca el cuaderno de vuelta sobre la mesa durante un momento, antes de volver a agarrarlo y abrirlo por la primera página.

—«¿Quién soy?» —Lee la primera línea en voz alta.

—Por favor, no —le suplico.

Él me dedica una sonrisita interrogativa.

—¿Desde cuándo te da vergüenza enseñar tus trabajos de clase?

—No es vergüenza. Es sólo que... es un ensayo muy personal. Ni siquiera estoy segura de querer entregárselo al profesor.

—Leí tu diario de religión —dice de pronto, y se me para el corazón.

—¿Qué? —Rezo para haberlo oído mal.

—Lo leí. Lo dejaste en el departamento y lo encontré.

Esto es humillante. Guardo silencio mientras Hardin me mira fijamente desde el otro lado de la habitación. Esos eran pensamientos íntimos que no esperaba que nadie llegara a leer nunca, salvo quizá mi profesor. Me avergüenza que Hardin haya escudriñado mis pensamientos más personales.

—No deberías haberlos leído. ¿Por qué lo has hecho? —pregunto, intentando no mirarlo.

—Mi nombre estaba por todas partes —se defiende.

—Esa no es la cuestión, Hardin. —Me noto el estómago en la garganta, y me cuesta respirar—. Estaba pasando una racha muy mala, y esos eran pensamientos íntimos para mi diario. No tendrías que haberlos...

—Eran muy buenos, Tess. Increíbles. Me dolió saber que te sentías así, pero las palabras, lo que tenías que decir... era perfecto.

Sé que intenta hacerme un cumplido, pero así sólo consigue abochornarme más.

—¿Cómo te sentirías tú si alguien leyera algo que escribiste para expresar lo que sentías de forma privada? —Paso por alto sus halagos sobre mi forma de escribir. A sus ojos asoma una mirada de pánico, y ladeo la cabeza, confusa—. ¿Qué?

—Nada —se limita a decir, sacudiendo la cabeza.

CAPÍTULO 89

Hardin

La mirada en sus ojos casi hace que me detenga, pero debo ser honesto, y quiero que sepa lo interesante que encuentro su escritura.

—Lo he leído al menos diez veces —admito.

Sus grandes ojos abiertos como platos no se encuentran con los míos, pero sus labios se separan ligeramente para contestar:

—¿En serio?

—No seas tímida. Soy yo... —Le sonrío, y ella da un paso hacia mí.

—Lo sé, pero probablemente sonaba patética. —No pensaba con claridad cuando lo escribí.

Coloco un dedo sobre sus labios para silenciarla.

—No, para nada. Es brillante.

—Yo... —Intenta hablar tras mis dedos, y aprieto con más fuerza.

—¿Has acabado? —Le sonrío, y ella asiente.

Lentamente retiro los dedos de sus labios, y su lengua asoma para humedecerlos. No puedo evitar mirarla fijamente.

—Tengo que besarte —susurro, nuestras caras apenas están a unos centímetros de distancia. Sus ojos se miran en los míos y traga saliva ruidosamente antes de volver a humedecerse los labios.

—Bueno —susurra en respuesta. Me agarra la camisa con voracidad. Me jala, con la respiración pesada.

Justo antes de que nuestros labios puedan tocarse, un golpe resuena en la puerta del cuarto.

—¿Tessa? —La voz un poco chillona de Kimberly la llama a través de la puerta entreabierta.

—Líbrate de ella —murmuro, y Tessa se aparta de mí.

Primero el niño y ahora la madre. Ya de paso podríamos invitar también a Vance a que se una a la fiesta.

—Nos vamos en unos minutos —dice Kimberly sin llegar a entrar.

«Bien por ti. Y ahora lárgate a ching...»

—Bueno, enseguida salgo —contesta Tessa, y mi irritación aumenta.

—Gracias, cielo —dice Kimberly, y se va tarareando una cancioncilla pop.

—Carajo, ni siquiera tendría que haber... —empiezo.

Cuando Tessa me mira me detengo antes de acabar la frase. Pero no era verdad... Nada podría haberme impedido estar aquí ahora.

—Tengo que salir y cuidar de Smith. Si quieres quedarte en mi cuarto, puedes hacerlo.

—No, quiero estar donde estés tú —le digo, y ella sonríe.

Rayos, quiero besarla. La he extrañado tanto... y ella dice que también me añora..., así que, ¿por qué no?... Sus manos se cierran alrededor de la pechera de mi camiseta negra y aprieta los labios contra los míos. Me siento como si alguien me hubiera conectado a una toma de corriente, cada fibra de mí se enciende y vibra. Su lengua penetra suavemente en mi boca, presionando y acariciando, y mis manos se aferran a sus caderas

La jalo a través de la habitación hasta que mis piernas tropiezan con la cama. Me acuesto y ella cae suavemente sobre mí. Rodeo su cuerpo con los brazos y giro hasta que queda debajo de mí. Puedo sentir su pulso martilleando por mis labios cuando los deslizo bajo su escote y de nuevo hacia arriba, hacia ese dulce lugar justo debajo de la oreja. Jadeos y suaves gemidos son mi recompensa. Lentamente empiezo lo que sé que son movimientos de tortura, girando las caderas contra las suyas, clavándola contra el colchón. Los dedos de Tessa se mueven para tocar la ardiente piel bajo mi camiseta, y sus uñas me arañan la espalda.

La imagen de Zed penetrándola se me aparece de pronto y me pongo en pie en apenas unos segundos.

—¿Qué pasa? —pregunta ella. Sus labios son de un profundo color rosado y están inflamados tras el suave asalto.

—Na... nada, no es nada. Deberíamos..., hum..., salir. Cuidar del pequeño cabroncito —respondo a toda prisa.

—Hardin... —me presiona.

—Tessa, olvídalo. No es nada.

«Sólo que, ya sabes, soñé que Zed te la metía hasta casi romper la cama y ahora no puedo dejar de imaginármelo.»

—Bueno.

Se levanta de la cama y se seca las manos contra la suave tela de sus pantalones de pijama.

Cierro los ojos por un momento intentando liberar mi mente de esas repugnantes imágenes. Si ese cabrón interrumpe un solo segundo más de mi tiempo con Tessa, le romperé cada hueso de su maldito cuerpo.

CAPÍTULO 90

Tessa

Después de que le planten demasiados besos para el gusto de Smith, Kimberly y Vance por fin se marchan. Cada una de las tres veces que nos recordaron que si pasaba algo los llamásemos, Hardin y Smith revolvieron los ojos con aire dramático. Cuando ella señaló la lista con los números de emergencia de la encimera de la cocina, ellos intercambiaron una miradita de incredulidad de lo más divertida.

—¿Qué quieres ver? —pregunto a Smith cuando perdemos de vista el coche.

Él se encoge de hombros en el sillón y mira a Hardin, que mira al niño como si fuese un pequeño hurón gracioso o algo por el estilo.

—Bueno...

—Bueno, y ¿qué tal un juego? ¿Quieres jugar a algún juego? —sugiero cuando ninguno de ellos habla.

—No —contesta Smith.

—Creo que quiere volver a su habitación y hacer lo que fuera que estuviera haciendo antes de que Kim lo sacara de allí —dice Hardin, y Smith asiente, completamente de acuerdo.

—Bueno..., está bien. Vuelve a tu habitación, Smith. Hardin y yo estaremos aquí por si nos necesitas. Pediré la cena pronto —le digo.

—¿Puedes venir conmigo, Hardin? —pregunta el chiquillo en el tono más suave posible.

—¿A tu habitación? No, estoy bien aquí.

Sin una palabra más, Smith baja del sillón y camina hasta la escalera. Fulmino a Hardin con la mirada y él se encoge de hombros.

—¿Qué?

—Ve a su habitación con él —susurro.

—No quiero ir a su habitación. Quiero estar aquí contigo —replica tranquilamente.

Pero, por mucho que desee que Hardin se quede conmigo, me siento muy mal por Smith.

—Vamos. —Señalo al niño rubio mientras comienza a subir lentamente los escalones—. Se siente solo.

—Está bien, carajo —Hardin gruñe y cruza la sala enfurruñado para seguir a Smith escaleras arriba.

Aún estoy un poco molesta por su extraña reacción a nuestro beso en el cuarto. Creí que estaba yendo genial, incluso más allá de eso, pero él se bajó de la cama tan de golpe que creí que se había lastimado. ¿Es posible que después de haber pasado tanto tiempo separados ya no sienta lo mismo? Tal vez ya no se sienta atraído por mí... sexualmente, como antes. Sé que llevo puesto un pantalón bombacho de pijama, pero eso nunca le había molestado.

Incapaz de dar con una explicación razonable para su comportamiento, y en lugar de permitir que mi imaginación se desboque, agarro el pequeño montón de folletos de comida rápida que Kimberly nos ha dejado para que podamos encargar la cena. Me decido por la pizza y tomo mi teléfono antes de ir al cuarto de lavado. Meto la ropa de Hardin en la secadora y me siento en el banco que hay en el centro de la sala mientras observo cómo el tambor de la máquina gira y gira.

Llamo a la pizzería y espero.

CAPÍTULO 91

Hardin

Mientras Smith va de un lado a otro de su recámara, yo me quedo de pie en la puerta y hago un inventario mental de todas las chingaderas que tiene ahí dentro. Carajo, este niño está supermimado.

—¿Qué quieres hacer? —le pregunto al entrar en la habitación.

—No sé. —Se queda mirando la pared. Tiene el pelo rubio peinado de lado de manera tan perfecta que casi da miedo.

—Entonces, ¿para qué me hiciste subir?

—No sé. —Repite. ¡Qué latoso!

—Bueno..., mira, esto no nos lleva a ninguna... —No acabo la frase.

—¿Ahora vas a vivir aquí, con tu chica? —suelta Smith de golpe.

—No, sólo vine a visitarla esta noche.

—¿Por qué? —Sus ojos me buscan. Los noto sin siquiera tener que mirarlo.

—Porque no quiero vivir aquí.

—¿Por qué? ¿No te gusta? —Pregunta.

—Sí, me gusta. —Me echo a reír—. Es sólo que..., no sé... ¿Por qué haces siempre tantas preguntas?

—No sé —responde simplemente, y saca una especie de tren de debajo de la cama.

—¿No tienes amigos con los que puedas jugar? —le pregunto.

—No.

Eso no me parece bien. Es un buen chico.

—¿Por qué no?

Él se encoge de hombros y separa una pieza de la vía del tren. Sus pequeñas manos separan otra pieza más y sustituye la parte metálica por dos piezas de vía nueva de la caja que está a los pies de su cama.

—Estoy seguro de que puedes hacer amigos en la escuela.

—No, no puedo.

—¿Los chicos de la escuela son unos cabrones que se meten contigo o algo así? —pregunto.

Ni me molesto en corregir mi lenguaje. Vance tiene la boca de un pinche camionero. Estoy seguro de que el chico ha oído cosas peores.

—A veces. —Retuerce las puntas de algún tipo de cable y lo conecta a una pequeña locomotora.

El cable chisporrotea en sus manos, pero él ni se inmuta. Al cabo de unos segundos el tren comienza a moverse por la vía, primero lentamente, para luego ir agarrando velocidad.

—¿Qué fue eso? ¿Qué hiciste? —le pregunto.

—Hice que vaya más rápido. Es que era muy lento.

—No me extraña que no tengas amigos. —Me echo a reír, pero enseguida me detengo. Mierda. Él está ahí sentado, mirando su tren—. Lo que quería decir es que eres muy listo; a veces a la gente lista se le dificulta lo de relacionarse y no le gusta a nadie. Como Tessa, por ejemplo. A veces es demasiado lista y eso hace que la gente se sienta incómoda.

—Bueno...

Levanta la cabeza y se me queda mirando fijamente, y no puedo evitar sentirme mal por él. Nos soy bueno para los consejos, y no sé ni por qué lo intento siquiera.

Yo sé lo que es crecer sin amigos. No tuve ninguno de niño, hasta que llegué a la pubertad y empecé a beber, a fumar mota y a salir con gente de mierda. No eran exactamente amigos míos, de todos modos, sólo les gustaba porque yo hacía todo lo que quería y eso era «chido» para ellos. No disfrutaban leyendo como yo lo hacía; sólo les gustaba salir de fiesta.

Siempre fui el niño enojado del rincón con quien nadie hablaba porque le tenían miedo. Hasta hoy, la cosa no ha cambiado mucho...

Pero entonces conocí a Tessa; ella es la única persona a la que le importo de verdad. Aunque a veces también me teme. Imágenes de la Navidad y del vino rojo extendiéndose por su abrigo blanco me hacen reaccionar. Sospecho que Landon también se preocupa por mí. Pero la situación con él aún resulta rara, y estoy bastante seguro de que se preocupa a causa de Tessa. Ella tiende a tener ese tipo de poder sobre la gente.

Especialmente sobre mí.

CAPÍTULO 92

Tessa

—¿Está rica tu pizza? —le pregunto a Smith, sentado frente a mí. Él me mira, la boca llena, y hace un gesto afirmativo con la cabeza. Come con cuchillo y tenedor, algo que no me sorprende.

Cuando termina, se levanta de la mesa y va a meter sus platos en el lavavajillas.

—Me voy a mi habitación, a la cama —anuncia el pequeño científico.

Hardin sacude la cabeza, le divierte la madurez del niño.

Yo me levanto y pregunto:

—¿Necesitas algo? ¿Agua o que te llevemos a tu cuarto?

Pero él rehúsa y toma la cobija del sillón antes de dirigirse a su dormitorio.

Sigo con la mirada a Smith, que desaparece arriba, y después me siento otra vez y me doy cuenta de que Hardin apenas me ha dirigido la palabra en la última hora. Está guardando las distancias, y no puedo evitar comparar su comportamiento de esta noche con la forma en que hablaba durante nuestras llamadas de esta semana. Una pequeña parte de mí desearía que estuviéramos ahora al teléfono en vez de estar sentados en silencio en el sillón.

—Tengo que mear —anuncia.

Se va y yo paso los canales de la televisión de pantalla plana.

Un poco después, Kimberly y Christian entran por la puerta principal seguidos por otra pareja. Una mujer rubia y alta vestida con un vestido corto y dorado recorre el suelo de madera. Miro sus altísimos tacones de aguja y mis tobillos se resienten en solidaridad con los suyos. Ella me sonríe y saluda con la mano mientras sigue a Kimberly a través del vestíbulo y hasta la sala. Hardin aparece en el pasillo pero no intenta entrar en la habitación.

—Sasha, estos son Tessa y Hardin —nos presenta Kimberly con amabilidad.

—Encantada de conocerte. —Sonrío, odiándome por no haberme puesto unos pantalones de pijama mejores.

—Igualmente —responde Sasha, pero está mirando directamente a Hardin, que por un momento le devuelve la mirada pero ni saluda ni entra del todo en la sala de estar.

—Sasha es una amiga del socio de Christian —nos explica Kimberly.

Bueno, me lo explica a mí, porque Hardin no les presta ninguna atención, concentrado como está en un programa sobre vida animal en el que he aterrizado.

—Y este es Max, que tiene negocios con Christian.

El hombre, que ha estado bromeando y riendo con Christian, sale de detrás de Sasha y, cuando finalmente puedo verlo, me sorprendo al descubrir al amigo de universidad de Ken, el padre de aquella chica, Lillian.

—Max —repito, mirando discretamente a Hardin e intentando llamar su atención sobre la cara familiar que está ante nosotros.

La que sí que se da cuenta es Kimberly, que nos mira alternativamente a Max y a mí.

—¿Ustedes dos ya se conocían?

—Sólo nos vimos una vez, en Sandpoint —contesto.

Los oscuros ojos de Max son amenazadores y tiene una presencia poderosa que de inmediato parece reclamar la estancia como suya, pero sus frías facciones parecen suavizarse ligeramente ante mi recuerdo.

—Ah, sí. Tú eres la... amiga de Hardin Scott —dice pronunciando la palabra *amiga* con una sonrisa.

—En realidad ella es... —comienza a decir Hardin uniéndose finalmente a nosotros en la sala.

Observo molesta cómo los ojos de Sasha siguen cada movimiento de Hardin cuando cruza la habitación. Se ajusta los tirantes dorados de su vestido y se humedece los labios. No podría estar más enojada conmigo misma por llevar estos malditos pantalones de nubes ni aunque lo intentara. Los ojos de Hardin se posan en ella y veo cómo recorren su cuerpo lentamente, quedándose con cada detalle de su alta pero curvilínea figura antes de volver la atención hacia Max.

—No es sólo una amiga —acaba Hardin justo cuando la mano de Max se extiende para recibir un rápido pero incómodo apretón.

—Ya veo. —El hombre más mayor sonríe—. Bueno, en cualquier caso, es una joven encantadora.

—Por supuesto —murmura Hardin. Puedo notar su irritación ante la presencia de Max.

Kimberly, como siempre la anfitriona perfecta, se acerca al bar y saca unas copas para sus invitados. Pregunta educadamente qué quiere cada uno mientras yo intento no mirar a Sasha cuando se presenta a Hardin por segunda vez. Él le dedica un rápido asentimiento y se sienta en el sillón. Una punzada de decepción me asalta cuando deja un amplio espacio entre nosotros. ¿Por qué me siento tan posesiva de golpe? ¿Es porque Sasha es tan guapa, o es por la forma en que los ojos de Hardin han recorrido su cuerpo, o por lo rara que ha sido toda la noche?

—¿Cómo está Lillian? —pregunto para romper la extraña tensión y los celos que se agitan en mi interior.

—Bien. Ha estado ocupada con la universidad —explica Max con frialdad.

Kimberly le ofrece una copa con un líquido café y él se traga la mitad en cuestión de segundos.

Luego alza las cejas en dirección a Christian.

—¿Bourbon?

—Sólo lo mejor —responde Christian con una sonrisa.

—Deberías llamar a Lillian alguna vez —dice entonces Max, y mira a Hardin—. Serías una buena influencia para ella.

—No creo que ella necesite ninguna influencia —replico.

No es que Lillian me importe mucho, debido a mis celos, pero siento la poderosa necesidad de defenderla ante su padre. No puedo evitar pensar que se está refiriendo a la orientación sexual de Lillian, y eso me molesta inmensamente.

—Oh, siento disentir. —Max muestra una sonrisa hiperblanqueada y yo vuelvo a dejarme caer contra los cojines del sillón.

Todo este intercambio ha sido muy incómodo. Max es encantador y rico, pero no puedo ignorar la oscuridad que se vislumbra en el interior de sus profundos ojos cafés y la malicia oculta en su amplia sonrisa.

«Y ¿qué hace aquí con Sasha?»

Es un hombre casado y, por la brevedad del vestido de ella y por la forma en que le sonríe, no parecen ser sólo amigos.

—Lillian es nuestra niñera habitual —interviene Kimberly.

—Qué pequeño es el mundo. —Hardin pone los ojos en blanco para parecer lo más desinteresado posible, pero sé que está que echa humo.

—Sí, ¿verdad? —le sonríe Max. Su acento británico es más cerrado que el de Hardin o Christian, o al menos no tan agradable al oído.

—Tessa, ve al piso de arriba —me indica Hardin en voz baja.

Max y Kimberly lo miran atentamente, haciéndole saber que ambos han oído la orden.

La situación se vuelve aún más incómoda que hace unos segundos. Ahora que todos han oído a Hardin decirme que me vaya arriba, no quiero hacerle caso. Sin embargo, lo conozco y sé que se asegurará de que suba al piso superior, aunque tenga que subirme en brazos.

—Creo que Tessa debería quedarse y tomar un poco de vino, o un trago de bourbon. Tiene buena añada y es excelente —dice Kimberly comportándose como la perfecta anfitriona que es. Se pone en pie y se acerca al minibar—. ¿Qué se te antoja tomar? —Sonríe, desafiando claramente a Hardin.

Él le lanza una mirada furibunda y aprieta los labios hasta formar una línea fina y dura. Quiero reír o abandonar la sala, preferiblemente ambas cosas, pero Max está observando nuestro intercambio con más curiosidad de la necesaria, así que me mantengo firme.

—Tomaré una copa de vino —digo.

Kimberly asiente, sirve el líquido blanco en una copa de tallo largo y me la acerca.

El espacio entre Hardin y yo parece crecer a cada segundo, y casi puedo ver el calor que emana de él en pequeñas oleadas. Tomo un pequeño sorbo del vino fresco y Max por fin aparta la vista de mí.

Hardin está mirando la pared. Su humor ha cambiado drásticamente desde que nos hemos besado, y eso me preocupa de verdad. Pensé que estaría emocionado, feliz y, sobre todo, creí que se excitaría y que querría más, como siempre le pasa, igual que me pasa a mí.

—¿Los dos viven aquí, en Seattle? —le pregunta Sasha a Hardin.

Tomo otro sorbo de vino. Últimamente he estado bebiendo un montón.

—Yo no —dice él sin mirarla siquiera.

—Mmm..., y ¿dónde vives?

—No en Seattle.

Si la conversación tuviera lugar en otras circunstancias lo regañaría por ser tan brusco, pero ahora mismo me alegro de que lo sea. Sasha frunce el ceño y se recuesta contra Max. Él me mira antes de guiarla amablemente en dirección opuesta.

«Ya sé que tienen una aventura, así que ahora no disimulen.»

Sasha permanece en silencio y Kimberly mira a Christian en busca de un poco de ayuda para dirigir la conversación hacia asuntos más placenteros.

—Bueno... —Christian se aclara la garganta—. La inauguración del club estuvo genial; ¿quién iba a imaginar que tendríamos semejante éxito?

—Fue brillante, esa banda..., no recuerdo el nombre, pero la última... —empieza Max.

—¿Los Reford algo? —sugiere Kimberly.

—No, no eran esos, cariño. —Christian se ríe y Kimberly va hacia él para sentarse en sus piernas.

—Bueno, fueran quienes fuesen, necesitamos contratarlos para el próximo fin de semana —dice Max.

A los pocos minutos de que empiecen a hablar de trabajo, Hardin da media vuelta y desaparece pasillo abajo.

—Normalmente es más educado —le comenta Kimberly a Sasha.

—No, no lo es. Pero no lo querríamos si fuera de otra manera —se ríe Christian, y el resto de los presentes se suman a él.

—Voy a... —empiezo.

—Ve. —Kimberly me hace un gesto con la mano y me despido de todos con un buenas colectivo.

Cuando llego al final del pasillo, Hardin ya está en la habitación de invitados y tiene la puerta cerrada. Dudo por un momento antes de girar la manilla y abrirla. Cuando finalmente entro, compruebo que está recorriendo la habitación de arriba abajo.

—¿Algo va mal? —le pregunto.

—No.

—¿Estás seguro? Porque has estado raro desde...

—Estoy bien. Sólo furioso. —Se sienta en la cama y restriega las manos contra las rodillas de sus pantalones.

Me encantan sus nuevos pantalones. Me parece haberlos visto en nuestro... en su ropero en el departamento. Trish se los regaló por Navidad y él los odiaba.

—Y ¿eso por qué? —le pregunto en voz baja, asegurándome de que no puedan oírme desde la sala.

—Max es un cabrón —explota Hardin. Es evidente que a él no le importa si lo oyen.

—Sí, lo es —susurro riendo.

—Cuando se puso pesado contigo me estaba pidiendo a gritos que perdiera la paciencia.

—No estaba siendo pesado conmigo específicamente. Creo que es su personalidad. —Me encojo de hombros, un gesto que no le tranquiliza.

—Bueno, como sea, no me gusta, y es una mamada que justo la única noche que tenemos para estar juntos, la casa esté llena. —Hardin se aparta el pelo de la frente y agarra un cojín para ponerse cómodo.

—Lo sé —asiento. Espero que Max y su amante se vayan pronto—. Odio que engañe a su mujer. Denise parecía muy buena.

—Eso a mí me importa un huevo, la verdad. Simplemente no me gusta él —afirma Hardin.

Me sorprende un poco que le quite importancia inmediatamente a semejante traición.

—¿No te sientes mal por ella? ¿Ni siquiera un poquito? Seguro que no sabe nada de Sasha.

Él hace un gesto con la mano y después apoya la cabeza en el brazo.

—Pues yo estoy seguro de que lo sabe. Max es un cabrón. Ella no puede ser tan estúpida.

Imagino a su mujer sentada en una mansión en las colinas en algún sitio, llevando trajes caros, peluquería y maquillaje a diario, aguardando a que su infiel esposo vuelva al hogar. La idea me entristece y espero, en secreto, que ella también tenga un «amigo». Me sorprende desear que le pague con la misma moneda, pero aquí el que lo está haciendo mal es su marido, y a pesar de que casi no la conozco, quiero que sea feliz, aunque esa no sea precisamente la mejor decisión.

—Sea como sea, sigue estando mal —insisto.

—Pues sí, pero eso es el matrimonio. Engaños, mentiras y más y más.

—No siempre es así.

—Nueve de cada diez —replica Hardin encogiéndose de hombros. Odio la forma tan negativa que tiene de ver el matrimonio.

—Eso no es verdad.

—¿Vas a volver a discutir conmigo sobre matrimonio? No creo que debamos entrar en eso —me avisa. Sus ojos encuentran los míos y toma aire.

Quiero pelear por esto con él, decirle que se equivoca y hacerle cambiar de idea al respecto, pero sé que no tiene sentido. Hardin ya había tomado una decisión sobre estos temas mucho antes de conocernos.

—Tienes razón, no deberíamos hablar de esto. Especialmente si ya estás molesto.

—No estoy molesto —bufa.

—Bueno —digo poniendo los ojos en blanco, y él se levanta.

—Deja de poner los ojos en blanco —salta.

No puedo evitar volver a poner los ojos en blanco.

—Tessa... —gruñe.

Me mantengo firme, sin moverme ni vacilar. No tiene motivos para ponerse así conmigo. Que Max sea un cabrón pomposo no es culpa mía. Este es el típico berrinche de Hardin Scott, y esta vez no la voy a sufrir yo.

—Has venido sólo por una noche, ¿recuerdas? —le digo, y veo cómo la dureza y la energía abandonan su rostro.

Él continúa estudiándome, como esperando una pelea que no pienso darle.

—Maldita sea, tienes razón —suspira por fin, impresionándome con su repentino cambio de humor y su habilidad para calmarse—. Ven aquí.

Abre los brazos como siempre hace, y me dejo rodear por ellos como hacía tiempo que no lo hacía. Él no dice nada, sólo me abraza y apoya la barbilla en lo alto de mi cabeza. Su esencia es abrumadora, su respiración se ha calmado desde su pequeño enojo, y ahora es cálida, tan cálida... Segundos, o tal vez minutos más tarde, se aparta de mí y pone el pulgar bajo mi barbilla.

—Siento haberme comportado como un cabrón. No sé por qué me puse así. Creo que Max me encabrona, o quizá fue lo de hacer de niñero, o esa insoportable Stacey. No lo sé, pero lo siento.

—Sasha —lo corrijo con una sonrisa.

—Es lo mismo. Una puta es una puta.

—¡Hardin! —exclamo, golpeándolo suavemente en el pecho.

Los músculos bajo su piel están más duros de lo que recordaba. Ha estado entrenando cada día... Por un momento mi mente vuela imaginando el aspecto que tendrá bajo su camiseta negra, y me pregunto si su cuerpo habrá cambiado desde la última vez que le eché un vistazo.

—Sólo es un comentario. —Se encoge de hombros y me pasa los dedos por la delicada línea de la mandíbula—. De verdad que lo siento. No quiero echar a perder mi tiempo contigo. ¿Me perdonas?

Tiene las mejillas ruborizadas, su voz es dulce y sus dedos acarician suavemente mi piel, y me hace sentir tan bien... Cierro los ojos cuando traza la forma de mis labios con el pulgar.

—Contéstame —me presiona en voz baja.

—Siempre lo hago, ¿no? —murmuro con un suspiro. Apoyo las manos en sus caderas; mis pulgares aprietan la piel desnuda bajo su camiseta. Espero a sentir sus labios contra los míos, pero cuando abro los ojos sus escudos vuelven a estar alzados. Dudo, pero al final pregunto—: ¿Pasa algo?

—Yo... —Se detiene a media frase—. Me duele la cabeza.

—¿Necesitas algo? Puedo pedirle a Kim si...

—No, a ella no. Creo que sólo necesito dormir o algo. De todos modos, ya es tarde.

Se me cae el alma a los pies al oírlo. ¿Qué está pasando y por qué no quiere volver a besarme? Hace sólo un momento me estaba diciendo que no quería echar a perder el poco tiempo que tenía para estar conmigo, y ¿ahora quiere irse a dormir?

Suspiro un «de acuerdo» casi inaudible. No voy a suplicarle que se quede despierto para pasar tiempo conmigo. Me avergüenza su rechazo y, sinceramente, necesito un momento a solas sin su aliento mentolado acariciándome las mejillas y sus ojos verdes clavándose en los míos, nublando el poco juicio que todavía me queda.

Aun así, me quedo un poco más, esperando a que me pregunte si puede dormir conmigo o viceversa.

No lo hace.

—¿Nos vemos por la mañana? —pregunta.

—Sí, claro.

Abandono la habitación antes de humillarme más y cierro con llave la puerta de mi habitación. Patéticamente, vuelvo sobre mis pasos y quito el cerrojo, esperando que tal vez, sólo tal vez, él venga a visitarme.

CAPÍTULO 93

Hardin

«Mierda. Mierda.»

He estado conteniendo mi rabia durante la mayor parte de la semana. Y se está haciendo cada vez más y más difícil cuando Zed no hace más que aparecer dentro de mi cabeza y volverme loco. Sé que estoy como una pinche cabra por obsesionarme con este asunto, y no tengo ninguna duda de que Tessa estaría de acuerdo si le explicara por qué estoy tan molesto. No se trata sólo de Zed, es Max y su tono burlón con Tessa, la forma en que me mira su putita, Kimberly, desafiándome cuando le dije a Tessa que subiera a la habitación... Todo se ha convertido en una gran y jodida molestia y mi control se está esfumando. Puedo sentir cómo mis nervios se tensan, están a punto de estallar, y la única forma de poder relajarlos es golpeando algo o enterrándome en Tessa y olvidando todo lo demás; pero ni siquiera puedo hacer eso. En este instante tendría que estar hundiéndome dentro de ella, una y otra vez hasta que salga el maldito sol, para compensar toda esta pinche semana sin tocarla.

Es muy propio de mí joder del todo esta noche. Aunque seguro que a ella no le sorprende para nada. Es lo que siempre hago, cada vez y sin fallar.

Me acuesto en la cama y miro alternativamente al techo y al reloj. De pronto ya son las dos de la mañana. Las molestas voces de la sala pararon hace una hora, y me alegré cuando oí las lejanas despedidas y después los pasos de Vance y Kim subiendo la escalera.

Puedo sentirla desde el otro lado del pasillo, puedo sentir cómo me jala la jodida carga magnética que me acerca a Tessa, suplicándome que vaya a su lado. Ignorando la abrumadora electricidad, salgo de la cama y me pongo los pantalones negros de deporte que Tessa ha doblado y colocado en el ropero con esmero y meticulosidad. Sé que Vance tiene un gimnasio en algún lugar de esta gran casa en la que te pierdes. Necesito encontrarlo antes de perder la poca cordura que me queda.

CAPÍTULO 94

Tessa

No puedo dormir. Intenté cerrar los ojos y bloquear el mundo entero, dejar el caos y el estrés del lío que es mi vida amorosa, pero no puedo. Es imposible. Es imposible luchar contra el irresistible poder que me atrae hacia la habitación de Hardin, que me suplica que me acerque a él. Está tan distante que tengo que saber por qué. Tengo que saber si se está comportando así por algo que hice o por algo que no he hecho. Tengo que saber que no está relacionado con Sasha y su diminuto vestido dorado, o porque Hardin ha perdido interés en mí.

Tengo que saberlo.

Vacilando, salgo de la cama y jalo del cordoncito que enciende la lámpara. Me saco la estrecha liga que me rodea la muñeca y me recojo el pelo con las manos, peinándolo en una cola de caballo. Tan silenciosamente como me es posible, cruzo de puntillas el pasillo y empujo en silencio la puerta de la habitación de invitados. Esta se abre con un leve crujido y me sorprende encontrar la lámpara encendida y la cama vacía. Un mar de sábanas negras y cobijas se apila a la orilla del colchón, pero Hardin no está en el cuarto.

Se me encoge el corazón al pensar que se ha ido de Seattle de vuelta a casa... su casa. Sé que las cosas estaban raras entre nosotros, pero deberíamos ser capaces de hablar sobre cualquier cosa que le esté preocupando a Hardin. Mirando por la habitación siento alivio al ver que la bolsa sigue en el suelo, las pilas de ropa limpias se han caído, pero al menos continúan ahí.

Me encantó ver los cambios en Hardin desde que llegó hace apenas unas horas. Está más tranquilo y es más dulce, e incluso me pidió disculpas de forma voluntaria, sin tener que arrancarle las palabras de la boca. A pesar del hecho de que ahora está siendo frío y distante, no puedo ignorar los cambios que una semana separados parece haber provocado, y el impacto positivo que la distancia entre nosotros ha tenido en él.

En silencio, camino por el pasillo en su búsqueda. La casa está a oscuras, la única claridad proviene de las pequeñas luces nocturnas del suelo a lo largo de los pasillos. Los baños, la sala y la cocina están vacíos, y no oigo ni un sonido en el piso de arriba. Pero tiene que estar arriba…, ¿tal vez en la biblioteca?

Mantengo los dedos cruzados pidiendo no despertar a nadie durante mi búsqueda, y justo cuando cierro la puerta de la oscura y vacía biblioteca, veo una fina línea de luz saliendo por debajo de la puerta al final de un largo pasillo. Durante mi breve estancia aquí no he llegado a explorar esta parte de la casa, aunque creo que Kimberly me indicó vagamente que aquí es donde están la sala de proyección y el gimnasio. Al parecer, Christian pasa horas haciendo ejercicio.

La puerta no está cerrada con llave y se abre fácilmente al empujarla. Durante un momento temo estar a punto de cometer un error al imaginar que es Christian y no Hardin quien está en la habitación. Eso podría ser tremendamente incómodo, y rezo para que no sea el caso.

Las cuatro paredes de la sala tienen cristales del techo al suelo, y hay toda una colección de máquinas intimidantes, entre las que sólo soy capaz de reconocer la cinta de correr. Pesas y más pesas cubren la pared más alejada, y la mayor parte del suelo está acolchado. Mis ojos vuelan a las paredes de espejos y mi interior se deshace cuando los veo. Hardin, cuatro Hardins en realidad, se reflejan en los espejos. No lleva camiseta y sus movimientos son agresivos y rápidos. Sus manos están envueltas en la misma cinta negra que he visto en las de Christian todos los días de esta semana.

Hardin me da la espalda; sus duros músculos se tensan bajo la piel bronceada cuando eleva el pie para patear un gran saco negro que cuelga del techo. Sus puños golpean a continuación; un ruido sordo sigue a cada uno de sus movimientos y los repite con el otro puño. Lo contemplo mientras va propinando puñetazos y patadas al saco sin cesar, parece tan enojado, y guapo, y sudoroso…, y casi no puedo ni pensar mientras lo miro.

Con movimientos rápidos golpea con su pierna izquierda, luego con la derecha, y después estrella ambos puños contra el saco con tanta facilidad que resulta increíble observarlo. Su piel brilla cubierta de sudor, su pecho y su estómago parecen ligeramente distintos, más definidos. Simplemente parece... más grande. La cadena metálica que cuelga del techo parece a punto de partirse bajo la fuerza de la agresión de Hardin. Mi boca se seca y mis pensamientos se ralentizan mientras lo veo y oigo los furiosos gruñidos que emite cuando empieza a usar sólo sus puños contra el saco.

No sé si es el suave gemido que escapa de mis labios al mirarlo, o si de alguna forma ha notado mi presencia, pero de pronto se detiene. El saco continúa balanceándose mientras cuelga de su cadena y, sin apartar los ojos de mí, Hardin alza una mano para detenerlo.

No quiero ser la primera en hablar, pero no me deja alternativa cuando continúa mirándome con los ojos muy abiertos y furiosos.

—Hola —digo con la voz ronca.

Su pecho sube y baja rápidamente.

—Eh —jadea él.

—¿Qué...? Este... —Intento contenerme—. ¿Qué estás haciendo?

—No podía dormir —explica respirando pesadamente—. ¿Qué haces tú despierta?

Recoge su camiseta negra del suelo y se seca el sudor de la cara. Trago saliva, parezco incapaz de encontrar la fuerza para apartar los ojos de su cuerpo empapado en sudor.

—Oh..., lo mismo que tú, no podía dormir. —Sonrío débilmente y mis ojos se ven atraídos hacia su torso tonificado; los músculos se mueven en sincronía con su trabajosa respiración.

Él asiente; sus ojos no buscan los míos, y no puedo hacer otra cosa que preguntar:

—¿Hice algo malo? Si es así, podemos hablar y solucionarlo.

—No, tú no has hecho nada.

—Entonces dime qué pasa, por favor, Hardin. Necesito saber qué está pasando. —Reúno tanta confianza como me es posible y comienzo—: ¿Tú...? No importa —digo. El atisbo de confianza se desvanece bajo su fija mirada.

—¿Si yo qué?

Se sienta sobre un largo cojín negro, que creo que es algún tipo de banco para pesas. Tras pasarse nuevamente la camiseta por la cara, se la anuda alrededor de la cabeza para mantener a raya su sudoroso cabello.

La bandana improvisada resulta extrañamente adorable y muy atractiva, lo suficiente como para que de pronto no encuentre las palabras apropiadas.

—Estoy empezando a preguntarme si tal vez... si sería posible que tú... si a lo mejor ya no te gusto como te gustaba.

La pregunta sonaba mucho mejor en mi cabeza. Cuando la digo en voz baja, suena patética y necesitada.

—¿Qué? —Deja caer las manos sobre las rodillas—. ¿De qué estás hablando?

—¿Sigues sintiéndote atraído por mí... físicamente? —pregunto patéticamente.

No me sentiría tan avergonzada o insegura si no me hubiese rechazado al principio de la noche. Eso, y si la señorita Piernas Largas Falda Corta no hubiese estado revoloteando a su alrededor justo delante de mis narices. Por no mencionar la manera en que él le recorrió el cuerpo con los ojos...

—¿Qué...? ¿De dónde ha salido eso? —Mientras su pecho sube y baja, el gorrión tatuado justo bajo su clavícula parece estar aleteando al compás de su respiración.

—Bueno... —comienzo. Aunque recorro algunos pasos hacia el interior de la sala, me aseguro de dejar varios metros de distancia entre Hardin y yo—. Hace unas horas... cuando nos estábamos besando..., te detuviste, y apenas me has tocado desde entonces, y después de aquello te levantaste y te fuiste a la cama.

—¿De verdad crees que ya no me siento atraído por ti? —Abre la boca para continuar, pero a continuación la vuelve a cerrar y permanece en silencio.

—Me pasó por la cabeza —admito. El suelo acolchado de pronto se ha vuelto fascinante y me lo quedo mirando fijamente.

—Esto es una maldita locura —replica—. Mírame.

Mis ojos se encuentran con los suyos y Hardin suspira profundamente antes de proseguir.

—No puedo ni empezar a imaginar por qué se te ha ocurrido pensar siquiera que no me siento atraído por ti, Tessa. —Parece analizar su propia respuesta y añade—: Bueno, supongo que puedo ver por qué pensaste eso, después de cómo he actuado últimamente, pero no es verdad; es, de hecho, literalmente lo más alejado posible de la maldita realidad.

El dolor de mi pecho empieza a disolverse.

—Entonces, ¿por qué?

—Vas a pensar que soy un pinche morboso.

«Oh, no...»

—¿Por qué? Dímelo, por favor —le suplico.

Observo cómo se pasa los dedos por la ligera pelusilla del mentón; casi no hay, probablemente sea el resultado de un día sin afeitarse.

—Escúchame antes de enojarte, ¿sí? —dice.

Asiento lentamente, una acción que contradice completamente los pensamientos paranoicos que empiezan a abordarme.

—Verás, tuve un sueño... Bueno, más bien una pesadilla...

El pecho me duele y rezo para que no sea algo tan malo como está dando a entender. Parte de mí se siente aliviada de que esté enojado por una pesadilla y no por un hecho real, pero la otra mitad lo siente por él. Ha estado toda la semana solo y me hace daño saber que sus pesadillas han vuelto.

—Sigue —lo animo amablemente.

—Era sobre tú... y Zed.

«No...»

—¿Qué quieres decir? —pregunto.

—Él estaba en nuestro... en mi departamento, y yo llegué a casa para encontrarlo entre tus piernas. Tú estabas gimiendo su nombre y...

—Bueno, bueno, lo entiendo —lo corto, alzando una mano para detenerlo.

La expresión de dolor de su cara me impulsa a sostener la mano en alto durante unos segundos para mantenerlo en silencio, pero entonces él dice:

—No, deja que te lo explique.

Me siento extremadamente incómoda por tener que escuchar cómo Hardin habla de Zed y de mí en la cama, pero es evidente que necesita decírmelo. Si contármelo va a ayudarlo a que lo supere, me morderé la lengua y escucharé.

—Estaba encima de ti, cogiéndote, en nuestra cama. Tú decías que lo querías. —Hace una mueca de dolor.

¿Así que toda esta tensión y el extraño comportamiento de Hardin desde que llegó a Seattle viene de un sueño que tuvo sobre Zed y yo? Al menos eso explica las demandas a medianoche para que llamara a Zed y le retirara la invitación a visitar Seattle a la que accedí.

Mientras contemplo desde el otro lado de la sala a este hombre de ojos verdes consumido por la pena que esconde la cara entre las manos, mi anterior paranoia y mi frustración se deshacen como el azúcar en mi lengua.

CAPÍTULO 95

Hardin

Cuando mi nombre escapa de sus labios lo hace como un suspiro, suave, como si su lengua acariciara la palabra. Como si al decir esa única palabra ella invocara todos sus sentimientos por mí, todas las veces que la he tocado, que ella ha demostrado que me ama..., incluso si parte de mí aún no puede creerlo.

Tessa se me acerca y puedo ver la comprensión en sus ojos.

—¿Por qué no me lo contaste antes? —pregunta.

Bajo la vista y comienzo a jalar la gruesa cinta enrollada alrededor de mis manos.

—Sólo era un sueño. Sabes que algo así no podría ocurrir jamás —me asegura.

Cuando alzo la cabeza para mirarla, la presión en mis ojos, en mi pecho, es insoportable.

—Lo tengo grabado en mi cabeza, no puedo dejar de verlo una y otra vez. Se estaba burlando de mí todo el rato, riéndose mientras te cogía.

Las pequeñas manos de Tessa se mueven rápidamente para cubrir sus orejas y arruga la nariz con disgusto. Entonces, al volver a mirarme, deja caer los brazos lentamente.

—¿Por qué crees que soñaste eso?

—No lo sé, probablemente porque tú aceptaste su propuesta de visitarte aquí.

—No sabía qué otra cosa decir, y tú y yo estábamos..., bueno, aún estamos en un extraño momento de nuestra extraña relación —murmura.

—No quiero que se te acerque. Sé que es una pendejada, pero no me importa. De verdad, Zed es lo peor para mí; siempre será así. Ni todo el kickboxing del mundo va a cambiar eso. Estemos o no en un momento extraño, tú eres sólo mía. No sólo sexualmente, sino completamente.

—Él no ha estado cerca de mí desde que me llevó a casa de mi madre... aquella noche —me recuerda.

Pero el pánico que arde en mi interior no se apaga. Miro al suelo, inspirando y espirando profundamente para intentar calmarme un poco.

Tessa da un paso hacia mí, aunque permanece fuera de mi alcance.

—Sin embargo —añade—, si eso va a hacer que dejes de pensar en esas cosas, le diré que no me visite.

Mis ojos se centran en su hermosa cara.

—¿Lo harías?

Esperaba que se resistiera mucho más.

—Sí, lo haré. No quiero que te pongas así por algo como eso —dice mientras me mira el pecho y de nuevo la cara con ojos nerviosos.

—Ven aquí. —Alzo una mano vendada para invitarla.

Como sus pies se mueven tan lentamente, me inclino hacia adelante y la agarro del brazo, pasando la mano alrededor de su codo para tenerla a mi lado más deprisa.

Mi respiración ya vuelve a ser normal. Tengo toda esa adrenalina que corre por mi cuerpo. No he podido evitar desquitarme golpeando el maldito saco, pero ahora me duelen las manos y los pies, y aún no he descargado toda la furia. Hay algo en mi cabeza, sentado en la parte de atrás de mi mente que me molesta todo el tiempo, y me impide acabar con mi odio hacia Zed.

Hasta que sus labios tocan los míos. Ella me sorprende: empuja la lengua dentro de mi boca y enreda sus pequeñas manos entre mi cabello empapado, jalando con fuerza, quitándome la camiseta de la cabeza y dejándola caer al suelo.

—Tessa...

Empujo suavemente contra su pecho y aparto la boca de la suya. Como estoy sentado en el banco de pesas, puedo ver que sus ojos se entornan.

No dice ni una palabra mientras se mueve hasta quedar de pie frente a mí.

484

—No aceptaré que me sigas rechazando por culpa de un sueño, Hardin. Si no me deseas, entonces vale, pero esto es una pendejada —murmura entre dientes.

Por retorcido que sea, su enojo agita algo en mi interior que hace que toda la sangre me baje a la verga. He deseado a esta mujer desde la última vez que estuve dentro de ella, y ahora es ella la que me desea a mí, enojándose porque le estoy impidiendo tomar lo que quiere.

Oírla venirse a través del teléfono nunca será suficiente. Necesito sentirlo.

Una guerra se libra en mi interior. Con una energía salvaje que aún se desliza por mis venas como fuego, por fin digo:

—No puedo evitarlo, Tessa, sé que no tiene sentido, pero...

—Entonces cógeme —dice ella, y me quedo con la boca abierta—. Deberías metérmela hasta que olvides ese sueño, porque estás aquí sólo por una noche y te he extrañado, pero estás demasiado obsesionado con imaginarme con Zed para dedicarme la atención que quiero.

—¿La atención que quieres?

No puedo evitar la dureza en el tono de mi voz al oír sus ridículas y falsas palabras. Ella no tiene ni idea de cuántas veces me la he pelado fingiendo que estaba con ella, imaginando su voz en mis oídos que me decía lo mucho que me necesita, lo mucho que me ama.

—Sí, Hardin. La-que-yo-quiero.

—Y ¿qué quieres exactamente? —le pregunto. Su mirada es dura y ligeramente desafiante.

—Quiero que pases el tiempo conmigo sin obsesionarte con Zed, que me toques y me beses sin apartarte. Eso, Hardin, es lo que quiero. —Frunce el ceño y coloca las manos en sus caderas—. Quiero que me toques... sólo tú —añade, relajando un poco su pose.

Sus palabras me tranquilizan y me halagan, y comienzan a apartar los pensamientos paranoicos de mi mente, y entonces comienzo a darme cuenta de lo estúpido que es todo este sufrimiento por el que estamos pasando. Ella es mía, no suya. Él está sentado en algún sitio solo, y yo estoy aquí con ella, y ella me desea. No puedo apartar los ojos de sus labios entreabiertos, de su furiosa mirada, de la suave curva de sus pechos bajo la fina camiseta blanca. La camiseta debería ser una de las mías, pero no lo es. Lo que también es resultado de mi terquedad.

Tessa recorre la distancia que nos separa, y mi por lo general tímida, aunque bastante sucia chica me está mirando, esperando una respuesta mientras su mano se mueve hasta mi hombro y me empuja lo suficiente como para subirse a mi regazo.

Al carajo. Me vale madres cualquier sueño estúpido, o cualquier regla estúpida sobre la distancia. Todo lo que quiero es que estemos ella y yo, yo y ella: Tessa y el desastre andante que es el jodido Hardin.

Sus labios encuentran el camino hasta mi cuello y mis dedos se clavan en sus caderas. No importa cuántas veces lo haya imaginado durante la semana; ninguna fantasía puede compararse con su lengua recorriendo mi húmeda clavícula y regresando hasta el maldito punto bajo mi oreja.

—Cierra la puerta —le ordeno cuando sus dientes se clavan suavemente en mi piel y comienza a menear sus caderas contra las mías. Estoy duro como una jodida piedra contra sus ridículos pantalones de felpa y la necesito ya.

Ignoro el doloroso palpitar entre mis piernas mientras ella cruza la sala a toda prisa tal y como le he dicho que haga. No pierdo un solo segundo cuando regresa. Le bajo los pantalones, y a continuación los siguen sus pantaletas negras, y forman una mancha alrededor de sus tobillos y sobre el suelo acolchado.

—Me he torturado durante toda la semana imaginándote así —gimo; mis ojos beben cada maldito detalle de su cuerpo medio desnudo—. Tan hermosa —susurro con reverencia.

Cuando se quita la camiseta por la cabeza no puedo evitar inclinarme y besar la curva de sus anchas caderas. Un lento escalofrío la recorre y se lleva las manos a la espalda para desabrocharse el brasier.

Puta madre. De todas las veces que le he hecho el amor, no puedo recordar haber estado jamás tan cachondo. Ni siquiera esas veces en que me despierta con la boca alrededor de mi verga, nunca me había sentido tan salvaje.

Voy por ella, tomando uno de sus pechos con la boca y el otro con la mano. Las suyas se mueven hasta mis hombros para mantener el equilibrio mientras yo cierro los labios alrededor de la suave piel.

—Oh, Dios —gime; sus uñas se clavan en mi hombro y chupo más fuerte—. ¡Más abajo, por favor!

Intenta guiar mi cabeza hacia abajo con un suave empujón, así que uso los dientes contra ella, provocándola. Paso las puntas de los dedos por debajo de ambos pechos, lenta y tortuosamente... Esto es lo que merece por ser tan tentadora y juguetona.

Sus caderas se mueven hacia adelante y deslizo el cuerpo hacia abajo ligeramente para que mi boca quede a la altura perfecta para presionar el hinchado nudo de terminaciones nerviosas entre sus muslos. Con un suave gemido me anima a ir más allá, y mis labios la rodean, succionando y saboreando la humedad que ya se ha formado ahí. Es tan cálida y tan dulce...

—Tus dedos no te han satisfecho mucho, ¿verdad? —Me retiro un poco para preguntarle.

Ella respira agitadamente; sus ojos grises me observan mientras inclino la cabeza y le paso la lengua por el monte de Venus.

—No juegues conmigo —lloriquea jalándome del pelo otra vez.

—¿Has vuelto a tocarte esta semana, después de nuestra conversación telefónica? —La pongo a prueba.

Tessa se retuerce y jadea cuando mi lengua aterriza en el lugar exacto que ella desea.

—No.

—Mientes —la acuso.

Puedo notar por el rubor que le sube por el cuello hasta las mejillas, y por la forma en que sus ojos se desvían hacia la pared de espejos que no me está diciendo la verdad. Se ha tocado desde la última vez al teléfono... y la imagen de ella ahí acostada, con las piernas bien abiertas y los dedos moviéndose sobre sí misma, encontrando el placer en lo que le he enseñado... me hace jadear contra su piel caliente.

—Sólo una vez —vuelve a mentir.

—Muy mal. —Me separo completamente de ella.

—Tres veces, ¿está bien? —admite al fin, con vergüenza es evidente en su voz.

—¿En qué pensabas? ¿Qué fue lo que te hizo venirte? —pregunto con una sonrisa malvada.

—Tú, sólo tú —dice. Sus ojos están llenos de esperanza y necesidad.

Su admisión me emociona y quiero darle más placer del que le he dado jamás. Sé que puedo hacer que se venga en menos de un minuto usando la lengua, pero no quiero eso. Con un último beso al vértice de sus muslos, me aparto y me pongo en pie. Tessa está completamente desnuda, y los espejos..., carajo, los espejos reflejan su cuerpo perfecto, multiplicando por diez esas curvas tan sensuales que tiene. Su suave piel me envuelve, me bajo los pantalones y el bóxer hasta los tobillos con una sola mano. Empiezo a jalar de la cinta enrollada alrededor de mis nudillos, pero su mano me detiene rápidamente.

—No, déjala —me pide, mientras un brillo de oscura lujuria centellea en sus ojos.

Así que le gusta la cinta..., o quizá le guste verme entrenar... o los espejos...

Hago lo que me pide y aprieto el cuerpo contra el suyo, mi boca reclama la suya, y la acuesto sobre el suelo acolchado conmigo.

Sus manos me recorren el pecho desnudo y sus ojos se oscurecen hasta volverse gris humo.

—Tu cuerpo es diferente ahora.

—Sólo llevo entrenando una semana.

Hago rodar su cuerpo desnudo hasta clavarla en el suelo bajo mi peso.

—Pero lo noto...

Se pasa la lengua por sus carnosos labios tan lentamente que no dudo en aplastarme contra ella para dejarle saber lo increíblemente duro que estoy. Ella es suave y la noto tan húmeda contra mí que un solo movimiento bastaría para estar dentro de ella.

Entonces me acuerdo.

—No tengo ni un pinche condón aquí —maldigo, enterrando la cara en su hombro.

Ella suelta un gemido de frustración pero me clava las uñas y me jala.

—Te necesito —gime, pasándome la lengua por la boca.

Me pego a la carne caliente, empapada, y la penetro despacio.

—Pero... —Hago el intento de recordarle los riesgos, pero sus ojos se cierran y la sensación me abruma mientras flexiono las caderas para llegar más adentro, tan dentro de ella como sea posible.

—Carajo, te he extrañado —gime.

No puedo dejar de pensar en lo increíblemente cálida y suave que la siento sin la barrera del condón. Todo mi sentido común ha desaparecido, todas las advertencias que me he hecho a mí mismo y a ella se han desvanecido. Sólo necesito unos pocos segundos. Unos pocos empujones dentro de su hambriento y deseado cuerpo y pararé.

Alzo mi peso sobre los brazos, estirándolos para ganar ventaja. Quiero mirarla mientras entro y salgo de ella. Ha levantado la cabeza del suelo acolchado y está mirando el lugar exacto donde nuestros cuerpos se unen.

—Mira en el espejo —le digo.

Pararé después de tres más..., bueno, cuatro. No puedo evitar seguir moviéndome mientras ella gira la cabeza para vernos en la pared de espejos. Su cuerpo parece tan suave y perfecto, e increíblemente limpio comparado con las negras manchas que cubren el mío. Somos la pura pasión personificada, demonio y ángel, y nunca he estado tan jodidamente enamorado de ella.

—Sabía que te gustaba mirar, incluso si es sólo por ti misma, lo sabía.

Sus dedos se clavan en la parte baja de mi espalda, acercándome aún más, enterrándome aún más profundamente en ella y, carajo, tengo que detenerme ahora, siento que la presión crece en la parte baja de mi espina dorsal, desplazándose hacia mi ingle cuando descubro otra de sus fantasías. Tengo que parar...

Me retiro lentamente de ella, dándonos el tiempo suficiente para disfrutar del momento de conexión. Sus gemidos se hacen más cortos y desesperados cuando deslizo los dedos en su interior con facilidad.

—Ahora voy a hacer que te vengas y luego te llevaré a la cama —le prometo, y ella esboza una sonrisa desenfocada antes de volver a mirar hacia el espejo, observándome—. Shhh, nena, despertarás a los demás —susurro contra ella.

Me encantan los ruiditos que hace, la forma en que gime mi nombre, pero lo último que necesito es que uno de los Vance nos corte la inspiración llamando a la puerta.

En segundos noto cómo se tensa alrededor de mis dedos. Mordisqueo y succiono el pequeño botón sobre su entrada y ella me jala del pelo sin dejar de observar cómo la cojo con los dedos hasta que se viene, jadeando y gimiendo mi nombre una y otra vez.

CAPÍTULO 96

Tessa

La boca de Hardin deja un rastro de humedad hasta mi estómago y sobre mis pechos hasta que finalmente deposita un suave beso en mi sien. Me quedo acostada en el suelo junto a él tratando de recuperar el aliento y revivo los hechos que nos han llevado a este momento. Tenía la intención de mantener una seria conversación con él sobre su..., no, sobre nuestra falta de comunicación, pero verlo asaltar furiosamente ese saco de arena me hizo jadear y gemir su nombre en cuestión de minutos.

Me incorporo sobre un codo y lo miro desde arriba.

—Quiero compensarte.

—Adelante. —Sonríe con los labios cubiertos de mi humedad.

Me muevo rápidamente tomándolo en mi boca antes de que pueda recuperar el más mínimo aliento.

—Carajo —gime.

El sensual ruido hace que abra demasiado la boca y se me escapa de entre los labios. Hardin levanta entonces las caderas del suelo para reencontrarse con ellos, metiéndose él mismo de nuevo en mi boca.

—Tessa, por favor... —suplica.

Puedo saborearme a mí misma en él, pero apenas lo noto mientras gime mi nombre.

—No voy..., carajo..., no voy a durar mucho —jadea, y yo incremento la velocidad. Demasiado pronto él me jala del pelo para echarme la cabeza hacia atrás.

—Me voy a venir en tu boca y después te voy a llevar a la cama y te cogeré otra vez. —Me pasa el pulgar por los labios y yo, juguetona, le muerdo con delicadeza el dedo. Echa la cabeza hacia atrás y me agarra con más fuerza del pelo cuando se la chupo.

490

Noto que el pene le vibra, sus piernas se agarrotan cuando casi está a punto.

—Carajo, Tessa... me encanta, nena —gime cuando su calor me llena la boca. Me lo quedo todo, me trago todo lo que tiene que darme. Después me pongo en pie y me paso un dedo por los labios.

—Vístete —me ordena lanzándome el brasier.

Mientras nos vestimos a toda prisa, lo agarro mirándome de vez en cuando. No es que eso sea una sorpresa..., yo tampoco he dejado de mirarlo.

—¿Lista? —pregunta.

Asiento y Hardin apaga las luces, cierra la puerta a nuestro paso como si nada hubiera sucedido en esa habitación y me guía pasillo abajo. Caminamos en un silencio confortable, una gran diferencia después de toda la tensión anterior. Cuando llegamos delante de nuestras habitaciones, él se detiene y me sujeta suavemente del codo.

—Debería haberte contado antes lo de la pesadilla en vez de distanciarme de ti —dice.

Las luces nocturnas del suelo arrojan la suficiente claridad sobre su rostro como para que pueda ver la sinceridad y la amabilidad tras sus ojos.

—Ambos tenemos que aprender a comunicarnos.

—Eres muchísimo más comprensiva de lo que merezco —susurra, y acerca mi mano a su cara.

Sus labios rozan cada uno de mis nudillos y mis rodillas casi se doblan ante un gesto tan conmovedor.

Hardin abre la puerta, me toma de la mano y me guía hasta la cama.

CAPÍTULO 97

Tessa

Las manos de Hardin aún están cubiertas con la rugosa cinta negra, pero las siento tan tiernas cuando se cierran alrededor de las mías...

—Espero no haberte cansado mucho. —Sonríe, y me pasa sus nudillos recubiertos de cinta por los pómulos.

—No. —Sus dedos se han encargado de deshacer la mayor parte de la tensión que había estado sintiendo mi cuerpo. Sin embargo, el ansia no tan sutil que siento por él sigue ahí. Siempre está ahí.

—Esto está bien, ¿verdad? Quiero decir que querías espacio... y esto no es precisamente espacio. —Sus brazos me rodean mientras permanecemos de pie ante la cama, dudando.

—Aún necesitamos espacio, pero esto es lo que quiero en este momento —le explico.

Estoy segura de que todo esto no tiene mucho sentido para Hardin porque, siendo sincera, tampoco tiene mucho sentido para mí, especialmente ahora que su abrumadora presencia está justo aquí, frente a mí.

—Yo también. —Toma aire e inclina la cabeza hacia mi cuello—. Esto es lo bueno para nosotros..., estar juntos así —susurra.

Sus brazos se estrechan alrededor de mi cuerpo y usa las rodillas para guiarnos hasta la cama mientras sus labios succionan suavemente mi piel cosquilleante.

—Te he extrañado tanto..., extrañaba tu cuerpo —sisea.

Me mete las manos por debajo de la fina camiseta de algodón y me la quita por la cabeza. Mi cola de caballo se enreda con el escote, pero Hardin me suelta el pelo con suavidad y sus dedos me quitan la liga, dejando que el pelo caiga sobre el colchón. Después me besa con ternura en la frente: su actitud ha cambiado desde que se aprovechó de mí en el gimnasio. Allí estuvo duro, sexy y autoritario, pero ahora está siendo mi Hardin, el hombre delicado y cariñoso que se oculta tras la fachada de tipo duro.

—La forma en que tu pulso... —sus labios se mantienen a centímetros de los míos y sus dedos presionan el delicado latido en mi cuello mientras respira— enloquece cuando te toco, especialmente aquí...

Su mano se desliza hacia abajo, sobre mi estómago, hasta desaparecer bajo mis pantalones de pijama.

—Siempre estás tan lista para mí... —gruñe, moviendo el dedo corazón arriba y abajo. Noto que la piel se me enciende: es una quemadura permanente, en lugar de una explosión, acorde con su delicada forma de tocarme. Hardin retira la mano y se lleva el dedo a los labios—. Tan dulce... —dice, y su lengua húmeda sale lentamente para cubrir la punta de su dedo.

Sabe exactamente lo que me está haciendo. Sabe lo mucho que sus sucias palabras me afectan y lo mucho que me hacen desearlo. Lo sabe, y está haciendo un muy buen trabajo consiguiendo que arda de deseo de dentro afuera.

CAPÍTULO 98

Hardin

Sé exactamente lo que le estoy haciendo. Sé lo mucho que le gusta mi boca sucia y, cuando la miro, ni siquiera se molesta en ocultarlo.

—Estás siendo tan buena chica... —le digo con una oscura sonrisa, arrancándole un gemido sin apenas tener que rozar su ardiente piel—. Dime qué deseas —le susurro al oído. Prácticamente puedo oír su pulso errático bajo la piel. La estoy volviendo loca, y me encanta.

—A ti —dice ella desesperada.

—Quiero hacerlo lentamente. Quiero que sientas cada momento que has pasado lejos de mí.

Jalo su pantalón de pijama y le dedico una mirada autoritaria. Sin pronunciar una palabra, ella asiente y se lo baja. Entonces engancho sus calzones de algodón con los pulgares y los jalo hacia mí. Sus ojos se abren en la oscuridad, sus labios están rosados e hinchados. La fuerza de mi movimiento la acerca a mí y ella se aferra con las manos a mis brazos, clavándome sus preciosos dedos.

—Trae el condón —me recuerda.

Carajo, están al otro lado del pasillo, en la habitación que nadie debería haber creído que utilizaría teniendo a Tessa sólo a dos metros de distancia. Sin embargo, curiosamente, la mesita de noche estaba bien surtida de preservativos al llegar.

—Trae tú el condón —replico juguetón, sabiendo que ni de broma voy a dejarla cruzar ese pasillo medio desnuda. Suavemente, pongo las manos bajo su espalda y desabrocho su brasier, después le bajo los tirantes y lo dejo todo en el suelo detrás de nosotros.

—El cond... —comienza a recordarme ella.

Pero su propio jadeo cortante interrumpe sus pensamientos cuando succiono sus recién expuestos pezones. Es tan sensible a mi toque..., y quiero saborear cada segundo de ella.

—Shhh... —la silencio mordisqueando su piel.

Pero tras un momento, me pongo en pie. No pierdo mi tiempo vistiéndome, al menos yo llevo el bóxer..., y aunque no lo llevara tampoco perdería el tiempo vistiéndome.

Regreso al cuarto con cuatro condones en la mano. Soy un poco ambicioso y me gusta estar siempre preparado, pero por la forma en que Tessa se está comportando esta noche, podríamos llegar a necesitar el cajón entero.

—Te he extrañado —comenta dulcemente con una sonrisa tímida. Y entonces aparece un destello de vergüenza en sus ojos cuando comprende que lo ha dicho en voz alta

—Y yo a ti —le contesto, y suena tan cursi como sabía que sonaría.

Sin más preámbulos, me quito el bóxer y me reúno con ella en la cama. Tessa está sentada con la espalda contra la cabecera de la cama y las rodillas ligeramente dobladas. Está completamente desnuda; sólo las sábanas de color crema le cubren los muslos, fundiéndose con su cremosa piel.

Tengo que controlarme ante semejante visión, detenerme para no saltar literalmente sobre ella, arrancarle la sábana que la cubre y tomar lo que es mío. Esta noche..., bueno, ya es de madrugada más bien..., quiero ir despacio y no voy a correr.

Sonrío y contemplo a la mujer en nuestro aposento. Ella me devuelve la mirada; sus ojos son amables y cálidos, sus mejillas están teñidas de un rosa profundo. Cuando me reúno con ella en la cama, sus ansiosas manos se mueven directamente hacia la cintura de mi bóxer, y me lo bajan hasta los muslos. Sus pies acaban de hacer el trabajo y me toma en la mano, apretando suavemente.

—Carajo —siseo, y por un momento lo único que existe para mí es su contacto.

Tessa comienza a bombear, su pequeña muñeca se retuerce ligeramente al moverse arriba y abajo, y me encanta la forma en que parece saber cómo tocarme exactamente. Cuando se acuesta, su mano continúa moviéndose con un ritmo perfecto, y le paso el condón, al tiempo que le digo en silencio qué debe hacer a continuación.

Ella asiente y se apresura a obedecer. Mientras el látex me va cubriendo, nos maldigo en silencio, a ella y a mí, por no haber seguido con la idea de la píldora. La sensación de piel con piel con ella es celestial, y ahora que la he sentido la deseo más y más.

Tessa se sube encima de mí a toda prisa, cabalgándome la cintura; mi verga está sólo a un suspiro de entrar en ella.

—Espera... —La detengo, le rodeo el talle con las manos y vuelvo a acostada con delicadeza sobre el colchón a mi lado.

La confusión aparece en sus preciosos ojos.

—¿Qué pasa?

—Nada..., sólo que antes quiero besarte un poco más —le aseguro, y le pongo una mano en la nuca para acercar su cara a la mía.

Mi boca cubre la suya y desciendo sobre su cuerpo, obligándome a ir lentamente. Con su cuerpo desnudo apretado contra el mío, tengo que tomarme un momento para dar las gracias por el hecho de que, a pesar de todas las chingaderas por las que la he hecho pasar, ella sigue aquí, siempre está aquí, y ya va siendo hora de que la compense por ello. Apoyo mi peso en un brazo y me acuesto encima de ella, abriéndole las piernas con las rodillas.

—Te quiero..., te quiero tanto... Aún lo sabes, ¿verdad? —le pregunto entre caricia y caricia de mi lengua sobre la suya.

Ella asiente, pero por un terrible momento la cara de Zed aparece en mi mente. Su confesión de amor por mi Tessa y su agradecida aceptación. «Yo también te quiero», había gemido ella.

Un lento escalofrío me recorre y me detengo.

Al notar mis dudas, ella pasa los dedos entre mis rebeldes cabellos y su boca toma posesión de la mía.

—Vuelve a mí —me suplica.

Eso es todo cuanto necesito.

Todo desaparece excepto la suavidad de su cuerpo bajo el mío, la humedad entre sus piernas mientras la penetro lentamente. La sensación es exquisita. No importa cuántas veces la tome, nunca serán suficientes.

—Te quiero. —Tessa repite las palabras y yo paso un brazo bajo su cuerpo para que estemos tan pegados el uno al otro como sea posible.

Me lamo los labios y vuelvo a enterrar la cara en su cuello, susurrándole obscenidades al oído y moviéndome para besarla cada vez que gime mi nombre.

Siento que la ola de presión sube por mi espalda encendiendo cada maldita vértebra. Las uñas de Tessa se clavan en mi piel, justo entre los hombros, como si estuviera intentando alcanzar las palabras tatuadas en ella. Esas palabras dedicadas a ella y sólo a ella.

«Ya nada podrá separarme de ti», dicen. Voy a hacer todo lo posible para mantener esa promesa permanentemente.

Me inclino para mirarla. Una mano aún reposa bajo su espalda; la otra recorre su torso, pasa sobre sus pechos y descansa en su garganta.

—Dime cómo te sientes —le pido con un gruñido.

Casi no puedo contener el placer que me recorre por dentro. Quiero mantenerlo ahí para los dos, hacerlo durar. Quiero crear este espacio que los dos podamos habitar.

Acelero mis movimientos y ella baja una mano para aferrarse a las sábanas. Cada pecaminoso giro de mis caderas, cada embestida violenta contra su cuerpo hambriento intensifica y sella irremediablemente el poder de ella sobre mí.

—Tan bien, Hardin... Me siento tan bien... —Su voz es espesa y ronca, y devoro el resto de sus gemidos como el ansioso bastardo que soy.

Noto que su cuerpo comienza a tensarse y no puedo aguantar más. Con un suave grito de su nombre, eyaculo en el condón con empujones lentos y desacompasados antes de derrumbarme, casi sin respiración, junto a ella.

Extiendo una mano para atraer su cuerpo hacia el mío y, cuando abro los ojos, veo que una fina capa de sudor cubre su piel sedosa, tiene los ojos abiertos y está mirando el ventilador del techo.

—¿Estás bien? —le pregunto. Sé que he sido un poco bruto hacia el final, pero también sé lo mucho que le gusta que lo sea.

—Sí, claro.

Se inclina para depositar un beso sobre mi pecho desnudo y salta de la cama. Gimo decepcionado cuando veo que se pone su camiseta blanca por la cabeza, cubriendo su cuerpo.

—Aquí tienes tu diadema. —Sonríe, orgullosa de su comentario irónico, y me lanza la camiseta sudada que me até alrededor de la cabeza en el gimnasio.

Enrollo la tela y me la vuelvo a poner en la cabeza sólo para ver cómo reacciona.

—¿No te gusta? —pregunto, y ella se ríe.

—De hecho, sí.

Tessa está montando todo un espectáculo mientras se inclina para recoger sus pantaletas negras del suelo y se las sube hasta los muslos. Cuando agita el cuerpo resulta maravillosamente evidente que no lleva brasier.

—Bien, es más fácil así —digo señalando el recogido de mi cabeza.

De verdad que necesito un maldito corte de pelo, pero siempre me lo ha hecho la amiga de Steph, una tipa con el pelo color lavanda llamada Mads. La sangre me empieza a arder al pensar en Steph. Esa estúpida y pinche...

—¡Tierra llamando a Hardin!

La voz de Tessa me saca de mis pensamientos llenos de odio. Levanto la cabeza hacia ella.

—Lo siento —digo.

Con la pijama otra vez puesta, se acurruca junto a mí y, lo que es más extraño, toma el control de la tele y empieza a cambiarle intentando encontrar algo para ver. Estoy un poco mareado, así que agradezco tener unos momentos para recuperarme, pero tras varios minutos así me doy cuenta de que ella ha suspirado varias veces. Y, cuando la miro, hay un profundo ceño en su cara, como si encontrar un buen programa para ver fuera más frustrante de lo que debería.

—¿Algo va mal? —pregunto.

—No —miente ella.

—Dímelo —la presiono, y ella deja escapar el aire.

—No es nada..., sólo estoy un poco... —Sus mejillas enrojecen—. Tensa.

—¿Tensa? Después de esto deberías estar de todo menos tensa —replico, y me aparto un poco para mirarla.

—Es que no..., ya sabes. Yo no... —tartamudea.

Su timidez nunca deja de sorprenderme. Un minuto está gimiendo en mi oído que me la coja con más fuerza, más rápido y más profundo, y al siguiente ni siquiera puede formar una frase.

—Dilo —exijo.

—No he acabado.

—¿Qué? —Me atraganto.

¿Cómo he podido estar tan consumido por mi propio placer como para no notar que ella no se venía?

—Te detuviste justo antes... —explica en voz baja.

—¿Por qué no me lo habías dicho? Ven aquí. —Jalo su camiseta para quitársela por la cabeza.

—¿Qué vas a hacer? —pregunta, con evidente excitación en su tono.

—Shhh...

En realidad no sé qué voy a hacer... Quiero volver a hacerle el amor, pero necesito más tiempo para recuperarme.

«Espera..., ya lo tengo.»

—Vamos a hacer algo que sólo hemos hecho una vez. —Sonrío con malicia y sus ojos se abren aún más—. Porque, ya sabes, la práctica lleva a la perfección.

—¿Qué es? —pregunta, y en un segundo su excitación se ve reemplazada por el nerviosismo.

Me acuesto apoyando el peso en los codos y le hago gestos para que se acerque.

—No lo entiendo —dice ella.

—Ven, pon los muslos aquí —y palmeo el espacio a ambos lados de mi cabeza.

—¿Qué?

—Tessa, ven y siéntate sobre mi cara para que pueda comértela como es debido —le explico clara y lentamente.

—Oh —exclama ella.

Veo la duda en sus ojos y extiendo una mano para apagar la luz. Quiero que se sienta lo más cómoda posible. A pesar de la oscuridad, aún alcanzo a distinguir la suave silueta de su cuerpo, la plenitud de su pecho, la curva sexi de sus caderas.

Tessa se quita las pantaletas y en cuestión de segundos está siguiendo mis instrucciones y arrodillándose sobre mí.

—Qué vista tengo aquí —bromeo, y mi visión desaparece. Me acaba de bajar mi camiseta sobre los ojos.

—Bueno, así resulta incluso más excitante. —Sonrío contra sus muslos. Ella me golpea la cabeza de broma—. En serio..., es de lo más sexi —añado.

La oigo reír en la oscuridad y levanto las manos hasta sus caderas, guiando sus movimientos. Una vez mi lengua la toca, ella empieza a moverse a su propio ritmo, jalándome el pelo y susurrando mi nombre hasta que se pierde en el placer que le estoy dando.

CAPÍTULO 99

Tessa

Vuelvo a la realidad, despacio, de mala gana, pero feliz de que Hardin esté acostado a mi lado.

—Eh. —Sonríe, besándome en los labios.

Me río: es un sonido perezoso, no quiero moverme. Tengo el cuerpo algo dolorido, pero de la mejor manera posible.

—Ojalá no te fueras mañana —musito mientras paso la punta de los dedos por una de las ramas de su tatuaje. El árbol es oscuro, inquietante e intrincado. Me pregunto: si Hardin se hiciera el tatuaje ahora, ¿volvería a tatuarse ese árbol muerto? O ahora que está más contento, más animado, ¿habría algunas hojas en las ramas?

—Ojalá —me responde simplemente.

No puedo ocultar la desesperación tras mi súplica cuando añado:

—Entonces, no lo hagas.

Los dedos de Hardin se extienden por mi espalda y aprieta mi cuerpo desnudo aún más contra el suyo.

—No quiero hacerlo, pero sé que sólo lo estás diciendo porque acabo de conseguir que te vengas varias veces seguidas.

Un jadeo horrorizado escapa de mis labios.

—¡Eso no es verdad! —El cuerpo de Hardin se agita suavemente con una risa asombrada—. Bueno, no es la única razón... Tal vez podríamos vernos los fines de semana durante algún tiempo y ver qué tal funciona.

—¿Esperas que conduzca hasta aquí cada fin de semana?

—No todos. Yo también iría. —Inclino la cabeza para mirarlo a los ojos—. Hasta ahora está funcionando.

—Tessa... —suspira él—. Ya te dije cómo me siento con esta mamada de la relación a distancia.

Desvío la vista hasta el ventilador del techo, que gira lentamente en la penumbra del cuarto. En la tele están pasando un episodio de «Friends». Rachel está vertiendo salsa en la bolsa de Monica.

—Sí y, aun así, aquí estás —lo presiono.

Hardin suspira y me jala suavemente el pelo para obligarme a mirarlo de nuevo.

—*Touché*.

—Bueno, creo que hay algún tipo de acuerdo al que podríamos llegar, ¿no crees?

—¿Cuál es tu oferta? —pregunta en voz baja, cerrando los ojos durante unos segundos y tomando aire.

—No lo sé exactamente..., dame un momento —le pido.

¿Qué le estoy ofreciendo en específico? Permanecer distanciados el uno del otro sería lo mejor para nuestra salud mental. Por mucho que mi corazón olvide las cosas terribles por las que Hardin y yo hemos pasado, mi cerebro no me permitirá rendir la poca dignidad que me queda.

Estoy en Seattle, siguiendo mi sueño, sola y sin departamento a causa de la naturaleza posesiva de Hardin y de la incapacidad de ambos de ceder sobre los detalles más triviales.

—No lo sé —confieso finalmente cuando no puedo llegar a ninguna sugerencia sólida.

—Bueno, pero ¿aún me quieres por aquí? ¿Al menos durante los fines de semana? —pregunta. Sus dedos juguetean con mi pelo.

—Sí.

—¿Cada fin de semana?

—La mayoría. —Sonrío.

—¿Quieres que hablemos cada día por teléfono como hemos hecho esta semana?

—Sí.

Me ha encantado la forma en que Hardin y yo hemos estado hablando por teléfono, ninguno de los dos conscientes de los minutos y las horas que pasaban.

—Así que todo sería igual que esta semana. No sé si me convence —dice.

—¿Por qué no?

Hasta ahora parecía haber funcionado también para él, ¿por qué se opone a continuar de la misma manera?

—Porque, Tessa, estás en Seattle sin mí y no estamos realmente juntos, podrías ver a otra persona, conocer a alguien...

—Hardin...

Me incorporo sobre un codo para mirarlo. Sus ojos se clavan en los míos mientras un mechón de mis chinos rubios cae sobre su cara. Sin romper contacto visual o parpadear siquiera, sus dedos se mueven para colocarme el cabello tras la oreja.

—No planeo ver o conocer a nadie. Todo cuanto busco es algo de independencia y que seamos capaces de comunicarnos.

—¿Por qué de repente es tan importante para ti la independencia? —pregunta.

Su pulgar y su índice acarician el borde de mi oreja, provocando un escalofrío por toda mi espalda. Si lo que intenta es distraerme, lo está consiguiendo.

A pesar de su suave toque y de sus ardientes ojos de jade, continúo mi cruzada para hacerle entender lo que necesito.

—No es algo repentino. Te lo había mencionado antes. Tampoco había notado lo dependiente que me he vuelto de ti hasta hace poco, y no me gusta. No me gusta ser así.

—A mí sí —dice en voz baja.

—Ya sé que a ti te gusta, pero a mí no —repito, negándome a perder la confianza en mi voz. Una parte de mí me da una palmadita en la espalda y después pone los ojos en blanco porque no se cree lo que estoy diciendo.

—Y ¿qué pinto yo en toda esta chingadera de tu independencia?

—Sólo te pido que sigas haciendo lo mismo que hasta ahora. Debo ser capaz de tomar decisiones sin pensar en si me darás tu permiso o en qué opinarás al respecto.

—Está claro que no has pensado que necesitas mi permiso ahora, o no harías la mitad de lo que haces.

No quiero discutir.

—Hardin —le advierto—. Esto es importante para mí. Necesito ser capaz de pensar por mí misma. Deberíamos ser compañeros..., iguales, ninguno de nosotros debería tener más... poder que el otro. —Tengo que hacerlo. Esto forma parte de quién soy o de quién quiero ser. Estoy esforzándome mucho por averiguar quién soy por mi cuenta, con o sin Hardin.

—¿Iguales? ¿Poder? Es evidente que tú tienes mucho más poder. O sea..., vamos...

—No es sólo por mí..., también ha sido bueno para ti, reconócelo.

—Supongo que sí, pero ¿qué dice de nosotros el hecho de que sólo nos vaya bien cuando estamos en ciudades diferentes? —pregunta, pronunciando en voz alta lo que me ha estado preocupando desde que llegó.

—Eso ya lo pensaremos más adelante.

—Claro.

Pone los ojos en blanco pero suaviza el gesto besándome en la frente.

—¿Recuerdas lo que dijiste acerca de que había una diferencia entre amar a alguien y no ser capaz de vivir sin él? —pregunto.

—No quiero volver a oír eso nunca más.

Le aparto el fleco húmedo de la frente.

—Tú fuiste el que lo dijo —le recuerdo. Mis dedos recorren el puente de su nariz y siguen hasta sus labios hinchados—. He estado pensando mucho al respecto —admito.

Hardin gime.

—¿Por qué?

—Porque lo dijiste por una razón, ¿verdad?

—Estaba enojado, eso es todo. Ni siquiera tenía idea de lo que significaba. Sólo me estaba comportando como un patán.

—Bueno, sea como sea, yo he seguido pensando en ello. —Mi dedo golpea suavemente la punta de la nariz.

—Pues desearía que no lo hicieras porque no hay diferencia entre ambas. —Sus palabras caen lentamente entre nosotros, su tono es pensativo.

—¿Y eso?

Me dedica una pequeña sonrisa.

—Yo no puedo vivir sin ti y te quiero. Las dos cosas van de la mano. Si pudiera vivir sin ti, no estaría tan enamorado de ti como lo estoy, y es evidente que no puedo estar alejado de ti.

—Eso parece.

Contengo la risa que amenaza con surgir.

Él nota que estoy más tranquila.

—Sé que no estás hablando de mí... Tú casi te rompiste la cabeza corriendo para saltarme encima cuando llegué.

Incluso en la oscuridad de la habitación puedo ver su gran sonrisa y contengo la respiración al reparar en su cruda belleza. Cuando está así, con la guardia baja y actuando de forma natural, no existe nadie mejor en mi mundo.

—¡Sabía que acabarías echándomelo en cara! —Le doy un manotazo en el pecho y sus largos dedos se cierran sobre mi muñeca.

—¿Intentas volver a ponerte violenta conmigo? Mira lo que pasó la última vez.

Levanta la cabeza del colchón y el fuego empieza a bajar por mi cuerpo hasta anidar entre mis ya adoloridos muslos.

—¿Puedes quedarte un día más? —pregunto, ignorando su comentario sobre ponerme violenta. Necesito saber si voy a tener más tiempo con él mañana para poder pasar el resto de la mañana..., bueno, siendo violentos—. Por favor... —añado escondiendo la cabeza en el hueco de su cuello.

—Está bien —concede. Puedo notar cómo su mandíbula se mueve al sonreír contra mi frente—. Pero sólo si vuelves a vendarme los ojos.

En un solo movimiento me rodea con los brazos y rueda para poner mi cuerpo bajo el suyo, y segundos después nos perdemos el uno en el otro... una y otra vez...

CAPÍTULO 100

Hardin

Cuando entro en la cocina, Kimberly está sentada frente a la barra de desayuno. No se ha maquillado y lleva el pelo recogido hacia atrás. Creo que no la había visto nunca sin una tonelada de porquería en la cara, y juro por Vance que he pensado en esconderle esa chingadera porque está mucho mejor sin ella.

—Vaya, mira quién se ha levantado por fin —dice en tono alegre.

—Sí, sí —gruño pasando junto a ella, y voy directo a la cafetera que está en una esquina de la barra de granito oscuro.

—¿A qué hora te vas? —me pregunta mientras picotea un tazón con lechuga.

—Me iré mañana, si no te importa. ¿O quieres que me vaya ya? —Lleno una taza con café y me vuelve para mirarla.

—Claro que puedes quedarte. —Sonríe—. Siempre que no te estés comportando como un cabrón con Tessa.

—No lo estoy haciendo. —Pongo los ojos en blanco cuando Vance entra en la habitación—. A esta sí que tienes que meterla en cintura, puede que hasta debas ponerle un bozal —le digo.

Su prometido suelta una risotada mientras Kimberly me mira levantando el dedo medio.

—Eso es clase —me burlo.

—Te veo de muy buen humor. —Christian sonríe con malicia y Kimberly lo fulmina con la mirada.

¿Qué carajos pasa?

—¿Te preguntas por qué puede ser? —añade, y ella le da un codazo.

—Christian... —lo regaña.

Él niega con la cabeza y levanta la mano para impedir que repita el ataque juguetón.

—Seguramente porque extrañaba a Tessa —sugiere Kimberly, que sigue a Christian con la mirada mientras rodea la enorme isla de la cocina para agarrar un plátano del frutero.

Sus ojos brillan divertidos mientras pela la fruta.

—Creo que eso lo arreglan los ejercicios de madrugada.

Se me hiela la sangre.

—¿Qué dijiste?

—Tranquilo..., apagó la cámara antes de que empezara lo bueno —me asegura Kimberly.

¿Una cámara?

Mierda. Está claro que este cabrón debe de tener una cámara en el gimnasio... Carajo, seguramente todos los accesos a las habitaciones principales están equipados con cámaras de seguridad. Siempre ha sido más paranoico de lo que aparenta su actitud relajada.

—¿Qué viste? —gruño intentando contener la ira.

—Nada. Sólo que Tessa entraba en la sala... y prefirió no seguir mirando... —Kimberly reprime una sonrisa y un gran alivio recorre mi cuerpo.

Estaba demasiado inmerso en lo que pasaba, inmerso en Tessa, como para pensar en mamadas como cámaras de seguridad.

—Y ¿qué hacías tú viendo esas imágenes? —le digo a Vance frunciendo el ceño—. Es un poco rarito que me mires mientras hago ejercicio.

—No seas creído. Estaba comprobando el monitor de la cocina porque fallaba, y el del gimnasio resultó ser el que se veía al lado justo en ese momento.

—Ajá —dije alargando la palabra.

—Hardin se va a quedar otra noche. No pasa nada, ¿no? —le pregunta Kim.

—Claro que no pasa nada. De todas formas, no entiendo por qué no has movido el trasero hasta aquí para quedarte. Sabes que te pagaría más que en Bolthouse.

—No lo hiciste la primera vez, ese fue el problema —le recuerdo con una mueca de suficiencia.

—Eso es porque acababas de empezar la universidad por aquel entonces. Tuviste suerte de tener unas prácticas remuneradas, por no hablar de un trabajo real, sin tener una titulación. —Se encoge de hombros, intentando desechar mi argumento. Yo cruzo los brazos a la defensiva.

—En Bolthouse no opinan lo mismo.

—Son unos pendejos. ¿Tengo que recordarte que sólo en el último año la editorial Vance los ha superado por mucho? Abrí una sede en Seattle y tengo pensado abrir otra en Nueva York el año que viene.

—¿Tanto fanfarroneo es por algo? —le pregunto.

—Sí. Que Vance es mejor, más grande, y resulta que también es donde ella trabaja.

No hace falta que diga el nombre de Tessa para que sienta el peso de sus palabras.

—Te graduarás el próximo trimestre; no tomes una decisión impulsiva ahora que podría afectar al resto de tu carrera antes de que empiece siquiera.

Le da un bocado a la fruta que tiene en la mano y yo lo miro con el ceño fruncido intentando encontrar una respuesta cortante, aunque parece que no encuentro ninguna.

—Bolthouse tiene una sede en Londres.

Me mira con burlona incredulidad.

—¿Quién va a volver a Londres? ¿Tú? —replica sin ocultar el sarcasmo en su voz.

—Puede. Es lo que planeaba, y sigo pensando en ello.

—Sí, yo también. —Mira a su futura esposa—. No volverás a vivir allí, ni yo tampoco.

Kimberly se pone colorada y se derrite al oír esas palabras, y yo llego a la conclusión de que son la pareja más repulsiva que he conocido. Puedes notar lo mucho que se quieren al verlos interactuar. Es incómodo y molesto.

—Demostrado —ríe Christian.

—No estoy de acuerdo contigo —le digo.

—Sí —Kimberly se mete como la buena castrosa que es—, pero tampoco estás en total desacuerdo.

Sin mediar palabra, agarro mi taza de café y mis huevos y me los llevo lo más lejos de ella que puedo.

CAPÍTULO 101

Tessa

La mañana llega enseguida y, cuando me despierto, estoy sola en la cama. El lado vacío del colchón aún conserva la huella del cuerpo de Hardin, así que seguramente hace poco que se ha levantado.

En ese momento, entra en la habitación con una taza de café en la mano.

—Buenos días —me dice cuando se da cuenta de que estoy despierta.

—Hola.

Tengo la garganta cerrada y seca. Me tenso al recordar a Hardin entrando y saliendo de mi boca con furiosas embestidas.

—¿Te encuentras bien?

Deja la taza de café humeante sobre la cómoda y se acerca a la cama. Se sienta a mi lado, en la orilla del colchón.

—Cuéntame —añade con calma cuando ve que tardo en responder.

—Sí, sólo dolorida.

Estiro los brazos y las piernas. Sí..., estoy dolorida.

—¿Adónde fuiste?

—Fui por café, y tenía que llamar a Landon para decirle que no volveré hoy —me cuenta—. Eso si todavía quieres que me quede.

—Quiero —asiento—. Pero ¿por qué se lo tienes que decir a Landon?

Hardin se pasa una mano por el pelo y sus ojos se concentran en interpretar la expresión de mi cara. Siento que hay algo que se me escapa.

—Cuéntame —digo usando sus mismas palabras.

—Está haciendo de nana de tu padre.

—¿Por qué?

«¿Por qué iba a necesitar mi padre una nana?»

—Tu padre está intentando permanecer sobrio, por eso. Y no soy tan estúpido como para dejarlo solo en ese departamento.

—Tienes alcohol allí, ¿verdad?

—No, lo tiré. Dejemos el tema, ¿sí? —Su tono ya no es amable, es insistente y está claramente al límite.

—No voy a dejar el tema. ¿Hay algo que deba saber? Porque vuelvo a sentirme como si me quedara fuera de alguna cosa.

Cruzo los brazos sobre el pecho y él inspira profunda y dramáticamente, cerrando los ojos mientras lo hace.

—Sí, hay algo que no sabes, pero te suplico que, por favor, confíes en mí, ¿está bien?

—¿Es malo? —pregunto aterrorizada por las posibilidades.

—Confía en mí, ¿de acuerdo?

—¿Que confíe en ti para hacer qué?

—Que confíes en que voy a encargarme de esta chingadera para que, cuando te cuente lo que pasó, ya ni siquiera importe. Ya bastante tienes encima ahora; por favor, confía en mí para resolver esto. Déjame hacerlo por ti y olvídalo —me insta.

La paranoia y el pánico que suelen acompañar a este tipo de situaciones palpitan en mi interior, y estoy a punto de quitarle el celular a Hardin y llamar a Landon yo misma. Su mirada, sin embargo, me detiene. Me está pidiendo que confíe en él, que confíe en que solucionará lo que sea que esté pasando y, para ser sincera, por mucho que quiera saber de qué se trata, no creo que pudiera asumir ni un solo problema más de los que ya tengo.

—Bien —suspiro.

Frunce el ceño y ladea la cabeza. Está alucinado de lo fácil que ha sido convencerme para que no me meta, estoy segura.

—Sí. Haré todo lo que pueda para no preocuparme por lo que pasa con mi padre si me prometes que es mejor para mí no saberlo.

—Lo prometo—. Asiente.

Le creo, más o menos.

—Bueno. —Ultimo el acuerdo con esa palabra y hago cuanto está en mi mano para quitarme de la cabeza la necesidad obsesiva que tengo de saber qué está pasando. Necesito confiarle esto a Hardin. Necesito confiarle la decisión que he tomado. Si no soy capaz de confiarle esto, ¿cómo voy a pensar en un futuro común?

Suspiro, y Hardin sonríe al ver que consiento.

CAPÍTULO 102

Tessa

—Parece que voy a pasarme todo el día escribiendo notas de agradecimiento para los invitados que anoche hicieron que la inauguración del club fuera todo un éxito —dice Kimberly con una sonrisa irónica mientras me saluda agitando un sobre en el aire cuando entro en la cocina—. ¿Qué tienes pensado hacer hoy?

Echo una ojeada al montón de tarjetas que ya ha escrito y al cúmulo en el que sigue trabajando y me pregunto cuánto habrá invertido Christian en sus negocios si toda esa gente a la que están escribiendo son algún tipo de «socios». Sólo el tamaño de esta casa debe de significar que tiene más empresas funcionando además de la editorial y un club de jazz.

—No lo sé. Cuando Hardin salga de bañarse, veremos —le digo, y dejo un montón de sobres nuevos sobre la barra de granito.

He tenido que obligar a Hardin a entrar en la regadera y a darse un baño solo, seguía enojado por no haberlo dejado entrar mientras yo me daba el mío. Por muchos que he intentado explicarle lo incómodo que sería si los Vance supieran que nos estamos bañando juntos en su casa, él insistía en mirarme raro y responder que hemos hecho cosas mucho peores en su casa que bañarnos juntos en las pasadas doce horas.

He aguantado a pesar de sus súplicas. Lo que sucedió en el gimnasio fue lujuria pura y sin premeditación alguna. Y no pasa nada porque hiciéramos el amor en mi cuarto porque de momento es mi habitación y soy una adulta que mantiene relaciones sexuales consentidas con mi..., con lo que quiera que sea Hardin de mí. Sin embargo, lo del baño lo siento de otra forma.

Con lo necio que es Hardin, seguía sin estar de acuerdo, por lo que acabé pidiéndole que me trajera un vaso de agua de la cocina. He hecho pucheros y cayó. En cuanto se fue de la habitación corrí por el pasillo hasta el baño, cerré la puerta con seguro al entrar y lo ignoré cuando empezó a pedirme enojado que lo dejara entrar.

—Tendrías que pedirle que te lleve a dar una vuelta —me dice Kimberly—. Tal vez que se sumerjan en la cultura de la ciudad lo ayude a decidirse a venir a vivir aquí contigo.

En estos momentos no quiero enfrentarme a semejante conversación.

—Pues... Sasha me pareció simpática —le digo en un intento no muy encubierto de desviar la conversación de mis problemas de pareja.

—¿Sasha? ¿Simpática? No es para tanto —dice Kimberly con un resoplido.

—Sabe que Max está casado, ¿verdad?

—Claro que lo sabe. —Se humedece los labios—. Y ¿acaso le importa? No, en absoluto. Le gusta su dinero y las joyas caras que recibe al salir con él. No podrían importarle menos su mujer y su hija.

El tono de desaprobación de Kim es duro, y me alivia saber que estamos de acuerdo en este asunto.

—Max es un cabrón, pero me sigue sorprendiendo que tenga el valor de llevarla a donde puedan verlo con ella. O sea, ¡¿es que le da igual si Denise o Lillian se enteran?!

—Sospecho que Denise ya lo sabe. Con un tipo como Max, habrá habido muchas otras Sashas a lo largo de los años, y la pobre Lillian ya desprecia a su padre, así que dudo que el hecho de saberlo cambie nada.

—Es tan triste... Están casados desde la universidad, ¿no?

No sé cuánto sabe Kimberly de Max y su familia, pero dada la forma en la que habla, creo que no es poco.

—Se casaron justo al terminar, fue un gran escándalo.

Los ojos de Kimberly se iluminan por el ansia de contarles a mis ignorantes oídos una historia tan suculenta.

—Al parecer, a Max le habían concertado matrimonio con otra, una mujer cuya familia era amiga de la suya. Era básicamente un acuerdo de negocios. El padre de Max viene de una familia adinerada, creo que esa es en parte la razón por la que Max es tan mamón. A Denise se le partió el corazón cuando él le contó sus planes para casarse con otra mujer.

Kimberly habla como si ella hubiera estado presente de verdad cuando sucedió y no como si fuera un rumor. Sin embargo, tal vez sea así como son siempre los chismes.

Bebe un trago de agua antes de continuar.

—El caso es que, tras la graduación, Max se rebeló contra su padre y dejó a la mujer literalmente plantada en el altar. El mismo día de la boda, apareció en casa de Trish y Ken con su esmoquin y esperó en la puerta hasta que Denise salió. Aquella misma noche, los cinco sobornaron a un sacerdote con una botella de whisky de marca y el poco dinero que llevaban en los bolsillos. Denise y Max se casaron justo antes de la medianoche, y ella se embarazó de Lillian semanas más tarde.

A mi mente le cuesta imaginarse a Max como un joven enamorado corriendo por las calles de Londres en esmoquin buscando a la mujer que amaba. La misma mujer a la que ahora traiciona una vez tras otra llevándose a la cama a tipas como Sasha.

—No pretendo entrometerme, pero la... de Christian... —no sé cómo llamarla—, quiero decir, la madre de Smith, ¿estaba...?

Con una sonrisa comprensiva, Kimberly acaba con mi absurdo tartamudeo.

—Rose apareció años más tarde. Christian siempre fue el quinto mosquetero entre las dos parejas. Una vez él y Ken dejaron de hablarse y Christian volvió a Estados Unidos..., entonces fue cuando conoció a Rose.

—¿Cuánto tiempo estuvieron casados?

Miro a Kimberly buscando alguna señal de incomodidad. No quiero entrometerme, pero no puedo evitar sentirme fascinada por la historia de este grupo de amigos. Espero que Kimberly me conozca lo bastante bien como para no sorprenderse de la cantidad de preguntas que estoy deseando hacer.

—Sólo dos años. Llevaban saliendo no más que unos meses cuando ella se puso enferma. —Se le rompe la voz y traga saliva, con los ojos llenos de lágrimas—. Se casó con ella de todas formas..., la llevó al altar... Su padre, en silla de ruedas..., insistió en hacerlo. A medio camino del altar, Christian se acercó y acabó de llevarla él mismo.

Kimberly rompe a llorar y yo me seco las lágrimas que caen de mis ojos.

—Lo siento —dice con una sonrisa—. Hacía mucho tiempo que no contaba esta historia, ¡y me emociona tanto!

Se inclina sobre la barra para tomar un puñado de pañuelos de papel de una caja y me tiende uno.

—El simple hecho de pensar en ello me demuestra que, tras esa insolencia y esa mente brillante, hay un hombre increíblemente cariñoso.

Me mira y luego mira de nuevo los montones de sobres.

—Mierda, ¡mojé las tarjetas con las lágrimas! —exclama, y se repone rápidamente.

Me gustaría preguntarle más cosas sobre Rose y Smith, Ken y Trish en su época universitaria, pero no deseo forzarla.

—Quería a Rose y ella lo curó, incluso cuando se estaba muriendo. Él sólo había amado a una mujer en toda su vida y ella consiguió romper esa barrera.

La historia, por bonita que sea, no hace sino confundirme más. ¿Quién era esta mujer a la que Christian amó? Y ¿por qué necesitó curarse después?

Kimberly se suena la nariz y levanta la vista. Yo vuelvo la cabeza hacia la puerta, donde Hardin nos mira raro a Kimberly y a mí, tratando de entender la escena que se desarrolla en la cocina.

—Bueno, es obvio que llego en mal momento —dice.

No puedo evitar sonreír pensando en la facha que debemos de tener, llorando sin motivo aparente, con dos enormes montones de sobres frente a nosotras sobre la barra de la cocina.

Hardin tiene el pelo húmedo por el baño y está recién rasurado. Está guapísimo con una camiseta negra lisa y unos pantalones de mezclilla. En los pies no lleva nada más que los calcetines y su expresión es de recelo cuando me hace señas para que me acerque.

—¿Los esperamos para cenar esta noche? —pregunta Kimberly mientras cruzo la habitación para ir junto a él.

—Sí —digo.

—No —responde Hardin al mismo tiempo.

Kim se ríe y sacude la cabeza.

—Bueno, mándenme un mensaje cuando se pongan de acuerdo.

Minutos más tarde, cuando Hardin y yo llegamos a la puerta principal, Christian aparece de repente de una habitación cercana con una gran sonrisa.

—Fuera hace un frío que cala. ¿Dónde está tu abrigo, jovencito?

—Primero, no necesito un abrigo. Segundo, no me llames *jovencito* —replica Hardin poniendo los ojos en blanco.

Christian saca un abrigo gordo azul marino del ropero que hay junto a la puerta.

—Toma, póntelo. Es como una maldita estufa por dentro y por fuera.

—Ni hablar —se burla Hardin, y yo no puedo evitar reírme.

—No seas idiota, fuera estamos a siete bajo cero. Puede que tu dama te necesite para no pasar frío.

Christian lo molesta y Hardin evalúa mi suéter morado grueso, mi abrigo morado y mi gorro también morado, del que no ha dejado de burlarse desde que me lo puse. Usé eso mismo la noche que me llevó a patinar sobre hielo y aquel día hizo igual. Hay cosas que nunca cambian.

—Está bien —gruñe Hardin, y mete sus largos brazos en las mangas del abrigo.

No me sorprende comprobar que no le queda mal, incluso los grandes botones de color bronce que lleva la chamarra en la parte delantera adquieren un toque masculino al mezclarse con el estilo simple de Hardin. Sus nuevos pantalones, que cada vez me gustan más, y su camiseta negra lisa, sus botas negras y ahora el abrigo hacen que parezca recién sacado de las páginas de alguna revista. Es injusto que esté perfecto sin hacer el más mínimo esfuerzo.

—¿Qué miras tanto? —me suelta.

Doy un saltito al oírlo. A cambio, recibo una sonrisa y una mano caliente toma la mía.

Justo en ese momento, Kimberly corre por el pasillo hasta el recibidor, seguida de Smith gritando:

—¡Esperen! Smith quiere pedirles algo.

Baja la cabeza para mirar a su futuro hijastro con una sonrisa afectuosa.

—Adelante, cariño.

El niño rubio mira directamente a Hardin.

—¿Podemos tomarte una foto para mi escuela?

—¿Qué?

Hardin palidece un poco y me mira. Sé lo que siente respecto a que le tomen fotos.

—Es una especie de collage que está haciendo. Dice que también quiere una foto tuya —le explica Kimberly a Hardin, y yo lo miro suplicándole para que no le niegue eso a un niño que claramente lo idolatra.

—Hum..., claro —dice al final. Gira sobre los talones y mira a Smith—. ¿Tessa también puede salir en la foto?

—Supongo —contesta el niño encogiéndose de hombros.

Le sonrío pero no parece darse cuenta. Hardin me mira como diciendo «Le gusto más que tú y ni siquiera tengo que intentarlo», y yo le doy un discreto codazo mientras nos dirigimos a la sala. Me quito el gorro y uso la liga que llevo en la muñeca para recogerme el pelo para la foto. La belleza de Hardin es tan poco forzada y natural que lo único que tiene que hacer para estar perfecto es quedarse de pie con el ceño fruncido por lo incómodo de la situación.

—La tomaré rápido —dice Kimberly.

Hardin se acerca más a mí y me rodea la cintura con un brazo perezoso. Dibujo mi mejor sonrisa mientras él intenta sonreír sin enseñar los dientes. Le doy un empujoncito y su sonrisa aparece justo a tiempo para que Kimberly tome la foto.

—Gracias —dice, y veo que está satisfecha de verdad.

—Vamos —me apremia Hardin, y yo asiento y le digo adiós con la mano a Smith antes de seguirlo por el pasillo hasta la puerta principal.

—Ha sido muy amable por tu parte —comento.

—Lo que tú digas.

Sonríe y cubre mi boca con la suya. Entonces oigo el suave clic de una cámara y me aparto de él para ver a Kimberly de nuevo con la cámara en las manos. Hardin gira la cara para esconderla en mi pelo y ella toma otra foto.

—Basta ya —gruñe, y me arrastra hacia fuera de la casa—. Pero ¿qué le pasa a esta familia con los videos y las fotos? —murmura, y cierra la puerta de golpe tras de mí.

—¿Videos? —inquiero.

—Da igual.

El aire frío nos golpea y yo me suelto rápidamente el pelo y vuelvo a ponerme el gorro.

—Primero iremos por tu coche y haremos que le cambien el aceite —dice Hardin por encima del rugido del viento.

Meto la mano en la bolsa del abrigo para buscar las llaves y dárselas, pero él sacude la cabeza y balancea su llavero delante de mi cara. Ahora lleva una llave con una goma verde que me parece familiar.

—No te llevaste la llave cuando dejaste todos tus regalos —me dice.

—Ah...

Mi mente se llena con el recuerdo de haber dejado mis posesiones más preciadas amontonadas sobre la cama que solíamos compartir.

—Me gustaría recuperar todas esas cosas pronto, si es posible.

Hardin se sube al coche sin mirarme siquiera.

—Hum, sí. Claro —murmura.

Una vez dentro del coche, pone la calefacción a tope y alarga el brazo para tomarme la mano. Apoya la mano y la mía en mi pantorrilla y sus dedos siguen con precisión el lugar donde solía llevar la pulsera en mi muñeca.

—No me gusta que la dejaras allí... Debería estar aquí —dice presionando la base de mi muñeca.

—Lo sé. —Mi voz es apenas un susurro.

Extraño esa pulsera todos los días, y también mi libro electrónico. Además, quiero recuperar la carta que me escribió para leerla una y otra vez.

—Tal vez puedas traerla cuando vuelvas el próximo fin de semana —digo esperanzada.

—Claro —asiente, pero sus ojos siguen fijos en la carretera.

—¿Por qué hay que hacer un cambio de aceite? —le pregunto.

Llegamos al final del camino de entrada y tomamos la calle residencial.

—Lo necesitas —responde señalando la pegatina del parabrisas.

—Bueno...

—¿Qué? —Me mira enojado.

—Nada, es un poco raro llevar el coche de alguien a que le cambien el aceite.

—He sido el único que ha llevado durante meses tu coche a que le cambien el aceite, ¿por qué tendría que sorprenderte ahora?

Tiene razón, siempre es el que se encarga de cualquier tipo de mantenimiento que pueda necesitar y a veces sospecho que es un paranoico y arregla o cambia cosas sin que sea necesario.

—No sé. Supongo que se me olvida que a veces éramos una pareja normal —admito moviéndome inquieta en mi asiento.

—Explícate.

—Cuesta recordar las cosas pequeñas y normales como cambiar el aceite del coche o la vez que me dejaste hacerte una trenza —sonrío al recordarlo—, cuando siempre parecía que estuviéramos atravesando alguna especie de crisis.

—Primero —sonríe—, no vuelvas a mencionar el tema de la trenza. Sabes perfectamente que la única razón por la que dejé que lo hicieras fue porque me sobornaste con unas galletas. —Me aprieta la pierna con cariño y siento una oleada de calor bajo la piel—. Y, segundo, supongo que en parte tienes razón. Sería genial que tus recuerdos no estuvieran empañados por mi costumbre de joderlo todo siempre.

—No eres sólo tú, ambos cometemos errores —lo corrijo.

Los errores de Hardin suelen causar muchos más daños que los míos, pero yo tampoco soy inocente. Tenemos que dejar de culparnos a nosotros mismos o al otro e intentar llegar a alguna especie de punto medio juntos. Y eso es imposible si Hardin no deja de castigarse por cada error que cometió en el pasado. Tiene que encontrar la forma de perdonarse a sí mismo... y así poder avanzar y ser la persona que de verdad quiere ser.

—Tú no hiciste nada —me replica.

—En lugar de estar discutiendo por quién cometió errores y quién no, vamos a decidir qué vamos a hacer hoy cuando le hayamos cambiado el aceite al coche.

—Tendrás un iPhone —dice.

—¿Cuántas veces tengo que decirte que no quiero un iPhone? —gruño.

Mi teléfono es lento, sí, pero los iPhone son caros y complicados, dos cosas que no puedo permitirme ahora mismo en mi vida.

—Todo el mundo quiere un iPhone. Sólo eres una de esas que no quieren rendirse a la moda. —Me mira y veo cómo sus hoyuelos se marcan con malicia—. Por eso seguías llevando faldas largas en la facultad.

Lo que acaba de decir le parece vibrante, y el coche se llena con su risa.

—De todas formas, no puedo permitirme uno ahora —replico imitando su forma de fruncir el ceño—. Tengo que ahorrar para rentar un departamento y hacer las compras. Ya sabes..., necesidades —digo poniendo los ojos en blanco para quitarle importancia al asunto.

—Imagina todo lo que podríamos hacer si tú también tuvieras un iPhone. Tendríamos aún más formas de comunicarnos y, además, sabes que te lo voy a comprar yo, así que no vuelvas a hablar de dinero.

—Lo que me imagino es que podrías rastrear mi teléfono para saber adónde voy —lo molesto, ignorando su necesidad incontrolable de comprarme cosas.

—No, pero podríamos hacer videochats.

—Y ¿por qué tendríamos que hacer eso?

Me mira como si me hubieran salido dos ojos más y sacude la cabeza.

—Imagínate poder verme todos los días en la brillante pantalla de tu nuevo iPhone.

Inmediatamente me vienen a la cabeza imágenes de sexo telefónico y videochats y recorro mentalmente, avergonzada, fotos de Hardin tocándose a sí mismo frente a la pantalla. ¿Se puede saber qué me pasa?

Me arden las mejillas y no puedo evitar echarle una mirada a su entrepierna.

Con un dedo bajo mi barbilla, Hardin me levanta la cabeza para que lo mire.

—Estabas pensando en ello..., en todas las cosas sucias que podría hacerte vía iPhone.

—No, es cierto —miento.

Terca, me niego con todas mis fuerzas a cambiar de celular, así que hablo de otra cosa.

—La oficina nueva es muy agradable..., tiene una vista increíble —digo.

—¿Ah, sí? —El tono de Hardin se ha apagado de repente.

—Sí, y la vista desde el comedor del personal es aun mejor. La oficina de Trevor tiene... —Me interrumpo a mitad de frase pero es demasiado tarde. Hardin me está mirando fijamente, esperando a que la termine.

—No, no. Continúa.

—La oficina de Trevor es el que tiene la mejor vista —digo, y mi voz suena mucho más clara y firme de lo que siento en mi interior.

—¿Puedo saber con qué frecuencia vas a su oficina, Tessa? —Los ojos de Hardin van de mí a la carretera.

—He estado dos veces esta semana. Comimos juntos.

—¡¿Cómo?! —exclama.

Sabía que tendría que haber esperado hasta después de cenar para sacar el tema de Trevor. O mejor, ni sacarlo. Ni siquiera debería haberlo mencionado.

—Suelo comer con él —admito.

Por desgracia para mí, en ese momento mi coche se para en un semáforo, lo que no me deja otra opción que aguantar la mirada de Hardin.

—¿Cada día?

—Sí...

—Y ¿hay algún motivo?

—Es la única persona que conozco que tiene el mismo horario para comer que yo. Kimberly está tan ocupada ayudando a Christian que ni siquiera hace una pausa al mediodía —digo moviendo las manos delante de la cara para ayudar en mi explicación.

—Pues que te cambien la hora de comer.

El semáforo se pone en verde, pero Hardin no pisa el acelerador hasta que se oye un claxon impaciente detrás de nosotros entre el tráfico.

—No voy a cambiar la hora de comer. Trevor es un compañero de trabajo, eso es todo.

—Bueno —exhala—, preferiría que no comieras con el pinche Trevor. No lo soporto.

Riendo, bajo las manos a mis piernas y apoyo una de ellas sobre la de Hardin.

—Tus celos son irracionales —repongo—; no tengo a nadie más con quien comer, sobre todo cuando las otras dos chicas con las que comparto la hora de la comida llevan toda la semana siendo crueles conmigo.

Me mira de reojo mientras cambia de carril con suavidad.

—¿Qué quieres decir con que han sido crueles contigo?

—No han sido exactamente crueles. No sé, tal vez sólo sea una paranoia mía.

—¿Qué pasó? Dime —me insta.

—No es nada grave, sólo tengo el presentimiento de que no les gusto por algún motivo. Siempre las sorprendo riendo o cuchicheando mientras me miran. Trevor dice que les gusta chismear, y juro que las oí decir algo acerca de cómo conseguí el trabajo.

—Y ¿qué dijeron? —pregunta Hardin enojado. Tiene los nudillos blancos de la fuerza con la que agarra el volante.

—Hicieron un comentario, algo así como «Ya sabemos cómo consiguió el trabajo».

—Y ¿les dijiste algo? ¿O a Christian?

—No, no deseo causar problemas. Sólo llevo allí una semana y no quiero ir de soplona como si fuera una niña pequeña.

—Al carajo. O les dices a esas tipas que te dejen en paz o yo mismo hablaré con Christian. ¿Cómo se llaman? Puede que las conozca.

—Tampoco es para tanto —le digo intentando desactivar la bomba que sin duda yo misma activé—. En todas las oficinas hay un grupito de mujeres malintencionadas. Lo único que pasa es que las que hay en la mía se han fijado en mí. No quiero hacer una montaña de esto, sólo quiero integrarme y tal vez hacer amigos.

—Cosa que no creo que ocurra si sigues dejando que actúen como arpías o pasando todo el rato con el pinche Trevor —replica él. Se humedece los labios y respira hondo.

Yo también respiro hondo y lo miro, debatiéndome entre defender a Trevor o no.

«A la chingada.»

—Trevor es la única persona allí que se esfuerza en ser amable conmigo y ya lo conozco —digo—. Por eso como con él.

Miro por la ventanilla y veo cómo pasa mi ciudad preferida mientras espero que la bomba explote.

Cuando Hardin no contesta, lo observo y mira fijamente la carretera como si la atravesara; luego añado:

—Extraño mucho a Landon.

—Él también a ti. Y también tu padre.

Suspiro.

—Quiero saber cómo está, pero si hago una pregunta, haré treinta —digo—. Ya sabes cómo soy.

La preocupación estalla en mi pecho y hago todo lo que puedo para contenerla e ignorarla y que desaparezca.

—Claro que lo sé, y por eso no las responderé —contesta Hardin.

—¿Cómo está Karen? ¿Y tu padre? ¿Es triste que los extrañé más a ellos que a mis propios padres? —le pregunto.

—No, teniendo en cuenta quiénes son tus padres. —Arruga la nariz—. Y, respondiendo a tu pregunta, están bien, supongo. No les presto mucha atención.

—Espero que pronto esto empiece a parecerse a mi hogar —digo sin pensar al tiempo que me hundo en mi asiento de piel.

—No parece que de momento te guste mucho Seattle; ¿qué estás haciendo aquí entonces?

Hardin mete mi coche en el estacionamiento de un pequeño edificio. En la entrada hay un gran letrero amarillo que afirma que hacen cambios de aceite en quince minutos y que el servicio es muy amable.

No sé qué responderle. Tengo miedo de compartir con Hardin mis miedos y mis dudas sobre lo que acabo de hacer. No porque no confíe en él, sino porque no quiero que él los use como algo con lo que obligarme a dejar Seattle. No me iría mal un discurso motivacional en este momento, pero prefiero el silencio al «Te lo dije» que seguramente me diría él.

—No es que no me guste —le explico—, es que todavía no me acostumbro. Sólo ha pasado una semana del traslado y a lo que estoy acostumbrada es a mi antigua rutina, a Landon y a ti.

—Me formaré y te veo dentro —dice Hardin sin mediar palabra sobre mi respuesta.

Asiento, bajo del coche y en el frío me apresuro a entrar en el pequeño taller. El olor a goma quemada y a café rancio llenan la sala de espera. Me quedo mirando una foto enmarcada de un coche antiguo cuando noto la mano de Hardin posarse en la parte baja de mi espalda.

—No deberían tardar mucho.

Me toma de la mano y me lleva al polvoriento sillón de piel en el centro de la sala.

Veinte minutos más tarde, está de pie y camina de aquí para allá sobre el suelo de baldosas blancas y negras. Entonces suena una campana en la sala que anuncia que alguien ha entrado.

—En el cartel pone que tardan quince minutos —le reclama Hardin al chico del overol de trabajo manchado de aceite.

—Sí, así es —replica él encogiéndose de hombros. Se le cae sobre el mostrador el cigarrillo que lleva detrás de la oreja y se apresura a recogerlo con las manos enguantadas.

—¿Me estás tomando el pelo? —gruñe Hardin; su paciencia está llegando al límite.

—Ya casi está —le asegura el mecánico antes de salir de la sala tan de repente como ha entrado. No lo culpo.

Me doy la vuelta hacia Hardin y me pongo en pie.

—No pasa nada, no tenemos prisa.

—Está echando a perder mi tiempo contigo. Tengo menos de veinticuatro horas para pasar contigo y él me las está haciendo perder, carajo.

—Tranquilo.

Cruzo el suelo de baldosas y me quedo de pie frente a él.

—Estamos juntos —le digo.

Meto las manos en las bolsas del abrigo de Christian y Hardin aprieta los labios para evitar que su ceño fruncido acabe en una sonrisa.

—Si no han acabado dentro de diez minutos, no pienso pagar por esta chingadera —amenaza.

Yo lo miro sacudiendo la cabeza y luego la hundo en su pecho.

—Y no le pidas disculpas a ese tipo por mí —añade. Pone el pulgar debajo de mi barbilla y me levanta la cara para mirarme a los ojos—. Sé que pensabas hacerlo.

Me besa suavemente en los labios y de repente me siento hambrienta y ansiosa, quiero más.

Los temas de discusión en el coche han demostrado ser puntos débiles nuestros en el pasado, pero aun así hemos hecho el camino hasta aquí sin mayores daños. Me siento sorprendentemente mareada por eso, o tal vez sean los cálidos brazos de Hardin rodeando mi cintura o su perfume habitual mentolado unido a la colonia que le tomó prestada a Christian.

Sea lo que sea, me doy cuenta de que somos los únicos que estamos esperando en el taller, y me sorprende lo afectuoso que está Hardin cuando vuelve a besarme, esta vez más fuerte y sacando la lengua para buscar la mía. Mis manos encuentran el camino hasta su pelo y jalo suavemente de las puntas, haciendo que gima y me abrace más fuerte la cintura. Él pega el cuerpo al mío, su boca sigue ansiando la mía, hasta que suena de nuevo la campana de la puerta, que me hace dar un salto y apartarme de él mientras me coloco el gorro nerviosa.

—¡Teeerminadooo! —anuncia el tipo del cigarrillo de antes.

—Ya era hora —señala Hardin en tono grosero, y saca su cartera del bolsillo de atrás y me dirige una mirada de advertencia cuando yo hago lo mismo.

CAPÍTULO 103

Hardin

—No me estaba mirando a mí —dice intentando convencerme cuando por fin llegamos al coche, que he tenido que estacionar lo más lejos posible del restaurante.

—Estaba jadeando encima de la lasaña. Si hasta le colgaba un hilo de baba de la barbilla.

Los ojos del hombre estaban pegados a Tessa mientras intentaba disfrutar de mi plato de pasta demasiado caro y con demasiada salsa. Quiero insistir en el tema, pero al final decido que mejor no lo haré. Tessa ni siquiera se había dado cuenta de que había llamado la atención de ese tipo, estaba demasiado ocupada sonriéndome y hablando conmigo como para mirarlo dos veces.

Sus sonrisas son brillantes y sinceras, ha tenido mucha paciencia conmigo ante mis comentarios acerca de esperar tanto para que nos dieran una mesa, y parece encontrar siempre alguna forma para tocarme. Una mano en la mía, el roce de sus dedos en mi brazo, su suave mano acariciándome el pelo de la nuca, me toca constantemente y yo me siento como un pinche niño el día de Navidad. Eso si realmente supiera lo emocionado que está un niño en Navidad.

Pongo la calefacción del coche a tope porque quiero que entre en calor lo antes posible. Tiene la nariz y las mejillas de un adorable color rojizo y no puedo evitar acercarme y rozar con mi mano helada sus labios temblorosos.

—En ese caso, es una pena que vaya a pagar tanto por comerse una lasaña llena de babas, ¿no? —Sonríe, y me acerco para acallar su comentario cursi cubriendo su boca con la mía.

—Ven aquí —gruño.

La atraigo con cuidado a mis piernas jalando de las mangas de su abrigo morado. No protesta; al contrario, salta el apoyabrazos para poder sentarse sobre mí. Su boca sigue sobre la mía y yo, posesivo, la reclamo para mí atrayendo su cuerpo hacia el mío hasta acercarlo todo lo que permite el extraño diseño de este coche. Cuando acciono la palanca del asiento que lo reclina por completo, Tessa jadea y su cuerpo cae sobre el mío.

—Sigo adolorida —me dice, y la aparto un poco suavemente.

—Sólo quería besarte —respondo.

Es verdad. No es que fuera a rechazar hacerle el amor en el asiento delantero del coche, pero no es lo que tenía en mente.

—Pero quiero —admite con timidez, girando un poco la cabeza como para que no la vea.

—Podemos ir a casa..., bueno, a tu casa.

—¿Por qué no aquí?

—¿Hola? ¿Tessa?

Agito la mano delante de su cara y ella me mira desconcertada.

—¿Has visto a Tessa por aquí? Porque esta obsesa sexual de hormonas revolucionadas que tengo sentada encima no es ella —la molesto, y al final lo entiende.

—No soy una obsesa sexual.

Hace un puchero sacando el labio inferior y yo me apresuro a cazarlo entre los dientes. Mueve las caderas sobre mí, y examino el estacionamiento con la mirada. El sol ya empieza a ocultarse, y la atmósfera densa y el cielo nublado hacen que parezca que es más tarde de lo que es en realidad. Sin embargo, el lugar está lleno de coches, y lo último que quiero es que nos sorprendan cogiendo en público.

Separa su boca de la mía y me recorre el cuello con los labios.

—Estoy estresada, y tú no has estado conmigo, y te quiero.

A pesar del aire caliente de la calefacción, un escalofrío me recorre la espalda y una de sus manos consigue deslizarse entre nosotros bajo mis pantalones.

—Y también puede que tenga las hormonas un poco revolucionadas, ya casi es..., bueno, ya sabes qué semana. —Me susurra las últimas palabras como si fueran un secreto obsceno.

—Vaya, ahora lo entiendo. —Sonrío, preparando mentalmente bromas subidas de tono para molestarla toda la semana, como siempre hago.

Me lee la mente.

—No digas nada —me regaña, apretando y tocando mi pene mientras su boca sigue en mi cuello.

—Entonces deja de hacer eso antes de que me venga en los pantalones. Ya me ha pasado demasiadas veces desde que te conozco.

—Sí, te ha pasado. —Sonríe.

Me muerde y mis caderas me traicionan elevándose para unirse a la tortura de sus movimientos sinuosos.

—Volvamos a casa... —insisto—. Como alguien te vea así, montándome en mitad de un estacionamiento, tendré que matarlo.

Tessa mira alrededor del lugar pensativa, inspeccionando los alrededores, y entonces veo cómo empieza a ser consciente de dónde estamos.

—Bueno —dice, y con otro puchero vuelve a su asiento.

—Mira qué cambio... —replico.

Su mano vuelve a agarrarme y aprieta, y yo hago una mueca de dolor. Tessa sonríe con dulzura, como si no acabara de intentar castrarme.

—Tú conduce —ordena.

—Me saltaré todos los semáforos en rojo para llevarte a casa y darte tu merecido —respondo para provocarla.

Ella pone los ojos en blanco y apoya la cabeza en la ventanilla.

Para cuando llegamos al semáforo se ha quedado dormida. La toco para asegurarme de que no se ha enfriado; tiene la frente cubierta de gotitas de sudor, lo que hace que apague la calefacción inmediatamente. Decido disfrutar de los suaves sonidos de su sueño ligero y tomar el camino largo para volver a casa de Vance.

Con cuidado, la sacudo de un hombro.

—Tessa, ya llegamos.

Abre los ojos y parpadea rápidamente para evaluar dónde se encuentra.

—¿Ya es tan tarde? —pregunta mirando el reloj del auto.

—Había tráfico —le digo.

La verdad es que he conducido por toda la ciudad intentando averiguar qué es lo que la ha cautivado tanto de ella. Sin embargo, no ha habido forma. No he podido encontrarlo a través del aire helado. O de los embotellamientos del tráfico. O del puente levadizo que cortaba el tráfico. Lo único que tenía sentido para mí era la chica que dormía en mi coche. A pesar de los cientos de edificios que se alinean dibujando e iluminando la ciudad, ella es lo único que podría hacer que Seattle mereciera la pena.

—Aún estoy muy cansada... —Sonríe—. Creo que comí demasiado. —Y me aparta cuando me ofrezco a llevarla a su habitación.

Camina como una zombi cruzando la casa de Vance y, en cuanto su cabeza se posa sobre la almohada, se queda dormida de nuevo. La desvisto con cuidado, cubro su cuerpo semidesnudo con el edredón y dejo mi vieja camiseta junto a su cabeza esperando que se la ponga cuando se despierte.

Me quedo mirándola. Tiene los labios entreabiertos y rodea con los brazos uno de los míos como si estuviera abrazando una blanda almohada. No puede estar cómoda, pero está profundamente dormida, agarrándome como si tuviera miedo de que desaparezca.

Creo que, si sigo sin comportarme como un patán a diario, se me recompensará con momentos como este todos los fines de semana, y eso me basta para aguantar hasta que ella también lo vea.

—¡¿Cuántas veces vas a llamarme?! —grito en el auricular.

Mi teléfono lleva toda la noche vibrando con el nombre de mi madre parpadeando en la pantalla. Tessa no deja de despertarse y, a su vez, me despierta a mí. Juro que la última vez lo dejé en silencio.

—¡Tendrías que haber contestado! —dice ella—. Tengo algo importante que contarte.

Su voz es dulce, y no recuerdo la última vez que hablé con ella.

—Pues adelante, habla —gruño, e instintivamente me incorporo para encender la lámpara. Su luz es demasiado brillante para estas horas de la mañana, así que jalo la cuerdecita y devuelvo la habitación a su antigua oscuridad.

—Bueno, allá va... —Respira hondo—. Mike y yo vamos a casarnos.

Suelta un grito y me aparto el teléfono de la oreja para proteger mi oído.

—Bueno... —digo, esperando más.

—¿No estás sorprendido? —pregunta, obviamente decepcionada por mi reacción.

—Me dijo que te lo iba a pedir, y supongo que le dijiste que sí. ¿Por qué tendría que sorprenderme?

—¿Te lo dijo?

—Sí —respondo mirando las formas rectangulares y oscuras de algunas fotos que cuelgan de la pared.

—Bueno, y ¿qué te parece?

—¿Acaso importa? —pregunto.

—Pues claro que importa, Hardin.

Mi madre suspira y yo me incorporo del todo. Tessa se mueve en sueños y me busca.

—Sea como sea, no me importa. Me sorprendió un poco, pero ¿qué más me da si te casas? —susurro rodeando con la pierna los suaves muslos de Tessa.

—No te estoy pidiendo permiso. Sólo quería saber cómo te sentías al respecto para que pueda decirte por qué llevo toda la mañana llamándote.

—Estoy bien, y ahora dime.

—Como sabes, a Mike le parece que sería una buena idea vender la casa.

—¿Y?

—Bueno, está vendida. Los nuevos propietarios se trasladarán el mes que viene, después de la boda.

—¿El mes que viene?

Me froto la sien con el índice. Sabía que no tenía que contestar el maldito teléfono a estas horas.

—Íbamos a esperar al año que viene, pero ya tenemos una edad y, con el hijo de Mike marchándose a la universidad, no habrá mejor momento que ahora. Debería empezar a hacer calor dentro de unos meses, pero no queremos esperar. Puede que haga frío, pero no será insoportable. Vendrás, ¿no? Y traerás a Tessa, ¿eh?

—Así que la boda es el mes que viene, ¿o dentro de dos semanas?
—El cerebro no me funciona tan temprano.

—¡Dos semanas! —me responde mi madre emocionada.

—No creo que pueda... —replico, y no sigo.

No es que no quiera unirme a la feliz fiesta del amor correspondido y toda esa chingadera, pero no quiero ir a Inglaterra, y sé que Tessa no vendrá conmigo avisándole con tan poco tiempo, sobre todo teniendo en cuenta el estado de nuestra relación en estos momentos.

—¿Por qué no? —dice ella—. Se lo preguntaré yo misma si...

—No, no lo harás —la interrumpo en seco.

Me doy cuenta de que estoy siendo un poco brusco y reculo.

—Ni siquiera tiene pasaporte —digo. Es una excusa, pero es verdad.

—Puede conseguir uno en dos semanas si se lo expiden urgente.

Suspiro.

—No lo sé, mamá, dame un poco de tiempo para pensar en ello. Son las malditas siete de la mañana —gruño, y cuelgo.

Luego me doy cuenta de que ni siquiera la he felicitado. Carajo. En fin, tampoco es que lo esperara de mí necesariamente.

Entonces oigo que alguien está rebuscando en los malditos roperos del final del pasillo. Me tapo la cabeza con el grueso edredón para amortiguar el ruido de portazos y el odioso pitido del lavaplatos, pero los sonidos no cesan. La cacofonía continúa hasta que supongo que me quedo dormido a pesar de ella.

CAPÍTULO 104

Hardin

Son algo más de las ocho y puedo ver a través de la sala, hasta la cocina, donde Tessa está vestida y arreglada, desayunando con Kimberly.

Mierda, ya es lunes. Ella tiene que ir a trabajar y yo tengo que subirme el coche para volver a la universidad. Me perderé las clases de hoy, pero no podría importarme menos. Tendré mi título antes de dos meses.

—¿Vas a despertarlo? —le pregunta Kimberly a Tessa justo cuando entro.

—Estoy despierto —gruño aún medio aturdido por el sueño.

He dormido mejor esta noche que en toda la semana. La primera noche que pasé aquí estuvimos despiertos casi todo el tiempo.

—Hola. —La sonrisa de Tessa ilumina la oscura habitación, y Kimberly discretamente baja del taburete en el que estaba sentada y nos deja a solas. Lo que significa que obtiene un punto por no molestarme.

—¿Cuánto llevas despierta? —le pregunto.

—Dos horas. Christian me dijo que podía quedarme una hora más porque aún no te habías levantado.

—Tendrías que haberme despertado antes.

Recorro vorazmente su cuerpo con la mirada. Lleva una blusa de color vino metida en una falda de tubo negra hasta la rodilla. La tela envuelve sus caderas de una forma que me hace querer volverla en ese taburete, subirle la falda hasta que se le vean los calzones (de encaje, tal vez) y poseerla aquí y ahora...

Pero entonces me despierta de mis pensamientos:

—¿Qué?

La puerta principal se cierra y me alivia saber que por fin estamos solos en la enorme casa.

—Nada —miento, y camino hacia la cafetera medio llena—. Claro, ¿cómo iban a tener una Keurig?... Malditos ricachones.

Tessa se ríe por mi comentario.

—Me alegro de que no, no me gustan nada esos trastos.

Apoya los codos sobre la isla de la cocina y su pelo cae enmarcándole la cara.

—Yo también.

Echo una mirada a la espaciosa cocina y de vuelta al pecho de Tessa, que ahora está de pie muy erguida.

—¿A qué hora tienes que irte? —le pregunto.

Se cruza de brazos y me deja sin vista.

—Dentro de veinte minutos.

—Mierda —suspiro, y ambos nos llevamos la taza de café a los labios a la vez—. Tendrías que haberme despertado —insisto—. Dile a Vance que no vas.

—¡No! —replica, y sopla el café humeante que tiene en la mano.

—Sí.

—No —dice con voz firme—, no puedo aprovecharme de mi relación personal con él de esta manera.

Las palabras que ha elegido para decirlo me enojan.

—No es una «relación personal». Vives aquí porque eres amiga de Kimberly y básicamente porque yo te presenté a Vance —le recuerdo, completamente consciente de lo mucho que le molesta que saque este tema.

Pone sus ojos grises en blanco con dramatismo y atraviesa el lujoso suelo de madera, sus tacones sonando con fuerza al pasar por mi lado. Le agarro el codo con los dedos, deteniendo su dramática salida.

La atraigo hacia mi pecho y beso la base de su cuello.

—¿Adónde crees que vas?

—A mi habitación, por mi bolsa —dice.

Pero la forma pesada en la que se eleva y cae su pecho contradice completamente su tono frío y su mirada aún más fría.

—Dile que necesitas más tiempo —le pido casi rozando con los labios la fina capa de piel de su nuca.

Tessa intenta fingir que no le afecta que la toque, pero yo sé la verdad. Conozco su cuerpo mejor que ella.

—No —replica.

Hace un esfuerzo mínimo para liberarse, sólo para poder decirse a sí misma que lo ha hecho.

—No quiero aprovecharme de él. Ya me ha dejado quedarme aquí gratis.

No pienso rendirme.

—Entonces lo llamaré yo —le digo.

Hoy no la necesita en la oficina. Ya la tiene tres días a la semana. Yo la necesito más que la editorial.

—Hardin...

Alcanza mi mano antes de que yo pueda meterla en el bolsillo para sacar el celular.

—Llamaré a Kim —dice finalmente.

Frunce el ceño y me sorprende, y le agradezco que se haya rendido tan rápido.

CAPÍTULO 105

Tessa

—Hola, Kim, soy Tessa. Iba a...

—Adelante —me interrumpe—. Ya le dije a Christian que seguramente no vendrías hoy.

—Siento pedírtelo. Yo...

—Tessa, no pasa nada. Lo entendemos.

La sinceridad de su voz me hace sonreír a pesar de mi molestia con Hardin. Es agradable tener una amiga por fin. Me cuesta mucho aliviar la presión que siento en el pecho por la traición de Steph. Miro mi habitación temporal y me recuerdo a mí misma que estoy a horas de distancia de ella, del campus, de todos los amigos que pensaba que había hecho en mi primer trimestre en la facultad, todos falsos. Esta es mi vida ahora. Mi sitio está en Seattle y no voy a tener que volver a ver nunca más a Steph ni a los demás.

—Muchísimas gracias —le digo.

—No tienes por qué dármelas. Sólo recuerda que todas las habitaciones principales de la casa están vigiladas —ríe Kimberly—. Estoy segura de que, tras el incidente del gimnasio, no se te olvidará.

Atravieso a Hardin con la mirada cuando entra en la habitación.

Su sonrisa expectante y la forma en la que esos pantalones azules bajos se apoyan en sus caderas me distraen de las palabras de Kimberly. Tengo que esforzarme para recordar lo que me ha dicho hace unos segundos.

«¿El gimnasio? Dios mío, no...» Se me hiela la sangre y Hardin viene directo hacia mí.

—Hum, sí —murmuro, levantando una mano para evitar que se acerque ni un poco más.

—Pásala bien —añade Kimberly, y cuelga.

—¡Hay cámaras en el gimnasio! ¡Nos vieron! —le digo a Hardin aterrorizada.

Él se encoge de hombros como si no fuera nada importante.

—Las apagaron antes de poder ver nada.

—¡Hardin! Saben que..., ya sabes, ¡en su gimnasio!

Mis manos vuelan frente a mí.

—¡Es terrible! —Me cubro la cara con ellas y Hardin me las aparta enseguida.

—No vieron nada. Ya hablé con ellos. Tranquilízate. ¿No crees que me habría vuelto loco si sé que han visto algo?

Me relajo un poco. Tiene toda la razón, habría estado mucho más enojado de lo que parece en este momento, pero eso no significa que no me sienta totalmente humillada porque lo saben, aunque pararan la grabación a tiempo.

Pero, espera, ¿qué significa *grabación* aquí? Todo es digital. Podrían decir que apagaron las cámaras, pero en realidad quedarse mirando todo el rato...

—Las imágenes... no están grabadas ni guardadas en ninguna parte, ¿verdad? —No puedo evitar preguntarlo. Dibujo con la yema del dedo la pequeña cruz tatuada en la mano de Hardin.

Él baja la cabeza y me mira a la defensiva.

—¿Qué quieres decir con eso?

Las... viejas aficiones de Hardin reaparecen en mi mente.

—No quiero decir eso —digo rápidamente. Puede que demasiado rápido.

—¿Estás segura? —pregunta.

Veo cómo se le endurecen las facciones y sus ojos se llenan de culpa.

—Ajá, y ¿cómo sabes lo que me preocupa que estuvieras pensando si no lo has pensado ya por ti misma?

—No —le aseguro, y acorto el espacio que hay entre nosotros.

—No, ¿qué? —inquiere.

Puedo leer sus pensamientos en este momento, puedo verlo revivir las horribles cosas que hizo.

—No hagas eso, no vuelvas ahí.

—No puedo evitarlo.

Se frota la cara con la mano de forma lenta y enajenada.

—¿Es eso lo que pensabas? ¿Que sabía lo de la grabación y que los dejé verla?

—¿Qué? ¡No! Nunca pensaría eso —le digo sinceramente—. Sólo relacioné la grabación del gimnasio con lo que pasó antes de que dijeras algo. Ha sido pura paranoia mía.

»Tan sólo me lo recordó: en ningún momento pensé que lo estuvieras haciendo ahora. —Le agarro el andrajoso cuello de la camiseta negra—. Sé que no le enseñarías a nadie una cinta mía. —Lo miro a los ojos, obligándolo a que me crea.

—Si alguna vez alguien te hiciera algo así... —Hace una larga pausa y respira hondo—. No sé lo que le haría, aunque fuera Vance —admite.

El temperamento de Hardin es algo a lo que me he acostumbrado de sobra en los últimos meses.

Me pongo de puntitas para poder mirarlo a los ojos.

—Eso no va a suceder.

—Pero estuvo a punto de suceder algo terrible la semana pasada con Steph y Dan.

Un escalofrío hace que le tiemblen los hombros y yo busco desesperadamente las palabras justas para sacarlo de ese oscuro lugar.

—No pasó nada —replico.

Lo irónico de ser yo la que lo consuele cuando el trauma es en realidad algo que me ocurrió a mí no es algo nuevo; pero este intercambio de papeles revela la verdadera naturaleza de nuestra relación y la necesidad de Hardin de culparse por cosas que no puede controlar. Igual que con su madre, igual que conmigo. Ahora lo veo.

—Si hubiera estado dentro de ti...

Esas palabras traen imágenes vagas de recuerdos de aquella noche, imágenes de los dedos de Dan subiendo por mi pantorrilla, de Steph quitándome el vestido.

—No quiero hablar de hipótesis.

Me pego a él y a sus brazos rodeándome la cintura, aprisionándome, protegiéndome de los malos recuerdos y de las amenazas inexistentes.

Frunce el ceño.

—Apenas hablamos de ello.

—No quiero hacerlo —contesto—. Ya hablamos lo suficiente en casa de mi madre y no es así como quiero pasar el día libre que he conseguido.

Le regalo la mejor de mis sonrisas intentando sin éxito aliviar la tensión.

—No soportaría que alguien te hiciera daño así. No soporto la idea de que te violara. Hace que me entren ganas de asesinar: lo veo todo rojo. No puedo con ello. —La expresión de enojo de Hardin no se relajó, tan sólo se ha visto intensificada. Sus ojos verdes atraviesan los míos, y sus rudas manos me aprisionan las caderas.

—Entonces será mejor que no hablemos de ello. Quiero que intentes olvidarlo, como he hecho yo. —Le acaricio la espalda, suplicándole con suavidad que lo olvide todo. No nos hará ningún bien a ninguno de los dos seguir siempre con lo mismo. Fue tremendo y asqueroso, pero no estoy dispuesta a permitir que me controle—. Te quiero. Te quiero con locura.

Su boca envuelve la mía, y enredo mis brazos en los suyos, acercándolo a mí. Cuando paramos para tomar aliento, digo:

—Céntrate en mí, Hardin. Sólo en m...

Me interrumpe la presión de su boca en la mía de nuevo, poseyéndome, demostrándome su compromiso conmigo y con él mismo. Su lengua dura se abre paso entre mis labios para acariciar la mía. Las yemas de sus dedos se clavan aún más en mis caderas y me hacen gemir cuando se deslizan por mi barriga y hasta mi pecho. Me agarra los pechos y yo me pego con más fuerza a su cuerpo, llenando sus ávidas manos.

—Demuéstrame que soy el único —susurra en mi boca, y yo sé exactamente lo que quiere, lo que necesita.

Me pongo de rodillas frente a él y desabrocho el único botón de sus pantalones. El cierre resulta ser más problemático, y por un momento considero arrancar las costuras y destrozarlo todo. Sin embargo, no puedo permitirme tal cosa, más que nada por lo bien que se ve con estos pantalones azules. Lentamente, rozo con los dedos el vello fino que lleva desde su ombligo hasta el resorte de su bóxer, y él gime impaciente.

—Por favor —me suplica—, no seas cruel.

Asiento y le bajo los calzones hasta los tobillos sobre los pantalones. Hardin vuelve a gemir, esta vez más fuerte, más primitivo, y yo lo meto a mi boca. Los movimientos lentos y rápidos de mi lengua dicen las cosas que intento que se graben en su mente paranoica, asegurándole que estos actos de placer son distintos de cualquier cosa que pudiese obligarme a traer a alguien.

Lo quiero. Me doy cuenta de que lo que estoy haciendo tal vez no sea la forma más sana de atajar su enojo y su preocupación, pero mis ansias de él son más fuertes que mi subconsciente, que, en este momento, balancea con suficiencia un libro de autoayuda en mis narices.

—Me vuelve loco ser el único hombre que ha poseído tu boca —dice, y gime cuando uso una mano para tomar lo que mi boca no puede—. Esos labios sólo me han agarrado a mí.

Un rápido movimiento de sus caderas me provoca una arcada y él recorre mi frente con el pulgar.

—Mírame —me ordena.

Y yo obedezco encantada. Estoy disfrutando de esto tanto como él. Siempre lo hago. Me encanta ver cómo cierra los ojos con cada caricia de mi lengua. Me encanta cómo gime y gruñe cuando succiono con más fuerza.

—Carajo, sabes exactamente...

Echa la cabeza atrás y siento cómo los músculos de sus piernas se contraen bajo mi mano, que he apoyado en él para mantener el equilibrio.

—Soy el único hombre frente al que te pondrás de rodillas...

Aprieto los muslos para aliviar un poco la tensión que sus obscenas palabras están provocando en mí. Hardin se apoya con una mano en la pared mientras mi boca lo acerca cada vez más y más al clímax. No aparto la mirada de la suya, algo que sé que lo vuelve completamente loco, mientras disfruto dándole placer. Su mano libre va de encima de mi cabeza a mi boca, recorre con la yema de su pulgar mi labio superior y lo mete y lo saca de mi boca a un ritmo cada vez más frenético.

—Carajo, Tess.

Su cuerpo se tensa mientras me dice lo mucho que le gusta, lo mucho que me quiere, cuando está a punto de venirse.

Me la como entera, gimiendo mientras me llena la boca... y él gime, vaciándose en mi lengua. Sigo chupando, sacándole cada gota de leche mientras él me acaricia la mejilla con el pulgar.

Me abandono a su roce, gozando de su ternura, y me ayuda a levantarme con delicadeza. Ya de pie junto a él me rodea con sus brazos, estrechándome en un gesto íntimo que casi me abruma.

—Siento haber sacado toda esa mierda —susurra contra mi pelo.

—Shhh... —susurro yo a mi vez, puesto que no quiero volver a esa oscura conversación que hemos dejado minutos atrás.

—Inclínate sobre la cama —me dice entonces.

Me cuesta un poco procesar sus palabras, pero no me da la posibilidad de responder antes de que me empuje suavemente poniendo la palma de la mano en la parte baja de mi espalda, guiándome así a la orilla del colchón. Me agarra los muslos y me sube la falda hasta que mi trasero queda al descubierto para él.

Lo deseo tanto que me duele físicamente, un dolor que sólo él puede calmar. Cuando me muevo para quitarme los zapatos, vuelve a presionar mi espalda con la palma de la mano.

—No, déjatelos puestos —gruñe.

Gimo cuando me hace a un lado mis calzones y me mete un dedo. Se acerca más, sus piernas casi tocando las mías, su verga rozando con suavidad mis muslos.

—Es tan jugoso, nena, y está tan calentito. —Añade otro dedo, y yo gimo, apoyando todo mi peso en los codos, sobre el colchón. Arqueo la espalda cuando encuentra el ritmo, introduciéndose en mí de manera constante, metiendo y sacando sus largos dedos—. Haces unos ruiditos tan sexis, Tess —dice, y pega su cuerpo al mío, de manera que noto su verga dura contra mí.

—Por favor, Hardin. —Gimo, ahora lo necesito. En cuestión de segundos me sacia como sólo él me sabe saciar y como nunca lo hará nadie. Lo deseo, pero eso no es nada en comparación con el amor incontenible, absorbente, conturbador que siento por él, y en el fondo (en ese fondo que sólo él y yo podemos ver) sé que él siempre será el único.

Más tarde, acostado en la cama, Hardin gimotea «No quiero irme», y en un gesto muy poco propio de él, hunde la cabeza en mi hombro y me rodea con los brazos y las piernas. Su pelo grueso me hace cosquillas. Intento peinarlo con los dedos, pero es simplemente demasiado.

—Necesito un corte de pelo —anuncia como si respondiera a mis pensamientos.

—A mí me gusta así —digo acariciando los mechones húmedos.

—Si no fuera así, no me lo dirías —me reta.

Tiene razón, pero sólo porque no me imagino un solo corte de pelo que no le quedara bien. De todas formas, resulta que me encanta cómo lo lleva ahora. —Tu teléfono vuelve a sonar —le advierto, y él levanta la cabeza para mirarme—. Podría estar pasándole algo malo a mi padre. Estoy haciendo lo que puedo para no volverme loca y de verdad quiero confiar en ti, así que, por favor, contesta —le suelto de golpe.

—Si le pasa algo a tu padre, Landon puede ocuparse de ello, Tessa.

—Hardin, sabes lo difícil que es para mí, ¿verdad?

—Tessa —dice para acallarme, pero entonces se pone en pie y agarra el celular del escritorio—. ¿Ves? Es mi madre.

Levanta la pantalla para que pueda ver el nombre de Trish desde allí. Me encantaría que me hiciera caso y cambiara el contacto a «Mamá» en su teléfono, pero no quiere. Lo que me recuerda a mí misma.

—¡Contesta! —lo apremio—. Podría ser una emergencia.

Me levanto de la cama e intento quitarle el celular, pero él es muy rápido.

—Está bien. Lleva dándome lata toda la mañana.

Hardin sostiene el celular en alto, sobre mi cabeza.

—¿Y eso? —le pregunto y lo veo apagar el teléfono.

—Nada importante. Ya sabes lo pesada que puede ser —dice.

—No es pesada —replico en defensa de Trish. Es muy dulce y me encanta su sentido del humor. Algo que no le vendría mal a su hijo.

—Tú eres igual de pesada que ella, sabía que dirías eso.

Sonríe. Sus largos dedos me colocan el pelo detrás de las orejas. Lo miro mal en broma.

—Estás siendo terriblemente encantador hoy. Sin contar que acabas de llamarme *pesada*, claro.

No me quejo, pero teniendo en cuenta nuestro historial, me temo que este comportamiento terminará en cuanto finalice nuestro maravilloso fin de semana.

—¿Preferirías que fuera un cabrón? —replica levantando una ceja.

Sonrío, disfrutando de su comportamiento juguetón, no importa lo poco que dure.

CAPÍTULO 106

Hardin

Por si el maldito y eterno trayecto bajo la lluvia helada no hubiera sido lo bastante desagradable, cuando llego a mi departamento me bombardea la imagen del padre de Tessa despatarrado en mi sillón con ropa mía puesta. Lleva unos pantalones de pijama de algodón y una camiseta negra que le quedan demasiado pequeños, y siento literalmente cómo el *bagel* que Tessa me ha preparado para desayunar esta mañana vuelve a mi garganta y me suplica que lo vomite sobre el suelo de concreto.

—¿Qué tal está Tessie? —me pregunta Richard en cuanto cruzo la puerta.

—¿Por qué volviste a ponerte mi ropa? —gruño sin esperar una respuesta por su parte pero sabiendo que me la va a dar de todas formas.

—Sólo tengo la camisa que me diste y no consigo quitarle el olor —contesta poniéndose en pie.

—¿Dónde está Landon?

—Landon está en la cocina. —La voz de mi hermanastro llega a la sala por mi espalda.

Un minuto más tarde se reúne con nosotros, con un trapo de cocina en las manos. Caen gotas de jabón al suelo y lo reprendo por no hacer que Richard lave los malditos platos.

—Entonces, ¿cómo está? —pregunta.

—Está bien, carajo. Y, por si a alguien le interesa, yo también estoy bien —suelto.

El departamento se ve mucho más limpio de lo que estaba cuando me fui. Los pinches montones de manuscritos que pensaba tirar se han evaporado, la torre de botellas de agua vacías que construí en la mesita de café ya no está, e incluso el montículo de polvo que me había acostumbrado a ver crecer ha desaparecido de las esquinas de la mesa de la tele.

—¿Qué demonios pasó aquí? —les pregunto. Mi paciencia se está agotando bastante rápido para hacer sólo dos minutos que he entrado.

—Si te refieres a qué pasó porque hemos limpiado... —empieza a decir Landon, pero lo corto.

—¿Dónde están mis chingaderas? —inquiero caminando por la habitación—. ¿Les pedí a alguno de los dos que tocaron mi mierda?

Me pellizco el puente de la nariz con los dedos y respiro hondo intentando controlar mi inesperada ira. ¿Por qué carajos han limpiado mi maldito departamento sin consultarme antes?

Miro a uno y luego al otro una y otra vez antes de largarme a mi cuarto.

—Qué humor tenemos... —oigo decir a Richard cuando llego a la puerta.

—No le hagas caso..., la extraña —responde Landon rápidamente.

Como diciendo «Chinguen a su madre», doy un portazo lo más fuerte que puedo.

Landon tiene razón. Sé que la tiene. Lo sentía a medida que me alejaba en el coche de aquella maldita ciudad, distanciándome de ella. Podía sentir cómo se tensaban más todos y cada uno de mis músculos y tendones cuanto más me alejaba de ella. Cada pinche kilómetro haciendo más y más grande el agujero que se iba abriendo en mí. Un agujero que sólo ella puede llenar.

Maldecir a cada pendejo con que me cruzaba en la autopista me ha ayudado a mantener la furia controlada, pero estaba claro que no iba a durar mucho. Tendría que haberme quedado en Seattle unas horas más, haberla convencido de tomarse la semana libre y de volver a casa conmigo. Tal y como iba vestida, no debería haber tenido elección.

Cuanto más profundizo en mis pensamientos, más veces me descubro visualizando su cuerpo semidesnudo. La falda enrollada en la cintura, dejando al descubierto la visión más sexi posible. Mientras su cuerpo y el mío chocaban sin parar, me prometió que no me olvidaría en toda esta larga semana y me dijo cuánto me quería.

Cuanto más pienso en cómo me besaba y luego volvía a besarme, más me excito.

La necesidad que tengo de ella es más fuerte que nunca. Es deseo y amor entremezclados, o no, la necesidad que tengo de ella va más allá del deseo. La forma en la que estamos conectados cuando hacemos el amor es indescriptible, sus gemidos, el modo en que me recuerda que soy el único hombre que la ha hecho sentir así. Me quiero y la quiero, fin de la pinche historia.

—Hola —digo al teléfono. La he llamado antes de ser consciente de lo que hacía.

—Hola, ¿pasa algo? —me pregunta.

—No. —Miro mi habitación. Mi recién recogida habitación—. Sí.

—¿Qué pasa? ¿Estás en casa?

«No es mi casa. Tú no estás aquí...»

—Sí, tu pinche padre y Landon ya me sacaron de quicio —respondo.

Se le escapa una risita.

—Hace, ¿cuánto?, ¿diez minutos que llegaste? ¿Qué han hecho ya?

—Limpiaron todo el departamento, cambiaron todas mis pinches cosas de sitio, no encuentro nada.

Me encantaría que hubiera una camiseta sucia o algo en el suelo para darle una patada.

—Y ¿qué estás buscando? —me pregunta.

Pero entonces, al otro lado de la línea, oigo una voz de fondo.

Tengo que hacer un esfuerzo sobrehumano para no preguntarle con quién demonios está.

—Nada en específico —admito—. A lo que me refiero es que, si quisiera encontrar algo, no podría.

Se ríe.

—¿Así que estás enojado porque limpiaron el departamento y no consigues encontrar algo que ni siquiera estás buscando?

—Sí —digo con una mueca.

Me estoy comportando como un pinche chamaco, y lo sé. Ella también lo sabe, pero en lugar de reñirme se ríe.

—Deberías ir al gimnasio.

—Debería volver a Seattle y cogerte encima de tu cama. Otra vez —disparo de vuelta.

Ella jadea y el sonido se hace eco muy dentro de mí, lo que provoca que la necesite aún más.

—Mmm, sí —susurra.

—¿Con quién estás? —He aguantado al menos cuarenta segundos. Estoy mejorando.

—Trevor y Kim —me contesta lentamente.

—¿Es en serio?

El maldito Trevor siempre está ahí. Empieza a ser más molesto que Zed, y eso ya es mucho decir.

—Har-din...

Noto que se siente incómoda y que no quiere dar explicaciones delante de ellos.

—The-re-sa.

—Voy un momento a mi habitación —se excusa educadamente, y mientras oigo su respiración me impaciento cada vez más.

—¿Qué hace el maldito Trevor en tu casa? —digo, sonando más trastornado de lo que era mi intención.

—Ésta no es mi casa —me recuerda.

—Ya, bueno, pero vives ahí y...

Me interrumpe:

—Deberías irte al gimnasio, estás furioso.

Percibo la preocupación en su voz, y el silencio que le sigue lo demuestra.

—Por favor, Hardin.

A ella no puedo decirle que no.

—Te llamo cuando vuelva —acepto, y cuelgo el teléfono.

No puedo decir que no haya visto la asquerosa cara de modelo del pinche Trevor impresa en el saco mientras le daba patadas, puñetazos, patadas y más puñetazos durante dos horas seguidas. Pero tampoco puedo decir que me haya ayudado, la verdad es que no. Sigo... encabronado. Ni siquiera sé por qué estoy enojado excepto porque Tessa no está aquí y yo no estoy allí.

Carajo, va a ser una semana muy larga.

No tenía pensado pasarme tanto rato haciendo ejercicio, pero estaba claro que lo necesitaba. Cuando llego al coche me espera un mensaje de Tessa:

He intentado aguantar despierta, pero estoy agotada ☺

Agradezco que fuera esté oscuro porque así nadie verá la cara de idiota que se me ha quedado con su indirecta. Es jodidamente adorable sin proponérselo.

Casi ignoro un mensaje de Landon que me recuerda que nos estamos quedando sin provisiones. No he comprado comida de verdad para mí desde... nunca. Cuando vivía en la hermandad comía la porquería que compraban los demás.

Sin embargo, puede que Tessa se enoje si se entera de que no doy de comer a su padre, y Landon seguro que no duda en delatarme.

No sé cómo me veo yendo a Target en lugar de a Conner's para hacer las compras. Está claro que Tessa influye en mí hasta cuando no está. Pasa tanto tiempo en Conner's como en Target, aunque puede pasarse horas explicándome por qué Target es mucho mejor que cualquier otra tienda. Me aburre mortalmente, pero he aprendido a asentir en los momentos justos para que crea que la escucho y que estoy más o menos de acuerdo con ella.

En cuanto meto una caja de cereal en el carrito, veo aparecer fugazmente una melena pelirroja al final del pasillo. Sé que es Steph antes de que se vuelva. Sus mugrientas botas altas y negras con cordones rojos son inconfundibles.

Rápidamente pienso en las dos opciones que tengo. Una, puedo acercarme y recordarle lo muy hija de...

Antes de que pueda pensar en la segunda opción, que seguramente habría preferido, se vuelve y me ve.

—¡Hardin, espera! —Su voz suena fuerte cuando giro sobre los talones y dejo el carrito en mitad del pasillo. Aunque venga agotado del gimnasio, no hay forma humana en que pueda controlarme delante de Steph. No la hay.

Oigo sus fuertes pisadas sobre el suelo laminado mientras me sigue a pesar de mis claras intenciones de ignorarla.

—¡Escúchame! —grita cuando está justo detrás de mí.

Cuando dejo de caminar, choca contra mi espalda y se cae al suelo. Me vuelvo y le grito:

—¡¿Qué chingados quieres?!

Se pone rápidamente en pie. Me percato de que el vestido negro que lleva está todo manchado de polvo blanco del suelo sucio.

—Pensaba que estabas en Seattle.

—Y lo estoy, pero justo ahora no —miento. No tengo ni idea de qué me ha impulsado a enfrentarme a ella, pero ya es tarde para echarse atrás.

—Sé que ahora me odias... —empieza.

—Es el primer pensamiento sensato que has tenido en mucho tiempo —le suelto, y luego la observo detenidamente. Sus ojos verdes casi desaparecen bajo las líneas negras que los rodean. Está horrible—. No estoy de humor para tus chorradas —le advierto.

—Nunca lo has estado. —Sonríe.

Aprieto los puños a mis costados.

—No tengo nada que decirte, y ya sabes cómo me pongo cuando no quiero que me molesten.

—¿Me estás amenazando? ¿En serio?

Levanta los brazos frente a mí y luego vuelve a dejarlos caer. Me quedo en silencio mientras imágenes de una Tessa apenas consciente pasan por mi cabeza. Tengo que alejarme de Steph. Nunca le haría daño físico, pero sé toda la mierda que puedo llegar a soltarle para hacerle mucho más daño del que pueda llegar a imaginar. Es una de mis muchas aptitudes.

—No es buena para ti —tiene el valor de decirme Steph.

No puedo evitar reírme ante la osadía de esta puta.

—No eres tan estúpida como para intentar hablar conmigo de eso —replico.

Pero si algo ha sido alguna vez Steph es segura de sí misma. Orgullosa de sí misma.

—Sabes que es cierto —contesta—. No es suficiente para ti, y tú nunca serás suficiente para ella.

El fuego que arde en mi interior se aviva mientras ella sigue:

—Te cansarás de esa santurrona, y lo sabes. Seguramente ya te cansaste.

—¿Santurrona? —Me trago otra carcajada. No conoce a la Tessa a la que le gusta que se la cojan delante de un espejo y que se frota a sí misma con sus dedos hasta gritar mi nombre.

Steph asiente.

—Y a ella se le pasará la fijación por el chico malo que tiene contigo y se casará con un banquero o algo así. No creo que seas tan idiota como para pensar que esto va para largo. Sé que viste cómo estaba con Noah, ese pendejo de las chamarras tejidas. Eran como la pareja modelo que están hechos el uno para la otra, y lo sabes. No puedes competir con eso.

—¿Y qué? ¿Quieres decir que tú y yo funcionaríamos mejor?

Mi voz acaba sonando mucho menos exigente de lo que pretendía. Se está entrometiendo en mis mayores inseguridades y estoy haciendo lo que puedo por no vacilar.

Pone en blanco sus ojos de mapache.

—No, claro que no. Sé que no te gusto, nunca te he gustado. Sólo es que me preocupas —dice.

Aparto la mirada de ella para mirar los pasillos vacíos.

—Sé que no quieres creerme y sé que te gustaría partirme el cuello por meterme con tu Virgen María, pero en ese oscuro corazoncito tuyo sabes que lo que estoy diciendo es verdad.

Intento contenerme al oír el apodo con el que mis supuestos amigos bautizaron a Tessa hace tiempo.

—En el fondo sabes que no funcionará. Es demasiado fresa para ti. Tú estás lleno de tatuajes, y sólo es cuestión de tiempo para que ella se canse de avergonzarse de que la vean contigo.

—Tessa no se avergüenza de que la vean conmigo —replico dando un paso hacia la arpía pelirroja.

—Sabes que sí. Incluso me lo llegó a decir a mí cuando empezaban a salir. Seguro que sigue igual. —Sonríe, el pendiente de la nariz brilla bajo la luz y yo me avergüenzo con el recuerdo de sus manos tocándome, haciendo que me viniera.

Me trago la rabia y replico:

—Intentas manipularme porque es todo lo que te queda y no te va a funcionar.

La hago a un lado para irme.

Suelta una carcajada asquerosa.

—Si eres suficiente para ella, ¿por qué se iba con Zed tan seguido? Ya sabes lo que decían por ahí...

Me paro en seco. Recuerdo a Tessa volviendo de aquella comida con Steph. Estaba muy enojada tras irse de Applebee's el día que Steph llevó a Molly y las dos le dieron a entender a Tessa que corría el rumor de que se cogía a Zed. Me enojé tanto que llamé a Molly para advertirle de que no volvieran a meterse entre nosotros. Está claro que Steph no recibió el mensaje, a pesar de que era de ella de quien debía preocuparme desde el principio.

—Tú te inventaste esos rumores —la acuso.

—No, fue el compañero de depa de Zed. Fue él quien la oyó gemir su nombre y la cama de Zed golpeando la pared cuando él intentaba dormir. Molesto, ¿verdad?

La sonrisa malévola de Steph me deja sin el poco autocontrol que me quedaba desde que Tessa se fue a Seattle.

«Tengo que largarme ahora mismo. Tengo que largarme ahora mismo...»

—Zed dijo que no lo hizo nada mal, por cierto; al parecer, hace eso... eso que hace ella con las caderas o algo así. Ah, y ese lunar... ya sabes cuál.

Se golpea suavemente la mejilla con sus uñas negras.

No puedo soportarlo.

—¡Cállate! —Me tapo las orejas con las manos—. ¡Cállate de una vez! —le grito desde el otro lado del pasillo.

Steph se aleja, sigue riendo.

—Créeme o no me creas —añade encogiéndose de hombros—. Me da igual, pero sabes que es una pérdida de tiempo. Ella es una pérdida de tiempo.

Hace una mueca de burla y desaparece justo cuando mi puño impacta con el estante metálico.

CAPÍTULO 107

Hardin

Las cajas caen de la estantería al suelo con estrépito. Vuelvo a golpear el metal, dejando una mancha roja y espesa en él. El escozor familiar de la carne abriéndose en mis nudillos sólo consigue hacer que la adrenalina suba y que la furia que siento crezca. Es casi reconfortante el alivio de permitirme expresar la ira de la forma en que solía hacerlo siempre. No tengo que contenerme. No tengo que pensar en mis actos. Puedo rendirme a la furia, dejar que salga, dejar que me hunda.

—¿Qué estás haciendo? ¡Que venga alguien! —grita una mujer.

Cuando giro la cabeza hacia ella, ésta da un paso atrás en dirección al final del pasillo y entonces veo que, pegada a su falda, hay una niña rubia. Los ojos de la mujer están llenos de miedo y cautela.

Cuando los ojos azul claro de la niña se encuentran con los míos, no puedo apartar la mirada. Con cada respiración furiosa que abandona mi cuerpo, robo un poco de la inocencia que los inunda. Corto la conexión con la mirada de la niña y miro el caos que he hecho en el pasillo. La decepción sustituye a la ira en un segundo y recibo un duro golpe al darme cuenta de que estoy haciendo un desmadre en medio de un Target. Si la policía llega antes de que pueda salir de aquí, estoy jodido.

Con una última mirada a la niña del vestido largo y los zapatos brillantes, corro por el pasillo hacia la puerta principal. Evitando el caos que crece alrededor de mí, paso de un pasillo al otro mientras intento que nadie me vea.

No puedo pensar con claridad. Nada de lo que pienso tiene sentido.

Tessa no se cogió a Zed.

No lo hizo.

No pudo hacerlo.

Si lo hubiera hecho, lo sabría. Alguien me lo habría dicho.

Ella me lo habría dicho. Ella es la única persona que conozco que no me miente.

De repente estoy fuera y el aire invernal me corta la piel sin compasión. Centro la mirada en mi coche, que está al fondo del estacionamiento, agradeciendo que la oscuridad de la noche me proteja.

—¡Carajo! —grito una vez llego al coche. Mi bota se estampa contra el parachoques y el sonido chirriante del metal al doblarse hace que mi frustración disminuya—. ¡Sólo ha estado conmigo! —chillo, y luego subo al coche.

Estoy metiendo la llave en el contacto cuando dos coches de policía entran en el estacionamiento con las luces y las sirenas puestas. Salgo del lugar poco a poco para no llamar la atención y veo cómo se detienen en el tope y corren adentro como si se hubiera cometido un asesinato.

En cuanto consigo salir, siento un gran alivio recorrerme el cuerpo. Si llegan a detenerme en el Target, Tessa se habría puesto como loca.

Tessa... y Zed.

No soy tan idiota como para creer las mentiras de Steph cuando dice que Tessa se lo tiró. Sé que no lo hizo. Sé que soy el único hombre que ha estado dentro de ella, el único que ha hecho que se venga en su vida. No él.

Nadie más, carajo. Sólo yo.

Sacudo la cabeza para apartar la visión de ellos dos juntos, sus dedos agarrando los brazos de él mientras entra y sale de ella. Puta madre, otra vez esto, no.

No puedo pensar con claridad, literalmente. No puedo ver con claridad. Tendría que haber agarrado a Steph por el cuello y...

No, no puedo permitirme acabar de imaginarlo. Ella consiguió lo que quería de mí y eso me enoja aún más. Sabía exactamente lo que hacía al mencionar a Zed, me estaba tomando el pelo a propósito, intentando hacerme saltar, y funcionó. Sabía que estaba jalando de la anilla de una granada. Pero no soy una granada, tendría que poder controlarme.

Llamo a Tessa inmediatamente, pero no contesta. Su teléfono suena... y suena... y suena. Antes me ha dicho que se iba a dormir, pero sé perfectamente que siempre tiene el teléfono en modo vibración y que no soporta dormir con ruido.

—Vamos, Tess, contesta el pinche celular —gimoteo, y tiro el teléfono al asiento del acompañante.

Tengo que alejarme de Target todo lo que pueda antes de que los policías comprueben las cámaras de seguridad del estacionamiento y consigan la matrícula o algo así.

La autopista es una pinche pesadilla y sigo intentando llamar a Tessa. Si no me devuelve la llamada antes de una hora, telefonearé a Christian.

Tendría que haberme quedado en Seattle una noche más. Vale madre, tendría que haberme ido a vivir allí desde el principio. Todos mis motivos para no querer ir ahora me parecen absurdos. Todos los miedos que tenía, y todavía tengo, sólo se mantienen vivos por la distancia que hay de donde vive ella a donde yo vivo.

«En el fondo sabes que no funcionará.»

«Tú estás lleno de tatuajes, y sólo es cuestión de tiempo para que ella se canse de avergonzarse de que la vean contigo.»

«Fijación por el chico malo...»

«Se casara con un banquero o algo así.»

La voz de Steph martillea mis oídos una y otra vez. Me voy a volver loco. Estoy perdiendo literalmente la cabeza en esta carretera. Todos los esfuerzos que he hecho esta semana no significan nada ahora. Esa víbora se ha chingado los dos días que he pasado con Tessa de un plumazo.

«¿Vale la pena todo esto? ¿Todo este esfuerzo constante conduce a algo? ¿Voy a tener que prohibirme decir y hacer lo que está mal? Y si continúo con esta transformación potencial, ¿de verdad me querrá después o se sentirá como si hubiera terminado una especie de proyecto para una clase de psicología?

»Cuando todo acabe, ¿quedará lo bastante de mí para que me quiera? ¿Seré siquiera el mismo hombre del que se enamoró o esta es su forma de transformarme en quien ella desearía que fuera, en alguien de quien se hartará?»

¿Está intentando que me parezca a él? ¿Que sea como Noah?

«No puedes competir con eso...»

Steph tiene razón. No puedo competir con Noah y la relación sencilla que tenían. Ella nunca tuvo que preocuparse por nada cuando estaba con él. Les iba bien juntos. Les iba bien y era fácil.

Él no está destrozado como yo.

Recuerdo el tiempo en que solía pasar horas sentado en mi cuarto esperando a que Steph me dijera que Tessa había vuelto de pasar un rato con él. Me entrometía todo cuanto podía y, sorprendentemente, me salió bien. Me eligió a mí y no a él, el chico que había querido desde pequeña.

Se me revuelve el estómago de imaginar a Tessa diciéndole a Noah que lo quiere.

«Fijación por el chico malo...» Soy más que una fijación para Tessa. Tengo que serlo. Me he tirado a muchas tipas que sólo querían enojar a sus padres, pero Tessa no es una de ellas. Ha pasado muchas de mis pendejadas para demostrarlo.

Mis pensamientos son un revoltijo delirante que no soy capaz de seguir.

¿Por qué dejo que Steph se meta en mi cabeza? No tendría que haber escuchado ni una sola palabra de lo que ha dicho esa puta. Restriego los nudillos sangrientos y destrozados en los pantalones y estaciono el coche.

Cuando levanto la mirada, veo que estoy en Blind Bob's. He conducido hasta aquí sin pensar mucho en ello. No debería entrar..., pero no puedo evitarlo.

Y detrás de la barra veo a una vieja... amiga. Carly. Carly, con muy poca ropa y los labios pintados de rojo.

—Vaya..., vaya..., vaya... —Me sonríe.

—No digas nada —gruño, y me siento en un taburete justo delante de ella.

—Ni lo sueñes. —Sacude la cabeza; su cola de caballo rubia se mueve de un lado a otro—. La última vez que te serví todo acabó en una espiral de drama, y no tengo ni el tiempo ni la paciencia como para repetir mi actuación esta noche.

La última vez que estuve aquí me puse tan pedo que Carly me obligó a dormir en su sillón, lo que llevó a un terrible malentendido con

Tessa, que tuvo un accidente de tráfico aquel día por mi culpa. Por la mierda con la que lleno su vida, que de otro modo sería perfecta.

—Tu trabajo es servirme una copa cuando la pido —digo señalando la botella de whisky oscuro en el estante que hay tras ella.

—Ahí hay una señal que dice justo lo contrario. —Apoya los codos en la barra y yo vuelvo a sentarme en el taburete, poniendo entre nosotros tanta distancia como puedo.

El pequeño cartel que dice RESERVADO EL DERECHO DE ADMISIÓN está pegado en la pared y no puedo evitar reírme.

—No pongas mucho hielo, no quiero que se rebaje.

Vuelvo a ignorarla cuando pone los ojos en blanco y se incorpora para agarrar un vaso vacío.

Un gran chorro de licor cae en mi vaso mientras la voz de Steph suena en mi cabeza una y otra vez. Esta es la única forma de librarme de sus acusaciones y mentiras.

La voz de Carly me saca de mi aturdimiento:

—Te está llamando.

Miro hacia abajo y veo la foto que le tomé a Tessa mientras dormía esta mañana parpadeando en la pantalla del celular.

—Puta madre.

Instintivamente aparto el vaso y vuelco el contenido recién servido sobre la barra. Ignoro las maldiciones que suelta Carly y me largo del bar tan rápido como he llegado.

Fuera, deslizo el pulgar sobre la pantalla.

—Tess.

—¡Hardin! —dice nerviosa—. ¿Estás bien?

—Te he llamado muchas veces. —Suelto un suspiro de alivio al oír su voz a través del pequeño auricular.

—Lo sé, lo siento. Estaba dormida. ¿Estás bien? ¿Dónde estás?

—En Blind Bob's —admito. De nada sirve mentir, siempre averigua la verdad de una forma u otra.

—Ah... —susurra.

—Pedí una copa. —Puedo contárselo todo, ya que estamos en esto.

—¿Sólo una?

—Sí, y no tuve la oportunidad de probarla siquiera antes de que llamaras.

No sé cómo me siento respecto a eso. Su voz es mi salvavidas, pero también siento algo que me pide que vuelva a entrar en el bar.

—Eso está bien —dice—. ¿Ya te vas?

—Sí, en este instante.

Abro la puerta del coche y me acomodo en el asiento del conductor. Tras unos instantes Tessa me pregunta:

—¿Por qué fuiste allí? No pasa nada, pero... sólo me pregunto el porqué.

—Vi a Steph.

Resopla.

—¿Qué pasó? ¿Has... ha pasado algo?

—No le hice daño, si es lo que preguntas.

Prendo el coche, pero me quedo en el estacionamiento. Quiero hablar con Tessa sin estar distraído conduciendo.

—Me dijo unas cuantas chingaderas que... que me han encabronado muchísimo. He perdido el control en Target.

—¿Estás bien? Espera, pensaba que odiabas Target.

—¿Eso es lo único que...?

—Lo siento, estoy medio dormida.

Lo dice como si estuviera sonriendo, pero enseguida su tono cambia y se vuelve de preocupación.

—¿Estás bien? ¿Qué te dijo?

—Dijo que te cogiste a Zed —contesto. No quiero repetir el resto de la mierda que ha dicho de Tessa y de mí y que no somos buenos el uno para el otro.

—¿Qué? Sabes que no es verdad. Hardin, te juro que no pasó nada entre nosotros que tú no...

Golpeo el parabrisas con un dedo, viendo cómo se acumulan mis huellas.

—Dice que su compañero de depa los oyó.

—No le crees, ¿verdad? No puedes creerle, Hardin, me conoces, sabes que te lo habría dicho si alguien además de ti me hubiera tocado... —Su voz se rompe y siento un dolor en el pecho.

—Shhh...

No debería haberla dejado seguir. Debería haberle dicho que sabía que no era verdad pero, como soy un maldito egoísta, necesitaba oírselo decir.

—¿Qué más te dijo? —Está llorando.

—Pendejadas. De ti y de Zed. Se ha aprovechado de todos mis miedos e inseguridades respecto a nosotros.

—Y ¿por eso fuiste al bar? —No me está juzgando, sólo siento una comprensión que no me esperaba.

—Supongo —suspiro—. Sabía cosas. De tu cuerpo..., cosas que sólo yo debería saber.

Un escalofrío me recorre la espalda.

—Era mi compañera de habitación en la residencia. Me vio cambiarme un montón de veces, por no mencionar que fue la que me desnudó aquella noche —dice intentando respirar.

La ira vuelve a invadirme. Pensar en Tessa incapaz de moverse mientras Steph la desnudaba en contra de su voluntad...

—No llores, por favor. No puedo soportarlo, no cuando estamos a horas de distancia —le suplico.

Ahora que tengo a Tessa al otro lado del teléfono, las palabras de Steph no parecen ser verdad, y la locura (la maldita locura) que sentía hace sólo unos minutos se ha disuelto.

—Hablemos de otra cosa mientras vuelvo a casa.

Doy marcha atrás con el coche y pongo el teléfono en manos libres.

—Bueno, sí... —dice, y la escucho mientras piensa—. Ah, Kimberly y Christian me invitaron a acompañarlos a su club este fin de semana.

—No vas a ir.

—Si me dejas terminar... —replica—. Pero como espero que estés aquí y sé que no ibas a querer ir, quedamos en que entonces iré el miércoles por la noche.

—¿Qué clase de club está abierto un miércoles? —Miro el retrovisor, contestando a mi propia pregunta—. Iré —le digo finalmente.

—¿Qué? A ti no te gustan los clubes, ¿recuerdas?

Pongo los ojos en blanco.

—Iré contigo este fin de semana. No quiero que vayas el miércoles.

—Voy a ir el miércoles. Podemos volver el fin de semana si quieres, pero ya le dije a Kimberly que iré y no tengo motivos para no hacerlo.

No tengo la paciencia para mantener esta conversación con ella ahora.

—Excepto yo. Soy el motivo, ¿no? —Mi voz suena como un gimoteo patético.

—Si tienes un motivo de peso para que no vaya, sí. Estaré con Kim y Christian, no va a pasarme nada.

—Prefiero que no vayas —digo entre dientes. Estoy al límite y me está poniendo a prueba—. O también puedo ir el miércoles —le ofrezco intentando ser razonable.

—No tienes que conducir tantas horas el miércoles si ya tienes pensado venir el viernes.

—¿Es que no quieres que te vean conmigo? —Lo suelto antes de que pueda impedirlo.

—¿Qué? —Escucho de fondo el clic cuando enciende la lámpara—. ¿Por qué dices eso? Sabes que no es verdad. No dejes que Steph se te meta en la cabeza. Porque se trata de eso, ¿no?

Entro en el estacionamiento del edificio y estaciono el coche antes de contestar. Tessa espera en silencio una explicación. Al final suspiro.

—No. No lo sé.

—Tenemos que aprender a luchar juntos, no el uno contra el otro. No debería ser Steph contra ti y tú contra mí. Tenemos que estar juntos en esto —continúa.

—No es eso lo que estoy haciendo...

«Tiene razón. Siempre la tiene, carajo.»

—Iré el miércoles y me quedaré hasta el domingo.

—Te saltarás las clases.

—Tengo clases y trabajo.

—Suena a que no quieres que vaya. —Mi paranoia se abre paso en mi ya maltratada confianza.

—Claro que quiero y lo sabes —repone.

Saboreo las palabras: carajo, la extraño mucho...

—¿Ya estás en casa? —pregunta Tessa justo cuando apago el motor.

—Sí, acabo de llegar.

—Te extrañé.

La tristeza en su voz hace que todo se detenga de golpe.

—No lo hago. Lo siento. Me estoy volviendo loco sin ti, Tess.

—Yo también —suspira, y hace que quiera volver a pedirle disculpas.

—Soy un embécil por no haberme ido a Seattle contigo desde el principio.

La oigo toser al otro lado.

—¿Qué?

—Ya me oíste. No voy a repetirlo.

—Bueno. —Al final deja de toser cuando subo al elevador—. Sé que podría no haberte oído bien, de todas formas.

—Bueno, ¿qué quieres que haga con Steph y Dan? —Cambio de tema.

—¿Qué puedes hacer? —me pregunta con calma.

—No quieres que conteste a eso.

—Entonces nada, déjalos tranquilos.

—Seguramente le contará lo de esta noche a todo el mundo y seguirá esparciendo el rumor de Zed y tú.

—Ya no vivo allí. No pasa nada —dice Tessa, intentando convencerme. Sin embargo, sé lo que un rumor como ese puede llegar a herirla, lo admita o no.

—No quiero dejarlo así —le confieso.

—No quiero que te metas en problemas por ellos.

—Está bien —asiento, y nos damos las buenas noches.

No va a estar de acuerdo con mis ideas de cómo detener a Steph, así que mejor dejarlo. Abro la puerta de casa y veo a Richard despatarrado en el sillón, durmiendo. La voz de Jerry Springer resuena por toda la casa. Apago la tele y me voy directo a mi cuarto.

CAPÍTULO 108

Hardin

Me paso la mañana entera como un muerto viviente. No recuerdo haber ido a la primera clase, y empiezo a preguntarme por qué me molesto siquiera.

Cuando voy a cruzar por delante del edificio de administración, veo a Nate y a Logan al pie de la escalera. Me pongo la capucha y paso por su lado sin mediar palabra. Tengo que largarme de este sitio como sea.

Sin embargo, cambio de opinión y doy media vuelta y subo la empinada escalinata hasta el edificio principal. La secretaria de mi padre me recibe con la sonrisa más falsa que he visto en mucho tiempo.

—¿Puedo ayudarte?

—Vengo a ver a Ken Scott.

—¿Habías pedido cita? —me pregunta la mujer con dulzura, sabiendo perfectamente que no. Sabiendo perfectamente quién soy.

—Está claro que no; ¿está ahí mi padre o no? —pregunto a la vez que señalo la pesada puerta de madera frente a mí. El cristal ahumado del centro hace difícil saber si está dentro.

—Está ahí, pero está en mitad de una videoconferencia en este momento. Si te sientas, te...

Paso por delante de su mesa y voy directo a la puerta. Cuando la abro, mi padre se vuelve para mirarme y levanta un dedo tranquilamente para pedirme que le dé un segundo.

Como el educado caballero que soy, pongo los ojos en blanco y me siento delante de su mesa.

Tras otro minuto, más o menos, mi padre devuelve el teléfono a su sitio y se pone en pie para saludarme.

—No te esperaba.

—Yo tampoco esperaba estar aquí —admito.

—¿Algo va mal?

Su mirada va de la puerta cerrada a mi espalda y a mi cara de nuevo.

—Tengo una pregunta —digo finalmente.

Apoyo las manos en su escritorio de madera de cerezo casi rojo y lo miro. Veo manchas oscuras de barba incipiente en su cara, lo que me deja claro que lleva días sin rasurarse, y la camisa blanca tiene los puños algo arrugados. Creo que no lo había visto llevar una camisa arrugada desde que me vine a vivir a Estados Unidos. Es un hombre que va a desayunar con un chaleco tejido y unos pantalones recién planchados.

—Te escucho —dice él.

Hay mucha tensión entre nosotros pero, a pesar de ello, tengo que hacer un esfuerzo para recordar el profundo odio que llegué a sentir una vez por este hombre. Ahora no sé qué sentir por él. No creo que sea capaz de perdonarlo nunca del todo, pero mantener toda esa furia hacia él me consume demasiada energía. Jamás tendremos la relación que tiene con mi hermanastro, pero digamos que es agradable que cuando necesite algo de él intente hacer todo lo que pueda por ayudarme. Aunque la mayoría de las veces su ayuda no me lleva a ninguna parte, de alguna forma valoro su esfuerzo.

—¿Cómo de complicado sería para ti trasladar mi expediente al campus de Seattle?

Mi padre levanta una ceja con dramatismo.

—¿En serio?

—Sí. No quiero tu opinión, quiero una respuesta.

He dejado claro que mi repentino cambio de parecer no es discutible.

Me mira con detenimiento antes de responder.

—Bueno, eso retrasaría tu graduación. Lo mejor sería que te quedaras aquí lo que queda del trimestre. Cuando hayas pedido el traslado, te inscribas y te mudes a Seattle no habrá valido la pena el lío y el tiempo... logísticamente hablando.

Vuelvo a apoyarme en el respaldo de piel y lo miro.

—¿No podrías ayudar a acelerar el proceso?

—Sí, pero aun así retrasaría la fecha de tu graduación.

—Así que, básicamente, tengo que quedarme aquí.

—No tienes que hacerlo —se frota la barba incipiente del mentón—, pero sería lo más sensato. Ya casi lo has conseguido.

—No pienso asistir a esa graduación —le recuerdo.

—Tenía la esperanza de que hubieras cambiado de opinión. —Mi padre suspira y aparta la mirada.

—Pues no ha sido así...

—Es un día muy importante para ti. Los últimos tres años de tu vida...

—Me da igual. No quiero ir. Me parece bien que me manden el diploma por correo. No voy a ir, fin de la discusión.

Mi mirada recorre la pared a su espalda y los marcos que cuelgan en las paredes café oscuro de su oficina. Los certificados y diplomas enmarcados en blanco destacan sus logros, y sé por la forma en que los mira con orgullo que significan más para él de lo que jamás significarán para mí.

—Siento oír eso —dice mientras sigue mirando los marcos—. No volveré a pedírtelo —añade frunciendo el ceño.

—¿Por qué es tan importante para ti que vaya? —me atrevo a preguntar.

La hostilidad entre nosotros es ahora palpable, la atmósfera se ha hecho pesada, pero las facciones de mi padre se relajan cada vez más a medida que pasan unos minutos de silencio entre nosotros.

—Porque —suelta un largo suspiro— hubo un tiempo, un largo tiempo, en el que no estaba seguro... —otra pausa— de lo que sería de ti.

—¿Y eso significa...?

—¿Seguro que tienes tiempo de hablar ahora?

Su mirada se dirige a mis nudillos pelados y mis *jeans* manchados de sangre. Sé que en realidad quiere decir: ¿estás seguro de que estás mentalmente equilibrado para hablar ahora?

Sabía que tendría que haberme cambiado los vaqueros. Esta mañana no tenía ganas de nada. He rodado literalmente fuera de la cama y me subí al coche para venir al campus.

—Quiero saberlo —respondo con severidad.

Asiente.

—Hubo un tiempo en el que ni siquiera creía que fueras a terminar la prepa, ya sabes, por todos los problemas en los que siempre te metes.

Ante mis ojos desfilan imágenes de peleas de bar, robos en tiendas, lágrimas, chicas medio desnudas, vecinos enojados y una madre muy decepcionada.

—Lo sé —coincido—. Técnicamente sigo metido en problemas.

Mi padre me lanza una mirada que dice que no está para nada satisfecho con que esté siendo tan frívolo con algo que para él fue una preocupación considerable.

—Tampoco en tantos como lo estabas —replica—. No desde... ella —añade con suavidad.

—Ella causa la mayor parte de mis problemas.

Me rasco la nuca, sabiendo que soy un hablador.

—Yo no diría eso.

Entorna sus ojos cafés y sus dedos juegan con el botón superior de su chaleco. Ambos nos quedamos sentados en silencio un momento, sin saber muy bien qué decir.

—Me siento tan culpable, Hardin... Si no hubieras conseguido acabar la prepa y llegar a la universidad, no sé qué habría hecho.

—Nada, habrías vivido tu vida perfecta aquí —le espeto.

Se encoge como si lo hubiera golpeado.

—Eso no es cierto. Sólo quiero lo mejor para ti. No siempre lo he demostrado, y lo sé, pero tu futuro es muy importante para mí.

—¿Por eso hiciste que me aceptaran en la WCU desde el principio?

Nunca hemos hablado del hecho de que sé que utilizó su posición para inscribirme en esta maldita universidad. Sé que lo hizo. No trabajé nada en la prepa y mi expediente lo prueba.

—Eso, y que tu madre estaba en una situación límite contigo. Quería que vinieras aquí para poder conocerte. No eres el mismo chico que eras cuando me fui.

—Si querías conocerme, deberías haberte quedado cerca más tiempo. Y beber menos.

Fragmentos de recuerdos que me he esforzado en olvidar se abren camino en mi mente.

—Te fuiste y nunca tuve la oportunidad de ser sólo un niño —añado.

A menudo me preguntaba lo que debía de sentirse siendo un niño feliz en una familia sólida y cariñosa. Mientras mi madre trabajaba de sol a sol, solía sentarme solo en la sala a mirar las paredes sucias y desgastadas durante horas. Me preparaba cualquier porquería que fuera mínimamente comestible y me imaginaba que estaba sentado a una mesa repleta de gente que me quería, que se reían y me preguntaban qué tal me había ido en el día. Cuando me metía en una pelea en la escuela, a veces deseaba tener un padre que o bien me felicitara o me pateara el trasero por meterme en problemas.

Las cosas fueron mucho más fáciles a medida que crecía. En mi adolescencia me di cuenta de que podía hacer daño a la gente y las cosas fueron más fáciles. Podía vengarme de mi madre por dejarme solo mientras trabajaba llamándola por su nombre de pila y negándole la simple alegría de oír a su único hijo decirle «Te quiero».

Podía vengarme de mi padre no hablándole. Tenía un objetivo: hacer que todos los que me rodeaban se sintieran tan desgraciados como yo lo era y así podría ser por fin uno de ellos. Usaba el sexo y las mentiras para hacerles daño a las chicas y lo convertí en un juego. El tema se arruinó cuando una amiga de mi madre empezó a pasar mucho tiempo conmigo, su matrimonio se fue a la chingada junto con su dignidad, y mi madre quedó destrozada porque su hijo de catorce años hubiera sido capaz de hacer algo así.

Parece que Ken lo entiende, como si supiera exactamente lo que pienso.

—Lo sé —dice—, y siento todo lo que has tenido que pasar por mi culpa.

—No quiero seguir hablando de eso.

Empujo la silla hacia atrás y me pongo en pie.

Mi padre continúa sentado y no puedo evitar sentirme poderoso al estar parado así delante de él. Me siento... superior, en todas las formas posibles. Su culpa y su arrepentimiento lo persiguen y yo por fin estoy consiguiendo reconciliarme con los míos.

—Pasaron tantas cosas que no entenderías... Ojalá pudiera contártelas, pero eso no cambiaría nada.

—Ya te dije que no quiero hablar más de esto. He tenido un día horrible y esto es demasiado. Lo entiendo, te arrepientes de habernos dejado y toda esa mamada. Lo he superado —miento, y él asiente. En realidad no es del todo mentira. Estoy más cerca de superarlo de lo que lo he estado nunca.

Cuando llego a la puerta, me viene algo a la mente y me vuelvo para mirarlo.

—Mi madre se va a casar, ¿lo sabías? —le comento por curiosidad.

Por su mirada inexpresiva y la forma de bajar las cejas, está claro que no tenía ni idea.

—Con Mike, ya sabes, el vecino —añado.

—Ah. —Frunce el ceño.

—Dentro de dos semanas.

—¿Tan pronto?

—Sí —asiento—. ¿Hay algún problema o algo?

—No, en absoluto. Sólo estoy un poco sorprendido, nada más.

—Sí, yo también.

Apoyo el hombro en el marco de la puerta y veo que la expresión abatida de mi padre se torna en una de alivio.

—¿Vas a ir a la boda?

—No.

Ken Scott se pone en pie y rodea su enorme escritorio para acercarse a mí. Tengo que admitir que estoy un poco intimidado. No por él, claro, sino por la pura emoción en sus ojos cuando me dice:

—Tienes que ir, Hardin. Le romperás el corazón a tu madre si no vas. Sobre todo porque sabe que viniste a mi boda con Karen.

—Sí, ambos sabemos por qué fui a la tuya. No tenía elección, y tu boda no era en la otra punta del pinche planeta.

—Como si lo hubiera sido, porque no llegamos a hablar. Tienes que ir. ¿Tessa lo sabe?

Carajo. No había pensado en eso.

—No, y no tienes por qué decírselo. Ni a Landon; si se entera no será capaz de callarse.

—¿Se lo estás ocultando por algún motivo? —pregunta con la voz llena de reproche.

—No se lo estoy ocultando. Es que no quiero que se preocupe por ir. Ni siquiera tiene pasaporte. Nunca ha salido del estado de Washington.

—Sabes que le gustaría ir. A Tessa le encanta Inglaterra.

—¡No ha ido nunca! —replico levantando la voz.

A continuación, respiro profundamente intentando calmarme. Me saca de quicio que actúe como si fuera su propia hija, como si la conociera mejor que yo.

—No diré nada —me asegura levantando las manos como para aplacar mi ira.

Me alegro de que no insista en el tema. Ya he hablado demasiado y estoy jodidamente agotado. No he dormido nada esta noche después de la llamada de Tessa. Mis pesadillas han regresado con toda su maldita fuerza y me he obligado a permanecer despierto cuando me despiertan y me provoque el vómito por tercera vez.

—Tienes que venir a casa a ver a Karen pronto. Anoche me preguntaba por ti —me dice justo antes de que salga de la oficina.

—Hum, claro —murmuro, y cierro la puerta detrás de mí.

CAPÍTULO 109

Tessa

En clase, el chico que he decidido que es un futuro político se acerca y me susurra:

—¿Por quién votaste en las elecciones?

Me siento un poco incómoda cerca de mi nuevo compañero. Es encantador, demasiado, y su ropa elegante y su piel tostada hacen que sea una visión que me distrae. No es atractivo de la misma forma que lo es Hardin, pero no hay duda de que lo es, y él lo sabe.

—No voté —respondo—. No tenía la edad suficiente.

Se ríe.

—Cierto.

La verdad es que no quería hablar con él, pero en los últimos minutos de clase nuestro profesor nos ha pedido que habláramos entre nosotros mientras él atendía una llamada. Me siento aliviada cuando el reloj marca las diez y es hora de irse.

Los intentos del futuro político para seguir platicando conmigo mientras salimos de clase fracasan miserablemente y, tras unos segundos, se despide y se va en dirección opuesta.

Llevo toda la mañana distraída. No puedo dejar de pensar en lo que Steph debió de decirle a Hardin para que se pusiera así. Sé que creyó lo que le conté respecto al rumor de Zed, pero sea lo que sea lo que le dijo le molestó lo suficiente como para no querer repetirlo.

Odio a Steph. La odio por lo que me hizo y por meterse en la cabeza de Hardin y herirlo utilizándome de alguna forma. Cuando llego al salón de historia del arte, ya he pensado unas diez formas de cómo asesinar a esa horrible chica.

Me siento al lado de Michael, el chico del pelo azul del otro día que tiene sentido del humor y me paso la clase de historia del arte riéndome de sus chistes, lo que es una buena distracción de mis pensamientos homicidas.

Por fin el día se acaba y me dirijo al coche. En cuanto llego y me subo, el celular empieza a vibrar. Espero que sea Hardin pero, al mirar hacia abajo, veo que no. Tengo tres mensajes de texto, dos de los cuales acaban de aparecer.

Decido leer primero el de mi madre:

Llámame. Tenemos que hablar.

El siguiente es de Zed; respiro hondo antes de darle al pequeño icono con forma de sobre.

Estaré en Seattle de jueves a sábado. Dime cuándo podemos vernos ☺

Me froto las sienes, agradecida por haber dejado el de Kimberly para el final. Nada puede ser tan estresante como decirle a Zed que ya no quiero verlo ni hablar con él o tener una conversación con mi madre.

¿Sabías que tu chico se va a Londres a finales de la semana que viene?

He hablado demasiado pronto.

¿Inglaterra? ¿A qué iba a irse Hardin a Inglaterra? ¿Se va a ir a vivir allí cuando se gradúe? Vuelvo a leer su mensaje...

¡La semana que viene!

Apoyo la cabeza en el volante y cierro los ojos. Mi primer impulso es llamarlo y preguntarle por qué me está ocultando ese viaje. No lo hago porque esta es una oportunidad perfecta para intentar no sacar conclusiones sin preguntarle antes. Hay una posibilidad, una pequeña, de que Kimberly esté equivocada y Hardin no se vaya a Inglaterra la semana que viene.

Siento una punzada en el pecho al pensar que todavía quiera volver a vivir allí. Sigo intentando convencerme de que soy lo suficientemente buena para él como para retenerlo aquí.

CAPÍTULO 110

Hardin

Parece que hace siglos que no venía aquí. Estuve dando vueltas con el coche durante una hora, pensando en las posibles consecuencias que tendría el hecho de venir. Tras escribir una lista mental de pros y contras, algo que nunca jamás hago, apago el motor y salgo al frío aire de la tarde.

Doy por sentado que está en casa, si no, sólo habré perdido toda la tarde y estaré más enojado de lo que ya estoy. Echo un vistazo al estacionamiento y veo su camioneta cerca de la entrada. El edificio de departamentos cafés está apartado de la calle y una escalera oxidada lleva a la segunda planta, en la que está su casa. Con cada pisada de mis botas en la escalera metálica, me repito los principales motivos por los que estoy aquí.

Justo cuando llego al departamento C, mi teléfono vibra en el bolsillo de atrás. O bien es Tessa o bien mi madre, y no quiero hablar con ninguna de ellas en este momento. Si hablo con Tessa, mi plan se irá a la chingada. Y mi madre sólo conseguiría enojarme con los asuntos de la boda.

Llamo a la puerta. Al cabo de unos segundos Zed abre, llevando sólo unos pants. Va descalzo y me llama la atención el complejo tatuaje del mecanismo de un reloj que se extiende en su abdomen. No lo había visto nunca. Debió de hacérselo después de intentar tirarse a mi chica.

Zed no me saluda. En su lugar, me mira fijamente desde la puerta con aire de clara sorpresa y de sospecha.

—Tenemos que hablar —digo por fin, y me abro paso para entrar en su casa.

—¿Tengo que llamar a la policía? —pregunta en ese tono suyo tan seco.

Me siento en su sillón de cuero gastado y lo miro.

—Eso dependerá de si colaboras o no.

Su mandíbula está cubierta de pelo oscuro que enmarca su boca. Parece que han pasado meses desde que lo vi delante de la casa de la madre de Tessa en lugar de unos días.

Suspira y apoya la espalda en la pared opuesta de su pequeña sala.

—Bueno, suéltalo —dice.

—Ya sabes que es por Tessa.

—Hasta ahí llego. —Frunce el ceño y cruza sus brazos tatuados.

—No vas a ir a Seattle.

Levanta una espesa ceja antes de sonreír.

—Sí que voy —replica—. Ya hice planes.

«Pero ¿qué chingados...? ¿Por qué carajos va a ir a Seattle?» Está poniéndome las cosas más difíciles de lo que es necesario, y empiezo a maldecirme por pensar que esta conversación iba a acabar de cualquier forma menos dejándolo postrado en una camilla.

—El tema es... —respiro hondo para calmarme y ceñirme al plan—, que no vas a ir a Seattle.

—Voy a visitar a unos amigos —me contesta desafiante.

—Mentira. Sé exactamente lo que vas a hacer —se la devuelvo.

—Voy a casa de unos amigos en Seattle pero, por si te interesa, me invitó a visitarla.

En cuanto las palabras salen por su boca, me pongo en pie.

—No me provoques, estoy intentando hacer bien esto. No tienes por qué ir a verla. Es mía.

Levanta una ceja.

—¿Te das cuenta de cómo suena eso? ¿Decir que es tuya como si fuera de tu propiedad?

—Me vale madres cómo suene, es la verdad.

Doy otro paso hacia él. El ambiente ha pasado de ser tenso a totalmente primitivo. Ambos intentamos reclamar lo nuestro aquí y yo no voy a ceder.

—Si es tuya, ¿por qué no estás en Seattle con ella? —me provoca.

—Porque me gradúo cuando acabe el trimestre, por eso.

¿Qué hago contestando a esa pregunta? He venido a hablar, no a escuchar ni a «entablar diálogo», como solía decir un profesor mío. Si intenta volver esto contra mí, estoy jodido.

—Que yo no esté en Seattle es irrelevante. Tú no vas a verla mientras estés allí.

—Eso tendrá que decidirlo ella, ¿no crees?

—Si creyera eso, no estaría aquí, ¿no te parece?

Aprieto los puños a los costados y aparto la mirada de él para ver un montón de libros de ciencias en la mesa de centro.

—¿Por qué no la dejas en paz? ¿Esto es por lo que le hice a...?

—No —me interrumpe—. No tiene nada que ver con eso. Tessa me importa, tanto como a ti. Pero, al contrario que tú, yo la trato como se merece que la traten.

—No tienes ni idea de cómo la trato yo —gruño.

—Sí, güey, sí que lo sé. ¿Cuántas veces ha venido a mí corriendo entre lágrimas por algo que le has dicho o hecho? Demasiadas. —Me apunta con un dedo—. Sólo le haces daño, y lo sabes.

—Para empezar, ni siquiera la conoces, y segundo, ¿no crees que es patético que no dejes de intentar conseguir algo que no podrás tener jamás? ¿Cuántas veces hemos tenido esta conversación y sobre cuántas chicas?

Me mira con detenimiento, asimilando mi furia, pero sin morder el anzuelo que le he lanzado sobre su historia con las chicas.

—No. —Saca la lengua para humedecerse los labios—. No es patético. De hecho, es una genialidad. Con Tessa, estaré esperando a un lado el día en que inevitablemente vuelvas a cagarla y, cuando lo hagas, estaré ahí para ella.

—Eres un pinche...

Doy un paso atrás para poner el máximo de distancia entre nosotros antes de que su cabeza acabe estampada contra la pared.

—¿Qué necesitas? —le pregunto—. ¿Quieres que ella misma te diga que no te quiere cerca? Pensaba que ya lo había hecho y, sin embargo, aquí estás...

—Has venido tú.

—¡Maldita sea, Zed! —grito—. ¿Por qué chingados no puedes olvidarlo? Sabes lo que significa Tessa para mí y siempre estás intentando meterte entre nosotros. Encuentra a otra con la que divertirte. El campus está lleno de putas.

—¿Putas? —repite en tono burlón.

—Sabes que no estoy hablando de Tessa —gruño, esforzándome por mantener los puños pegados a los costados.

—Si tanto significara para ti, no le habrías hecho la mitad de lo que le has hecho. ¿Sabe que te cogiste a Molly mientras andabas detrás de ella?

—Sí, lo sabe. Se lo conté.

—¿Y no le importó?

Su tono es del todo opuesto al mío. Él está tranquilo y sereno, mientras que yo lucho con todas mis fuerzas por que no salte la tapa que retiene mi furia.

—Tessa sabe que no significó nada para mí, y fue antes de todo. —Lo miro intentando volver a concentrarme—. Pero no vine aquí para hablar de mi relación.

—Bueno, entonces ¿a qué has venido exactamente?

«Maldito engreído.»

—Para decirte que no la vas a ver en Seattle. Pensaba que podríamos hablarlo de una forma más... —busco la palabra exacta— civilizada.

—¿Civilizada? Lo siento, pero me cuesta creer que hayas venido aquí con intención de ser «tolerante» —se burla señalando el bulto en el puente de su nariz.

Cierro los ojos un momento y veo su nariz destrozada y sangrando, rebotando contra la barrera de metal cuando estrello su cabeza contra ella. El recuerdo de ese sonido me provoca un nuevo subidón de adrenalina.

—¡Esto es civilizado para mí! —replico—. Viene aquí para hablar, no para pelear. Sin embargo, si no vas a alejarte de ella no me dejas más opción. —La postura de mi cuerpo cambia un poco.

—¿Cuál? —pregunta Zed.

—¿Qué?

—¿Qué opción? Ya hemos estado en esta misma situación otras veces. No puedes atacarme muchas más hasta que consigas que te detengan. Y esta vez seguiré adelante con los cargos.

En eso tiene razón. Lo que me saca de quicio todavía más. Odio no poder hacer nada excepto asesinarlo, literalmente, lo que no es una opción... al menos de momento.

Respiro un par de veces e intento relajar los músculos. Tengo que intentarlo con la última opción. Una que no quería tener que utilizar, pero es que no me está dejando mucho margen.

—He pensado que podríamos llegar a algún tipo de acuerdo —le digo.

Zed ladea la cabeza con arrogancia.

—¿Qué clase de acuerdo? ¿Es otra apuesta?

—Me la estás poniendo difícil, en serio... —le digo entre dientes—. Dime qué quieres a cambio de dejarla en paz. ¿Qué puedo darte para hacer que desaparezcas? Dilo y lo tendrás.

Me mira y parpadea deprisa, como si acabaran de salirme cuatro ojos en la cara.

—Ay, vamos. Todo el mundo tiene un precio —murmuro con ironía.

Me exaspera tener que negociar con alguien como él, pero no hay nada más que pueda hacer para que se largue.

—Déjala que me vea otra vez, una vez más —sugiere—. Estaré en Seattle el jueves.

—No, ni hablar.

«¿Este güey es subnormal o qué le pasa?»

—No te estoy pidiendo permiso —replica—. Sólo intento que te sientas más cómodo con ello.

—Eso no va a suceder. No tienen ninguna razón para pasar un rato juntos, no está disponible para ti, ni para ningún otro hombre, y nunca lo estará.

—Ya estás otra vez con el rollo posesivo.

Pone los ojos en blanco y me pregunto qué diría Tessa si pudiera ver esta faceta suya, la única que yo he conocido. ¿Qué clase de novio sería si no fuera posesivo, si me pareciera bien compartirla con alguien?

Me muerdo la lengua mientras Zed mira al techo como si estuviera meditando sus próximas palabras. Esto es una chingadera, una maldita chingadera. La cabeza me da vueltas y empiezo a preguntarme sinceramente cuánto más voy a poder aguantar.

Por fin él me mira y sonríe lentamente. Luego dice:

—Tu coche.

Me quedo boquiabierto al oírlo y no puedo evitar reírme.

—¡Ni de broma! —Avanzo dos pasos hacia él—. No voy a regalarte mi maldito coche. ¿Te volviste loco o qué? —replico manoteando en el aire.

—Lo siento, parece que no vamos a poder llegar a un acuerdo después de todo.

Sus ojos brillan a través de las pestañas espesas y se frota la barba con los dedos.

En mi cabeza empiezan a flotar imágenes de mi pesadilla, él penetrándola, haciendo que se venga...

Sacudo la cabeza para deshacerme de ellas.

Finalmente saco las llaves del bolsillo y las lanzo sobre la mesa de centro que hay entre nosotros.

Zed las mira boquiabierto y se acerca a la mesa para tomar el llavero.

—¿Es en serio? —Estudia las llaves girándolas en la palma de su mano unas cuantas veces antes de volver a mirarme—. ¡Te estaba tomando el pelo!

Me tira las llaves pero no las agarro a tiempo, y estas caen al suelo a pocos centímetros de mi bota.

—Me retiro..., carajo. No esperaba que me dieras las llaves de verdad. —Se ríe, burlándose de mí—. No soy tan cabrón como tú.

Lo miro amenazante.

—No me estabas dejando muchas opciones.

—Una vez fuimos amigos, ¿recuerdas? —comenta entonces.

Me quedo en silencio mientras ambos recordamos cómo era todo antes de esta chingadera, antes de que nada me importara..., antes de ella. Su mirada ha cambiado, sus hombros se tensan tras su pregunta.

Es duro recordar aquellos días.

—Estaba demasiado borracho como para acordarme ahora.

—¡Sabes que es cierto! —exclama levantando la voz—. Dejaste de beber desde que...

—No vine aquí a hacer un viaje por mis recuerdos contigo. ¿Te vas a retirar o no? —Lo miro. Está algo diferente, más duro.

Se encoge de hombros.

—Sí, claro.

«Esto ha sido demasiado fácil...»

—Lo digo en serio —insisto.

—Igual que yo —replica con un gesto de la mano.

—Eso significa no tener ningún tipo de contacto con ella. Ninguno —le recuerdo.

—Se preguntará por qué. Le mandé un mensaje esta mañana.

Prefiero ignorar eso.

—Dile que ya no quieres ser amigo suyo.

—No quiero herir sus sentimientos de esa forma —me dice.

—Me vale madres si hieres sus sentimientos. Tienes que dejarle claro que no vas a volver a ir detrás de ella nunca más.

La calma que he notado durante un momento se diluyó, y mi mal genio vuelve a aflorar. La posibilidad de que Tessa se sienta herida porque Zed ya no quiere ser su amigo me saca de quicio.

Camino hacia la puerta, sabiendo porque me conozco que no puedo soportar ni cinco minutos más en este mohoso departamento. Estoy muy orgulloso de mí mismo por haber mantenido la calma tanto rato con Zed después de todo lo que ha hecho para entrometerse en mi relación.

En cuanto mi mano toma la manilla, dice:

—Por ahora haré lo que tengo que hacer, pero eso no alterará el resultado de todo esto.

—Tienes razón —coincido, sabiendo que lo que él quiere decir significa exactamente lo opuesto de lo que yo voy a hacer.

Antes de que su maldita boca pueda decir una sola palabra más, salgo de su departamento y bajo la escalera a toda prisa.

Cuando llego a la entrada de casa de mi padre, el sol se está poniendo y aún no he podido hablar con Tessa. Cada vez que la llamo salta el buzón de voz. He telefoneado dos veces a Christian, pero él tampoco responde.

Tessa se va a enojar porque he ido a casa de Zed, siente algo por él que jamás comprenderé ni toleraré. A partir de hoy rezaré por no tener que preocuparme más por él.

«A menos que no quiera separarse de él...»

No. No me permito dudar de ella. Sé que Steph me ha llenado la cabeza de mentiras que se metieron en cada grieta de mi estructura. Si realmente Zed se hubiera cogido a Tessa, podría haber usado esta tarde como excusa perfecta para echármelo en cara.

Entro en casa de mi padre sin llamar y busco a Landon o a Karen por la planta baja. Karen está en la cocina, de pie junto a la estufa y con un batidor en la mano. Se vuelve y me saluda con una sonrisa cálida, aunque su mirada se ve triste y fatigada. Un sentimiento de culpa familiar se extiende por todo mi cuerpo al recordar las macetas que rompí sin querer en su invernadero.

—Hola, Hardin. ¿Estás buscando a Landon? —me pregunta dejando el batidor en un plato y secándose las manos en el extremo de su delantal estampado con fresas.

—La verdad... es que no lo sé —admito.

«¿Qué estoy haciendo aquí?»

¿Cuán patética es mi vida que me consuela venir a esta casa antes que a ningún otro lugar? Sé que es por los recuerdos que tengo de cuando estaba aquí con Tessa.

—Está arriba, hablando por teléfono con Dakota —dice entonces. Hay algo en su tono que me confunde.

—¿Tuvo...? —No soy muy bueno interactuando con otras personas que no sean Tessa, y soy especialmente malo enfrentándome a las emociones de los demás—. ¿Tuvo un mal día o algo? —le pregunto sonando como un idiota.

—Eso creo. La está pasando mal. No me ha contado nada, pero parece muy enojado últimamente.

—Sí... —asiento, aunque yo no he notado nada distinto en el humor de mi hermanastro. Además, he estado demasiado ocupado y eso lo ha obligado a cuidar de Richard hasta ahora—. ¿Cuándo vuelve a irse a Nueva York?

—Dentro de tres semanas. —Intenta ocultar el dolor en su tono al pronunciar esas palabras, pero fracasa estrepitosamente.

—Ah. —Cada minuto que pasa me siento más incómodo—. Bueno, tengo que irme.

—¿No quieres quedarte a cenar? —me pregunta ilusionada.

—Hum..., no, gracias.

Entre la plática con mi padre esta mañana, el rato que he pasado con Zed y ahora esta cosa rara con Karen, estoy desbordado. No puedo arriesgarme a que le suceda algo a Landon. No sería capaz de tratar con él en ese estado, hoy no. Aún me queda llegar a casa, donde me espera un yonqui en rehabilitación y una pinche cama vacía.

CAPÍTULO 111

Tessa

Kimberly me está esperando en la cocina cuando vuelvo de la facultad. Tiene delante dos copas de vino, una llena y la otra vacía, lo que me dice que mi silencio le confirmó que yo no sabía que Hardin tenía pensado irse a Inglaterra.

Me ofrece una sonrisa comprensiva cuando dejo la bolsa en el suelo y me siento en el taburete que hay junto a ella.

—Hola, guapa.

Vuelvo la cabeza con gesto exagerado para verle la cara.

—Hola.

—¿No lo sabías? —Hoy lleva el pelo chino y le cae perfectamente sobre los hombros. Sus pendientes negros con forma de lazo resplandecen bajo las luces brillantes.

—No. No me lo había dicho —suspiro agarrando la copa de vino llena.

Se ríe y agarra la botella para llenar la copa vacía, la que era para mí.

—Christian me ha dicho que Hardin aún no le ha dado una respuesta definitiva. No debería haberte contado nada hasta saberlo con total seguridad, pero tenía la impresión de que no te había mencionado lo de la boda.

Rápidamente, me trago el vino blanco por miedo a escupirlo.

—¿Qué boda?

Me apuro a darle otro trago antes de abrir de nuevo la boca. Se me ocurre una idea loca... Que Hardin se va a Inglaterra para casarse. En plan matrimonio de conveniencia. Eso todavía se hace en Inglaterra, ¿no?

No, no se hace. Pero sólo de pensarlo se me ponen los pelos de punta mientras espero a que Kimberly siga hablando. ¿Ya estoy borracha?

—Su madre va a casarse. Telefoneó a Christian esta mañana para invitarnos.

Rápidamente bajo la vista a la barra de granito oscuro.

—No sabía nada.

La madre de Hardin se casa dentro de dos semanas y Hardin ni siquiera lo ha mencionado. Entonces me acuerdo... de lo raro que estaba antes.

—¡Por eso había estado llamándolo tanto!

Kimberly me mira con unos ojos que parecen interrogantes de neón y bebe un sorbo de su copa de vino.

—¿Qué debo hacer? —le pregunto—. ¿Finjo que no sé nada? Hardin y yo nos hemos estado comunicando mucho mejor últimamente... —divago.

Sé que sólo hace una semana que las cosas han mejorado, pero para mí ha sido una semana maravillosa. Siento como si hubiéramos progresado más en los últimos siete días que en los últimos meses. Hardin y yo hemos estado hablando de problemas que antes se habrían convertido en grandes peleas a gritos; sin embargo, ahora estoy de vuelta en el pasado, a cuando me ocultaba las cosas.

Siempre lo descubro. ¿Es que a estas alturas aún no se ha dado cuenta?

—¿Quieres ir? —pregunta Kimberly.

—No podría ni aunque me hubieran invitado. —Apoyo el cachete en la mano.

Ella mueve su taburete hacia un lado y toma la orilla del mío para girarlo y tenerme cara a cara.

—Te pregunté si quieres ir —insiste. El aliento le huele un poco a vino.

—Claro, me encantaría, pero...

—¡Entonces deberías ir! Te llevaré de acompañante si es necesario. Estoy segura de que a la madre de Hardin le gustará tenerte allí. Christian dice que te adora.

A pesar de que el secreto de Hardin me ha puesto de un humor de perros, sus palabras son como música para mis oídos. Yo también adoro a Trish.

—No puedo ir. No tengo pasaporte —digo. Además, no puedo permitirme un boleto de avión de última hora.

Kim quita importancia a mis peros.

—Eso se puede acelerar.

—No sé... —contesto.

Las mariposas en el estómago que siento sólo de pensar en Inglaterra hacen que me den ganas de correr pasillo abajo, encender la computadora y buscar cómo se saca el pasaporte, pero el desagradable descubrimiento de que Hardin me ha estado ocultando la boda a propósito me obliga a no levantarme del asiento.

—Ni lo dudes. A Trish le encantaría que fueras, y Dios sabe que Hardin necesita un empujoncito para comprometerse. —Bebe de su copa de vino y deja una enorme huella roja de carmín en el borde.

Estoy segura de que Hardin tiene sus motivos para no habérmelo contado. Si va, es probable que no quiera que lo acompañe a Inglaterra. Sé que lo atormenta su pasado y, por mucho que parezca una locura, es posible que sus demonios sigan vagando al acecho por las calles de Londres, esperando encontrarnos.

—Hardin no es así —le digo—. Cuanto más insista, más se resistirá.

—Pues entonces... —me da un pequeño toque con la punta de su zapato de tacón rojo— vas a tener que plantarte y no ceder ni un solo palmo.

Me guardo sus palabras para analizarlas más tarde, cuando ya no esté bajo su atenta mirada.

—A Hardin no le gustan las bodas.

—A todo el mundo le gustan las bodas.

—A Hardin, no. Las detesta, y también el concepto de matrimonio —le digo, y observo con especial curiosidad cómo abre los ojos y deja su copa encima de la barra de desayuno con cuidado.

—Pues... entonces... lo que... quiero decir... —Parpadea—. ¡No se me ocurre qué decir, y eso ya es decir mucho! —replica echándose a reír.

No puedo evitar reírme con ella.

—Ya sé

La risa de Kimberly es contagiosa a pesar de mi mal humor, es algo que me encanta de ella. Desde luego, a veces se mete donde no la llaman, y no siempre me siento cómoda respecto a cómo habla de Hardin, pero es muy sincera y abierta, dos cualidades que aprecio mucho en ella. Llama a las cosas por su nombre, y es como un libro abierto. No tiene doblez, a diferencia de muchas personas que he conocido últimamente.

—Y ¿qué van a hacer? ¿Ser novios eternamente? —pregunta.

—Eso mismo le dije yo.

No puedo evitar reírme. Puede que sea el vino que ya me he terminado, puede que porque llevo toda la semana sin pensar en el hecho de que Hardin ha rechazado cualquier clase de compromiso a largo plazo... No lo sé, pero sienta bien reírse un rato con Kimberly.

—Y ¿qué hay de los hijos? ¿No te importa tener niños sin estar casada?

—¡Niños! —Me echo a reír otra vez—. No quiere tener niños.

—Esto se pone cada vez mejor. —Pone los ojos en blanco, toma su copa y la remata.

—Eso dice ahora, pero espero que... —No termino de formular mi deseo. Dicho en voz alta me hace parecer desesperada.

Kimberly me guiña el ojo.

—¡Te comprendo! —dice con cara de entenderme a la perfección.

Agradezco entonces que cambie de tema y empiece a hablar de una pelirroja de la oficina, Carine, que se ha enamorado de Trevor. Se los imagina en la cama, como dos langostas chocando la una contra la otra sin saber muy bien qué hacer, y me entra la risa otra vez.

Cuando llego a mi habitación son las nueve pasadas. He apagado el celular para poder pasar un rato con Kimberly sin interrupciones. Le conté que Hardin tiene pensado venir a Seattle mañana en vez del viernes. Se ha reído y me dijo que ya sabía ella que no iba a poder aguantar tanto sin verme.

Todavía tengo el pelo mojado tras salir de bañarme y ya he preparado la ropa para mañana. Lo estoy posponiendo, lo sé. Seguro que cuando encienda el teléfono tendré que lidiar con Hardin, enfrentarme a él, o no, respecto a la boda. En un mundo perfecto, simplemente sacaría el tema y Hardin me invitaría a ir con él. Me explicaría que estaba esperando a encontrar el mejor modo de convencerme antes de invitarme. Pero este mundo no es perfecto y me estoy poniendo muy nerviosa. Me duele saber que lo que le dijo Steph, fuera lo que fuese, le cayó tan mal que ha vuelto a ocultarme cosas. La odio. Quiero a Hardin con locura y sólo deseo que abra los ojos y vea que nada de lo que ella o cualquiera le diga podrá cambiar eso.

Indecisa, saco el celular de la bolsa y lo enciendo. Tengo que llamar a mi madre y mandarle un mensaje a Zed, pero primero quiero hablar con Hardin. Hay varias notificaciones en la parte superior de la pantalla y el icono de los mensajes parpadea. Aparecen uno tras otro, todos de Hardin. Lo llamo sin leerlos.

Contesta a la primera.

—Tessa, ¿qué chingados pasa?

—¿Has intentado llamarme? —pregunto tímidamente con toda la inocencia del mundo, tratando de que ninguno de los dos pierda la calma.

—¿Me preguntas si he intentado llamarte? ¿Te estás burlando? Llevo tres horas llamándote sin parar —resopla—. Incluso llamé a Christian.

—¿Qué? —exclamo, pero no quiero empezar con los gritos, así que rápidamente añado—: Estaba pasando un rato con Kim.

—¿Dónde? —exige saber al instante.

—Aquí, en casa —digo, y empiezo a doblar la ropa sucia y a colocarla en el cesto. La meteré en la lavadora antes de acostarme.

—Ajá, pues la próxima vez que necesites... —Deja escapar un gruñido de frustración y cuando empieza a hablar de nuevo su voz es un poco más dulce—: La próxima vez podrías enviarme un mensaje de texto o algo así antes de apagar el celular. —Suspira y añade—: Ya sabes cómo me pongo.

Agradezco el cambio de tono y el hecho de que se haya mordido la lengua antes de soltarme la peladez que me iba a soltar y que prefiero no oír. Por desgracia, la alegría que me había proporcionado el vino casi ha desaparecido por completo, y el hecho de haber descubierto que Hardin planea irse a Inglaterra me pesa como una losa en el pecho.

—¿Qué tal tu día? —le pregunto con la esperanza de que me cuente lo de la boda si le doy la oportunidad de hacerlo.

Suspira.

—Ha sido... largo.

—El mío también. —No sé qué decirle sin delatarme y preguntárselo sin rodeos—. Zed me escribió.

—¿Ah, sí? —Lo dice con calma, pero detecto un tono pesado que normalmente me intimidaría.

—Sí, esta mañana. Dice que el jueves vendrá a Seattle.

—Y ¿qué le contestaste?

—Nada, de momento.

—¿Por qué me lo cuentas? —pregunta.

—Porque quiero que seamos sinceros el uno con el otro. Se acabaron los secretos y el ocultarnos cosas. —Hago énfasis en esto último con la esperanza de animarlo a que me cuente la verdad.

—Ajá... Pues gracias por contármelo, en serio —dice. No añade nada más.

«¿Está jugando?»

—Sí... ¿No hay nada que tú quieras contarme? —pregunto. Todavía me estoy aferrando a la esperanza de que corresponda a mi sinceridad.

—Pues... Hoy hablé con mi padre.

—¿De veras? ¿Sobre qué? —Menos mal. Ya sabía yo que entraría en razón.

—Para trasladarme a la Universidad de Seattle.

—¿En serio? —Me sale más un gritito que otra cosa, y la profunda carcajada de Hardin resuena al otro lado de la línea.

—Sí, pero dice que eso retrasaría mi graduación y que no tiene sentido que me traslade con el trimestre tan avanzado.

—Vaya... —Creo que mi corazón ha hecho una mueca. Dudo un instante antes de preguntarle—: ¿Y después?

—Sin problema.

—¿Sin problema? ¿Así de fácil? —La sonrisa que se me dibuja en la cara es mayor que todo lo demás. Ojalá estuviera aquí: lo agarraría de la camiseta y le plantaría un beso de película en los labios.

Entonces dice:

—¿Para qué posponer lo inevitable?

Se me borra la sonrisa de la cara.

—Lo dices como si Seattle fuera peor que la cárcel.

No contesta.

—¿Hardin?

—No lo veo así. Sólo es que todo esto me molesta. Hemos perdido mucho tiempo y eso me enoja.

—Lo entiendo —digo. No ha escogido las palabras más elegantes del mundo, pero es su manera de decirme que me extraña. Estoy que doy saltos de alegría. ¡Va a trasladarse a Seattle conmigo! Llevamos meses peleándonos por lo mismo y de repente ha accedido sin más—. Entonces ¿te vienes a Seattle? ¿Estás seguro? —Tengo que preguntárselo.

—Sí. Estoy listo para empezar de cero. Seattle es tan buen sitio como cualquier otro.

Me rodeo el cuerpo con los brazos de la emoción.

—¿No vas a irte a Inglaterra? —le doy una última oportunidad para que me cuente lo de la boda.

—No. No me voy a Inglaterra.

Ya he ganado la gran batalla de Inglaterra, así que cuando el enojo por la boda resurge, me aguanto y no presiono más a mi chico. Ya veremos qué pasa con eso. De momento, voy a conseguir lo que quiero: a Hardin en Seattle, conmigo.

CAPÍTULO 112

Tessa

A la mañana siguiente, cuando suena la alarma de mi celular, estoy agotada. Apenas he dormido. Me pasé horas dando vueltas, siempre a punto de quedarme dormida, pero sin conseguirlo.

No sé si ha sido por la emoción de que Hardin por fin accediera a venirse a vivir a Seattle o por la discusión que vamos a tener sobre Inglaterra, pero no he pegado ojo y tengo mala cara. No es tan fácil disimular las ojeras a golpe de corrector como dicen las firmas de cosméticos, y tengo el pelo como si hubiera metido los dedos en un enchufe. Por lo visto, la alegría que siento al saber que voy a tenerlo aquí conmigo no basta para mitigar la ansiedad que me produce que me esté mintiendo.

Acepto el ofrecimiento de Kimberly y nos vamos a trabajar juntas, así dispongo de unos minutos más para aplicarme otra capa de rímel mientras ella cambia de un carril a otro sin ningún cuidado por la autopista. Me recuerda a Hardin: maldice a los demás coches y toca el claxon sin parar.

Hardin no ha mencionado si sigue pensando en venir hoy a Seattle. Cuando se lo pregunté anoche, justo antes de colgar, me dijo que me lo confirmaría por la mañana. Son casi las nueve y no sé nada de él. No dejo de pensar que le pasa algo y que, si no lo resolvemos bien, nos dará problemas. Steph ha sembrado la duda en él, lo sé por cómo recela de todo lo que le digo. Vuelve a ocultarme cosas y me aterra la de conflictos que eso podría causarnos.

—A lo mejor deberías ir tú a verlo este fin de semana —me sugiere Kimberly sin dejar de insultar a un camión y a un vocho.

—¿Resulta tan evidente? —le pregunto despegando la mejilla del frío cristal de la ventanilla.

—Salta a la vista.

—Perdona que esté tan depre —suspiro.

No es tan mala idea. Extraño muchísimo a Landon, y estaría bien volver a ver a mi padre.

—Sí, lo estás. —Me sonríe—. Pero nada que no arregle una taza de café y un poco de labial.

Asiento y rápidamente sale de la autopista, con un giro de ciento ochenta grados en mitad de una intersección con mucho tráfico.

—Conozco una pequeña cafetería por aquí cerca —dice—. Es fantástica.

A la hora de la comida, mis agobios matutinos han desaparecido, y eso que sigo sin noticias de Hardin. Le escribí dos veces pero he conseguido no llamarlo. Trevor me está esperando sentado en una mesa vacía de la sala de descanso con dos platos de pasta.

—Me han enviado la comida dos veces y he pensado que, al menos por un día, podría librarte de la fiambrera. —Sonríe y me pasa un paquete con cubiertos de plástico.

La pasta sabe tan bien como huele. La deliciosa salsa Alfredo me recuerda que hoy casi no he desayunado, y me sonrojo cuando se me cae la baba al llevarme a la boca el tenedor por primera vez.

—Está buena, ¿verdad? —sonríe Trevor limpiándose con el pulgar la comisura del labio para recoger una gota de la salsa cremosa. Se lleva el dedo a la boca y no puedo evitar pensar en lo raro que resulta el gesto en un hombre vestido con traje.

—Mmm... —No soy capaz de contestarle porque estoy demasiado ocupada comiéndome mi plato.

—Me alegro... —responde él apartando sus ojos azul oscuro de los míos y revolviéndose en su asiento.

—¿Está todo bien? —le pregunto.

—Sí... Es que... quería comentarte una cosa.

De repente me pregunto si no habrá pedido dos platos de pasta a propósito.

—Adelante... —contesto rezando para que esto no se ponga demasiado incómodo.

—Puede que suene un poco raro —dice.

«Genial.»

—Adelante —contesto animándolo con una sonrisa.

—Bueno... Allá voy. —Hace una pausa y se pasa el dedo por uno de los gemelos de la camisa—. Carine me ha pedido que vaya a la boda de Krystal con ella.

Aprovecho y me meto más pasta en la boca para no tener que decir nada de momento. De verdad, no sé por qué me lo cuenta ni qué se supone que debo contestar. Asiento, animándolo a seguir, e intento no reírme pensando en lo bien que Kimberly imitaba ayer a Carine. Fue genial.

—Me preguntaba si hay alguna razón por la que deba decirle que no... —dice Trevor, y me mira como si esperara una respuesta.

Estoy segura de que se asusta cuando me atraganto, pero cuando me mira con preocupación levanto un dedo y sigo masticando, a conciencia, y trago con fuerza antes de contestar:

—No veo por qué no deberías aceptar.

Espero que con eso baste. Pero entonces sigue hablando:

—Lo que quiero decir es que... —Mi única esperanza es que adivine que, en realidad, sé exactamente lo que quiere decir y no acabe la frase.

No hay suerte.

—Sé que tienes una relación intermitente con Hardin y que ahora no están juntos. Sólo quería estar seguro de que puedo dedicarle todo mi afecto, sin distracciones, antes de aceptar.

No sé qué decir, así que pregunto en voz baja:

—¿Soy una distracción?

Esto es muy incómodo, pero Trevor es muy dulce y se ha sonrojado tanto que me dan ganas de consolarlo.

—Sí, lo has sido desde que llegaste a Vance —dice atropelladamente—. No te lo tomes a mal, es que he estado esperando y quería dejar claras mis intenciones antes de explorar la posibilidad de iniciar una relación con otra persona.

Y aquí tengo a mi señor Collins, aunque es mucho más guapo que el original. Me siento tan mal por él como Elizabeth Bennett en *Orgullo y prejuicio*.

—Trevor, lo siento mucho, yo...

—No pasa nada, de verdad. —Su mirada es tan sincera que me hace daño—. Lo entiendo. Sólo quería confirmarlo por última vez. —Escarba un poco con el tenedor en su plato de pasta y añade—: Supongo que no he tenido bastante con todas las veces anteriores.

Se ríe nervioso, en voz baja, y por simpatía me río con él.

—Es muy afortunada —digo esperando aliviar la vergüenza que sé que siente.

No debería haberlo comparado con el señor Collins, Trevor no es ni tan agresivo ni tan molesto. Me bebo un enorme trago de agua y espero que con esto acabe todo.

—Gracias —dice, pero añade con una pequeña sonrisa—: A lo mejor así Hardin dejará de llamarme *el maldito Trevor*.

Tengo que taparme la boca con la mano para no escupir toda el agua que he bebido. Trago a mucha velocidad y exclamo:

—¡No sabía que lo sabías! —Me río de lo mal que me siento por él.

—Sí, se le escapó alguna vez —explica él de buen humor, y me alegro de que podamos reírnos juntos, como amigos, sin lugar a la confusión.

Sin embargo, lo bueno se acaba pronto. A Trevor se le borra la sonrisa de la cara. Me vuelvo, está mirando hacia la puerta.

—¡Qué bien huele! —dice una de las chismosas a la otra al entrar. Me siento un poco malvada por lo mucho que las detesto, pero no puedo evitarlo.

—Deberíamos irnos —me susurra Trevor mirando de reojo a la más bajita.

Me quedo mirándolo perpleja, pero me levanto y tiro la bandeja de plástico vacía a la basura.

—Hoy estás espectacular, Tessa —me dice la más alta.

No sé interpretar su expresión, pero sé que se está burlando de mí. Sé que hoy estoy horrorosa.

—Ajá, gracias.

—El mundo es un pañuelo, ¿Hardin sigue trabajando para Bolthouse?

Se me resbala la bolsa del hombro y agarro la correa de cuero a toda velocidad antes de que llegue al suelo.

«¿Conoce a Hardin?»

—Así es —digo enderezándome para fingir que no me afecta que lo mencione.

—Mándale saludos de mi parte —dice con una sonrisa burlona.

Da media vuelta y desaparece con su pérfida segundona.

—¿A qué demonios ha venido eso? —le pregunto a Trevor después de comprobar que se han ido de verdad y no nos están espiando—. ¿Tú sabías que iban a decirme algo?

—No estaba seguro, pero lo sospechaba. Las he oído hablar de ti.

—¿Qué decían? Si ni siquiera me conocen.

Vuelve a estar incómodo. Trevor es la persona más transparente que conozco.

—No han dicho nada sobre ti en particular...

—Entonces estaban hablando de Hardin, ¿no? —pregunto. Asiente y me confirma mis sospechas—. ¿Qué han dicho exactamente?

Trevor se mete la corbata roja por dentro del traje.

—Pues... preferiría no tener que decírtelo. Será mejor que se lo preguntes a él.

La reticencia de Trevor me da muy mala espina, y me estremezco al pensar que Hardin pueda haberse acostado con una de esas tipas. O con las dos. No son mucho mayores que yo: veinticinco como mucho, y he de admitir que las dos son guapas. Van mucho más arregladas y exageradas que yo, pero no dejan de ser atractivas.

El camino de vuelta a mi oficina se me hace largo y los celos se apoderan de mí. Si no le pregunto a Hardin por esa chica, me voy a volver loca.

Lo llamo nada más entrar en mi oficina. Tengo que saber si va a venir esta noche, necesito un poco de seguridad.

El nombre de Zed aparece en la pantalla de mi celular antes de que pueda marcar el número de Hardin. Hago una mueca, pero decido que cuanto antes conteste, mejor.

—Hola —digo, pero no me sale natural. Suena falso, demasiado alegre.

—Hola, Tessa, ¿cómo te va? —pregunta él. Siento que hacía siglos que no oía su voz aterciopelada, aunque sé que no es así.

—Va... —Apoyo la frente en el frío escritorio.

—No pareces muy contenta.

—Estoy bien, sólo es que llevo mucho entre manos.

—Precisamente por eso te llamo. Sé que te dije que estaría en Seattle el jueves, pero hubo un cambio de planes.

—¿Y eso? —«Qué alivio.» Miro al techo y respiro hondo. No me había dado cuenta de que estaba conteniendo la respiración—. No pasa nada. La próxima vez...

—No, quiero decir que ya estoy en Seattle —dice, y de inmediato se me acelera el pulso—. He viajado de noche, con la camioneta, ha sido genial. Sólo estoy a unas manzanas de tu oficina y no quiero molestarte en el trabajo, pero podríamos cenar juntos o algo cuando salgas de trabajar.

—Pues... —Miro el reloj. Son las dos y cuarto y Hardin no ha respondido a ninguno de mis mensajes—. No sé si es buena idea. Hardin viene esta noche —confieso.

Primero Trevor y ahora Zed. ¿Es que la doble capa de rímel me ha dado mala suerte o qué?

—¿Estás segura? —me pregunta Zed—. Lo vi ayer de fiesta..., era muy tarde.

«¿Qué?» Hardin y yo estuvimos hablando por teléfono anoche hasta las once. ¿Qué hay abierto a esa hora? ¿Ha estado matando el rato otra vez con esos a los que él llama *sus amigos*?

—No sé... —digo dándome de cabezazos contra la mesa. No me hago daño, pero sé que Zed puede oírlos.

—Sólo vamos a salir a cenar. Luego te dejaré seguir con lo que sea que tengas planeado —insiste—. Será agradable ver una cara conocida, ¿qué me dices?

Como si lo estuviera viendo: está sonriendo, es esa sonrisa que tanto me gusta. Así que pregunto:

—Vine a trabajar con una compañera y no tengo aquí el coche. ¿Te importa venir a recogerme a las cinco?

Y cuando accede muy contento, estoy emocionada y muerta de miedo.

CAPÍTULO 113

Tessa

A las cinco menos cinco intento llamar a Hardin, pero no contesta. ¿Dónde se habrá metido todo el día? ¿Estaba Zed en lo cierto y anoche estuvo por ahí hasta tarde? ¿Es posible que esté de camino a Seattle para darme una sorpresa? No me lo creo ni yo. Siento una opresión en el pecho horrible desde que he accedido a ver a Zed. Sé que a Hardin no le gusta nada que seamos amigos. Le da tanto coraje que incluso tiene pesadillas y aquí estoy yo, echándole leña al fuego.

No me molesto en arreglarme el pelo ni en retocarme el maquillaje antes de subir al elevador y bajar al vestíbulo, y decido ignorar la atenta mirada de Kimberly. No debería haberle contado mis planes. Veo la camioneta de Zed a través de los paneles de cristal y da gusto verla. Deseo mucho ver una cara conocida. Preferiría que fuera la de Hardin, pero Zed está aquí y él no.

Salta de su camioneta para saludarme en cuanto salgo del edificio. Sonríe de oreja a oreja y veo que lleva la cara cubierta de vello negro. Va vestido con pantalones de mezclilla negros y una camiseta gris de manga larga. Está tan guapo como siempre y yo parezco una zombi.

—Hola. —Sonríe y me espera con los brazos abiertos.

No sé qué hacer, pero por educación me lanzo a recibir su abrazo.

—Cuánto tiempo —dice con la boca en mi pelo.

Asiento y pregunto:

—¿Qué tal el viaje? —mientras me separo de él.

Suspira.

—Largo. Pero aproveché para escuchar buena música por el camino.

Me abre la puerta del acompañante y me apresuro a subir para escapar del aire frío. En el interior del vehículo hace calor y huele a él.

—¿Por qué has venido un día antes? —pregunto para iniciar la conversación mientras él se incorpora al tráfico vacilante.

—He cambiado de planes, eso es todo. —Sus ojos van de un retrovisor a otro.

—Da un poco de miedo el tráfico de esta ciudad —le digo.

—Mucho. —Sonríe sin apartar la vista de la carretera.

—¿Sabes adónde quieres ir a cenar? No he tenido tiempo de ver la ciudad, así que todavía no sé cuáles son los sitios buenos.

Miro el celular. Hardin sigue sin dar señales de vida. Busco restaurantes en una aplicación y en cuestión de minutos Zed y yo decidimos ir a un pequeño restaurante de carne asada.

Yo ordeno pollo con verduras y contemplo admirada cómo el chef prepara la comida delante de nosotros. Nunca había estado en un sitio así, y a Zed le parece muy divertido. Nos hemos sentado al fondo del pequeño restaurante. Tengo a Zed justo enfrente y permanecemos tan callados que resulta incómodo.

—¿Qué pasa? —pregunto escarbando en mi comida.

La mirada de Zed rebosa preocupación.

—No sé si debería mencionarlo... Parece que ahora estás un poco agobiada y quiero que te la pases bien.

—Estoy bien. Dime lo que tengas que decir. —Me preparo para el golpe que sé que voy a recibir.

—Anoche Hardin estuvo en mi casa.

—¿Qué? —No puedo ocultar la sorpresa en mi voz. ¿Por qué habrá hecho eso? Y si lo ha hecho, ¿por qué Zed está sentado aquí conmigo sin un rasguño, sin un moretón?—. ¿Qué quería? —pregunto.

—Decirme que no me acercase a ti —contesta al instante.

Cuando le mencioné anoche a Hardin el mensaje de Zed parecía completamente indiferente.

—¿A qué hora? —pregunto esperando que fuera después de que hablásemos al respecto de no ocultarnos las cosas.

—Por la tarde.

Dejo escapar un suspiro de exasperación. A veces Hardin no tiene límites, y su lista de ofensas es cada vez más larga.

Me masajeo las sienes. De repente ya no tengo hambre.

—¿Qué te dijo exactamente?

—Que le daba igual cómo lo hiciera, o si tenía que herir tus sentimientos, pero que necesitaba que no me acercara a ti. Estaba tan tranquilo que daba miedo. —Le clava el tenedor a un florete de brócoli y se lo lleva a la boca.

—Y ¿aun así viniste?

—Sí.

La batalla cargada de testosterona entre estos dos me tiene más que harta, y yo me mantengo al margen, intentando imponer algo de paz y fracasando miserablemente.

—¿Por qué?

Sus ojos de color caramelo encuentran los míos.

—Porque sus amenazas ya no funcionan conmigo. No puede decirme de quién puedo ser amigo, y espero que tú opines lo mismo.

Decir que me enoja que Hardin fuera a casa de Zed es quedarse corto. Me molesta todavía más que no me dijera nada anoche y que quisiera que Zed hiriese mis sentimientos con tal de poner fin a nuestra amistad mientras él mantenía oculto su papel en la intriga.

—Opino igual en lo que respecta a que Hardin controle mis amistades. —En cuanto pronuncio las palabras, a Zed le brillan los ojos con una mirada triunfal, cosa que también me molesta—. Pero también creo que tiene buenas razones para no querer que seamos amigos, ¿no te parece?

Él menea la cabeza conciliador.

—Sí y no. No voy a ocultar lo que siento por ti, pero tampoco voy a insistir. Ya te dije que aceptaré lo que puedas ofrecerme, y si sólo podemos ser amigos, eso seremos.

—Sé que no vas a insistir. —Elijo responder sólo a la mitad de su comentario.

Zed nunca me presiona para que haga nada y nunca intenta obligarme a hacer nada, pero detesto cómo habla de Hardin.

—¿Puedes decir lo mismo de él? —me reta mirándome intensamente.

El impulso de defender a Hardin me hace contestar:

—No, no puedo. Sé cómo es, pero es que él es así.

—Siempre sales a defenderlo. No lo entiendo.

—Ni falta que te hace —respondo cortante.

—¿Tú crees? —contesta Zed con calma, frunciendo el ceño.

—Sí. —Pongo la espalda recta y me yergo todo lo que puedo.

—¿No te molesta que sea tan posesivo, que te diga a quién puedes tener como amigo...?

—Me molesta, pero...

—Se lo consientes.

—¿Has venido hasta Seattle para recordarme que Hardin es controlador?

Abre la boca para hablar, pero vuelve a cerrarla.

—¿Qué? —lo presiono.

—Eres suya y me preocupas. Te noto estresada.

Suspiro vencida. Estoy estresada, demasiado, pero pelearme con Zed no va a solucionar nada. Sólo hace que me sienta aún más frustrada.

—No voy a excusarlo, pero tú no sabes nada de nuestra relación. No sabes cómo es cuando está conmigo. No lo comprendes como yo.

Aparto el plato y me doy cuenta de que la pareja de la mesa de al lado nos está mirando. Bajo la voz y digo:

—No quiero discutir contigo, Zed. Estoy agotada y me ilusionaba mucho que pasáramos un rato juntos.

Se reclina en su silla.

—Me estoy comportando como un patán, ¿verdad? —dice con ojos tristes—. Perdóname, Tessa. Podría echarle la culpa al largo viaje... Pero no es excusa. Lo siento.

—No pasa nada. No quería desquitarme contigo. No sé lo que me ocurre. —Está a punto de venirme la regla, seguro que por eso estoy que muerdo.

—Es culpa mía, de verdad —dice, y me toma la mano por encima de la mesa.

La tensión se podría cortar con un cuchillo y no puedo dejar de pensar en Hardin, pero me gustaría pasarla bien un rato. Por eso le pregunto:

—Y ¿cómo va todo lo demás?

Zed empieza a contarme historias de su familia, del calor que hacía en Florida la última vez que estuvo allí. La conversación recupera su flujo normal, fácil, disperso. La tensión se evapora y puedo acabarme el plato de pollo.

Terminamos de cenar y estamos saliendo del restaurante cuando Zed pregunta:

—¿Tienes planes para esta noche?

—Sí, voy a ir al club de jazz de Christian. Lo acaban de inaugurar.

—¿Christian? —pregunta él.

—Sí, mi jefe. Estoy viviendo en su casa.

Arquea las cejas.

—¿Estás viviendo con tu jefe?

—Sí. Fue compañero de universidad del padre de Hardin y es amigo de toda la vida de Ken y de Karen —le explico.

No me había parado a pensar que Zed desconoce los detalles de mi vida. Aunque vino a recogerme tras la fiesta de compromiso que Christian le dio a Kimberly, no sabe nada de ellos.

—Ah, así es como conseguiste las prácticas pagadas —señala.

«Ayyy.»

—Sí —confieso.

—Es genial igualmente.

—Gracias. —Miro por la ventanilla y saco el celular de la bolsa. Nada—. ¿Qué tienes pensado hacer en Seattle? —le pregunto mientras intento indicarle cómo llegar a la casa de Christian y Kimberly. Me doy por vencida a los pocos minutos y tecleo la dirección en mi teléfono. La pantalla se congela y se apaga dos veces antes de cooperar.

—No estoy seguro. Voy a ver qué tienen pensado mis amigos. ¿Y si quedamos un rato más tarde? ¿O antes de que me vaya el sábado?

—Estaría bien. Te llamaré para concretarlo.

—¿Cuándo viene Hardin? —El tono viperino de su pregunta no se me escapa.

Vuelvo a mirar la pantalla del celular, esta vez por costumbre.

—No lo sé. Puede que esta noche.

—¿Ahora están juntos? Sé que no íbamos a hablar más del asunto, pero estoy algo confundido.

—Yo también —reconozco—. Últimamente nos estamos dando algo de espacio.

—Y ¿funciona?

—Sí. —Hasta hace un par de días, cuando Hardin empezó a distanciarse.

—Eso está bien.

Tengo que saber qué le ronda por la cabeza. Sé que le está dando vueltas a algo.

—¿Qué?

—Nada. No quieres saberlo.

—Sí, sí que quiero. —Sé que voy a arrepentirme, pero me puede la curiosidad.

—Es que no veo ese espacio. Tú estás aquí en Seattle, viviendo con unos amigos de su familia, con tu jefe nada menos. Aunque esté a unos cuantos kilómetros de distancia, te tiene controlada, e intenta apartar de ti a los pocos amigos que tienes, eso cuando no está aquí contigo. Yo no veo el espacio por ninguna parte.

La verdad es que no se me había ocurrido ver lo de mi estancia en casa de Christian y Kimberly desde esa perspectiva. ¿Es otra de las razones por las que Hardin me saboteó la renta del departamento? ¿Para que, si decidía venir a Seattle, tuviera que vivir bajo la vigilancia de los amigos de su familia?

Meneo la cabeza intentando no pensar.

—Nos va bien. Sé que para ti no tiene sentido, pero a nosotros nos funciona. Sé...

—Intentó sobornarme para que me alejara de ti —me interrumpe Zed.

—¿Qué?

—Sí. Me estuvo amenazando y me dijo que le hiciera una oferta. Me dijo que me buscara otra puta en la universidad con la que divertirme.

«¿Puta?»

Zed se encoge de hombros como si nada.

—Me dijo que nadie más te tendrá nunca y que estaba muy orgulloso de que siguieras con él incluso después de que te dijera que se había acostado con Molly cuando ustedes dos ya habían empezado a salir.

Que mencione a Hardin y a Molly es una puñalada trapera, y Zed lo sabe. Por eso lo ha dicho, sabía que iba a dolerme.

—Eso ya lo superamos. No quiero hablar de Hardin y de Molly —mascullo.

—Sólo quiero que sepas lo que tienes entre manos. Cuando tú no estás, él no es la misma persona.

—Eso no es malo —replico—. Tú no lo conoces.

Siento un gran alivio en el momento en que nos acercamos a las afueras de la ciudad, señal de que estamos a menos de cinco minutos de casa de Christian. Cuanto antes lleguemos, mejor.

—Tú tampoco, esa es la verdad —dice—. Te pasas todo el día discutiendo con él.

—¿Adónde quieres llegar, Zed? —Odio el rumbo que ha tomado nuestra conversación, pero no sé cómo volver a encauzarla por territorio neutral.

—A ninguna parte. Sólo esperaba que, después de todo este tiempo y de todas las chingaderas que te ha hecho, vieras la verdad.

Entonces se me ocurre una cosa.

—¿Le dijiste que ibas a venir?

—No.

—No estás jugando limpio —le digo. Lo he atrapado.

—Ni él tampoco. —Suspira, desesperado por no subir la voz—. Mira, sé que lo defenderás hasta el final, pero no puedes culparme por querer tener lo que él tiene. Quiero que me defiendas a mí, quiero que confíes en mí incluso cuando no deberías. Siempre estoy aquí para ti y él no. —Se pasa la mano por la barba y toma aire—. No estoy jugando limpio y él tampoco. Ha jugado sucio desde el principio. A veces juraría que sólo le importas tanto porque sabe lo que siento por ti.

Por eso precisamente Zed y yo nunca podremos ser amigos. Nunca funcionará a pesar de lo dulce y comprensivo que es. No se ha dado por vencido y supongo que eso le honra. No obstante, no puedo darle lo que quiere y no quiero sentir que tengo que explicarle mi relación con Hardin cada vez que lo veo. Ha estado ahí siempre que lo he necesitado, pero sólo porque yo se lo permití.

—No sé si queda lo suficiente de mí como para poder darte mi amistad.

Me mira con expresión impasible.

—Eso es porque te ha agotado.

Permanezco en silencio, mirando los pinos que bordean la carretera. No me gusta la tensión que siento ni tener que contener las lágrimas. Entonces Zed musita:

—No quería que esta noche acabase así. Imagino que no querrás volver a verme.

Señalo por la ventanilla.

—Ya llegamos.

Un silencio incómodo y tenso llena la cabina de la camioneta hasta que la gigantesca casa aparece. Cuando miro a Zed, está observando la casa de Christian con unos ojos como platos.

—Es aún más grande que la otra, la casa a la que fui a buscarte una vez —dice intentando aliviar la tensión.

Por hacer lo mismo, empiezo a contarle que tiene gimnasio y una cocina muy espaciosa, y cómo Christian controla la casa mediante el iPhone.

Y entonces el corazón se me sube a la garganta.

El coche de Hardin está estacionado justo detrás del Audi reluciente de Kimberly. Zed lo ve al mismo tiempo que yo pero ni se inmuta. Me quedo lívida y digo:

—Será mejor que vaya adentro.

Nos estacionamos y Zed dice:

—Te pido disculpas de nuevo, Tessa. Por favor, no te vayas enojada conmigo. Ya tienes bastante. No debería haberte hecho sentir aún peor.

Se ofrece a entrar conmigo pero le aseguro que no pasa nada, que todo está bien. Sé que Hardin estará enojado, más que eso, pero yo la regué y soy yo la que tiene que arreglarlo.

—Todo irá bien —afirmo con una sonrisa falsa antes de salir del coche y prometerle que le mandaré un mensaje en cuanto pueda.

Soy consciente de que camino muy despacio hacia la puerta, pero no quiero ir más rápido. Estoy intentando pensar qué debo decir, si debo o no enojarme con Hardin, o disculparme por haber vuelto a ver a Zed. Entonces la puerta se abre.

Hardin sale vestido con unos pantalones oscuros y una camiseta blanca. Se me acelera el pulso a pesar de que sólo llevo dos días sin verlo y me muero por tenerlo cerca. Lo he extrañado mucho estos días.

Permanece impertérrito y sigue con una mirada glacial la camioneta de Zed, que desaparece de nuestra vista.

—Hardin, yo...

—Entra —me dice de mala manera.

—No me... —empiezo a decir.

—Hace frío. Entra. —Me lanza cuchillos con la mirada que me impiden discutir.

Me sorprende cuando me pone la mano en la cintura con delicadeza y me conduce a la casa, donde Kimberly y Smith juegan a las cartas en la sala, y de ahí a mi habitación sin mediar palabra.

Con calma, cierra la puerta y pone el seguro. Luego me mira y el corazón casi se me sale del pecho cuando me pregunta:

—¿Por qué?

—Hardin, no pasó nada, te lo juro. Me dijo que había cambiado de planes y yo me sentí muy aliviada porque creía que no iba a venir, pero a continuación me dijo que ya estaba en Seattle y que quería que fuéramos a cenar. —Me encojo de hombros, en parte para calmarme—. No supe decirle que no.

—Nunca has sabido —me dice sosteniéndome la mirada.

—Sé que ayer te presentaste en su casa. ¿Por qué no me lo dijiste?

—Porque no necesitabas saberlo. —Respira con fuerza, apenas puede mantener el control.

—No eres quién para decidir lo que necesito saber —arremeto contra él—. No puedes ocultarme las cosas. ¡También sé lo de la boda de tu madre!

—Sabía que ibas a reaccionar así. —Levanta las manos, intentando defenderse.

Pongo los ojos en blanco y camino hacia él.

—Al carajo.

Ni siquiera pestañea. Se le marcan las venas bajo los pocos sitios que quedan de piel blanca, azul claro entrelazado con tinta negra. Aprieta los puños.

—Una cosa detrás de otra.

—Seré amiga de quien me dé la gana, y tú vas a dejar de hacer cosas a mis espaldas, como por ejemplo ir por ahí haciendo berrinches como un niño —le advierto.

—Me dijiste que no ibas a volver a verlo.

—Lo sé. Antes no lo entendía, pero después de esta noche decidí que no vamos a ser amigos. Pero no porque tú lo digas.

Ahora sí que parpadea, pero de sorpresa. Por lo demás, mantiene el mismo nivel de potente intensidad.

—Entonces, ¿por qué?

Desvío la mirada un tanto avergonzada.

—Porque sé que te pone muy mal y no debería seguir provocándote. Sé lo mucho que me dolería que vieras a Molly... o a cualquier otra mujer. Dicho esto, no tienes derecho a controlar mis amistades, aunque no puedo mentir y decir que no me sentiría exactamente igual que tú si estuviera en tu lugar.

Se cruza de brazos y respira hondo.

—Y ¿por qué ahora? ¿Qué te hizo para que de repente hayas cambiado de opinión?

—Nada. No me hizo nada. Sólo que he tardado mucho en comprenderlo. Tenemos que ser iguales, ninguno de los dos debería tener más poder que el otro.

Por cómo le brillan los ojos sé que quiere decir algo, pero se limita a asentir.

—Ven aquí. —Abre los brazos, esperándome, como hace siempre. No tardo en cobijarme en ellos.

—¿Cómo sabías que estaba con él? —Pego la mejilla a su pecho. Su fragancia mentolada invade mis sentidos y me quita a Zed de la cabeza.

—Me lo dijo Kimberly —explica con la boca pegada a mi pelo.

Frunzo el ceño.

—No sabe mantener la boca cerrada.

—¿No ibas a decírmelo? —Me levanta la barbilla con el pulgar.

—Sí, pero habría preferido contártelo yo. —Supongo que le estoy agradecida a Kimberly por ser tan sincera. Sería muy hipócrita por mi parte querer que sólo fuera sincera conmigo y no con Hardin—. ¿Por qué no fuiste a buscarnos? —pregunto. Si sabía que estaba con Zed, lo lógico es que lo hubiera hecho.

—Porque —suspira, mirándome a los ojos— no dejas de decir que es como un ciclo que se repite y quería romperlo.

Su respuesta, sincera y bien pensada, me llena el corazón de alegría. Lo está intentando de verdad y eso significa mucho para mí.

—Aunque estoy enojado —añade.

—Lo sé. —Le acaricio la mejilla con la yema de los dedos y sus brazos me estrechan con más fuerza—. Yo también estoy molesta. No me contaste lo de la boda y quiero saber por qué.

—Esta noche no —me advierte.

—Sí, esta noche. Dijiste lo que querías decir sobre Zed y ahora me toca a mí.

—Tessa... —Aprieta los labios.

—Hardin...

—¡Eres de lo peor! —Me suelta y empieza a caminar de un lado para otro, poniendo una distancia entre nosotros que no puedo soportar.

—¡Igual que tú! —contraataco y lo sigo para acercarme a él.

—No quiero hablar de la pinche boda. Ya me está costando bastante controlarme. No le busques tres pies al gato, ¿sí?

—¡Bien! —digo casi a gritos, aunque doy mi brazo a torcer. No porque me dé miedo lo que vaya a decirme, sino porque acabo de pasar dos horas y media con Zed y sé que la ira de Hardin es en realidad una forma de enmascarar el dolor y la ansiedad que le acabo de causar.

CAPÍTULO 114

Tessa

Abro el cajón de la ropa y busco unas pantaletas limpias y un brasier que combine.

—Voy a darme un baño. Kimberly quiere salir a las ocho y ya son las siete —le digo a Hardin, que está sentado en mi cama con los codos apoyados en las rodillas.

—¿Vas a ir? —se burla.

—Sí. Ya te lo había dicho, ¿no te acuerdas? Para eso viniste, ¿no?, para que no vaya sola.

—No he venido sólo por eso —dice a la defensiva. Lo miro con una ceja en alto y él pone los ojos en blanco—. No es que no sea uno de los motivos, pero no es el único.

—¿Todavía quieres ir? —le pregunto tentándolo con la ropa interior que llevo en la mano.

Recibo una sonrisa picarona como recompensa.

—No, no quiero ir. Pero si tú vas, yo también.

Le dedico una enorme sonrisa pero no me sigue cuando salgo de la habitación. Qué sorpresa. Ojalá lo hubiera hecho. No sé muy bien dónde estamos en este momento. Sé que está enojado por lo de Zed y yo estoy molesta porque me ha estado ocultando cosas otra vez, pero en general me encanta que esté aquí y no quiero perder el tiempo discutiendo.

Me envuelvo el pelo con una toalla. No tengo tiempo para lavármelo y secármelo antes de salir. El agua caliente alivia en parte la tensión de mis hombros y de mi espalda, pero no me despeja la cabeza. Tengo que estar de mejor humor en una hora. Estoy segura de que Hardin se pasará la noche de malas. Quiero que nos divirtamos con Kimberly y con Christian, no quiero silencios incómodos ni escenas en público.

Quiero que nos llevemos bien y que los dos estemos de buen humor. No he visto nada de Seattle de noche desde que llegué, y quiero que mi primera salida nocturna sea lo más divertida posible. No dejo de sentirme culpable por lo de Zed, pero es un gran alivio cuando mi enojo y mis pensamientos irracionales se pierden por el desagüe junto con el agua caliente y los restos de jabón.

En cuanto cierro la llave de la regadera, Hardin toca la puerta. Me enrollo una toalla alrededor del cuerpo y respiro hondo antes de contestar.

—Salgo dentro de diez minutos. Tengo que ver qué hago con mi pelo.

Pero cuando me miro al espejo, ahí está Hardin.

Entorna los ojos al ver la mata encrespada sobre mi cabeza.

—Y ¿ahora qué le pasa?

—Está fuera de control —replico riéndome—. No tardaré nada.

—¿Vas a ponerte eso? —dice mirando el vestido negro e incómodo que cuelga de la cortina de la regadera porque estaba intentando que se desarrugara un poco. La última vez que me lo puse, durante las «vacaciones familiares», la noche acabó en desastre... Bueno, la semana.

—Sí. Kimberly dice que son muy estrictos con el vestuario.

—¿Qué tan estrictos? —Hardin se mira los pantalones con manchas y la camiseta negra.

Me encojo de hombros y sonrío para mis adentros. Me imagino a Kimberly diciéndole a Hardin que se cambie de ropa.

—No pienso cambiarme —asegura, y vuelvo a encogerme de hombros.

Hardin no deja de mirar mi imagen en el espejo mientras me maquillo y me peleo con el pelo armada con la plancha. El vapor del baño me lo ha encrespado mucho y está horrible. No tiene arreglo. Al final, me lo recojo en la nuca. Al menos el maquillaje me ha quedado muy bien, para compensar que mi pelo tiene un día de perros.

—¿Vas a quedarte hasta el domingo? —le pregunto poniéndome la ropa interior y embutiéndome en el vestido. Quiero asegurarme de que mantenemos la tensión bajo control y no nos pasamos la noche discutiendo.

—Sí, ¿por? —responde con calma.

—Estaba pensando que, en vez de pasar el viernes aquí, podríamos volver para que pueda ver a Landon y a Karen. Y también a tu padre, por supuesto.

—Y ¿qué hay del tuyo?

—Ah... —Se me había olvidado que mi padre estaba viviendo con Hardin—. He estado intentando no pensar en esa situación hasta que puedas contarme más.

—No creo que sea una buena idea...

—¿Por qué no? —pregunto. Extraño mucho a Landon.

Hardin se frota la nuca con la mano.

—No lo sé... Toda esta chingadera con Steph y con Zed...

—Hardin, no voy a volver a ver a Zed y, a menos que Steph aparezca por el departamento o por casa de tu padre, tampoco volveré a verla a ella.

—Sigo pensando que no deberías ir.

—Vas a tener que relajarte un poco —suspiro acomodándome el chongo.

—¿Relajarme? —dice en tono de burla, como si la idea nunca se le hubiera pasado por la cabeza.

—Sí, tienes que relajarte. No puedes controlarlo todo.

Levanta la cabeza de golpe.

—¿No puedo controlarlo todo? Y ¿me lo dices tú?

Me río.

—Voy a dejar que te salgas con la tuya en cuanto a Zed porque sé que está mal. Pero no puedes mantenerme alejada de toda la ciudad sólo porque te preocupe que me lo encuentre a él o a una chica desagradable.

—¿Ya terminaste? —inquiere apoyándose en el lavabo.

—¿De discutir o de arreglarme el pelo? —replico mirándolo con una sonrisa de superioridad.

—Eres de lo peor. —Me devuelve la sonrisa y me da una nalgada cuando me doy la vuelta para salir del baño.

Me alegro de que esté tan juguetón. La noche pinta bien.

Atravesamos el pasillo hacia mi habitación cuando Christian nos llama desde la sala.

—Hardin, ¿todavía estás aquí? ¿Vienes a escuchar un poco de jazz? No es heavy metal, pero...

No oigo el resto porque estoy muerta de risa. Hardin se ha puesto a imitar a Christian Vance de improviso. Le doy un empujoncito en el pecho y le digo:

—Ve con él. No tardo nada en arreglarme.

De vuelta en mi habitación, agarro la bolsa y saco el celular. Tengo que hablar con mi madre. No hago más que posponerlo y no va a dejar de llamarme. También tengo un mensaje de Zed:

Por favor, no te enojes conmigo por lo de esta noche. He sido un patán. No era mi intención. Lo siento.

Borro el mensaje y meto otra vez el celular en la bolsa. Mi amistad con Zed acaba aquí. He estado dándole falsas esperanzas demasiado tiempo y cada vez que me despido de él acabo por echarme para atrás y empeorar la situación. No es justo ni para él ni para Hardin. Hardin y yo ya tenemos bastantes problemas. Como mujer, me molesta que intente prohibirme que vea a Zed, pero no puedo negar que sería muy hipócrita por mi parte seguir siendo su amiga. No quiero que Hardin sea amigo de Molly ni que salgan para pasar un rato. Sólo de pensarlo me dan ganas de vomitar. Zed ha dejado muy claro lo que siente por mí y no es justo, para nadie, que sigamos viéndonos y lo aliente en silencio. Se porta muy bien conmigo y ha estado a mi lado cuando lo he necesitado muchas veces, pero odio cómo me hace sentir, como si tuviera que darle explicaciones y defender mi relación.

Bajo la escalera disfrutando de la gran noche que me imagino que voy a pasar con mi chico... Y me llevo toda una sorpresa cuando entro en la sala y me encuentro a Hardin con las manos en el pelo, furioso.

—¡Ni hablar! —resopla alejándose de Christian.

—Una camiseta sucia y unos pantalones manchados de sangre no son un atuendo apropiado para el club, por mucho que conozcas al dueño —dice Christian restregándole algo de color negro a Hardin por el pecho.

—Pues entonces no voy —dice él con una mueca, dejando que la prenda negra caiga a los pies de Christian.

—No seas infantil y ponte la dichosa camisa.

—Me pongo la camisa si puedo ir en pantalones de mezclilla —repone Hardin, negociando, mirándome en busca de apoyo.

—¿Trajiste algo que no esté manchado de sangre? —dice Christian sonriente. Se agacha para recoger la camisa.

—Puedes ponerte los pantalones negros, Hardin —sugiero intentando mediar entre los dos.

—Bueno. Dame la maldita camisa. —Le arranca a Christian la camisa de las manos y le saca el dedo mientras desaparece por el pasillo.

—¡Y, por cierto, podrías cortarte el pelo! —le grita Christian.

No puedo evitar echarme a reír.

—Déjalo en paz. Te va a poner un ojo morado y no voy a impedírselo —bromea Kimberly.

—Sí..., sí... —Christian la toma entre sus brazos y le da un beso en la boca.

Me doy la vuelta justo cuando suena el timbre de la puerta.

—¡Debe de ser Lillian! —anuncia Kim soltándose de él.

Hardin vuelve a entrar en la sala en cuanto Lillian atraviesa la puerta.

—¿Qué hace aquí? —gruñe. Se ha puesto la camisa negra, que no le queda nada mal.

—No seas malo —le digo—. Va a quedarse con Smith y es amiga tuya, ¿no te acuerdas?

Es verdad que mi primera impresión de Lillian no fue buena, pero ha acabado por gustarme, aunque no la veo desde que volvimos de las Vacaciones Infernales.

—No, no lo es.

—¡Tessa! ¡Hardin! —exclama con una sonrisa tan brillante como sus ojos azules. Menos mal que no lleva el mismo vestido que yo, como la primera vez que la vi, en el restaurante de Sandpoint.

—Hola. —Le devuelvo la sonrisa y Hardin se limita a saludar con un gesto de la cabeza.

—Estás hermosa — me dice Lillian dándome un repaso con la mirada.

—Gracias, igualmente. —Ella lleva una chamarra de lana y unos pantalones caqui.

—Si ya terminaron... —refunfuña Hardin.

—Yo también me alegro de volver a verte, Hardin. —Le pone los ojos en blanco y él se suaviza un poco y le ofrece una media sonrisa.

Mientras, Kimberly corre de un lado a otro poniéndose los tacones y retocándose el maquillaje delante del espejo gigante que hay encima del sillón.

—Smith, ve arriba. Volveremos a medianoche como muy tarde.

—¿Lista, amor? —le pregunta Christian.

Ella asiente y él extiende los brazos hacia la puerta.

—Nosotros iremos en mi coche —anuncia Hardin.

—¿Por qué? Hemos pedido un coche —dice Christian.

—Por si queremos volver antes.

Christian se encoge de hombros.

—Haz lo que quieras.

Mientras salimos me fijo en la camisa de Hardin. No es muy distinta de la que suele ponerse cuando no tiene más remedio que arreglarse. La diferencia es que esta tiene un discreto, casi imperceptible, estampado animal...

—Ni una palabra —me advierte cuando se da cuenta de que estoy mirando su camisa.

—No he dicho nada. —Me muerdo el labio y gruñe.

—Es fea a más no poder —dice, y no dejo de reír hasta que llegamos al coche.

El club de jazz está en el centro de Seattle. Las calles están llenas, como si fuera sábado, no miércoles. Esperamos en el coche de Hardin hasta que un elegante auto negro se estaciona junto a nosotros y de él salen Christian y Kimberly.

—Estos ricachones... —dice Hardin dándome un apretón en el muslo. Nosotros también salimos del coche.

Con una rápida sonrisa, el portero desengancha el cordón de terciopelo del poste plateado y nos deja pasar. Al momento, Kimberly nos guía por la oscuridad del club y nos enseña el interior mientras Christian se va por su cuenta. Bloques de piedra gris hacen las veces de mesas y hay sillones negros con cojines blancos aquí y allá. La única nota de color en todo el club son los ramos de rosas rojas que descansan encima de los enormes bloques de piedra gris. La música es suave y relajante pero estimulante a la vez.

—Muy fresa —dice Hardin poniendo los ojos en blanco.

Está guapo a más no poder bajo la luz tenue. La camisa de Hardin combinada con los pantalones negros son más de lo que mi libido puede soportar.

—Bonito, ¿verdad? —nos pregunta Kimberly con una gran sonrisa.

—No veas —contesta Hardin. En cuanto llegamos a las mesas llenas de gente, me toma de las caderas y me atrae hacia sí.

—Christian está en la zona vip. Es toda nuestra —nos informa Kimberly.

Caminamos hacia la parte de atrás del club y una cortina de satén se abre y desvela un espacio de buen tamaño con más cortinas negras a modo de paredes. Cuatro sillones delimitan el espacio y hay una enorme mesa de piedra en el centro, cubierta de botellas de bebida, una hielera y varios aperitivos.

Estoy tan distraída que ni siquiera veo a Max, que está sentado en uno de los sillones, delante de Christian.

Genial. Max me cae fatal y sé que Hardin tampoco puede soportarlo. Los brazos de mi chico se tensan en mis caderas y le lanza una mirada asesina a Christian.

Kimberly sonríe como la buena anfitriona que es.

—Encantada de volver a verte, Max.

Él le sonríe.

—Igualmente, cielo. —Le toma la mano y se la lleva a los labios.

—Disculpa —dice entonces una voz de mujer detrás de mí.

Hardin y yo nos hacemos a un lado y Sasha se contonea por el pequeño espacio. Entre lo alta que es y el vestido tan descarado que lleva, es el ama de la sala.

—Genial —dice Hardin repitiendo mis pensamientos de hace unos segundos. Se alegra tanto de verla como yo de ver a Max.

—Sasha. —Kimberly intenta fingir que se alegra de verla, pero fracasa. Una de las desventajas de la sinceridad de mi amiga es que le cuesta ocultar sus emociones.

Sasha le sonríe y se sienta en el sillón, al lado de Max. Sus ojos siniestros buscan los míos, como si me estuviera pidiendo permiso para sentarse con su amante. Desvío la mirada y Hardin me lleva al sillón que está justo enfrente de ellos. Kimberly se sienta en las piernas de Christian y agarra una botella de champán.

—¿Qué te parece, Theresa? —pregunta Max con su acento marcado y aterciopelado.

—Pues... —tartamudeo al oír mi nombre completo—. Es... es bonito.

—¿Gustan un poco de champán? —nos ofrece Kimberly.

Hardin contesta por mí:

—A mí no, pero a Tessa sí.

Me apoyo en su hombro.

—Si tú no vas a beber nada, yo tampoco.

—Adelante, no me importa. A mí no se me antoja.

Le sonrío a Kim.

—Para mí nada, gracias.

Hardin frunce el ceño y agarra una copa de encima de la mesa.

—Deberías tomarte al menos una. Has tenido un día muy largo.

—Lo que quieres es que me emborrache para que no te haga preguntas —susurro poniendo los ojos en blanco.

—No. —Sonríe divertido—. Quiero que te la pases bien. Eso era lo que querías, ¿no?

—No me apetece tener que beber para pasarla bien. —Cuando miro alrededor, veo que ninguno de los presentes está escuchando nuestra conversación.

—No he dicho que lo necesites. Sólo digo que tu amiga te está ofreciendo champán gratis, del que cuesta más que tu vestido y mi ropa juntos. —Sus dedos bailan por mi nuca—. ¿Por qué no vas a disfrutar de una copa?

—Tienes razón. —Me apoyo otra vez en él y Hardin me entrega la copa alargada—. Pero sólo voy a tomarme una —le digo.

A los treinta minutos ya me he terminado mi segunda copa y estoy planteándome si me tomo una tercera para no sentirme tan incómoda viendo a Sasha desfilar de aquí para allá. Dice que sólo quiere bailar pero, si eso fuera cierto, saldría a la zona pública del club.

La fulana quiere atención.

Me tapo la boca con la mano como si lo hubiera dicho en voz alta.

—¿Qué?

Sé que Hardin se aburre. Mucho. Lo sé por cómo mira la cortina negra y me acaricia la espalda, ausente.

Niego con la cabeza a modo de respuesta. No debería pensar esas cosas de la mujer cuando ni siquiera la conozco. Lo único que sé de ella es que se acuesta con un hombre casado...

Y con eso me basta. No puedo evitar que me caiga mal.

—¿Podemos irnos ya? —me susurra Hardin al oído, dándome otro apretón en el muslo.

—Sólo un ratito más —le digo.

No es que me aburra, es que prefiero estar a solas con Hardin a estar aquí evitando mirar a Sasha o su ropa interior.

—Tessa, ¿vienes a bailar?... —sugiere Kimberly, y Hardin se tensa.

Me acuerdo de la última vez que estuve en un club con Kimberly y bailé con un tipo sólo para enojar a Hardin, que se encontraba a kilómetros de distancia. Entonces tenía el corazón roto y estaba tan triste que no pensaba con claridad. Aquel sujeto acabó besándome y yo acabé prácticamente violando a Hardin en la habitación de mi hotel después de que apareciera por sorpresa y encontrara allí a Trevor. Fue un malentendido épico pero, ahora que me acuerdo, la noche no acabó nada mal para mí.

—No sé bailar, ¿recuerdas? —le digo.

—Bueno, pues daremos una vuelta o algo. —Sonríe—. Parece que te estás quedando dormida.

—Bueno, una vuelta. —Me pongo de pie—. ¿Quieres venir? —le pregunto a Hardin.

Me dice que no con la cabeza.

—No le va a pasar nada. Volvemos en un minuto —le asegura Kimberly.

Él no parece muy contento con que vayan a separarme de su lado, pero tampoco intenta detenerla. Se está esforzando por demostrarme que puede relajarse y por eso lo adoro.

—Si la pierdes, no te molestes en volver —le contesta.

Kimberly suelta una sonora carcajada y me saca a rastras de la zona vip, en dirección al club lleno de gente.

CAPÍTULO 115

Hardin

—¿Adónde crees que se habrá llevado a Theresa? —me pregunta Max sentándose a mi lado.

—Tessa —lo corrijo. ¿Cómo chingados sabe que se llama Theresa? Bueno, puede que sea un poco obvio, pero no me gusta que lo diga.

—Tessa. —Me sonríe y le da un largo trago a su champán—. Es una chica encantadora.

Tomo una botella de la mesa e ignoro su provocación. No tengo el menor interés en hablar con el tipo. Debería haberme ido con Tessa y con Kimberly, a donde fuera. Estoy intentando demostrarle a mi chica que puedo «relajarme» y esto es lo que consigo. Estar sentado junto a este señor en un club donde la música da asco.

—Vuelvo enseguida. El grupo acaba de llegar —nos informa Christian. Se mete el celular en el bolsillo de los pantalones de vestir y se va.

Max se pone de pie y lo sigue tras decirle a Sasha que la pase bien, que beba más champán.

No irán a dejarme a solas con ella...

—Parece que sólo quedamos tú y yo —me dice la muy puta, lo que me confirma que, en efecto, eso es lo que acaban de hacer.

—Pues sí... —Hago rodar el tapón de una botella de plástico por la mesa de piedra.

—¿Qué te parece el sitio? Max dice que se llena todas las noches desde la inauguración. —Me sonríe.

Finjo que no he visto que se ha desabrochado un botón de su vestido casi inexistente para enseñarme su pecho...

—Sólo lleva unos días abierto, es normal que esté siempre lleno —replico.

—Aun así, es bonito. —Descruza las piernas y las vuelve a cruzar.

Se ve desesperada. Llegados a este punto, ya ni siquiera sé si de verdad está intentando algo conmigo o si está tan acostumbrada a hacerse la fulana que le sale natural.

Se inclina sobre la mesa que se interpone entre nosotros.

—¿Quieres bailar? Hay espacio de sobra. —Me roza la manga de la camisa con sus uñas infinitas y me aparto.

—¿Estás loca? —le espeto, y me siento en la otra punta del sillón.

El año pasado tal vez me habría llevado su trasero desesperado al baño y me la habría cogido hasta dejarla inconsciente. Ahora sólo de pensarlo me dan ganas de vomitar en su vestido blanco.

—¡Oye! Sólo te pregunté si querías bailar.

—Baila con tu novio casado —le suelto, y estiro el brazo para descorrer la cortina con la esperanza de ver a Tessa.

—No me juzgues tan rápido. Ni siquiera me conoces.

—Te conozco lo suficiente.

—Ya, pues yo a ti también. Así que, en tu lugar, me andaría con cuidado.

—¿Ah, sí? —Me río.

Me mira de mala manera, intentando intimidarme, estoy seguro.

—Sí.

—Si supieras algo sobre mi forma de ser, sabrías que no te conviene amenazarme —le advierto.

Levanta una copa de champán y me dedica un pequeño brindis.

—Eres tal y como dicen...

Y con esa frase me voy. Descorro la cortina y voy a buscar a Tessa para que podamos largarnos de aquí.

¿Quién le ha hablado de mí? ¿Quién se cree que es? Christian tiene suerte de que le haya prometido a Tessa una noche sin incidentes. De lo contrario, Max tendría que rendir cuentas de lo sucia que su novia tiene la boca.

Doy vueltas por el club buscando el vestido brillante de Tessa y el pelo rubio de Kimberly. Menos mal que no es la clase de sitio en el que todo el mundo está dando brincos en la pista de baile. Casi todos los clientes están sentados junto a una mesa, cosa que facilita mucho mi búsqueda. Al final, las encuentro en la barra principal, hablando con

Christian, Max y otro tipo. Tessa está de espaldas a mí, pero por su postura sé que está nerviosa. A los pocos segundos se les une otro tipo y, a medida que me acerco, el primer hombre empieza a resultarme conocido.

—¡Hardin! Por fin apareces. —Kimberly alarga el brazo para tocarme el hombro, pero la esquivo y me acerco a Tessa.

Cuando me mira, tiene los ojos grises recelosos y guían mi mirada hacia el invitado.

—Hardin, te presento a mi profesor de religión internacional, el señor Soto —dice sonriendo con educación.

«¿Estás jugando conmigo? ¿Es que ahora todo el mundo se va a venir a vivir a Seattle?»

—Jonah —la corrige él, y gesticula para que nos demos un apretón de manos.

Yo estoy demasiado alucinado para negárselo.

CAPÍTULO 116

Hardin

El profesor de Tessa sonríe y le pega un sutil repaso con la mirada, pero yo lo veo en tecnicolor.

—Me alegra volver a verte —dice pero, por cómo se mueve con la música, no sé si me lo dice a mí o a ella.

—El profesor Soto vive ahora en Seattle —me informa Tessa.

—Qué bien —digo por lo bajo.

Tessa me oye y me da un codazo. Le rodeo la cintura con el brazo.

A Jonah el gesto no le pasa desapercibido. Luego vuelve a mirarla a la cara.

«Está conmigo, cabrón.»

—Sí —dice él—, me trasladé al campus de Seattle hace un par de semanas. Solicité el puesto hace un par de meses y por fin me lo dieron. Ya era hora de llevarse el grupo a otra parte —nos dice como si debiera importarnos.

—The Reckless Few van a tocar aquí esta noche, y más noches si podemos convencerlos —presume Christian.

Jonah le sonríe y se mira las botas.

—Creo que eso se puede arreglar —comenta levantando la vista con una sonrisa. Se acaba la copa con un solo movimiento y dice—: Será mejor que nos preparemos para la actuación.

—Sí —repone Christian—. No consientas que los distraigamos.

Le da una palmada a Soto en el hombro y el profesor se vuelve para sonreírle a Tessa por última vez antes de abrirse paso entre la gente hacia el escenario.

—Son increíbles. ¡Esperen a oírlos! —exclama Vance dando palmas antes de rodear la cintura de Kimberly con el brazo y conducirla a una mesa en primera fila.

Ya los he oído. No son para tanto.

Tessa me mira nerviosa.

—Es buena persona —señala—. Recuerda que declaró en tu favor cuando estuvieron a punto de expulsarte.

—No, yo no recuerdo nada de eso. Lo único que sé es que le gustas y que misteriosamente está viviendo en Seattle y da clases en tu campus.

—Ya lo oíste, hace meses que solicitó el traslado... Y no le gusto.

—Sí le gustas.

—A ti te parece que le gusto a todo el mundo —contraataca.

Es imposible que sea tan ingenua como para creer que ese güey es de fiar.

—¿Hacemos una lista? —replico—. Tenemos a Zed, al maldito Trevor, al cretino del mesero... ¿Olvido a alguien? Ah, ahora podemos añadir al profesor pervertido, que te estaba mirando como si fueras el postre. —Miro al cabrón en el minúsculo escenario, se mueve como si fuera el tipo más importante del mundo, pero finge no darle importancia.

—El único que cuenta de esa lista es Zed. Trevor es un encanto y no supone ningún peligro. A Robert es posible que no vuelva a verlo, y Soto no es un acosador.

Ha dicho una palabra que me chirría.

—¿Es «posible»?

—Está claro que no voy a volver a verlo. Estoy contigo, ¿sí? —Me toma de la mano y me relajo.

He de asegurarme de quemar o tirar por la taza del baño el número de ese mesero. Por si las moscas.

—Sigo creyendo que ese cabrón es un acosador. —Señalo el escenario con la cabeza, hacia el desgraciado con chamarra de cuero.

Puede que tenga que hablar con mi padre para asegurarme de que no es tan turbio como me lo parece a mí. Tessa se metería directo en la boca del lobo, siempre se equivoca respecto al carácter de la gente.

Me lo demuestra con una sonrisa radiante, me mira como una idiota por todo el champán que le corre por las venas. Aquí sigue, conmigo, después de todas las mamadas que le he hecho...

—Creía que era un club de jazz. Este grupo es más... —Tessa empieza a intentar distraerme de la lista interminable de hombres que desean su afecto.

—¿Penosa? —la interrumpo.

Me pega un manotazo en el brazo.

—No, sólo que no es jazz. Son más del rollo de The Fray...

—¿The Fray? Por favor, no insultes a tu grupo favorito. —Lo único que recuerdo del grupo del profesor es que eran patéticos.

Me pega con el hombro.

—Y el tuyo.

—Ajá.

—No finjas que no te gustan. Sé que te encantan.

Me estrecha la mano y meneo la cabeza. No voy a negarlo, pero tampoco voy a admitirlo.

Miro a la pared y a los pechos de Tessa mientras espero que la banda de pacotilla empiece a tocar.

—¿Nos vamos ya? —pregunto.

—Sólo una canción —dice Tessa.

Tiene las mejillas sonrosadas, los ojos brillantes y las pupilas dilatadas. Se toma otra copa. Se alisa el vestido y jala su vestido hacia abajo.

—¿Al menos puedo sentarme? —digo señalando la fila de taburetes vacíos junto a la barra.

Tomo a Tessa de la mano y me la llevo hacia allí. La siento en el taburete que hay en uno de los extremos, el que está más cerca de la pared y más lejos de la gente.

—¿Qué van a tomar? —nos pregunta un hombre joven con barba y un acento italiano falso como él solo.

—Una copa de champán y un agua —digo mientras Tessa se coloca entre mis piernas. La tomo de la cintura y siento las lentejuelas de su vestido contra la palma de la mano.

—Sólo servimos la botella entera de champán, señor —me dice el mesero con una sonrisa de disculpa, como si no estuviera seguro de que pudiera permitirme una botella de su maldito champán.

—Sírveles una botella entera —dice la voz de Vance a mi lado, y el mesero asiente mirándonos a los dos.

—Lo quiere frío —recalco con arrogancia.

El chico asiente de nuevo y se apresura a ir por la botella. «Pendejo.»

—Deja de vigilarnos, que no eres nuestra nana —le digo a Vance.

Tessa me mira mal, pero no le hago caso.

Él pone los ojos en blanco, como el pesado sarcástico que es.

—Es evidente que no los estoy vigilando. Tessa no tiene edad para beber.

—Ya, ya —digo.

Alguien lo llama entonces y Christian me da una palmada en el hombro antes de irse.

Al instante, el mesero descorcha una botella de champán y vierte el líquido en una copa para Tessa. Ella le da las gracias con educación y él le responde con una sonrisa más falsa que su acento. Esta pantomima me está matando.

Se lleva la copa a los labios y apoya la espalda contra mi pecho.

—Qué bueno está.

Entonces dos hombres pasan junto a nosotros y le dan un repaso a Tessa. Ella se da cuenta. Lo sé por cómo se aprieta contra mí y apoya la cabeza en mi hombro.

—Ahí está Sasha —dice por encima del ruido que emite la guitarra del profesor Acosador, que está haciendo la prueba de sonido.

La rubia alta está buscando algo: a su novio o a algún tipejo al que echarse.

—¿A quién le importa? —replico, la tomo del codo con delicadeza y hago que se vuelva para verle la cara.

—No me gusta —dice Tessa.

—No le gusta a nadie.

—¿No te gusta? —pregunta.

«¿Está loca?»

—¿Por qué iba a gustarme?

—No lo sé. —Sus ojos se posan en mi boca—. Porque es guapa.

—¿Y?

—No sé... Estoy rara. —Menea la cabeza intentando hacer desaparecer el resentimiento que veo en su expresión.

—Tessa, ¿estás celosa?

—No —dice con una mueca.

—No tienes por qué. —Abro más las piernas y la estrecho contra mí—. Ella no es lo que quiero. —Miro su pecho casi al descubierto—.

Yo te quiero a ti. —Dibujo la línea de su escote con el índice, como si no estuviéramos en un club lleno a rebosar.

—Sólo por mis pechos —dice susurrando la última palabra.

—Evidentemente. —Me río, provocándola.

—Lo sabía. —Se hace la ofendida, pero sé que se está riendo por encima del borde de la copa.

—Sí. Y ahora que ya sabes la verdad, ¿me dejas que te las coja?

Un chorro de champán mana de su boca y aterriza en mi camisa y en mis piernas.

—¡Perdona! —agarrando una servilleta de la barra. Me la pasa por la camisa, que es muy pinche fea, y luego empieza a secarme la entrepierna.

Le tomo la muñeca y le quito la servilleta:

—Yo que tú no lo haría.

—Ah —dice, y se ruboriza hasta el cuello.

Uno de los miembros de la banda se pone al micrófono y hace las presentaciones. Intento que no me den arcadas cuando empieza a sonar el horror. Tessa está embobada mientras tocan una canción tras otra y yo me encargo de que su copa esté siempre llena.

Doy gracias por cómo estamos sentados. Bueno, yo estoy sentado. Ella está de pie entre mis piernas, de espaldas a mí, pero puedo verle la cara si me apoyo en la barra. Los tonos rojizos de la iluminación, el champán y ella siendo... ella... Está resplandeciente. Ni siquiera puedo ponerme celoso porque es... preciosa.

Como si me leyera el pensamiento, se vuelve y me regala una sonrisa. Me encanta verla así, tan despreocupada..., tan joven. Tengo que hacer que se sienta así con más frecuencia.

—Son buenos, ¿verdad? —Mueve la cabeza al ritmo de la música, lenta pero intensa.

Me encojo de hombros.

—No —replico. No son terribles, pero a buenos no llegan ni de chiste.

—Callaaaaa —dice exagerando la palabra, y me da la espalda. Momentos después, empieza a balancear las caderas al ritmo de la voz llorona del cantante. Carajo.

Bajo la mano a sus caderas y se aprieta más contra mí sin dejar de moverse. El ritmo de la canción se acelera, igual que Tessa. Rayos...

Hemos hecho muchas cosas... Yo he hecho casi de todo, pero nadie nunca había bailado así conmigo. Algunas chicas, e incluso algunas *strippers*, se me han desnudado en las piernas, pero no así. Esto es lento, embriagador... Y me prende mucho. Le sujeto la otra cadera con la mano y se vuelve un poco para dejar la copa en la barra. Con las manos vacías, me sonríe con lujuria y mira en dirección al escenario. Levanta una mano y me pasa los dedos por el pelo. Coloca la otra encima de la mía.

—No te detengas —le suplico.

—¿Seguro? —Me jala del pelo.

Me cuesta creer que esta chica seductora con un vestido corto, que menea las caderas y me jala el pelo, sea la misma que escupe el champán cuando hablo de cogerle los pechos. Me pone a mil.

—Carajo, sí —susurro, y la agarro de la nuca para atraer su boca hacia la mía—. Muévete pegada a mí... —Le doy un apretón en la cadera—. Más cerca.

Y eso hace. La altura del taburete es perfecta, estoy en el lugar justo para que me restriegue el trasero contra el sitio que más ganas tiene de ella.

Miro un momento alrededor. No quiero que nadie más la vea bailar.

—Estás muy sexi... —le digo al oído— cuando bailas así en público... Sólo para mí.

Juro que la he oído gemir y no puedo más. Le doy vuelta y le meto la mano debajo de la falda.

—Hardin —protesta cuando le hago a un lado los calzones.

—Nadie nos está mirando y, aunque nos mirasen, no verían nada —le aseguro. No lo haría si supiera que alguien puede verlo—. Te gusta hacer este numerito, ¿verdad? —le digo. No puede negarlo: está chorreando.

No contesta. Apoya la cabeza en mi hombro y me jala de la camisa, agarrándolo como suele agarrarse a las sábanas. Entro y salgo de ella, intentando seguir el ritmo de la canción. Casi al instante se le tensan los muslos y está a punto de venirse en mis dedos. Gime para que sepa el placer que le doy. Se pega más a mí, me chupa el cuello. Sus caderas se hunden en mí y siguen el ritmo de mis dedos, que entran y salen de su vagina húmeda. La música y las voces ahogan sus gemidos y es posible que me esté sangrando el vientre con las uñas.

—Estoy a punto —gruñe con la boca pegada a mi cuello.

—Eso es, nena. Termina para mí. Aquí mismo, Tessa. Termina —la invito con dulzura.

Asiente y me muerde un tendón del cuello. La verga me palpita en los pantalones, intentando escapar de ellos. Tess deja caer todo su peso sobre mí cuando se viene y la sujeto con fuerza. En cuanto levanta la cabeza está jadeando, colorada, feliz y encendida bajo las luces.

—¿Coche o baño? —pregunta cuando me llevo los dedos a la boca y me los chupo.

—Coche —contesto, y se acaba el champán. Que pague Vance. No tengo tiempo para buscar al mesero.

Tessa me toma entonces de la mano y me jala hacia la puerta. Me tiene ganas y yo la tengo como una piedra gracias a su jueguecito en la barra.

—¿Ese no es...? —Tessa frena en seco poco antes de llegar a la salida del club.

Pelo negro de punta... Juraría que la paranoia me provoca alucinaciones. Pero ella también lo ha visto.

—¿Qué chingados hace aquí? ¿Le dijiste que íbamos a venir? —le espeto.

He mantenido la calma toda la noche y ahora aparece este pendejo para chingármela.

—¡No! ¡Por supuesto que no! —exclama Tessa, defendiéndose. Por su mirada sé que dice la verdad.

Zed nos ve y frunce el ceño con malicia. Como le gusta meter cizaña, se nos acerca.

—¿Qué haces tú aquí? —le pregunto cuando se acerca.

—Lo mismo que tú. —Se yergue y mira a Tessa. Qué ganas tengo de subirle el escote para que no pueda ver nada de su pecho y luego romperle a ese cretino los dientes.

—¿Cómo sabías que estábamos aquí? —le suelto.

Tessa me da un jalón del brazo y nos mira a uno y a otro.

—No lo sabía. Vine a ver tocar al grupo.

Entonces se nos acerca un güey con la misma piel bronceada que Zed.

—Deberían largarse —les digo.

—Hardin, por favor —me suplica Tessa detrás de mí.

—No —le susurro. Ya estoy harto de Zed y todas sus mamadas.

—Oye... —El tipo se planta entre nosotros—. Van a tocar más. Vamos a decirles que hemos llegado.

—¿Conocen a Soto? —le pregunta Tessa.

«Carajo, Tessa.»

—Sí —contesta el extraño.

Casi puedo ver las teorías conspiranoicas volando por la cabeza de Tessa, preguntándose cómo es que se conocen. Como lo que quiero es no ver a Zed, la agarro del brazo y la llevo a la salida.

—Ya nos veremos —dice él poniendo para Tessa su mejor sonrisa de «soy un cachorrito y quiero que te sientas mal por mí y me quieras porque soy patético» antes de seguir al otro tipo hacia el escenario.

Salgo a toda velocidad hacia el aire frío de la noche. Tessa me sigue de cerca, insistiendo con lo mismo:

—Te juro que no sabía que iba a venir aquí. ¡Te lo juro!

Le abro la puerta del acompañante.

—Lo sé, lo sé —le digo para que se calle mientras hago lo posible por tranquilizarme—. Olvídalo, por favor. No quiero que nos estropee la noche.

Rodeo el coche y me siento junto a ella.

—De acuerdo —accede y asiente.

—Gracias —suspiro.

Meto la llave en el contacto y Tessa me agarra de la mejilla y me obliga a volverme hacia ella.

—Te agradezco mucho el esfuerzo que estás haciendo esta noche. Sé lo mucho que te cuesta, pero significa un mundo para mí. —Sonrío contra la palma de su mano mientras la escucho.

—Bien.

—Lo digo en serio. Te quiero, Hardin. Muchísimo.

Le digo lo mucho que la quiero mientras trepa por su asiento y se sienta a horcajadas en mí. Me baja el cierre y los pantalones a toda velocidad. Su mano se cierra rápidamente en mi cuello y me arranca la camisa, de la que saltan los dos botones superiores. Le subo el vestido para ver su cuerpo desnudo y ella mete la mano en mi bolsa de atrás para sacar el condón que imaginaba que íbamos a necesitar.

—Sólo te deseo a ti. Siempre —me asegura para tranquilizar mi mente inquieta mientras me pone el condón.

La agarro de las caderas y la levanto. En el coche, todo es tan pequeño que la siento más cerca, más adentro, cuando se deja caer sobre mí. La lleno, del todo, es mía, y siseo posesivo. Me tapa la boca con sus besos y se traga mis gemidos mientras mueve lentamente las caderas, igual que en el club.

—Te la estoy metiendo hasta los huevos —le digo sujetándola del chongo y jalándoselo para obligarla a que me mire.

—Me gusta —gime sintiéndola toda, hasta el fondo.

Una de sus manos se hunde en mi pelo y con la otra me agarra del cuello. Está muy sexi por el alcohol, la adrenalina y las ganas que me tiene..., lo mucho que necesita mi cuerpo y esta conexión apasionada y en estado puro que sólo nosotros compartimos. No la encontrará con nadie más, y yo tampoco. Con Tessa lo tengo todo, y ella no podrá dejarme nunca.

—Carajo, te quiero —gimo en su boca mientras me jala del pelo y me agarra con fuerza del cuello. No es incómodo, sólo una leve presión, pero me vuelve loco.

—Te quiero —jadea cuando levanto las caderas para ir a su encuentro y se la meto con más fuerza que antes.

La miro fijamente y disfruto su manera de flexionar los músculos de la pelvis. El placer aumenta poco a poco en la base de mi columna y noto que ella se tensa mientras la sigo ayudando con mis caderas.

Tiene que ir a que le den la píldora. Necesito sentirla sin barreras otra vez.

—Me muero por estar dentro de ti sin condón... —le susurro en el cuello.

—No te detengas —me dice. Le encanta que le diga cosas sucias.

—Quiero que sientas cómo me vengo dentro de ti... —Le chupo la clavícula, saboreando las gotas de sudor—. Sé que te va a gustar que te marque así. —Sólo de pensarlo me caliento.

—Ya casi... —gime, y con un último jalón de pelo nos derretimos los dos juntos, jadeantes, gimiendo, sucios. Somos así.

La ayudo a bajar de mi regazo y bajo la ventanilla mientras se arregla el vestido.

—Pero ¿qué...? —empieza a decir cuando me ve tirar el condón por la ventanilla—. ¡Dime que no acabas de tirar un condón usado por la ventanilla! ¿Y si Christian lo ve?

Le sonrío con malicia.

—Estoy seguro de que no será el único que se encuentre en el estacionamiento.

Intenta subirme el cierre para ayudarme a vestirme y que pueda conducir.

—O tal vez no —replica asomando la nariz por la ventanilla y mirando el estacionamiento mientras prendo el coche—. Aquí huele a sexo —añade, y se ríe a carcajadas.

Asiento y escucho cómo tararea todas las pinches canciones que ponen en el radio de camino a casa de Vance. Quiero burlarme de ella, pero es un sonido encantador, sobre todo después de haber tenido que escuchar a ese grupo de mierda.

«¿Un sonido encantador?» Empiezo a hablar como ella.

—Voy a tener que arrancarme los tímpanos cuando acabe la noche —le digo, aunque no me hace caso. Me saca la lengua con un gesto infantil y sigue cantando, aún más fuerte.

Tomo a Tessa de la mano para que no se caiga mientras recorremos la corta distancia que hay desde el sendero de grava hasta la puerta principal. Por cómo actúa, estoy seguro de que casi todo el contenido de la botella de champán ya está en su hígado.

—¿Y si no podemos abrir? —me pregunta con una risita tonta.

—La niñera está en casa —le recuerdo.

—¡Es verdad! Lillian... —Sonríe—. Es muy linda.

Yo me río de lo borracha que está.

—Creía que no te caía bien.

—Ahora que sé que no le gustas como tú me hiciste creer, ya me cae mejor.

Le acaricio los labios.

—No me hagas pucheros. Se parece mucho a ti... Sólo que es más molesta.

—¿Perdona? —Hipa—. No fue bonito de tu parte hacerme sentir celos de ella.

—Pero funcionó —le contesto muy satisfecho de mí mismo cuando llegamos a la puerta.

Lillian está sentada en el sillón cuando entramos en la casa. Me paro a darle un jalón al bajo del vestido de Tessa. Me mira mal.

Al vernos, Lillian se pone de pie.

—¿Qué tal todo?

—¡Ha sido genial! ¡El grupo era maravilloso! —le dice Tessa con una sonrisa de oreja a oreja.

—Está peda —informo a Lillian.

Se ríe.

—Ya lo veo. —Y, tras una pausa, añade—: Smith está durmiendo. Esta noche casi mantuvimos una conversación.

—Bien por ti —digo llevando a Tessa hacia el pasillo.

Mi novia borracha le dice adiós a Lillian con la mano.

—¡Encantada de volver a verte!

No sé si debería decirle a Lillian que se vaya a casa o esperar hasta que Vance vuelva. Me callo. Además, que se encargue ella del pequeño robot si se despierta.

Cuando llegamos a la habitación de Tessa, cierro la puerta y de inmediato se desploma en la cama.

—¿Puedes quitármelo? —dice señalando su vestido—. Pica mucho.

—Sí, levántate.

La ayudo a sacarse el vestido y me da las gracias con un beso en la punta de la nariz. Es muy poca cosa, pero el gesto me sorprende y le sonrío.

—Me alegro de que estés aquí conmigo —dice.

—¿Sí?

Asiente y me desabrocha los botones que le quedan a la camisa de Christian. Me desliza la prenda por los hombros y la dobla con cuidado antes de levantarse y dejarla en el cesto de la ropa sucia. Nunca entenderé por qué dobla la ropa sucia, pero ya me he acostumbrado.

—Sí, mucho. La verdad es que Seattle no es tan genial como yo creía —confiesa al fin.

«Pues vuelve conmigo», me dan ganas de decirle.

—¿Y eso? —es lo que digo en realidad.

—No lo sé. Simplemente no lo es. —Frunce el ceño y me sorprende que, en vez de querer escuchar lo infeliz que es aquí, quiera cambiar de tema. Landon y yo sospechábamos cómo se sentía en realidad, pero aun así me sabe mal que Seattle no sea lo que ella esperaba. Debería sacarla mañana por ahí para animarla un poco.

—Podrías venirte a vivir a Inglaterra —le digo.

Me lanza una mirada incendiaria con las mejillas sonrosadas y los ojos brillantes por el champán.

—¿No me llevas allí contigo a la boda, pero quieres que me vaya a vivir contigo? —me suelta. Me ha atrapado.

—Ya lo hablaremos luego —digo con la esperanza de que lo deje por la paz.

—Sí..., sí..., siempre para luego. —Vuelve para sentarse en la cama pero no calcula bien y acaba rodando por el suelo y desternillándose de risa.

—Ten cuidado, Tessa. —La agarro de la mano y la ayudo a levantarse. El corazón me late a toda velocidad en el pecho.

—Estoy bien. —Se ríe y se sienta en la cama, llevándome consigo.

—Te he dado demasiado champán.

—Eso es verdad —sonríe y me empuja contra el colchón hasta tumbarme.

—¿Te encuentras bien? ¿No tienes ganas de vomitar?

Apoya la cabeza en mi pecho.

—Deja de hacer de padre, estoy bien. —Me muerdo la lengua para no soltarle una peladez.

—¿Qué quieres hacer? —pregunta.

—¿Qué?

—Me aburro. —Me mira con esa cara. Se levanta y me mira, hay algo salvaje en sus ojos.

—¿Qué te gustaría hacer, borrachita?

—Jalarte del pelo. —Sonríe y sujeta mi labio inferior con los dientes del modo más pecaminoso posible.

CAPÍTULO 117

Hardin

—¿No puedes dormir? —Christian enciende la luz y ya somos dos en la cocina.

—Tessa necesitaba un vaso de agua —le explico.

Empujo la puerta del refrigerador, pero él no deja que se cierre.

—Kim también —dice detrás de mí—. Es el precio de beber demasiado champán.

Las risas de Tessa y su sed insaciable de placer me tienen agotado. Estoy convencido de que empezará a vomitar si no bebe agua. Me pasan por la cabeza imágenes de la noche, Tessa acostada en la cama, abierta de piernas para mí mientras hacía que se viniera con los dedos y con la lengua. Ha estado increíble, como siempre que se me monta en la verga hasta que me vacío en un condón.

—Sí. Tessa ha agarrado una buena. —Me contengo para no echarme a reír al recordar cómo se ha caído de la cama.

—Entonces... ¿Inglaterra la semana que viene? —dice cambiando de tema.

—No, no voy a ir.

—Es la boda de tu madre.

—¿Y? No es la primera, y tampoco será la última —replico.

Si digo que no me esperaba que me tirase la botella de agua de la mano de un manotazo, me quedo corto.

—¿Qué chingados haces? —exclamo agachándome a recoger la botella.

Cuando me levanto, Vance me está mirando fijamente con cara de pocos amigos.

—No tienes derecho a hablar así de tu madre.

—Y ¿eso a ti qué te importa? No quiero ir y no voy a hacerlo.

—Dime por qué. Dime la verdadera razón —me desafía.

«Pero ¿qué chingados le pasa?»

—No le debo explicaciones a nadie. Ya me obligaron a ir a una este año y no pienso pasar por otra.

—Bueno. Ya mandé sacar el pasaporte de Tessa. Imagino que estarás bien aquí sin ella mientras ella visita por primera vez Inglaterra como invitada de Kim.

La botella se me cae al suelo. Ahí se queda.

—¿Qué? —Lo miro fijamente. Me está tomando el pelo. Seguro.

Se apoya en la isleta y se cruza de brazos.

—Envié los formularios y aboné las tasas en cuanto supe lo de la boda. Tendrá que pasar a recogerlo y a que le tomen la foto, pero lo demás ya está hecho.

Estoy que echo humo. Noto cómo empieza a hervirme la sangre.

—¿Por qué lo has hecho? Ni siquiera es legal —digo, como si me importara una mierda la ley...

—Porque sabía que ibas a ser un pendejo testarudo y también porque sabía que ella es lo único que puede hacer que vayas. Para tu madre es muy importante tenerte allí, y le preocupa que no quieras ir.

—Hace bien en preocuparse. ¿Se creen que pueden usar a Tessa para obligarme a ir a Inglaterra? Chinguen su madre los dos, tú y mi madre.

Abro la puerta del refrigerador agarrar otra botella de agua, sólo por fastidiar, pero Christian la cierra de una patada.

—Sé que has tenido una vida de la chingada, ¿vale? Yo también, así que lo entiendo. Pero a mí no vas a hablarme como les hablas a tus padres.

—Pues deja de meterte en mi vida igual que hacen ellos.

—No me meto en nada. Sé que a Tessa le encantaría que fueras a esa boda, y tú también sabes que te sentirás fatal por haberle robado la oportunidad de estar allí sólo porque eres un cretino egoísta. Más te vale olvidarte del enojo que tienes conmigo y darme las gracias por hacerte la semana mucho más fácil.

Me quedo mirándolo un momento para asimilar lo que ha dicho. En parte tiene razón: ya me siento mal por no querer ir a la boda sólo porque sé lo mucho que a Tessa le gustaría ir. Esta noche ya me lo ha dicho bastantes veces y me pesa en la conciencia.

—Interpretaré tu silencio como un «gracias» —dice Vance con una sonrisa de superioridad, y le pongo los ojos en blanco.

—No quiero que se convierta en una costumbre —replico.

—¿El qué? ¿La boda?

—Sí. ¿Cómo voy a poder llevarla a otra boda y ver cómo pone ojos de cordero degollado sólo porque recuerda que ella nunca tendrá la suya?

Christian se lleva los dedos a la barbilla y da un par de golpecitos.

—Ah, ya entiendo. —Me sonríe aún más—. ¿Ese era el problema? ¿No quieres que se haga ilusiones?

—No. Ya se ha hecho ilusiones. Esa chica tiene la cabeza llena de pájaros, ese es el problema.

—¿Por qué es un problema? ¿No quieres que haga un hombre decente de ti?

Aunque me está provocando, me alegro de que no me guarde rencor por las groserías de antes. Por eso me cae bien Vance (más o menos): no es tan sensible como mi padre.

—Porque no va a pasar —contesto—, y es una de esas locas que sacan el tema al mes de empezar a salir. Rompió conmigo porque le dije que no iba a casarme con ella. A veces actúa como chiflada.

Vance se echa a reír y le da un trago a la botella de agua que iba a llevarle a Kimberly. Tessa también está esperando que le lleve agua. Tengo que ponerle fin a esta conversación. Ya ha durado demasiado y es demasiado personal para mi gusto.

—Deberías dar las gracias porque quiera estar contigo. No eres precisamente el chico más encantador del mundo, y ella lo sabe mejor que nadie.

Empiezo a preguntarme qué chingados sabrá él de mi relación, pero entonces me acuerdo de que está comprometido con la mujer más habladora de Seattle. Mejor dicho, con la mujer más habladora de Washington... Puede que de todo Estados Unidos.

—¿He acertado? —Interrumpe el hilo de mis pensamientos sobre su insoportable prometida.

—Sí, pero aun así... Es absurdo pensar en el matrimonio. Ni siquiera ha cumplido aún los veinte.

—Eso lo dice el que no puede separarse ni un metro de ella.

—Pendejo —mascullo.

—Es la verdad.

—No significa que no seas un pendejo.

—Es posible. Pero me hace gracia: no quieres casarte con ella, sin embargo eres incapaz de controlar tus arramques o tu ansiedad cuando temes perderla.

—¿Qué chingados quieres decir? —Creo que prefiero no saber la respuesta.

Demasiado tarde. Vance me mira a los ojos.

—Tu ansiedad... se dispara cuando estás preocupado porque temes que te deje o cuando otro güey le presta atención.

—¿Quién dijo que yo tenga an...?

Pero el viejo necio no me hace caso y sigue hablando.

—¿Sabes lo que suele obrar maravillas en esos casos?

—¿Qué?

—Un anillo. —Levanta la mano y se toca el dedo en el que pronto habrá una alianza.

—Puta madre... ¿A ti también te ha comido el coco? ¿Qué ha hecho?, ¿te ha pagado? —Me echo a reír de pensarlo. No es nada descabellado, teniendo en cuenta lo obsesionada que está con el matrimonio y lo encantadora que es.

—¡No, zopenco! —Me tira a la cabeza el tapón de la botella de plástico—. Es la verdad. Imagínate poder decir que es tuya y que sea cierto. Ahora son sólo palabras, una fanfarronada sin sentido que les sueltas a los tipos que la desean, y serán muchos, pero cuando Tessa sea tu esposa, entonces será tuya de verdad. Entonces será real y nada resulta más satisfactorio, especialmente a los paranoicos como tú y yo.

Cuando termina de pronunciar su discurso, tengo la boca seca y quiero salir disparado de esta cocina con demasiada luz.

—Qué montón de mierda —le digo de sopetón.

Camina y abre un mueble de la cocina.

—¿Has visto la serie «Sexo en Nueva York»?

—No.

—«Sexo en Nueva York» o «Sexo y Nueva York», no me acuerdo...

—No, no y no —le contesto.

—A Kim le encanta, la ve a todas horas. Tiene todas las temporadas en DVD.

Christian abre un paquete de galletas.

Son las dos de la madrugada. Tessa me está esperando y aquí estoy yo, hablando de una estúpida serie de televisión.

—¿Y?

—Hay un episodio en el que las chicas hablan de que uno sólo tiene dos grandes amores en la vida...

—Bueno, bien. Esto empieza a ser muy raro —digo dándome la vuelta para irme—. Tessa me está esperando.

—Ya lo sé... Lo sé... Enseguida acabo. Te lo resumiré del modo más masculino posible.

Giro sobre los talones y lo miro impaciente. Venga.

—Decían que uno sólo tiene dos grandes amores en toda su vida. Lo que quiero decir es que... Bueno, no sé lo que quiero decir, pero sé que Tessa es tu gran amor.

Me he perdido.

—Dijiste que teníamos dos.

—Bueno, en tu caso tu otro gran amor eres tú mismo. —Se ríe—. Creía que eso era evidente.

Levanto una ceja.

—¿Y tú, qué? ¿Doña Habladora y la madre de Smith?

—Cuidadito... —me advierte.

—Perdona. Kimberly y Rose. —Pongo los ojos en blanco otra vez—. ¿Son tus grandes amores? Espero por tu bien que las mamadas de la serie esa se equivoquen.

—Eh, sí. Ellas son mis grandes amores —tartamudea con una emoción que no consigo identificar y que desaparece antes de que pueda hacerlo.

Lo apunto con la botella de agua y declaro:

—Bueno, ahora que no me has aclarado nada, me voy a la cama.

—Ya... —dice un poco vacilante—. No sé ni de qué hablo. Yo también bebí demasiado.

—Bien... Bueno —respondo, y lo dejo solo en la cocina.

No sé a qué ha venido todo eso, pero fue muy raro ver al único e inimitable Christian Vance sin palabras.

Cuando vuelvo a la habitación, Tessa duerme en su lado de la cama, con las manos debajo de la mejilla y las rodillas flexionadas.

Apago la luz y le dejo la botella de agua en la mesita de noche antes de deslizarme a su lado. Su cuerpo desnudo emana calor cuando lo acaricio, y no puedo evitar estremecerme cuando la punta de mis dedos le pone la piel de gallina. Me reconforta verlo, me recuerda que incluso en sueños mis caricias despiertan algo en ella.

—Hola —me susurra adormilada.

Me sobresalto al oír su voz y hundo la cabeza en su cuello. La acerco a mí.

—La semana que viene nos vamos a Inglaterra —le digo.

Rápidamente gira la cabeza para mirarme. La habitación está a oscuras pero la luz de la luna me basta para verle la cara de sorpresa.

—¿Qué?

—Nos vamos a Inglaterra. Tú y yo. A finales de la semana que viene.

—Pero...

—No. Te vienes. Sé que quieres ir, así que no intentes negármelo.

—Pero no tienes...

—Theresa, ya. —Le tapo la boca con la mano y me la mordisquea con los dientes—. ¿Vas a ser una niña buena y a estarte calladita si quito la mano? —le provoco recordando que me ha acusado de ser condescendiente con ella.

Asiente con la cabeza y la aparto. Tessa se incorpora sobre un codo y me mira. No puedo hablar con ella en serio cuando está desnuda y con ganas de guerra.

—¡Pero no tengo pasaporte! —protesta, y oculto la sonrisa. Sabía que no iba a poder callarse.

—Ya está en trámite. Lo demás lo arreglaremos mañana.

—Pero...

—Theresa...

—¿Dos veces en un minuto? Muy mal. —Sonríe.

—No vas a volver a beber champán. —Le quito el pelo enmarañado de la cara y dibujo el contorno de su labio inferior con el pulgar.

—Pues no he oído que te quejaras antes cuando estaba...

Cierro su boca de borracha con un beso. La quiero tanto, la quiero tantísimo que me asusta pensar en la posibilidad de perderla.

¿De verdad deseo mezclarla a ella, mi posible futuro, la única oportunidad que tengo de ser feliz, con mi retorcido pasado?

CAPÍTULO 118

Tessa

Cuando me despierto, Hardin no me está envolviendo con su cuerpo, y en la habitación hay demasiada luz incluso cuando vuelvo a cerrar los ojos.

—¿Qué hora es? —gruño manteniéndolos cerrados.

Me palpita la cabeza y, aunque sé que estoy acostada boca abajo, tengo la sensación de que me estoy balanceando de atrás hacia adelante.

—Las doce —responde la voz profunda de Hardin desde el otro extremo del cuarto.

—¡Las doce! ¡Me he perdido mis dos primeras clases!

Intento incorporarme, pero la cabeza me da vueltas. Vuelvo a acostarme sobre el colchón con un sollozo.

—No te preocupes, vuelve a dormirte.

—¡No! No puedo faltar a más clases, Hardin. Acabo de empezar en este campus y no puedo empezar así el trimestre. —El pánico se está apoderando de mí—. Me voy a atrasar...

—Estoy convencido de que te irá bien —dice Hardin quitándole importancia y atravesando la habitación para sentarse en la cama—. Seguro que ya terminaste todas las tareas.

Me conoce demasiado bien.

—Esa no es la cuestión —replico—. La cuestión es que falté a clase y eso hace que dé mala impresión.

—¿Ante quién? —pregunta Hardin.

Sé que me está tomando el pelo.

—Ante mis profesores y mis compañeros.

—Tessa, sabes que te quiero, pero por favor. A tus compañeros les vale madre si vas o no a clase. Ni siquiera se habrán dado cuenta. Tus profesores, sí, porque eres una barbera y alimentas su ego. Pero a tus compañeros les da igual y, si no fuese así, ¿qué más da? Su opinión no importa.

—Supongo que tienes razón. —Cierro los ojos e intento ver las cosas desde su punto de vista.

Detesto llegar tarde, faltar a clase y dormir hasta el mediodía.

—No soy una barbera —añado.

—¿Cómo te sientes?

Noto que el colchón se mueve y, cuando abro los ojos, veo que lo tengo a mi lado.

—Como si anoche hubiese bebido demasiado. —Me va a estallar la cabeza.

—Y así fue. —Asiente varias veces muy serio—. ¿Qué tal está tu trasero? —Me agarra por detrás y hago una mueca.

—No hemos...

«No estaba tan borracha..., ¿verdad?»

—No. —Se echa a reír, me masajea la nalga y me mira a los ojos—. Aún no.

Trago saliva.

—Sólo si tú quieres —añade—. Te has convertido en una auténtica puta, así que había dado por hecho que eso sería lo siguiente en tu lista.

«¿Yo? ¿Una puta?»

—No pongas esa cara de susto, sólo era una sugerencia. —Me sonríe.

No sé cómo me siento con respecto a ese tema... Lo que sí sé es que no puedo continuar ni procesar este tipo de conversación en este momento.

Sin embargo, mi curiosidad saca lo peor de mí.

—¿Has...? —No sé cómo plantear la pregunta. Esta es una de las pocas cosas de las que nunca hemos hablado; que me diga obscenidades sobre hacérmelo en el ardor del momento no cuenta—. ¿Has hecho eso antes?

Inspecciono su rostro en busca de la respuesta.

—No, la verdad es que no.

—Vaya.

Soy demasiado consciente de que sus dedos recorren la piel desnuda donde debería estar el resorte de mis pantaletas si las llevase puestas. Por algún motivo, el hecho de que Hardin nunca haya experimentado eso me empuja a hacerlo.

—¿En qué piensas? —pregunta—. Veo salir humo de tu cabeza. —Me da un toquecito en la nariz con la suya y yo sonrío bajo su mirada.

—Me gusta el hecho de que no lo hayas hecho... ya...

—¿Por qué? —Levanta una ceja y yo escondo el rostro.

—No lo sé.

De repente tengo vergüenza. No quiero parecer insegura ni iniciar una discusión. Bastante tengo ya con la cruda.

—Dímelo —me pide con suavidad.

—No lo sé. Porque estaría bien que tu primera vez en algo fuese conmigo.

Se incorpora, se apoya sobre un codo y me mira.

—¿Qué quieres decir?

—Que has hecho un montón de cosas... sexualmente hablando... —le explico tranquilamente—. Y yo no te he aportado ninguna experiencia nueva.

Me observa detenidamente, como si tuviera miedo de contestar.

—Eso no es cierto.

—Sí lo es. —Vuelvo a hacer pucheros.

—Al carajo. Eso es mentira y lo sabes. —Su voz es prácticamente un rugido, y tiene el ceño muy fruncido.

—No me grites. ¿Cómo crees que me siento al pensar que no has estado sólo conmigo? —digo.

No suelo pensar tanto en ello como antes pero, cuando lo hago, me duele profundamente.

Hace una mueca, me agarra de ambos brazos con suavidad y jala para que me incorpore a su lado.

—Ven aquí. —Siento cómo me coloca sobre sus piernas y mi piel completamente desnuda agradece el tacto agradable de su cálido cuerpo semidesnudo—. Nunca me lo había planteado —me dice con el rostro enterrado en mi hombro, y me provoca un escalofrío—. Si hubieses estado con otra persona, no estaría contigo ahora.

Aparto la cabeza de golpe y lo miro.

—¿Disculpa?

—Ya me oíste. —Besa la curva de mi hombro.

—Eso no es muy agradable.

Estoy acostumbrada a la falta de tacto de Hardin, pero esas palabras me han sorprendido. No puede estar hablando en serio.

—Nunca me he considerado una persona agradable —repone.

Giro el cuerpo sobre sus piernas y hago como que no oigo el gruñido profundo en su garganta.

—¿Lo estás diciendo en serio?

—Totalmente —asiente.

—Entonces, ¿me estás diciendo que si no hubiera sido virgen no habrías salido conmigo? —No solemos hablar mucho de este tema, y tengo miedo de descubrir adónde nos va a llevar.

Entorna los ojos mientras evalúa mi expresión antes de decir:

—Eso es justo lo que estoy diciendo. Y, por si no lo recuerdas, no quería salir contigo de todos modos.

Sonríe, pero yo frunzo el ceño.

Apoyo los pies en el suelo y me levanto de sus piernas, pero él me retiene en el sitio.

—No llores —dice, e intenta besarme, pero aparto la cabeza.

Lo fulmino con la mirada.

—Entonces quizá no deberías haber salido conmigo. —Estoy tremendamente sensible y me siento dolida.

Le echo leña al fuego y aguardo la explosión:

—Quizá deberías haberme dejado después de ganar la apuesta.

Lo miro a sus ojos verdes y espero su reacción, pero esta sigue sin llegar. Se echa hacia atrás muerto de risa y mi sonido favorito inunda la habitación.

—No seas infantil —dice estrechándome con más fuerza y agarrándome de las dos muñecas con una mano para evitar que me levante de sus piernas—. Que no quisiera salir contigo al principio no significa que no me alegre de haberlo hecho.

—Sigue sin ser algo agradable de escuchar. Y has dicho que no estarías conmigo ahora si hubiera estado con otra persona. Entonces, ¿si me hubiese acostado con Noah antes de conocerte no habrías salido conmigo?

Se encoge al oír mis palabras.

—No, no lo habría hecho. No habríamos llegado a esa... situación... si tú no hubieses sido virgen. —Ahora camina con pies de plomo. Me alegro.

—*Situación* —repito aún irritada, y la palabra brota con más dureza de lo que pretendía.

—Sí, *situación*.

Me vuelve de repente y me acuesta boca arriba contra el colchón. Coloca su cuerpo sobre el mío, me agarra de las muñecas por encima de mi cabeza con una sola mano y me separa los muslos con las rodillas.

—No soportaría la idea de que otro hombre te hubiese tocado. Sé que es una maldita locura, pero es la verdad, te guste o no.

Siento cómo su aliento caliente me golpea la cara. Por un momento me olvido de que estoy enojada con él. Está siendo sincero, eso es cierto, pero lo que dice es de una doble moral tremendamente ofensiva.

—Lo que tú digas.

—¿Lo que yo diga? —Se ríe y me agarra con más fuerza de las muñecas. Flexiona la cadera y presiona su cuerpo cubierto por un bóxer contra mi entrepierna—. No seas ridícula, ya sabes cómo soy.

Me siento muy expuesta, y su comportamiento dominante me está calentando más de lo que debería.

—Y sabes perfectamente que sí me has aportado nuevas experiencias —añade—. Nunca me había querido nadie, ni romántica ni familiarmente hablando, en realidad... —Su mirada se pierde en lo que imagino que será un doloroso recuerdo, pero regresa a mí al instante—. Y nunca había vivido con nadie. Nunca me había importado un carajo perder a nadie, pero sin ti no podría sobrevivir. Esa es una experiencia nueva. —Sus labios planean sobre los míos—. ¿Te parecen suficientes «experiencias nuevas»?

Asiento y él sonríe. Si levanto la cabeza sólo un centímetro más, mis labios rozarán los suyos. Parece leerme la mente y aparta la cabeza un poco.

—Y no vuelvas a echarme en cara lo de esa apuesta nunca más —me amenaza mientras se restriega contra mí. Un gemido traicionero escapa de mis labios y sus ojos se ensombrecen de deseo—. ¿Entendido?

—Claro. —Desafiante, pongo los ojos en blanco y él me suelta las muñecas y desciende la mano por todo mi cuerpo hasta detenerse en la cadera y apretarla suavemente.

—Hoy te estás comportando como una niña malcriada. —Traza círculos en mi cadera y aplica más presión sobre mi cuerpo.

Me siento como una niña malcriada; tengo cruda y las hormonas a flor de piel.

—Y tú como un patán, así que supongo que estamos empatados.

Intenta contenerse y baja la cabeza hacia mí. Sus labios calientes me besan la mandíbula y envían una línea directa de electricidad a mi entrepierna. Envuelvo su cintura con las piernas y elimino el pequeño espacio que separaba nuestros cuerpos.

—Sólo te he querido a ti —me recuerda de nuevo, aliviando el ligero dolor que me han causado sus palabras anteriores. Sus labios alcanzan mi cuello. Me agarra un pecho con una mano y utiliza la otra para sostenerse—. Siempre te he querido.

No digo nada. No quiero fastidiar este momento. Me encanta cuando se muestra franco respecto a lo que siente por mí y, por primera vez, veo todo esto desde una perspectiva diferente. Steph, Molly y medio maldito campus de la WCU pueden haberse acostado con Hardin, pero ninguna de ellas, ni una sola, le han oído decir «Te quiero». Nunca tuvieron, ni tendrán, el privilegio de conocerlo, de conocerlo de verdad, como lo conozco yo. No tienen ni la menor idea de lo maravilloso e increíblemente brillante que es. No lo oyen reír ni ven cómo cierra los ojos con fuerza en ese momento ni cómo se forman sus hoyuelos al hacerlo. Nunca sabrán los detalles de su existencia ni escucharán el convencimiento en su voz cuando jura que me quiere más que a su vida. Y las compadezco por ello.

—Y yo sólo te he querido a ti —le respondo.

El amor que sentía por Noah era un amor fraternal. Ahora lo sé. Amo a Hardin de una manera increíble y absorbente, y sé, en lo más profundo de mi ser, que jamás sentiré eso por nadie que no sea él.

La mano de Hardin se desliza hacia sus calzones. Se los baja y lo ayudo a desprenderse de ellos con los pies. Con un suave movimiento, se desliza dentro de mí y dejo escapar un grito cuando se hunde a través de mi resbaladiza hendidura.

—Repítelo —me ruega.

—Sólo te he querido a ti —repito.

—Carajo, Tess, te quiero muchísimo —dice. Su cruda confesión se abre paso a través de sus dientes apretados.

—Siempre te querré sólo a ti —le prometo, y rezo en silencio para que hallemos el modo de superar todos nuestros problemas, porque sé que lo que acabo de decir es cierto. Siempre será él. Incluso si algo nos separa.

Hardin me llena con profundas arremetidas y me reclama mientras me muerde y me chupa la piel del cuello con su boca cálida y húmeda.

—Siento... cada centímetro de tu cuerpo... Puta madre, qué caliente estás... —gruñe, y sus gemidos me indican que no se ha puesto un condón.

Incluso a pesar de mi estado de frenesí, oigo las alarmas en mi cabeza. Dejo esa impresión a un lado y me deleito en la sensación de los fuertes músculos de Hardin contrayéndose bajo mis manos mientras acaricio sus hombros y sus brazos tatuados.

—Tienes que ponerte condón —digo, aunque mis actos se oponen a mis palabras; mis piernas se aferran con más fuerza a su cintura y lo estrechan más contra mí. Mi vientre se tensa y empieza a serpentear...

—No puedo... parar... —Su ritmo se acelera y creo que me partiré en dos si se detiene ahora.

—Pues no lo hagas.

Estamos locos y no pensamos con claridad, pero no puedo dejar de arañarle la espalda, animándolo a continuar.

—Carajo, vente, Tessa —me ordena, como si tuviese elección.

Cuando llego al borde del orgasmo, temo desmayarme ante la inmensa cantidad de placer que siento cuando sus dientes rozan mi pecho y jalan, marcándome ahí. Con otro gemido de mi nombre y una declaración de su amor por mí, los movimientos de Hardin cesan. Sale de mí y eyacula sobre la piel desnuda de mi vientre. Observo embelesada cómo se toca a sí mismo mientras me marca de la manera más posesiva sin interrumpir en ningún momento el contacto visual.

Luego se deja caer sobre mí temblando y sin aliento. Nos quedamos en silencio. No necesitamos hablar para saber lo que está pensando el otro.

—¿Adónde quieres ir? —le pregunto.

Ni siquiera se me antoja salir de la cama, pero que Hardin se haya ofrecido a llevarme a dar una vuelta por Seattle, durante el día, es algo que nunca había sucedido en el pasado, y no sé si la situación se repetirá ni cuándo.

—La verdad es que me da igual. ¿De compras? —Inspecciona mi rostro—. ¿Necesitas ir de compras? ¿O se te antoja?

—No necesito nada... —respondo, pero cuando veo lo nervioso que está a mi lado, recapacito—: Bueno, sí. Ir de compras está bien.

Se está esforzando mucho. Hardin no se siente cómodo haciendo las cosas sencillas que suelen hacer las parejas. Le sonrío y recuerdo la noche que me llevó a patinar sobre hielo para demostrarme que podía ser un chico normal.

Fue muy divertido, y él estaba encantador y travieso, más o menos como lo ha estado durante la última semana y media. No quiero un novio «normal», quiero que Hardin, con su ácido sentido del humor y su actitud agridulce, me lleve de vez en cuando a hacer algo sencillo y que haga que me sienta lo bastante segura en nuestra relación como para que lo bueno supere con creces lo malo.

—Genial —dice, y se revuelve incómodo.

—Voy a cepillarme los dientes y a recogerme el pelo.

—También podrías vestirte. —Coloca la mano sobre la zona más sensible entre mis piernas. Hardin ya ha utilizado una de sus camisetas para limpiarme, algo que solía hacer todo el tiempo.

—Cierto —convengo—. Y a lo mejor debería darme un baño rápido.

Trago saliva y me pregunto si Hardin y yo tendremos un nuevo asalto antes de irnos.

La verdad, no sé si ninguno de los dos podría con ello.

Me levanto de la cama y hago una mueca de disgusto. Sabía que tenía que venirme la regla cualquier día de éstos, pero ¿por qué ha tenido que ser justo hoy? Supongo que eso actúa a mi favor, ya que habré terminado para cuando nos vayamos a Inglaterra.

Irnos a Inglaterra..., no parece real.

—¿Qué pasa? —pregunta Hardin con curiosidad.

—Me ha... Es el momento de... —Aparto la mirada, sabiendo que ha tenido un mes entero para fabricar sus bromas.

—Hum... ¿El momento de qué? —Sonríe con superioridad y se mira la muñeca vacía como si estuviese mirando un reloj.

—No empieces... —protesto. Junto los muslos y me apresuro a ponerme algo de ropa para dirigirme al baño.

—Vaya, vaya. Tienes una cruda *en toda regla* —bromea.

—Tus chistes son malísimos. —Me pongo su camiseta y veo la sonrisa lánguida que me dirige mientras observa cómo llevo su camiseta de nuevo.

—Malísimos, ¿eh? —Sus ojos verdes brillan—. ¿Tan malos que *te sangran...* los oídos?

Salgo corriendo de la habitación mientras él continúa riéndose de su propia ocurrencia.

CAPÍTULO 119

Hardin

—No sabía que estaban aquí. Pensaba que hoy Tessa tenía clase —me dice Kimberly cuando entro en la cocina. ¿Qué hace ella todavía aquí?

—No se encontraba bien —respondo—. ¿No tendrías que estar trabajando? ¿O quedarse en casa es otra de las ventajas de acostarte con a tu jefe?

—Yo tampoco me encuentro bien, chistosito. —Me tira un trozo de papel arrugado, pero falla.

—Tessa y tú deberían aprender a controlarse con el champán —le digo.

Me saca el dedo medio.

El microondas pita y Kimberly saca un tazón de plástico lleno de algo que parece y huele a comida de gato, y después se sienta en un taburete frente a la barra de desayuno. Empieza a comérselo con el tenedor y yo levanto una mano para taparme la nariz.

—Eso huele a mierda pura —señalo.

—¿Dónde está Tessa? Ella te cerrará la boca.

—Yo que tú no contaría con ello —replico sonriendo con superioridad.

Me he aficionado a cotorrearme a la prometida de Vance. Es insensible a mis burlas, y es tan insufrible que me proporciona un montón de munición.

—¿Con qué no tiene que contar?

Tessa se reúne con nosotros en la cocina, vestida con una sudadera, unos *jeans* estrechos y esas pantuflas que lleva como zapatos. En realidad no son más que tela exageradamente cara que envuelve un trozo de cartón, y usan el pretexto de las causas benéficas para timar a los estúpidos consumidores. Ella no lo ve así, claro, por lo que he aprendido a guardarme esa opinión para mí.

—Nada. —Me meto las manos en los bolsillos y me resisto a la necesidad de darle un codazo a Kimberly.

—Está fanfarroneando, como siempre —dice Kim, y da otro bocado a su comida de gato.

—Vámonos, es insufrible —replico lo bastante alto como para que ella me oiga.

—Hardin —me regaña Tessa.

La agarro de la mano y la guío fuera de casa.

Cuando llegamos al coche, mete un montón de tampones en mi guantera. Entonces me viene algo a la cabeza.

—Tienes que empezar a tomarte la píldora —le digo.

Últimamente he sido muy descuidado, y ahora que la he sentido sin condón ya no hay vuelta atrás.

—Lo sé. Llevo un tiempo queriendo pedir cita con un médico, pero es difícil conseguirla con el seguro de estudiante.

—Claro, claro.

—A ver si a finales de semana voy. Tengo que hacerlo pronto. Te has vuelto muy descuidado últimamente —dice.

—¿Descuidado? ¿Yo? —Me burlo—. Eres tú la que no para de agarrarme desprevenido y no puedo pensar con claridad.

—¡Ay, ajá! —Se ríe y se reclina contra el reposacabezas.

—Oye, si quieres arruinarte la vida teniendo un hijo, adelante, pero a mí no vas a arrastrarme contigo. —Le aprieto el muslo y ella frunce el ceño—. ¿Qué pasa?

—Nada —miente, y finge una sonrisa.

—Dímelo ahora mismo.

—No deberíamos hablar del tema de los niños, ¿recuerdas?

—Cierto... Así que ahorrémonos problemas y empieza a tomarte la píldora para que no tengamos que volver a hablar ni a preocuparnos sobre lo de los niños nunca más.

—Buscaré una clínica hoy mismo para que tu futuro no corra peligro —dice con voz rotunda.

Se ha molestado, pero no existe un modo suave de decirle que tiene que tomarse la píldora si va a estar cogiéndome varias veces al día cuando estemos juntos.

—Tengo cita para el lunes —anuncia tras hacer unas cuantas llamadas.

—Excelente. —Me paso la mano por el pelo antes de volver a apoyarla sobre su muslo.

Enciendo el radio y sigo las instrucciones de mi teléfono hasta el centro comercial más cercano.

Cuando terminamos de dar una vuelta por el centro comercial, ya estoy aburrido de Seattle. Lo único que me mantiene entretenido es Tessa. Incluso cuando está callada puedo leerle la mente con tan sólo observar sus expresiones. Veo cómo mira a la gente mientras corren de un lado a otro. Frunce el ceño cuando una madre enojada le da una nalgada a su hijo en medio de una tienda, y la saco de allí antes de que la escena, y su reacción ante ella, se descontrole. Comemos en una pizzería tranquila y, mientras lo hacemos, Tessa no para de hablar con entusiasmo sobre una nueva serie de libros que quiere leer. Sé lo crítica que puede ser sobre las novelas modernas, de modo que eso me sorprende y me intriga.

—Tendré que descargarlos cuando me devuelvas el libro electrónico —dice limpiándose la boca con la servilleta—. Y también estoy deseando recuperar mi pulsera. Y la carta.

Me obligo a controlar el pánico que se apodera de mí de repente y me meto casi una porción entera de pizza en la boca para evitar responder. No puedo decirle que rompí la carta, así que me siento tremendamente aliviado cuando cambia de tema.

El día termina con Tessa durmiéndose en el coche. Se ha convertido en un hábito y, por alguna razón, me encanta. Conduzco el largo trayecto de vuelta a la casa, como hice la última vez.

La alarma del celular de Tessa no me ha despertado, ni ella tampoco. No me hace ninguna gracia no haberla visto antes de que se fuera, sobre todo teniendo en cuenta que estará todo el día fuera. Cuando miro la hora en el reloj de pared, veo que son casi las doce del mediodía. Al menos, comerá pronto.

Me visto rápidamente y salgo de la casa hacia la nueva sucursal de la editorial Vance. Se me hace raro pensar que, si quisiera, podría estar allí con ella, los dos juntos conduciendo para ir a trabajar todas las mañanas, volviendo en el mismo coche..., podríamos incluso vivir juntos de nuevo.

«Espacio, Hardin, quiere espacio.» La idea me hace reír; la verdad es que no nos estamos dando demasiado espacio, sólo tres días a la semana, como mucho. Lo único que estamos haciendo es complicar las cosas para vernos al tener que recorrer tanta distancia.

Cuando entro en el edificio, veo que la oficina de Seattle es espléndida. Es mucho más grande que la pinche oficina en la que yo trabajaba. No extraño trabajar en ese cuchitril, eso sin duda, pero este sitio está muy bien. Vance no me permitiría trabajar desde casa. Fue Brent, mi jefe en Bolthouse, quien me recomendó que trabajara desde mi sala con el fin de «mantener la paz». A mí me viene bien, y más ahora que Tessa está en Seattle, así que, que chinguen a su madre esos pendejos susceptibles de la oficina.

Me sorprende no perderme en este laberinto.

Cuando llego al área de recepción, Kimberly me sonríe desde detrás de su mostrador.

—Hola. ¿En qué puedo ayudarle? —dice con entusiasmo, mostrándome su capacidad de ser profesional.

—¿Dónde está Tessa?

—En su oficina —contesta eliminando su fachada.

—¿Que está...? —Me apoyo contra la pared y espero a que me indique el camino.

—Por el pasillo, su nombre está en una placa en la puerta. —Vuelve a mirar la pantalla de su computadora y me ignora. Qué pesada...

¿Por qué le paga Vance exactamente? Sea cual sea la razón, debe de valerle mucho la pena para que sea capaz de tirársela con frecuencia y tenerla cerca durante el día. Sacudo la cabeza para intentar deshacerme de las imágenes de ellos dos juntos.

—Gracias por tu ayuda —le espeto, y me dirijo hacia el largo y estrecho pasillo.

Cuando llego a la oficina de Tessa, abro la puerta sin llamar. La habitación está vacía. Me llevo la mano al bolsillo y saco el celular para llamarla. Al cabo de unos segundos oigo un traqueteo y veo su teléfono vibrando sobre la mesa. «¿Dónde chingados está?»

Recorro el pasillo en su busca. Sé que Zed está en la ciudad, y eso me enoja. Juro que como...

—¿Hardin Scott? —pregunta una voz femenina por detrás de mí cuando entro en lo que parece ser una pequeña sala de descanso.

Cuando me vuelvo me encuentro con un rostro familiar.

—Eh..., ¿hola?

No recuerdo dónde la he visto antes, pero sé que lo he hecho. Sin embargo, cuando una segunda chica se reúne con ella, caigo en la cuenta. Esto tiene que ser una maldita broma. El universo se está burlando de mí y ya me estoy encabronado.

Tabitha me sonríe.

—Vaya..., vaya..., vaya.

La historia que Tessa me contó acerca de que había dos brujas en la oficina cobra ahora mucho más sentido.

Puesto que está claro que ninguno de los dos va a andarse con ceremonias, digo simplemente:

—Tú eres la que está chingando a Tessa, ¿verdad?

Si hubiese sabido que Tabitha también se había trasladado a la oficina de Seattle, habría entendido al instante que ella era la puta en cuestión. Ya tenía esa fama cuando yo trabajaba para Vance, y estoy seguro de que no ha cambiado.

—¿Quién? ¿Yo? —replica. Se coloca el pelo por encima del hombro y sonríe.

Parece diferente..., antinatural. La piel del pequeño esbirro que la sigue tiene el mismo tono anaranjado que la de ella. Deberían dejar de bañarse en colorante alimentario.

—Ya basta de pendejadas. Déjala en paz. Está intentando adaptarse a una nueva ciudad y ustedes dos no van a chingarle la experiencia haciéndole la vida imposible sin motivo.

—¡Yo no he hecho nada! Era sólo una broma. —Me vienen a la mente flashes de ella mamándomela en un cuarto de baño, y me trago la desagradable sensación que me produce el indeseado recuerdo.

—Pues no vuelvas a hacerlo —le advierto—. No estoy jugando. No quiero ni que hables con ella.

—Carajo, veo que sigues teniendo el mismo buen humor de siempre. No volveré a meterme con ella. No quiero que me acuses con el señor Vance y que me despidan, como a la pobre Sam...

—Yo no tuve nada que ver en eso.

—¡Claro que sí! —susurra dramáticamente—. En cuanto su hombre descubrió lo que estaban haciendo..., lo que tú hiciste..., la despidieron misteriosamente a la semana siguiente.

Tabitha era fácil, muy fácil, y Samantha también. En cuanto descubrí quién era el novio de Samantha, empecé a sentirme atraído por ella. Pero en el momento en que me metí entre sus piernas, no quise saber nada más. Ese jueguecito me causó un montón de problemas que preferiría no recordar, y desde luego no quiero que Tessa se vea mezclada en toda esa chingadera.

—No sabes ni la mitad de lo que pasó —le espeto—, así que cierra la pinche boca. Deja en paz a Tessa y conservarás tu trabajo.

En realidad, es posible que tenga un poco de culpa en el motivo por el que Vance decidiese despedir a Samantha, pero el hecho de que trabajara allí me estaba causando demasiados problemas. Estaba en su primer año de facultad, y trabajaba a tiempo parcial como chica de los recados de la editorial.

—Hablando de la diablilla mimada —dice la secuaz, y señala hacia la puerta de la pequeña sala de descanso con la cabeza.

Tessa entra sonriendo y riéndose. Y, justo a su lado, vestido con uno de sus trajecitos con corbata, está el maldito Trevor, sonriendo y riéndose con ella.

El cabrón me ve primero y le da un toque a Tessa en el brazo para que se vuelva hacia mí. Hago acopio de todo mi autocontrol para no ir y partirle las piernas. Cuando ella me ve desde el otro lado de la habitación, su rostro se ilumina, su sonrisa se amplía y corre hacia mí. Pero cuando llega ve que Tabitha está a mi lado.

—Hola —saluda insegura y nerviosa.

—Adiós, Tabitha —digo instando a esta última a largarse. Le susurra algo a su amiga y ambas salen de la habitación.

—Adiós, Trevor —digo en voz baja para que sólo Tessa pueda oírme.

—¡Hardin! —Me da un toquecito en el brazo de la manera fastidiosa en que suele hacerlo.

—Hola, Hardin —me saluda Trevor, siempre tan amable.

Veo que tiene una especie de tic en el brazo, como si no supiera si ofrecerme la mano o no. Espero por su bien que no lo haga. No se la aceptaré.

—Hola —respondo secamente.

—¿Qué haces aquí? —pregunta Tessa.

Mira hacia el pasillo, hacia las dos chicas que acaban de irse. Sé que en realidad lo que se está preguntando es: «¿De qué las conoces y qué te han dicho?».

—Tabitha ya no será un problema —replico.

Se queda boquiabierta y con los ojos como platos.

—¿Qué hiciste?

Me encojo de hombros.

—Nada. Sólo le dije lo que deberías haberle dicho tú: que se vaya a chingar a su madre.

Tessa le sonríe al maldito Trevor, y él se sienta a una de las mesas intentando no mirarnos. Me divierte bastante verlo tan incómodo.

—¿Has comido ya? —pregunto.

Ella niega con la cabeza.

—Pues vamos a comer algo. —Le lanzo al fisgón una mirada como queriendo decirle que se joda y dirijo a Tessa fuera de la habitación y por el pasillo.

—En el restaurante de al lado hacen unos tacos muy buenos —dice.

Resulta que no tiene razón. Los tacos están de la chingada, pero ella devora su plato y la mayor parte del mío. Después, se pone colorada y culpa a sus hormonas por su apetito; cuando me amenaza con «meterme un tampón por la garganta» como vuelva a hacer otra broma sobre su regla, me echo a reír.

—Aún quiero volver mañana para ver a todo el mundo y recoger mis cosas —dice, y se enjuaga la boca con un poco de agua para eliminar los restos de salsa picante que acaba de ingerir.

—¿No crees que ir a Inglaterra la semana que viene ya es bastante viaje? —digo intentando que cambie de planes.

—No. Quiero ver a Landon. Lo extraño mucho.

Unos celos injustificados se apoderan de mí, pero los descarto. Él es su único amigo. Bueno, él y la insufrible Kimberly.

Seguirá allí cuando volvamos de Inglaterra...

—Hardin, por favor. —Me mira, pero no pidiéndome permiso como hace otras veces. Esta vez está pidiendo mi colaboración, y por cómo le brillan los ojos sé que va a ir a ver a Landon lo quiera o no yo.

—Está bien, carajo —gruño.

Esto no puede salir bien. La miro al otro lado de la mesa y veo que sonríe orgullosa. Aunque no sé si lo está por haber ganado esta discusión o por haber conseguido que ceda, pero está preciosa y muy relajada.

—Me alegro de que hayas venido aquí hoy. —Me toma de la mano mientras paseamos por la bulliciosa calle. ¿Por qué hay tanta gente en Seattle?

—¿En serio? —digo. Ya lo imaginaba, pero tenía miedo de que se enojara conmigo por aparecer sin avisar. No me habría importado una mierda, pero bueno.

—Sí. —Me mira y se frena en medio de una marabunta de cuerpos ajetreados—. Casi... —dice, pero no termina la frase.

—¿Casi qué? —Detengo su intento de seguir caminando y la aparto hacia la pared junto a una joyería.

El sol se refleja en los enormes anillos de diamantes del escaparate y la desplazo unos cuantos centímetros para apartarme de su resplandor.

—Es una tontería. —Se muerde el labio inferior y mira al suelo—. Pero tengo la sensación de que puedo respirar por primera vez desde hace meses.

—¿Eso es bueno o...? —empiezo a preguntar, y le levanto la barbilla para que no tenga más remedio que mirarme.

—Sí, es bueno. Siento que por fin todo funciona con normalidad. Sé que ha sido poco tiempo, pero nunca nos habíamos llevado tan bien. Sólo hemos discutido unas pocas veces, y hemos conseguido solucionarlo hablando. Estoy orgullosa de nosotros.

Su comentario me hace gracia, porque seguimos discutiendo sin parar. No son sólo unas pocas veces, pero tiene razón: hemos solucionado las cosas hablando. Me encanta el hecho de que discutamos, y creo que a ella también. Somos totalmente diferentes, de hecho, no podríamos serlo más, y llevarnos bien todo el tiempo sería aburridísimo. No podría vivir sin su constante necesidad de corregirme o de agobiarme sobre el desastre que soy. Es un incordio, pero no cambiaría nada de ella. Excepto su necesidad de estar en Seattle.

—La normalidad está sobrevalorada, nena —replico y, para demostrar que estoy en lo cierto, la levanto por la parte superior del muslo, coloco sus piernas alrededor de mi cintura y la beso contra la pared en medio de una de las calles más bulliciosas de Seattle.

CAPÍTULO 120

Tessa

—¿Cuánto falta? —protesta Hardin desde el asiento del acompañante.

—Menos de cinco minutos. Acabamos de pasar Conner's.

Sé que sabe perfectamente lo corta que es la distancia desde aquí hasta el departamento; es simplemente que no es capaz de estar un rato sin quejarse. Hardin ha conducido la mayor parte del trayecto, hasta que por fin lo he persuadido para que me dejase terminar a mí el viaje. Se le estaban cerrando los ojos, y sabía que necesitaba descansar. Eso ha quedado demostrado cuando estiró el brazo por encima del tablero central para agarrarme mientras yo conducía y se ha quedado dormido casi al instante.

—Landon sigue allí, ¿verdad? ¿Has hablado con él? —le pregunto.

Estoy muy emocionada por volver a ver a mi mejor amigo. Ha pasado mucho tiempo, y extraño sus amables y sabias palabras y su perpetua sonrisa.

—Por enésima vez: sí —responde Hardin claramente irritado.

Ha estado ansioso todo el trayecto, aunque no lo quiera admitir. Dice que sólo está molesto por la distancia, pero tengo la sensación de que hay algo más detrás de su frustración. Y no estoy del todo segura de querer saber de qué se trata.

Me estaciono frente al edificio del departamento que fue mi hogar y se me hace un nudo en el estómago cuando mis nervios empiezan a emerger hacia la superficie.

—Todo irá bien, ya verás. —Las palabras para infundirme seguridad que utiliza Hardin me sorprenden en el momento en que atravesamos la puerta del patio.

Tengo una sensación extraña al subir en el elevador. Es como si hubiera pasado mucho más tiempo, no sólo tres semanas. Hardin me toma de la mano hasta que llegamos a la puerta de casa. Introduce la llave en la cerradura y la abre.

Landon se levanta inmediatamente del sillón y recorre la habitación con la sonrisa más amplia que jamás le he visto esbozar en los seis meses que han pasado desde que nos hicimos amigos. Me envuelve con los brazos y me abraza para darme la bienvenida. Es en este momento cuando me percato realmente de lo mucho que lo he extrañado. Sin darme cuenta, empiezo a sollozar y a suspirar profundamente contra el pecho de mi amigo.

No sé por qué estoy llorando tanto. Lo he extrañado muchísimo, y su calurosa reacción a mi regreso me ha tocado la fibra sensible.

—¿Cuándo le toca el turno a su viejo? —oigo preguntar a mi padre desde algún lugar algo lejano.

Landon empieza a retroceder, pero Hardin dice:

—Dentro de un momento —y le hace un gesto a mi amigo mientras evalúa mi estado mental.

Me lanzo contra Landon de nuevo, y sus brazos me envuelven otra vez.

—Te he extrañado mucho —le digo.

Sus hombros se relajan visiblemente y despega los brazos de mi cuerpo. Cuando me dispongo a abrazar a mi padre, Landon permanece cerca, tan sonriente y encantador como siempre. Al mirar a mi padre me doy cuenta de que debe de haber sabido que iba a venir de visita. Parece que lleva la ropa de Landon y le queda un poco ajustada. También advierto que va perfectamente afeitado.

—¡Mírate! —exclamo con una sonrisa—. ¡Te quitaste la barba!

Deja escapar una sonora carcajada y me abraza con fuerza.

—Sí, se acabó la barba —corrobora.

—¿Qué tal el viaje? —pregunta Landon metiéndose las manos en los bolsillos de sus pantalones azul marino.

—De la chingada —responde Hardin al tiempo que yo digo: «Bien».

Landon y mi padre se echan a reír, Hardin parece enojado, y yo estoy simplemente feliz de estar en casa... con mi mejor amigo y el pariente más cercano con el que tengo contacto. Lo que no hace sino recordarme que tengo que llamar a mi madre, cosa que sigo posponiendo.

—Voy a llevar tu maleta al cuarto —anuncia Hardin, y deja que los tres continuemos con nuestros saludos.

Veo cómo desaparece por la habitación que en su día compartimos. Anda cabizbajo y quiero ir tras él, pero no lo hago.

—Yo también te he extrañado mucho, Tessie. ¿Cómo te está tratando Seattle? —pregunta mi padre.

Se me hace raro mirarlo ahora, llevando una de las camisas de Landon y pantalones de vestir, sin pelo en la cara. Parece un hombre totalmente diferente. Pero las bolsas debajo de sus ojos están más hinchadas, y veo que le tiemblan ligeramente las manos a los costados.

—Bien, todavía me estoy adaptando a todo —le digo.

Sonríe.

—Me alegra oír eso.

Landon se aproxima más a mí cuando mi padre se sienta en un extremo del sillón. Le da la espalda a mi padre, como si quisiera que nuestra conversación fuese privada.

—Tengo la impresión de que has estado meses fuera —dice mirándome a los ojos.

Él también parece cansado ¿quizá por quedarse en el departamento con mi padre? No lo sé, pero lo averiguaré.

—Yo también, es como si el tiempo pasara de manera extraña en Seattle. ¿Cómo va todo? Tengo la sensación de que apenas hemos hablado.

Es cierto. No he llamado a Landon tanto como debería haberlo hecho, y él debe de haber estado muy ocupado con su último trimestre en la WCU. Si menos de tres semanas sin verlo se me hace así de duro, ¿cómo podré soportarlo cuando se vaya a Nueva York?

—Sabía que estarías ocupada, todo va bien —dice.

Desvía la mirada hacia la pared y yo suspiro. ¿Por qué tengo la sensación de que se me está pasando algo obvio?

—¿Estás seguro? —Mi mirada oscila entre mi mejor amigo y mi padre. La expresión de abatimiento de Landon no me pasa desapercibida.

—Sí, ya hablaremos sobre eso después —dice para que no me preocupe—. Ahora quiero que me lo cuentes todo sobre Seattle. —La tenue luz que se reflejaba en sus ojos se intensifica y se transforma en una brillante llamarada de felicidad, la felicidad que tanto he extrañado.

—Estoy bien... —asiento sin mucho entusiasmo, y Landon arruga la frente—. En serio, estoy bien. Mucho mejor ahora que Hardin me visita más.

—Pensaba que querías espacio, ¿no? —bromea, y me da un toquecito en el hombro con la palma de su mano—. Tienen una manera muy extraña de romper.

Pongo los ojos en blanco porque tiene razón, pero digo:

—Ha sido muy agradable tenerlo allí. Sigo tan confundida como siempre, pero Seattle se parece más al Seattle de mis sueños cuando Hardin está allí conmigo.

—Me alegra oír eso. —Landon sonríe y desvía la mirada cuando Hardin llega y se coloca a mi lado.

Miro a mi alrededor y les digo a los tres:

—Este lugar está mucho más ordenado de lo que me había imaginado.

—Es que hemos estado limpiando mientras Hardin estaba en Seattle —dice mi padre, y me echo a reír al recordar cómo Hardin se quejaba de que los otros dos no paraban de toquetear sus cosas.

Me vuelvo hacia el organizado vestíbulo y recuerdo la primera vez que atravesé esa puerta con Hardin. Me enamoré al instante del encanto anticuado del lugar: el ladrillo desnudo me pareció maravilloso, y me quedé impresionada al ver el enorme librero que cubría la pared al otro extremo de la habitación. El suelo de concreto impreso le daba personalidad al departamento. Era algo único y hermoso. No podía creer que Hardin hubiese escogido un espacio tan perfecto para los dos. No era para nada extravagante, sino bonito y adecuadamente distribuido. Recuerdo lo nervioso que se puso por si no me gustaba. Aunque yo también estaba igual. Pensaba que estaba loco por querer que viviésemos juntos tan pronto teniendo en cuenta los altibajos de nuestra relación, y ahora sé que mi aprensión estaba perfectamente justificada; Hardin había usado este departamento como una trampa. Pensaba que me sentiría obligada a quedarme con él después de descubrir lo de la apuesta que había hecho con su grupo de amigos. Y funcionó en cierta manera. No me gusta especialmente esa parte de nuestro pasado, pero no la cambiaría.

A pesar de los recuerdos de nuestros primeros días felices aquí, por algún motivo sigo sin poder quitarme de encima esa desagradable sensación en el estómago. Me siento una extraña en esta casa ahora. La pared de ladrillo que tanto me gustaba se ha manchado de nudillos ensangrentados tantas veces que he perdido la cuenta, los libros de los libreros han sido testigos de demasiadas batallas a gritos, las páginas han absorbido demasiadas lágrimas tras nuestras interminables peleas, y la imagen de Hardin postrado de rodillas delante de mí es tan intensa que prácticamente la veo impresa en el suelo. Este lugar ya no es para mí el tesoro que fue, y estas paredes guardan recuerdos de tristeza y de traición, no sólo de Hardin, sino también de Steph.

—¿Qué te pasa? —me pregunta él en el momento en que mi expresión se torna melancólica.

—Nada, estoy bien —le digo.

Quiero apartar de mi mente los recuerdos desagradables que eclipsan estos momentos de felicidad por haberme reunido con Landon y con mi padre tras las solitarias semanas que he soportado en Seattle.

—No te creo —resopla Hardin, pero lo deja pasar y se dirige a la cocina. Al cabo de un segundo, su voz inunda la sala—: ¿No hay comida en esta casa?

—En fin, ya empieza. Con lo tranquilos que estábamos —le susurra mi padre a Landon, y ambos se ríen amistosamente.

Me siento muy afortunada de que Landon esté en mi vida y de que tenga lo que parece una buena relación con mi padre, aunque da la impresión de que Hardin y Landon lo conocen mejor que yo.

—Vuelvo dentro de un minuto —digo.

Quiero quitarme esta pesada sudadera; hace demasiado calor en el pequeño departamento y, a cada momento que pasa, siento que mis pulmones necesitan aire fresco cada vez más. Necesito leer la carta de Hardin de nuevo; es mi cosa favorita en el mundo entero. Es mucho más que una cosa para mí; expresa su amor y su pasión de un modo que su boca jamás sería capaz de expresar. La he leído tantas veces que me la sé de memoria, pero necesito tocarla físicamente otra vez. Cuando tenga esas hojas gastadas entre mis dedos, toda la ansiedad que siento desaparecerá con sus concienzudas palabras y podré respirar de nuevo y disfrutar de mi fin de semana aquí.

Busco en la cómoda y en todos los cajones antes de acercarme al escritorio. Rebusco en vano entre montones de clips y plumas. «¿En qué otro lugar podría haberla guardado?»

Encuentro mi libro electrónico y la pulsera encima de mi diario de religión, pero la carta no está por ningún lado. Después de dejar la pulsera sobre el escritorio, me acerco al ropero y busco en la caja de zapatos vacía que Hardin utiliza para guardar sus archivos del trabajo durante la semana. Levanto la tapa y veo que está vacía, excepto por una única hoja de papel que, para mi desgracia, no es la carta. «Pero ¿qué es esto?» Está repleta de arriba abajo con la escritura de Hardin y, si no estuviera tan preocupada por mi carta, me pararía a leerla. Es muy raro que este papel esté aquí. Me apunto mentalmente volver para leer lo que haya escrito ahí. Coloco de nuevo la tapa en la caja y la guardo donde estaba.

Por si no he mirado bien en el cajón, regreso a la cómoda. ¿Y si Hardin la ha tirado?

No, él no haría eso. Sabe lo mucho que esa carta significa para mí. Jamás haría eso. Saco mi viejo diario una vez más, le doy vuelta y lo sacudo, con la esperanza de que caiga la carta. Estoy empezando a asustarme cuando, de repente, un pequeño trocito de papel llama mi atención. Es un pedazo roto que revolotea en el aire entre mi diario y el suelo. Me agacho para recogerlo justo cuando se posa en él.

Reconozco las palabras de inmediato; las tengo prácticamente grabadas en la memoria. Sólo es media frase, casi demasiado pequeña como para leerla, pero las palabras manchadas de tinta están sin duda escritas del puño y letra de Hardin. Se me cae el alma a los pies. Observo el fragmento de papel y entonces me doy cuenta de lo que ha pasado. Sé que la ha destruido. Empiezo a sollozar y dejo que el pedacito de papel se me escurra de entre mis dedos temblorosos y vuelva a caer al suelo. Se me parte el corazón al instante y empiezo a preguntarme cuánto seré capaz de soportar.

CAPÍTULO 121

Hardin

—Ya puedes irte —digo liberando así a Landon de sus labores de niñera.

—No voy a irme, Tessa acaba de llegar —responde desafiándome.

Supongo que él es una de las razones, aunque no la única, por las que quería venir a este maldito lugar.

—Bueno —refunfuño, y bajo la voz—. ¿Cómo se ha portado en mi ausencia? —pregunto.

—Bien; tiene menos temblores y no ha vomitado desde ayer por la mañana.

—Maldito drogadicto. —Me paso las manos por el pelo—. Carajo.

—Relájate. Todo saldrá bien —me asegura mi hermanastro.

Ignoro sus sabias palabras y lo dejo en la cocina para ir a buscar a Tessa. Cuando llego a la puerta del cuarto, oigo unos sollozos en el interior. Doy un paso rápido hacia adelante y la veo con las dos manos sobre la boca y con sus ojos grises inyectados en sangre y llenos de lágrimas mirando al suelo. Un paso más es todo lo que necesito para ver qué es lo que está mirando. Puta madre.

«Mierda.»

—¿Tess?

Tenía pensado idear un plan para arreglar el problema que había creado al romper la maldita carta, pero aún no he tenido ocasión. Iba a buscar los trozos que faltaban y a intentar pegarlos con celo..., o al menos quería habérselo contado antes de que lo descubriera por su propia cuenta. Ahora ya es demasiado tarde.

—¡Tess, lo siento! —exclamo mi disculpa mientras las lágrimas empapan sus ya mojadas mejillas.

—¿Por qué lo...? —solloza, incapaz de terminar la frase.

Se me parte el corazón. Por un breve momento, creo que me duele más a mí que a ella.

—Estaba muy enojado cuando me dejaste —empiezo a explicarle, y camino hacia ella, pero ella retrocede. Y no la culpo—. No pensaba con claridad, y la carta estaba ahí, sobre la cama, donde tú la habías puesto.

No dice nada ni aparta la mirada.

—¡Te juro que lo siento muchísimo! —proclamo frenéticamente.

—Yo... —Se atraganta y se seca con furia las lágrimas—. Necesito un minuto, ¿sí? —Cierra los ojos y unas cuantas lágrimas más escapan por debajo de sus pestañas.

Quiero concederle el minuto que me pide, pero tengo miedo de que conforme pase el tiempo se sienta cada vez más dolida y decida que no quiere verme.

—No voy a irme de la habitación —digo.

Tiene las dos manos pegadas a la boca pero, aun así, oigo cómo deja escapar un grito ahogado. El sonido me atraviesa como un puñal.

—Por favor —me ruega a través de su sufrimiento.

Sabía que le dolería descubrir que destruí esa carta, pero no esperaba que a mí me hiciese tanto daño.

—No, no me voy a ir —replico. Me niego a dejarla aquí sola, llorando por mis errores, otra vez. ¿Cuántas veces ha pasado eso en este departamento?

Aparta la mirada y se sienta a los pies de la cama, con los ojos medio entornados y los labios y las manos temblorosos, estas últimas sobre sus piernas, mientras intenta serenarse. Hago caso omiso de su mano empujando mi pecho cuando me pongo de rodillas delante de ella y la abrazo.

Al cabo de unos cuantos esfuerzos por apartarme, por fin cede y permite que la consuele.

—Lo siento muchísimo, nena —repito; no sé si alguna vez he sentido tanto esas palabras.

—Me encantaba esa carta —dice llorando contra mi hombro—. Significaba mucho para mí.

—Lo sé. Lo siento mucho. —Ni siquiera intento defenderme, porque sé que soy un maldito imbécil y sabía lo mucho que esas páginas significaban para ella. La aparto suavemente de los hombros, atrapo sus mejillas empapadas entre mis manos y bajo la voz—: No sé qué decir, aparte de que lo siento.

Por fin abre la boca para hablar.

—No voy a decir que no pasa nada, porque no es así... —Tiene los ojos rojos e hinchados ya de tanto llorar.

—Lo sé. —Agacho la cabeza y dejo caer mis manos de su rostro.

Momentos después, siento cómo sus dedos me presionan la barbilla y me levantan la cara para que la mire, como suelo hacer yo con ella.

—Estoy apenada... Mejor dicho, devastada —dice—. Pero no hay nada que pueda hacer al respecto, y no quiero pasarme el fin de semana aquí sentada llorando, y desde luego no quiero que des pasos hacia atrás y te mortifiques por ello. —Está haciendo todo lo posible por animarse, por fingir que no le importa tanto como sé que le importa.

Dejo escapar el aire que no sabía que estaba conteniendo.

—Te lo compensaré de alguna manera. —Cuando veo que no contesta, insisto un poco—: ¿De acuerdo?

Se seca los ojos y se corre todo el maquillaje con las puntas de los dedos. Su silencio me incomoda. Preferiría que me gritara a verla llorar desconsoladamente.

—Tess, por favor, háblame. ¿Quieres que te lleve de vuelta a Seattle? —Aunque respondiera que sí, ni de chiste la llevaría, pero expreso el ofrecimiento antes de pensarlo siquiera.

—No. —Niega con la cabeza—. Estoy bien.

Con un suspiro, se pone de pie, sortea mi cuerpo y sale de la habitación. Me levanto y la sigo. Cierra la puerta del cuarto de baño y yo vuelvo al cuarto por su bolsa. La conozco, querrá arreglarse el desastre que se ha hecho en los ojos con el maquillaje.

Tocó la puerta y ella la abre ligeramente, sólo lo suficiente como para que le pase la bolsa.

—Gracias —dice con la voz rota.

Ya le he arruinado el fin de semana, y eso que todavía no ha empezado siquiera.

—¡Mi madre y tu padre quieren que lleves a Tessa a casa mañana! —grita Landon desde el otro extremo del pasillo.

—¿Y...?

—Y nada. Mi madre extraña a Tessa.

—Pues... tu madre puede verla en otra ocasión. —Entonces me doy cuenta de que eso puede distraer a Tessa de la maldita carta—. ¿Sabes qué? Está bien —digo antes de que responda—. La llevaré allí mañana.

Mi hermanastro ladea la cabeza.

—¿Está llorando?

—Está... No es asunto tuyo —le espeto.

—No llevan aquí ni veinte minutos y ya está encerrada en el baño —dice cruzándose de brazos.

—No es el momento de empezar a chingarme, Landon —le gruño—. Ya estoy a punto de estallar, y lo que menos necesito es que te metas donde no te llaman.

Pero entonces pone los ojos en blanco como suele hacerlo Tessa.

—Vaya, ¿sólo puedo meterlas cuando implica hacerte un favor?

«¿Qué chingados le pasa y por qué sigo refiriéndome a él como mi *hermanastro*?»

—Chinga tu madre.

—Bastante agobiada estará, así que será mejor que dejemos esto antes de que salga del baño. —Está intentando hacerme entrar en razón.

—Bueno, pues deja de decirme pendejadas —replico.

Antes de que le dé tiempo a contestar, la puerta del baño se abre, y Tessa, recompuesta pero agotada, se dirige al pasillo con la preocupación reflejada en su rostro.

—¿Qué pasa?

—Nada. Landon va a pedir pizza y vamos a pasar el resto de la noche como una gran familia feliz —digo, y a continuación miro a mi hermanastro—: ¿Verdad?

—Sí —coincide él, por el bien de Tessa.

Extraño los días en que Landon no me replicaba. Eran pocos y muy espaciados, pero le están creciendo las agallas conforme pasan los meses. O igual yo me he vuelto más débil... No tengo idea, pero no me gusta el cambio.

Tessa deja escapar un suspiro. Necesito que sonría. Necesito saber que puede superar esto. De modo que le digo:

—Voy a llevarte a casa de mi padre mañana; igual Karen tiene algunas recetas o alguna chingadera que compartir contigo.

Sus ojos se iluminan y sonríe, por fin.

—¿Recetas o alguna chingadera? —Se muerde la comisura del labio para evitar sonreír más aún. La presión de mi pecho desaparece.

—Sí, o alguna chingadera. —Le devuelvo la sonrisa y la guío hasta la sala, donde todos estamos preparados para disfrutar de una noche de suplicio entreteniendo a Richard y a Landon.

Richard está acostado a lo largo del sillón. Landon está en otro. Y Tessa y yo estamos sentados en el suelo.

—¿Me pasas otro trozo de pizza? —pregunta Richard por tercera vez desde que hemos empezado a ver este horror de película.

Observo a Tessa y a Landon, que, por supuesto, están completamente fascinados por la historia de amor entre Meg Ryan y Tom Hanks. Si ésta fuese una película moderna, habrían cogido después del primer e-mail, y no habrían esperado hasta la última escena para besarse. Carajo, habrían estado en una de esas aplicaciones de citas, y puede que sólo se conocieran por su *nick*. Qué deprimente.

—Toma —gruño pasándole la caja de la pizza a Richard.

Encima de que está ocupando todo el sillón, ahora no para de interrumpirme cada diez minutos para pedir más comida.

—Tu madre lloraba cada vez que veía esta última parte.

Richard alarga la mano y le aprieta el hombro a Tessa. Tengo que hacer un esfuerzo enorme para no quitarle la mano. Si la pobre supiera lo que su padre ha estado haciendo durante la última semana, si hubiese visto cómo las drogas abandonaban su organismo entre vómitos y convulsiones, ella misma le apartaría la mano y se desinfectaría el hombro.

—¿De verdad? —Tess mira a su padre con ojos vidriosos.

—Sí. Recuerdo que las dos la veían cada vez que la pasaban en la tele. Casi siempre en vacaciones, claro.

—¿Y eso...? —empiezo, pero detengo mis maliciosas palabras antes de expresarlas.

—¿Qué? —me pregunta Tessa.

—Y ¿ese perro qué hace ahí? —pregunto al azar.

No tiene sentido, pero Tessa, en su línea, inicia una perorata sobre la última escena de la película y dice que el perro, *Barkley* o *Brinkley*, creo que ha dicho que se llama, es fundamental para el éxito de la película.

Bla, bla, bla...

Unos golpes en la puerta detienen las explicaciones de Tessa, y Landon se levanta para abrir.

—Voy yo —digo, y paso por delante de él. Al fin y al cabo, ésta es mi maldita casa.

No me molesto en mirar por la mirilla, pero cuando abro la puerta, desearía haberlo hecho.

—¿Dónde está? —pregunta el yonqui apestoso.

Salgo al descanso y cierro la puerta. No quiero que Tessa se vea envuelta en esta chingadera.

—¿Qué carajos haces aquí? —silbo con los dientes apretados.

—Sólo vine a ver a mi colega, eso es todo.

Los dientes de Chad están aún más cafés que antes, y su vello facial está apelmazado contra su piel. Tendrá unos treinta años, pero su rostro es el de un hombre de más de cincuenta. Lleva el reloj que mi padre me regaló en su sucia muñeca.

—No va a salir aquí, y nadie va a darte nada, así que te sugiero que muevas el tresero y vuelvas por donde has venido antes de que te estampe la cara contra ese barandal —digo con naturalidad, y señalo hacia la barra de metal que hay delante del extintor de incendios—. Y después, mientras te desangras, llamaré a la policía y te arrestarán por posesión y por allanamiento. —Sé que lleva droga encima, el pinche cabrón.

Fija la vista en mí y yo avanzo un paso hacia él.

—Yo que tú no pondría a prueba mi paciencia. Esta noche, no —le advierto.

Abre la boca justo cuando la puerta del departamento se abre detrás de mí. Puta madre.

—¿Qué pasa? —pregunta Tessa, avanzando hasta colocarse delante de mí.

Como por acto reflejo, le doy un jalón en la espalda y ella pregunta de nuevo.

—Nada, Chad estaba a punto de irse. —Miro al maldito yonqui, y más le vale...

Tessa entorna los ojos mirando el objeto brillante que pende en la delgada muñeca del tipo.

—¿Ese no es tu reloj?

—¿Qué? No... —empiezo a mentir, pero ella ya lo sabe.

No es tan tonta como para pensar que es una coincidencia que este maldito drogadicto tenga el mismo pinche reloj caro que yo.

—Hardin... —Me mira—. ¿Qué pasa? ¿Has estado saliendo con este tipo o algo? —Se cruza de brazos y pone más distancia entre nosotros.

—¡No! —niego medio gritando. ¿Por qué saca esa conclusión al presenciar esta escena?

No sé si llamar a su padre y defenderme o si inventarme otra mentira.

—No soy amigo suyo. Y ya se va —digo, y miro a Chad lanzándole de nuevo una advertencia.

Esta vez lo capta y retrocede por el descanso. Supongo que Landon es el único que ya no se siente intimidado por mí. Parece que no estoy perdiendo facultades después de todo.

—¿Quién está ahí? —Richard se reúne con nosotros en el descanso.

—Ese hombre..., Chad —responde Tessa, con claro tono inquisitorio.

—Ah... —Su padre palidece y me mira con impotencia.

—Quiero saber qué está pasando aquí —exige Tessa.

Es obvio que se está enojado. No debería haberla dejado volver al departamento. Lo he visto en su cara en el instante en que ha pisado este maldito lugar.

—¡Landon! —Llama a su mejor amigo y yo miro a su padre.

Landon se lo contará todo; él no le mentirá a la cara como lo he hecho yo tantas veces.

—Tu padre le debía dinero, y yo le di el reloj a modo de pago —admito.

Tessa sofoca un grito y se vuelve hacia Richard.

—¿Por qué le debías dinero? ¡Ese reloj se lo regaló su padre! —exclama.

Bueno..., esta no es la reacción que esperaba. Está más centrada en el estúpido reloj que en el hecho de que su padre le debiese dinero a ese despojo humano.

—Lo siento, Tessie. No tenía dinero, y Hardin...

Antes de darme cuenta de lo que está haciendo, va de camino al elevador. «¡Pero ¿qué chingados...?!»

Presa del pánico, corro tras ella, pero se mete en la jaula de acero antes de que le dé alcance. Esas puertas se mueven terriblemente despacio en cualquier otra ocasión, pero ahora que está huyendo de mí, se cierran al instante.

—¡Maldita sea, Tessa!

Golpeo el metal con el puño. ¿Hay escalera en este edificio? Cuando me vuelvo, Landon y Richard miran hacia nosotros con la mirada perdida, sin moverse. «Gracias por la pinche ayuda, idiotas.»

Me apresuro a ir por la escalera y bajo los peldaños de dos en dos hasta que llego abajo. Busco a Tessa en el vestíbulo y, al no verla, el pánico me invade de nuevo. Chad podría haber traído algunos amigos consigo... y podrían acercarse a Tessa o hacerle daño...

Un sonido anuncia la llegada del elevador. Las puertas se abren y Tessa sale de él; la determinación se refleja en su rostro hasta que me ve.

—¡¡Has perdido la maldita cabeza?! —le grito, y mi voz inunda el vestíbulo.

—¡Va a devolverte ese maldito reloj, Hardin! —me grita en respuesta.

Se dirige hacia las puertas de cristal y yo la agarro de la cintura y la estrecho contra mi pecho.

—¡Suéltame! —Me clava las uñas en los brazos, pero no cedo.

—No puedes ir tras él. ¿En qué estás pensando?

Sigue forcejeando conmigo.

—Si no dejas de moverte, te llevaré literalmente a rastras hasta el departamento. Y ahora escúchame —digo.

—¡No puede quedarse ese reloj, Hardin! Te lo regaló tu padre, y significa mucho para él, y para ti...

—Ese reloj no significaba ni madres para mí —digo.

—Claro que sí. No lo admitirías jamás, pero te importaba. Lo sé. —Sus ojos se humedecen de nuevo. Carajo, este fin de semana va a ser un infierno.

—No es verdad...

«¿O sí?»

Se tranquiliza un poco y deja de agitar los brazos. La convenzo para volver al elevador y abortar su persecución del narcotraficante, muy a su pesar.

—¡No es justo que se quede con tu reloj por los problemas con el alcohol de mi padre! ¿Cuánto puede beber una persona como para acabar debiéndole dinero a la gente?

Está hecha una furia y, aunque me parece muy graciosa cuando se pone así, me siento fatal por lo que tengo que contarle.

—No era por el alcohol, Tess —confieso.

Veo cómo ladea la cabeza y mira a todas partes excepto a mis ojos.

—Hardin, sé que mi padre bebe. No lo excuses. —Su pecho se hincha y se deshincha a una velocidad frenética.

—Tessa, tienes que tranquilizarte.

—¡Dime qué está pasando, Hardin!

No sé cómo expresarlo de otra manera. Lo siento. Siento no haber podido protegerla de un padre jodido, del mismo modo que no pude proteger a mi madre de la devastación del mío. Así que hago algo extraño para mí. Digo algo brutalmente sincero:

—No es el alcohol. Son las drogas.

Entonces se mete corriendo en el elevador y pulsa el botón de nuestra planta. Entro justo detrás de ella, pero Tessa se limita a mirar al vacío mientras las puertas se cierran.

CAPÍTULO 122

Tessa

Cuando Hardin y yo volvemos al departamento, el ambiente parece haberse vuelto rancio e incómodo.

—¿Estás bien? —pregunta Landon en cuanto Hardin cierra la puerta al entrar.

—Sí —miento.

Estoy confundida, herida, enojada y agotada. Sólo hace unas horas que llegamos y ya tengo ganas de regresar a Seattle. Cualquier idea que se me pasara por la cabeza de volver a vivir aquí se ha esfumado en algún momento durante el silencioso camino desde el elevador hasta la puerta del departamento.

—Tessie..., no pretendía que nada de esto sucediera —dice mi padre mientras me sigue hasta la cocina.

Necesito un vaso de agua, me va a estallar la cabeza.

—No quiero hablar de ello.

La tarja chirría cuando abro la llave, y espero pacientemente a que el vaso se llene.

—Creo que al menos deberíamos hablar...

—Por favor...

Me vuelvo para mirarlo. No quiero hablar. No quiero oír la espantosa verdad, ni una mentira piadosa. Sólo quiero ir otra vez al momento en el que estaba cautelosamente emocionada por intentar mantener la relación con mi padre que nunca tuve de niña. Sé que Hardin no tiene ningún motivo para mentir sobre las adicciones de Richard, pero igual ha habido algún malentendido.

—Tessie... —suplica mi padre.

—Ha dicho que no quiere hablar del tema —insiste Hardin, que ha aparecido de repente.

Se adentra más en la cocina y se coloca entre él y yo. Esta vez agradezco su intrusión, aunque me preocupan un poco los agitados movimientos de su pecho conforme su respiración se va volviendo cada vez más superficial y laboriosa. Siento un alivio tremendo cuando mi padre suspira derrotado y me deja a solas con Hardin en la cocina.

—Gracias. —Me descompongo contra la barra de la cocina y bebo otro sorbo del agua tibia de la llave.

Una arruga de preocupación se forma entonces en la frente de Hardin, que no intenta ocultar su profundo ceño fruncido. Se presiona las sienes con los dedos y se apoya a su vez en la barra.

—No debería haberte dejado venir aquí —dice—. Sabía que esto sucedería.

—Estoy bien.

—Siempre dices eso.

—Porque siempre tengo que estarlo. De lo contrario, no estaría preparada cuando se presentan los desastres.

La adrenalina que corría por mis venas hace tan sólo unos minutos ha desaparecido, se ha evaporado junto con la esperanza de que, por una vez, algo pudiera salir bien durante un fin de semana entero. No me arrepiento de haber venido porque extrañaba mucho a Landon y quería recoger mi carta, el libro electrónico y la pulsera. Todavía me duele el alma por lo de la carta; no parece racional que un objeto guarde tanta importancia para mí, pero así es. Fue la primera vez que Hardin se abrió tanto conmigo. Se acabó el ocultar cosas. Se acabaron los secretos sobre su pasado. Puso todas las cartas sobre la mesa, y no tuve que obligarlo a confesarme nada. El hecho de que decidiera escribirlo y la manera en que le temblaban las manos cuando me la entregó siempre quedarán grabados en mi memoria. La verdad es que no estoy enojada con él; ojalá no la hubiese destruido, pero conozco su temperamento, y fui yo la que la dejó aquí, intuyendo de alguna manera que probablemente la haría pedazos. No voy a permitirme seguir sufriendo a causa de ello, aunque aún me duele pensar en el fragmento de papel que quedaba; ese pequeño trocito jamás podrá albergar todas las emociones compactadas en las palabras que había escrito en toda la página a la que pertenecía.

—Detesto que sea así —dice él en voz baja.

—Yo también —suspiro. Y al ver la expresión de pesar en su rostro, añado—: No es culpa tuya.

—Por supuesto que sí. —Sus dedos exasperados atraviesan las ondas de su pelo—. Fui yo quien destruyó esa maldita carta, yo te traje aquí, y pensé que podría ocultarte los hábitos de tu padre. Creía que ese cerdo de Chad desaparecería para siempre cuando le di mi reloj a cambio del dinero que tu padre le debía.

Observo a Hardin, que siempre está tan furioso, y quiero abrazarlo. Dio algo suyo; a pesar de asegurar que no le tenía ningún aprecio al objeto, lo entregó en un intento de sacar a mi padre del agujero en el que se había metido. Diablos, cuánto lo quiero.

—Me alegro mucho de tenerte —le digo.

Sus hombros se tensan y levanta la cabeza rápidamente para mirarme.

—No sé por qué. Soy yo quien genera casi todos los desastres de tu vida.

—No, yo también tengo parte de culpa —le aseguro. Ojalá tuviera un mejor concepto de sí mismo; ojalá se viera como yo lo veo—. La indiferencia del universo también influye mucho.

—Lo que acabas de decir es mentira. —Me mira con ojos expectantes—. Pero, lo acepto.

Me quedo mirando hacia la pared en silencio mientras me vienen a la mente un millón de pensamientos por minuto.

—Aunque sigue enojándome que te largaras corriendo detrás de él como una maldita loca —me regaña.

Y no lo culpo; no ha sido muy inteligente por mi parte. Pero en cierto modo sabía que vendría detrás de mí en mi ridículo intento de perseguir a Chad y recuperar el reloj. ¿En qué rayos estaba pensando?

Pensaba en que el reloj representaba el comienzo de una nueva relación entre Hardin y su padre. Hardin decía que odiaba ese reloj, y se negaba a llevarlo con el pretexto de que era excesivamente caro. Él no sabe la cantidad de veces que pasé por delante del cuarto y lo sorprendí mirándolo en su caja. Una vez incluso lo sostenía en la palma abierta mientras lo examinaba detenidamente, como si el objeto pudiera arder o sanarlo. Su expresión era ambivalente cuando lo dejó sin cuidado de nuevo en la gran caja negra.

—La adrenalina se apoderó de mí —digo quitándole importancia, e intento ocultar el leve escalofrío que recorre mi cuerpo cuando pienso en qué podría haber pasado si llego a alcanzar a aquel hombre espeluznante.

Tuve un mal presentimiento sobre él la primera vez que vino a recoger a mi padre al departamento, pero no me planteé que pudiera volver. De todas las sospechas que tenía respecto a lo que pudiera estar sucediendo aquí, jamás se me había pasado por la cabeza que hubiera hombres repugnantes vendiendo drogas y recibiendo relojes en pago. Sin duda, a esto es a lo que se refería Hardin con lo de «encargarse de ello sin que yo me tuviera que preocupar al respecto». Si hubiera mantenido mi trasero en el departamento, aún sería felizmente ajena a toda esta situación. Aún podría mirar a mi padre con cierto respeto.

—Bueno, pues está claro que la adrenalina impide que te llegue el oxígeno al pinche cerebro —refunfuña Hardin mirando al refrigerador detrás de mí.

—¿Ponemos la siguiente película? —pregunta mi padre desde la sala.

Le lanzo una mirada de pánico a Hardin y este abre la boca y responde por mí:

—Enseguida —dice con tono duro.

Hardin me mira, y tanto su altura como su expresión de irritación me abruman.

—No tienes por qué salir ahí y conversar por obligación con ellos si no quieres. Y más les vale que no se les pase por la cabeza decirte nada respecto al tema.

La idea de ver una película con mi padre no me atrae nada, pero no quiero que las cosas sean incómodas, y tampoco quiero que Landon se vaya todavía.

—Lo sé —suspiro.

—Te niegas a aceptarlo, y lo entiendo, pero vas a tener que enfrentarte a la realidad antes o después. —Sus palabras son duras, pero sus ojos son compasivos. Siento el calor de sus dedos ascendiendo por mis brazos.

—Que sea después..., por ahora —le ruego, y él asiente. No lo aprueba, pero acepta mi negación. Por ahora.

—Ve ahí dentro entonces, yo iré en un minuto —añade señalando la sala con la cabeza.

—Bueno. ¿Puedes hacer palomitas? —Le sonrío y me esfuerzo todo lo posible en convencerlo de que mi corazón no martillea contra mi caja torácica y mis palmas no están sudadas.

—No te pases... —Una sonrisa juguetona se forma en las comisuras de sus labios mientras me empuja fuera de la cocina—. Vamos.

Cuando entro en la sala con luz tenue, mi padre está sentado en su sitio de siempre en el sillón, y Landon está de pie, apoyado contra la oscura pared de ladrillo. Mi padre tiene las manos sobre sus piernas y se está quitando los padrastros de los dedos, una costumbre que yo tenía cuando era pequeña y que mi madre me obligó a abandonar. Ahora sé de dónde me venía.

Levanta sus ojos oscuros de sus piernas, me mira y un escalofrío recorre mi cuerpo. No sé si es por la iluminación o si es mi mente que me juega una mala pasada, pero sus ojos parecen casi negros y me están dando ganas de vomitar. ¿De verdad consume drogas? Y, si es así, ¿qué cantidad y de qué tipo? Mis conocimientos acerca de las drogas se basan en ver unos cuantos episodios de «Intervention» con Hardin. Me encogía y me tapaba los ojos cuando los adictos se clavaban las agujas en la piel o fumaban ese líquido espumoso de una cuchara. No soportaba ver cómo se destruían a sí mismos y a los que tenían a su alrededor, mientras que Hardin no paraba de decir que no sentía ni un ápice de compasión por los «malditos yonquis».

¿Es mi padre de verdad uno de ellos?

—Si quieres que me vaya, lo entenderé... —dice. Su voz no encaja con el aspecto de sus ojos atormentados. Es pequeña, débil y rota. Me duele el corazón.

—No, no te preocupes —contesto.

Trago saliva, me siento en el suelo y espero a que Hardin se reúna con nosotros. Oigo los estallidos del maíz, y el aroma de las palomitas inunda el departamento.

—Te diré todo lo que quieras saber...

—De verdad, no pasa nada —le aseguro a mi padre con una sonrisa. «¿Dónde está Hardin?»

Mi pregunta silenciosa es respondida tan sólo unos momentos después, cuando entra en la sala con una bolsa de palomitas en una mano y mi vaso de agua en la otra. Se sienta a mi lado en el suelo sin mediar palabra y coloca la bolsa en mis piernas.

—Están un poco quemadas, pero se pueden comer —dice tranquilamente.

Sus ojos se dirigen directamente a la pantalla del televisor, y sé que se está callando muchos pensamientos. Le aprieto la mano para agradecerle que sea así. No podría soportar más escenas esta noche.

El maíz está delicioso y sabe a mantequilla. Hardin refunfuña cuando les ofrezco unas pocas a Landon y a mi padre, e imagino que esa es la razón por la que ellos las rechazan.

—¿Qué porquería vamos a ver ahora? —pregunta.

—*Algo para recordar* —respondo con una gran sonrisa.

Pone los ojos en blanco.

—¿En serio? ¿Eso no es una versión más antigua de la que acabamos de ver?

No puedo evitar reírme.

—Es una película preciosa.

—Sí, claro. —Me mira, sin embargo su mirada no dura tanto como de costumbre.

Se limpia los dedos aceitosos en la sudadera. Yo hago una mueca de asco y anoto mentalmente poner la prenda a remojar antes de lavarla.

—¿Pasa algo? La película no está tan mal —le susurro.

Mi padre se está terminando lo que queda de la pizza, y Landon ha vuelto a sentarse en el sillón reclinable.

—No —replica Hardin, que sigue sin mirarme.

No quiero comentar en voz alta lo extraño de su comportamiento. Todos estamos inquietos después de los acontecimientos de esta noche.

La película me distrae de mis problemas y de mis malos pensamientos durante el tiempo suficiente como para reírme con Landon y mi padre. Hardin mira la pantalla, con los hombros rígidos otra vez y con la mente a años luz de aquí. Quiero preguntarle desesperadamente qué le pasa para poder solucionarlo, pero no sé si es mejor dejarlo tranquilo por ahora. Me acurruco contra su pecho con las rodillas dobladas debajo de mí y con un brazo alrededor de su torso definido. Él me sorprende estrechándome más contra sí y besándome en el pelo.

—Te quiero —susurra.

Estoy casi convencida de que estoy oyendo voces hasta que levanto la vista y me encuentro con sus expectantes ojos verdes.

—Te quiero —respondo suavemente.

Me tomo unos instantes para mirarlo, para deleitarme con lo guapo que es. Me saca de quicio, y yo a él, pero me quiere, y su comportamiento relajado de esta noche no es más que otra prueba de ello. Por muy forzada que sea su actitud, lo está intentando, y encuentro consuelo en ello, una firme seguridad de que, incluso en el centro de la tormenta, él será mi ancla. Una vez temí hundirme con él. Pero ahora ya no pienso eso para nada.

Un fuerte golpe en la puerta me hace dar un brinco y apartarme del regazo de Hardin. He emigrado hasta ahí de alguna manera en mi duermevela. Él despega los brazos de mí y me coloca con cuidado en el suelo para poder levantarme. Analizo su rostro en busca de ira, o sorpresa, pero parece... ¿preocupado?

—No te muevas de aquí —me dice. Asiento. No quiero ver a Chad de nuevo.

—Deberíamos llamar a la policía. De lo contrario, nunca dejará de venir —gruño mientras me pregunto cómo es posible que este departamento haya cambiado tanto en tan pocas semanas.

El pánico se apodera de mí una vez más, y cuando levanto la vista para ver las reacciones de Landon y de mi padre ante el intruso, veo que los dos están dormidos. La televisión muestra la pantalla del menú en la sección de pago; todos nos quedamos dormidos.

—No —oigo decir a Hardin.

Me pongo de rodillas cuando llega a la puerta. ¿Y si Chad no viene solo? ¿Intentará hacer daño a Hardin? Me pongo de pie y me dirijo al sillón para despertar a mi padre.

Entonces oigo el fuerte sonido de unos tacones altos contra el suelo de concreto y, cuando me vuelvo, veo allí a mi madre en todo su esplendor: con un vestido rojo ceñido, el pelo chino y los labios asimismo rojos. Estoy perpleja. Frunce el ceño y me mira con sus oscuros ojos.

—¿Qué estás...? —empiezo a decir. Miro a Hardin; está tranquilo..., casi a la expectativa...

Permite que entre corriendo por su lado y que avance hacia mí.

—¡¿La llamaste?! —grito mientras las piezas del rompecabezas empiezan a encajar.

Él aparta la mirada. ¿Cómo ha podido llamarla? Sabe perfectamente cómo es mi madre. ¿Por qué narices iba a meterla en esto?

—Has estado evitando mis llamadas, Theresa —me espeta—. ¡Y ahora me entero de que tu padre está aquí! En este departamento, ¡y que está consumiendo drogas! —Pasa por mi lado, también, y va directa a su presa.

Agarra a mi padre del brazo con sus dedos con barniz de color rojo chillón y obliga a su cuerpo dormido a levantarse del sillón. El hombre se cae al suelo.

—¡Levántate, Richard! —brama, y yo me encojo ante la dureza de su voz.

Mi padre se sienta rápidamente, usa las palmas para soportar el peso de su cuerpo y sacude la cabeza. Los ojos se le salen de las órbitas al ver a la mujer que tiene delante. Observo cómo parpadea rápidamente y se pone de pie tambaleándose.

—¿Carol? —Su voz es aún más débil que la mía.

—¡¿Cómo te atreves?! —dice ella meneando un dedo frente a su rostro, y él retrocede, aunque sus piernas pronto impactan contra el sillón y hacen que se caiga de nuevo. Parece aterrorizado, y no me extraña.

Landon se estira en su sillón y abre los ojos; su expresión es como la de mi padre, de confusión y terror.

—Theresa, vete a tu cuarto —me ordena mi madre.

«¿Qué?»

—No, nada de eso —respondo.

¿Por qué la ha llamado Hardin? Todo habría ido bien. Probablemente habría acabado encontrando el modo de superar lo de mi padre.

—Ya no es una niña, Carol —dice él.

Las mejillas y el pecho de mi madre se hinchan, y sé lo que viene a continuación.

—¡No te atrevas a hablar de ella como si la conocieras! ¡Como si tuvieras algún derecho sobre ella!

—Estoy intentando compensar el tiempo perdido... —Mi padre defiende su terreno bastante decentemente para ser un hombre que acaba de despertarse con su exmujer dándole gritos en toda la cara. Hay algo en su voz, algo en su tono cuando se aproxima a mi madre y va ganando confianza que me resulta casi familiar. No estoy segura de qué es.

—¿El tiempo perdido? ¡No puedes compensar el tiempo perdido! ¡Tengo entendido que ahora también tomas drogas!

—¡Ya no! —le grita en respuesta.

Quiero esconderme detrás de Hardin, pero no sé de qué lado está. Landon tiene la mirada fija en mí, y Hardin en mis padres.

—¿Quieres irte? —me pregunta Landon moviendo los labios sin hablar desde el otro lado de la habitación.

Niego con la cabeza, rechazando su oferta en silencio, pero esperando que mis ojos transmitan lo mucho que se la agradezco.

—¿Ya no? ¡Ya no! —Mi madre debe de haberse puesto sus tacones más pesados. Estoy empezando a preguntarme si dejarán marcas en el suelo mientras camine.

—¡Sí, ya no! Oye, no soy perfecto, ¿sí? —Se lleva las manos a su pelo corto y me quedo petrificada. El gesto me resulta tan familiar que siento escalofríos.

—¿Que no eres perfecto? ¡Ja! —Se ríe, y sus dientes blancos brillan pese a la penumbra de la habitación.

Quiero encender la luz, pero soy incapaz de moverme. No sé cómo sentirme o qué pensar al ver a mis padres gritándose en medio de la sala. Estoy convencida de que este departamento está maldito. Tiene que estarlo.

—Lo de que no seas perfecto, pasa, ¡pero que pretendas arrastrar a tu hija por el mismo camino es deplorable!

—¡No la estoy arrastrando por ningún camino! Estoy haciendo todo lo posible por compensar lo que le hice... ¡a ella y a ti!

—¡No! ¡No es verdad! ¡Tu regreso no hará sino confundirla más! ¡Bastante ha arruinado ya su vida!

—No ha arruinado su vida —la interrumpe Hardin.

Mi madre lo atraviesa con una mirada feroz antes de volver a centrar la atención en mi padre.

—¡Esto es todo culpa tuya, Richard Young! ¡Todo esto! ¡De no ser por ti, Theresa no estaría en esta relación tan tóxica con este chico! —exclama sacudiendo la mano en dirección a Hardin. Sabía que sólo era cuestión de tiempo que empezara a atacarlo—. Nunca tuvo un ejemplo masculino que le demostrara cómo tenía que ser tratada una mujer; ¡por eso está cohabitando aquí con él! Sin estar casados, viviendo en el pecado, y sabe Dios qué más cosas hará él. ¡Probablemente consuma drogas contigo!

Me encojo. La sangre me hierve al instante y siento una irrefrenable necesidad de defender a Hardin.

—¡No te atrevas a meter a Hardin en esto! ¡Él ha estado cuidando de mi padre y proporcionándole un techo para evitar que duerma en la calle! —Odio el modo en que mi manera de expresarme se parece al de mi madre.

Hardin atraviesa la habitación y se coloca a mi lado. Sé que va a advertirme que me mantenga al margen.

—Es verdad, Carol. Hardin es un buen chico, y la quiere más de lo que nunca he visto a un hombre querer a una mujer —interviene mi padre.

Mi madre forma puños con las manos a sus costados, y sus mejillas, perfectamente maquilladas con rubor, se vuelven de un rojo intenso.

—¡No te atrevas a defenderlo! ¡Todo esto —agita un puño cerrado en el denso aire de la habitación— es por él! Tessa debería estar en Seattle, labrándose un porvenir, buscando un hombre adecuado para ella...

Apenas logro oír nada más que la sangre que bombea en mi cabeza. En medio de todo esto, me siento fatal por Landon, que se ha retirado amablemente al cuarto para dejarnos solos, y por Hardin, que está siendo utilizado una vez más como el chivo expiatorio de mi madre.

—Tessa está viviendo en Seattle. Vino a visitar a su padre. Ya te lo dije por teléfono. —La voz de Hardin irrumpe en el caos; apenas logra controlarla y me provoca escalofríos por todo el cuerpo y hace que se me erice el vello de los brazos.

—No creas que porque me llamaste ahora de repente vamos a ser amigos —le espeta ella.

Hardin me agarra del brazo y me jala hacia atrás, y yo lo miro confundida. No me había dado cuenta de que había empezado a avanzar hacia ella hasta que él me ha detenido.

—Prejuzgando como siempre. Nunca cambiarás. Sigues siendo la misma mujer de hace años. —Mi padre sacude la cabeza con desaprobación. Me alegro de que esté del lado de Hardin.

—¿Prejuzgando? ¿Sabías que este chico que tanto defiendes engañó a nuestra hija hasta meterse entre sus piernas para ganar una apuesta con sus amigos? —dice mi madre con voz fría y de suficiencia.

Todo el aire desaparece de la habitación. Siento que me asfixio y boqueo para poder respirar.

—¡Pues así fue! Estuvo alardeando por el campus sobre su conquista. Así que no se te ocurra defenderlo ante mí —silba mi madre con los dientes apretados.

Mi padre abre los ojos como platos. Puedo ver las corrientes de tormenta que se esconden detrás de ellos mientras observa a Hardin.

—¿Qué? ¿Eso es cierto? —A mi padre también le falta el oxígeno.

—¡No tiene importancia! Ya lo superamos —le digo.

—¿Lo ves? La pobre ha ido a buscarse a alguien igual que tú. Recemos para que no la deje embarazada y se largue cuando las cosas se pongan difíciles.

No puedo seguir escuchando más. No puedo dejar que Hardin se vea arrastrado por el fango que han formado mis padres. Esto es un desastre.

—¡Por no hablar de que, hace sólo tres semanas, otro chico la trajo a mi casa inconsciente por culpa de sus —mi madre señala a Hardin— amigos! ¡Estuvieron a punto de aprovecharse de ella!

El recordatorio de esa noche me duele, pero es el hecho de que mi madre culpe a Hardin lo que más me preocupa. Lo que sucedió aquella noche no fue culpa suya, y ella lo sabe.

—¡Hijo de puta! —dice mi padre con los dientes apretados.

—¡Ni se te ocurra! —le advierte Hardin con calma. Y ruego para que le haga caso.

—¡Me engañaste! Pensé que sólo tenías mala reputación, algunos tatuajes y un problema de actitud. Pero no me importaba, porque yo soy igual. ¡Pero has utilizado a mi hija! —Mi padre corre hacia Hardin y yo me planto delante de él.

Hablo antes de que mi cerebro lo pueda procesar.

—¡Deténganse! ¡Los dos! —grito—. Si quieren pelearse hasta matarse por su pasado, es cosa de ustedes, ¡pero no metan a Hardin en esto! Si te llamó fue por un motivo, madre, y aquí estás, descargando tu ira contra él. Esta es su casa, no la de ninguno de ustedes, ¡así que ya pueden largarse! —Me arden los ojos, como si me rogasen que derrame las cálidas lágrimas, pero me niego a hacerlo.

Mi madre y mi padre se detienen, me miran y después se miran entre sí.

—Solucionen sus cosas o váyanse —añado—. Nosotros estaremos en el cuarto. —Entrelazo los dedos con los de Hardin e intento jalarlo.

Vacila por un instante antes de mover sus largas piernas para colocarse delante de mí y guiarme por el pasillo, todavía agarrándome de la mano. Me la toma con tanta fuerza que casi me hace daño, pero no digo nada. Sigo pasmada ante la llegada de mi madre y su explosión; una presión excesiva en mi mano es la menor de mis preocupaciones.

Cierro la puerta detrás de mí justo a tiempo para amortiguar los gritos de mis padres al otro lado del pasillo. De repente, tengo nueve años de nuevo, y corro por el patio de la casa de mi madre hacia mi refugio, el pequeño invernadero. Siempre los oía gritar, por muy alto que Noah intentara hablar para acallar el desagradable sonido.

—Ojalá no la hubieses llamado —le digo a Hardin saliendo de mis recuerdos.

Landon está sentado frente al escritorio y se esfuerza por no mirarnos.

—La necesitabas. Te negabas a aceptar la realidad —dice con voz grave.

—Empeoró las cosas. Le contó lo que hiciste.

—En su momento pensé que llamarla era lo más correcto. Sólo intentaba ayudarte.

Sus ojos me dicen que de verdad pensó que podría funcionar.

—Lo sé —digo, y suspiro. Ojalá lo hubiese consultado conmigo antes, pero sé que estaba haciendo lo que creía que era correcto.

—Si no es por una cosa, es por otra. —Sacude la cabeza y se deja caer sobre la cama. Me mira angustiado y dice—: Siempre nos recordarán esa chingadera. Lo sabes, ¿verdad?

Se está cerrando, puedo sentirlo tanto como puedo ver cómo sucede delante de mí.

—No, eso no es cierto —replico.

Al menos hay algo de verdad en mis palabras ya que, cuando todos los que nos conocen descubran lo de la apuesta, acabará convirtiéndose en algo viejo para ellos. Me dan escalofríos sólo de pensar en que Kimberly y Christian se enteren, pero el resto de las personas que nos rodean ya saben cuál es la humillante realidad.

—¡Claro que sí! ¡Sabes que sí! —Hardin levanta la voz y empieza a pasearse por la habitación—. Nunca va a desaparecer. ¡Cada vez que doblamos una esquina, alguien te lo restriega en la cara y te recuerda que soy un maldito! —Golpea con el puño el escritorio antes de que pueda detenerlo. La madera se astilla y Landon se levanta de un brinco.

—¡No hagas eso! —exclamo—. ¡No dejes que mi madre saque lo peor de ti, por favor!

Lo agarro de su sudadera negra y evito que le pegue de nuevo a la mesa. Me aparta, pero yo no me rindo y esta vez lo agarro de las dos mangas. Entonces se vuelve echando humo.

—¿No estás harta de esta chingadera? ¿No estás harta de pelear constantemente? ¡Si me dejaras ir, tu vida sería mucho más fácil! —grita Hardin con la voz entrecortada, y cada sílaba se clava en lo más profundo de mi ser.

Siempre hace lo mismo, siempre opta por la autodestrucción. Pero esta vez no pienso permitirlo.

—¡Basta! Sabes que no quiero una relación fácil y sin amor. —Le agarro la cara entre las manos y lo obligo a mirarme.

—Escúchenme los dos —nos interrumpe Landon.

Hardin no se vuelve hacia él, sino que sigue mirándome con furia. Mi mejor amigo recorre entonces la habitación y se queda a unos pasos de nosotros.

—Chicos, no pueden empezar otra vez con esto. Hardin, no puedes dejar que las opiniones de la gente te afecten tanto; la opinión de Tessa es la única que importa. Deja que sea la suya la única voz que oigas en tu cabeza —le dice.

Conforme asimila las palabras, parece que las ojeras de Hardin empiezan a disminuir.

—Y Tess... —suspira Landon—. No tienes por qué sentirte culpable ni tienes que intentar convencer a Hardin de que quieres estar con él. El hecho de que sigas con él a pesar de todo debería ser suficiente prueba.

Tiene razón, pero no sé si Hardin lo verá de esa manera a través de su ira y su dolor.

—Tessa necesita que la consueles en este momento —le dice Landon—. Sus padres se están gritando ahí fuera, así que tienes que estar ahí para ella. No hagas que esto gire en torno a ti.

Algo en sus palabras parece calar en la mente de Hardin, y este asiente, inclina la cabeza y pega la frente contra la mía. Su respiración empieza a relajarse.

—Lo siento... —murmura.

—Yo me voy a casa ya. —Landon aparta la vista de nosotros, claramente incómodo al ser testigo de nuestra intimidad—. Le diré a mi madre que pasarán por allí.

Me aparto de Hardin para abrazar a Landon.

—Gracias por todo. Me alegro mucho de que hayas venido —digo contra su pecho.

Él me estrecha fuertemente entre sus brazos, y esta vez Hardin no me aparta de él.

Cuando lo suelto, Landon sale de la habitación y yo vuelvo a mirar a Hardin. Se está examinando los nudillos, una imagen que se había empezado a convertir en un recuerdo desagradable; pero aquí estoy de nuevo, presenciando cómo la densa sangre gotea en el suelo.

—Respecto a lo que dijo Landon... —declara limpiándose la mano ensangrentada con el dobladillo de su sudadera—. Lo que dijo de que la tuya debería ser la única voz que oiga en mi cabeza. Quiero eso.

—Cuando vuelve a mirarme, parece atormentado—. Deseo con todas mis fuerzas que sea así. Pero no sé cómo eliminar las del resto..., la de Steph, la de Zed, y ahora las de tus padres.

—Ya averiguaremos cómo hacerlo —le prometo.

—¡Theresa! —grita mi madre desde el otro lado de la puerta del cuarto.

Me había enfrascado tanto en Hardin que no me había dado cuenta de que el ruido en la sala había cesado.

—Theresa, voy a entrar.

La puerta se abre cuando pronuncia la última palabra y yo me quedo detrás de Hardin. Esto parece estar convirtiéndose en un patrón.

—Tenemos que hablar de esto. De todo esto. —Nos mira a Hardin y a mí con la misma intensidad.

Él me mira y levanta una ceja esperando mi aprobación.

—No creo que haya mucho de que hablar —digo desde detrás de mi escudo.

—Hay mucho de lo que hablar. Siento mi comportamiento de antes. Perdí el control cuando he visto a tu padre aquí, después de todos estos años. Concédeme un poco de tiempo para que me explique. Por favor. —La expresión «por favor» suena extraña saliendo de los labios de mi madre.

Hardin se aparta, exponiéndome ante ella.

—Voy a limpiarme esto —dice levantando su mano maltratada en el aire, y sale del cuarto antes de que pueda detenerlo.

—Siéntate. Tenemos mucho de que hablar. —Mi madre se pasa las palmas por la parte delantera del vestido y se coloca sus gruesos chinos rubios a un lado antes de tomar asiento en la cama.

CAPÍTULO 123

Hardin

El agua fría cae de la llave sobre mi piel destrozada. Miro hacia el lavabo y veo cómo el agua teñida de rojo se arremolina alrededor del desagüe de metal.

¿Otra vez? ¿Esta chingadera ha vuelto a pasar? Claro que sí; sólo era cuestión de tiempo.

Dejo la puerta del baño abierta para poder acceder fácilmente a la habitación al otro lado del pasillo si oigo algún grito. No tengo idea de en qué estaba pensando cuando llamé a esa puta. No debería llamarla así..., pero es que lo es..., así que puta se queda. Al menos no lo estoy diciendo delante de Tessa. Cuando la llamé, en lo único en lo que pensaba era en la expresión vacía y en las ingenuas afirmaciones de Tessa de que su padre no estaba drogándose, como si intentara convencerse a sí misma de algo que era evidente que no es cierto. Sabía que se desmoronaría en cualquier momento, y por alguna estúpida razón pensé que el hecho de que su madre estuviera aquí podría ayudar.

Ese es justo el motivo por el que no suelo intentar ayudar a la gente. No tengo experiencia en ello. Se me da de maravilla joderlo todo, pero no tengo alma de salvador.

Detecto un movimiento en el espejo. Levanto la vista y veo que el reflejo de Richard me devuelve la mirada. Está apoyado contra el estrecho marco de la puerta, con expresión recelosa.

—¿Qué pasa? ¿Has venido para intentar arrancarme las piernas o algo así? —digo sin emoción.

Suspira y se pasa las manos por su rostro afeitado.

—No, por ahora no.

Me burlo, y en parte desearía que tratara de atacarme. Sin duda estoy lo bastante enojado para una pelea o dos.

—¿Por qué no me lo contaron ninguno de los dos? —pregunta Richard, y es evidente que se está refiriendo a la apuesta.

«¿Esto es en serio?»

—¿Por qué iba a contártelo yo? Y no eres tan estúpido como para no saber que Tessa jamás le contaría algo así a su padre y menos a su padre ausente.

Cierro la llave y agarro una toalla para aplicar presión sobre mis nudillos. Ya casi han dejado de sangrar. Debería aprender a cambiar de mano y golpear con la derecha a partir de ahora.

—No lo sé... Me ha sorprendido. Pensaba que eran polos opuestos que se atraían, pero ahora...

—No te estoy pidiendo tu aprobación. No la necesito. —Paso por delante de él y avanzo a paso ligero por el pasillo.

Agarro la bolsa de palomitas quemadas que todavía descansa en el suelo.

«Deja que sea la suya la única voz que oigas en tu cabeza...» Las palabras de Landon resuenan en mi mente. Ojalá fuera tan fácil. Tal vez lo sea algún día... Eso espero.

—Ya lo sé. Sólo quiero entender toda esta chingadera. Como su padre, me veo obligado a romperte la madre. —Sacude la cabeza.

—Bueno —digo, cuando en realidad quiero recordarle de nuevo que durante más de nueve años no ha sido su padre.

—Carol se parecía mucho a Tessa de joven —dice, y me sigue hasta la cocina.

Me detengo y la bolsa casi se me escurre de los dedos.

—No, no es verdad —replico.

Es imposible que eso sea cierto. La verdad es que en su día pensaba que Tessa era igual que esa mujer remilgada y maliciosa pero, ahora que la conozco bien, sé que eso no puede estar más lejos de la realidad. Sus esfuerzos por parecer siempre perfecta son sin duda el resultado de tener a esa mujer como madre pero, en lo demás, Tessa no se parece en nada a ella.

—Sí lo es. No era tan simpática, pero no ha sido siempre tan...

Deja la frase sin terminar y saca una botella de agua de mi refrigerador.

—¿Puta? —termino la frase por él.

Desvía la vista hacia el pasillo vacío, como si temiera que su exmujer fuera a aparecer en cualquier momento para zarandearlo. La verdad es que sería algo digno de ver.

—Siempre estaba sonriendo... Y su sonrisa era algo fuera de lo común. Todos los hombres la deseaban, pero ella era mía —dice sonriendo al recordarlo.

Yo no me he apuntado para esta mamada..., no soy un pinche psicólogo. La madre de Tessa estará muy buena, pero siempre es una mamona, y alguien debería ponerla en su lugar o quizá le hace falta que le den...

—Bueno... —No sé adónde quiere llegar.

—Entonces era muy ambiciosa y compasiva. Y era una mierda porque la abuela de Tessa era igual que Carol, si no peor. —Se ríe al pensarlo, pero yo me encojo—. Sus padres me odiaban a muerte, y nunca lo ocultaron. Querían que ella se casara con un corredor de Bolsa, un abogado..., con cualquiera menos conmigo. Y yo también los odiaba, que en paz descansen.

Levanta la vista al techo. Por muy feo que quede decirlo, me alegro de que los abuelos de Tessa no vivan para juzgarme.

—Bueno, entonces obviamente no debieron casarse. —Cierro la tapa de la basura donde acabo de tirar las palomitas y apoyo los codos sobre la barra de la cocina.

Estoy enojado con Richard y sus estúpidas adicciones por amargar a Tessa. Quiero correrlo de una patada, mandarlo de nuevo a la calle, pero casi se ha convertido en un mueble más de este departamento. Es como un viejo sillón que huele a mierda y que siempre cruje cuando te sientas y que aunque incómodo, por alguna razón no puedes deshacerte de él. Así es Richard.

Baja la cabeza y dice con suavidad:

—No estábamos casados.

Ladeo la cabeza un poco, confundido.

«¿Qué? Sé que Tessa me dijo que estaban...»

—Ella no lo sabe. Nadie lo sabe. Nunca nos casamos legalmente. Celebramos una boda para complacer a sus padres, pero nunca rellenamos el papeleo. Yo no quería.

—¿Por qué? —Pero puede que la pregunta más importante sea por qué tengo yo tanto interés en esta chingadera.

Hace unos minutos me imaginaba estampándole a Richard la cabeza contra la pared de yeso, y ahora estoy aquí chismeando con él como si fuese una adolescente. Debería estar escuchando a través de la puerta de mi recámara para asegurarme de que la madre de Tessa no le llena la cabeza de pendejadas para intentar arrebatármela.

—Porque el matrimonio no era para mí —explica rascándose la cabeza—. O eso pensaba. Actuábamos como una pareja casada; ella adoptó mi apellido. No sé de dónde se sacó eso. Supongo que pensaba que al hacerlo acabaría cediendo o algo así, pero nadie sabía los sacrificios que hacía por mi egoísmo.

Me pregunto cómo se sentiría Tessa si conociera esa información... Está tan obsesionada con la idea de casarse... ¿Aplacaría eso su obsesión o la alimentaría?

—Con el paso de los años, se cansó de mi comportamiento. Nos peleábamos como perros y gatos, y he de decir que esa mujer era muy persistente, pero acabé con su paciencia. Un día dejó de discutir conmigo, y entonces supe que se había terminado. Vi cómo el fuego se apagaba lentamente en su interior año tras año.

Al mirarlo a los ojos, veo que se ha ido de esta habitación para sumergirse en el pasado.

—Todas las noches me esperaba con la cena en la mesa, ella y Tessie, ambas con sus vestidos y sus pasadores en el pelo. Y yo llegaba tambaleándome y me quejaba de que las orillas de la lasaña estaban quemadas. La mayoría de las veces perdía la conciencia antes de que el tenedor llegara a mi boca, y todas las noches acababan con una pelea... No me acuerdo ni de la mitad de las cosas. —Un claro escalofrío recorre su cuerpo.

Me imagino a una Tessa muy pequeña, toda guapa esperando a la mesa, emocionada por ver a su padre después de un largo día, para que él llegara aplastando sus ilusiones, y me entran ganas de agarrarlo del cuello y de estrangular a este hombre.

—No quiero oír ni una palabra más —le advierto muy en serio.

—Lo dejaré aquí. —Veo la vergüenza reflejada en su rostro—. Sólo quería que supieras que Carol no fue siempre así. Si es así ahora es por mi culpa. Yo la transformé en la mujer amargada y furiosa que es hoy. No querrás que la historia se repita, ¿verdad?

CAPÍTULO 124

Tessa

Mi madre y yo nos sentamos en silencio. No dejo de darle vueltas a la cabeza y mi corazón late con fuerza mientras observo cómo se coloca un mechón de pelo rubio detrás de la oreja. Está relajada y serena, no agobiada como yo.

—¿Por qué dejaste que tu padre viniera aquí después de todo este tiempo? Entiendo que quisieras verlo más después de encontrarte con él en la calle, pero no que dejaras que se mudara aquí —dice por fin.

—Yo no lo invité a quedarse —repongo—; ya no vivo aquí. Hardin dejó que se quedara en un acto de generosidad. Una generosidad que has malinterpretado y que le has restregado por la cara —digo sin ocultar mi enojo por cómo lo ha tratado.

Mi madre, y todo el mundo, siempre malinterpretará a Hardin y nadie entenderá por qué lo amo. Pero eso no importa, porque no necesito que lo entiendan.

—Te llamó porque pensaba que estarías aquí para mí —suspiro, y decido mentalmente en qué dirección quiero llevar esta conversación antes de que empiece a intimidarme como de costumbre.

Ella mira al suelo con sus ojos grises ahora sombríos.

—¿Por qué te enfrentas a todo el mundo para defender a ese chico después de todo lo que te hizo? Te ha hecho sufrir mucho, Theresa.

—Porque merece la pena que lo defienda, madre. Por eso.

—Pero...

—Basta. No voy a seguir hablando de esto contigo. Ya te lo dije: si no eres capaz de aceptarlo, no puedo mantener una relación contigo. Hardin y yo formamos un paquete, te guste o no.

—En su día yo pensaba lo mismo de tu padre. —Hago todo lo posible por no encogerme cuando levanta la mano para arreglarme el fleco.

—Hardin no se parece en nada a mi padre —replico.

Una ligera risa escapa de sus labios pintados.

—Sí se parece, créeme. Es igual que él hace muchos años.

—Puedes irte ya si vas a decir ese tipo de cosas.

—Relájate. —Vuelve a arreglarme el pelo. No sé si irritarme por el gesto condescendiente o si sentirme reconfortada por los bonitos recuerdos que me trae a la memoria—. Quiero contarte algo.

Admito que me siento intrigada por sus palabras, pero escéptica ante sus motivos. Nunca me habló de mi padre, así que esto debe de ser interesante.

—Nada de lo que digas hará que cambie de idea con respecto a Hardin —le advierto.

Las comisuras de sus labios se curvan hacia arriba ligeramente cuando declara:

—Tu padre y yo nunca nos casamos.

—¿Qué? —Me siento derecha en la cama y cruzo las piernas debajo de mí.

«¿Cómo que no se casaron?» Claro que sí. He visto las fotos. El vestido de encaje de mi madre era precioso a pesar del hecho de que tenía la barriga un poco hinchada, y el traje de mi padre no estaba bien ajustado, de modo que le quedaba como si llevara un saco de papas. Me encantaba mirar esos álbumes y admiraba cómo le brillaban las mejillas a mi madre y cómo mi padre la contemplaba como si ella fuera la única persona en el mundo. Recuerdo la horrible escena que tuvo lugar un día cuando mi madre me descubrió mirándolas; después de eso, las escondió y jamás volví a verlas.

—Es verdad. —Suspira. Es obvio que esta confesión le resulta humillante. Con manos temblorosas, dice—: Celebramos una boda, pero tu padre nunca quiso casarse. Yo lo sabía. Y sabía que, si no me hubiera quedado embarazada de ti, me habría dejado mucho antes. Tus abuelos lo presionaban con el matrimonio. Verás, tu padre y yo no éramos capaces de pasar un día entero sin discutir. Al principio era muy emocionante —sus ojos grises se pierden en sus recuerdos—, pero como acabarás viendo, toda persona tiene un límite. Conforme pasaban los días y los años, empecé a rezarle a Dios todas las noches para que cambiara por mí. Y por ti. Rezaba para que una noche entrara por la puerta con un ramo de flores en la mano en lugar de apestando a alcohol. —Se inclina hacia atrás y se cruza de brazos. Unas pulseras que no puede permitirse penden de sus muñecas, un tributo de su excesiva necesidad de parecer elegante.

La confesión de mi madre me ha dejado sin palabras. Nunca se ha mostrado abierta a hablar, y menos cuando el tema de conversación era mi padre. La repentina compasión que siento por esta mujer hace que me broten las lágrimas.

—Deja de llorar —me regaña antes de continuar—. Toda mujer espera reformar a su hombre, pero no es más que eso: una falsa esperanza. No quiero que pases por lo mismo que yo. Quiero más para ti. —Me están dando náuseas—. Por eso te crie para que fueses capaz de salir de esa pequeña ciudad y te labrases un porvenir.

—Yo no... —empiezo a defenderme, pero ella levanta una mano para silenciarme.

—Nosotros también tuvimos nuestros días buenos, Theresa. Tu padre era divertido y encantador   sonríe   , y se esforzaba al máximo por ser quien yo quería que fuese, pero su auténtica personalidad era más fuerte y acabó frustrado conmigo, con la vida que compartimos todos esos años. Recurrió al alcohol y ya nunca fue lo mismo. Sé que lo recuerdas —dice con voz atormentada, y detecto la vulnerabilidad en su tono y el brillo en sus ojos, pero se recupera al instante. Mi madre nunca ha sido muy dada a mostrar debilidad.

Vuelvo a oír de nuevo los gritos en mi cabeza, los platos rotos e incluso la frase ocasional de «Estos moretones que tengo en los brazos son de la jardinería», y siento que se me hacen un montón de nudos en el estómago.

—¿Puedes de verdad mirarme a los ojos y decirme que tienes un futuro con ese chico? —pregunta mi madre cuando vuelve a hacerse el silencio.

No puedo responder. Sé qué futuro quiero con Hardin. La cuestión es si él me lo concederá o no.

—Yo no he sido siempre así, Theresa. —Se da unos toquecitos debajo de los ojos con sus dos dedos índices—. Estaba enamorada de la vida, me emocionaba pensar en mi futuro..., y mírame ahora. Puede que pienses que soy una persona horrible por querer protegerte de mi destino, pero sólo hago lo que es necesario para evitar que repitas mi historia. No quiero esto para ti...

Me cuesta imaginar a una joven Carol feliz y emocionada ante cada nuevo día. Podría contar los días que he oído reír a esta mujer durante los últimos cinco años con los dedos de una mano.

—No es lo mismo, madre —me obligo a decir.

—Theresa, no puedes negar las similitudes.

—Hay algunas, es cierto —admito más para mí misma que para ella—, pero me niego a pensar que la historia se esté repitiendo. Hardin ya ha cambiado mucho.

—Si tienes que cambiarlo, ¿para qué molestarte? —Su voz ahora suena calmada mientras observa el cuarto que en su día fue el mío.

—Yo no lo he cambiado, se ha cambiado a sí mismo. Sigue siendo el mismo hombre, todo lo que adoro de él sigue estando ahí, pero ha aprendido a manejar las cosas de otra manera y se ha convertido en una versión mejorada de sí mismo.

—Vi la sangre en su mano —señala.

Le quito importancia.

—Tiene mucho temperamento.

Muchísimo, pero no pienso consentir que lo menosprecie. Tiene que entender que estoy de su lado, y que a partir de ahora para llegar hasta él tiene que pasar antes por encima de mí.

—Tu padre también lo tenía.

Me mantengo firme:

—Hardin jamás me haría daño a propósito. No es perfecto, madre, pero tú tampoco. Ni yo. —Me sorprendo de mi propia confianza cuando me cruzo de brazos y le sostengo la mirada.

—Es más que temperamento... Piensa en todo lo que te ha hecho. Te humilló y tuviste que buscarte otro campus.

No tengo energías para rebatirle esa afirmación, principalmente porque es la pura verdad. Siempre había querido trasladarme a Seattle, pero mis malas experiencias de este año en la universidad me dieron el empujoncito que necesitaba para dar el salto.

—Está plagado de tatuajes..., aunque al menos se ha quitado esos espantosos piercings. —Pone cara de asco.

—Tú tampoco eres perfecta, madre —le repito—. Las perlas que rodean tu cuello esconden tus cicatrices del mismo modo que los tatuajes de Hardin ocultan las suyas.

Mi madre me mira al instante y me doy cuenta de que mis palabras se repiten en su mente. Por fin ha sucedido. Por fin he conseguido que se abra al diálogo.

—Lamento lo que mi padre te hizo, de verdad, pero Hardin no es mi padre. —Vuelvo a sentarme a su lado y me aventuro a colocar la mano sobre la suya. Siento su piel fría bajo mi palma pero, para mi sorpresa, no la quita—. Y yo no soy tú —añado con toda la delicadeza posible.

—Lo serás si no te alejas de él todo lo posible.

Aparto la mano e inspiro hondo para mantener la calma.

—No tienes por qué aprobar mi relación, pero tienes que respetarla. Si no puedes hacerlo —digo esforzándome por mantener la seguridad en mí misma—, entonces tú y yo jamás podremos tener una relación.

Sacude lentamente la cabeza de un lado a otro. Sé que estaba esperando que cediera, que aceptara que lo mío con Hardin no funcionará. Pero se equivocaba.

—No puedes darme esa clase de ultimátum —dice.

—Claro que puedo. Necesito todo el apoyo posible, y estoy agotada de enfrentarme al mundo entero.

—Si tienes la sensación de que estás luchando sola, tal vez sea el momento de cambiarte de bando —replica mirándome con una ceja acusatoria levantada.

Yo vuelvo a defender mi terreno.

—No estoy luchando sola. Deja de hacer eso. Basta —silbo entre dientes.

Hago todo lo posible por mostrarme paciente con ella, pero ya me estoy hartando.

—Nunca me va a gustar —dice mi madre, y sé que lo dice de verdad.

—No tiene por qué gustarte —replico—, pero no quiero que contagies de tu sentimiento a nadie más, y eso incluye a mi padre. No tenías ningún derecho a contarle lo de la apuesta.

—Tu padre tenía que saber lo que provocó.

¡No lo entiende! Sigue sin entender nada. La cabeza me va a estallar de un momento a otro. Siento cómo la presión se acumula en mi cuello.

—Hardin se está esforzando al máximo por mí, pero hasta ahora nunca había conocido nada mejor —le digo.

Ella no dice nada, ni siquiera me mira.

—¿Se acabó, entonces? ¿Vas a elegir la segunda opción? —le pregunto.

Mi madre me mira en silencio, cavilando tras sus párpados pesados. Se ha quedado sin color en las mejillas, excepto por el rubor rosado que se ha aplicado en los pómulos antes de llegar.

—Intentaré respetar tu relación. Lo intentaré —masculla por fin.

—Gracias —digo, pero la verdad es que no sé qué pensar de esta... tregua con mi madre.

No soy tan ingenua como para creer en lo que me ha prometido hasta que no me lo demuestre, pero es agradable sentir cómo me quito una de las pesadas losas de encima.

—¿Qué vas a hacer respecto a tu padre? —Ambas nos quedamos de pie; ella me saca una cabeza con sus tacones de diez centímetros.

—No lo sé. —He estado demasiado distraída con el tema de Hardin como para centrarme en mi padre.

—Deberías decirle que se vaya; no tiene nada qué hacer aquí, nublándote la mente y llenándotela de mentiras.

—Él no ha hecho tal cosa —le espeto.

Cada vez que pienso que hemos avanzado algo, utiliza su tacón afilado para golpearme de nuevo.

—¡Claro que sí! ¡Se presentan extraños en casa para pedirle el dinero que les debe! Hardin me lo contó.

¿Por qué lo habrá hecho? Entiendo que esté preocupado, pero mi madre no ha ayudado ni un ápice en esta situación.

—No voy a correrlo —digo—. Esta no es mi casa, y no tiene ningún otro sitio adonde ir.

Mi madre cierra los ojos y sacude la cabeza por enésima vez en los últimos veinte minutos.

—Tienes que dejar de intentar arreglar a la gente, Theresa. Te pasarás la vida entera haciéndolo y después ya no te quedará nada de ti misma, incluso si consigues cambiarlos.

—¿Tessa? —La voz de Hardin me llama entonces desde el pasillo. Abre la puerta antes de que me dé tiempo a responder y sus ojos inspeccionan mi rostro al instante en busca de aflicción.

—¿Estás bien? —pregunta, pasando rotundamente por alto la presencia de mi madre.

—Sí. —Gravito hacia él, pero evito abrazarlo, por respeto a mi madre.

La pobre mujer acaba de revivir veinte años de recuerdos.

—Yo ya me voy. —Mi madre se alisa el vestido, se detiene en el dobladillo y vuelve a repetir la acción con el ceño fruncido.

—Bien —responde Hardin bruscamente buscando protegerme.

Le ruego con la mirada que se calle. Pone los ojos en blanco pero no dice ni una palabra más mientras mi madre pasa por nuestro lado y se aleja por el pasillo. El insoportable sonido de sus tacones acaba por provocarme la migraña que ya llevaba rato amenazando con presentarse.

Tomo a Hardin de la mano y la sigo en silencio. Mi padre intenta hablar con mi madre, pero ella se lo impide.

—¿No te has puesto abrigo? —le pregunta inesperadamente.

Ella se queda tan pasmada como yo. Farfulla que no y se vuelve hacia mí.

—Te llamaré mañana... ¿Contestarás esta vez? —Es una pregunta en lugar de una orden, lo cual ya es una especie de progreso.

—Sí —asiento.

No dice adiós. Sabía que no lo haría.

—¡Esa mujer me saca de mis casillas! —grita mi padre cuando la puerta se cierra, agitando las manos en el aire con exasperación.

—Nos vamos a la cama. Si alguien más llama a esa maldita puerta, no abras —refunfuña Hardin, y me guía de regreso al cuarto.

Estoy más que agotada. Apenas puedo mantenerme en pie.

—¿Qué te dijo? —me pregunta Hardin.

Se quita la sudadera y me la lanza. Detecto una ligera inseguridad mientras espera a que la recoja del suelo. A pesar de la grasa de la mantequilla y de las manchas de sangre en la tela negra, me quito la camiseta y el brasier y me la pongo. Inhalo su familiar esencia y el aroma ayuda a calmar mis nervios.

—Más de lo que me ha dicho en toda mi vida —admito. Sigo sin dejar de darle vueltas a la cabeza.

—¿Hizo que cambiaras de idea? —Me mira con pánico en los ojos.

Tengo la sensación de que mi padre debe de haber tenido una plática parecida con él, y me pregunto si le guarda el mismo rencor a mi madre que ella a él, o si admite que es el responsable de que sus vidas sean tan desgraciadas ahora.

—No. —Me quito los pantalones holgados y los coloco sobre la silla.

—¿Estás segura? ¿No te preocupa que repitamos su...? —empieza Hardin.

—No lo estamos haciendo. No tenemos nada que ver con ellos. —Lo detengo, no quiero que nadie más se meta en su cabeza, esta noche no.

Hardin no parece muy convencido, pero me obligo a no obsesionarme con eso ahora.

—¿Qué quieres que haga respecto a tu padre? ¿Lo corro? —me pregunta.

Se sienta en la cama y apoya la espalda contra la cabecera mientras yo recojo sus pantalones y sus calcetines sucios del suelo. Levanta los brazos y se los coloca detrás de la cabeza, mostrando perfectamente su cuerpo tatuado y tonificado.

—No, no lo corras, por favor.

Me meto en la cama y él me coloca sobre su regazo.

—No lo haré —me asegura—. Al menos, no esta noche.

Lo miro esperando encontrar una sonrisa, pero no la veo.

—Estoy muy confundida —gruño contra su pecho.

—Puedo ayudarte con eso. —Eleva la pelvis y me obliga a inclinarme hacia adelante y a apoyar las palmas en su torso desnudo.

Pongo los ojos en blanco.

—Cómo no. Si tu única herramienta es un martillo, todos los problemas te parecen clavos.

Sonríe con malicia.

—¿Me estás diciendo que quieres que te martillee?

Antes de que proteste por su chiste malo, me toma la barbilla entre sus largos dedos destrozados y me sorprendo a mí misma meneando las caderas y frotándome contra él. Ni siquiera pienso en que tengo la regla, y sé que a Hardin no le importa.

—Necesitas dormir, nena. No estaría bien que te cogiera ahora —dice con voz suave.

Pongo carita de pena.

—No, no estaría bien —digo, y deslizo las manos hacia su vientre.

—No, de eso nada. —Me detiene.

Necesito distraerme, y Hardin es perfecto para eso.

—Has empezado tú —protesto. Parezco desesperada, pero es que lo estoy.

—Lo sé, y lo siento. Te cogeré en el coche mañana. —Desliza los dedos por debajo de la sudadera y empieza a dibujar figuras en mi espalda desnuda—. Y, si te portas bien, puede que te tumbe sobre el escritorio de casa de mi padre, como a ti te gusta —me dice al oído.

Mi respiración se acelera y le doy una palmadita de broma. Se ríe. Su risa me distrae casi tanto como lo haría el sexo. Casi.

—Además, no queremos montar un espectáculo aquí esta noche, ¿verdad? Con tu padre ahí afuera... Probablemente vería la sangre de tu regla en las sábanas y pensaría que te he matado. —Intenta contener la risa.

—No empieces con eso —le advierto.

Sus terribles bromas sobre la regla no son bien recibidas en este momento.

—Vamos, nena, no seas así. —Me pellizca una nalga y yo lanzo un gritito y me deslizo más contra su regazo—. *Fluye.* —Sonríe.

—Esa ya la has usado —digo sonriéndole también.

—Bueno, discúlpame por no ser muy original. Es que me gusta reciclar mis chistes una vez al mes.

Gruño e intento hacerlo rodar, pero él me detiene y entierra su boca en mi cuello.

—Eres asqueroso —digo.

—No, sólo soy un desastre *en toda regla.* —Se ríe y pega los labios a los míos.

Pongo los ojos en blanco.

—Hablando de desastres... Deja que te vea la mano. —Echo la mía atrás y agarro suavemente la suya por la muñeca. Su dedo medio se ha llevado la peor parte. Tiene un buen corte de nudillo a nudillo—. Deberías ir a que te lo miraran si no empieza a cicatrizar mañana.

—Estoy bien.

—Y este también —añado pasando la yema del dedo índice por encima de la piel destrozada de su dedo anular.

—No te preocupes tanto, nena. Duérmete —refunfuña.

Asiento y me quedo dormida oyendo sus protestas porque mi padre ha vuelto a comerse sus frosties de Kellogg's.

CAPÍTULO 125

Tessa

Paso unas dos horas acostada en la cama, esperando impacientemente a que Hardin se despierte, hasta que por fin me rindo y me levanto. Para cuando estoy bañada y totalmente vestida, la cocina está limpia y ya me he tomado dos ibuprofenos para librarme de los calambres y de mi monumental dolor de cabeza. Regreso al cuarto para despertarlo yo misma.

Le zarandeo suavemente el brazo y susurro su nombre, pero no funciona.

—Despierta, Hardin —digo mientras lo agarro con fuerza del hombro, y retrocedo cuando la visión de mi madre arrancando el cuerpo adormecido de mi padre del sillón aparece en mi mente.

Durante toda la mañana he estado evitando pensar en mi madre y en la devastadora lección de historia que aprendí anoche. Mi padre aún duerme; imagino que su breve visita también lo ha dejado agotado a él.

—No —murmura Hardin en sueños.

—Si no te levantas, me iré sola a casa de tu padre —lo amenazo deslizando los pies en mis Toms.

Tengo un montón de zapatos de esta marca, pero siempre acabo llevando las caladas de color tostado. Hardin las llama *sandalias horrorosas*, pero lo cierto es que a mí me encantan los zapatos cómodos.

Hardin gime, rueda sobre su estómago y se alza sobre los codos. Aún tiene los ojos cerrados cuando vuelve la cabeza hacia mí.

—No, no lo harás.

Sabía que no le gustaría la idea, y esa es precisamente la razón por la que la he usado para sacarlo de la cama.

—Entonces levántate. Yo ya me bañé y todo —lloriqueo.

Estoy deseando llegar a casa de Landon y verlo a él, a Ken y a Karen de nuevo. Parece como si hiciera años desde la última vez que vi a esa dulce mujer que lleva un delantal con fresas estampadas que casi nunca se quita.

—Carajo. —Hardin hace un puchero y abre los ojos.

Sofoco una risita ante su expresión perezosa. Yo también estoy cansada, mental y físicamente exhausta, pero la idea de salir de este departamento me parece genial.

—Primero ven aquí —dice abriendo los ojos y alargando una mano hacia mí.

En el momento en que me acuesto a su lado, él rueda para atraparme bajo su cuerpo, cubriéndome con su calor. Se restriega contra mí a propósito, moviendo las caderas hasta que queda perfectamente encajado entre mis muslos, con su erección matutina presionando como una tortura contra mí.

—Buenos días. —Ahora está totalmente despierto y no puedo evitar reírme.

Sin prisa, mueve las caderas en círculo, y esta vez trato de liberarme. Se une a mi risa, pero enseguida me silencia cubriendo mi boca con la suya. Su lengua juega con la mía, acariciándola suavemente, enviando señales completamente opuestas a los bruscos movimientos que hacen sus caderas.

—¿Llevas un tampón? —me susurra, aún besándome. Sus manos han subido hasta mis pechos y mi corazón late tan rápido que casi no puedo oír su voz somnolienta.

—Sí —admito, sólo medio encogiéndome ante el horrible término al que he llegado a acostumbrarme.

Él se aparta un poco; sus ojos recorren mi cara despacio mientras su lengua asoma levemente para lamerse el labio inferior.

Desde el final del pasillo nos llega el ruido de los cajones de la cocina abriéndose y cerrándose, seguido de un sonoro eructo, y después el estruendo de un sartén que golpea el suelo.

Hardin pone los ojos en blanco.

—Qué chingadera. —Me mira fijamente—. Bueno, tenía planeado cogerte antes de irnos, pero ahora que el señor Rayo de Sol ya está despierto...

Se retira de encima de mí y se levanta, llevándose la cobija consigo.

—Me bañaré rápido —dice mientras se dirige hacia la puerta con el ceño fruncido.

Hardin regresa en menos de cinco minutos, justo cuando estoy remetiendo las esquinas de la sábana de abajo. La única prenda que lleva encima es una toalla blanca anudada alrededor de la cintura. Me obligo a apartar los ojos de su increíble cuerpo tatuado y a dirigirlos hacia su cara mientras él camina hasta el ropero y saca su típica camiseta negra. Tras pasársela por la cabeza, se pone un bóxer.

—Lo de anoche fue un maldito desastre —dice. Tiene los ojos fijos en sus manos destrozadas mientras se abotona los pantalones.

—Sí —suspiro, tratando de evitar cualquier conversación sobre mis padres.

—Vámonos.

Agarra las llaves y el celular de encima de la cómoda y se los mete en los bolsillos. Se aparta el cabello mojado de la frente y abre la puerta del cuarto.

—¿Y bien...? —pregunta impaciente cuando no me apresuro a cumplir su orden. ¿Qué ha pasado con el Hardin juguetón de hace apenas unos minutos? Si su mal humor persiste, sospecho que hoy será tan mal día como ayer.

Sin decir una palabra, lo sigo a través de la puerta y pasillo abajo. La puerta del baño está cerrada y oigo correr el agua. No se me antoja esperar a que mi padre salga del baño, pero tampoco quiero irme sin decirle adónde vamos y asegurarme de que no necesita nada. «¿Qué hace en este departamento mientras está solo? ¿Se pasa el día pensando en drogas? ¿Invita a gente a venir?»

Sacudo el segundo pensamiento de mi cabeza. Hardin se enteraría en caso de que trajera malas compañías, y estoy segurísima de que mi padre no seguiría aquí si fuera así.

Hardin permanece en silencio durante el trayecto hasta la casa de Ken y Karen. Lo único que me asegura que hoy no va a ser un asco es la mano que mantiene sobre mi muslo mientras se concentra en la carretera.

Como siempre, cuando llegamos ni siquiera llama a la puerta antes de entrar. El dulce aroma a miel de maple llena la casa, y seguimos el olor hasta la cocina. Karen está de pie junto al horno con una espátula en la mano mientras agita la otra en el aire a media conversación. Una chica desconocida está sentada frente a la isleta. Su largo cabello castaño es lo único que veo hasta que hace girar el taburete cuando Karen dirige la atención hacia nosotros.

—¡Tessa, Hardin! —Karen casi grita de alegría mientras deposita con cuidado la espátula en la barra y corre a rodearme con los brazos—. ¡Cuánto tiempo! —exclama, manteniéndome a casi un metro de distancia para mirarme y luego volviendo a abrazarme. Su cálida bienvenida es exactamente lo que necesito después de lo de anoche.

—Sólo han pasado tres semanas, Karen —señala Hardin con brusquedad.

La sonrisa de ella decae un poco, y se coloca un mechón de cabello tras la oreja.

Echo una ojeada alrededor reparando en todos los pasteles que hay por la cocina.

—¿Qué estás haciendo? —pregunto para distraerla de la pésima actitud de su hijastro.

—Galletas de arce, pastelillos de arce, cuadraditos de arce y magdalenas de arce —dice mostrándomelo todo mientras Hardin se retira a un rincón con el ceño fruncido.

Lo ignoro y miro de nuevo a la chica, sin saber cómo presentarme.

—¡Oh! —Karen lo nota—. Lo siento, debería haberlas presentado desde el principio. —La señala y añade—: Esta es Sophia; sus padres viven al final de la calle.

Sophia sonríe y me da la mano.

—Encantada de conocerte —dice con una sonrisa. Es hermosa, extremadamente hermosa. Sus ojos son brillantes, y su sonrisa, cálida; es mayor que yo, pero no puede tener más de veinticinco.

—Soy Tessa, una amiga de Landon —digo.

Hardin tose detrás de mí, evidentemente molesto por mi elección de palabras. Imagino que Sophia conoce a Landon, y como Hardin y yo estamos..., bueno, esta mañana parece más sencillo presentarme simplemente así.

—Aún no he podido conocer a Landon —dice Sophia. Su voz es baja y dulce, y de inmediato me gusta.

—¡Oh! —Había dado por sentado que se conocían, dado que su familia vive al final de la calle.

—Sophia acaba de graduarse en el Instituto Culinario de América, en Nueva York —presume Karen por ella, y Sophia sonríe. No la culpo; si me acabara de graduar en la mejor escuela de cocina del país, yo también dejaría que la gente alardeara de mí. Eso si no lo estuviera haciendo yo misma, claro.

—Vine a visitar a mi familia y me encontré a Karen comprando miel. —Sonríe al contemplar el gran despliegue de panes con sabor a miel.

—Oh, este es Hardin —digo para incluir a mi taciturno hombre del fondo.

Ella le sonríe.

—Encantada de conocerte.

Él ni siquiera mira a la pobre chica, simplemente murmura:

—Ajá.

Me encojo de hombros ante Sophia, le dedico una sonrisa de simpatía para compensar y después me vuelvo hacia Karen.

—¿Dónde está Landon?

Sus ojos van de Hardin a mí antes de contestar:

—Está... arriba. No se encuentra muy bien.

El estómago me da un vuelco; algo va mal con mi mejor amigo, lo sé.

—Voy arriba —dice Hardin disponiéndose a salir de la cocina.

—Espera, iré yo —me ofrezco. Si algo le ocurre a Landon, lo último que necesita es a Hardin metiéndose con él.

—No. —Hardin sacude la cabeza—. Voy yo. Come unos pasteles de miel o algo —murmura, y sube la escalera de dos en dos sin darme tiempo a discutir.

Karen y Sophia lo observan.

—Hardin es hijo de Ken —explica su madrastra. A pesar de su comportamiento de hoy, Karen aún sonríe orgullosa al mencionar su nombre.

Sophia asiente comprensiva.

—Es encantador —miente, y las tres rompemos a reír.

CAPÍTULO 126

Hardin

Por suerte para los dos, Landon no se la está chaqueteando cuando abro la puerta de su habitación. Como había imaginado, está sentado contra la pared en el sillón reclinable, con un libro de texto en la mano.

—¿Qué haces aquí? —pregunta con voz ronca.

—Ya sabías que iba a venir —replico tomándome la libertad de sentarme en su cama.

—Me refiero a mi habitación —me aclara.

Decido no contestar a eso. En realidad no sé qué hago en su habitación, pero lo que está claro es que no quería seguir abajo con esas tres mujeres obsesionándose las unas con las otras.

—Das pena —le digo.

—Gracias —responde, y vuelve a mirar su libro de texto.

—¿Qué te pasa? ¿Qué haces aquí arriba lloriqueando por los rincones? —Miro a su normalmente impoluta habitación y descubro que está algo desordenada. Limpia para mis estándares, pero no para los de Landon y Tessa.

—No estoy lloriqueando.

—Si pasa algo, puedes contármelo. Soy muy bueno para consolar a los demás y eso —digo esperando que el humor ayude un poco.

Él cierra el libro de golpe y me mira fijamente.

—¿Por qué debería contarte nada? ¿Para que puedas reírte de mí?

—No, no lo haré —le aseguro.

Probablemente lo haría. De hecho, he estado esperando que me dijera alguna tontería acerca de haber sacado una mala calificación para desquitar mis frustraciones con él, pero ahora que lo tengo enfrente, con esa cara de perro apaleado, meterme con él ya no se me antoja tanto como antes.

—Tú dímelo. A lo mejor puedo ayudar —me ofrezco.

No tengo ni maldita idea de por qué he dicho eso. Ambos sabemos que soy pésimo para ayudar a los demás. Mira qué pinche desastre acabó siendo lo de anoche. Las palabras de Richard me han estado carcomiendo toda la mañana.

—¿Ayudarme? —Landon me mira boquiabierto, obviamente sorprendido por mi oferta.

—Oh, vamos, no me obligues a sacártelo a golpes —digo. Me acuesto en su cama y examino las aspas del ventilador del techo, deseando que fuera ya verano para sentir el aire frío desde arriba.

Oigo su leve risa y el sonido del libro cuando lo deja en el escritorio a su lado.

—Dakota y yo hemos terminado —admite dócilmente.

Me incorporo de golpe.

—¿Qué? —Eso era lo último que habría imaginado que lo oiría decir.

—Sí, intentamos hacer que funcionara, pero... —Frunce el ceño y los ojos se le empañan.

Si se pone a llorar, me largo montando madres.

—Oh... —digo, y miro hacia otro lado.

—Creo que hace tiempo que ella ya quería cortar.

Lo miro de nuevo, tratando de no fijarme demasiado en su expresión triste. Realmente es como un cachorrito, especialmente ahora. Nunca me han gustado los cachorros, pero este... De pronto siento odio hacia la chica del cabello chino.

—¿Por qué crees eso? —pregunto.

Él se encoge de hombros.

—No sé. No es que me soltara de golpe que quería terminar..., es sólo que... ha estado muy ocupada últimamente y nunca me devuelve las llamadas. Es como si, cuanto más se acercara el momento de irme a Nueva York, más distante se volviera.

—Probablemente se esté cogiendo a otro —suelto a bocajarro, y él se encoge.

—¡No! Ella no es así —dice en su defensa.

Probablemente no debería haberlo dicho.

—Lo siento. —Me encojo de hombros.

—Ella no es de ese tipo de chicas —señala.

Tampoco lo era Tessa, pero la tuve retorciéndose y gimiendo mi nombre mientras aún estaba saliendo con Noah..., aunque me guardo ese hecho para mí por el bien de todo el mundo.

—Está bien —acepto.

—Llevo saliendo con Dakota tanto tiempo que no puedo recordar cómo era la vida antes de ella. —Lo dice en voz tan baja y apenada que se me contrae el pecho. Es un sentimiento raro.

—Sé a qué te refieres —le digo.

La vida antes de Tessa no era nada, sólo ebrios recuerdos y oscuridad, y eso es exactamente lo que sería la vida si nosotros la dejáramos.

—Pues sí, pero al menos tú no tendrás que averiguar cómo se vive «después».

—¿Qué te hace estar tan seguro? —pregunto. Sé que me estoy apartando del tema de su ruptura, pero debo saber la respuesta.

—No puedo imaginar nada que pueda separarlos..., nada lo ha conseguido hasta ahora —contesta Landon como si fuese la respuesta más obvia del mundo. Tal vez lo sea para él; sin embargo, desearía que fuera tan obvio para mí.

—Y ¿ahora qué? ¿Aún piensas ir a Nueva York? Se supone que te vas... ¿cuándo? ¿Dentro de dos semanas?

—Sí, y no lo sé. He trabajado tan duro para poder entrar en la NYU..., y además ya me inscribí en las clases de verano y todo. Sería una lástima no ir después de tanto sacrificio, pero al mismo tiempo ahora no parece tener ningún sentido que vaya. —Sus dedos trazan círculos en sus sienes—. No sé qué hacer.

—No deberías ir —digo—. Sería muy incómodo.

—Es una ciudad muy grande, nunca nos cruzaríamos. Además, aún somos amigos.

—Claro, todo el cuento de «ser amigos» —replico, y no puedo evitar poner los ojos en blanco—. ¿Por qué no se lo has contado a Tessa? —le pregunto. Seguro que la va a pasar muy mal por él.

—Tess ya... —comienza.

—Tess-a —lo corrijo.

—... tiene suficiente con lo suyo. No quiero que encima se preocupe por mí.

—No quieres que se lo cuente, ¿verdad? —apunto. Por su expresión de culpabilidad, deduzco que no.

—Sólo por ahora, hasta que ella tenga un respiro. Últimamente está tan estresada..., y temo que uno de estos días algo la lleve al límite.

Su preocupación por mi chica es fuerte, y ligeramente irritante, pero decido aceptar y cerrar la boca.

—Me va a matar por esto, y lo sabes —gimo, aunque lo cierto es que yo tampoco quiero contárselo. Landon tiene razón: Tessa ya tiene bastantes preocupaciones, y yo soy el culpable del noventa por ciento de ellas.

—Hay más... —dice él entonces.

Claro que lo hay.

—Es mi madre, ella... —empieza a decir, pero un ligero golpe en la puerta lo silencia.

—¿Landon? ¿Hardin? —llama la voz de Tessa al otro lado de la puerta.

—Entra —la invita Landon, mirándome con ojos suplicantes para reafirmar la promesa de mantener en secreto su ruptura.

Sí, oí lo tranquilizo mientras la puerta se abre y Tessa entra trayendo un plato y el espeso olor a miel consigo.

—Karen quiere que prueben esto. —Deja el plato en el escritorio y me mira, para después volverse de inmediato hacia Landon con una sonrisa—. Prueba los cuadraditos de arce primero. Sophia nos ha enseñado a glasearlos correctamente... Mira las florecitas que llevan. —Su meñique apunta a los pegotes de glaseado apilados sobre la corteza café—. Nos ha enseñado a hacerlas. Es tan linda...

—¿Quién? —pregunta Landon alzando una ceja.

—Sophia; acaba de irse de vuelta a casa de sus padres al final de la calle. Tu madre se ha vuelto loca sacándole un montón de trucos de horneado. —Tessa sonríe y se lleva un cuadradito a la boca.

Sabía que le gustaría esa chica. Lo supe en el momento en que las tres han comenzado a lanzarse grititos la una a la otra en la cocina. Por esto he tenido que largarme.

—Oh. —Landon se encoge de hombros y se sirve un cuadradito.

Tessa sostiene el plato con aprensión ante mí y yo niego con la cabeza, rechazándolo. Sus hombros caen un poco pero no dice nada.

—Tomaré un cuadradito —murmuro esperando que su ceño desaparezca. Me he comportado como un cabrón toda la mañana. Ella se anima y me alcanza uno. Lo que ella llama *flores* parecen mocos amarillos—. Seguro que tú has glaseado este —me burlo, jalándola de su muñeca para sentarla en mis piernas.

—¡Este era de práctica! —se defiende alzando la barbilla en actitud desafiante. Me doy cuenta de que mi repentino cambio de humor la ha confundido. A mí también.

—Claro, nena. —Sonrío, y ella restriega un trozo de glaseado amarillo por mi camiseta.

—No soy ningún chef, ¿sí? —dice con un puchero.

Observo a Landon, que tiene la boca llena de pastelillos mientras mira al suelo. Paso el dedo por mi camiseta para quitar el glaseado y, antes de que Tessa pueda detenerme, se lo restriego por la nariz, extendiéndole toda la horrible pasta amarilla por encima.

—¡Hardin! —Trata de limpiarse, pero le agarro las manos con las mías y los dulces caen al suelo.

—¡Por favor, chicos! —Landon sacude la cabeza—. ¡Mi habitación ya está hecha una pocilga!

Ignorándolo, decido lamer el glaseado de la nariz de Tessa.

—¡Te ayudaré a limpiar! —se ríe ella mientras le paso la lengua por el cachete.

—¿Sabes? Extraño aquellos días cuando ni siquiera la hubieras tomado de la mano delante de mí —protesta Landon. Se agacha para recoger los cuadraditos partidos y los pastelillos aplastados del suelo.

Yo, desde luego, no los extraño, y espero que Tessa tampoco.

—¿Te gustaron los cuadraditos de arce, Hardin? —pregunta Karen mientras saca un jamón cocido del horno y lo coloca sobre la tabla de cortar.

—Estaban bien —digo encogiéndome de hombros mientras me siento a la mesa. Tessa me lanza una mirada desde la silla de al lado y yo puntualizo—: Estaban muy ricos —y me gano una sonrisa de mi chica. Por fin he empezado a captar que las pequeñas cosas la hacen sonreír. Es raro, pero funciona, así que seguiré haciéndolo.

Mi padre se vuelve hacia mí.

—¿Cómo va el tema de tu graduación? —Alza el vaso de agua y le da un trago. Tiene mucho mejor aspecto que cuando lo vi en su oficina el otro día.

—Bien, ya acabé. No voy a ir a la ceremonia, ¿recuerdas? —Sé que lo recuerda, sólo espera que haya cambiado de idea.

—¿Qué quieres decir con que no irás a la ceremonia? —interrumpe Tessa, lo que provoca que Karen deje de cortar el jamón y nos mire.

«Carajo.»

—Que no voy a ir a la ceremonia de graduación. Me enviarán el diploma por correo —contesto con sequedad. Esto no se va a convertir en un acorrala-a-Hardin-y-hazlo-cambiar-de-opinión.

—¿Por qué no? —pregunta Tessa, lo que hace que mi padre parezca complacido. El muy cabrón lo había planeado todo, lo sé.

—Porque no quiero —replico. Miro a Landon en busca de ayuda, pero él evita mi mirada. A la chingada la complicidad de antes; está claro que es parte del Equipo Tessa—. No me presiones ahora, no voy a la ceremonia y no voy a cambiar de idea —le aviso, en voz lo suficientemente alta como para que todo el mundo lo oiga y no haya duda de lo definitivo de mi decisión.

—Hablaremos de eso más tarde —me amenaza ella con las mejillas sonrojadas.

«Claro, Tessa, seguro.»

Karen se acerca con el jamón en una bandeja de servir, bastante orgullosa de su creación. Supongo que tiene razones para ello; debo admitir que huele muy bien. Me pregunto si habrá encontrado una forma de usar la miel también en esto.

—Tu madre dijo que has decidido ir a Inglaterra —comenta mi padre. No parece incómodo hablando del tema delante de Karen. Supongo que llevan juntos lo suficiente como para que no les resulte raro hablar de mi madre.

—Sí —contesto con monosílabos, y tomo un trozo de jamón en señal de que se ha acabado el tema para mí.

—¿Tú también irás, Tessa? —le pregunta.

—Sí, tengo que acabar de sacar el pasaporte, pero iré.

La sonrisa en su cara hace desaparecer mi enojo en segundos.

—Será una experiencia increíble para ti; recuerdo que me contaste lo mucho que te gustaba Inglaterra. Aunque odio tener que ser yo el que te desilusione: el nuevo Londres no se parece mucho al de tus novelas. —Le sonríe y ella ríe.

—Gracias por el aviso, soy consciente de que la niebla del Londres de Dickens era, de hecho, humo.

Tessa encaja tan bien con mi padre y su nueva familia..., mejor que yo. Si no fuera por ella, no estaría hablando con ninguno de ellos.

—Pídele a Hardin que te lleve a Chawton, está a menos de dos horas de Hampstead, donde vive Trish —sugiere mi padre.

«Ya tenía planeado llevarla, muchas gracias.»

—Eso sería fantástico. —Tessa se vuelve hacia mí, su mano se mueve bajo la mesa y me aprieta el muslo. Sé que quiere que sea un buen chico durante la cena, pero mi padre está poniéndomelo difícil—. He oído hablar mucho de Hampstead —añade ella.

—Ha cambiado mucho a lo largo de los años. Ya no es el pequeño y tranquilo pueblo que era cuando yo vivía allí. Los precios del mercado inmobiliario se han disparado —explica mi padre, como si a ella le importara un comino el mercado inmobiliario de mi pueblo natal—. Hay un montón de sitios que ver. ¿Cuánto tiempo se quedarán? —pregunta entonces.

—Tres días —contesta Tessa por los dos. No tengo planeado llevarla a ningún sitio excepto a Chawton. Pienso mantenerla encerrada durante todo el fin de semana para que ninguno de mis fantasmas pueda alcanzarla.

—Estaba pensando... —dice mi padre llevándose la servilleta a los labios—. He hecho algunas llamadas esta mañana y he encontrado un sitio para tu padre muy bueno.

El tenedor de Tessa resbala de entre sus dedos y cae repicando sobre el plato. Landon, Karen y mi padre la miran, esperando a que hable.

—¿Qué? —rompo yo el silencio para que ella no tenga que hacerlo.

—He encontrado una buena clínica de tratamiento; ofrecen un programa de desintoxicación de tres meses...

Tessa solloza a mi lado. Es un sonido tan bajo que nadie más lo oye, pero resuena a través de todo mi cuerpo.

«¡¿Cómo se atreve a sacar esa chingadera frente a todo el mundo en mitad de la cena?!»

—... el mejor de Washington. Aunque podríamos mirar en cualquier otro sitio, si lo prefieres. —Habla en voz baja y no hay ni una sombra de censura en ella, pero las mejillas de Tessa se encienden de vergüenza y yo quiero arrancarle la maldita cabeza a mi padre aquí mismo.

—Este no es momento para venirle con toda esa chingadera —le advierto.

Tessa da un ligero respingo ante mi tono duro.

—Está bien, Hardin. —Sus ojos me suplican tranquilidad—. Sólo me ha tomado con la guardia baja —añade por educación.

—No, Tessa, no está bien. —Me vuelvo hacia Ken—: ¿Cómo sabías que su padre es un drogadicto, para empezar?

Tessa se encoge de nuevo; podría romper todos los platos de esta casa por haber sacado el tema.

—Landon y yo hablamos sobre ello anoche, y los dos pensamos que discutir un plan de rehabilitación con Tessa sería una buena idea. Para los adictos es muy duro recuperarse por sí mismos —explica.

—Y tú lo sabes mejor que nadie, ¿verdad? —escupo sin pensar.

Pero mis palabras no tienen el efecto deseado en mi padre, que simplemente deja pasar el comentario con una pequeña pausa. Cuando miro a su mujer, la tristeza es evidente en sus ojos.

—Sí, un alcohólico rehabilitado lo sabe bien —replica por fin mi padre.

—¿Cuánto cuesta? —le pregunto. Gano lo suficiente como para mantenernos a Tessa y a mí, pero ¿una rehabilitación? Eso vale un huevo.

—Yo lo pagaría —contesta mi padre con calma.

—Al carajo. —Intento levantarme de la mesa, pero Tessa me agarra del brazo con fuerza. Vuelvo a sentarme—. No vas a pagarlo tú.

—Hardin, estoy más que dispuesto a hacerlo.

—Tal vez deberían hablarlo en la otra habitación —sugiere Landon.

Lo que realmente quiere decir es «No hablen de ello delante de Tessa». Ella me suelta el brazo y mi padre se levanta al mismo tiempo que yo. Tessa no alza la vista del plato mientras entramos en la sala.

—Lo siento —oigo decir a Landon justo antes de aplastar a mi padre contra la pared. Me estoy enojando, estoy furioso..., puedo sentir cómo la ira va tomando el control.

Mi padre me empuja con más fuerza de la que esperaba.

—¡¿Por qué no podías hablar de esto conmigo antes de soltárselo en mitad de la maldita cena... delante de todos?! —le grito apretando los puños a ambos lados del cuerpo.

—Creía que Tessa debería tener algo que decir al respecto, y sabía que rechazarías mi oferta de pagarlo. —Su voz, al contrario que la mía, suena calmada.

Estoy furioso y me arde la sangre. Recuerdo las muchas veces que he abandonado las cenas familiares en casa de los Scott dando un portazo. Podría ser una maldita tradición.

—Tienes toda la razón al decir que lo rechazo. No hace falta que vayas echándonos en cara tu pinche dinero..., no lo necesitamos.

—Esa no es mi intención. Sólo quiero ayudarte de cualquier manera posible.

—Y ¿cómo va a ayudarme que envíes a su jodido padre a rehabilitación? —pregunto, aunque ya sé la respuesta.

Él suspira.

—Porque, si él se pone bien, entonces ella también estará bien. Y ella es la única forma que tengo de ayudarte. Yo lo sé y tú también lo sabes.

Dejo escapar el aire sin discutir siquiera con él porque sé que esta vez tiene razón. Sólo necesito unos minutos para calmarme y recapacitar.

CAPÍTULO 127

Tessa

Me siento aliviada cuando ni Hardin ni Ken regresan al comedor con la nariz sangrando o los ojos morados.

En el momento en que Ken se sienta de nuevo y se coloca la servilleta sobre las piernas, dice:

—Quiero pedirles disculpas por haber sacado este tema durante la cena. Ha estado totalmente fuera de lugar.

—No importa, de verdad. Aprecio mucho tu oferta —afirmo forzando una sonrisa. Es cierto que la aprecio, pero es demasiado para aceptarlo.

—Hablaremos de todo ello más tarde —murmura Hardin junto a mi oído.

Asiento y Karen se levanta a recoger la mesa. Yo casi ni he tocado mi plato. La sola mención de los... problemas de mi padre me ha quitado el hambre.

Hardin acerca su silla a la mía.

—Al menos come algo de postre.

Pero vuelvo a tener cólicos. El efecto del ibuprofeno ya ha pasado, y mi dolor de cabeza y los cólicos han vuelto con más fuerza.

—Lo intentaré —le aseguro.

Karen trae una bandeja llena de montones de panes de arce a la mesa y agarro un pastelillo. Hardin agarra un cuadradito y observa las perfectas flores de glaseado encima.

—Yo hice esas —miento.

Él me sonríe y sacude la cabeza.

—Ojalá no tuviéramos que irnos —digo cuando mira el reloj. Intento no pensar en el reloj al que tuvo que renunciar para pagar la deuda de mi padre con su traficante.

«¿Es la rehabilitación de verdad lo mejor para él? ¿Aceptaría el ofrecimiento siquiera?»

—Eres tú la que hizo las maletas y se mudó a Seattle —masculla Hardin.

—Me refiero a irnos de aquí, esta noche —le aclaro esperando que lo entienda.

—Oh, no... Yo no voy a quedarme aquí.

—Pero yo quiero —digo con un puchero.

—Tessa, nos vamos a casa..., a mi departamento, donde está tu padre.

Frunzo el ceño; es por eso por lo que no quiero ir allí. Necesito tiempo para pensar y respirar, y esta casa parece perfecta para ello, incluso pese a la mención de Ken sobre la rehabilitación durante la cena. Siempre ha sido una especie de santuario. Me encanta esta casa, y estar en el departamento ha sido una tortura desde que llegué el viernes.

—Bueno —digo mientras mordisqueo la orilla de mi pastelillo.

Por fin Hardin suspira, rindiéndose.

—Está bien, nos quedaremos.

Sabía que me saldría con la mía.

El resto de la cena transcurre sin tanta incomodidad como al principio. Landon está callado, demasiado, y pretendo preguntarle qué le pasa en cuanto acabe de ayudar a Karen a recoger la cocina.

—Extraño tenerte por aquí. —Karen cierra el lavaplatos y se vuelve hacia mí con un trapo entre las manos.

—Y yo extraño estar aquí —digo apoyándome en la barra.

—Me alegro de oírlo. Eres como una hija para mí, quiero que lo sepas. —Su labio inferior tiembla y sus ojos brillan bajo las intensas luces de la cocina.

—¿Estás bien? —le pregunto, y me acerco a esta mujer que tanto ha llegado a importarme.

—Sí —sonríe—. Lo siento, últimamente he estado de lo más emotiva.

Parece sacudírselo de encima y, en cuanto lo hace, vuelve a la normalidad brindándome una sonrisa tranquilizadora.

—¿Lista para irnos a la cama? —Hardin se nos une en la cocina, agarrando otro cuadradito de arce por el camino. Sabía que le gustaban más de lo que quiere confesar.

—Vamos, que estoy hecha un desastre. —Karen me abraza y me da un cariñoso beso en el cachete antes de que Hardin me rodee con un brazo, prácticamente sacándome de la cocina.

Suspiro mientras nos dirigimos a la escalera. Algo no está bien.

—Me preocupan Karen y Landon —digo.

—Están bien, seguro —contesta Hardin mientras me guía escaleras arriba y hasta su habitación. La puerta del cuarto de Landon está cerrada, y no se ve luz por debajo—. Está durmiendo.

Nada más entrar siento como si la habitación de Hardin me diera la bienvenida, desde la ventana panorámica hasta el nuevo escritorio y su silla, sustitutos de los que Hardin destruyó la última vez que estuvo aquí. Había estado en la casa después de eso, pero no había reparado en ello. Ahora que vuelvo a estar aquí, quiero fijarme en cada detalle.

—¿Qué? —La voz de Hardin me saca de mis pensamientos.

Miro a mi alrededor, y rememoro la primera vez que me quedé aquí con él.

—Estaba recordando, eso es todo —digo y me quito los zapatos.

Él sonríe.

—Recordando, ¿eh? —En un instante se saca la camiseta negra por la cabeza y me la lanza, hundiéndome aún más en mis recuerdos—. ¿Te importa compartirlo conmigo? —A continuación van los pantalones; se los baja rápidamente y los deja en el suelo como un charco de ropa.

—Bueno... —Admiro su torso tatuado perezosamente cuando levanta los brazos, estirando su largo cuerpo—. Estaba pensando en la primera vez que me quedé aquí contigo.

También fue la primera vez que Hardin se quedó a dormir aquí.

—¿En qué exactamente?

—En nada en específico. —Me encojo de hombros, desnudándome yo también frente a su atenta mirada. Doblo mis pantalones y mi blusa antes de ponerme su camiseta negra por la cabeza.

—Brasier fuera —dice Hardin levantando una ceja; su tono es severo, y sus ojos de un verde profundo.

Me quito el sostén y subo a la cama para acostarme a su lado.

—Ahora dime en qué estabas pensando.

Me acerca a él por la cintura y deja una mano sobre mi cadera cuando me tiene acurrucada contra su costado, tan cerca de su cuerpo como es posible. Las yemas de sus dedos recorren la cintura de mis calzones, enviando escalofríos por mi espalda que se extienden automáticamente por todo mi cuerpo.

—Estaba recordando cuando Landon me llamó aquella noche. —Alzo los ojos para estudiar su expresión—. Estabas destrozando toda la casa. —Frunzo el ceño ante el claro recuerdo de los aparadores rotos y los platos de porcelana hechos añicos y esparcidos por el suelo.

—Sí, eso hice —replica suavemente.

La mano que está usando para trazar círculos en mi espalda desnuda sube para tomar un mechón de mi cabello. Lo retuerce lentamente sin romper el contacto visual conmigo.

—Tenía miedo —admito—. No de ti, sino de lo que dirías.

Él frunce el ceño.

—Entonces confirmé tus temores, ¿no?

—Sí, supongo que sí —respondo—. Pero me compensaste por tus duras palabras.

Hardin se ríe, apartando finalmente los ojos de los míos.

—Sí, pero sólo para decirte más chingaderas al día siguiente.

Sé hacia dónde va esto. Intento sentarme, pero él apoya las manos en mis caderas y empuja para mantenerme quieta. Habla antes de que yo pueda hacerlo.

—Incluso entonces ya estaba enamorado de ti.

—¿En serio?

Él asiente, sujetándome aún más fuerte por la cadera.

—En serio.

—¿Cómo lo supiste? —pregunto en voz baja. Hardin ya había mencionado que aquella fue la noche en que supo que estaba enamorado de mí, pero nunca llegó a explicarse. Estoy deseando que lo haga ahora.

—Simplemente lo supe. Y, por cierto, sé lo que estás haciendo —sonríe.

—¿Ah, sí? —Coloco la palma de la mano sobre su estómago, cubriendo el centro de la mariposa nocturna que tiene tatuada ahí.

—Estás siendo una chismosa. —Se enrolla los mechones de mi cabello con los que ha estado enredando alrededor del puño y los jala, juguetón.

—Pensé que la que jalaba de los pelos aquí era yo. —Me río de mi comentario cursi y él me imita.

—Y lo eres. —Retira la mano durante un momento para agarrar mi mata de pelo rubio despeinado. Luego lo jala echando mi cabeza hacia atrás para forzarme a mirarlo—. Ha pasado tanto tiempo... —dice inclinando la cabeza y obligándome a sentarme derecha, y me pasa la nariz por la mandíbula y por mi cuello expuestos—. La he tenido dura desde tu pequeña provocación de esta mañana —susurra, mientras aprieta la prueba entre mis muslos.

El calor de su respiración sobre mi piel es casi insoportable. Me retuerzo bajo sus sucias palabras y su intensa mirada.

—Te vas a ocupar de esto, ¿verdad? —exige más que pregunta.

Jala de mi cabello arriba y abajo, forzándome a asentir con la cabeza. Quiero corregirlo y decirle que, de hecho, ha sido él quien me ha provocado por la mañana, pero me callo. Me gusta hacia dónde va esto. Sin una palabra, Hardin me suelta el cabello y la cadera y se alza sobre las rodillas. Sus manos están frías cuando retiran la tela de la camiseta, exponiendo mi estómago y mi torso desnudos. Sus dedos ansiosos alcanzan mis pechos, y su lengua se hunde en mi boca. Me enciendo de inmediato; todo el estrés de las últimas veinticuatro horas se desvanece y Hardin ocupa todos mis sentidos.

—Siéntate contra la cabecera —me indica después de quitarme la camiseta por completo. Hago lo que me dice, bajando mi cuerpo hasta que mis hombros descansan a medias sobre la enorme cabecera de color teja.

Hardin se baja el bóxer y alza primero una rodilla y luego la otra para quitárselo.

—Un poco más abajo, cariño.

Me reposiciono y él asiente en señal de aprobación. Entonces recorre la cama de rodillas y se coloca delante de mí. Mi lengua asoma entre mis labios, ansiosa por tocar su piel. Mi mandíbula se relaja y Hardin rodea su erección con una mano y observo con asombro cómo me la acerca a la boca mientras se la acaricia lentamente. Abro la boca aún más y el pulgar de Hardin se desliza por mi labio inferior, hundiéndose en mi boca sólo un segundo antes de que su dedo..., mmm..., sea reemplazado. Empuja dentro de mi boca lentamente, saboreando la sensación de cada centímetro de él deslizándose sobre mi lengua.

—Carajo —gruñe desde arriba.

Levanto la mirada para ver sus ojos clavados en mí. Con una mano se agarra a lo alto de la cabecera para mantener el equilibrio mientras empuja y se retira una y otra vez.

—Más —jadea, y le agarro el trasero con las manos, acercándolo aún más a mí.

Mi boca lo cubre y tomo pequeñas caladas de él, disfrutando de esto tanto como Hardin. Parece seda sobre mi lengua, y su rápida respiración y los gemidos con los que me nombra, diciéndome lo buena que soy para él, lo mucho que le gusta mi boca, hacen que mi cuerpo arda de pasión.

Sigue moviéndose dentro y fuera, dentro y fuera.

—Tan jodidamente bueno... Mírame —suplica.

Parpadeo al volver a mirarlo a la cara, fijándome en la forma en que sus cejas bajan, la forma en que se muerde el labio inferior, y la forma en que sus ojos me observan. Se hunde hasta el fondo de mi garganta repetidamente, y noto la forma en que los músculos de su estómago se expanden y se tensan, señalando lo que está a punto de ocurrir.

Como si pudiera leer mi mente, gime:

—Carajo, voy a venirme...

Sus movimientos se aceleran y son ahora más bruscos. Aprieto los muslos para liberar parte de la presión y chupo con más fuerza. Me sorprende cuando él se retira de mi boca y se viene sobre mi pecho desnudo. Gimiendo de nuevo mi nombre, se inclina hacia adelante exhausto, apoyando la frente contra la cabecera. Espero pacientemente a que recupere el aliento y a que vuelva a acostarse junto a mí.

Alarga la mano y, para mi gran horror, la restriega lentamente sobre el semen que hay en mi pecho. Luego observa, transfigurado durante un momento antes de que nuestros ojos se encuentren.

—Toda mía. —Sonríe sin vergüenza, dejando suaves besos sobre mis labios abiertos.

—Yo... —digo mirando mi pecho pegajoso.

—Te gustó. —Sonríe, y no puedo negarlo—. Te sienta bien. —Por la forma en que sus ojos se fijan en mi piel brillante, me doy cuenta de que lo cree de verdad.

—Eres un pervertido —es lo único que se me ocurre decir.

—¿En serio? Tú también. —Señala mi pecho y me agarra por las caderas para arrancarme de la cama.

Grito y Hardin me cubre la boca con una mano.

—Shhh..., no queremos tener público mientras te cojo sobre el escritorio, ¿verdad?

CAPÍTULO 128

Hardin

El aroma a café inunda mi nariz, y alargo una mano hacia Tessa sabiendo que está cerca de mí. Cuando mi búsqueda resulta inútil, abro los ojos para encontrar dos tazas de café sobre la cómoda y a Tessa preparando su bolsa.

—¿Qué hora es? —pregunto, y espero que me diga que aún es temprano.

—Casi mediodía —me responde.

Mierda, he dormido casi la mitad del día.

—Ya recogí todo y desayuné. La comida estará lista pronto —me informa con una sonrisa. Ya se ha bañado y se ha vestido. Lleva esos malditos pantalones otra vez, los ajustados.

Me obligo a salir de la cama e intento contenerme para no reclamarle por no despertarme antes.

—Genial —respondo, yendo a recoger mis pantalones del suelo..., aunque entonces veo que ya no están ahí.

—Toma. —Tessa me los da, bien doblados, por supuesto—. ¿Estás bien? —Debe de haber notado mi hostilidad.

—Estoy bien.

—Hardin —insiste. Sabía que lo haría.

—Estoy bien; el fin de semana ha acabado demasiado pronto, eso es todo.

Su sonrisa basta para derretir el hielo que se ha formado alrededor de mi humor.

—Es verdad —coincide.

Odio esta chingadera de vivir separados. La odio profundamente.

—Sólo tenemos que aguantar hasta el jueves —añade, intentando que la distancia parezca menos... distante.

—¿Qué preparó Karen para comer? —digo cambiando de tema—.
Espero que nada con miel de maple.

Se echa a reír.

—No, nada de miel.

Landon está sentado a la mesa, taciturno, cuando entro en el comedor al mismo tiempo que Karen, que lleva una bandeja de sándwiches.
Tessa se sienta junto a él y los observo mientras mi chica le pregunta si
se encuentra bien.

—Estoy bien, sólo me siento un poco fuera de combate —responde él.

Nunca creí que vería el día en que Landon le mentiría a Tessa.

—¿Estás seguro? Porque actúas de una forma tan...

—Tessa... —Él alarga una mano y juro que si se la pone encima...—.
Estoy bien —y sonríe, retirando la mano de la mesa. Me apresuro a
agarrarle las dos manos a Tess y a ponerlas sobre mis piernas, cubriéndolas con las mías.

La aburrida plática de sobremesa va y viene. Yo no participo, y
pronto llega la hora de llevar a Tessa de vuelta a Seattle. Una vez más
me doy cuenta de lo imbécil que soy por no haberme mudado allí desde el principio.

—Volveré a verte antes de que te vayas, ¿verdad? —Los ojos de Tessa se llenan de lágrimas cuando Landon la abraza a modo de despedida.
Miro hacia otro lado.

—Sí, claro. Tal vez vaya a verte una vez que regreses de visitar a la
reina —bromea él haciéndola reír.

Aprecio sus esfuerzos, especialmente porque seré yo con quien ella
se ponga como loca cuando descubra que Dakota y Landon han roto y
que se lo he ocultado.

Diez minutos más tarde, prácticamente arrastro el trasero de Tessa
fuera de la casa. Karen está más disgustada de lo que estaría cualquier
persona razonable, y le dice a Tessa que la quiere, lo que resulta jodidamente extraño.

—¿Crees que soy mala persona por sentirme más cómoda con tu
familia que con la mía? —me pregunta Tessa tras conducir quince minutos en silencio.

—Sí.

Me mira fijamente, lo que me hace poner los ojos en blanco ante su fingida furia.

—Nuestras dos familias están jodidas —le digo, y ella asiente, regresando a su silencio.

Cuanto más se acerca mi coche a Seattle, mayor es la corriente de ansiedad que inunda mi pecho. No quiero pasar toda la semana lejos de ella. Cuatro días alejado de Tessa son toda una vida.

En cuanto vuelva a casa, iré derecho al gimnasio.

CAPÍTULO 129

Tessa

El lunes por la mañana llego a mi revisión media hora antes y tomo asiento en una de las sillas industriales de color azul de la sala de espera, que por cierto, no puedo evitar notar que está casi llena, con niños llorando y mujeres tosiendo por todas partes. Trato de calmarme hojeando una revista, pero la única disponible es una para nuevos padres, llena de anuncios de pañales y consejos «revolucionarios» sobre cómo dar el pecho.

—¿Young? ¿Theresa Young? —Una mujer mayor alza los ojos de una carpeta y dice mi nombre.

Me pongo rápidamente en pie, esquivando a un bebé que gatea por el suelo con un camión de juguete en la mano. El camión rueda sobre mi zapato y él se ríe. Yo le sonrío y me gano una adorable sonrisa en respuesta.

—¿Cuánto tienes? —me pregunta una mujer, la madre del bebé, supongo. Sus ojos se posan en mi estómago e instintivamente pongo una mano en él.

Se me escapa una carcajada incómoda.

—¡Oh! Yo no...

—¡Lo siento! —Se sonroja—. He supuesto que..., no es que parezcas... Sólo he pensado... —El hecho de que ella esté tan incómoda como yo me hace sentir mejor. Preguntarle a una mujer cuántas semanas tiene nunca puede acabar bien, sobre todo si la mujer no está embarazada. Se echa a reír—. Bueno, ahora ya sabes, para futuras referencias cuando tú misma seas madre..., ¡que el filtro desaparece!

No permito a mi mente imaginarlo siquiera. No tengo tiempo para pensar en el futuro y en el hecho de que, si quiero una vida con Hardin, nunca seré madre. Nunca tendré un bebé adorable pasando un camión de juguete sobre mi zapato, o trepando hasta mis piernas. Me vuelvo para mirarlo por última vez.

Sonrío educadamente y me acerco a la enfermera, que inmediatamente me da un botecito e instrucciones para ir al baño al final del pasillo y completar la prueba de embarazo. A pesar de tener la regla, estoy muy nerviosa. Hardin y yo hemos sido muy descuidados últimamente, y lo último que necesito es un embarazo sorpresa. Eso lo llevaría al límite. Tener un bebé ahora también pondría patas arriba todo cuanto quiero hacer con mi vida.

Cuando le devuelvo el botecito lleno a la enfermera, ella me lleva a una habitación vacía y me pone alrededor del brazo el aparato para medir la presión.

—Descruza las piernas, cariño —me indica con dulzura, y hago lo que me dice.

Tras tomarme la temperatura, la mujer desaparece, y unos cinco minutos más tarde oigo un golpe en la puerta y un hombre de mediana edad con el cabello canoso y aspecto distinguido entra en la sala. Se quita unos gruesos lentes y me tiende una mano.

—Doctor West. Es un placer conocerte, Theresa —se presenta amablemente.

Yo esperaba una doctora, pero al menos este parece agradable. Aunque desearía que fuera menos atractivo; eso haría las cosas menos incómodas para mí en esta ya de por sí incómoda experiencia.

El doctor West me hace un montón de preguntas, la mayoría de las cuales son absolutamente horribles. Tengo que contarle que Hardin y yo hemos tenido sexo sin protección, en más de una ocasión, y me obligo a mí misma a no romper contacto visual con él mientras lo hago. A mitad de esta vergonzosa situación, la enfermera regresa y deja un papel sobre la mesa. El doctor West lo mira y yo contengo la respiración hasta que él habla.

—Bueno, no estás embarazada —me dice con una cálida sonrisa—. Así que ahora podemos empezar.

Y dejo escapar el aliento que no me había dado cuenta de que estaba reteniendo.

El doctor me explica muchas opciones, algunas de las cuales ni siquiera las había oído, antes de ponerme la inyección.

—Primero debo llevar a cabo un sencillo examen pélvico. ¿Te parece bien?

Asiento y me trago los nervios. No sé por qué me siento tan incómoda. Es sólo un doctor, y yo soy una mujer adulta. Debería haber pedido cita para cuando ya no tuviera la regla. Ni siquiera pensé que me harían una revisión cuando la pedí. Sólo quería quitarme de encima a Hardin.

—Casi hemos acabado —anuncia el doctor West. El examen ha sido rápido y ni de cerca tan incómodo como creí que sería, lo que es una bendición.

De pronto, una profunda línea se forma en su frente.

—¿Te habían hecho antes un examen pélvico?

—No, creo que no —contesto en voz baja.

Sé que no me lo han hecho, pero la última parte de mi respuesta es un añadido nervioso. Mis ojos vuelan a la pantalla frente a él mientras el médico mueve la sonda ecográfica sobre la parte baja de mi estómago y a través de la pelvis.

—Hum... —murmura para sí.

Mi ansiedad crece. ¿Acaso la prueba estaba mal y sí que hay un bebé ahí, después de todo? Empieza a entrarme el pánico. Soy demasiado joven, ni siquiera he acabado la universidad, y Hardin y yo estamos en un momento muy inestable de nuestra...

—Me preocupa un poco el tamaño de tu cérvix —dice finalmente—. No es nada por lo que inquietarse ahora, pero me gustaría que volvieras para hacerte más pruebas.

—¿Nada de lo que inquietarse? —Tengo la boca seca y el estómago hecho un nudo. Las palmas de las manos me empiezan a sudar—. ¿Qué significa eso?

—Por ahora, nada..., pero no puedo estar seguro —responde en un tono nada tranquilizador.

Me incorporo, bajándome la bata médica.

—Y ¿qué podría significar?

—Bueno... —El doctor West se sube los gruesos lentes hasta el puente de la nariz—. En el peor de los casos podríamos hablar de infertilidad, pero sin más pruebas no hay forma de saberlo. No veo ningún quiste, y esa es una muy buena señal —añade señalando la pantalla.

Mi corazón cae sobre el frío suelo de azulejos.

—¿Cu... cuáles son las posibilidades? —pregunto. No puedo oír mi voz o mis pensamientos.

—No podría decirlo. Esto no es un diagnóstico. Lo que acabo de mencionarte es el peor escenario posible; por favor, no pierdas la calma hasta que hayamos hecho más pruebas. Hoy quiero administrarte la inyección, hacerte unos análisis de sangre y realizar un seguimiento. —Tras un momento, añade—: ¿Te parece bien?

Asiento, incapaz de hablar. Acabo de oírlo decir que no es un diagnóstico, pero a mí me lo parece. Me siento fatal, el aleteo de mis nervios me sube por la columna a la primera mención de un problema. En la silenciosa habitación sólo se oye el latido constante de mi corazón. Estoy deprimiéndome, lo sé, pero no me importa.

—No debes preocuparte hasta que no tengamos los resultados de las pruebas. Seguro que no es nada —me dice un poco autoritario, y abandona la sala dejándome sola ante esta cruel situación.

El doctor no está seguro, no hay nada confirmado; parecía bastante indiferente al respecto. Entonces ¿por qué no puedo librarme de esta ansiedad que me ahoga?

La enfermera, a la que, de repente, le ha salido su instinto de sobreprotección, me pone la inyección anticonceptiva mientras me habla de sus nietos y de su pasión por las galletas caseras. Yo permanezco en silencio, sólo hablo lo suficiente para parecer educada. Siento náuseas.

Me da una meticulosa información sobre mi nuevo anticonceptivo, pasando por los pros y los contras que ya he oído de boca del doctor West. Estoy entusiasmada por no tener que preocuparme por el periodo nunca más, aunque lo del ligero incremento de peso me fastidia, pero supongo que es un cambio justo.

Me explica que, como ahora tengo la regla, la inyección será inmediatamente efectiva, pero que espere tres días antes de tener sexo sin protección, sólo para estar seguros. Me recuerda que esto no me protegerá de las enfermedades de transmisión sexual, sólo del embarazo.

Tras buscar fecha para la tan temida cita de seguimiento, voy directamente al centro de la ciudad a tomarme la foto del pasaporte y acabar el papeleo. Por supuesto, el señor Vance ya lo ha pagado todo. Me encojo al pensar en la cantidad de dinero que todo el mundo a mi alrededor parece no tener problemas en invertir en mí.

Cada persona con la que me cruzo en la calle parece estar embarazada o llevar un niño en brazos. No debería haber presionado al doctor para que me diera más información, ahora voy a estar paranoica hasta mi próxima cita, que, por supuesto, no tendrá lugar hasta dentro de tres semanas. Tres semanas para volverme loca, tres semanas para obsesionarme con la posibilidad de no poder tener hijos. No sé por qué la perspectiva me resulta tan dolorosa; pensé que había llegado a aceptar la idea de no tener hijos. Aún no puedo hablar de esto con Hardin, no hasta estar segura. Aunque no es que esto vaya a afectar a sus planes.

Le envío un mensaje cuando regreso a mi coche, diciéndole que me fue bien en la cita, y vuelvo a casa de Christian y Kimberly. Cuando llego, me he autoconvencido de que pasaré la semana ignorando el tema. No hay razón para comerme la cabeza cuando el propio doctor West me ha asegurado que no hay por qué preocuparse hasta que no tenga las pruebas. El vacío en mi pecho dice lo contrario, pero tengo que ignorarlo y seguir adelante. Voy a ir a Inglaterra. Por primera vez en mi vida, voy a viajar más allá del estado de Washington, y no podría estar más entusiasmada. Nerviosa, pero entusiasmada.

CAPÍTULO 130

Hardin

Parece que Tessa va a desmayarse de un momento a otro. Se ha puesto un marcador entre los dientes mientras vuelve a revisar la lista. Al parecer, cruzar medio planeta dispara sus tendencias neuróticas.

—¿Estás segura de que lo llevas todo? —pregunto con sarcasmo.

—¿Qué? Sí —resopla, concentrada en su tarea de revisar su bolsa de viaje por enésima vez desde que llegamos al aeropuerto.

—Si no checamos ya, perderemos el vuelo —le advierto.

—Ya lo sé.

Me mira, mientras su mano revuelve la maldita bolsa. Está loca, es adorable a muerte, pero está loca de remate.

—¿Estás seguro de dejar el coche aquí? —me pregunta.

—Sí. Para eso es para lo que sirven los estacionamientos, para dejar los coches.

Señalo el cartel de ESTACIONAMIENTO DE LARGA ESTANCIA que hay sobre nuestras cabezas y añado:

—Es para coches sin problemas de compromiso.

Tessa me mira perpleja, como si no hubiera dicho nada.

—Dame la bolsa —le digo arrancándole esa cosa horrible del hombro. Es demasiado pesada para que la cargue por ahí. La mujer ha metido la mitad de sus cosas en esa bolsa.

—Yo llevo la maleta, entonces —replica, y agarra el mango de la maleta con ruedas.

—No, la llevo yo. Relájate, ¿quieres? Todo irá bien —le aseguro.

Nunca olvidaré lo alterada que estaba esta mañana. Doblando y volviendo a doblar, metiendo y sacando nuestra ropa hasta que ha cabido toda en la maleta. Tuve paciencia porque sé lo que significa para ella este viaje. Aunque está siendo más pesada que nunca, no puedo

719

evitar sentir emoción. Emoción por llevarla en el que será su primer viaje al extranjero, emoción al imaginar sus ojos azul grisáceo como platos al ver las nubes y atravesarlas. Me aseguré de que tuviera un asiento de ventanilla sólo por ese motivo.

—¿Lista? —le pregunto cuando las puertas automáticas de la terminal se abren para recibirnos.

—No. —Sonríe nerviosa. Y yo la guío a través del abarrotado aeropuerto.

—Te vas a desmayar de un momento a otro, ¿verdad? —le susurro inclinándome hacia ella.

Está pálida y sus pequeñas manos tiemblan en sus piernas. Las tomo con una de las mías y le doy un apretón tranquilizador. Ella me sonríe, un cambio agradable al ceño fruncido que tenía desde que pasamos el control de seguridad.

El vigilante del aeropuerto le estaba tirando los perros, reconocí su estúpida expresión cuando ella le sonrió. Yo tengo la misma maldita sonrisa. Tenía todo el derecho de mandarlo a la chingada, pero por supuesto ella no estaba de acuerdo y ha estado de malas desde que me llevó de allí a rastras mientras yo le levantaba el dedo medio a aquel cabrón. «Gracias a Dios que ese tipo ve mal de lejos», murmuró, y luego no dejó de mirar atrás por encima del hombro.

Se puso aún peor cuando la obligué a abrocharse el abrigo hasta arriba. El viejo que está sentado a mi lado es un maldito pervertido, y Tessa por suerte tiene el asiento de ventanilla; así yo puedo hacer de escudo de sus miradas. La muy terca se negó a abrocharse dejando su escote a la vista para quien quisiera babear con sus pechos. Por supuesto, la blusa no es tan abierta, pero cuando se inclina hacia adelante se le ve todo. No intento controlarla, intento evitar que los tipos se coman con los ojos sus pechos no precisamente discretos.

—No, estoy bien —responde dudosa. Su mirada la traiciona.

—Despegaremos de un momento a otro.

Miro a la azafata de vuelo atravesar la cabina para comprobar los compartimentos sobre los asientos por tercera vez. «Están todos cerrados, señorita, pongámonos en marcha antes de que tenga que sacar a

Tessa en brazos de este avión.» De hecho, detener el viaje podría ir en mi favor, en serio.

—Última oportunidad para bajar del avión. Los boletos no se pueden devolver, pero los añadiré a tu cuenta —le digo poniéndole un mechón de pelo suelto detrás de la oreja.

Ella me sonríe más tímidamente que nunca. Sigue enojada, pero los nervios están haciendo que se ablande un poco conmigo.

—Hardin —gime en voz baja. Apoya la cabeza en la ventanilla y cierra los ojos.

Odio verla tan angustiada, me provoca ansiedad, y este viaje ya me tiene de por sí nervioso. Me estiro para bajar la cortina de la ventanilla, esperando que eso la ayude.

—¿Falta mucho? —le espeto impaciente a la azafata que ahora pasa justo por nuestro lado.

Sus ojos van de Tessa a mí y levanta una ceja altiva.

—Unos minutos.

Fuerza una sonrisa porque su trabajo la obliga. El hombre a mi lado se mueve incómodo, y pienso que ojalá hubiera comprado otro boleto para no tener que preocuparme por sentarme junto a semejante cabrón. Huele a tabaco rancio.

—Ya han pasado muchos minutos y... —empiezo a protestar.

Tessa apoya una mano sobre las mías, y sus ojos, ahora muy abiertos, me suplican que no haga un desmadre. Respiro hondo y cierro los ojos para añadirle más drama a la situación.

—Está bien —digo dejando de mirar a la azafata, que sigue su camino por el pasillo.

—Gracias —murmura Tessa.

En lugar de apoyar la cabeza en la ventanilla, la recuesta con delicadeza en mi brazo. Le doy unas palmaditas en el muslo haciendo señas para que se incorpore y pueda poner el brazo alrededor de ella, que se arrima a mí suspirando de alegría mientras coloco mi brazo y lo pego a su cuerpo. Me encanta ese sonido.

El avión empieza a moverse lentamente por la pista y Tessa cierra los ojos.

Cuando el aparato flota en el aire, ha levantado la cortina y mira el paisaje más abajo con unos ojos como platos.

—Es increíble. —Sonríe.

Ya le ha vuelto el color a la cara. Resplandece de la emoción, y es terriblemente contagioso. Intento reprimir la sonrisa mientras balbucea lo pequeño que parece todo, pero me resulta imposible.

—¿Lo ves? No es tan malo. Aún no nos hemos estrellado —digo con desdén.

En respuesta, murmullos y toses irritadas empiezan a oírse por la prácticamente silenciosa cabina, pero me vale madres. Tessa entiende mi humor, al menos casi siempre, y pone los ojos en blanco mientras me da un puñetazo juguetón en el pecho.

—Silencio —me advierte, y yo me río.

Después de tres horas, está inquieta. Sabía que lo estaría. Hemos visto un poco de la asquerosa programación de los patrocinadores de la aerolínea y hojeamos la revista *SkyMall* dos veces, y ambos hemos convenido en que una jaula para perros con forma de mesita para la tele no vale dos mil dólares ni de chiste.

—Van a ser nueve horas muy largas —le digo.

—Ya sólo seis —me corrige. Sus dedos siguen lentamente el símbolo del infinito con los extremos en forma de corazón que llevo tatuado en la muñeca.

—Sólo seis —repito—. Duerme un poco.

—No puedo.

—¿Por qué?

Me mira.

—¿Qué crees que estará haciendo mi padre? O sea, sé que Landon lo vigiló la última vez que estuviste fuera, pero en esta ocasión no volveremos hasta dentro de tres días.

«Mierda.»

—Estará bien —le aseguro.

Se enojará, pero lo superará, y más tarde se lo agradecerá.

—Me alegro de que no aceptáramos la oferta de tu padre —me dice.

«Puta madre.»

—¿Por qué? —me atraganto, y busco su cara.

—El centro de rehabilitación es demasiado caro.

—¿Y?

—No me siento bien sabiendo que tu padre se está gastando ese dinero en el mío. No es responsabilidad suya, y ni siquiera sabemos con seguridad que él...

—Es un drogadicto, Tessa. —Sé que todavía no quiere admitirlo, pero en el fondo sabe que es verdad—. Y mi padre podría pagar su tratamiento.

Necesito llamar a Landon en cuanto aterricemos para averiguar qué pasó con la «intervención». Aunque espero que el inútil de su padre aceptara, me siento culpable porque Tessa no esté al tanto del plan. Me he pasado horas dándole de patadas y de puñetazos a ese saco en el gimnasio pensando en esta chingadera. Al final, la solución era sencilla. O bien Richard mueve su trasero hasta el centro de rehabilitación que paga mi padre o se queda fuera de la vida de Tessa para siempre. No quiero que esa maldita adicción sea una carga que ella tenga que soportar. Bastantes problemas le causo yo, y si alguien tiene que provocarle estrés, seré yo. Mandé a Landon para que intervenga, a decirle al hombre que tiene que elegir una de las dos opciones: la rehabilitación o Tessa. Me imaginé que las cosas no se pondrían violentas si Landon, que es opuesto a mí, se encargaba de ello. Por mucho que me carcoma el hecho de que sea mi padre el que vaya a ayudar a Tessa, puesto que es quien va a pagar, no podía negarme. Quería pero no podía.

—No sé —suspira, mirando por la ventanilla—, tengo que pensar en ello.

—Bueno... —empiezo, y al oír mi tono de voz frunce el ceño.

—¿Qué hiciste? —Entorna los ojos y se aparta de mí. No puede irse muy lejos, tiene que quedarse sentada a mi lado hasta que aterricemos.

—Hablaremos de eso luego.

Miro al hombre que está a mi lado. Esta compañía debería hacer los asientos más anchos. Si el apoyabrazos entre Tessa y yo no estuviera levantado, estaría sentado encima de ese tipo.

Tessa pone unos ojos como platos.

—Lo mandaste allí, ¿verdad? —susurra tratando de no hacer una escena.

—No he mandado a tu padre a ninguna parte.

Es la verdad. No sé si ha aceptado o no.

—Pero lo intentaste, ¿a que sí?

—Tal vez —admito.

Sacude la cabeza incrédula y la apoya en el asiento mirando fijamente al vacío.

—Estás enojada, ¿no? —le pregunto.

Me ignora.

—Theresa... —Mi voz suena demasiado fuerte y tiene en ella el efecto que pretendía. Abre los ojos de golpe y se vuelve hacia mí.

—No estoy enojada —susurra—, sólo sorprendida, y estoy intentando asimilarlo y saber qué me parece, ¿sí?

—Bueno. —Su reacción ha sido bastante mejor de lo que esperaba.

—No puedo soportar que me ocultes nada. Tú lo haces, mi madre también... No soy una niña. Soy capaz de gestionar las cosas que me suceden, ¿no te parece?

Evito decir lo primero que se me pasa por la cabeza. Cada vez se me da mejor esta mierda.

—Sí —respondo tranquilo—, pero eso no significa que no intente filtrar la porquería que te llega.

Su mirada se suaviza y asiente una vez.

—Lo entiendo, pero necesito que dejes de ocultarme cosas. Cualquier cosa que tenga que ver contigo, Landon o mi padre, necesito saberlo. Siempre me acabo enterando de todas formas. ¿Para qué alargar lo inevitable? —pregunta.

—Está bien —acepto sin pensar mucho—. A partir de ahora no te ocultaré nada.

Lo que no le digo es que no cuenta nada de lo que le he ocultado en el pasado, sólo acepto que desde este momento y en adelante intentaré no dejarla sin saber nada.

Una chispa de emoción le recorre la cara, pero no puedo interpretarlo. Casi podría pensar que es culpabilidad.

—A menos que sea algo que es mejor que yo no sepa —añade bajito.

«Bueno...»

—¿De qué clase de cosas estamos hablando? —le pregunto.

—Algo que tú preferirías no saber también cuenta. Por ejemplo, el hecho de que mi ginecólogo sea un hombre —me informa.

—¿Qué?

Nunca me había pasado por la cabeza que el médico de Tessa pudiera ser un hombre. No sabía que los hombres médicos hicieran semejantes cosas.

—¿Ves? Habrías preferido no saberlo, ¿verdad? —Ni siquiera intenta ocultar su sonrisa de chistosita sabiendo que estoy enojado y celoso.

—Cambiarás de médico.

Niega lentamente con la cabeza mientras me mira. Me inclino hacia ella y le susurro al oído:

—Tienes suerte de que los lavabos de esta chingadera sean demasiado pequeños para cogerte en uno de ellos.

Su respiración se acelera e inmediatamente junta y aprieta los muslos. Me encanta su reacción cuando la provoco con palabras, siempre es instantánea. Además, necesitaba distraerla y cambiar de tema por el bien de ambos.

—Te empujaría contra la puerta y te cogería contra la pared. —Mi mano sube más arriba por sus muslos—. Y te taparía la boca para sofocar tus gritos.

Traga saliva.

—Me sentiría tan jodidamente bien con tus piernas alrededor de mi cintura y tus manos agarrándome el pelo...

Tiene los ojos muy abiertos, las pupilas dilatadas y, mierda, desearía que los lavabos no fueran tan jodidamente enanos. Es que ni siquiera puedo extender los brazos en ese minúsculo espacio. He pagado casi mil dólares por cada boleto de ida y vuelta, al menos debería poder tirarme a mi chica en el baño durante el vuelo.

—Por mucho que aprietes las piernas, eso no hará que el dolor desaparezca —sigo susurrándole al oído. Bajo la mesita plegable para poder subir la mano hasta el lugar donde se unen sus muslos—. Sólo yo puedo. —Parece que va a venirse sólo de oír mis palabras—. El resto del viaje va a ser muy incómodo para ti con las pantaletas mojadas y tal.

La beso detrás de la oreja usando la lengua para provocarla aún más, y el hombre a mi lado tose.

—¿Algún problema? —le pregunto sin importarme un comino si ha oído algo de lo que le he dicho.

Sin embargo, él se apresura a negar con la cabeza y devuelve la atención al libro electrónico que tiene en la mano. Me inclino hacia él y veo el primer párrafo de la página débilmente iluminada. Detecto a simple vista el nombre de Holden y suelto una risa entre dientes. Sólo los hombres de mediana edad pretenciosos y los *hipsters* barbudos disfrutan leyendo *El guardián entre el centeno*. ¿Qué los atrae tanto de un maldito acosador adolescente con demasiados privilegios? Nada.

—¿Puedo continuar? —digo inclinándome sobre Tessa, que ahora está jadeando.

—No. —Levanta la mesita, la asegura y acaba con la diversión.

—Ya sólo quedan cinco horas más. —Le sonrío ignorando lo parada que la tengo sólo de imaginar lo mojada que debe de estar ella ahora.

—Eres un cabrón —susurra. La sonrisa que me gusta se dibuja en sus labios.

—Y me quieres —le contesto haciendo que la sonrisa crezca.

Abrirse camino a través del aeropuerto de Heathrow no fue tan malo como lo recordaba. Recogimos las maletas enseguida. Tessa guardó silencio la mayor parte del tiempo, y su mano en la mía era todo lo que necesitaba para asegurarme de que no estaba demasiado enojada por lo de la rehabilitación. El coche de alquiler estaba preparado para nosotros, y miré divertido cómo Tessa fue directa al lado equivocado del vehículo.

Cuando llegamos a Hampstead estaba dormida. Intentó seguir despierta mirando por la ventanilla, observándolo todo, pero no consiguió mantener los ojos abiertos. La vieja ciudad está igual que la última vez que vine, claro, y ¿por qué iba a cambiar? Sólo han pasado un par de meses. Por alguna razón sentí como si, en el momento que pasara junto a la señal de bienvenida de Hampstead con Tessa en el asiento del acompañante, la ciudad fuera a cambiar de alguna forma.

Pasamos por las casas históricas y las atracciones turísticas y al final llegamos a la zona residencial de la ciudad. Al contrario de lo que se suele creer, no todo el mundo en Hampstead vive en una mansión histórica y nada en la abundancia. Todo eso queda claro en cuanto accedo al camino de entrada de casa de mi madre. La vieja vivienda parece que va a caerse en cualquier momento, y me alegro de ver el cartel de VEN-DIDO en el césped. La casa de su futuro marido, justo en la puerta de al lado, está en mejor estado que ese agujero y tiene casi el doble de su tamaño.

—Tessa —intento despertarla. Seguramente habrá babeado toda la ventanilla.

Mi madre aparece en la puerta principal sólo unos segundos después de que las luces iluminen las ventanas. Abre la puerta mosquitera y baja la escalera como una loca. Los ojos de Tessa se abren y miran a mi madre, que está abriendo la puerta de su lado para abrazarla. ¿Por qué todo el mundo la quiere tanto?

—¡Tessa! ¡Hardin! —La voz de mi madre suena fuerte y muy nerviosa mientras Tessa se quita el cinturón de seguridad y sale del coche.

Intercambian abrazos entre mujeres y saludos mientras yo saco el equipaje de la cajuela.

—Me alegro tanto de que hayan venido los dos... —Mi madre sonríe secándose una lagrimilla de los ojos. Va a ser un fin de semana largo.

—Nosotros también —Tessa responde por mí y deja que mi madre la lleve de la mano hasta la pequeña casa.

—No me gusta el té, así que no va a haber la típica bienvenida británica, pero he preparado café. Sé que a los dos les encanta el café —murmura mi madre.

Tessa ríe, dándole las gracias. Mi madre guarda las distancias conmigo, obviamente para no disgustarme en el fin de semana de su boda. Las dos mujeres desaparecen en la cocina y yo subo la escalera hacia mi antigua habitación para deshacerme de las bolsas. Oigo cómo sus risas mueven por toda la casa e intento convencerme de que no va a pasar nada catastrófico este fin de semana. Todo va a ir bien.

En la habitación no hay nada más que mi antigua cama doble y una cajonera. Han quitado el papel pintado, que ha dejado restos de pegamento en las paredes. Mi madre obviamente está intentando dejar lista la casa para el nuevo propietario, pero verla así me hace sentir un poco raro.

CAPÍTULO 131

Tessa

—Aún no creo que hayan venido los dos —me dice Trish.

Me ofrece una taza de café, negro, como a mí me gusta, y le sonrío por el detalle. Es una mujer hermosa de ojos brillantes y una sonrisa no menos luminosa, y va vestida con un pants azul marino.

—¡Me alegro tanto de que al final hayamos podido! —exclamo.

Miro el reloj del horno, ya son las diez de la noche. El largo viaje y el cambio de horario me han dejado fuera de lugar.

—Y yo. Si no fuera por ti, sé que él no estaría aquí.

Pone la mano sobre la mía. Sin saber qué responder, sonrío. Se da cuenta de que me incomoda y cambia de tema:

—¿Qué tal el vuelo? ¿Hardin se ha comportado?

Su risa es dulce, y no tengo el suficiente valor de decirle que su hijo ha sido un auténtico tirano desde el control de seguridad hasta la mitad del vuelo.

—Ha estado bien —contesto.

Bebo un sorbo del café humeante y entonces Hardin entra en la cocina. La casa es vieja y estrecha, demasiadas paredes delimitan el espacio por todas partes. La única decoración son cajas de mudanzas apiladas en las esquinas, pero me siento extrañamente cómoda y a gusto en la casa de la infancia de Hardin. Sé por su mirada cuando se inclina para pasar bajo el arco del pasillo que lleva a la cocina que él no se siente igual respecto a este sitio. Estas paredes encierran demasiados recuerdos para él, y en ese instante mi impresión de la casa empieza a apagarse.

—¿Qué pasó con el papel pintado? —pregunta.

—Lo estaba quitando todo para pintar justo antes de la venta, pero los nuevos propietarios piensan derrumbar la casa de todas formas.

Quieren construir una casa nueva en la parcela —explica su madre. Me gusta la idea de que la derriben.

—Bien, es una casa de la chingada de todas formas —gruñe él, y me quita la taza de café para darle un sorbo—. ¿Estás cansada? —pregunta volviéndose hacia mí.

—Estoy bien —le aseguro. Me gusta el humor y la cálida compañía de Trish. Estoy cansada, pero ya habrá tiempo de sobra para dormir. Aún es bastante pronto.

—Yo duermo en casa de Mike, la de al lado —dice Trish—. Supuse que no querrías quedarte allí.

—Está claro que no —responde Hardin. Le quito mi café, riñéndolo en silencio para que sea educado con su madre.

—Bueno —Trish ignora su comentario grosero—, mañana tengo planes para ella, así que espero que puedas distraerte con algo.

Me cuesta un momento darme cuenta de que habla de mí.

—¿Qué clase de planes? —replica Hardin, a quien no parece gustarle mucho la idea.

—Nada, cosas preboda. He reservado hora para las dos en el *spa* de la ciudad, y luego me encantaría que me acompañara a la última prueba del vestido de novia.

—Por supuesto —digo.

—¿Cuánto rato será eso? —pregunta Hardin al mismo tiempo.

—Sólo hasta después de comer, de verdad —le asegura Trish—, y sólo si quieres acompañarme, Tessa. No tienes que venir si no quieres, pero pensé que estaría bien pasar un rato juntas mientras estás aquí.

—Me encantaría. —Le sonrío.

Hardin no protesta, y me alegro porque habría perdido.

—¡Qué bien! —Ella sonríe a su vez—. Mi amiga Susan se unirá a nosotras para comer. Se muere de ganas de conocerte, lleva tanto tiempo oyendo hablar de ti que no se cree que existas, dice...

Hardin empieza a reír entre dientes sobre su café, interrumpiendo el parloteo emocionado de su madre.

—¿Susan Kingsley? —replica mirando a Trish, con los hombros tensos y la voz temblorosa.

—Sí..., bueno, ya no se apellida Kingsley, volvió a casarse.

Ella le devuelve la mirada de una forma que me hace sentir que me he metido en una conversación privada en la que no se me quiere incluir. Hardin mira alternativamente a su madre y a la pared hasta que gira sobre los talones y nos deja solas en la cocina.

—Me voy a ir a la casa de al lado para acostarme. Si necesitas algo, dímelo. —Ha desaparecido por completo la emoción en su voz, suena agotada.

Se acerca y me da un beso rápido en la mejilla antes de abrir la puerta de atrás y salir.

Me quedo sola en la cocina unos minutos, acabándome el café, lo que no tiene sentido porque necesito irme a dormir, pero me lo acabo de todas formas y lavo la taza en la tarja antes de subir la escalera para buscar a Hardin. El piso de arriba está vacío, hay restos de papel pintado en un lado del estrecho pasillo, y no puedo evitar comparar la impresionante casa de Ken con esta; las diferencias son imposibles de ignorar.

—¿Hardin? —lo llamo.

Todas las puertas están cerradas y no me gusta la idea de abrirlas sin saber qué hay al otro lado.

—Segunda puerta —me contesta.

Sigo su voz hasta la segunda puerta en el pasillo y la abro. La manija está pegajosa, y tengo que usar un pie para ayudarme a abrirla.

Cuando entro, Hardin está sentado en la cama, con la cabeza entre las manos. Me mira y me acerco a él.

—¿Qué te pasa? —le pregunto pasándole los dedos por el pelo alborotado.

—No tendría que haberte traído —dice para mi sorpresa.

—¿Por qué? —Me siento en la cama a su lado, dejando unos pocos centímetros entre nuestros cuerpos.

—Porque... —suspira— no debería. —Se acuesta en la cama y descansa un brazo sobre la cara, con lo que no puedo interpretar su expresión.

—Hardin...

—Estoy cansado, Tessa, acuéstate. —El brazo amortigua la voz, pero sé que esta es su forma de terminar la conversación.

—¿No vas a cambiarte? —insisto, no quiero irme a la cama sin su camiseta.

—No. —Se coloca boca abajo y alarga el brazo para apagar la luz.

CAPÍTULO 132

Tessa

Cuando la alarma de mi celular suena a las nueve tengo que obligarme a levantarme de la cama. Casi no dormí, me he pasado la noche dando vueltas. La última vez que he mirado el reloj eran las tres de la madrugada y no estaba segura de si había dormido algo o llevaba despierta todo el rato.

Hardin está dormido, con los brazos cruzados en la barriga. Esta noche no me ha abrazado ni una sola vez. El único contacto que hemos tenido han sido sus manos buscándome en sueños, sólo para asegurarse de que estaba ahí antes de que volvieran a su barriga. Su cambio de humor no me ha sorprendido del todo. Sé que no quería venir a la boda, pero lo que no tiene mucho sentido para mí es que esté tan nervioso, y sobre todo que se niegue a hablar de ello conmigo. Me gustaría preguntarle cómo esperaba manejar la posibilidad de que me mudara a Inglaterra si ni siquiera me quiere aquí para un fin de semana.

Paso la mano por su frente para apartar la mata de pelo y bajo por la mandíbula acariciando la barba incipiente que la oscurece. Sus párpados tiemblan y me apresuro a apartarme y me pongo en pie. No quiero despertarlo, su sueño no ha sido mucho mejor que el mío. Ojalá supiera qué lo tiene así. Ojalá no se hubiera cerrado a mí de esa manera. Me lo contó todo en la carta que me escribió y luego destruyó, y aunque la mayoría de las cosas se referían a terribles errores que había cometido, los asumí y seguí hacia adelante. Nada de lo que hizo en el pasado le hará ningún daño a nuestro futuro. Necesita saberlo. Tiene que saberlo o lo nuestro jamás funcionará.

No me resulta difícil encontrar el baño, y espero pacientemente a que el agua pase de ser café a incolora. La regadera es ruidosa y la presión del agua muy fuerte, casi dolorosa, pero hace maravillas con la tensión acumulada en los músculos de mi espalda y mis hombros.

Me puse unos pantalones de mezclilla y una camiseta de tirantes de color crema, pero dudo si ponerme una sudadera estampada de flores. No tiene botones, por lo que Hardin no puede pedirme que me la abroche; tiene suerte de que no vaya a llevar sólo la camiseta de tirantes. Ya casi es primavera, y en Londres se siente como tal.

Trish no me habló de una hora exacta para nuestra pequeña excursión de hoy, así que bajo para preparar café. Una hora más tarde, vuelvo arriba para agarrar mi libro electrónico y leer un rato. Hardin se ha vuelto y está boca arriba con el ceño fruncido. Sin molestarlo, salgo rápido y bajo a la mesa de la cocina otra vez. Pasan un par de horas y me siento aliviada cuando Trish cruza la puerta de atrás. Lleva el pelo castaño recogido, como yo, en un chongo bajo y, por supuesto, lleva puesto un pants.

—Esperaba que estuvieras despierta, quería darte tiempo para dormir después del largo día de ayer. —Sonríe—. Estoy lista cuando tú lo estés.

Echo una última mirada a la estrecha escalera esperando que Hardin baje con una sonrisa y me despida con un beso, pero no sucede. Tomo mi bolsa y sigo a Trish, que sale por la puerta de atrás.

CAPÍTULO 133

Hardin

Cuando busco a Tessa, no está en la cama. No sé qué hora es, pero el sol brilla muchísimo y atraviesa las ventanas desnudas como si me obligara a despertarme. Esta noche he dormido fatal, y Tessa no dejaba de moverse y de dar vueltas en la cama. Estuve despierto casi toda la noche, manteniendo las distancias con su cuerpo inquieto. Tengo que ponerme las pilas para no echar a perder el fin de semana, pero lo cierto es que no consigo deshacerme de mi paranoia. No después de que mamá me dijera que ha tenido el valor de invitar a Susan Kingsley a comer con ella y con Tessa.

No me molesto en cambiarme de ropa, sólo me lavo los dientes y me paso un poco de agua por el pelo. Tessa ya se ha dado un baño, su estuche está guardado con cuidado en el mueble del baño que antes estaba vacío.

Cuando bajo a la cocina, la jarra del café sigue caliente y casi llena, una taza lavada descansa sobre la barra. Tessa y mi madre deben de haberse ido ya. Tendría que haber protestado y no haberla dejado ir. ¿Por qué no lo hice? Este día puede ir por dos caminos: Susan podría ser una gran puta y hacer que para Tessa sea un infierno, o podría cerrar su maldita bocota y todo iría bien.

¿Qué chingados se supone que voy a hacer yo durante la jornada mientras mi madre y Tessa están paseando por la ciudad? Podría ir a buscarlas, no sería difícil, pero mi madre seguramente se enojaría y, después de todo, mañana es su boda. Le prometí a Tess que me portaría lo mejor que pudiera este fin de semana y, aunque ya he roto la promesa, no tengo por qué empeorar las cosas.

CAPÍTULO 134

Tessa

—Tu pelo quedó precioso. —Trish alarga el brazo desde el otro lado de la mesa para tocarme la cabeza.

—Gracias. Todavía me estoy acostumbrando a él. —Sonrío y miro al espejo que hay justo detrás de nuestra mesa.

La empleada del *spa* se quedó boquiabierta cuando le dije que nunca me había pintado el pelo. Después de que intentara convencerme durante unos minutos, accedí a que me lo oscureciera un poco, pero sólo las raíces. El color final es un castaño claro que se diluye en mi rubio de nacimiento hacia las puntas. Apenas se nota la diferencia y resulta mucho más natural de lo que esperaba. El color no es permanente, sólo durará un mes. No estaba preparada para un cambio tan radical pero, cuanto más me miro al espejo, más me gusta lo que veo.

La maquillista también hizo maravillas con mis cejas, me las depiló hasta que consiguió un arco perfecto, y llevo las uñas de manos y pies pintadas de rojo intenso. Rechacé la oferta de Trish de hacerme la depilación brasileña. Lo he pensado mucho, pero sería muy raro hacérmela con la madre de Hardin, y por ahora me las arreglo con el rastrillo. De camino hacia el coche, Trish se burla de mis zapatos igual que lo hace su hijo, y tengo que contenerme para no devolvérsela con un comentario sobre los pants que suele llevar ella.

Me paso el viaje mirando por la ventanilla, memorizando cada casa, cada edificio, cada persona que pasa por la calle.

—Es aquí —me dice Trish al cabo de pocos minutos metiendo el coche en un estacionamiento cubierto que hay entre dos edificios. La sigo a la entrada del más pequeño.

El musgo cubre por completo el edificio de ladrillo y, al verlo, sale mi Landon interior y las referencias a *El hobbit*. Landon pensaría exactamente lo mismo si estuviera aquí, y nos reiríamos mientras Hardin refunfuña sobre lo penosas que son las películas y cómo se chingan el universo de J. R. R. Tolkien. Landon se lo rebatiría, como siempre, y diría que Hardin en el fondo adora las películas, cosa por la que este se lanzaría a su yugular. Egoístamente, imagino un lugar en el que Hardin, Landon y yo pudiéramos vivir cerca, un lugar en el que Landon y Dakota pudieran vivir en Seattle, tal vez incluso en el mismo edificio que Hardin y yo. Un lugar en el que una de las pocas personas a las que de verdad les importo no fuera a irse a vivir a la otra punta del país dentro de una semana.

—Hoy hace buen día. ¿Quieres comer fuera? —pregunta Trish señalando las mesas de metal de la terraza.

—Estaría bien. —Sonrío, y la sigo a la última mesa de la fila.

La mesera nos trae una jarra de agua y nos coloca dos vasos delante. Hasta el agua tiene mejor aspecto en Inglaterra. La jarra está llena de cubitos de hielo y de rodajas de limón perfectas.

Trish recorre las banquetas con la mirada.

—Se nos va a unir una más. Debería llegar en cualquier... ¡Mira, por allí viene!

Me vuelvo. Una mujer morena cruza la calle gesticulando con las manos. Lleva una falda hasta el suelo y tacones que le impiden moverse todo lo rápido que parece que querría.

—¡Susan! —A Trish se le ilumina la cara al ver la entrada aparatosa de la mujer.

—Trish, cielo, ¿cómo estás? —Susan se agacha para besar a Trish en ambas mejillas antes de volverse hacia mí y repetir el saludo.

Sonrío incómoda, sin saber si debo devolverle el par de besos o no.

La mujer tiene los ojos de un intenso color azul, y el contraste con su piel clara y el pelo oscuro es bonito a más no poder. Se aparta antes de que termine de decidirme.

—Tú debes de ser Theresa. He oído hablar mucho y muy bien de ti —asegura, y me sorprende cuando me toma las manos y me las estrecha con cariño mientras me sonríe de corazón. Luego aparta la silla que hay a mi lado y se sienta.

—Me alegro de conocerte —digo sonriendo a mi vez. No tengo ni idea de qué pensar de esta mujer. Sé que no me gusta cómo reaccionó

Hardin anoche al oír su nombre, pero parece encantadora. Es todo muy confuso.

—¿Llevan mucho tiempo esperando? —pregunta volviéndose para colgar la bolsa del respaldo de la silla.

—No, acabamos de llegar. Hemos pasado la mañana en el *spa*. —Trish sacude su melena castaña y brillante.

—Ya lo veo. Huelen como un ramo de flores. —Susan se ríe y se llena el vaso de agua. Su acento es elegante y mucho más marcado que el de Hardin y el de Trish.

A pesar del cambio de humor de Hardin anoche, estoy loca por Inglaterra, especialmente por este pueblo. Antes de venir hice las tareas, pero las fotos de internet no le hacen justicia a la belleza de otra época de este lugar. Miro alrededor fascinada, preguntándome cómo es posible que una calle empedrada llena de pequeñas tiendas y cafeterías sea tan encantadora, tan interesante.

—¿Lista para la última prueba? —le pregunta Susan a Trish.

Sigo contemplando la calle, sin hacer apenas caso de la conversación. Sólo tengo ojos para el antiguo y pintoresco edificio que hay al otro lado, la biblioteca. La de libros maravillosos que debe de albergar.

—Sí. Aunque, si esta vez no me queda bien, creo que tendré que demandar al dueño de la tienda —bromea Trish.

Me vuelvo hacia ellas y me obligo a no seguir mirando embobada la arquitectura de la zona hasta que Hardin me lleve a dar una vuelta turística.

—Como la dueña que soy, es posible que no me haga ninguna gracia. —La risa de Susan es grave y encantadora. He de recordarme que debo tener mucho cuidado con ella.

Se me dispara la imaginación al mirar a la hermosa mujer. ¿Habrá tenido una aventura con Hardin? Mencionó alguna vez que se ha acostado con mujeres, mayores pero nunca le permití que me contara más. ¿Será Susan, con su pelo castaño y sus ojos azules, una de ellas? Me dan escalofríos sólo de pensarlo. Espero que no.

Ignoro la punzada de celos y me obligo a disfrutar del delicioso sándwich que la mesera acaba de servirme.

—Háblame de ti, Theresa. —Susan le hinca el tenedor a un trozo de lechuga y se lo lleva a los labios pintados.

—Llámame Tessa, por favor —empiezo a decir nerviosa—. Estoy terminando mi primer año de universidad en la WCU y acabo de mudarme a Seattle.

Miro a Trish, que, por alguna razón, tiene el ceño fruncido. Hardin no debe de haberle contado lo de mi traslado, o puede que lo haya hecho y no le haya contado que no ha venido conmigo.

—He oído que Seattle es una ciudad preciosa. Nunca he estado en América —dice Susan arrugando la nariz—. Pero mi marido me prometió llevarme este verano.

—Deberías ir. Está muy bien —digo como una idiota.

Estoy sentada en un pueblo sacado de un cuento de hadas y voy y comento que Estados Unidos está bien. Estoy segura de que Susan lo detestará, y las manos me tiemblan cuando saco el celular de la bolsa y le mando un mensaje a Hardin. Nada especial, sólo: «Te extraño».

Durante el resto de la comida sólo hablamos de la boda, y no puedo evitar que me guste Susan. Se casó con su segundo marido el verano pasado. Organizó la boda ella sola, no tiene hijos, pero sí una sobrina y un sobrino. Es la dueña de la tienda de trajes de novia en la que Trish se ha comprado el vestido. Tiene cuatro más en la zona del norte y el centro de Londres. Su marido es el dueño de tres de los bares más populares de la zona, están todos en un radio de cuatro kilómetros.

La tienda de trajes de novia de Susan se encuentra a unas pocas manzanas del restaurante, así que decidimos ir caminando. Hace calor y brilla el sol, y hasta el aire parece más refrescante que el de Washington. Hardin aún no ha respondido a mi mensaje pero, no sé por qué, ya sabía yo que no iba a hacerlo.

—¿Champán? —nos ofrece Susan en cuanto ponemos un pie en la pequeña tienda. Hay poco espacio, pero la decoración es perfecta, tipo retro y encantadora, toda en blanco y negro.

—No, gracias. —Sonrío.

Trish acepta el ofrecimiento y me promete que sólo se tomará una copa. Casi le digo que se beba las que quiera, que disfrute, pero no me fío de conducir en Inglaterra, ya se me hace bastante raro ir de pasajera. Mientras observo a Trish reír y bromear con Susan, no puedo evitar pensar lo distintos que son ella y Hardin. Trish es desenvuelta y vivaracha, y Hardin es... Hardin. Sé que no están muy unidos, pero me gusta pensar que esta visita puede cambiar eso. No del todo, sería demasiado pedir, pero espero que al menos Hardin se porte bien el día de la boda de su madre.

—Salgo dentro de un momento. Como si estuvieras en tu casa —me dice Trish antes de cerrar la cortina del probador.

Me siento en un blando sillón blanco y me río al oírla maldecir a Susan por haberla pellizcado con el cierre al subírselo. Puede que Hardin y ella se parezcan más de lo que creía.

—Disculpa. —Una voz femenina me saca de mis ensoñaciones y, cuando levanto la vista, me encuentro con los ojos azules de una joven embarazada.

»Perdona, ¿has visto a Susan? —me pregunta inspeccionando la tienda.

—Está ahí —digo señalando la cortina corrida del probador por el que Trish ha desaparecido con su vestido de novia hace apenas unos minutos.

—Gracias. —Sonríe y suspira, creo que aliviada—. Si pregunta, he llegado justo a las dos —me dice la chica, y sonríe de nuevo.

Imagino que trabaja aquí. Mis ojos descienden en busca de la placa con su nombre que lleva en la camisa blanca de manga larga.

«Natalie», dice.

Miro el reloj. Son las dos y cinco.

—Tu secreto está a salvo conmigo —le aseguro.

Se descorre la cortina y aparece Trish vestida de novia. El traje es maravilloso. Ella está absolutamente preciosa con el vestido sencillo de manga corta.

—¡Vaaaaya! —decimos Natalie y yo al unísono.

Trish sale del probador, se mira en el espejo de cuerpo entero y se enjuga las lágrimas.

—Lo hace en todas las pruebas, y eso que esta ya es la tercera —comenta Natalie con una sonrisa. Tiene los ojos llenos de lágrimas, igual que yo. Se toca el vientre con la mano.

—Está preciosa. Mike es un hombre con suerte —digo, y le sonrío a la madre de Hardin. Ella sigue mirándose al espejo, y no la culpo.

—¿Conoces a Trish? —pregunta la chica con educación.

—Sí. —Me vuelvo a mirarla—. Soy... —Hardin y yo vamos a tener que hablar sobre cómo tiene intención de presentarme—. Estoy con su hijo —le digo, y ella abre unos ojos como platos.

—Natalie. —La voz de Susan retumba entonces en la pequeña tienda.

Trish se ha puesto lívida y nos mira a Natalie y a mí. Se me escapa algo. Miro a Natalie, esos ojos azules, el pelo castaño y la piel clara.

«Susan... —pienso—. ¿Susan es la tía de Natalie? Y Natalie...

»Madre de Dios. Natalie. *Esa* Natalie...» La Natalie que le pesaba a Hardin en la conciencia, por muy poca que tenga. La misma a la que él le destrozó la vida.

—Natalie —le digo al darme cuenta de todo.

Ella asiente sosteniéndome la mirada mientras Trish se nos acerca.

—Sí, la misma. —La expresión de su rostro me dice que no está segura de si estoy al tanto de toda la historia y que tampoco sabe qué decir al respecto—. Y tú eres... eres su... Tessa —dice. Puedo ver cómo se forman sus pensamientos.

—Soy... —No puedo hablar. No tengo ni la menor idea de qué decir. Hardin me contó que ahora era feliz, que lo había perdonado y que tenía una nueva vida. Siento por ella una profunda empatía—. Lo siento mucho... —digo al fin.

—Voy por más champán. Trish, acompáñame. —Susan toma a Trish del brazo y la jala.

Trish vuelve la cabeza y, hasta que desaparece por una puerta, con vestido de novia y todo, no nos quita ojo de encima.

—¿Qué es lo que sientes? —Los ojos de Natalie refulgen bajo las luces brillantes. No puedo imaginarme a esta chica con mi Hardin. Es tan sencilla y tan bonita, nada que ver con ninguna de las chicas de su pasado que he conocido.

Me da risa nerviosa.

—No lo sé. —¿Por qué demonios me estoy disculpando?—. Por... por lo que... te hizo.

—¿Lo sabes? —La sorpresa es evidente en su voz. Sigue mirándome fijamente, intentando adivinar por dónde voy.

—Sí —digo; de repente me siento avergonzada y tengo la imperiosa necesidad de explicarme—. Y Hardin... ha cambiado. Se arrepiente mucho de lo que te hizo —aseguro. No va a compensarla por el pasado, pero tiene que saber que el Hardin que conozco no es el mismo que conoció ella.

—Me lo encontré hace poco —me recuerda—. Estaba... No sé... Vacío cuando lo vi en la calle. ¿Ya está mejor?

Intento encontrar algún tipo de aspereza en su voz, pero nada.

—Sí, mucho mejor —le digo intentando no mirarle la barriga. Levanta la mano y veo un anillo de oro en su anular. Me alegro de que tenga una nueva vida—. Ha hecho cosas horribles y sé que me estoy metiendo donde no me llaman —trago saliva, intentando no perder la seguridad en mí misma—, pero para él fue muy importante saber que lo habías perdonado. Significó muchísimo... Gracias por haber encontrado el valor para hacerlo.

Para ser sincera, no creo que Hardin lo lamentase tanto como debería, pero el perdón de Natalie derribó algunos de los muros entre él y los demás que tanto tiempo se había pasado levantando. Y sé que encontró un poco de paz.

—Debes de quererlo de verdad —dice en voz baja tras un largo silencio.

—Sí, mucho —asiento mirándola a los ojos.

Estamos conectadas de un modo extraño, esta mujer a la que Hardin hirió de una forma tan terrible y yo, y percibo el poder de esa conexión. No puedo ni imaginarme cómo debió de sentirse, la humillación y el dolor tan profundos que Hardin le causó. No sólo la abandonó él, sino también toda su familia. Al principio yo era igual que ella, únicamente un juego para él, hasta que se enamoró de mí. Esa es la diferencia entre esta dulce mujer embarazada y yo. Él me quiere a mí, pero fue incapaz de quererla a ella.

No puedo evitar la idea horrible que me pasa por la cabeza: si la hubiese querido a ella, ahora no sería mío. Es egoísta, pero doy las gracias de que ella no le importara tanto como le importo yo.

—¿Te trata bien?

No me esperaba esa pregunta.

—Casi siempre... —No puedo evitar sonreír ante mi terrible respuesta—. Lo está intentando —termino con tono de certeza.

—No puedo pedir más. —Me devuelve la sonrisa.

—¿Qué quieres decir?

—He rezado y rezado para que Hardin encontrara su salvación, y creo que por fin ha ocurrido. —Su sonrisa se torna más amplia y vuelve a tocarse el vientre—. Todo el mundo merece una segunda oportunidad, incluso los pecadores de la peor calaña, ¿no crees?

Me tiene admirada. No creo que yo estuviera aquí, esperando que le ocurriesen cosas buenas a Hardin si me hubiera hecho a mí lo que le hizo a ella y luego ni siquiera se dignara disculparse. Lo más probable es que le estuviera deseando la muerte. Sin embargo, aquí está, llena de compasión, deseándole lo mejor.

—Sí —digo. Estoy de acuerdo con ella, a pesar de que soy incapaz de entender cómo puede ser tan caritativa.

—Sé que crees que estoy loca —Natalie se ríe un poco—, pero si no fuera por Hardin, nunca habría conocido a mi Elijah, y no faltarían sólo unos días para que trajera al mundo a nuestro hijo.

Me da un escalofrío de pensarlo. Hardin fue un punto de inflexión en la vida de Natalie, más bien, un obstáculo descomunal en el camino hacia la vida que se merece. No quiero que Hardin sea un punto de inflexión en mi vida, un recuerdo doloroso, alguien a quien me vea obligada a perdonar y a aceptar que es parte de mi pasado. Quiero que Hardin sea mi Elijah, mi final feliz.

La tristeza engulle al miedo cuando Natalie me toma la mano y se la lleva a su barriga, redonda como nunca lo estará la mía, y veo su anillo de oro, que es probable que yo jamás lleve en el dedo. Me sobresalto al notar movimiento contra la palma de mi mano, y Natalie se ríe.

—Este pequeñín no para. Estoy deseando que salga. —Vuelve a reírse y no puedo evitar a tocarle otra vez el vientre para sentir de nuevo al bebé en movimiento. Me da otra patada y soy tan feliz como ella. No puedo evitarlo, su dicha es contagiosa.

—¿Para cuándo? —le pregunto, todavía perpleja por el revuelo bajo la palma de mi mano.

—Hace dos días. Este muchachito es un terco. He vuelto al trabajo a ver si el estar de pie lo ayuda a decidirse a salir.

Habla con una ternura infinita del bebé que aún no ha nacido. ¿Estaré en su piel algún día? ¿Me brillarán así las mejillas y hablaré con tanta ternura? ¿Sentiré alguna vez a mi bebé dar patadas dentro de mí? Me obligo a olvidarme de mi autocompasión. Aún no hay nada seguro.

«El diagnóstico del doctor West no es definitivo, pero puedes estar segura de que Hardin jamás accederá a ser el padre de tus hijos», se burla de mí una voz en mi interior.

—¿Te encuentras bien? —La voz de Natalie me saca de mi ensimismamiento.

—Sí, perdona. Sólo estaba soñando despierta —miento y retiro la mano de su barriga.

—Me alegro de haberte conocido —dice justo cuando Trish y Susan emergen de la trastienda.

Susan lleva un velo y un ramo de flores en la mano. Miro al reloj: son las dos y media. Llevo hablando con Natalie lo suficiente para que a Trish le haya subido el color a las mejillas y para que se haya terminado la copa de champán.

—Dame cinco minutos. ¡Puede que tengas que conducir tú! —dice Trish echándose a reír.

Me estremezco de pensarlo, pero cuando me planteo la alternativa, llamar a Hardin, lo de conducir no parece tan mala idea.

—Cuídate mucho y enhorabuena otra vez —le deseo a Natalie al salir de la tienda. Trish camina detrás de mí y yo llevo el vestido de novia en la mano.

—Igualmente, Tessa —me sonríe Natalie antes de que se cierre la puerta.

—Si te pesa mucho, puedo llevarlo yo —se ofrece Trish ya en la banqueta—. Voy por el coche. Sólo me he tomado una copa, estoy bien para conducir.

—No pasa nada, de verdad —le digo a pesar de que me aterra conducir su coche.

—No, en serio —responde, y se saca las llaves de la bolsa de la chamarra—. Puedo conducir.

CAPÍTULO 135

Hardin

He recorrido la casa cien veces. He recorrido el pinche barrio dos veces. Incluso llamé a Landon. Siento que me va a dar algo y Tessa no me contesta el teléfono. «¿Dónde carajos se han metido?»

Miro el celular. Son las tres pasadas. ¿Cuánto tiempo puede tardarse uno en un *spa*?

La adrenalina corre por mis venas cuando oigo crujir la grava del sendero bajo el peso de un coche. Corro junto a una ventana, es el coche de mi madre. Tessa sale primero, va a la cajuela y saca una bolsa blanca enorme. Le noto algo distinto.

—¡Lo llevo yo! —le dice a mi madre.

Abro la puerta mosquitera, bajo los escalones del porche a toda velocidad y le quito el maldito vestido de las manos.

«El pelo... ¿Qué se hizo en el pelo?»

—¡Me voy aquí al lado por Mike! —grita mi madre.

—¿Qué carajos te hiciste en el pelo? —Repito mi pensamiento en voz alta.

Tessa frunce el ceño y la chispa en sus ojos se apaga.

«Mierda.»

—Sólo era una pregunta... Te queda bien —le digo, y la miro otra vez. La verdad es que le queda bien. Siempre está preciosa.

—Me lo pinté... ¿No te gusta? —dice siguiéndome a la casa. Tiro la bolsa encima del sillón—. ¡Ten cuidado! ¡Es el vestido de novia de tu madre! —grita recogiendo el bajo de la bolsa.

El pelo también le brilla más que de costumbre y lleva las cejas distintas. Las mujeres se pasan la vida haciendo cosas para impresionar a hombres que apenas notan la diferencia.

—De verdad que no tengo ningún problema con tu pelo —le aseguro, sólo me ha sorprendido. No es muy diferente de como suele llevarlo siempre, sólo un poco más oscuro por arriba, pero básicamente es lo mismo.

—Me alegro, porque es mi pelo y hago con él lo que quiero. —Cruza los brazos sobre el pecho y me echo a reír—. ¿Qué? —me dice desafiante. Es en serio.

—Nada. Es que tu rollo Superwoman me hace gracia, eso es todo —digo sin parar de reír.

—Pues me alegro de que te resulte gracioso, porque es lo que hay —me desafía.

—Bueno. —La agarro de la manga de la sudadera para atraerla hacia mí y procuro no mirarle el busto. Me parece que no es el mejor momento para mencionárselo.

—Lo digo en serio, se acabó lo de comportarse como un macho —me dice, y una pequeña sonrisa le estropea la cara de pocos amigos mientras se revuelve contra mi pecho.

—Está bien, pero cálmate. ¿Qué diablos te hizo mi madre?

Le beso la frente y me entra un alivio tremendo porque no mencionó ni a Susan ni a Natalie. Prefiero que se enoje conmigo porque no me guste que se haya pintado el pelo que por mi pasado.

—Nada —responde—. Has sido un grosero al hablar de mi pelo, y pensé que sería un buen momento para recordarte que las cosas han cambiado. —Intenta contenerse para ocultar una sonrisa. Me está poniendo a prueba y es adorable.

—Claro, claro. No volveré a comportarme como un macho. —Pongo los ojos en blanco y ella se aparta—. Lo he entendido, de veras —añado atrayéndola de nuevo hacia mí.

—Te extrañé. —Suspira contra mi pecho, y vuelvo a rodearla con los brazos.

—¿De veras? —pregunto deseando que lo confirme. Parece que nadie le ha recordado mi pasado. Todo va bien. Este fin de semana saldrá bien.

—Sí, sobre todo mientras me daban el masaje. Eduardo tenía las manos aún más grandes que tú —dice Tessa entre risitas. Sus risitas se vuelven grititos cuando me la echo al hombro y empiezo a subir la escalera.

744

Sé que ningún hombre le ha dado un masaje, si así fuera, no me lo contaría y se echaría a reír.

Puedo relajar el rollo macho. A menos, claro está, que la amenaza sea real. Bueno, nada de «a menos». Estamos hablando de Tessa, y siempre hay alguien que intenta alejarme de ella.

La puerta de atrás chirría al abrirse y la voz de mi madre nos llama por la casa justo cuando estamos en la mitad de la escalera. Gruño y Tessa se revuelve y me suplica que la baje. Hago lo que me pide sólo porque llevo todo el día extrañándola y mi madre se pondría megapesada si soy demasiado cariñoso con Tessa delante de ella y del vecino.

—¡Vamos corriendo! —contesta Tessa cuando la dejo en el suelo.

—En realidad, aquí no vamos ni se se apresura nadie. —Le beso la comisura de los labios y sonríe.

—El que no va a venirse eres tú. —Arquea sus nuevas cejas y le doy una palmada en el trasero mientras se apresura escaleras abajo.

Noto el pecho más ligero. Anoche me comporté como un imbécil sin motivo. Mi madre no iba a llevar a Tessa hasta Natalie a propósito. ¿Por qué me habré preocupado en balde?

—¿Qué quieres cenar? Se me ocurrió que podríamos ir a Zara los cuatro. —Mi madre mira a su casi marido en cuanto entramos en la sala.

Tessa asiente a pesar de que no tiene ni idea de qué es Zara.

—Odio Zara —protesto—. Siempre está lleno, y a Tessa no le va a gustar lo que sirven.

Tessa comería piedras con tal de tener la fiesta en paz, pero sé que no querrá tener que comer hígado o puré de cordero por primera vez en una situación en la que se sienta obligada a sonreír y a fingir que es lo más delicioso que ha comido nunca.

—Entonces ¿Blues Kitchen? —sugiere Mike. La verdad es que no quiero ir a ninguna parte, carajo.

—Demasiado ruidoso. —Apoyo los codos en la barra y jalo los trocitos de formica que se han pelado.

—Pues elige tú —dice mi madre. Sé que se está hartando de mí, pero aquí estoy. ¿No era eso lo que quería?

Miro el reloj y asiento. Sólo son las cinco, tenemos una hora antes de salir.

—Me voy arriba —les digo.

—Tenemos que salir dentro de diez minutos, ya sabes que encontrar estacionamiento es misión imposible.

«Genial.» Me apresuro a salir de la cocina. Tessa me sigue.

—Eh. —Me sujeta de la manga de la camiseta cuando llego al pasillo. Me vuelvo para mirarla.

—¿Qué? —pregunto intentando mantener el tono de voz más dulce posible a pesar de que estoy irritado.

—¿Qué te pasa? Si algo te molesta, dímelo y lo arreglaremos —me ofrece con una sonrisa nerviosa.

—¿Qué tal la comida? —No ha sacado el tema, pero no puedo evitar preguntar.

Lo entiende.

—Ah... —Mira al suelo y le levanto la barbilla con el pulgar para que me mire—. Estuvo bien.

—¿De qué hablaron? —le pregunto. Es obvio que no ha sido tan malo como me temía, pero noto que no quiere hablar del asunto.

—La conocí... Conocí a Natalie.

Se me hiela la sangre en las venas. Flexiono un poco las rodillas para poder verle la cara mejor.

—¿Y?

—Es encantadora —dice Tessa. Espero que frunza el ceño o ponga cara de enojo, pero no pasa nada.

—¿Es encantadora? —repito, totalmente confuso por su respuesta.

—Sí, es muy dulce... y está muy embarazada. —Tessa sonríe.

—¿Y Susan? —pregunto de mala gana.

—Susan es muy divertida y muy amable.

Pero... Susan me odia por lo que le hice a su sobrina.

—Entonces ¿estuvo bien?

—Sí, Hardin. Mi día estuvo bien. Te extrañé, pero mi día ha estado bien. —Estira la mano para agarrarme de la camiseta y atraerme hacia sí. Está preciosa en la penumbra del pasillo—. Todo va bien, no te preocupes —asegura.

Apoyo la cabeza en la suya y me rodea la cintura con los brazos.

¿Me está consolando? Tessa me está consolando, asegurándome que todo irá bien después de haberse encontrado cara a cara con la chica a la que casi destruí. Dice que todo irá bien... ¿De verdad?

—Pero nunca va bien —susurro, casi deseando que no lo oiga. Si me ha oído, ha preferido no contestar.

—No quiero salir a cenar —confieso rompiendo el silencio entre nosotros.

Sólo quiero llevarme a Tessa arriba y perderme en ella, olvidar todas las chingaderas que tortura mi mente día y noche, espantar los fantasmas y borrar los recuerdos mientras me concentro en ella. Quiero que su voz sea la única que se oiga en mi cabeza y enterrarme en ella en este instante para asegurarme de que así sea.

—Tenemos que ir, es el fin de semana de la boda de tu madre. Volveremos pronto. —Se pone de puntitas para besarme la mejilla y luego sus labios descienden por mi mandíbula.

—No podría estar más emocionado —musito con sarcasmo.

—Vamos. —Tessa me lleva de vuelta a la sala, con la mano en la mía, pero en cuanto nos reunimos con mamá y Mike, se la suelto.

Suspiro.

—Bueno, vamos a cenar.

La cena es tan aburrida como me esperaba. Mi madre mantiene a Tessa ocupada, le está calentando la cabeza con cosas de bodas y la pequeña lista de invitados. La pone al día de los miembros de la familia que estarán presentes, que por parte de mi madre son pocos; sólo asistirá un primo lejano porque sus padres fallecieron hace años. Mike permanece bastante callado durante la comida, como yo, pero no parece aburrirse tanto. Observa a mi madre con una cara que me dan ganas de darle un madrazo. Me pone mal, pero a la vez es todo un consuelo. Está claro que la quiere, así que no debe de ser tan mal tipo.

—Eres mi única oportunidad de ser abuela, Tessa —bromea mi madre mientras Mike paga la cuenta.

Tessa se atraganta con el agua y le doy palmadas en la espalda. Tose un par de veces antes de disculparse pero, cuando se recupera, parece asustada y avergonzada a partes iguales. Está exagerando, pero seguro que el comentario de mal gusto de mi madre la ha sorprendido.

Mi madre nota mi molestia y dice:

—Sólo era una broma. Sé que son muy jóvenes aún —y me saca la lengua con gesto infantil.

¿Jóvenes? Eso es lo de menos, no tiene por qué meterle esas mamadas a Tessa en la cabeza. Ya lo hemos acordado: nada de niños. Mi madre está haciendo que Tessa se sienta culpable y obligada a tener hijos, y eso no ayuda; lo único que conseguirá es provocar otra pelea. La mayoría de nuestras peleas han sido o bien por los niños, o bien por el matrimonio. No quiero ninguna de esas cosas ni las querré. Amo a Tessa, todos los días, por siempre jamás, pero no voy a casarme con ella. De repente me viene a la cabeza la advertencia de Richard de la otra noche, pero la ignoro.

Después de cenar, mi madre le da a Mike un beso de buenas noches y él se va a la casa de al lado. Mi madre está siguiendo esa ridícula tradición de no dejar que el novio vea a la novia la noche antes de la boda. Creo que se ha olvidado de que no es la primera vez que se casa, y que todas esas estúpidas supersticiones no valen para nada la segunda vez.

Por mucho que me muera por llevarme a Tessa a mi antigua cama, no puedo hacerlo con mi madre en casa. Estas cuatro paredes de mierda no están insonorizadas. Puedo oír cada vez que ella se da la vuelta en su viejo colchón de resortes en la habitación de al lado.

—Deberíamos habernos quedado en un hotel —refunfuño mientras Tessa se desviste.

Ojalá durmiera con abrigo, así no me pasaría la noche sufriendo la tortura de tener su cuerpo semidesnudo al lado. Se pone mi camiseta y yo no puedo evitar quedarme embobado mirándole la curva de los pechos bajo la tela, sus protuberantes caderas, el modo en que sus muslos llenan mi camiseta hasta que casi le queda ceñida. Me alegro de que la camiseta no le quede demasiado floja, no le sentaría tan bien. No me la pondría tan dura, y seguro que tampoco haría que la noche se me hiciera tan larga.

—Ven aquí, nena —la invito con los brazos abiertos para que recueste la cabeza en mi pecho. Quiero decirle lo mucho que significa para mí que haya llevado tan bien lo de Natalie, pero no encuentro las palabras adecuadas. Creo que lo sabe, tiene que saber el miedo que me daba que algo se interpusiera entre nosotros.

Se queda dormida en cuestión de minutos, abrazada a mí, y las palabras fluyen libres mientras le acaricio el pelo con los dedos.

—Lo eres todo para mí —digo.

Me despierto sudando. Tessa sigue pegada a mí y apenas puedo respirar con su densa melena en mi cara. En esta casa hace demasiado calor. Seguro que mi madre ha encendido la calefacción. Casi es primavera, no hace ninguna falta. Desenrosco los brazos y las piernas de Tessa de mi cuerpo y me aparto el pelo empapado de sudor de la frente antes de ir abajo para bajar el termostato.

Estoy medio dormido cuando doblo la esquina hacia la cocina, pero lo que veo me hace frenar en seco. Me restriego los ojos e incluso parpadeo para enfocar la imagen distorsionada.

Pero ahí sigue... Siguen ahí por mucho que parpadee.

Mi madre está sentada en la barra abierta de piernas. Hay un hombre de pie entre sus muslos y le rodea la cintura con los brazos. Ella tiene las manos hundidas en el pelo rubio de él. Él la está besando en la boca, o ella lo besa a él, no lo sé. Lo único que sé es que ese hombre no es Mike.

Es el maldito Christian Vance.

CAPÍTULO 136

Hardin

¿Perdón? ¿Qué está pasando? Esta es una de las pocas veces en mi vida en las que me he quedado sin habla. Las manos de mi madre descienden del pelo de Vance a su mandíbula y lo besa con más fuerza.

Debo de haber hecho algún ruido, seguramente habré ahogado un grito, qué chingados sé yo, porque mi madre abre los ojos de repente y aparta a Vance de un empujón en los hombros. Él se vuelve rápidamente hacia mí, con unos ojos como platos, y se aparta de la barra. ¿Cómo es que no me han oído bajar la escalera? ¿Qué hace él aquí, en esta cocina?

«De verdad, ¿qué carajos está pasando?»

—¡Hardin! —exclama mi madre presa del pánico bajando de un salto de la barra.

—Hardin, puedo... —interviene Vance.

Levanto la mano para que se callen mientras mi cerebro y mi boca intentan trabajar juntos para tratar de comprender el espanto que acabo de presenciar.

—¿Cómo...? —empiezo a decir, las palabras se me traban en la lengua, mi mente no consigue formar una frase—. ¿Cómo...? —repito.

Mis pies empiezan a retroceder. Quiero alejarme de ellos tan rápido como me sea posible, pero también necesito una explicación.

Miro a uno y a otra, haciendo un esfuerzo por conciliar a las dos personas que tengo delante con las personas que creía conocer. Pero fracaso y nada tiene sentido.

Mis talones chocan contra el primer peldaño de la escalera y mi madre extiende un brazo hacia mí.

—No es... —trata de decir.

Es un alivio notar cómo la sangre empieza a calentarse en mis venas y el enojo borra la sorpresa inicial, se apodera de mí y me libra de lo vulnerable que me sentía hace unos segundos. Sé qué hacer con la ira, me deleito con ella. Con lo que no sé qué hacer es con lo de enmudecer de sorpresa.

Camino hacia ellos antes de poder darme cuenta de lo que estoy haciendo, y mi madre retrocede huyendo de mí, mientras Vance se interpone entre ella y yo.

—¿Qué chingados te pasa? —la interrumpo haciendo caso omiso de las lágrimas egoístas que brillan en sus ojos—. ¡Te casas mañana!

—Y tú —le siseo a mi antiguo jefe—, tú estás comprometido, y aquí estás, ¡a punto de cogerte a mi madre en la barra de la cocina!

Bajo la mano y le pego un puñetazo a la ya maltrecha barra. El crujir de la madera al partirse me excita aún más, me hace querer más.

—¡Hardin! —chilla mi madre.

—¡No te atrevas a gritarme! —le espeto. Oigo pasos arriba, señal de que nuestras voces han despertado a Tessa. Sé que viene a buscarme.

—No le hables así a tu madre. —Vance no levanta la voz, pero el tono de amenaza es claro como el agua.

—Y tú ¿quién chingados eres para ordenarme nada? No eres nadie. ¿Quién carajo te crees que eres, eh? —Me clavo las uñas en las palmas de las manos. La ira bulle en mi interior, se acumula, lista para explotar.

—Soy... —empieza a decir él, pero mi madre le pone la mano en el hombro para que se calle.

—Christian, basta —le suplica.

—¿Hardin? —Tessa me llama desde lo alto de la escalera y a los pocos segundos entra en la cocina. Mira alrededor, primero al huésped de última hora, luego a mí. Se planta a mi lado—. ¿Está todo bien? —pregunta casi en un susurro, agarrándome del antebrazo con su pequeña mano.

—¡Genial! ¡Va todo de maravilla, de verdad! —Hago que me suelte el brazo y lo agito delante de mí—. Aunque es posible que quieras avisar a tu amiga Kimberly de que su querido prometido ha estado tirándose a mi madre.

A Tessa casi se le salen los ojos de las órbitas al oírlo, pero permanece callada. Ojalá se hubiera quedado arriba, pero sé que yo en su lugar habría hecho lo mismo.

—¿Dónde está tu adorable Kimberly? ¿En algún hotel cercano con tu hijo? —le pregunto a Vance con todo el sarcasmo que admiten mis palabras.

No me gusta Kimberly, es una pesada y una chismosa, pero ama a Vance y tenía la impresión de que él también estaba loco por ella. Es obvio que estaba equivocado. No le importan ni ella ni la boda inminente. Si le importaran, esto no estaría pasando.

—Hardin, tenemos que calmarnos todos un poco. —Mi madre intenta quitarle importancia al asunto. Retira la mano del hombro de Vance.

—¿Quieres que me calme? —pregunto incrédulo. Es increíble—. Te casas mañana y aquí te encuentro, en plena noche, abierta de piernas en la barra como una cualquiera.

En cuanto termino de decirlo, Vance se me echa encima. Su cuerpo choca contra el mío y mi cabeza golpea los azulejos del suelo de la cocina cuando me tira al suelo.

—¡Christian! —grita mi madre.

Vance usa su peso para sujetarme, pero me las arreglo para liberar las manos. En cuanto siento un puñetazo en la nariz, la adrenalina se dispara por mis venas, arrasa con todo y sólo veo violencia.

CAPÍTULO 137

Tessa

¿Estaré soñando? Por favor, que sea una pesadilla... Seguro que esto no es real.

Christian está encima de Hardin. El golpe que le propina en la nariz produce el sonido más odioso del mundo. Me quema los tímpanos y se me cae el alma a los pies. Hardin levanta los puños y le pega a Vance un derechazo en la mandíbula de fuerza equiparable que hace que resbale.

En cuestión de segundos Hardin se zafa de él, lo empuja por los hombros y lo derriba al suelo otra vez. No sé cuántos golpes se atizan ni quién va ganando.

—¡Sepáralos! —le grito a Trish.

Cada fibra de mi ser quiere interponerse entre ellos, sé que si Hardin me ve parará al instante, pero me da miedo que esté demasiado encabronado, demasiado fuera de control y que por accidente haga algo que después consiga enloquecerlo de culpabilidad.

—¡Hardin! —Trish agarra el hombro desnudo de su hijo intentando que cese la violencia, pero ninguno de los dos le hace caso.

Para empeorar las cosas, la puerta de atrás se abre y aparece Mike, alarmado. Madre de Dios.

—¿Trish? ¿Qué es lo que...? —Parpadea tras los gruesos cristales de los lentes mientras procesa lo que está ocurriendo.

En menos de un segundo se une al barullo, se coloca detrás de Hardin y lo sujeta por los brazos. Como es un gigantón, lo levanta del suelo sin esfuerzo y lo lleva contra la pared. Christian se pone en pie como puede y Trish lo empuja contra la pared opuesta. Hardin está temblando, resoplando. Respira con tanta dificultad que me da miedo que se haya hecho daño en los pulmones. Corro hacia él sin saber muy bien qué hacer, lo que necesito es tenerlo cerca.

—¿Qué demonios pasa aquí? —exige saber la voz de Mike.

Todo ha sucedido muy deprisa: el terror en la mirada de Trish, el reguero de sangre roja que mana de la nariz de Hardin y le mancha la boca... Es colérico.

—¡Pregúntaselo a ellos! —grita Hardin. Diminutas gotas de sangre le salpican el pecho. Gesticula en dirección a una Trish aterrada y un Christian furibundo.

—Hardin —digo con ternura—. Vamos arriba.

Le tomo la mano intentando controlar mis emociones. Estoy temblando y noto que las lágrimas me corren por las mejillas, pero esta vez yo soy lo de menos.

—¡No! —Se aparta de mí—. ¡Cuéntaselo! ¡Dile lo que estabas haciendo! —Hardin intenta abalanzarse sobre Christian otra vez, pero Mike se interpone rápidamente entre los dos.

Cierro los ojos un momento y rezo para que Hardin no le pegue a él también.

Estoy otra vez en la residencia, con Hardin a un lado y Noah al otro, cuando Hardin me obligó a confesarle mi infidelidad al chico con el que me había pasado media vida. La mirada en la cara de Noah no fue tan devastadora como la que tengo delante ahora mismo. La expresión de Mike es una mezcla de confusión y dolor.

—Hardin, no lo hagas, por favor —le ruego—. Hardin —repito, suplicándole que no avergüence al hombre. Trish tiene que contárselo a su manera, sin público. Esto no está bien.

—¡Al carajo! ¡Chinguen a su madre todos! —grita Hardin, y vuelve a pegarle a la barra, que se parte en dos—. Estoy seguro de que a Mike no le importará que hagan uso de las instalaciones mañana —añade luego en voz baja, calculando cada una de sus crueles palabras—. Estoy seguro de que los dejará, porque probablemente ha malgastado una pequeña fortuna en esa boda de pacotilla. —Medio sonríe.

Un escalofrío me recorre el espinazo y bajo la vista. No hay forma de pararlo cuando se pone así, y nadie lo intenta. Todos permanecen en silencio mientras Hardin continúa:

—Hacen una pareja encantadora. La exesposa de un borracho y su leal mejor amigo —se burla—. Perdona, Mike, pero llegas como cinco minutos tarde. Te has perdido la parte en que tu novia le estaba explorando las amígdalas con la lengua.

Christian intenta golpear a Hardin de nuevo, pero Trish se mete en medio. Hardin y Christian se miran como panteras.

Estoy viendo una nueva faceta de Christian. Ya no es bromista e ingenioso; es una mole de furia que mana de él a borbotones. El Christian que toma a Kimberly de la cintura y le susurra lo guapa que es no aparece por ninguna parte.

—Maldito insolente... —masculla Christian.

—¿Yo soy un insolente? Tú eres el que hace discursos sobre las bondades del matrimonio mientras tiene una aventura con mi madre.

Mi mente se niega a creerlo. ¿Christian y Trish? ¿Trish y Christian? No tiene sentido. Sé que son amigos desde hace años, y Hardin me contó que Christian se los llevó a vivir consigo y cuidó de ellos cuando Ken los abandonó. Pero ¿una aventura?

Trish no me parece el tipo de mujer que haría una cosa así, y Christian da la impresión de estar muy enamorado de Kimberly. Kimberly... Pobre... Con lo mucho que lo quiere. Está planeando la boda perfecta con el hombre de sus sueños y acaba de quedar claro que no lo conoce en absoluto. Se le va a romper el corazón. Ha construido una vida con Christian y con su hijo. No dejaré que Hardin sea quien se lo cuente, cueste lo que cueste. No permitiré que la humille y se burle de ella igual que de Mike.

—¡No es eso! —El arranque de Christian es tan peligroso como el de Hardin. Sus ojos verdes refulgen de ira y sé que sólo quiere retorcerle el pescuezo a Hardin.

Mike permanece en silencio sin apartar la mirada de su prometida y de sus mejillas bañadas de lágrimas.

—Lo siento mucho, no tenía que pasar. No sé... —La voz de Trish se quiebra en un sollozo desgarrador y aparto la vista.

Mike menea la cabeza, negándose a aceptar su disculpa, y sin mediar palabra cruza la pequeña cocina y sale de la casa dando un portazo. Trish cae de rodillas, tapándose la cara con las manos para ahogar el llanto.

Christian encorva la espalda y la preocupación anula la rabia cuando se arrodilla junto a Trish y la envuelve entre sus brazos. A mi lado,

Hardin empieza a hiperventilar de nuevo y aprieta los puños. Me paro delante de él y le tomo la cara entre las manos. Se me revuelve el estómago al ver la sangre que le cae por la barbilla. Tiene los labios carmesí... Hay mucha sangre.

—Quítate —me advierte jalándome de las manos para librarse de ellas.

Mira la escena que transcurre a mis espaldas, a su madre entre los brazos de Christian. Parecen haber olvidado que estamos aquí, o eso o es que les da igual. Estoy hecha un caos.

—Hardin, por favor —lloro, y vuelvo a agarrarle la cara con manos temblorosas.

Por fin me mira y veo que la culpa asoma a sus ojos.

—Vayamos arriba, por favor —le suplico.

Me mira fijamente y me obligo a sostenerle la mirada hasta que la ira desaparece poco a poco.

—Llévame lejos de ellos —tartamudea—. Sácame de aquí.

Le suelto la cara y lo tomo del brazo con una mano para sacarlo de la cocina. Cuando llegamos a la escalera, se detiene.

—No... Quiero salir de esta casa —dice.

—Está bien —accedo al instante. Yo también quiero irme de aquí—. Iré a recoger nuestras cosas, tú vete al coche —sugiero.

—No. Si salgo ahí... —No hace falta que termine la frase. Sé perfectamente lo que pasará si lo dejo a solas con Christian y con su madre.

—Ven conmigo, no tardaré mucho —le prometo. Estoy intentando mantener la calma, ser fuerte por él, y por ahora parece que está funcionando.

Me deja tomar el mando y me sigue escaleras arriba y pasillo abajo hacia el pequeño cuarto. Meto nuestras cosas en las maletas a toda prisa, sin pararme a colocarlas bien. Doy un brinco y grito sobresaltada cuando Hardin le da un golpe a la cómoda y el pesado mueble cae al suelo con un estruendo. Hardin se arrodilla y saca el primer cajón. Lo tira a un lado antes de ir a por el siguiente. Va a destrozar la habitación entera si no lo saco de aquí.

Cuando lanza el último cajón contra la pared, le rodeo el torso con los brazos.

—Acompáñame al baño. —Lo llevo por el pasillo y cierro la puerta. Agarro una toalla, abro la llave y le pido que se siente en la tapa de la taza. Su silencio me hiela la sangre y no quiero presionarlo.

No dice nada, ni siquiera pestañea, cuando le acerco la toalla caliente a la cara y le limpio la sangre seca de debajo de la nariz, los labios y la mandíbula.

—No está rota —digo en voz baja después de examinarla brevemente.

Tiene el labio inferior partido e hinchado, pero ha dejado de sangrar. La cabeza me da vueltas, veo sin parar a los dos hombres enzarzados como fieras.

Hardin no contesta.

Cuando le he limpiado casi toda la sangre, enjuago la toalla y la dejo en el lavabo.

—Voy por nuestras maletas. Quédate aquí —le digo con la esperanza de que me obedezca.

Corro a la habitación por nuestras cosas y abro la maleta. Hardin va sin camisa y sin zapatos. Sólo lleva puestos unos pantalones de deporte y yo sólo llevo puesta su camiseta. No he tenido tiempo para pensar en vestirme o en sentirme avergonzada por haber corrido escaleras abajo medio desnuda al oír los gritos. No sabía qué me iba a encontrar al bajar, pero ni en sueños me habría esperado encontrar a Christian con Trish.

Hardin permanece en silencio mientras le pongo una camiseta limpia y unos calcetines. Yo me visto con una sudadera y unos pantalones sin pensar en mi aspecto. Me lavo las manos otra vez para intentar quitarme la sangre seca de debajo de las uñas.

Sigue sin decir nada mientras bajamos la escalera y me quita las maletas. Sisea de dolor cuando se echa mi bolsa al hombro y tiemblo al pensar en el moretón que debe de llevar bajo la camiseta.

Oigo los sollozos de Trish y los susurros de consuelo de Christian al salir a la calle. Llegamos al coche rentado y Hardin se vuelve para mirar la casa. Le da un escalofrío.

—Yo conduzco. —Agarro las llaves, pero él me las quita rápidamente.

—No, conduciré yo —dice al fin. No discuto.

Quiero preguntarle adónde vamos, pero decido que no es el momento. En este momento no piensa con claridad y tengo que hilar fino. Le tomo la mano y me alegro de que no retire la suya huyendo de mi contacto.

Los minutos se me hacen horas mientras cruzamos el pueblo en silencio. La tensión aumenta con cada kilómetro que recorremos. Miro por la ventanilla y reconozco la calle de esta tarde cuando pasamos junto a la tienda de trajes de novia de Susan. La emoción me asalta al recordar a Trish enjugándose los ojos, mirándose al espejo vestida de novia. ¿Cómo ha podido hacerlo? Iba a casarse mañana. ¿Por qué habrá hecho una cosa así?

La voz de Hardin me devuelve al presente:

—Esto es una chingadera.

—No lo entiendo —le digo, y le aprieto la mano con ternura.

—Todo y todos en mi vida dan asco —dice sin emoción en la voz.

—Lo sé. —No podría discrepar más, pero no es momento de corregirlo.

Hardin mete el coche en el estacionamiento de un pequeño motel.

—Pasaremos aquí la noche y nos iremos por la mañana —dice mirando por el parabrisas—. No sé qué decir de tu trabajo y de dónde vas a vivir cuando volvamos a Estados Unidos —continúa bajándose del coche.

Estaba tan ocupada preocupándome de Hardin y de la violenta escena de la cocina que por un instante se me había olvidado que el hombre que rodaba por el suelo con él no sólo es mi jefe, sino que también vivo bajo su techo.

—¿Vienes? —pregunta.

En vez de responderle, bajo del coche y lo sigo en silencio al motel.

CAPÍTULO 138

Tessa

El hombre tras el mostrador le entrega a Hardin la llave de nuestra habitación con una sonrisa que Hardin no le devuelve. Me esfuerzo por ofrecerle una que se lo compense, pero me sale rara y forzada y el recepcionista desvía la mirada rápidamente.

En silencio, atravesamos el vestíbulo en busca de nuestra habitación. El pasillo es largo y estrecho. Pinturas religiosas cubren las paredes de color crema: en una, un ángel muy apuesto se arrodilla ante una doncella; en otra, se abrazan dos enamorados. Me estremezco cuando mis ojos llegan al último cuadro y encuentran los ojos negros del mismísimo Lucifer justo al salir de nuestra habitación. Me quedo de piedra mirando los ojos vacíos y me apresuro a entrar detrás de Hardin y a encender la luz para iluminar la oscuridad. Deja mi bolsa en un sillón orejero que hay en un rincón y la maleta junto a la puerta, a mi lado.

—Voy a bañarme —dice en voz baja. Sin mirar atrás, se mete en el baño y cierra la puerta.

Me gustaría seguirlo, pero tengo dudas. No quiero presionarlo ni alterarlo más de lo que ya está, pero también me gustaría asegurarme de que está bien y no me gusta que tenga que pasar por esto, al menos que tenga que pasarlo solo.

Me quito los zapatos, los pantalones y la sudadera y lo sigo al baño, completamente desnuda. Cuando abro la puerta ni se vuelve. El vapor ha empezado a llenar el pequeño espacio, a cubrir el cuerpo de Hardin con una neblina de entre la que destacan los tatuajes; la tinta claramente visible a través del vapor me atrae hacia él.

Piso la pila de ropa sucia y me quedo de pie detrás de él, a un metro de distancia.

—No necesito que... —empieza a decir Hardin con voz monótona.

—Lo sé —lo interrumpo.

Sé que está enojado y está empezando a ocultarse tras la muralla que tanto he luchado por derribar. Ha estado controlando la ira tan bien que podría matar a Trish y a Christian por haberle hecho perder la cabeza de esa manera.

Sorprendida por el giro siniestro de mis pensamientos, me los quito de la cabeza.

Sin decir nada más, descorre la cortina de la regadera y se mete bajo la cascada de agua. Respiro hondo para sacar fuerzas y seguridad en mí misma de donde no las hay, y me meto en la regadera tras él. El agua quema tanto que apenas es soportable, y me escondo detrás de Hardin para evitarla. Debe de haberlo notado, porque regula la temperatura.

Tomo la pequeña botella de gel y vierto el contenido en una esponja. Con cuidado, la llevo a la espalda de Hardin, que hace una mueca de dolor e intenta alejarse, pero lo sigo y me acerco más a él.

—No tienes por qué hablarme, pero necesito estar aquí contigo —digo casi en un susurro que se pierde entre su respiración profunda y el agua corriente.

Silencioso e inmóvil, no se aparta cuando le paso la esponja por las letras grabadas en tinta de su espalda. Mi tatuaje.

Luego se vuelve para observarme y permitirme que le enjabone el pecho. Su mirada sigue la trayectoria de la esponja. Siento cómo la furia mana de él, mezclada con las nubes de vapor. Sus ojos se clavan como ascuas ardientes en mí. Me mira como si estuviera a punto de explotar. Antes de que pueda pestañear, tengo sus manos en mi cuello y mi mandíbula. Su boca choca desesperadamente contra la mía y mis labios se entreabren ante la brusca caricia. No tiene nada de dulce y cariñoso. Mi lengua encuentra la suya y le muerdo el labio inferior, lo jalo evitando la herida. Gruñe y me empotra contra los azulejos húmedos.

Gimo cuando retira la boca pero vuelve a la carga con un aluvión de besos salvajes que salpican la base de mi cuello y mi pecho. Me agarra los senos y los masajea con sus manos magulladas mientras su boca lame, muerde, chupa, asciende y desciende. Echo la cabeza hacia atrás, hacia los azulejos, y hundo las manos en su pelo para poder jalárselo como sé que le gusta.

Sin avisar, se pone de rodillas bajo el agua y un vago recuerdo cruza mi mente. Pero vuelve a tocarme y se me olvida lo que era.

CAPÍTULO 139

Hardin

Los dedos de Tessa me jalan el pelo y llevan mi boca a su piel, que ya está sonrosada e hinchada. Acariciarla, saborearla así hace que todo lo demás se me vaya de la cabeza.

Grita cuando mi lengua se enrosca alrededor de ella y me jala con fuerza del pelo. Separa las caderas de los azulejos en busca de mi boca, se muere por más.

Me pongo de pie demasiado pronto y le levanto una pierna para que me rodee con ella la cintura. Luego la otra. Gime cuando la levanto y la penetro despacio.

—Caraaaajo... —dejo escapar, mi voz es apenas un siseo. Me alucina lo caliente y húmeda que está sin que ningún condón se interponga entre nosotros.

Tessa cierra los ojos cuando empujo hacia adelante, la saco y la vuelvo a llenar. Lucho contra el impulso de metérsela hasta los huevos y cogérmela tan a lo bestia que me olvide hasta de mi nombre. En vez de eso, me muevo lentamente pero permitiendo a mis manos y a mi boca que se olviden de ser tiernos con su piel. Tensa los brazos alrededor de mis hombros y mis labios se aferran a la piel que hay justo sobre la curva de sus pechos redondos. Noto el sabor de la sangre que fluye hacia la superficie en la lengua, y me aparto a tiempo de ver la marca roja que le he hecho.

Ella baja la vista para verla. No me riñe ni me pone mala cara al descubrir el chupetón que han dejado mis labios. Sólo se muerde el labio inferior y mira la marca casi con adoración. Me araña la espalda y la empujo más contra la pared de azulejos. Tengo los dedos clavados en sus muslos, le van a dejar señal, y vuelvo a hundirme en ella hasta el fondo, repitiendo su nombre una y otra vez.

Sus piernas se tensan enroscadas a mi cintura mientras yo entro y salgo de ella, y los dos estamos cada vez más cerca.

—Hardin —gime con dulzura.

Su respiración entrecortada me indica que se está viniendo. La idea de poder venirme dentro de ella sin tener que preocuparme me vuelve loco. Me derramo en ella mientras grito su nombre.

—Te quiero —jadea con los ojos cerrados. Permanezco dentro de ella, disfrutando de sentirla piel con piel.

En la espalda noto que el calor abandona el agua; no deben de quedarnos más de diez minutos de agua caliente. La idea de un baño frío en plena noche hace que la deje otra vez en el suelo. Salgo de ella y observo sin pudor cómo la prueba de mi orgasmo se le escurre por las piernas. Carajo, sólo por ver eso vale la pena haber esperado siete malditos meses.

Quiero darle las gracias, decirle que la quiero y que me ha sacado de la oscuridad, no sólo esta noche, sino desde el día en que me sorprendió al besarme en mi antiguo cuarto en la fraternidad. Pero no encuentro las palabras.

Abro la llave del agua caliente al máximo y me quedo mirando la pared. Suspiro de alivio al sentir la suave esponja en mi piel, que acaba lo que había empezado minutos antes.

Me vuelvo para verle la cara y ella me pasa la esponja por el cuello. No digo nada. La ira sigue en su sitio, acechante, bullendo bajo la superficie, pero me ha hecho superarla como sólo ella puede hacerlo.

CAPÍTULO 140

Tessa

—Mi madre la ha hecho buena —dice Hardin después de un largo silencio. Mis manos se sobresaltan al oírlo hablar de repente, pero me recupero y sigo enjabonándolo mientras él continúa—: Vamos, es que esto es digno de Tolstói.

Repaso mentalmente las obras de Tolstói hasta llegar a *La sonata a Kreutzer*. Me da un escalofrío a pesar del calor del agua.

—¿*Kreutzer*? —pregunto esperando haberme confundido o que hayamos interpretado la historia cada uno a nuestra manera.

—Sí. —Vuelve a carecer de emociones, a esconderse tras esa maldita muralla.

—No sé si yo compararía esta... situación con algo tan perturbador —le discuto con dulzura. Es una historia de sangre, celos, ira, y me gustaría pensar que la que estamos viviendo terminará mejor.

—No al cien por ciento, pero sí —contesta Hardin como si pudiera leerme el pensamiento.

Repaso mentalmente el hilo argumental, intentando ver la conexión con la aventura de la madre de Hardin, pero lo único que se me ocurre tiene que ver con Hardin y su idea del matrimonio. Me da otro escalofrío.

—No tenía pensado casarme nunca y sigo sin querer hacerlo. No, en ese sentido nada ha cambiado —me responde fríamente.

Hago caso omiso de la punzada de dolor que siento en el pecho y me concentro en él.

—Bueno. —Le paso la esponja por un brazo, luego el otro, y cuando alzo la vista tiene los ojos cerrados.

—Según tú, ¿quién será el autor de nuestra historia? —me pregunta quitándome la esponja de la mano.

—No lo sé —contesto con sinceridad. Nada me gustaría más que saberlo.

—Yo tampoco. —Vierte un poco más de gel en la esponja y me la pasa por el pecho.

—¿Y si nuestra historia la escribimos nosotros? —digo mirando sus ojos preocupados.

—No creo que podamos. Sabes que esto sólo puede acabar de dos maneras —replica encogiéndose de hombros.

Sé que está dolido y enojado, pero no quiero que los errores de Trish influyan en nuestra relación, y puedo ver que Hardin está estableciendo comparaciones tras el verde de sus ojos.

Intento llevar la conversación por otros derroteros.

—¿Qué es lo que más te molesta de todo esto? La boda es mañana..., bueno, hoy —me corrijo.

Son casi las cuatro de la madrugada y la boda es, o era, a las dos de la tarde. ¿Qué habrá pasado después de que nos fuimos? ¿Mike habrá vuelto para hablar con Trish o Christian, y Trish habrán acabado lo que tenían entre manos?

—No lo sé —suspira deslizando la esponja por mi vientre y mis caderas—. La boda me vale madres. Imagino que siento que son los dos unos embusteros.

—Lo lamento —le digo.

—La que lo va a lamentar es mi madre. Ya vendió la casa y ha sido infiel la noche antes de la maldita boda. —Me enjabona de mala manera a medida que crece su enojo.

No digo nada, pero le quito la esponja y la cuelgo de un gancho que hay detrás de mí.

—Y Vance... ¿Qué clase de cabrón se mete con la exmujer de su mejor amigo? Mi padre y Christian Vance se conocen desde que eran niños —dice Hardin con amargura—. Debería llamar a mi padre para ver si sabe la clase de puta traicionera...

Le tapo la boca con la mano antes de que pueda acabar con la retahíla de insultos.

—Sigue siendo tu madre —le recuerdo con cuidado. Sé que está furioso, pero no debería insultarla de esa forma.

Retiro la mano para que pueda hablar.

—Me importa un carajo que sea mi madre, y me importa un carajo Vance. Y le va a salir cara la broma porque, cuando le cuente a Kimberly lo suyo con mi madre y tú dejes el trabajo, tendrá su merecido —proclama Hardin con orgullo, como si esa fuera la mejor venganza.

—Ni se te ocurra decírselo a Kimberly. —Lo miro a los ojos, suplicante—. Si Christian no se lo cuenta, lo haré yo, pero no vas a avergonzarla ni a acosarla. Comprendo que estés molesto con tu madre y con Christian, pero Kimberly es inocente y no quiero hacerle daño —digo tajante.

—Bien. Pero dejarás el trabajo —ordena mientras se vuelve para enjuagarse el champú del pelo.

Suspiro, intento agarrar el champú, pero Hardin aparta la botella.

—Es en serio, no vas a seguir trabajando para él.

Entiendo que está furioso, pero no es el momento de hablar sobre mi trabajo.

—Ya hablaremos de eso —le digo, y por fin consigo que me deje agarrar la botella. El agua se está enfriando con cada segundo que pasa y me gustaría lavarme el pelo.

—¡No! —Me la quita de un jalón. Estoy intentando mantener la calma y ser todo lo dulce con él que puedo, pero me la está poniendo difícil.

—No puedo dejar las prácticas así como así, no es tan sencillo. Tengo que informar a la universidad, rellenar un montón de papeles y dar una buena explicación de mis motivos. Luego tendría que añadir clases a mi horario en mitad del trimestre para compensar los créditos que me daban por las prácticas en Vance y, como la fecha para pedir ayuda financiera ya pasó, debería pagarlas de mi bolsa. No es tan fácil dejar el trabajo. Intentaré pensar en algo, pero necesito un poco más de tiempo, por favor. —Me rindo, olvido lo de lavarme el pelo.

—Tessa, me vale madres que tengas que rellenar un montón de papeles. Estamos hablando de mi familia —dice, y me siento culpable al instante.

«Tiene razón, ¿no?» La verdad es que no lo sé, pero el labio partido y la nariz amoratada hacen que sienta que está en lo cierto.

—Lo sé, perdona. Sólo es que primero necesito encontrar otras prácticas, eso es todo lo que pido. —¿Por qué le pido algo?—. Quiero decir, que lo único que te estoy diciendo es que necesito un poco más de tiempo. Bastante tengo con tener que irme a vivir a un hotel... —La ansiedad que me entra al pensar en no tener casa, ni trabajo, ni amigos otra vez es más de lo que puedo soportar.

—No vas a encontrar otras prácticas, y menos aún unas prácticas remuneradas —me recuerda sin delicadeza alguna. Eso ya lo sabía, pero me estaba obligando a pensar que cabía la posibilidad.

—No sé lo que voy a hacer, pero necesito tiempo. Esto es un desastre. —Salgo de la regadera y agarro una toalla.

—Pues no lo tienes. Deberías volver a Washington conmigo. —Me quedo quieta en el sitio.

—¿Volver a Washington? —Sólo de pensarlo me dan ganas de vomitar—. No voy a volver allí, y menos después del fin de semana pasado. Ni siquiera quiero ir de visita, y mucho menos trasladarme de nuevo. Esa no es una opción. —Me envuelvo con la toalla y salgo del baño.

Tomo el celular y me entra el pánico al ver cinco llamadas perdidas y dos mensajes, todos de Christian. En los mensajes me suplica que Hardin lo llame cuanto antes.

—Hardin —le digo.

—¿Qué? —Salta. Pongo los ojos en blanco y me trago el enojo—. Christian ha llamado mil veces.

Sale del baño con una toalla alrededor de la cintura.

—¿Y?

—¿Y si le pasó algo a tu madre? ¿No quieres llamar para saber si está bien? —le pregunto—. O yo...

—No, que chinguen a su madre los dos. No los llames.

—Hardin, de verdad que creo...

—No —me interrumpe.

—Ya le mandé un mensaje, sólo para saber que tu madre está bien —confieso.

Tuerce el gesto.

—Por supuesto.

—Sé que estás enojado pero, por favor, deja de desquitarte conmigo. Estoy intentando estar a tu lado, pero tienes que dejar de hablarme así. Nada de esto es culpa mía.

—Lo siento. —Se pasa las manos por el pelo mojado—. Vamos a apagar los celulares y a dormir un poco. —Lo dice con calma, y su mirada se ha suavizado mucho—. Me manché la camiseta —explica arrastrando la prenda ensangrentada por el suelo— y no sé dónde tengo la otra.

—La sacaré de la maleta.

—Gracias —suspira.

El hecho de que le guste tanto que me ponga su ropa, incluso en una noche tan catastrófica como esta, me hace muy feliz. Saco la camiseta que llevaba puesta y le paso un bóxer limpio antes de volver a doblar lo que había en la maleta.

—Cuando me despierte cambiaré el vuelo. En este momento no soy capaz de concentrarme. —Se sienta en la cama antes de acostarse.

—Puedo hacerlo yo —le ofrezco sacando su *laptop* de la maleta.

—Gracias —musita medio dormido.

A los pocos segundos añade:

—Ojalá pudiera llevarte muy muy lejos.

Mis manos siguen en el teclado y espero que diga algo más, pero empieza a roncar suavemente.

Entro en la web de la aerolínea y entonces mi celular empieza a vibrar en la mesita de noche. Aparece el nombre de Christian en la pantalla. Ignoro la llamada pero, cuando recibo una segunda, agarro la llave de la habitación y salgo al pasillo para poder contestar.

Intento susurrar:

—¿Diga?

—¿Tessa? ¿Cómo está Hardin? —pregunta asustado.

—Está... está bien. Tiene la nariz morada e hinchada, el labio partido y unos cuantos cortes y moretones. —No disimulo mi tono hostil.

—Mierda —suspira—. Siento que haya acabado así.

—Yo también —le espeto a mi jefe, e intento no mirar el cuadro espantoso que tengo delante.

—Debo hablar con él. Sé que está enojado y confuso, pero necesito explicarle un par de cosas.

—No quiere hablar contigo y, para ser sinceros, ¿por qué debería hacerlo? Confiaba en ti y sabes lo mucho que cuesta ganarse su confianza. —Bajo la voz—: Estás comprometido con una mujer encantadora y Trish iba a casarse mañana.

—Va a casarse mañana —dice al otro lado de la línea.

—¿Qué?

Me alejo un poco más por el pasillo. Me detengo ante el cuadro del ángel arrodillado pero, cuanto más lo miro, más perturbador me resulta. Detrás del ángel hay otro, casi traslúcido, que lleva una daga de doble filo en la mano. La doncella de pelo castaño lo observa con una sonrisa siniestra en los labios y parece estar esperando que acuchillen al ángel arrodillado. El segundo ángel tiene el rostro contorsionado, el cuerpo desnudo es todos ángulos y líneas rectas mientras se prepara para apuñalar al primer ángel. Aparto la vista y me concentro en la voz al otro lado de la línea:

—La boda sigue en pie. Mike quiere a Trish y Trish quiere a Mike. Se casarán mañana a pesar de mi error. —Parece como si le costara pronunciar las palabras.

Quisiera hacerle muchas preguntas, pero no puedo. Es mi jefe y la aventura la tiene con la madre de Hardin. No es asunto mío.

—Sé lo que estarás pensando de mí, Tessa, pero si me dieras la oportunidad de explicarlo, tal vez ambos entenderían.

—Hardin quiere que cambie nuestro vuelo y que nos vayamos por la mañana —le informo.

—No puede irse sin despedirse de su madre. Eso la mataría.

—No creo que sea bueno para nadie meterlos en la misma habitación —le advierto, y empiezo a caminar de vuelta hacia el cuarto. Me detengo justo en la puerta.

—Comprendo que sientas la necesidad de protegerlo y me complace enormemente ver cuán leal le eres. Pero Trish ha tenido una vida muy dura y es hora de que sea un poco feliz. No espero que asista a la boda, pero te ruego que hagas lo posible para que al menos se despida de ella. Dios sabe cuánto tardará en volver a Inglaterra. —Christian suspira.

—No sé. —Paso los dedos por el marco de bronce del cuadro de Lucifer—. Veré qué puedo hacer, pero no te prometo nada. No voy a presionarlo.

—Lo entiendo. Gracias —dice con tono de alivio.

—¿Christian? —digo antes de colgar.

—Dime, Tessa.

—¿Se lo vas a contar a Kimberly? —Contengo la respiración mientras espero la respuesta a una pregunta de lo más inapropiada.

—Por supuesto. Se lo diré —responde en voz baja, con un acento suave y marcado—. La quiero más que...

—Bueno —digo.

Estoy intentando entenderlo, pero lo único que me viene a la cabeza es Kimberly sonriente en su cocina, riéndose con la cabeza ladeada y los ojos brillantes de Christian que la mira embobado, como si no hubiera otra mujer en el mundo. ¿También mira así a Trish?

—Gracias. Avísame si necesitas cualquier cosa. Te pido disculpas de nuevo por lo que has tenido que ver antes, y espero que tu buena opinión de mí no haya quedado completamente destruida —dice antes de colgar.

Miro por última vez al monstruo espantoso que cuelga de la pared y entro de nuevo en la habitación.

CAPÍTULO 141

Hardin

—¿Dónde estás? —*Su voz molesta retumba por el pasillo y entra en la cocina.*

La puerta principal se cierra de un portazo, agarro mi libro y me bajo de la mesa de la cocina. Mi hombro choca contra la botella que hay en la mesa y la lanza contra el suelo. Se hace añicos. El líquido ambarino baña el suelo y me apresuro a esconderme antes de que me encuentre y vea lo que he hecho.

—¡Trish! ¡Sé que estás ahí! —*vuelve a gritar. Su voz ahora está más cerca. Mis pequeñas manos agarran el trapo de cocina que cuelga de la estufa y lo tiran al suelo para ocultar el desastre que he causado.*

—¿Dónde está tu madre?

Salto hacia atrás al oírlo.

—No..., no está —*le digo poniéndome de pie.*

—Pero ¡¿qué chingados hiciste?! —*chilla empujándome al ver el desastre que hice sin querer. Sabía que se iba a enojar.*

—Esa botella de whisky tenía más años que tú —*explica. Levanto la vista a su cara roja y se tambalea*—. Rompiste mi botella —*dice la voz de mi padre despacio. Últimamente siempre suena así cuando llega a casa.*

Retrocedo dando pequeños pasos. Si consiguiera llegar a la escalera, podría escapar. Está demasiado borracho para seguirme. La última vez se cayó rodando por ella.

—¿Qué es eso? —*Sus ojos furiosos se posan en mi libro.*

Lo estrecho contra mi pecho. No. Este no.

—Ven aquí, muchachito —*pide rodeándome.*

—No, por favor —*le suplico cuando me arranca de las manos mi libro favorito. La señorita Johnson dice que soy un buen lector, el mejor de quinto curso.*

—Tú rompiste mi botella. Ahora yo voy a romper algo tuyo. —Sonríe.

Retrocedo cuando parte el libro en dos y le arranca las páginas. Me tapo los oídos y veo a Gatsby y a Daisy flotar por la estancia en una tormenta blanca. Toma algunas de las páginas en el aire y las hace pedazos.

No puedo llorar como un niño. Sólo es un libro. Sólo es un libro. Me duelen los ojos pero no soy un bebé, y por eso no puedo ponerme a llorar.

—Eres igual que él, ¿lo sabías? Con tus malditos libros —dice arrastrando las palabras.

¿Igual que quién? ¿Jay Gatsby? Él no lee tanto como yo.

—Tu madre se cree que soy tonto. —Se agarra al respaldo de la silla para no caerse—. Sé lo que hizo.

De repente se queda muy quieto y sé que va a llorar.

—¡Recoge todo esto! —me ruge mientras me deja solo en la cocina. Le da una patada a la cubierta del libro al irse.

—¡Hardin! ¡Hardin, despierta! —Una voz me saca de la cocina de casa de mi madre—. Hardin, sólo es un sueño. Despierta, por favor.

Cuando abro los ojos, me encuentro con una mirada preocupada y un techo que no conozco sobre mi cabeza. Tardo un momento en darme cuenta de que no estoy en la cocina de casa de mi madre. No hay whisky derramado por el suelo ni ninguna novela hecha pedazos.

—Perdona que te haya dejado solo. Salí a desayunar. No creía que... —Se le quiebra la voz en un sollozo y me rodea la espalda bañada en sudor con sus brazos.

—Calla... —Le acaricio el pelo—. Estoy bien. —Parpadeo un par de veces.

—¿Quieres contármelo? —pregunta en voz baja.

—No. La verdad es que ni siquiera lo recuerdo —le confieso.

El sueño se ha vuelto borroso y se desdibuja un poco más con cada una de las caricias de su mano en la piel desnuda entre mis omóplatos.

Dejo que me abrace unos minutos antes de apartarme de ella.

—Te traje el desayuno —dice limpiándose la nariz en la manga de la camiseta que lleva puesta, que es mía—. Perdona. —Sonríe tímidamente, enseñándome la manga llena de mocos.

No puedo evitar reírme. Ya se me ha olvidado la pesadilla.

—Esa camiseta ha sufrido manchas peores —le recuerdo con descaro intentando hacerla reír. Viajo atrás en el tiempo, a cuando me masturbo en el departamento mientras yo llevaba puesta esa camiseta y lo manchamos todo.

Tessa se ruboriza y agarro la bandeja de comida que hay a su lado. La ha llenado hasta arriba con distintos tipos de pan, fruta, queso, e incluso una pequeña caja de cereal.

—Tuve que pelearme con una anciana para conseguirlos —dice señalando los cereales con la cabeza.

—No te puedo creer —replico en broma mientras se lleva un grano de uva a la boca.

—Lo habría hecho —insiste.

No estamos para nada como cuando llegamos ayer en mitad de la noche.

—¿Has cambiado los boletos de avión? —le pregunto abriendo la caja de los cereales; ni siquiera me molesto en verterlos en el tazón que puso en la bandeja.

—Quería hablar contigo de eso. —Baja la voz. No ha cambiado los boletos. Suspiro y espero que termine—: Anoche hablé con Christian... Bueno, esta mañana.

—¿Qué? ¿Por qué? Te dije que... —Me levanto y desparramo la caja de cereales en la bandeja.

—Ya lo sé, pero escucha —me suplica.

—Bien. —Me siento en la cama y espero a que se explique.

—Dice que lo siente mucho y que necesita explicártelo todo. Comprendo que no quieras escucharlo. Si no piensas hablar con ninguno de los dos, ni con Christian, ni con tu madre, cambiaré los boletos de avión en este instante. Sólo quiero que tengas la opción de hacerlo. Sé que Christian te importa... —Empiezan a agolpársele las lágrimas en los ojos.

—No quiero esa opción —le aseguro.

—¿Quieres que cambie los boletos? —pregunta.

—Sí —le digo. Tessa frunce el ceño y toma mi *laptop* de encima de la mesita de noche—. ¿Qué más te dijo? —pregunto reticente. No me importa, pero siento curiosidad.

—Que la boda va a celebrarse de todos modos —me informa.

«Pero ¿qué carajos...?»

—Y dice que se lo va a contar todo a Kimberly y que la quiere más que a su propia vida. —Empieza a temblarle el labio inferior al mencionar a su amiga la cornuda.

—Mike es tonto de remate, puede que al final sí que se merezca a mi madre.

—No sé por qué la perdonó tan rápido, pero lo hizo. —Tessa hace una pausa y me mira como si tratara de evaluar mi estado de ánimo—. Christian me pidió que intente que al menos te despidas de tu madre antes de que nos vayamos. Sabe que no vas a ir a la boda, pero quiere que te despidas de ella —dice a toda velocidad.

—Ni hablar. De ninguna manera. Voy a vestirme y vamos a largarnos de esta pocilga —digo gesticulando alrededor, a la habitación de motel excesivamente cara.

—Bueno —accede ella.

Ha sido muy fácil. Demasiado.

—¿Qué quieres decir con eso de «bueno»? —le pregunto.

—Nada. Que estoy de acuerdo. Comprendo que no quieras despedirte de tu madre. —Se encoge de hombros y se mete el pelo enmarañado detrás de las orejas.

—¿En serio?

—Sí. —Me dedica una débil sonrisa—. Sé que a veces soy dura contigo, pero voy a apoyarte en esto. Tu comportamiento está más que justificado.

—Bien —digo, más que aliviado. Me esperaba pelea, o incluso que me obligara a ir a la boda—. Me muero por estar en casa. —Me masajeo las sienes con los dedos.

—Yo también —contesta Tessa con poca convicción.

¿Dónde carajos va a vivir? Después de lo que ha ocurrido no puede volver a casa de Vance, pero tampoco querrá venir a mi casa. No sé qué va a hacer, pero sé que quiero arrancarle la cabeza a Christian de cuajo por complicarle a Tessa la vuelta a Seattle.

Ojalá pudiera conseguirle un trabajo en Bolthouse conmigo, pero es imposible. Ni siquiera ha terminado el primer curso, y las prácticas remuneradas en editoriales no abundan, ni siquiera para los graduados. Es imposible que encuentre otras, sobre todo en Seattle, al menos hasta que esté acabando la universidad o se haya graduado.

Le quito la *laptop* y termino de cambiar los boletos. No debería haber accedido a venir aquí. Vance me convenció para que trajera a Tessa conmigo sólo para acabar arruinándonos el maldito viaje.

—En cuanto haya recogido todas nuestras cosas del baño podemos salir hacia el aeropuerto —dice Tessa metiendo mi ropa sucia en la bolsa superior de la maleta. Tiene cara de derrota y el ceño fruncido.

Quiero borrarle la arruga de preocupación que tiene entre ceja y ceja. Odio verla con los hombros caídos, y no me cabe la menor duda de que soportan la carga de mis pesares. Amo a Tessa y lo compasiva que es, desearía que no cargase con mis problemas además de con los suyos. Yo me basto para soportar los míos.

—¿Te encuentras bien? —le pregunto.

Ella alza la vista y finge la sonrisa menos convincente que he visto en mi vida.

—Sí, ¿y tú? —Me devuelve la pregunta con el ceño aún más fruncido y preocupado que antes.

—No si tú no lo estás. Tessa, no te preocupes por mí.

—No lo hago —miente.

—Tess... —Cruzo la habitación y me paro delante de ella. Le quito de las manos la camisa que ha doblado por lo menos diez veces en los últimos dos minutos—. Estoy bien, ¿sí? Todavía estoy enojado y eso, pero sé que te preocupa que explote. No lo haré. —Me miro los nudillos magullados—. Bueno, al menos no volveré a hacerlo —me corrijo con una pequeña carcajada.

—Lo sé. Sólo es que has estado controlando tu ira muy bien y no quiero que nada ponga en peligro los avances que has hecho.

—Lo sé. —Me paso la mano por el pelo e intento pensar con claridad sin enojarme.

—Estoy muy orgullosa de ti por cómo has manejado la situación. Fue Christian quien te atacó —me dice.

—Ven aquí. —Extiendo los brazos y ella se acerca y hunde la cara en mi pecho—. Aunque no se me hubiera tirado encima, nos habríamos peleado igual. Sé que si él no hubiera empezado, lo habría hecho yo —le digo.

Meto las manos bajo la camiseta y ella se encoge al sentir el frío de mis dedos en su espalda.

—Ya lo sé.

—Como tienes libre hasta el miércoles, nos quedaremos en casa de mi padre hasta que... —La vibración de su celular nos interrumpe.

Ambos miramos rápidamente hacia la mesa de noche.

—No voy a contestar —anuncia.

Suelto a Tessa y agarro el celular. Miro la pantalla y respiro hondo antes de contestar.

—Deja de acosar a Tessa. Si quieres hablar conmigo, llámame a mí. No la metas en esta chingadera —espeto antes de que pueda decir ni hola.

—Te he llamado. Tienes el celular apagado —dice Christian.

—¿Por qué será? —resoplo—. Si quisiera hablar contigo, lo habría hecho, pero como no quiero, deja de molestarme.

—Hardin, sé que estás enojado, pero tenemos que hablar de lo ocurrido.

—¡No hay nada de que hablar! —grito.

Tessa me observa con preocupación mientras intento controlar el genio.

—Sí que lo hay. Tenemos mucho de que hablar. Sólo te pido quince minutos, eso es todo —dice Vance con voz suplicante.

—¿Por qué debería hablar contigo?

—Porque sé que te sientes traicionado y quiero explicarme. Me importan mucho tu madre y tú —dice.

—¿Ahora se han aliado en mi contra? Chinguen su madre. —Me tiemblan las manos.

—Puedes hacer como que no te importamos un carajo, pero que estés tan molesto contradice tus palabras.

Me aparto el celular del oído y tengo que contenerme para no estamparlo contra la pared.

—Quince minutos —repite—. La boda no empezará hasta dentro de unas horas. Todos los hombres van a comer juntos en Gabriel's. Reúnete conmigo allí.

Vuelvo a llevarme el móvil al oído.

—¿Quieres que nos veamos en un bar? ¿Eres imbécil o qué? —Me gustaría muchísimo tomarme una copa..., sentir cómo el whisky me quema la lengua...

—No vamos a beber, sólo a hablar. Por razones obvias, lo mejor en nuestro caso es que quedemos en un lugar público. —Suspira—. Pero podemos vernos en otro sitio, si quieres.

—No, el Gabriel's me parece bien.

Tessa abre unos ojos enormes y ladea la cabeza un poco, confusa por mi cambio de parecer. No me mueve el afecto, es pura curiosidad. Dice que hay una explicación para todo esto y quiero oírla. De lo contrario, mi casi inexistente relación con mi madre dejará de existir por completo.

—De acuerdo... —Noto que no esperaba que accediera—. Son las doce. Nos vemos allí a la una.

—Cuenta con ello —le suelto. Esta pequeña reunión acaba a madrazos, fijo.

—Deberías llevar a Tessa a Heath; Kimberly y Smith estarán allí. Está a pocos kilómetros de Gabriel's, y a Kimberly le iría bien tener cerca a una amiga. —Quiero reírme a carcajadas de la vergüenza en su voz. Hijo de puta.

—Tessa se viene conmigo —le digo.

—¿De verdad quieres meterla en una situación que puede acabar en violencia... otra vez? —pregunta.

«Sí. Sí, quiero. No. No quiero.» No quiero que me pierda de vista, pero ya me ha visto llegar a las manos más de lo que le gustaría.

—Sólo lo dices porque quieres que consuele a tu prometida ahora que le has puesto los cuernos —gruño.

—No. —Vance hace una pausa—. Quiero hablar contigo a solas, y no creo que sea sensato que las mujeres estén presentes.

—Bien. Te veo dentro de una hora. —Cuelgo el celular y me vuelvo hacia Tessa—. Quiere que te quedes con Kimberly mientras nosotros hablamos.

—¿Ya lo sabe? —pregunta en voz baja.

—Eso parece.

—¿Seguro que deseas verlo? No quiero que te sientas obligado.

—¿Crees que debería verlo? —le pregunto.

Tras un momento, asiente.

—Sí, creo que sí.

—Pues entonces iré —digo, y empiezo a andar arriba y abajo por la habitación.

Tessa se levanta de la cama y me rodea la cintura con los brazos.

—Te quiero muchísimo —dice pegada a mi torso desnudo.

—Te quiero. —Nunca me cansaré de oírselo decir.

Cuando sale del baño casi me quedo sin aliento.

—Carajo... —Cruzo la habitación en dos zancadas.

—¿Me queda bien? —pregunta dándose la vuelta despacio.

—Sí. —Casi me atraganto. ¿De verdad me lo pregunta? ¿Está loca? El vestido blanco que se puso para la boda de mi padre le queda aún mejor que entonces.

—Apenas he podido abrocharme el cierre. —Sonríe, avergonzada. Se pone de espaldas a mí y se aparta el pelo de la espalda—. ¿Puedes terminar de subírmela?

Me encanta que, a pesar de que la he visto desnuda cientos de veces, todavía se ruboriza y conserva parte de su inocencia. No la he mancillado del todo.

—¿Es que has cambiado de opinión? No quiero que estés incómodo —dice Tessa con dulzura.

—Sí, estoy seguro. Todo lo que voy a hacer es darle quince minutos para escuchar la chingadera que quiera sacarse del pecho. —Suspiro.

La verdad es que yo sólo quiero ir al aeropuerto, pero después de haberle visto la cara mientras volvía a hacer la maleta, he sentido que tenía que hacer esto. No sólo por Tessa, sino también por mí.

—Parezco un vagabundo a tu lado —le digo, y ella sonríe recorriendo mi cara y mi cuerpo con los ojos.

—¡¿Cómo crees!? —Se echa a reír. Llevo una camisa negra y unos pantalones rotos—. Al menos podrías haberte rasurado —comenta con una sonrisa.

Sé que está nerviosa y que está intentando quitarle importancia al asunto. Yo no estoy nada nervioso... Sólo quiero librarme de todo esto cuanto antes.

—Pero si te gusta... —Le tomo la mano y la paso por la sombra que crece en mi mandíbula—. Sobre todo entre tus piernas.

Le beso las yemas de los dedos. Retira la mano cuando me llevo el índice a la boca y me da un empujón.

—¡Eres incorregible! —me regaña juguetona y, por un momento, me hace olvidar todas las chingaderas que estoy pasando.

—Sí, y siempre lo seré. —Le estrujo el trasero con ambas manos y da un gritito.

El trayecto a Hampstead Heath, donde se alojan Kimberly y Smith, y al parque en el que hemos quedado con ella, me pone nervioso. Tessa se muerde las uñas pintadas en el asiento del acompañante y mira por la ventanilla.

—¿Y si no se lo ha contado? ¿Se lo cuento yo? —dice cuando llegamos. A pesar de lo preocupada que está, sus ojos aprecian el espectacular paisaje del parque—. Caray —dice con el entusiasmo de una niña.

—Sabía que te gustaría Heath —digo.

—Es precioso. ¿Cómo es posible que exista un lugar como este en mitad de Londres? —Lo mira todo con la boca abierta, es uno de los pocos sitios de la ciudad que no está contaminado de humo y lleno de edificios de oficinas.

—Ahí está... —Conduzco despacio hacia la rubia que está sentada en un banco. Smith está sentado en otro, a unos cinco metros, con un tren de juguete en las piernas. Ese pequeñajo es muy raro.

—Si necesitas cualquier cosa, llámame. Encontraré el modo de llegar allá donde estés —me promete Tessa antes de bajarse del coche.

—Lo mismo digo. —Con cuidado, la jalo para besarla—. Lo digo en serio. Si algo va mal, llámame al instante —le pido.

—Me preocupas —susurra contra mis labios.

—Estaré bien. Ve a decirle a tu amiga que su prometido es un pendejo. —La beso otra vez.

Me mira enfurruñada, pero no dice nada. Sale del coche y camina por el pasto en dirección a Kimberly.

CAPÍTULO 142

Tessa

Intento ordenar las ideas mientras cruzo el pasto al encuentro de Kimberly. No sé qué decirle, me aterra que no sepa lo que ocurrió anoche. No quiero que se entere por mí, es responsabilidad de Christian decírselo, pero no me veo capaz de fingir que no pasa nada en caso de que aún no lo sepa.

Tengo la respuesta en cuanto se vuelve hacia mí. Aunque las sombras ocultan parte de sus ojos, los tiene tristes e hinchados.

—No sabes cuánto lo siento —le digo. Me siento a su lado en el banco y ella me rodea con los brazos.

—Me pondría a llorar, pero creo que no me quedan lágrimas. —Intenta forzar una sonrisa pero no queda con sus ojos.

—No sé qué decir —reconozco, y miro a Smith, que, por suerte, a la distancia a la que está no puede oírnos.

—Bueno, puedes empezar por ayudarme a planear un doble homicidio. —Kimberly se recoge el pelo con una mano y lo empuja al otro lado.

—Eso puedo hacerlo. —Medio me río. Desearía ser la mitad de fuerte que ella.

—Genial. —Sonríe y me aprieta la mano—. Hoy estás para comerte —me dice.

—Gracias. Tú estás preciosa —le digo. La luz del sol que se abre paso entre la niebla hace que su vestido azul claro con pedrería resplandezca.

—¿Vas a ir a la boda? —me pregunta.

—No, sólo quería verme por fuera mejor de lo que me siento por dentro —le contesto—. ¿Tú vas a ir?

—Sí, voy a ir —suspira—. No sé qué haré después, pero no quiero confundir a Smith. Es un niño listo y no me gustaría que se diera cuenta de que algo no va bien. —Mira al pequeño científico con su trenecito—. Además, la puta de Sasha está aquí con Max, y antes muerta que convertirme en protagonista de sus chismes.

—¿Sasha ha venido con Max? ¿Qué hay de Denise y de Lillian? —La traición de Max no conoce límites.

—¡Eso mismo dije yo! Esa chica no tiene vergüenza, venir desde Estados Unidos para asistir a una boda con un hombre casado. Debería partirle la cara para descargar parte de la furia que siento.

Kimberly está tan enojada que la tensión que desprende es casi visible. No me puedo imaginar lo que estará sufriendo, y admiro cómo se está comportando.

—¿Vas a...? No quiero meterme donde no me llaman, pero...

—Tessa, yo me paso la vida metiéndome donde no me llaman. Tú también puedes hacerlo —me dice con una cálida sonrisa.

—¿Vas a seguir con él? Si no quieres hablar del asunto, no tienes por qué hacerlo.

—Quiero hablar. Tengo que hablarlo porque, si no, me temo que no seré capaz de continuar tan enojada como ahora —masculla—. No sé si seguiré con él. Lo quiero, Tessa. —Vuelve a mirar a Smith—. Y adoro a ese pequeño aunque sólo me hable una vez a la semana. —Se ríe un poco—. Ojalá pudiera decir que me sorprende, pero la verdad es que no.

—¿Por qué no? —le pregunto sin pensar.

—Porque comparten un pasado, una historia larga y profunda con la que no estoy segura de poder competir —dice con voz dolida, y parpadeo para contener las lágrimas.

—¿Qué quieres decir?

—Voy a explicarte una cosa que Christian me ha dicho que no te cuente hasta que él pueda contárselo a Hardin, pero creo que deberías saber que...

CAPÍTULO 143

Hardin

Gabriel's es un bar pretencioso en una de las zonas más ricas de Hampstead. Era de esperar que Vance eligiera este sitio para verme. Dejo el coche de alquiler en el estacionamiento y camino hacia la puerta. Cuando entro en el bar de ambiente cargado, mis ojos inspeccionan las cuatro paredes. Sentado a una mesa redonda en un rincón del garito están Vance, Mike, Max y esa rubia. ¿Qué chingados hace aquí? Y, lo que es más importante, ¿qué hace Mike sentado junto a Vance como si menos de doce horas atrás no hubiera estado a punto de cogerse a su prometida?

Aquí todo mundo lleva corbata menos yo. Espero haber dejado un rastro de mierda al entrar. Una mesera intenta hablar conmigo pero me la quito de encima y la dejo atrás.

—Hardin, me alegro de verte. —Max es el primero en levantarse y ofrecerme la mano para que se la estreche. Lo ignoro.

—Querías hablar, pues hablemos —le espeto a Vance cuando llego a la mesa. Se lleva la copa, llena hasta arriba, a la boca y se la bebe de un trago.

La mirada de Mike permanece fija en la mesa y me cuesta un huevo no decirle que es un completo imbécil. Siempre ha sido un hombre tranquilo, el vecino del que te podías fiar, con el que se podía contar, al que mi madre siempre iba a pedirle leche y huevos.

—¿Qué tal el viaje? —chirría la voz de Sabrina.

La miro, alucinado de que se atreva a hablarme.

—¿Dónde has metido a tu esposa? —le pregunto a Max.

A su lado, a la rubia se le hiela la sonrisa en la cara excesivamente maquillada y empieza a darle vueltas a la copa de Martini vacía.

—Hardin... —dice Vance tratando de hacerme callar.

—Chinga tu madre —le ladro. Se pone en pie—. Estoy seguro de que su hija lo estará extrañando mientras él se pasea por ahí luciendo a esa puta...

—Basta —dice Christian agarrándome con delicadeza del brazo para intentar alejarme de la mesa.

Me suelto con un empujón.

—¡No me toques!

El gritito de Stephanie consigue permear la ira que empieza a desbordarse en mí.

—¡Eh! Ése no es modo de tratar a tu padre.

¿Está tonta? Mi padre está en Washington.

—¿Qué?

Sonríe.

—Ya me oíste. Deberías tratar a tu papá con un poco más de respeto.

—¡Sasha! —Max la agarra del brazo delgaducho con una fuerza brutal y casi la tira al suelo.

—Uy, ¿dije algo que no debía? —Su risa resuena en el bar. La muy imbécil.

Confuso, miro a Mike, que está pálido como un fantasma. Me parece que va a desmayarse en cualquier momento. La cabeza me da vueltas y miro a Vance, que está igual de pálido y que se revuelve nervioso.

«¿Por qué se ponen todos así sólo porque la idiota esa se confundió?»

—Cierra el pico. —Max se lleva a la mujer de la mesa y prácticamente la saca a rastras del bar.

—Ella no debería haberte dicho... —Vance se pasa la mano por el pelo—. Yo iba a... —Aprieta los puños.

¿Qué no debería haberme dicho ésa? ¿No debería haber hecho un comentario ridículo al respecto de que Vance es mi padre cuando todos saben que mi padre es...?

Miro al hombre frenético que tengo delante. Tiene los ojos verdes que echan chispas, se pasa la mano por el pelo sin parar...

Tardo un instante en darme cuenta de que mis manos están haciendo exactamente lo mismo.

AGRADECIMIENTOS

¡No puedo creer que ya esté escribiendo los agradecimientos de la tercera entrega! El tiempo vuela de verdad, con alas y todo, y no podría estar más agradecida por toda esta aventura. Hay muchísima gente en mi vida a la que quiero darle las gracias, y voy a intentar incluir a cuantos me sea posible en estas páginas.

Primero, a mis lectoras y leales afterianas. Nunca dejan de sorprenderme con su cariño y apoyo. Acuden a todos los eventos, me cuentan qué tal les fue en el día por Twitter, les importa qué tal estuvo el mío, y son mi cibermano derecha allá adonde voy. Siento como si tuviéramos una relación que va más allá de la del lector-escritor, más allá de la amistad. Somos familia y nunca podré agradecerles lo suficiente que siempre hayan estado ahí para mí y las unos para las otras. Nos queda un libro y espero que lo sientan tan suyo y estén tan orgullosas de él como siempre lo han estado. Los quiero muchísimo y lo son todo para mí.

Adam Wilson, mi superhéroe y mi editor en Gallery. Hemos sacado adelante una montaña de trabajo para tener los libros listos a una velocidad de vértigo mientras tú me la ponías «fácil». Me enseñaste a ser mejor escritora con tus bromas y tus comentarios y entendiste mi sentido del humor. Al principio me daba miedo tener un editor «grande y malvado», pero no podría pedirte más. ¡Gracias!

Ashleigh Gardner, te has convertido en una gran amiga. Ya te lo dije antes pero, lo repito de corazón: eres la clase de mujer que admiro. Eres fuerte y vas por todas, pero también eres dulce y divertida. Siempre me recomiendas unos libros increíbles y me llevas a comer a sitios raros sin hacerme sentir ridícula por pedir un tenedor para el ceviche, o cuando no entiendo algo (aunque no esté relacionado con la comida, jeje). Quiero ser como tú, y enhorabuena por tu futura boda. Gracias, gracias por todo.

Candice Faktor, tenemos tantas cosas en común que da un poco de miedo. Cuando te conocí, supe al instante que Amy y tú me iban a caer bien, y fue un alivio descubrir que son increíbles. Me encanta la pasión con la que hablas de todo (en eso también nos parecemos). Siempre eres sincera y estoy muy agradecida de poder trabajar contigo y tenerte como amiga.

Nazia Khan, gracias por ayudarme a aprender a hablar en público y a sobrevivir a una entrevista sin que la cosa acabe en desastre. Siempre haces que todo resulte divertido y sólo te enojas conmigo un poco cuando le doy a la gente mi dirección de correo electrónico sin decírtelo a ti primero (jeje). Tú también te has convertido en una buena amiga y nos estamos preparando para ir a los American Music Awards (en la vida real, no cuando leas esto). ¡No sabes cuánto me alegro de que vayas a venir conmigo! ¡Gracias por todo!

Caitlin, Zoe, Nick, Danielle, Kevin (los dos), Tarun, Rich, y toda la gente de Wattpad: son increíbles y el mejor equipo del mundo. Sé que no se esperaban tener que hacer tantísimo por *After* y por mí, y querría darles las gracias por haberme aceptado en su familia y haberme ayudado con todo lo relacionado con *After* y más. ¡Me muero por saber qué nos depara el futuro! Son la gente más creativa, valiente y divertida que conozco, y son muy importantes para mí. Gracias por todas las risas, a Nick por las fotos, y por todo el vino que nos hemos bebido, por la noche de copas (lluviosa pero fantástica) y por las grandes cantidades de comida que siempre parece haber allí cuando voy a visitarlos.

Allen e Ivan, sin Wattpad jamás me habría encontrado a mí misma. Muchas gracias por haber creado una de las cosas más importantes de mi vida. Sé que muchas personas comparten este sentimiento.

Kristin Dwyer, gracias por hacerme reír y llamarme *mujer* todo el tiempo. Me alegro mucho de trabajar contigo y aprecio todas las horas que me has dedicado. De verdad que los adoro a ti y a tu sentido del humor, lo trabajadora que eres y cómo me recuerdas que lo bueno siempre supera a lo malo. ¡Y todo lo que haces por mí!

A todos en Gallery, por haber recibido con los brazos abiertos a la fanática sin experiencia, autora friki y escritora que no tiene ni idea de lo que hace, pero que le encanta de todas formas. Les agradezco a todos lo mucho que han trabajado en este proyecto, desde el departamento de ventas hasta el equipo de producción. Jen Bergstrom y Louise Burke, gracias por dejar que Adam me fichara. Martin Karlow, sé que te has dejado la piel conmigo. ¡Gracias! Steve Breslin, como dice Adam: «¡Sin ti, esto se iría a pique!».

Christina y Lo, han sido unas mentoras fantásticas y unas grandes amigas. ¡Las quiero!

A todas las Tessas y los Hardins del mundo, que aman con locura y se equivocan por igual.

A todos mis amigos y a mi familia, que me han apoyado incondicionalmente desde que les di la sorpresa y les conté que había escrito cuatro libros sin que se enterasen. Los quiero.

Y, por último, pero no menos importante, a mi Jordan. Lo eres todo para mí y no hay palabras para agradecerte que hayas estado a mi lado este año y todos los anteriores. Somos muy afortunados por habernos conocido tan jóvenes, y haber crecido juntos ha sido la mejor aventura del mundo. Me haces reír y a veces tengo ganas de matarte (pero no lo haré porque supongo que te extrañaría un poco, a veces). Te quiero.

Anna Todd xo

¡Hola a tod@s! Quería darles las gracias y mandar un saludo enorme a mis lectores en español. ¡Me han apoyado muchísimo y son maravillosos! Aprecio de verdad su entusiasmo por la serie. Me encanta leer sus *tweets* y ver las fotos de las maravillosas cubiertas y de la promoción de los libros que hacen. Por eso quería dedicar un minuto a decirles lo agradecida que estoy de que estén conmigo en esta maravillosa aventura.

Y a todos aquellos que han traducido *After* al español en Wattpad, o han escrito *fanfictions* sobre *After*, quiero decirles que han ayudado a difundir la serie y a atraer más lectores en varios países. ¡Muchísimas gracias por tomarse el tiempo de hacerlo! ¡Significa mucho para mí!

Me gustaría darles las gracias especialmente a los usuarios de Wattpad:

NVCK97
BrokenSweet
LauraBrooks6
LauraArevalo
Babbity_Rabbity
rosangellc
CarolinArianna
niallakamyangel
books1d
lauragarp
mariaspanish
ladk1D
UandiftShasten
KarinaValdepeas
itsmygalaxy
pilaar16
SmileWhileYouCan01
StefyGonzalez
BeadlesBabesLatinas

TheOnlyCookie
GabiPayne
itsanee
xMyOnlyDirectionx
MarianaYCami
momo_macz
PaulaRjz
fiori_dtioner
dreamswith1D
ohmycarstairs6
Camren-Fanfiction-ES
JulissaDinorin
camisilvaa
Fran_ciisca
iharrycat
LarryRexl1D
DIAM4NDIS
VespersGoodbye
Bethehi-ofmy-oops
NavitaHoran13
lorehilton
MakeaWishxx
LarryAhre
mimp99
NereaStyles01
91fthes
SoniaJarero
TanniaHernandez
amyamysmith
hhoranplease

Los quiero a todos. ¡Feliz lectura!

Anna Todd xo

Serie AFTER

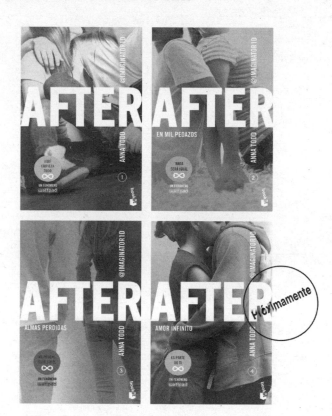

La historia de un amor infinito